신서
New Writings

가의 저 / 박미라 역주

저자 가의(賈誼, 기원전 200년~기원전 168년)는 西漢 文帝 때의 정치가이자 사상가. 河南省 洛陽 출생. 시문에 뛰어나고 諸子百家에 정통하여 문제의 총애를 받아 22살의 나이에 최연소 博士가 되었다. 그는 국가의 제도와 법령에 대한 개혁정책을 추진했으나, 당시 훈구대신들의 시기를 받아 좌천되었다. 4년 뒤 다시 문제의 부름을 받고 梁懷王의 태부가 되었으나, 곧 33세의 짧은 나이로 세상을 떠나고 말았다. 『新書』는 그가 남긴 저술을 후대에 편집한 것이다. 이는 한초에 쓰여진 古文으로 읽기는 어렵지만 그의 패기 넘치는 사상이 열정적으로 표현된 명문장으로 명성을 떨쳤다. 또한 한초의 사회상을 알려주는 중요한 내용을 담고 있으며, 그의 우국충정에 넘친 정치사상은 중국사상사에 커다란 영향을 남겼다.

역자 박미라(朴美羅, Park Mi Ra)는 1963년 충남 천안에서 태어남. 서울대학교 종교학과에서 유교사상 전공. 철학박사. 현재 한서대학교 연구교수. 역서로 『중국의 종교문화』가 있다. 이외에 「中國 祭天儀禮 연구-郊祀儀禮에 나타난 上帝와 天의 이중적 天神觀을 중심으로」, 「前漢代 祭天儀禮의 연구」, 「유교의 聖人과 神話-漢代 孔子의 신비화를 중심으로」, 「中國 祭地儀禮에 나타난 地神의 이중적 성격」 등 다수의 논문이 있다.

신서 新書

1판 1쇄 인쇄 2007년 08월 10일
1판 1쇄 발행 2007년 08월 15일

지은이 / 가의
옮긴이 / 박미라
펴낸곳 / 소명출판
출판고문 / 김호영
등록 / 제13-522호
주소 / 137-878 서울시 서초구 서초동 1621-18 (란빌딩 1층)
대표전화 / (02) 585-7840
팩시밀리 / (02) 585-7848
somyong@korea.com / www.somyong.co.kr

값 29,000원

ISBN 978-89-5626-275-8 93820

신서 新書

소명출판

일러두기

1. 원문은 가장 읽기 편하도록 충실하게 편집된 『新書全譯』(李爾鋼 譯注, 貴陽 : 貴州人民出版社, 1998)을 저본으로 삼았고, 이외에 여러 판본들을 종합하여 대조한 『新書校注』(閻振益 외, 北京 : 中華書局, 2000)를 참조했다.
2. 번역은 직역보다는 우리말의 어감에 맞도록 번역하는데 중점을 두었다. 번역에는 현대 중국어로 전문을 번역한 『新書全譯』과 『賈誼新書譯注』(于智榮, 黑龍江人民出版社, 2003)를 주로 참조하였다.
3. 원문에 대한 주석은 『新書全譯』과 『新書校注』·『賈誼新書譯注』·『賈誼集校注』(王洲明 校注, 北京 : 人民文學出版社, 1996) 등의 기존의 주석서들을 참조하였다.
4. 각 편명 아래에는 해제를 따로 두어서 각 편의 내용과 출전 및 저술연대 등을 간략히 소개함으로써 전체적인 매각을 파악할 수 있도록 하였다.

1. 가의(賈誼)의 생애

가의의 像

가의(賈誼, 기원전 200년~기원전 168년)는 서한(西漢) 초기의 정치가이자 사상가로서 33세의 짧은 생애를 살았다. 그가 남긴 저술과 상소문들은 『신서(新書)』라는 저작으로 전해지고 있는데, 이는 한초의 사회상을 알려주는 중요한 내용을 담고 있다. 또한 그의 우국충정에 넘친 정치사상은 유교 사상사에 커다란 영향을 남겼다.

가의의 출생과 성장배경에 관해서는 문헌상의 기록이 없어서 정확히 알 수는 없지만, 대체적인 내용은 『사기(史記)』와 『한서(漢書)』의 본전(本傳)을 통해서 살펴볼 수 있다. 이에 의거해 보면 가의는 기원전 200년(漢高祖 7년) 하남(河南) 낙양(洛陽)에서 태어났다. 이 시기는 한 왕조를 창건한 고조 유방(劉邦)이 흉노와 결탁한 한왕신(韓王信)[1]을 한창 정벌하고 있던 때로서, 한고조는 당시 흉노에게

---

1) 韓王信 : 전국시대 韓 襄王의 후손으로서, 기원전 205년 韓王에 봉해졌다. 韓나라

7일간 포위되어 거의 죽을 뻔한 위기를 당하기도 했다. 그 뒤로 유방은 한신(韓信)[2] · 고관(貫高)[3] · 진희(陳豨)[4] · 팽월(彭越)[5] · 경포(黥布)[6] · 노관(盧綰)[7] 등 모반을 꾀하던 이성제후(異姓諸侯)와 반란군들을 하나씩 제거하고 황실의 자제와 친족의 동성제후(同姓諸侯)들로 교체함으로써 국내 정치를 안정시켰다. 또 흉노와 화친을 맺어 오랜 전란에 지친 백성들의 부담을 덜고 생활을 안정시키며 쉽게 해줌으로써 한대의 사회를 공고히 하는 기회를 얻게 되었다.

이러한 시대에 태어난 가의는 어려서부터 학문에 힘썼다. 18세 무렵(기원전 183년)에는 시(詩) · 서(書)를 모두 암송했으며 작문에 능통했다고 하여 고향인 하남의 군내에 명성을 떨쳤다. 당시 하남군수였던 오공(吳公)은 가의가 수재라는 소문을 듣고 그를 문하에 불러들여 총애하였다. 오공은 일찍이 진의 승상이자 법가사상가였던 이사(李斯, ?~기원전 208)[8]

지역은 匈奴와 가까워 자주 곤경을 당하였다. 그래서 사신을 보내 화친하고자 했는데, 조정에서 이를 의심하자 신이 두려워서 흉노와 결탁하여 모반을 꾀하였다. 『漢書』「韓王信傳」에 자세히 나와 있다.

2) 韓信 : 淮陰侯 韓信을 가리킨다. 기원전 202년(한 고조 5년) 楚王에 봉해졌으나, 기원전 201년 모반을 일으킬 것이라는 의심을 받고, 회음후로 낮춰졌다. 기원전 196년(한고조 11) 呂后에 의해 살해되었다.

3) 貫高 : 趙나라의 丞相. 한 고조가 조나라 왕에게 무례한 것을 보고 분개하여 고조를 몰래 죽이려 하였으나, 실패하고 자살하였다. 『한서』「張耳傳」에 나와 있다.

4) 陳豨 : 苑句(지금의 山東省 河澤縣 서남쪽) 사람. 고조를 따라서 燕王을 평정하는데 공을 세워 陽夏侯로 봉해졌는데, 기원전 197년 흉노와 결탁하여 모반을 일으키고 스스로 代王이 되었다. 이에 고조가 친히 토벌에 나선 일을 말한다. 『한서』「韓信傳」에 자세히 나와 있다.

5) 彭越 : 陳勝 봉기 후 起兵하여 유방에게 귀의하여 기원전 202년 梁王에 봉해졌으나, 기원전 197년 반란을 일으켰다가 실패하고 三族이 몰살되었다. 『한서』「彭越傳」에 자세히 나와 있다.

6) 鯨布 : 이름은 英布(?~기원전 195년). 얼굴에 墨刑을 받았기 때문에 경포라고 불렀다. 유방이 項羽와 싸울 때 공을 세워 기원전 203년 淮南王에 봉해졌으나, 뒤에 유방을 반대하다가 유방에 의해 토벌되었다. 『한서』「英布傳」에 자세히 나와 있다.

7) 盧綰 : 유방의 고향친구로, 한초에 燕王에 봉해졌으나, 異姓의 왕으로 반역을 일으킬 것이라는 의심을 받자 匈奴에 투항하였다.

8) 李斯 : 전국 말기 楚나라 출신의 법가사상가. 원래는 呂不韋의 식객이었으나, 秦나라에 들어가 丞相이 되어 秦始皇을 도와서 중앙집권의 군현제를 확립하였고, 焚書坑

한 문제

와 같은 고향사람으로 그의 제자였다고 한다.9) 『한서』「순리전(循吏傳)」에 그는 "솔선수범해서 행동을 조심하고 신중하였으며, 청렴해서 엄하게 하지 않아도 백성들이 순종하고 교화되었다"고 하니, 훌륭한 인품을 지녔던 인물이었던 것으로 보인다. 그러나 법가계열의 학맥을 지닌 인물로 추측될 뿐, 『사기』나 『한서』 등에 기록된 한 두 구절을 제외하곤 그의 자세한 내력에 대해서 더 알려진 사실이 없다.

가의는 오공의 문하에서 3년을 공부한 뒤, 기원전 180년 순자(荀子, 기원전 316년~기원전 238년)10)의 제자였던 당시의 저명한 학자 장창11)(張蒼, 약 기원전 254~기원전 152)에게서 『좌전(左傳)』을 공부했다. 당시 황실의 정권

儒정책을 추진하였다. 진시황이 죽은 뒤 趙高와 함께 扶蘇를 폐출시키고 胡亥의 왕위 계승을 돕다가 후에 조고의 모함을 받아 피살되었다.

9) 『사기』「賈生列傳」 참조.

10) 荀子 : 荀況. 전국시대 말 趙나라 출신의 유가사상가. 자는 卿이며, 초나라 春申君 밑에서 蘭陵令을 지냈다. 人性論에 있어서 性惡說을 주장하여 孟子의 성선설과 대립 하였고, 공자의 正名사상을 계승하여 유가사상을 크게 발휘하였다. 저술로 『순자』가 있다.

11) 張蒼 : 이름을 '倉'이라 쓰기도 한다. 시호는 文侯이며, 陽武(河南省 原陽) 사람이다. 西漢 때의 학자로 御史大夫・丞相을 지냈다. 장창은 본래 박학다식한 학자로서 秦나 라에서 문서를 담당하던 柱下吏(조정관리로, 전국에서 올라온 書狀 등을 네모진 목판 에 자세하게 기록하는 御使)였으나, 죄를 지어 향리인 武陽에서 은거하고 있었다. 이 때 각지에서 반란에서 일어났는데, 마침 劉邦이 무양에 입성하자, 장창은 자진해서 유 방의 진중에 들어가 종군하게 되었다. 이런 연유로 유방이 천하를 통일한 뒤 한 조정 에서 활약하게 되었다. 陰陽曆法에도 정통하였고 『張蒼』을 저술했다고 하나 지금은 전하지 않는다.

을 잡고 있던 여태후(呂太后)가 죽자 주발(周勃, ?~기원전 178년)[12]과 진평(陳平, ?~기원전 178년)[13]이 그 틈을 타서 여씨(呂氏) 세력을 몰아내고 대왕(代王) 유항(劉恒)을 문제(文帝, 기원전 179년~기원전 164년 재위)로 옹립하였다. 바로 이 정변에서 회남왕의 승상으로 있던 장창(張蒼)이 공을 세워한 조정의 부승상 어사대부로 승진하였다. 그는 문제 4년(기원전 174)에는 승상이 되었고, 그 후 16년 동안 재상으로 활약하며, 한 제국의 이념적 근거를 마련하고 국가의 기틀을 완비하는데 공헌하였다.[14]

문제는 즉위초기에 하남군수 오정위가 정사를 펴는 능력이 천하에서 제일이라는 소문을 듣고 조정으로 불러 정위(廷尉)[15]로 임명했다.[16] 본래 형명지술(刑名之術)[17]을 좋아하던 문제가[18] 이사(李斯)의 제자로서 법가사상을 배운 오공을 중용한 것은 자연스러운 일이었을 것이다. 중앙정부에 진출한 오공은 문제에게 가의가 비록 나이는 어리지만 제자백가(諸子百家)의 학문에 정통하다고 추천했고, 문제는 가의를 박사(博士)[19]로 임명하였다. 이로써 가의는 22살의 나이에 박사의 자리에 오름으로써 중앙정부의 중심으로 진입하게 되었다.

당시 한초의 개국공신들은 대부분이 무인 출신들이었다. "신하들이 술을 마시며 공을 뽐내고, 어떤 때에는 술에 취해 한고조의 이름을 마

---

12) 周勃 : 유방과 동향사람으로, 한 고조 때의 공신이다. 軍功이 뛰어났고 한나라의 기반을 다지는 데 공헌하였다. 絳侯에 봉해졌고, 문제 때에는 우승상을 지냈다.

13) 陳平 : 西漢 河南陽武 사람. 고조 6년에 曲逆侯로 봉해졌으며, 惠帝·呂后·文帝 때 丞相을 지냈다.

14) 『한서』 「장창전」 참조.

15) 廷尉 : 한나라의 관직이름으로 司法을 담당하는 장관을 말한다.

16) 부록 『사기』 「가생열전」 참조.

17) 刑名 : '刑'은 '形'과 통하여 형체 혹은 사실을 가리키며, '名'은 언론 또는 주장을 뜻한다. '형명'은 관리를 임용하는 경우 그의 주장과 실제 성과의 일치여부를 살펴 결정해야 한다는 법가의 학설이다.

18) 『한서』 「儒林傳序」 참조.

19) 博士 : 한나라의 관직이름. 史事와 文獻典籍 등을 관장했는데 황제의 학술고문에 해당했다. 각각 전문적인 학문을 맡았을 뿐만 아니라, 정사의 토론에도 참여했으며 돌아다니며 시찰하기도 했다. 당시에는 九卿의 하나인 太常의 속관이었다.

구 불러댔으며, 칼을 뽑아 기둥을 내리치기도 해서 고조가 걱정했다"[20]는 기록을 보면, 건국 초기의 조정에는 제대로 교육을 받거나 교양을 쌓은 문인들보다는 전쟁터를 누비던 무인들이 주축을 이루고 있었음을 알 수 있다. 그러나 건국 초의 혼란이 가라앉고 이제 안정기에 접어든 한 조정에서는 새로운 제국을 효율적으로 다스릴 수 있는 경륜과 행정력을 가진 문사(文士)가 절실히 요구되었다.

이런 상황 속에서 가의는 당시의 조정에서 두각을 나타내기 시작했다. 그의 탁월한 식견과 우아한 말솜씨는 단연 돋보였다. 가의는 박사 중에서 나이가 가장 어렸지만, 자신의 의견을 분명하게 표현하였다. 국가의 정책이나 법령에 대해 의논할 때마다 다른 사람들이 미처 말하지 못하고 있는 사이에 가의는 거침없이 자신의 의견을 체계적으로 개진하였다. 문제도 그의 재주를 충분히 인정해주었고, 그는 1년 만에 파격적으로 태중대부(太中大夫)로 승진하였다.

문제에게서 인정을 받자 가의는 깊이 감동하였고, 전력을 다해 한 왕조를 보필하고자 하였다. 그는 한 왕조가 건립한지 20여 년이 지났지만, 천하는 안정되지 못했다고 보았다. 이 무렵에 지은 그의 명 논설인 「과진론(過秦論)」에서 진의 멸망에 대해 평가하면서 당시 사회의 폐단을 언급했다. 그는 대신들에게 권력이 지나치게 편중되었고, 진왕조의 유습을 따른 제도가 너무 가혹하다고 지적했다. 따라서 당시의 폐정을 혁신하기 위해서는 먼저 구시대의 법치체제를 고치고 유교의 인정(仁政)을 행할 것을 요청하였다. 또 장안에 거주하면서 세력을 부리던 제후들을 각자의 봉지(封地)로 돌아가게 하여 제후들의 세력을 약화시키고, 복색제도(服色制度)·관명(官名)·연력(年歷)을 바꾸고 예악을 흥기시켜야한다고 건의했다.

문제는 가의의 개혁안에 깊은 관심을 기울였고, 그를 공경(公卿)의 자

---

20) 『사기』「叔孫通列傳」, "羣臣飮酒爭功 醉或妄呼 拔劍擊柱 高帝患之."

리에 임명하려고 하였으나, 주발(周勃)과 관영(灌嬰, ?~기원전 176)[21] 등의 훈구대신들은 가의가 '나이도 어리고 학문도 얕은데, 권력을 독점해서 여러 일을 어지럽히려고 한다'고 반대했다. 대신들의 반대가 의외로 거세지자, 대신들의 추대로 막 왕좌에 오른 황제로서는 자신의 정치적 기반이 동요되면 안 되겠다고 생각하게 되었다. 결국 문제는 가의의 개혁안을 보류하고, 가의를 멀리 장사왕(長沙王)의 태부(太傅)로 보내버렸다.[22] 이때가 기원전 177년으로 가의가 24세 되던 해였다.

당시 장사(長沙)의 왕이었던 오차(吳差)는 전국에서 유일하게 남아있던 이성(異姓) 제후로서, 봉지는 황폐하고 백성은 2만5천호 정도에 불과한 궁벽진 나라였다. 충성스런 간언이 받아들여지지 않고, 오히려 장안에서 수 천리 떨어진 황량한 작은 나라로 쫓겨나면서, 가의는 초나라의 충신 굴원(屈原, 기원전 340년~기원전 284년)이 빠져죽었다고 하는 상수(湘水)에 이르자, 굴원처럼 충심을 이해받지 못하고 쫓겨난 그의 울분을 토로하는 「조굴원부(弔屈原賦)」를 짓기도 했다. 또 장사(長沙)의 태부로 있을 때 「복조부(鵩鳥賦)」를 지어 그의 침중한 마음을 토로하기도 하였다.[23]

그렇지만 그는 의기소침해 있지는 않았다. 이 기간 동안에 그는 민간의 주전(鑄錢)을 금한 법령을 해제함으로써 야기된 구리 채굴 및 주전의 폐단 문제 등에 대해 상소를 올렸고,[24] 그중 일부는 문제에 의해 채택되기도 했다.

그러다가 기원전 173년에 문제의 부름을 받고 장사에서 수도 장안으로 되돌아왔다. 이때 그의 나이 28세였다. 가의가 부름을 받아 궁 안에

---

21) 灌嬰 : 한초의 장군으로, 軍功을 세워서 유방의 부장이 되었다. 후에 穎陰侯에 봉해졌다.
22) 『사기』「가생열전」. "於是天子議以爲賈生任公卿之位. 絳・灌・東陽侯・馮敬之屬盡害之, 乃毁誼曰 : '雒陽之人, 年少初學, 專欲擅權, 紛亂諸事.' 於是天子後亦疏之, 不用其議, 乃以賈生爲長沙王太傅" 참조
23) 「조굴원부」・「복조부」는 『사기』「가생열전」에 들어있다. 뒤의 부록 참조
24) 『新書』 중의 「階級」・「銅布」・「鑄錢」편 등의 내용 참조

들어서자, 문제는 제사 음식을 받고서 황실에 앉아있었다. 문제는 웅장한 제례의 의식을 거행하면서 귀신의 존재에 대해 궁금하게 생각하고 있던 터라, 가의에게 귀신에 대해 묻기 시작했다. 가의는 밤이 깊도록 대담을 나누었고, 문제는 바싹 다가앉아 그의 이야기를 들었다. 가의의 설명을 듣고 난 문제는 "내가 오랫동안 가의를 보지 못해 내가 그보다 낫다고 여겼었으나, 이제 보니 내가 가의에게 미치지 못하는 구나"라고 칭찬하고, 그를 양회왕(梁懷王)의 태부(太傅)로 임명하였다.[25]

이 일에 대해 당나라의 유명한 시인 이상은(李商隱, 813년~858년)[26]은 풍자하는 시를 남겼다.

황실에서는 현자를 찾는다고 쫓았던 신하를 불렀으니	宣室求賢訪逐臣
가의의 재주는 상대할 자가 없었네	賈生才調更無倫
아깝네, 야밤에 헛되이 자리를 당겨앉음이여	可憐夜半虛前席
창생을 묻지 않고 귀신만 묻는단 말인가?	不問蒼生問鬼神

그러나 사실은 문제가 장생(長生)을 바래서 귀신에 대해 물은 것은 기원전 165년 당시 두각을 나타낸 망기가(望氣家) 신원평(新垣平)[27] 이후의 일로서, 가의가 죽은 뒤 적어도 이삼 년 뒤이고, 가의가 문제와 대담을 나눈 지 칠 팔년이 지나서이다.[28] 설령 문제가 장생불사를 위한 귀신의

25) 『사기』「가생열전」. "後歲餘, 賈生徵見. 孝文帝方受釐, 坐宣室. 上因感鬼神事, 而問鬼神之本. 賈生因具道所以然之狀. 至夜半, 文帝前席. 旣罷, 曰 : '吾久不見賈生, 自以爲過之, 今不及也.' 居頃之, 拜賈生爲梁懷王太傅."

26) 李商隱 : 중국 당나라의 시인. 자는 義山. 호는 玉谿生. 굴절이 많은 화려한 서정시를 썼다. 시집에 『李義山詩集』이 있다.

27) 新垣平은 '長安의 東北쪽에 五色의 神異로운 기운이 나타났는데, 이것은 天이 祥瑞를 내린 것이므로 祠를 세우고 上帝를 제사해야 합니다'라고 건의하였다. 문제는 이에 따라 渭陽(渭水의 북쪽언덕)에 五帝廟를 짓고 五帝를 제사하였다. 『漢書』「郊祀志」. "趙人新垣平以望氣見上, 言 '長安東北有神氣 (…중략…) 天瑞下, 宣立祠上帝以合符應.' 於是作渭陽五帝廟" 참조.

28) 李爾鋼, 『新書全譯』「前言」, 貴州人民出版社, 1998, 3면 인용.

일을 물었다고 하더라도, 평소의 입장을 고려해볼 때 가의는 치국(治國)의 입장에서 대답했을 것임에 틀림없다. 그는 "도를 어기면 죽고, 빛을 가리면 어두워지며, 귀신에게 빌면서 사람의 도를 거스르면 하늘이 반드시 패망시킨다"고 하여,29) 천도와 귀신과 인사(人事)가 모두 하나로 연결되어 있다고 보았기 때문이다.

가의가 태부로 임명된 양회왕 유읍(劉揖)은 한문제의 막내아들로서 시서(詩書)를 좋아해서, 문제가 특별히 사랑하고 있었다. 가의를 양회왕의 태부로 임명한 것은 문제가 가의를 다시 신임하고 있음을 보여준다. 실제로 문제는 당시 가의에게 여러 가지 정책을 물었고, 가의도 여러 차례 상소를 올려 정사를 의론했다. 이 당시 그는 「종수(宗首)」 「수녕(數寧)」 등 뒷날 「치안책(治安策)」 혹은 「진정사소(陳政事疏)」라고 불리는 중요한 문장들을 지었다.

그런데 의외의 사건이 발생하고 말았다. 기원전 169년 가의가 양회왕의 태부를 맡은 지 4년째 되던 해, 양회왕 유읍이 실수로 말에서 떨어져 죽는 사건이 발생했다. 가의는 자신이 제대로 양회왕을 보좌하지 못했다는 자책감에 괴로워했고, 1년여를 슬피 울다가 결국 33세의 나이로 세상을 떠나고 말았다.

절절한 충심에서 우러난 가의의 건의는 제대로 받아들여지지 않았고, 결국 웅지를 펴보지 못한 채 젊은 나이에 요절하게 된 것은 비극이라 아니할 수 없다. 뒤에 사마천(司馬遷, 기원전 145년~기원전 87년)30)이 『사기 열전』에서 가의를 불우했던 초나라의 충신 굴원과 함께 하나의 전(傳)으로 엮은 것도 이와 같은 생각을 보여준다. 그러나 반고(班固, 32~92)31)는

---

29) 『신서』「耳痺」. "倍道則死, 障光則晦, 誣神而逆人, 則天必敗其事."

30) 司馬遷 : 중국 西漢의 역사가. 자는 子長. 龍門(지금의 韓城縣) 출생. 司馬談의 아들. 기원전 104년에 公孫卿과 힘께 太初曆을 제정하여 후세 역법의 기초를 세웠으며, 역사책 『사기』를 완성하였다.

31) 班固 : 東漢 초기의 역사가. 자는 孟堅. 班彪의 아들. 西域都護 超의 형. 아버지의 遺志를 이어 고향에서 『漢書』 편집에 종사하였다. 국사를 改作한다는 모략을 받기도

『한서』「가의전」의 찬어(贊語) 중에서 "가의가 일찍 생애를 마쳤고 비록 공경(公卿)의 지위에는 오르지 못했으나, 불우하지는 않았다"라고 평가했다.[32] 이는 사마천의 평가와는 다른 관점을 보여준다. 아마도 가의의 충심이 충분히 받아들여지지 못한 채 요절하긴 했지만, 그래도 가의를 일찍이 알아주고 천거해준 스승과 또 그의 재주를 인정해준 황제가 있었기 때문에 불우했다고만은 할 수 없다고 평했을 것이다.

2. 가의의 학문과 사상

한나라(기원전 206년~220년)는 이전 왕조인 진나라(기원전 221년~기원전 206년)의 봉건제도와 군현(郡縣)제도를 혼합한 군국(郡國)제도를 실시하여 후대의 모범적인 전제군주적 중앙집권제를 완비하였다. 일단 창업주인 한고조(기원전 206년~기원전 195년 재위)에 의해 진의 구제도를 답습하는 형태로 건국한 다음에, 혜제(惠帝, 기원전 194년~기원전 188년 재위)와 여후(呂后)의 집정기(기원전 187년~기원전 180년)를 지나 문제(文帝, 기원전 179년~기원전 164년 재위) 때에 이르러서는 왕조의 기틀이 완성되었다.

이제 전국(戰國)시대 이래 거듭되던 전란의 고통이 사라지고, 진대의 가혹한 형법이 없어져서 백성들은 오랜만에 지친 삶을 쉴 수 있었다. 또한 문제 자신이 솔선해서 검약하게 생활했고, 중농정책을 취하여 백성들에게 농사를 장려했으므로 사회는 이전보다 훨씬 윤택해졌다. 당시의 사회는 귀족중심의 차등적인 사회였지만, 어느 정도는 평민의 사회

하였으나, 20여 년 걸려서 『한서』를 완성하였다. 황제의 명을 받아 『白虎通義』를 편집하였으며, 문학작품에 『兩都賦』 등이 있다.
32) 『한서』「가의전」. "誼亦天年早終, 雖不至公卿, 未爲不遇也."

진출도 이뤄졌다.

그러나 왕조가 창건된 지 20여 년이 지나는 동안 국내외로 여러 문제가 누적되었고, 문제가 즉위하던 무렵에는 그 모순이 서서히 노출되기 시작하였다. 점차 강성해지는 제후들의 세력과, 북방 국경지역에 위치한 흉노세력의 남하, 그리고 사회전반에 만연되어가던 전통적인 예법에 위배되는 악습 등은 간과할 수 없는 문제였다. 문제 3년(기원전 177)에는 흉노족이 오르도스 지방에 침입하였는데, 문제가 친정(親征)을 떠나 장안을 비우자, 그 틈을 노려 제북왕(濟北王) 유흥거(劉興居)가 모반을 일으켰다. 또 문제 6년(기원전 174)에는 회남왕(淮南王) 유장(劉長)의 반역사건이 발생했다.[33)

이런 상황 속에서 한나라 초기의 정치적·사회적 과제는 진나라의 유산을 청산하고 새로운 정치·사회의 기강과 통치원리를 확립하는 것이었다. 당시의 지식인들은 이 과제에 대해 고민하지 않을 수 없었다. 구시대의 청산과 새시대의 모색이야말로 한나라 초기 사상계에 주어진 시대적 요청이었던 셈이다. 가의는 이런 한초의 시대상황 속에서 사회의 여러 문제와 모순점을 직시하고, 당시의 혼란한 정치를 바로잡기 위해 그의 짧은 생애를 모두 바쳤다.

1) 가의의 학문적 계통

가의의 학문은 『신서』의 내용에 잘 나타나있듯이 기본적으로는 유가사상을 토대로 하고 있다. 그가 순자의 제자였던 장창에게서 『좌전』 등을 공부했다는 사실과, 「가의전」에 '시(詩)·서(書)를 암송하여 고향에서 이름을 날렸다'라고 한 기록 등은 그가 유가사상을 기본으로 하고 있음

---

33) 劉興·居劉長:『신서』「宗首」편의 본문과 주 참조

을 보여준다. 가의는 짧은 생애 동안 한초의 정치적인 문제에 대한 대책을 궁리하는데 몰두했고, 그가 남긴 상소문이나 문장들은 이런 문제들에 대한 정책을 논의한 것이다. 그런데 그의 이런 관심사는 대부분 유가사상을 토대로 전개되었고, 그가 개진한 혁신정책들 역시 유가적인 기조위에서 논의되었다. 『신서』의 내용을 보면 전편에 걸쳐 유가의 인의(仁義)의 도덕과 예악의 정치를 주장하고 있고, 그의 주장이 선왕지도(先王之道)나 공자의 가르침에 근거하고 있음을 자주 볼 수 있다. 그래서 『한서』「예문지」에는 그의 저작「가의오십팔편(賈誼五十八篇)」을 유가류(儒家類)에 분류해놓고 있다.

한편 가의의 사상에는 유가 뿐 아니라 법가사상의 요소도 들어있다. 기록에 의하면 가의는 두 분의 스승에게서 공부했는데, 이들은 모두 법가와 관련이 있었다. 먼저 가의가 고향에서 공부한 오공은 진의 법가사상가인 이사로부터 학문을 배웠다고 한다. 이 점에 미뤄볼 때, 가의의 사상 속에는 법가적인 영향도 있음을 추정해볼 수 있다. 또 그가 장안에서 공부한 장창의 스승은 순자였다. 순자는 유학자이만 그의 예법(禮法)사상은 법가의 법치론(法治論)과 밀접한 관련을 맺고 있으며, 또 이사라는 대표적 법가사상가를 길러낸 스승으로서 유가와 법가 사이의 교량역할을 한 학자이다. 이렇게 본다면 가의의 사제관계를 통해 당시의 법가사상적 분위기와 그의 학문적 영향관계를 알 수 있다. 그래서 사마천도 『사기』「태사공자서(太史公自序)」에서 가의를 한 대의 유명한 법가사상가인 조착(晁錯, 기원전 200년~기원전 154년)[34]과 같은 법가의 부류로서 분류하기도 하였다.

---

34) 晁錯: 西漢 潁川 사람. 申不害·商軼 刑名之術을 공부했다. 文帝 때 문학으로 太常掌故가 되었고, 伏生에게 今文 『尚書』를 전수받았다. 일찍이 상소를 올려서 흉노의 침략에 대비하고, 제후들의 권한을 줄이고 황실을 견고하게 할 것을 주장하였다. 경제가 즉위 후 그 의견을 받아들여 법령을 바꾸고 제후의 枝郡을 줄였는데, 경제 3년에 吳·楚 등의 일곱 나라가 조착을 죽이고 임금의 주위를 깨끗이 한다는 명분으로 난을 일으켰다. 이때 조착은 袁盎의 참소를 받아 斬刑을 받았다.

법가에서는 현실의 제왕을 중심으로 모든 정치권력과 법제를 집중시켜야 국가를 효율적으로 다스릴 수 있다고 본다. 따라서 당시의 법가들은 모두 공통적으로 황실의 권력을 잠식하고 있던 제후들의 세력을 삭감하고 황권의 강화를 주장하였다. 이는 가의의 경우에서도 똑같이 확인된다.

소백정 坦이 하루에 소 열두 마리를 잡아도 칼날이 무뎌지지 않는 것은, 가르고 치고 베고 벗기는 것이 다 살갖의 결을 따랐기 때문입니다. 그러나 엉덩이뼈나 허벅지 뼈 같이 커다란 뼈에서는 자귀가 아니면 도끼를 써야 합니다. 인의와 은혜는 제왕의 예리한 칼날이 되고, 권세와 법제는 제왕에게 도끼가 됩니다.[35]

여러 제후들이 황실에 충성스럽게 붙어 있기를 바란다면 장사왕처럼(그들의 세력을 약하게) 하면 됩니다. 그들에게 살을 저며 소금에 절이는 형벌을 가하지 않기를 바란다면, 번쾌·역상·주발·관영처럼 되게 하는 것이 최상의 계책입니다. 천하가 편안히 다스려지고 천자에게 근심이 없기를 바란다면 제후를 많이 세워 그들의 힘을 약화시키는 것만큼 좋은 계책은 없습니다. 제후의 세력이 약하면 그들을(군신 간의) 도의로써 부리기 쉽고, 나라가 작으면 제후가 배반하려는 마음을 먹기 어렵기 때문입니다. (…중략…) 이전의 경우를 보건데 가장 큰 나라가 제일 먼저 모반합니다.[36]

이상의 예문을 보면 가의는 권세와 법제를 이용한 강압적인 방법을 동원해서 제후들의 힘을 약화시켜야 한다고 주장하였음을 알 수 있다. 이는 인의의 도덕정치를 주장한 유가와는 분명하게 구별되는 것으로,

---

35) 『신서』「制不定」. "屠牛坦一朝解十二牛, 而芒刃不頓者, 所排擊, 所剝割, 皆象理也. 然至髖髀之所, 非斤則斧矣. 仁義恩厚, 此人主之芒刃也; 權勢法制, 此人主之斤斧也."

36) 『신서』「藩彊」. "欲諸王皆忠附, 則莫若令如長沙. 欲勿令菹醢, 則莫若令如樊·酈·絳·灌. 欲天下之治安, 天子之無憂, 莫如衆建諸侯而少其力. 力少則易使以義, 國小則無邪心 (…중략…) 以前觀之, 其國最大者反最先."

법(法)·술(術)·세(勢)를 구사하여 절대권력을 행사하는 법가의 논리에 해당되는 내용이다. 또 "상을 내려 선을 권장하고 벌을 주어 악을 징계하는 것이니, 선왕께서는 금석처럼 단호하게 이런 정치를 집행했고, 이런 명령을 사계절처럼 틀림없이 집행했다"37)고 하였다. 이는 한비자(韓非子, 기원전 280년?~기원전 233년)가 말한 "밝은 임금이 신하를 제어하는 데 두 가지 수단이 있으니, 두 가지 수단이란 형벌과 덕이다"38)라고 한 사상과도 일치하며, 잘한 일에는 반드시 상을 주고 잘못한 일에는 반드시 벌을 내린다는 법가의 신상필벌(信賞必罰)의 기본정신을 그대로 보여준다. 군주의 입장에서 형벌과 은덕을 장악하고 신상필벌의 원칙에 입각해서 법령을 엄하게 시행해야만 군권(君權)을 확립하고 나라를 효율적으로 통치할 수 있다는 사상은 전제군주를 중심으로 한 전형적인 법가사상이라 할 수 있다.

아울러 『한서』「가의전」에 가의는 "어린 나이에 제자백가의 서에 통달했다"고 한 것을 보면, 그는 유가와 법가뿐만 아니라 제자백가에 대해서도 해박한 지식이 있었음을 짐작할 수 있다. 가의는 인의의 정치를 강조했지만, 순자 학파의 가르침을 이어받은 법가의 영향도 강하게 받았으며, 도가 및 음양가의 영향도 보인다.

유가·법가사상 이외에 도가사상은 그의 사상을 형성하는 중요한 부분이다. 특히 가의는 국가의 정체(政體)를 논할 때에는 유가적 입장에 서 있지만, 치술(治術)을 논할 때에는 황노술적(黃老術的)인 경향을 드러낸다. 그는 정교(政敎)의 근본을 도(道)라고 하면서, 도의 본질을 허(虛)라고 본다.

도란 그로써 사물을 대하는 것이니, 그 근본이 되는 것을 虛라 하고, 그 말단이 되는 것을 術이라 한다.39)

---

37) 『한서』「가의전」. "若夫慶賞以勸善, 刑罰以懲惡, 先王執此之政, 堅如金石, 行此之令, 信如四時."
38) 『한비자』「二柄」. "明主之所導制其臣者, 二柄而已矣. 二柄者, 刑德也."
39) 『신서』「道術」. "道者, 所從接物也, 其本者謂之虛, 其末者謂之術."

여기에서 '허(虛)'라는 것은 도가사상의 중요개념 중의 하나로, 무(無)나 무위(無爲)와도 통한다. 이외에 그가 지은 「복조부」(鵩鳥賦)에서도 도가사상의 흔적을 찾아볼 수 있다.

어리석은 이는 세속에 얽매어
죄수인양 묶여있지만
至人은 현실에서 초연하여
홀로 도와 함께하도다.
미혹에 빠진 뭇사람들은
애증의 감정만 가득하건만
眞人은 담담해서
홀로 도와 함께 쉬도다.
지혜도 버리고 형체도 벗어남이여
나조차도 잊어버리고,
휑하니 텅 빈 채로
도와 더불어 비상하도다.
물결따라 흘러감이여
물가에 닿으면 멈추리라.
내 몸을 천명에 맡김이여
사사로이 내 것으로 삼지 않도다.
삶은 떠있는 듯
죽음은 쉬는 듯
깊은 못처럼 잠잠하고
매이지 않은 돛단배같이 자유롭도다.
삶만을 애지중지 하지 않나니
텅 빈 채 자유로이 떠있을 뿐이다.[40]

---

40) 『사기』「가생열전」. "愚士繫俗, 攟若囚拘. 全人遺物, 獨與道俱. 衆人惑惑, 好惡積意. 眞人恬漠, 獨與道息. 釋智遺形, 超然自喪. 寥廓忽荒, 與道翱翔. 乘流則逝, 得坻則止. 縱軀委命, 不私與己. 其生兮若浮, 其死兮若休. 澹乎若深淵之靚, 氾乎若不繫之舟. 不以生故自保, 養空而浮."

인용문에 보이는 지인(至人)이나 진인(眞人)은 『장자』에 등장하는 도를 얻은 도가의 이상적 인물이다. 「복조부」에 보이는 사상은 유가의 인의 예악사상과는 다르며, 현실을 초월하는 노장의 무위자연사상과 일치한다.

또한 그는 음양학에도 능통했다. 그래서 『한서』 「예문지」에서는 가의의 저술 중 「오조관제오편(五曹官制五篇)」을 음양가 21가중에 분류해서 편집해 놓기도 했다. 본래 한 고조 때에는 가의의 스승이었던 장창(張蒼)의 주장에 따라 한나라도 진나라와 같이 수덕(水德)에 해당하므로 10월을 세수(歲首)로 하고 흑색을 숭상하는 입장을 취하고 있었다. 가의는 수덕을 숭상하는 스승의 설을 고쳐서, 한의 모든 제도를 음양오행설에 의거해서 새로 토덕(土德)에 맞춰 개정해야 한다고 주장하였다. 그래서 『한서』 「가의전」에 보면 "가의는 한나라가 일어나서 (문제에 이르는) 20여 년 동안 천하가 화평해졌으니, 마땅히 역법(曆法)을 개정하고, 복색과 제도를 바꾸며, 관직의 이름을 정하고 예악을 일으켜야 한다고 여겼다. 이에 의례와 법식에 대한 초안을 마련했는데, 색은 황색을 숭상하고, 수는 5를 기준으로 사용하며, 관직의 이름을 모두 바꿔야한다고 아뢰었다"[41]고 했다.

『한서』에서 가의가 어린 나이에 여러 제자백가에 통달하였다고 한 바와 같이, 『신서』에는 공자를 비롯하여 노자(老子)[42] · 관자(管子)[43] · 묵자(墨子)[44] · 안자(晏子)[45] 등 제자(諸子)의 말들이 다양하게 인용되어 있

---

41) 『한서』 「가의전」. "賈生以爲漢興至孝文二十餘年, 天下和洽, 而固當改正朔, 易服色, 法制度, 定官名, 興禮樂, 乃悉草具其事儀法, 色尙黃, 數用五, 爲官名, 悉更秦之法."

42) 老子 : 중국 고대의 철학자로 道家의 창시자. 주나라의 쇠퇴를 한탄하고 은퇴할 것을 결심한 후 西方으로 떠났다. 그 도중 관문지기의 요청으로 상하 2편의 책을 써 주었다고 한다. 이것을 『노자』라고 하며 『도덕경』이라고도 하는데, 도가사상의 효시로 일컬어진다.

43) 管子 : 管仲(?~기원전 645년) 춘추시대 齊나라의 승상, 이름은 夷吾, 字는 仲. 시호는 敬이다. 제 桓公을 도와 霸業을 실현하였다. 저서로 『管子』가 전해진다.

44) 墨子 : 戰國시대의 사상가인 墨翟. 墨家의 대표적 인물로, 兼愛說을 주장한 功利主義사상가이다.

45) 晏子 : 춘추시대 齊나라 대부였던 晏嬰(?~기원전 500). 자는 平仲이다. 그의 門人과

다. 이는 가의가 한초의 다른 사상가들과 마찬가지로 제자백가가 혼합되어 있는 경향을 갖고 있었음을 보여준다. 이는 가의만의 독특한 특징이라기보다는 유가·법가·도가 등 여러 사상이 뒤섞여 있는 한대 초기 사상계의 일반적인 경향이라고 보는 것이 더 타당하다.

2) 가의의 철학사상

가의의 철학사상은 여러 곳에서 보이지만, 「도술(道術)」·「육술(六術)」·「도덕설(道德說)」 등의 편에 집중적으로 보인다. 그의 관심은 치세(治世)의 도에 있었다. 그래서 가의 철학의 중점은 군주가 나라를 다스리는 방책과 정치하는 방법에 있다. 그가 도를 논하건 만물의 본체를 언급하건, 그에 있어서 천도는 치세를 위한 이론의 근거로서 의미를 갖는 것이었다. 이 장에서는 그의 철학사상 중에 궁극적 개념인 도와 덕 개념을 중심으로 고찰해 보자.

가의는 만물의 생성은 도에서 이뤄진다고 보았다. 도는 무형의 존재로서 무소부재의 본체이다.

> 도는 형체가 없고 평화로우면서 신묘하다. 도는 사물을 실어주는 것으로, 모두에게 사리에 맞고 조화롭게 운행하므로 사물들은 맑고 반질반질하게 된다.[46]

그는 "도란 그로써 사물을 대하는 것이니, 그 근본이 되는 것을 허(虛)라고 한다"(「도술」)고 하여 도는 비어있는 존재라고 보았다. 노자는 여러

제자들이 안영의 언행을 모아 편찬한 『晏子春秋』가 전해진다.
46) 『신서』 「道德說」. "道者無形, 平和而神. 道有載物者, 畢以順理和適行, 故物有淸而澤."

곳에서 허를 강조했고[47] 장자도 천지의 근본인 도를 허(虛)라는 개념으로서 표현한 바 있다.[48] 비어있다는 것은 아무 것도 없고 아무 작용도 하지 않는 상태를 의미하는 것은 아니다.

> 물었다. "虛로 사물을 대한다는 것은 어떤 것인가?" 대답하였다. "거울은 가만히 있어도 무엇이든 다 잘 비추니, 아름답건 추악하건 각각 그에 맞게 비춘다. 저울은 비어있어 사사로움이 없으며, 평온하고 조용히 있지만 가볍고 무거움이 모두 거기에 매달려서 각각 제자리를 잡게 된다. 현명한 군주는 남면해서 바르게 앉아서 자신을 텅 비운채로 조용히 있을 뿐이다. 그러나 아름다운 이름이 절로 펼쳐지고 만물을 스스로 안정되게 만드니, 마치 거울에 비추는 것과 같고 저울에 다는 것과 같다. 틈이 생기면 화합시키고 실마리가 있으면 따르며, 만물을 그 끝까지 길러 (각각의 상황에) 알맞게 베푸니, 이것이 虛로 사물을 대하는 방식이다."[49]

허정한 도로서 사물을 대한다는 것은 거울이 자신을 텅 비운채로 모든 사물에 알맞게 비추어 내듯이, 자신의 의도를 내세우지 않으면서 만물이 각자 제자리를 잡게 만들어주는 묘용을 갖는다. 이는 노자가 말한 "인위적으로 하지 않지만 하지 못하는 일이 없다[無而無不爲]"는 무위(無爲)사상과 상당히 유사하다고 할 수 있다. 이런 방식으로 도는 덕(德)을 낳고, 덕은 사물의 본성을 이룬다.

> 덕이라는 것은 無에서 출발하여 有로 변해간다. 젖어들면 기름기가 엉기듯

---

47) 『노자』 3장. "是以聖人之治, 虛其心, 實其腹", 16장. "致虛極, 守靜篤, 萬物並作, 吾以觀復. 夫物芸芸, 各復歸其根."
48) 『장자』「人間世」. "氣也者, 虛而待物者也. 唯道集虛."「천도」. "夫虛静恬淡寂漠无爲者, 天地之本."
49) 『신서』「道術」. "曰:'請問虛之接物何如?' 對曰:'鏡儀而居, 無執不臧, 美惡畢至, 各得其當. 衡虛無私, 平靜而處, 輕重畢懸, 各得其所. 明主者, 南面而正, 清虛而静. 令名自宣, 命物自定, 如鑑之應, 如衡之稱. 有讐和之, 有端隨之, 物鞠其極, 而以當施之. 此虛之接物也.'"

탁해져서 형체를 형성하기 시작한다. (…중략…) 도가 엉겨 덕이 되고, 신은 덕에 실려 있다 (…중략…) 도가 비록 신묘한 것이지만, 반드시 덕에 실려야 하니, 그래야만 (도의) 모습이 의탁하는 바가 있게 된다. (…중략…) 덕은 도의 변화를 받아 각기 다른 형상의 사물을 표현한다. 덕은 윤택하니, 그래서, "기름처럼 반질반질한 것을 덕이라고 한다.50)

"무에서 출발해서 유로 된다"는 것은 무형의 본체에서 유형의 존재로 변화되는 과정을 말한다. 덕은 구체적 사물은 아니지만 만물을 낳는 모체가 된다. 다시 말해 덕은 무형의 도에서 형체를 가진 만물로 변화해가는 중간적 교량의 역할을 한다. 만물의 최초의 근원은 도이지만 도에서 덕이 나오고 덕은 만물을 낳는다. 도는 덕에 의지해야 사물을 낳고 그 신묘한 작용을 행할 수 있게 된다.

그런데 덕은 동일한 것은 아니다. 가의에 의하면 덕에는 도(道)·덕(德)·성(性)·신(神)·명(明)·명(命)의 여섯 가지 이치가 있고, 육법(六法)·육술(六術)·육행(六行)·육예(六藝)·육률(六律) 등이 있어서 6을 원리로 삼아 천지 만물을 만들어낸다고 한다.51) 같은 맥락에서 가의는 인간사회에서도 6을 원리로 하는 예제를 회복하고자 했다.52)

---

50) 『신서』「도덕설」. "德者, 離無而之有. 故潤則腝然濁而始形矣 (…중략…) 道冰而爲德, 神載於德 (…중략…) 道雖神, 必載於德, 而頌乃有所因 (…중략…) 德受道之化, 而發之各不同狀."

51) 『신서』「육술」. "德有六理, 何謂六理? 道·德·性·神·明·命, 此六者德之理也. 六理無不生也, 已外生而六理存乎所生之內, 是以陰陽·天地·人, 盡以六理爲內度, 內度成業, 故謂之六法. 六法藏內, 變流而外遂, 外遂六術, 故謂之六行. 是以陰陽各有六月之節, 而天地有六合之事, 人有仁·義·禮·智·信之行. 行和則樂興, 樂興則六, 此之謂六行. 陰陽·天地之動也, 不失六行, 故能合六法. 人謹脩六行, 則亦可以合六法矣. 然而人雖有六行, 微細難識, 唯先王能審之. 凡人弗能自至, 是故必待先王之教, 乃知所從事. 是以先王爲天下設教, 因人所有, 以之爲訓, 道人之情, 以之爲眞. 是故內本六法, 外體六行, 以與詩·書·易·春秋·禮·樂六者之術, 以爲大義, 謂之六藝. 令人緣之以自脩, 脩成則得六行矣. 六行不正, 反合六法. 藝之所以六者, 法六法而體六行故也, 故曰六則備矣. 六者非獨爲六藝本也, 他事亦皆以六爲度."

52) 『신서』「육술」. "人之戚屬, 以六爲法. 人有六親, 六親始曰父. 父有二子, 二子爲昆弟. 昆弟又有子, 子從父而昆弟, 故爲從父昆弟. 從父昆弟又有子, 子從祖而昆弟, 故

가의는 당시 예의에 어긋나는 풍속이 유행하는 것은 진대의 악습을 계승한 때문이라고 보았다. 또 제후들이 통치계급 간에 자신의 분수에 넘는 행동을 자행하는 것도 새로운 예제가 제대로 수립되지 못한 까닭이라고 보았다.[53] 그래서 그는 도와 덕에 근거해서 사회의 풍속을 바꾸고 제후왕의 참람된 행위를 제어하며 군신 간에 서로 예를 차려야 한다고 주장하였다.[54]

6을 원리로 삼는 사상은 그의 스승이었던 장창에게서 나온 것이다. 장창은 일찍이 진주하리[秦柱下吏][55]를 지냈는데, 한초에 율력(律曆)을 정하면서 진나라의 제도에 의거하여 '6'을 숭상해야 한다고 보았다.[56] 뒤에 가의는 자신의 견해를 수정하여 5를 원리로 삼는 새로운 개혁안을 제출한다.[57] 가의는 수덕(水德)을 중시하던 진과 달리 한 왕조는 토덕(土德)을 받은 국가로서 이에 맞게 제도를 조정해야 한다고 본 것이다. 아무튼 6이든 5든 구체적 내용은 다소 다르지만, 모두 그의 도·덕 개념으로부터 연역해낸 원리란 점에서는 같은 맥락을 지닌다.

이와 같이 도·덕은 가의의 철학을 관통하는 이념이자, 또한 사회의 예법을 세우고 나라를 다스리는 일관된 원리가 된다. 도·덕을 중심으로 한 그의 철학사상에는 당시에 유행하던 황로사상의 영향도 받고 있다.

爲從祖昆弟. 從祖昆弟又有子, 子從曾祖而昆弟, 故爲從曾祖昆弟. 曾祖昆弟又有子, 子爲族昆弟. 備於六, 此之謂六親. 親之始於一人, 世世別離, 分爲六親. 親戚非六, 則失本末之度, 是故六爲制而止矣. 六親有次, 不可相踰, 相踰則宗族擾亂, 不能相親. 是故先王設爲昭穆三廟以禁其亂. 何爲三廟? 上室爲昭, 中室爲穆, 下室爲孫嗣令子. 各以其次, 上下更居, 三廟以別, 親疏有制. 喪服稱親疏以爲重輕, 親者重, 疏者輕. 故復有齺衰·齊衰·大紅·細紅·緦麻備六."

53) 『신서』「禮」 참조.
54) 『新書全譯』「前言」, 5~6면 참조.
55) 柱下吏: 진 왕조의 조정관리로, 전국에서 올라온 書狀 등을 네모진 목판에 자세하게 기록하는 御使.
56) 『한서』「郊祀志」 참조.
57) 『사기』「가생열전」: "賈生以爲漢興至孝文二十餘年, 天下和洽, 而固當改正朔, 易服色, 法制度, 定官名, 興禮樂, 乃悉草具其事儀法, 色尙黃, 數用五, 爲官名, 悉更秦之法. 孝文帝初卽位, 謙讓未遑也."

3) 가의의 개혁정책

(1) 創業에서 守成으로의 체제개혁

가의는 이런 철학사상에 바탕해서 당시의 사회 정치를 개혁하고자 노력했다. 먼저 그는 한초의 임협적(任俠的) 질서의 극복을 위해 훈구세력에 대한 비판부터 착수하였다. 『신서』전반부 5권에 보이는 대책류(對策類)의 글은 대부분 이들에 대한 비판과 더불어 제국의 체제 확립의 이상과 방법론에 대한 논의로 일관되어 있다. 특히 그의 치안대책은 기존 질서의 극복을 위해 마련된 것이다. 아래의 인용문에는 가의의 의도가 잘 드러나 있다.

> 폐하에게 진언하는 자들은 모두 "천하가 이미 안정되었습니다"라고 하나, 신만은 홀로 "천하가 아직 안정되지 않았습니다"고 말합니다. 어떤 사람은 "천하가 이미 잘 다스려졌습니다"라고 할 것이오나, 신만은 홀로 "천하가 아직 다스려지지 않았습니다"라고 말씀드려야겠습니다. (…중략…) 오늘날의 형세가 이와 무엇이 다르겠습니까! 본말이 어그러져 뒤바뀌고 앞뒤가 제멋대로 끊어졌으며, 나라의 제도가 어지러우니, 어떻게 잘 다스려지고 있다고 할 수 있겠습니까! 폐하께서는 어찌해서 저로 하여금 며칠 동안 폐하께 저의 의견을 상세히 열거하여 나라를 태평하고 안정시킬 수 있는 방책을 말씀드리도록 하지 않으십니까?[58]

그의 이러한 현실인식의 단서는 "천하를 얻는 것과 그 천하를 지키는 방법은 다르다[取與守不同術]"라는 논설에서도 엿볼 수 있다. 진시황이 제후국을 연합하여 천하를 통일한 후에도 '그 도가 바뀌지 않고 그 정치가 고쳐지지 않았음',[59] 즉 '천하를 얻는 방책(取術)'을 '천하를 지키는

---

58) 『신서』「數寧」. "進言者皆曰 : '天下已安矣', 臣獨曰 : '未安', 或者曰 : '天下已治矣', 臣獨曰 : '未治' (…중략…) 方今之勢, 何以異此! 夫本末舛逆, 首尾橫決, 國制搶攘, 非有紀也, 胡可謂治! 陛下何不一令以數日之間, 令臣得熟數之於前, 因陳治安之策?"

진시황

방책(守術)'으로 바꾸지 않았다는 사실이 진나라 정치의 제일차적 과오라는 것이다.

이는 이전 왕조인 진나라에 국한된 비판이 아니라, 사실은 당시 진나라의 구체제를 여전히 지키고 있던 당시의 공신집단을 겨냥한 것이었다. 공신집단의 무인적(武人的) 기질[任俠]과 황로(黃老)의 통치술에 의한 천하통일은 '취술'에 의한 것이다. 그러나 '취술'은 천하의 패권을 다툴 때에 필요한 것일 뿐, 그것으로써 새로운 체제나 질서를 확립할 수 없다. 따라서 새로운 통치체제를 확립하기 위해서는 무엇보다 '취술'에서 '수술(守術)'로의 전환이 이루어져야한다는 논리이다.

이러한 논리는 건국 초기 숙손통(叔孫通)60)이 고조에게 조의(朝儀)의 제정을 건의하면서 "유학자와는 더불어 나아가 취하기는 어렵지만, 함께 이룬 것을 지킬 만은 합니다"61)라고 한 말을 상기시킨다. 창업은 무인들이 하지만, 수성(守成)은 유학자가 해야 한다는 말이다. 육가(陸賈, 기원전 240년~기원전 170년)62) 역시 『시(詩)』·『서(書)』를 칭송하는 그를 고조가

---

59) 『신서』「과진 中」. "秦雖離戰國而王天下, 其道不易, 其政不改, 是其所以取之也."

60) 叔孫通 : 서한의 유학자로 이름은 何. 薛縣(지금의 山滕縣 동남쪽) 사람으로, 秦나라 때 博士를 지냈다. 후에 한나라에 투항하여 유학의 부흥에 중요한 역할을 하였으며, 稷嗣君으로 칭해졌다. 후에 태자의 太傅가 되었다.

61) 『사기』「叔孫通列傳」. "儒者難與進取, 可與守成."

62) 陸賈 : 前漢 때 楚나라 출신의 학자로 기원전 206년에서 기원전 179년에 주로 활동하였으며, 저술로는 『新語』가 전해진다. 그는 패도정치를 배격하고 왕도정치를 존중하였으며, 정치의 요점은 修身에 있다고 하였다.

비웃자 '말위에서 천하를 얻었지만, 어떻게 말위에서 천하를 다스릴 수 있습니까?'라고 응답한 적이 있었다.[63] 천하의 쟁취는 무인에 의해 말 위에서 이루어지지만, 천하를 다스리는 것은 유자와 『시』・『서』에 의해서만 가능하다는 것으로, 『신서』의 '천하를 얻는 것과 그 천하를 지키는 방법은 다르다'는 언급과 일치된 논지를 보여준다.

취술의 담당자가 공신집단이었다면, 수술의 담당자는 『시』・『서』 등의 유가경전에 능통한 문학지사(文學之士)여야 한다는 것이다. 요컨대 가의 등이 제시한 제국의 체제확립의 전제조건은 국가이념과 그 담당자의 혁신에 있었다. 가의 등의 유교적 교양을 쌓은 문학지사들은 이제 통일된 제국을 다스리는 새로운 시대의 주체라는 의식을 강하게 갖고 있었다.

『신서』에 보이는 '수술(守術)'의 도는 유가적 인위(人爲)의 도였다. 가의는 유가적 입장에서 '수술'이라는 새로운 시대에 맞는 질서를 건설하려 하였다. 여기에 새로운 질서의 수립을 위해 극복되어야 할 두 개의 구체제가 있었다. 하나는 진나라의 법치주의적 체제와 하나는 한초공신집단에 의해 주도된 임협적(任俠的) 질서가 그것이었다.

(2) 秦 法治체제 비판

전자에 대한 비판이 바로 유명한 「과진론」이다. 『신서』 첫머리에 실린 「과진론」은 그 제목 자체가 진나라를 귀감으로 삼아 그 과오를 성찰하고 청산해야 한다는 한대 초기의 정치적・사회적・사상적 과제를 대변해주고 있다. 가의는 진나라의 흥망과정에 대해서 깊이 연구하였다. 가의가 「과진론」을 집필한 목적도 진나라 멸망의 원인을 타산지석으로

---

63) 『사기』 「陸賈列傳」. "陸生時時前說稱詩書. 高帝罵之曰 迺公居馬上而得之 安事詩書! 陸生曰 居馬上得之 寧可以馬上治之乎? 且湯武逆取而以順守之 文武並用 長久之術也."

삼아 한 왕조의 통치기반을 공고히 하는 데 있었다. 그는 법치주의의 포학한 측면을 지적하였다. 그 요지는 가혹한 형벌과 법률만으로는 백성의 반항을 저지할 수 없으며, 아무리 철벽같은 성벽을 쌓아놓았다 해도 멸망을 막을 수 없다는 것이다. 그러나 이보다 가의가 더 증오한 것은 '선왕의 도'를 없애고 백가(百家)의 사상을 불태운' 혹은 '힘이 우선이고 인의는 나중'이라는 반문화주의적인 힘의 정치에 있었다. 아무리 강대한 나라하고 해도 폭력적으로 민심을 잃는다면 반드시 망할 수밖에 없다는 것을 강조했다.

그는 막강한 권력을 휘두르며 위세 당당하던 왕조가 "일개 필부가 난을 일으키자 나라가 망하고, 천자 또한 다른 사람의 손에 죽어서 천하의 웃음거리가 되었으니, 무엇 때문인가?"[64]라고 하면서, 그 역사적 교훈을 물었다. 그는 진시황이 '문서를 불태우고 형법을 가혹하게 시행했으며' '천하를 포악스럽게 다스린' 점을 지적했고, 진시황을 이은 이세(二世)는 전대의 잘못을 반성할 줄 모르고 전철을 되풀이했다고 비판했다.

그러나 이세는 이 방법을 실행하지 않고 거듭 포악무도한 짓을 되풀이하여, 종묘와 백성들에게 해를 끼치면서 아방궁을 다시 짓기 시작했다. 형벌을 복잡하고 엄하게 하며 관리는 가혹하게 다스리니, 상벌은 형평이 맞지 않고 세금은 한도가 없었다. 세상에 일거리가 많아져서 관리들이 감당할 수가 없을 지경이었으며, 백성들이 곤궁에 빠졌는데도 임금은 그들을 구휼하지 않았다. 이렇게 되자 잘못된 일들이 한꺼번에 일어나고 상하가 서로 속이며, 죄를 뒤집어쓰는 자가 많아져서 형벌을 당한 이들을 길거리 곳곳에 흔하게 볼 수 있게 되니, 천하의 백성들이 모두 괴롭게 여겼다. 여러 공경이하 서민에 이르기까지 모든 사람이 저절로 위태롭다고 여기게 되었고 곤궁한 지경에 처하자, 모두 다 자신의 자리에 편안하지 못해서 쉽게 동요되었다.[65]

---

64) 『신서』 「過秦 上」. "一夫作難而七廟墮, 身死人手, 爲天下笑者, 何也?"
65) 『신서』 「過秦 中」. "二世不行此術, 而重以無道, 壞宗廟與民, 更始作阿房之宮. 繁刑嚴誅, 吏治刻深; 賞罰不當, 賦斂無度. 天下多事, 吏不能紀; 百姓困窮, 而主不收恤. 然後奸僞並起, 而上下相遁; 蒙罪者衆, 刑僇相望於道, 而天下苦之. 自群卿以下

진나라는 백성을 사랑하고 구휼해주지 않고 가혹한 형벌로 곤궁에 몰아넣어 핍박하다가, 견디지 못한 민중이 한번 일어나자 결국 진나라 전체가 붕괴되고 말았다는 것이다.

가의는 진의 멸망을 교훈으로 삼아 우선 '법령을 줄이고 형벌을 경감할 것[約法省刑]'을 주장하였고, 이어서 백성을 근본으로 삼는 인의의 정치를 내세우면서 당시의 시의(時宜)에 맞는 정책을 강구하였다. 그 구체적인 방법론으로 중농억상(重農抑商)정책을 통해 사회의 안정과 부를 꾀하여야 한다고 하였고, 나아가 제도개혁의 필요성을 역설했다. 당시 진나라의 제도를 답습한 한나라의 국가체제 역시 문제라고 보았다. 그래서 그는 진의 구체제를 탈피해서 정삭(正朔)을 개정하고 복색(服色)을 바꾸고 법도를 제정하고 예악을 일으켜야 한다고 강력하게 주장하였다.

사실 가의 이전에도 비슷한 생각을 갖고 있던 대표적인 사상가로 육가(陸賈)를 들 수 있다. 육가는 진나라의 멸망이라는 역사적인 사건에서 얻을 수 있는 교훈을 바탕으로 새로운 정치원리를 모색했다. 육가는 한나라를 건국한 유방에게 "말 위에서 천하를 얻으셨지만, 어찌 말 위에서 천하를 다스릴 수 있겠습니까? (…중략…) 진나라는 형법만 사용하고 바꾸지 않다가 결국 멸망했습니다. 만약 진나라가 천하를 통일한 뒤 인의의 정치를 행하고 성왕들을 본받았다면 폐하께서 어찌 천하를 얻으실 수 있었겠습니까?"[66]라고 하여 진나라의 멸망원인을 인의를 버리고 법치만을 숭상했기 때문이라고 했다. 또 성왕의 가르침을 강조하면서, 유교의 인의의 정치를 시행해야 한다고 건의하기도 하였다.

「과진론」에서 법가적 정치에 대해 강하게 비판하면서 유교 이념을 표방하고 있음에도 불구하고, 가의는 법적질서를 전면적으로 부정한 것은 아니었으며, 그 효용가치를 인정하고 있었다. 사실 그가 증오한 대상

至於衆庶, 人懷自危之心, 親處窮苦之實, 咸不安其位, 故易動也."
66)『사기』「陸賈列傳」. "居馬上得之 寧可以馬上治之乎? (…중략…) 秦任刑法不變 卒滅趙氏 鄕使秦已幷天下 行仁義 法先聖 陛下安得而有之?"

은 형법 그 자체가 아니라 가혹하고 엄한 형벌의 집행이었다. 요컨대 가의가 비판하고 경계한 것은 지나치게 경직화한 진나라의 법치체제를 비판한 것이지, 법가사상 자체를 부정한 것은 아니다. 이와 같이 가의가 가혹한 법치체제는 비판하고는 있지만, 다른 한편으로 그의 정치사상에는 법가적 경향이 있다는 점을 간과해서는 안 된다.

(3) 훈구세력에 대한 비판

당시 한초의 개국공신들은 대부분이 무인 출신들이었다. 앞에서도 보았듯이 '신하들이 술을 마시며 공을 다투고, 어떤 때에는 술에 취해 고조의 이름을 마구 불러댔으며, 칼을 뽑아 기둥을 내리치기도 해서 고조가 걱정했다'는 기록을 보면, 전쟁터를 누비던 무인들로서는 제대로 된 교육을 받거나 문화적 교양을 쌓을 기회가 없었을 것임은 당연한 일이다.

가의가 이들 무인들이 결코 '수술(守術)'의 담당자가 될 수 없다고 단정한 보다 근본적인 이유는 공신집단의 '포의(布衣)'적[67] 속성에 있었다. 당시 대신들이 '글이 짧아서' 정사에 밝지 못하였음은 일반적 현상이었으며, 이러한 포의적 속성이 황로술을 신봉하던 무인들에게는 오히려 소소한 사무에 얽매이지 않는 '장자(長者)'적 기풍으로 존경되고 있었다. 무인출신의 공신집단은 자신들의 무지를 황로술적인 무위의 술책에 숨기고 있었다. 가의는 이 문제의 본질을 정확히 꿰뚫어보고 있었다.

> 이제 평소에 위아래가 귀천의 차등이 없고, 또 불경스런 일을 해도 본래 관대했으니, 만약 무슨 일이 생기면 반드시 곤란을 겪게 될 것입니다. 사정이 이런데도 계책을 아뢴다는 이들은 모두 "움직이지 않는 것이 상책입니다"라고

---

67) 布衣 : 벼슬을 하지 않는 사람들은 누추한 麻布나 葛布를 입었으므로, 평민을 가리키는 말이 되었다.

말합니다. 아무런 행동도 취하지 않고서 쇠퇴한 천하를 구한다는 것은 무슨 말입니까? (그들은 말하기를) "크게 다스려지면 괜찮겠지만 만약 크게 어지러워지면 그 어찌 작은 것만 같겠습니까"라고 합니다. 비통합니다! 풍속이 불경스럽게 되었고 상하 존비의 등급이 없어졌으며, 심지어는 임금을 범하기에 이르렀는데도 계책을 아뢰는 자는 오히려 "無爲하십시요"라고 합니다. 긴 한숨이 나오는 일이 바로 이것입니다.[68]

세상이 어지러워지고 심각한 문제가 발생해도 그저 움직이지 말고 아무런 조치도 취하지 않으면서, 이것이 무위의 통치술이라고 여기는 무지한 행위에 대해 가의는 통렬한 비판을 가했다. 가의는 당시의 무지하고 세련되지 못한 포의적 속성을 극복하기 위해, 공신집단을 대신하여 관료로서의 기능을 수행할 새로운 인재를 선발해야 한다고 주장하였다. 가의는 관리를 뽑는 기준을 '현(賢)'과 '불초(不肖)'라는 능력의 유무에 두었다. 그에 의하면 '현(賢)'이라는 추상적 개념이 갖는 구체적 의미는 "선을 행하는 자를 현명한 사람이라 하고, 악을 행하는 자를 못난 사람이라 한다"[69]에서처럼 선을 행함을 가리킨다. 여기에서의 '선'이란 정치적으로는 선정(善政)을 의미하는 것으로, 관리 선발기준으로서의 '현'이란 '선정을 행할 수 있는 능력'을 가리키는 것으로 보아야 할 것이다.

가의는 군주에게도 현을 요구하였다. 그는 현명한 군주란 "학문을 게을리 하지 않고 도를 좋아해서 싫증내지 않으며", '현군'이 되기 위해서는 "낮에는 도를 배우고 저녁에는 이를 연구해야 한다"고 하였다.[70] 군주에 있어서의 '현'이란 도를 배워 이를 행할 수 있는 능력을 말한다.

---

68) 『신서』 「孽産子」. "今也平居則無茈施, 不敬而素寬, 有故必困. 然而獻計者類曰 : '無動爲大'耳. 夫無動而可以振天下之敗者, 何等也? 曰 : '爲大治', 可也; 若爲大亂. '豈若其小.' 悲夫! 俗坐不敬也, 至無等也, 至冒其上也, 進計者猶曰 '無爲' 可爲長大息者此也."

69) 『신서』 「修政語 下」. "夫行者善, 則謂之賢人矣; 行者惡則謂之不肖矣."

70) 『신서』 「先醒」. "賢主者學問不倦, 好道不厭 (…중략…) 晝學道而夕講之."

이상의 의미를 합하여 생각한다면 '현'이란 '학문적 수양으로부터 나오는 정치적 능력'을 가리키는 개념으로, 이러한 능력을 가진 인재를 '현사(賢士)'라고 지칭하였다. 결국 가의가 주창한 새로운 인재론은 '유교적 교양을 닦고 정치적 능력을 갖춘 문학지사'를 관리로 중용하라는 표현이었다.

(4) 흉노에 대한 대비책

한초에는 흉노의 위협이 가장 큰 외환(外患)이었다. 한 조정은 한고조 시절부터 흉노와 화친정책을 취해왔다. 그러나 문제 때 제후들의 모반으로 한나라의 국력이 약화되자, 흉노가 여러 차례 침입해 들어왔다. 가의는 흉노에 대한 화친정책을 비굴한 정책이라고 보았고 「위불신(威不信)」·「흉노(匈奴)」편 등에서 이런 임시미봉의 화친책을 강하게 비판하면서 그 대비책을 건의하였다.

> 흉노가 한나라를 침략하고 업신여김이 심하며, 천자를 대하는 데에 지극히 불경스러워 천하의 근심거리가 멈추지 않습니다. 거기에다 한나라는 해마다 금과 솜과 비단을 그들에게 보내고 있으니 이는 바로 오랑캐들에게 조공을 바치는 격이며, 도리어 한나라가 오랑캐의 제후국이 되어버렸습니다. 형세가 비굴하고 모욕적일 뿐 아니라, 전란이 끊이지 아니하니 이대로 계속 나가다가는 언제 끝이 나겠습니까? 폐하께서는 황제의 이름을 지닌 채 어찌 이러한 상태를 차마 지속하겠습니까?[71]

그는 흉노와의 화친정책이란 흉노에다 조공을 바치는 격으로, 한나라의 천자가 바로 흉노의 제후가 된 꼴이라고 비판했다.

---

71) 『신서』「勢卑」. "匈奴侵甚侮甚, 遇天子至不敬也, 爲天下患, 至無已也. 以漢而歲致金絮繒絇, 是入貢職於蠻夷也, 顧爲戎人諸侯也. 勢旣卑辱, 而禍且不息, 長此何窮? 陛下胡忍以帝皇之號持居此"

그러면 강성한 흉노를 어떻게 해야 할 것인가? 그는 '덕으로 싸워 이기는[戰德]' 방법을 제기하면서, '세 가지 준칙[三表]'과 '다섯 가지 미끼[五餌]'를 들어서 흉노족을 무력화시키는 방책을 언급하였다. 세 가지 준칙이란 흉노에게 천자의 신의와 차별 없는 사랑을 알려서 그들을 회유한다는 계책이고, 다섯 가지 미끼란 한나라의 좋은 음식과 의복으로 흉노족을 우대함으로써 그들을 투항하도록 꾀어내고 흉노 군신 간의 관계를 이간시키는 계책이다.[72] 그는 이런 방식의 대외정책을 통해서 한나라의 큰 근심거리였던 흉노족의 문제를 근본적으로 해결하면서 한나라의 위상을 높일 수 있다고 보았다.

이상에서 본 바와 같이 가의는 충심으로 대내외적인 개혁정책을 제안하였다. 문제는 가의의 제안을 채택하려 했지만, 당시의 보수적인 대신들은 가의의 개혁정책에 대해 강하게 반발하였다. 문제가 가의를 공경(公卿)의 자리에 임명하려 했을 때, 관영(灌嬰)·주발(周勃)과 같은 공신들은 "낙양사람은 나이도 어리고 학문도 얕은데, 권력을 독점해서 여러 일을 어지럽히려고 합니다"라고 비난하여 지방으로 좌천시켜 버렸다. 결국 가의의 우국충정은 제대로 평가되지 못한 채 권력투쟁에 말려들었고, 가의는 자신의 경륜과 포부를 미처 펼쳐보지 못한 채 짧은 생애를 마치게 되었다.

---

72) 『신서』 「흉노」편 참조.

3. 후세의 평가

한나라의 지식인들은 모두 가의를 위대한 정치가였으나, '용렬한 신하들에 의해 박해를 당했다'고 애석해했다. 사마천의 『사기열전』에는 초나라의 정치를 개혁하려다가 보수 세력들에 의해 박해를 당해 결국 자살하고만 굴원과 같은 항목에 가의의 전기를 기록하고 있다. 이는 사마천이 가의를 굴원과 비슷한 인물로 평가하고 있음을 보여준다.

유향(劉向, 기원전 77년~기원전 6년)[73]은 가의에 대해 이윤(伊尹)[74]이나 관중(管仲)과 같은 유의 걸출한 정치가로 높은 평가를 하고 있다.

　　가의가 하·은·주 삼대와 진나라의 치란의 뜻을 언급한 것은 그 논의가 매우 훌륭해서 나라를 다스리는 원칙에 통달하였으니, 비록 옛날의 이윤이나 관중 같은 이라도 그를 뛰어넘을 수 없을 것이다. 그가 당시에 등용되었더라면 반드시 나라가 강성해졌을 것인데, 못한 신하들에 의해 모함을 당했으니 심히 애통하도다.[75]

반고도 『한서』에서 가의가 젊은 나이에 공을 세운 것에 대해 칭찬을

---

73) 劉向 : 前漢 때 경학가. 본명은 更生, 자는 子政이며, 江蘇省 沛縣 사람이다. 처음에는 易學을 공부했고, 후에는 蔡千秋에게 『春秋穀梁傳』을 배웠다. 古文易學으로 施讐·孟喜·梁丘賀 등 三家의 『주역』을 교정하였고, 中古文으로 歐陽生·大夏侯·小夏侯의 『尙書』를 교정하였으며, 石渠閣會意에 참여하여 五經의 異同을 토론하기도 하였다. 저술로 『說苑』·『新序』·『烈女傳』 등이 있으며 명나라 때 張溥가 『劉中壘集執』을 집록하였다.

74) 伊尹 : 중국 殷나라의 대신. 이름은 '이'이고 '윤'은 관직명이다. 일설에는 摯라는 이름도 있다. 은나라의 湯王에게 불려가서 재상이 되어 夏의 桀王을 토벌함으로써 은이 천하를 평정하는 데 공헌했다. 나중에 탕왕을 뒤이은 外丙·中壬 두 왕에게서도 벼슬을 했으며, 그 뒤 太甲의 재상이 되었다. 후세에 周公, 齊의 管仲 등과 함께 名臣으로 불렸다.

75) 『한서』 「가의전」. "賈誼言三代與秦治亂之意, 其論甚美, 通達國體, 雖古之伊、管 未能遠過也. 使時見用, 功化必盛, 爲庸臣所害, 甚可悼痛."

아끼지 않고 있다.

　가의는 출중해서 약관의 나이에 조정에 발탁되었으니, 명석한 문제를 만나 여러 차례 상소를 올렸다. 포악했던 진나라를 경계하고 三代를 근거로 삼아 제후국을 건설해서 나라를 튼튼히 지키며, 吳·楚를 연결함은 가의의 생각에 서 나왔다.76)

　한나라 이후에는 개혁을 주장하는 정치가들은 스스로 가의에 비유하기도 했고, 어떤 이들은 가의의 씩씩한 뜻이 제대로 평가받지 못한 것에 대해 애석함을 표했다. 송대의 진보적인 정치가 왕안석(王安石, 1021~1086)77)도 가의에 대해 적지 않은 칭찬을 남겼다. 소식(蘇軾, 1037~1101)78)은 가의의 직언과 충간을 가지고 자신을 독려했으며, 그의 정치적 견해는 가의의 「치안책」과 아주 비슷하다고 언급하기도 했다.79) 명청시대의 유명한 철학가 왕부지(王夫之, 1619~1692)80)는 가의를 왕안석·육지(陸贄, 754~805)81)·소식·방정학(方正學, 1357~1402)82) 등에 비유해서 말했다.

---

76) 『한서』 「敍傳 下」. "賈生矯矯, 弱冠登朝, 遭文叡聖, 屢抗其疏. 暴秦之戒, 三代是據, 建設藩屛, 以强守圉, 吳楚合從, 賴誼之慮."
77) 王安石 : 北宋 때 경학가로, 자는 介甫, 호는 半山, 시호는 文이며, 江西省 撫州사람이다. 春秋三傳은 모두 믿을 수 없다하여 수용하지 않았으며, 그의 아들 王雱 및 呂惠卿과 『주례』·『상서』·『시경』을 주석하였는데, 先儒들의 注解를 채용하지 않아 '三經新義'라 불렸다. 저술로 『王臨川先生集』·『周官新義』·『尙書新義』·『詩經新義』·『道德經注』 등이 있다.
78) 蘇軾 : 北宋 때 경학가이자 문학가로, 자는 子瞻·和仲, 호는 東坡居士, 시호는 文忠이며, 四川省 眉山 사람이다. 1057년 진사가 되어 翰林學士·禮部尙書를 지냈다. 당송팔대가의 한사람이며, 蘇洵·蘇轍과 함께 '三蘇'로 불린다. 저술로 『東坡易傳』·『東坡書傳』 등이 있다.
79) 『新書校注』, 561~562면 참조.
80) 王夫之 : 자는 而農, 호는 薑齋 또는 船山. 老莊思想과 불교의 인식론을 비판적으로 섭취하는 한편, 그리스도교와 유럽의 근대과학까지 접근했던 明末 淸初의 사상가 겸 문학자. 16~17세기 변혁기 즈음 근대적 사상을 전개한 사람으로 알려졌고, 黃宗羲·顧炎武와 함께 명말 청초의 3대 학자라 불렸다. 많은 저작을 남겼는데, 후인에 의해 『船山遺書』가 편찬되었다. 그 가운데 『張子正蒙注』·『周易外傳』·『尙書外傳』·『讀四書大全說』 등이 유명하다.

가의와 육지와 소식의 세분은 자취가 서로 비슷하다. (…중략…) 왕안석과 가의는 비슷한데 가의가 좀 더 바르고, 가의와 방정학이 비슷한데 방정학이 순후하다.[83]

청대의 노문초(盧文弨, 1717~1795)[84]는 가의에 대해서는 동중서(董仲舒, 기원전 179년?~기원전 104년?)[85]와 함께 서한시대의 유학자로 나라를 다스리는 도리를 통달한 대유(大儒)라고 칭찬한 바 있다.

서한의 문제 무제의 세상에는 두 분의 대유가 있었다. 賈子라고 하는 분과 董子라고 하는 분인데, 이들은 모두 經生으로 치국의 도리에 통달했던 분들이다.[86]

가의는 정치가이자 사상가일 뿐 아니라, 서한 전기의 중요한 문학가이기도 하다. 그의 사부(辭賦)는 상당한 조예에 이르렀음을 보여주며, 중국문학사상 중요한 지위를 점유하고 있다. 당의 저명한 시인 피일휴(皮日休, 834~883)[87]는 『신서』를 높이 평가했다.

---

81) 陸贄 : 중국 당나라 때의 관료이자 학자. 翰林學士 · 兵部侍郎 등을 지냈다. 저서로 『陸氏集驗方』 50권이 있으며, 『詩文別集』 15권이 있었으나 전하지 않는다.

82) 方正學 : 方孝孺를 말한다, 중국 명나라 초기의 학자로, 자는 希直 · 希古. 호는 遜志. 浙江省 寧海縣 출생. 宋濂의 문하에 들어가 뛰어난 재주로 이름을 떨쳤다. 1402년 燕王(뒤의 영락제)이 皇位를 찬탈한 뒤, 그에게 즉위의 詔를 기초하도록 명하자 붓을 땅에 내던지며 죽음을 각오하고 거부하였다. 연왕은 노하여 그를 극형에 처하였다

83) 王夫之, 『新書校注』 「讀通鑑論」, 573~574면에서 재인용.

84) 盧文弨 : 청나라 때 경학가로, 자는 召弓 · 紹弓, 호는 磯漁 · 抱經이며, 浙江省 余姚사람이다. 1752년 진사가 되어 翰林院 編修 · 湖南學政을 지냈다. 퇴임 후 절강 등지의 서원에서 20여 년간 主講을 지냈고, 戴震 · 段玉裁 등과 교유하였다. 抱經堂叢書를 校刊하였고, 『群書拾補』를 편집하였다. 저술로 『儀禮注疏詳校』 · 『廣雅注』 등이 있다.

85) 董仲舒 : 西漢의 경학가. 廣川(지금의 河北 景縣) 사람, 일찍부터 公羊傳을 익혔으며, 景帝 때 박사가 되었다. 武帝 때 賢良對策을 올려 인정을 받았고, 서한의 문교정책에 참여했다. 五經博士를 두고 국가 문교의 중심이 儒家에 통일된 것은 그의 영향이 크다. 저서로는 『春秋繁露』와 『董子文集』가 전해진다.

86) 盧文弨, 「重刻賈誼新書序」, 『新書校注』, 530면에서 재인용.

그 마음은 절실하고 그 분노는 깊으며, 그 말은 숨은 듯하면서 곱고, 그 문체는 감상에 빠진 듯하지만 고상하다.[88]

그는 위와 같이 가의의 문장에 대해 칭찬을 아끼지 않았다.

그러나 가의의 저작인『신서』에 대해서는 많은 학자들이 그 문제점에 대해 지적하였다. 남송대의 학자 진진손(陳振孫, ?~약 1261)은『신서』에 대해 회의적인 태도를 보였다. 그는 지금의 책에는 "「과진론」을 첫머리에 싣고「조상부(弔湘賦)」를 끝에 두었는데, 나머지는『한서』의 말들을 채록했고 제11권에 가의의 본전(本傳)을 축약해두었다. 그중에서『한서』에 들어있지 않은 것은 천박해서 볼만하지 못하니, 절대로 가의의 원본이 아니다"[89]라고 했다. 그는 현재의『신서』는 원본이 아니고 호사가들이『한서』에 실려 있는 가의의 글들을 뽑아다가 만들었다고 보았다.

남송의 대유학자 주희(朱熹, 1130~1200)[90]도 회의적인 비평을 남겼다.

이 책은 가의가 평소에 기록해놓은 초고(草稿)이다. 그 가운데에는 자질구레한 내용들이 들어있으니「치안책」에서 말한 바에도 이런 부분들이 많이 있다.[91]

가의의『신서』는『한서』속에 실려 있는 것을 제외하고는 내가 보기에도 순수한 내용을 얻기가 어렵다. 보기에 가의의 단순한 잡기장일 뿐이니, 중간의

---

87) 皮日休 : 중국 당나라 말기의 문학자. 자는 逸少·襲美. 호는 醉吟先生이다. 湖北省 襄陽 사람. 867년 진사시험에 합격하고 蘇州刺使의 막료가 되었으며, 이 무렵에 陸龜蒙과 唱和한 시를 남겼다.

88)『文藪』권3, 「悼賈」. "其心切 其憤深 其詞隱而麗 其藻傷而雅."

89) 陳振孫,『直齋書錄』. "首載過秦論, 末爲弔湘賦, 且略節誼本傳於第十一卷中. 其書非漢書所有者, 輒淺駁不足觀, 決非誼本書."

90) 朱熹 : 남송 때 경학가. 호는 元晦, 자는 晦庵. 江西城 婺源 사람이다. 흔히 朱子 혹은 朱文公으로 불린다. 1148년 진사가 되어 煥章閣 待制 등을 지냈고, 李侗에게 수학하면서 유학에 진념하였다. 이전의 유학사성을 징리하고 불교와 도교의 사상을 비판적으로 흡수하여 방대한 성리학의 사상체계를 건립하였다. 저작으로는『四書章句集註』·『周易本義』·『詩集傳』과 후인이 편찬한『朱文公文集』과『朱子語類』등이 있다.

91)『주자어류』권135. "此誼平日記錄藁草也. 其中細碎俱有 治安策中所言亦多在焉."

사사건건마다 이런 내용들이 들어있다.92)

주희는『신서』가 초고나 잡기장과 같이 정리되지 못한 잡다한 내용을 담고 있다고 폄하했다. 이 뒤에 왕응린(王應麟, 1223~1296)93) · 황진(黃震, 1213~ 1280)94) · 노문초(盧文弨) 등도 기본적으로 주희의 '초고'설('草稿'說)을 답습했다.

이상에서 전통시대의 인물들이 가의를 평가한 내용을 종합해 보면『신서』의 진위문제에 대해서는 다소 논란이 있지만, 가의라는 인물의 행적과 사상에 대해서는 기본적으로 모두 긍정적으로 평가하고 있음을 알 수 있다.

현대에 들어와서는 주로 중국 대륙에서 중시되었다. 노신(魯迅, 1881~1936)95)은 가의의「치안책」과「과진론」은 서한시대의 명문장으로 후인에게 심원한 영향을 끼쳤다고 칭찬한 바 있다(『진한문학사강(秦漢文學史綱)』). 모택동(毛澤東)도 가의의 문장을 읽고 나서는 서한시대의 최고의 정론(政論)이라고 평가했다(1958.4.27.「급전가영적신(給田家英的信)」). 비록 가의가 그의 짧은 생애 동안에 주로 현실 사회의 문제에 대해 관심을 집중했기 때문에 더 이상 체계적인 철학사상을 수립하지는 못했지만, 현대 중국철학계에서는 그의 민본(民本)사상과 유물주의 철학을 높이 평가하고 있다.96)

---

92)『주자어류』권135. "賈誼新書, 除了漢書中所載, 餘亦難得粹者, 看來只是賈誼一雜記藁耳. 中間事事有些."

93) 王應麟 : 南宋 말의 경학가로, 자는 伯厚, 호는 深寧居士 · 厚齋이며, 慶元府 鄞縣 사람이다. 학문은 呂祖謙의 학을 계승하였는데. 주희 · 육구연의 학문 및 永嘉學派의 事功之學에도 연원을 두고 있다. 經史百家 · 天文地理 · 文字訓詁 · 掌故制度 등에 두루 뛰어났다. 저술로『詩考』·『古文尚書』·『困學紀聞』등이 있다.

94) 黃震 : 南宋 때 경학가로, 자는 東發, 호는 兪越, 私諡는 文潔이며, 浙江省 慈溪 사람이다. 朱熹의 삼전제자 王文貫을 사사하였으며, 何基 등과 함께 주자학을 계승 발전시킨 주요인물이다. 저술로『黃氏日鈔』·『古今紀要』·『古今紀要逸編』등이 있다.

95) 魯迅 : 중국 문학가 겸 사상가. 자는 豫才. 魯迅은 대표적인 필명. 본명은 周樹人이다. 浙江省 紹興 출생.『광인일기』·『阿Q正傳』을 비롯해 많은 저서를 남겼다.

4. 『신서』의 체제와 판본 문제

가의의 사상은 『신서』에 잘 보존되어 있는데, 『신서』는 한초의 학술과 사상을 알아볼 수 있는 중요한 자료이다. 이는 전국(戰國)에서 진·한에 이르는 대혼란을 겪은 뒤의 당시의 정치사회를 수습하려는 사상적 모색으로서 한대사상사에서 중요한 위치를 차지한다. 『신서』는 가의의 정치 및 경제사상을 주요내용으로 하고 있으며, 전 시대의 역사적 교훈을 총결산하여 일련의 개혁정책을 제시하고 있다. 특히 예리한 문체와 격정적인 말투로 제후국들의 분열적 행동을 반대하고, 중앙정부로의 일통(一統)을 강조하는 입장을 피력하고 있으며, 흉노족의 침입에 대항하는 정책을 강하게 건의하고 있다.

1) 체제와 진위(眞僞) 논쟁

『신서』는 원래 58편이나 「문효(問孝)」편과 「예용어(禮容語) 상」편은 이름만 남고 그 내용은 전해지지 않아서, 현재에는 총 10권 56편이 남아 있다. 각 편의 체제와 편명은 다음과 같다.

> 卷一 : 過秦 上·中·下, 宗首, 數寧, 藩傷, 藩疆, 大都, 等齊, 服疑, 益壤
> 卷二 : 權重, 五美, 制不定, 審微, 階級
> 卷三 : 俗激, 時變, 瑰瑋, 孽産子, 銅布, 壹通, 屬遠, 親疏危亂, 憂民, 解縣,
>   威不信
> 卷四 : 匈奴, 勢卑, 淮難, 無蓄, 鑄錢

---

96) 任繼愈, 『中國哲學發展史』「秦漢」편, 人民出版社, 1985, 132~160면; 『中國哲學通史』 제2권, 中國人民大出版社, 1988, 75~82면 참조.

卷五 : 傅職, 保傅, 連語, 輔佐

卷六 : 問孝[闕], 禮, 容經, 春秋

卷七 : 先醒, 耳痺, 諭誠, 退讓, 君道

卷八 : 官人, 勸學, 道術, 六術, 道德說

卷九 : 大政 上・下, 脩政語 上・下

卷十 : 禮容語 上[闕]・下, 胎敎, 立後義

이『신서(新書)』는 사세(事勢, 일의 형세)・연어(連語, 연관되는 말)・잡사(雜事, 여러 가지 고사)라는 세 범주로 나누어져 있는데, 언제부터 그렇게 나뉘었는지는 확실하지 않다. '사세'에 속하는 편들은 문제를 위하여 정사를 진술한 것이고, '연어'의 편들은 주로 예제에 대한 견해를 표명한 것이며, '잡사'의 편들은 역사에 얽힌 고사들을 모아놓은 것이다. 전체 중에서 28편은 사세, 18편은 연어, 3편은 잡사로 분류되어 있는데, 맨 마지막 권에 속해 있는 잡사를 제외하고는 전체 10권 56편이 차례대로 배속되어 있는 것은 아니고 서로 뒤섞여있다.『신서』의 편을 이 세 종류로 다시 분류해 보면 다음과 같다.

事勢	過秦 上・中・下, 宗首, 數寧, 藩傷, 藩彊, 大都, 等齊, 服疑, 益壤, 五美, 審微, 階級, 俗激, 時變, 瑰瑋, 孼産子, 屬遠, 親疏危亂, 憂民, 解縣, 威不信, 匈奴, 勢卑, 淮難, 無蓄, 鑄錢
連語	傅職, 傅職, 保傅, 連語, 輔佐, 禮, 容經, 春秋, 先醒, 耳痺, 諭誠, 退讓, 君道, 官人, 勸學, 道術, 六術, 道德說
雜事	禮容語 下, 胎敎, 立後義

그런데 이 책에는『신서』외에 다른 이름도 전해진다.『수서(隋書)』「경적지(經籍志)」에서는『신서』란 이름이 아니라, '『가자(賈子)』10권과『녹(錄)』1권'으로 기록되어 있다.『당서(唐書)』「예문지(藝文志)」와『송사(宋史)』「예문지(藝文志)」에는 '『가자신서(賈子新書)』10권'으로 되어 있다.『숭문총목(崇文總目)』에는 "『가자』19권은 한 가의의 찬(撰)이다. 본래는 72편이었

으나, 유향이 58편으로 산정(刪定)했다.『수서』와『당서』의「예문지」에는 모두 9권으로 되어 있는데, 현재 또 다른 판본에는 10권으로 되어 있다"고 하였다. 이상에서 보면『신서』는 그 이름뿐 아니라, 권수나 체제가 일치하지 않은 채로 유전되었음을 알 수 있다.

이로 인해 본서와 각 편들의 진위논쟁이 생겨났다.『사고전서총목제요(四庫全書總目提要)』의 언급을 보자.

진진손의『서록해제』에서는 처음에「과진론」이 실려있고 끝에「조상부」가 실려 있으며, 또 제11권 중에 가의 본전이 축약되어 있다고 했다. 그러나 현행본 첫머리에 비록「과진론」이 실려 있으나 끝에는「조상부」가 없고 또한 부록으로 된 11권이 없으니, 현행본은 절대로 남송 때의 판본이 아니다. 그 내용은 가의 본전에 실린 글을 많이 취했고 그 단락을 잘라서 순서를 뒤바꾸어 제목을 붙여두어서 아주 무질서하게 어지러워졌다. 주자의 어록에서는 "가의의『신서』에는『한서』에 실려 있는 것을 제외한 나머지에는 순수한 것은 드무니, 가의가 잡다한 것을 기록한 초고일 뿐이라고 본다"라고 했다. 중간에 약간의 내용들은 진진손도『한서』속에 들어있지 않은 것이라고 했는데, 대부분 천박해서 볼만한 것이 없으니 절대로 가의가 쓴 글은 아니라고 했다. (…중략…) 그러나 절대로 한 단락을 따서 한 편의 이름을 지었을 리 없고, 또한 십여 편을 연결하여 奏疏 1편으로 합해서 조정에 올렸을 리도 없다. 아마도 가의의「과진론」과「치안책」등은 모두 58편의 하나일 것인데, 다시 원본이 흩어져버리자 호사가들이 본전에 있던 여러 편들에 근거하여 그 글을 갈라서 각기 제목을 달아서 58편의 수를 채웠을 것이다. 그러므로 글을 뒤죽박죽으로 만들어놓은 것이 이 지경에 이르렀으니, 그 글은 완전한 진본도 아니고 그렇다고 해서 완전한 위작도 아니다.[97]

---

97)『四庫全書總目提要』. "陳振孫書錄解題稱, 首載過秦論, 末爲弔湘賦, 且略節誼本傳於第十一卷中. 今本雖首載過秦論, 而末無弔湘賦, 亦無附錄之第十一卷, 且倂非南宋時本矣. 其書多取誼本傳所載之文, 割裂其章段, 顚倒其次序而加以標題, 殊瞀亂無條理. 朱子語錄曰, 賈誼新書, 除了漢書中所載, 餘亦難得粹者, 看來只是賈誼一雜記藁耳. 中間事事有些個, 陳振孫亦謂其非漢書所有者, 輒淺駁不足觀, 決非誼本書 (…중략…) 然決無摘錄一段立一篇名之理, 亦決無連綴十數篇合爲奏疏一篇, 上之朝廷之理. 疑誼過秦論治安策等本, 皆爲五十八篇之一, 復原本散佚, 好事者因取本傳所有諸篇, 離析其文, 各爲標目, 以足五十八篇之數. 故餖飣至此, 其書不全眞, 亦

『신서』의 진위논쟁을 정리해 보면 다음의 세 가지 의견으로 나누어 진다. 첫째로 『신서』 자체가 위서란 견해인데, 맨 처음으로 이 주장을 편 사람은 송대의 진진손이다. 둘째로 『신서』의 각 편에는 진(眞)도 있고 위(僞)도 있다는 견해로 『사고전서총목제요』에서 이런 의견을 개진하고 있다. 셋째는 현존하는 『신서』는 모두 가의의 저작이라고 보는 견해이다.

그러나 전체적으로 볼 때 『신서』는 대체로 진실된 내용을 담고 있어서 나중에 위작되었다고 할 수는 없으며, 현행본에 이르기까지 전해지는 판본도 거의 일치하고 있다. 이렇게 보는 데에는 다음의 몇 가지 근거가 있다.

첫째, 『숭문총목(崇文總目)』에 수록되어 있는 대로 『가의』라는 책 72편을 유향이 58편으로 산정했다고 했는데, 이 72편에는 현재 전하는 『신서』의 내용뿐만이 아니라, 다른 내용도 포함되어 있었을 것이다. 그래서 『신서』라고 하지 않고 『가의』라고 일컬었다. 『신서』란 이름은 『당서』「예문지」에 나오는데, 10권으로 되어 있다고 했으니, 지금의 판본과 일치한다. 그런데 지금의 판본에는 56편밖에 남아있지 않다. 이 판본을 진진손이 보았을 당시에는 마지막 부분이 현재는 실전되어버린 「조상부」이었다. 현재 「문효」편은 제목만 남아있으니, 실전되어버린 「조상부」가 상·하편으로 나뉘어져 있었다고 한다면, 전부가 58편으로 유향이 58편으로 산정했다는 역사책에 기록된 내용과 완전히 부합된다.

둘째, 『한서』 가의의 본전에 있는 「찬」에서는 "모두 저술한 것이 58편으로 세상에 절실히 필요한 것들을 모아서 '傳(전)'을 지었다"고 했으니, 반고 자신도 가의의 58편 중에서 따다가 가의본전을 지었다고 설명하고 있다. 응소(應邵)98)의 『한서』주(注)에도 「과진론」아래의 주석에서 "가의

不全僞."

98) 應邵 : 동한 때 학자로, 자는 仲遠·仲瑗·仲援이며, 汝南 南頓사람이다. 저술로 『漢書集解』·『漢朝駁議』 등이 있으나, 대부분 없어지고 『風俗通義』일부만이 四庫全書

책의 첫 번째 편명이다"라고 한 것을 보면, 동한 사람들이 보았던『신서』의 체제는 현행본과 거의 동일함을 알 수 있다. 또『한서』의「찬」에서는 "세 가지 준칙과 다섯 가지 미끼로써 선우를 붙잡아 두려한다[三表五餌以係單于]"라고 했는데, 안사고(顔師古)[99]의 주석에 인용되어 있는 가의의 책에는 이 말이「흉노」편 중에 있으며 "위삼표(爲三表) 설오이(設五餌), 이차계선우[以此係單于]"로 되어 있다.「문제본기(文帝本紀)」주에 인용된 가의의 책에는 "위후가 주나라에 조회하러가자 주 왕실의 접대를 맡은 행인이 그 이름을 물었다[衛侯朝於周, 周行人間其名]"고 되어 있으나, 현행본「심미(審微)」편에는 "석자위후조어주(昔者衛侯朝於周), 주행문기명(周行間其名)"으로 되어 있다. 이는 한 두 글자를 제외하고는 현행본의 문자와 거의 동일한 것을 볼 때, 당나라 때에도『신서』의 내용이 지금과 거의 같았음을 추정할 수 있다. 이상에서 보면 적어도 당 이전에 지금과 같은 체제를 가진『신서』가 널리 유포되어 있었다고 할 수 있다.

셋째『사고전서총목제요』에서 제기한 "한 단락을 따다가 한 편의 이름을 지을 리가 없고, 또한 십여 편을 합해서 주소(奏疏) 한 편으로 만들어 조정에 올릴 리도 없다"는 설도 성립될 수가 없다. 육가(陸賈)의 상소문은 편을 나누어 이름을 붙였으므로, 가의의 상소문만 편장을 나눌 수가 없다는 주장은 성립될 수 없다.

이상에서 살펴본 몇 가지 사실에 의거해볼 때『신서』는 위서가 아니라, 분명한 가의의 저술이라고 할 수 있다.[100]

등에 전할 뿐이다.

99) 顔師古 : 중국 당나라 초기의 학자. 이름은 籀이고, 師古는 자이다. 陝西省 萬年縣 출생.『顔氏家訓』의 지자인 顔之推가 그의 조부이다.『한서』에 주식을 날아 前代 여러 주석을 집대성했다.

100)『新書全譯』, 13~14면 및『中國古代著名哲學家評傳 續編』 1, 齊魯書社, 1982, 11~12면 참조

2)『신서』의 판본

『신서』의 원문은 사실 한초에 쓰인 아주 오래된 고문이며, 오·탈자의 문제가 있어서 읽기가 매우 어렵다. 본서에서는 『신서』의 전문을 번역하고 주석을 붙이기 위해서, 비교를 위한 판본과 그에 대한 주석서 및 번역서들을 검토해 보았다.

『신서』의 판본은 많이 있다. 먼저 송나라 때 나온 판본으로는 송 순희(淳熙) 8년(1181년) 정조사(程漕使) 각본(刻本)이 있고, 송 순우(淳祐) 8년(1248년) 장사(長沙) 각본(刻本, 본서에서는 이하 潭本이라 약칭함)이 있는데, 이들은 모두『가자(賈子)』라고 제목이 되어 있다. 이외에 건녕부(建寧府) 각본(建本이라 약칭)이 있는데, 이상의 송본은 모두 전해지지는 않는다. 이 뒤로 명 홍치(弘治)년간에 심힐(沈頡)의 각본(沈本이라 약칭)이 있고 정덕(正德)년간에 길부(吉府)의 각본(吉府本이라 약칭)이 있고, 만력(萬曆) 중에 정영(程榮)이 교감한『한위총서(漢魏叢書)』본(程本이라 약칭)이 있으며, 명 만력 중에 주자의(周子義) 등이 인각한『자회(子滙)』본(周本이라 약칭)이 있다. 청대에 들어와서는『사고전서(四庫全書)』본·『용계정사총서(龍溪精舍叢書)』본·『사부비요(四部備要)』본 등이 있는데, 청 노문초(盧文弨, 1717~1795)가 여러 판본들을 모아 종합적으로 교감 정리한『포경당총서(抱經堂叢書)』본(盧本이라 약칭)이 가장 좋은 선본(善本)으로 알려져 있으며, 이 노본에는 송대의 담본과 건본의 이문(異文)들이 보존되어 있다. 그런데 노문초본은 자의적으로 고치거나 빼버린 곳이 많다는 결점이 있다. 예를 들면 노문초는 본문의 내용에 차이가 있으면『한서』에 의거해서『신서』의 본문을 수정했으며, 중화주의적 관점에서 중국의 위신에 어긋나는 내용이나[101] 읽기가 어려운 구절을 만나면 빼버리기도 했다.[102]

---

101) 예를 들어『신서』「憂民」편에서 "사람과 사람들이 서로 잡아먹은 지가 이제 수년이 되었다"고 한 구절을 '오랑캐의 말'이라고 해서 빼버린 경우가 이에 해당한다.

102)『新書全譯』(16~17면) 및『新書校注』(4~5면) 참조.

전통시대에는 『신서』에 대한 주석서가 없었다. 최근 들어서야 현대 중국어로 풀이한 주석서 및 번역서가 간행되었다. 현대에 출간된 『신서』 중에서 가장 먼저 나온 것은 1976년 『신서』와 가의의 시부(詩賦)들을 모아 편집한 상해인민출판사(上海人民出版社)의 『가의집(賈誼集)』이다. 그리고 1989년에는 여기에 간단한 주석만을 부친 『가의집교주(賈誼集校注)』가 중주고적출판사(中州古籍出版社)에서 나왔고, 같은 이름으로 1996년 인민문학출판사(人民文學出版社)에서 출판되었다. 1998년에는 『신서』를 현대중국어로 전체를 번역하고 주석한 역작(力作) 『신서전역(新書全譯)』이 귀주인민출판사(貴州人民出版社)에서 출간되었고, 같은 해에 대만의 삼민서국(三民書局)에서도 번역과 주석을 붙인 『신역신서독본(新譯新書讀本)』이 나왔다. 이 뒤에 2000년 중화서국(中華書局)에서는 번역 없이 여러 판본들을 비교하면서 자세한 주석을 붙인 『신서교주(新書校注)』가 나왔고, 2003년 흑룡강인민출판사(黑龍江人民出版社)에서 번역과 주석을 겸한 『가의신서역주(賈誼新書譯注)』가 출간되었다.

국내에서는 1976년도에 휘문출판사에서 간행된 <세계의 대사상> 총서 가운데에 이병한이 번역한 『신서』가 수록되어 있다. 이병한 번역본은 그간 국내의 유일한 번역으로서, 당시에는 국내에 『신서』에 대한 번역본이나 연구서가 소개되지 않았을 때 노문초(盧文弨)가 교감한 『포경당총서(抱經堂叢書)』본을 저본으로 삼아서 이뤄진 최초의 한글 번역이라는 의미를 지닌다.

본 번역에서는 송대 이래로 최근까지 간행된 위의 여러 판본 및 번역서·주석서들을 가능한 한 많이 참고하여 정확한 번역이 이뤄지도록 도모했다. 다만 『신서』는 전통시대의 판본마다 약간씩 글자가 다르거나 편집된 부분들이 있어서 하나의 판본을 기준으로 삼을 필요가 있었다. 그래서 앞에서 소개한 여러 간행본 중에서 여러 연구들을 참조하여 교정한 귀주인민출판사의 『신서전역』을 위주로 하고 중화서국의 『신서교주』를 참조하여 전문을 번역·주석하였다. 『신서전역』을 기준으로 삼은 이유는 이 책은 전통시대의 판본 중에서 가장 선본으로 알려져 있는 노문초의 판본을 근거로 삼아서 유월(兪樾, 1821~1906)[103]의 『제자평의(諸子評議)』· 손이양(孫詒讓, 1848~1908)[104]의 『찰이(札迻)』· 도홍경(陶鴻慶)의 『독제자찰기(讀諸子札記)』· 유사배(劉師培)의 『가자신서각보(賈子新書斠補)』· 왕심경(王心耕)의 『가자차고(賈子次詁)』 등 기존의 『신서』에 대한 연구성과들을 두루 참조했고,[105] 현재까지 출간된 번역·주석서 중에서는 가장 상세하고 체계적으로 구성되었다고 보았기 때문이다. 중화서국의 『신서교주』가 이보다는 더 최근에 간행되었는데, 이는 길부본(吉府本)을 저본으로 삼고 다양한 판본을 비교·교감하면서 가의에 대한 여러 자료들을 수집 정리한 점에서 참고할 만하다. 그런데 원문에 대한 중국어 번역이 결여되어 있어서 전문을 이해하고 번역하는 데에는 『신서전역』에 비해 한계를 지니고 있다.

국내 학계에서의 『신서』나 가의에 대한 연구상황은 미미한 형편이다. 1974년 사학과 석사논문으로 '가의의 정치사상－한제국 질서 확립의 사상사적 일과정'과 1990년 중문학 석사논문으로 '가의(賈誼) 연구'가 나왔다. 이외에 80년대에 쓰인 2편의 연구논문이 더 있는 정도로서 우리 학계는 불과 몇 편의 사학 및 문학 방면의 연구논문만이 있을 뿐이다. 이는 『신서』라는 책 자체가 난해한 고대 한어로서 이루어진 점과도 무관하지 않은 것으로 보인다. 이제 앞으로는 연구가 활성화되기를 기대한다.

---

103) 兪樾: 淸나라 말기의 학자. 진사에 급제하여 한림원 編修가 되었고, 그 뒤 서원의 학장으로 면학에 정진하였다. 전집 『春在堂全書』가 있으며, 寒山寺의 張繼詩碑의 필자로도 유명하다.

104) 孫詒讓: 經學과 諸子學 등 학문 영역이 넓었던 청나라 말의 학자. 당시 성행한 시작한 金石文의 연구에서도 탁월한 견해를 보였다. 자는 仲容, 호는 籒膏. 浙江省 출생. 1885년 刑部主事가 되었다가 곧 퇴관, 그 뒤 평생 동안 임관하지 않았다.

105) 『新書全譯』, 17면 참조.

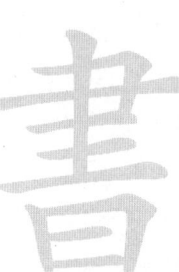

【 진나라의 과오[過秦] 상(事勢)[1] 】

『과진편(過秦篇)』은 기원전 178년(漢 文帝 2년) 무렵에 쓰인 글[2]로, 상·중·하 세편으로 나누어져 있다.[3] '과진'이란 진나라

---

[1] 『新書』는 事勢(일의 형세)·連語(연관되는 말)·雜事(여러 가지 고사)라는 세 범주로 나누어져 있는데, 언제부터 그렇게 나뉘었는지는 확실하지 않다. '事勢'에 속하는 편들은 文帝를 위하여 政事를 진술한 것이고, '連語'의 편들은 주로 禮制에 대한 견해를 표명한 것이며, '雜事'의 편들은 역사에 얽힌 고사들을 모아놓은 것이다. 전체 중에서 過秦 上·中·下, 宗首, 數寧, 藩傷, 藩彊, 大都, 等齊, 服疑, 益壤, 五美, 審微, 階級, 俗激, 時變, 瑰瑋, 孽産子, 屬遠, 親疏危亂, 憂民, 解縣, 威不信, 匈奴, 勢卑, 淮難, 無蓄, 鑄錢의 28편은 事勢로 분류되어 있다.

[2] 『新書』각 편들이 쓰인 시기에 대해서는 가장 체계적으로 서술된 『新書全譯』을 주로 참조했다.

[3] 「過秦篇」은 上·下 兩篇으로 되어 있는 판본과 上·中·下 三篇으로 되어 있는 판

의 과실을 비판한다는 뜻이다.

상편에서는 진나라가 흥망한 원인에 대해 논하였다. 먼저 지리적 이점과 웅대한 지략을 발판으로 진나라가 흥성할 수 있었고, 수 세대를 경영하면서 육국(六國)[4]을 약화시켜 마침내 중국을 통일할 수 있었음을 논하였다. 그러나 진시황이 중국을 통일한 뒤에 인의(仁義)를 시행하지 않고 형벌과 법령을 엄하게 적용하고 불의(不義)의 과실을 행하여 진나라가 멸망하게 되었음을 비판하고 있다. 『사기』「진시황본기」에 전문이 수록되어 있고, 『사기』「진섭세가(陳涉世家)」와 『한서』「진승항적전(陳勝項籍傳)」에 상편이 수록되어 있다.

 秦孝公據崤[5]函之固, 擁雍州[6]之地, 君[7]臣固守, 以窺周室. 有席捲[8]天下, 包擧[9]宇內, 囊括[10]四海之意, 幷呑八荒[11]之

본이 있는데, 전자의 경우 中·下篇이 하나로 묶여져 下篇으로 되어 있다. 이렇게 『新書』에는 書名·篇目이 서로 일치하지 않는 경우가 있어서 후에 진위여부 등의 논란이 되기도 했다. 본서의 저본으로 삼은 『新書全譯』에서는 盧文弨本을 따라 상·중·하편으로 나누었고, 『賈誼集校注』와 『賈誼新書譯注』 등 대부분 이 체제를 따르고 있다. 이는 중편에서는 二世의 失政을 중심으로 논의하였고, 하편에서는 진나라 말기 농민봉기 이후 패망에 이르는 상황을 설명하고 있어서, 내용이 서로 구분되기 때문이다.
4) 六國 : 전국시대 秦나라와 대적한 韓·魏·趙·燕·齊·楚의 여섯 나라.
5) 崤 : 崤山. 지금의 河南城 洛寧縣의 북쪽에 있다. 函 : 函谷關. 지금의 河南省 靈寶縣의 동북쪽에 있다. 산의 계곡이 마치 함처럼 깊고 험하여 붙여진 이름이다. 동쪽으로 崤山에서 서쪽으로 潼津에 이르며, '天險'이라고도 부른다.
6) 雍州 : 옛날 九州의 하나로 지금의 陝西省 동쪽과 북쪽 및 甘肅省 등의 일부지역을 포함한다. 진나라의 옛 봉지로서, 당시에는 關中의 요새였다.
7) 君 : '居'로 되어 있는 판본도 있다. 『사기』 등의 다른 판본에는 '君'으로 되어 있다. 周室 : 당시 東周의 王室을 가리킨다. 기원전 11세기 周나라 武王이 殷나라를 멸하고 세웠으나, 기원전 256년 진나라에 의해 멸망했다.
8) 席捲 : 자리를 말아 올리듯이 한쪽부터 차근차근 다스려가는 것으로, 천하를 정복하는 일을 비유한다.
9) 包擧 : 싸서 들어 올리다, 독차지하다. 宇內 : 천하, 온 세상을 의미한다.
10) 囊括 : 가루 속에 담아 주둥이를 잡아매는 것으로 모조리 쓸어가는 것을 비유한다. 四海 : 천하를 가리킨다. 옛사람들은 중국의 주위가 모두 바다라고 생각했으므로, '四海'라는 말로 천하를 대신해서 지칭했다. 『尙書』「大禹謨」에 "문명을 사해에 펴시고 공경히 舜임금을 받드셨다[文命敷于四海 祗承于帝]"라고 하였고 『史記』「高祖本紀」에

心. 當是時也, 商君[12]佐之, 內立法度, 務耕織, 脩守戰之具; 外連衡[13]而鬪諸侯. 于是秦人拱手而取西河之外.

옮김譯 진나라 효공(孝公)[14]이 효산 함곡관의 요새를 점거하고 옹주의 땅을 차지하여, 군신이 영토를 굳게 지키면서 주나라 왕실을 (칠 기회를) 엿보았다. 그는 세상을 제압하고 사방을 몽땅 차지해서 온 천하를 집어삼킬 마음을 품고 있었다. 당시 상앙이 효공을 도와 나라 안으로는 법령과 제도를 세우고 농업과 길쌈에 힘쓰며, 나라를 지키고 싸울 준비를 해두었으며, 나라 밖으로는 연횡책(連橫策)[15]을 써서 제후들로 하여금 서로 다투게 하였다. 그래서 진나라는 팔짱을 낀 채 서하 (西河)[16] 밖의 땅을 차지할 수 있었다.

"포악한 반역자를 베고 사해를 평정한다[誅暴逆, 平定四海]"고 하였다. 『新書全譯』, 2면.

11) 八荒: '八紘'이라고도 한다. 팔방의 광활한 땅을 가리키며, 흔히 '천하'의 뜻으로 쓰인다. 『한서』「項籍傳」顔師古의 주에 "八荒은 팔방의 황량하고 아주 먼 땅이다[八荒, 八方荒忽極遠之地也]"라고 하였다. 여기에서는 전국의 각지를 가리킨다고 할 수 있다.

12) 商君: 商鞅(기원전 390년~기원전 338년). 公孫氏로, 전국시대 衛나라 사람이기 때문에 衛鞅이라고도 한다. 법가의 인물로 일찍이 진 효공의 變法을 도와 진나라가 중국을 통일하는 기초를 다졌다. 기원전 340년 효공이 그를 商에 봉했기 때문에 商君 혹은 商鞅이라고도 불린다. 진효공이 죽은 뒤에 피살되었다.

13) 連衡: 連橫策을 말한다. 橫은 東西를 가리킨다.

14) 孝公: 姓은 嬴, 이름은 渠梁. 기원전 361년에서 기원전 338년까지 재위. 진시황의 6대조가 되며, 기원전 356년 商鞅을 임용하고 變法을 실시하여, 부국강병을 이룸으로써 진나라가 중국을 통일하는 기초를 다졌다.

15) 連橫策: 戰國시대 강성한 서쪽의 秦나라에 대하여 동쪽에 위치한 韓·魏·燕·趙·齊·楚의 여섯 나라가 각기 진나라와 동맹을 맺어 진나라의 보호에 의해 안전을 꾀하려는 외교책을 말한다. 이는 진의 張儀가 주창한 것인데, 결과적으로 여섯 나라의 불화를 초래하여 서로 싸우게 하려는 술책이었다. 『사기』「蘇秦張儀列傳」에 자세히 나와 있다.

16) 西河: 지금 陝西省 동부의 黃河 西岸 일대를 말한다. 본래는 魏나라의 땅이었다.

孝公旣沒, 惠文[17)·武[18)·昭襄王[19)蒙故業, 因遺策, 南取
漢中,[20) 西擧巴蜀,[21) 東割膏腴[22)之地, 北收要害[23)之郡. 諸
侯恐懼, 同盟而謀弱秦, 不愛珍器重寶肥饒之地, 以致天下之士, 合
從締交, 相與[24)爲一.

當此之時, 齊有孟嘗,[25) 趙有平原,[26) 楚有春申,[27) 魏有信陵.[28) 此
四君者, 皆明智而忠信, 寬厚而愛人, 尊賢重士, 約從離衡,[29) 兼韓·
魏·燕·趙·宋·衛·中山之衆.[30) 于是六國之士, 有寧越·徐尙·
蘇秦·杜赫之屬爲之謀; 齊明·周最·陳軫·召滑·樓緩·翟景·
蘇厲·樂毅之徒通其意; 吳起·孫臏·帶佗·倪良·王廖·田忌·

---

17) 惠文 : 秦나라 惠文王(기원전 337년~기원전 311년 재위)으로 孝公의 아들. 이름은
  嬴駟. 진나라는 효공 이전에는 모두 公이라고 하였으나, 惠王이 즉위하여 처음으로
  君이라고 하여 王이라 칭하기 시작했다.
18) 武 : 秦나라 武王으로 惠文公의 아들. 이름은 嬴蕩. 기원전 310년~기원전 307년 재
  위. 힘자랑하기를 좋아하여 鼎을 들다가 발을 헛디뎌 허벅지가 부러져 죽었다.
19) 襄王 : 秦나라 武王의 동생.
20) 漢中 : 陝西 남부의 漢水유역.
21) 巴·蜀 : 지금의 四川省에 있었던 두 나라의 이름. 巴나라는 四川의 동부에 있고,
  蜀나라는 四川의 서부에 있었다.
22) 膏腴 : 기름진 비계, 여기서는 비옥한 토지를 의미한다.
23) 兪樾은 『諸子平議』에서 이곳의 '北'字는 衍文으로 『史記』에 의거해볼 때 빼야 한
  다고 말했다. 『史記』의 「秦始皇本紀」와 「陳涉世家」, 『漢書』의 「陳勝傳」에는 모두
  '北'字가 없다. 要害 : 地勢가 험준한 곳으로, 아군이 수비하기에는 좋으나 적군이 공
  격하기에는 나쁜 곳을 이른다. 『新書校注』(5면) 및 『賈誼集校注』(9면) 참조.
24) 相與 : 서로 어울리다.
25) 孟嘗 : 田文. 齊나라 宣王의 이복동생이다. 孟嘗君은 시호인데, '孟'은 전문의 별명
  이며, '嘗'은 봉읍이름이다.
26) 平原 : 平原君 趙勝. 趙나라 武靈王의 아들. 平原(지금의 山東省 平原縣 서남쪽)에
  봉해졌기 때문에, 평원군이라 부른다.
27) 春申 : 春申君 黃歇. 楚나라 孝烈王이 춘신군으로 봉했다.
28) 信陵 : 信陵君 魏無忌. 魏나라 安釐王의 이복동생으로, 信陵에 봉해져 신릉군이라
  고 칭한다.
29) 여기에서의 '從'은 合縱을 말하고, '衡'은 連橫을 가리킨다.
30) 『史記』의 「秦始皇本紀」에는 '燕'字아래 '楚齊' 두 글자가 있는데, 「陳涉世家」에는
  없다. 劉師培의 『賈子新書斠補』에서는 '魏趙'와 '楚齊' 모두 衍文이라고 의심하였다.

廉頗·趙奢之朋制其兵. 嘗以什倍之地, 百萬之衆, 仰[31]關而攻秦. 秦人開關延[32]敵, 九國之師逡遁[33]而不敢進. 秦無亡矢遺鏃之費, 而天下諸侯已困矣. 于是從散約解, 爭割地而賂秦.[34] 秦有餘力而制其弊, 追亡逐北,[35] 伏尸百萬, 流血漂櫓. 因利乘便, 宰割天下, 分裂山河, 彊國請伏,[36] 弱國入朝.

효공이 죽자 혜왕(惠王)과 무왕(武王)과 소양왕(昭襄王)은 효공의 유업과 정책을 계승하여 남쪽으로는 한중(漢中)을 취하고 서쪽으로는 파(巴)나라와 촉(蜀)나라를 정복하였으며, 동쪽으로는 제후들의 기름진 땅을 침범하여 할애받고, 북쪽으로는 중요한 요새지역을 수중에 넣었다. 제후들은 두려워서 동맹을 맺고 진나라를 약화시킬 계책을 꾀하여, 진기한 보물과 비옥한 땅을 아끼지 않고 천하의 뛰어난 인재들을 불러들였으며, 합종(合縱)[37]의 동맹을 체결하여 서로 함께 연합하였다.

당시 제나라에는 맹상군(孟嘗君)이, 조나라에는 평원군(平原君)이, 초나라에는 춘신군(春申君)이, 위나라에는 신릉군(信陵君)이 있었다. 이 네 사람은 모두 지혜롭고 충실하며 미더운 인물로, 너그럽고 관대하게 백성들을 사랑하였고 현명한 인재를 중용하였으며, 합종을 맺어 진나라의 연횡책을 풀고, 한(韓)·위(魏)·연(燕)·초(楚)·제(齊)·송(宋)·위(衛)·중산(中山)[38] 나라의 군대를 연합시켰다. 당시 6국에는 영월(寧越)[39]·서상

---

31) 仰: 『史記』「秦始皇本紀」에는 '叩'로 되어 있고, 『史記』「陳涉世家」와 『漢書』「賈誼傳」에는 '仰'으로 되어 있다. 진나라의 지형이 높아서, 제후의 병사들이 關中을 공격할 때 함곡관을 올려다보며 향하였다는 뜻이다. 『新書校注』, 7면.
32) 延: '迎(맞아들이다)'의 뜻이다.
33) 逡遁: 머뭇거리면서 감히 전진하지 못하다.
34) 賂: 뇌물을 주다. 여기서는 바친다는 뜻이다.
35) 追亡逐北: 패배하여 도망가는 군대를 뒤좇다. '亡'과 '北'는 패배하여 도망가는 병사를 가리킨다.
36) 請伏: 신하로 복종하기를 자청하다. '伏'은 '服'과 같다.
37) 合從: 合縱. 韓·魏·燕·趙·齊·楚의 六國이 연합하여 강대한 진나라에게 대항하려는 책략으로, 蘇秦이 주장하였다.

(徐尙)·소진(蘇秦)·두혁(杜赫) 등이 있어 이런 계책을 세웠으며, 제명(齊
明)40)·주최(周最)·진진(陳軫)·소활(召滑)·누완(樓緩)·적경(翟景)·소려
(蘇厲)·악의(樂毅) 등은 그 뜻이 서로 들어맞았고, 오기(吳起)41)·손빈(孫
臏)·대타(帶佗)·예량(倪良)·왕료(王廖)·전기(田忌)·염파(廉頗)·조사(趙
奢) 등이 군대를 통솔하였다. 드디어 진나라의 열 배나 되는 영토와 백
만의 군사로서 함곡관을 향해 진나라를 공격하였다. 진나라는 관문을
열어 제치고 적군과 대적했으나, 아홉 나라 군사들은 머뭇거리며 감히
나아가지 못하였다. 진나라는 화살 한개 화살촉 하나 쓰지 않았는데, 천
하의 제후들은 이미 곤궁스러워했다. 이에 합종이 깨어졌고, 제후들은
서로 다투어 영토를 잘라서 진나라에게 바쳤다. 힘이 넘친 진나라는 피
폐한 군사를 제압하고 그 도망치는 군대를 추격하니, 죽어 엎어진 시체
가 백만에 달하고 흘린 피는 방패가 떠내려갈 정도였다. 진나라는 유리

---

38) 中山 : 나라이름. 춘추시대에 白狄族이 세웠다. 지금의 河北省 定縣과 唐縣 일대에
   있으며, 전국시대 초기에 于顧(지금의 定縣)에 도읍을 세웠다.
39) 寧越 : 趙나라 사람. 徐尙 : 宋나라 사람. 蘇秦 : 洛陽사람으로 六國合縱說을 주장했
   다. 杜赫 : 周나라 사람. 이들은 합종책을 써서 秦나라에 대항할 것을 주장했다.
40) 齊明 : 東周의 신하로, 후에 秦·楚·韓에 出仕했다. 周最 : 東周 君主의 아들로 '周
   聚'라고도 한다. 齊나라에서 벼슬을 하였다. 陳軫 : 夏나라 사람으로, 齊와 楚에서 벼
   슬한 적이 있다. 일설에는 楚나라 사람이라고 한다. 召滑 : 楚나라 신하. 樓緩 : 魏나라
   의 대신. 翟景 : 魏나라 사람. 蘇厲 : 蘇秦의 동생. 樂毅 : 燕나라 昭王의 장수로 中山國
   사람이다.
41) 吳起 : 衛나라 左氏(지금의 山東省 曹縣)사람. 兵法에 통달하여 처음에는 魯나라에
   서 벼슬하였으나, 후에 魏 文侯의 장수가 되어 西河를 방비하여 秦나라의 東侵을 막
   았다. 武帝 때 참소를 당하여 楚나라로 달아나 悼王에게서 벼슬하였다. 도왕이 죽은
   후, 기원전 381년 초나라 貴戚들에게 피살당했다. 대표적 병서의 하나인『吳起』를 저
   술했으나 유실되었으며, 지금의『吳子』는 후인들이 편집한 것이다. 孫臏 : 齊나라 장
   수. 兵法家 孫武의 후예로 龐涓과 함께 鬼谷子를 사사했다. 뒤에 魏나라의 장수가 된
   방연이 손빈의 재주를 시기하여 그를 속여 위나라로 보내 양다리를 자르는 臏刑에 처
   하게 했기 때문에 손빈이라고 불렸다. 후에 손빈이 제의 장수가 되어 馬陵에서 위나
   라의 군사를 격파하고 방연을 사살했다. 帶佗 : 楚나라 장수. 倪良·王廖 : 당시 유명
   한 장수로,『呂氏春秋』에 의하면 두 사람 모두 8병에 떠어났다고 한다. 田忌 : 齊나
   라 장수로 손빈을 기용하여 많은 전공을 세웠다. 廉頗 : 趙나라 장수로 惠文王 때 齊
   나라를 대파하여 上卿이 되었다. 趙奢 : 趙나라 장수로 秦나라와의 싸움에서 공을 세
   워 馬服君에 봉해졌다.

한 형세를 이용하여 천하를 가르고 산하를 분할하니, 강한 나라는 항복을 청하고 약한 나라는 신하로 편입되었다.

施及孝文王·莊襄王, 享國日淺,[42] 國家無事. 及至始皇,[43] 奮六世[44]之餘烈, 振[45]長策而御宇內. 吞二周[46]而亡諸侯, 履至尊而制六合, 執搞朴[47]以鞭笞天下, 威振四海. 南取百粵之地, 以爲桂林象郡, 百粵之君, 俛[48]首係頸, 委命下吏.[49] 乃使蒙恬北築長城而守藩籬,[50] 卻匈奴七百餘里. 胡人不敢南下而牧馬,[51] 士不敢彎弓而報怨.

於是廢先王[52]之道, 燔百家之言, 以愚黔首.[53] 墮名城, 殺豪俊, 收天下之兵, 聚之咸陽,[54] 銷鋒鏑,[55] 鑄以爲金人[56]十二, 以弱天下之

---

42) 享國日淺 : 재위 기간이 짧음을 말한다. 昭襄王이 죽자 孝文王이 재위하였으나 脫喪한지 3일 만에 죽었다. 다시 그의 아들 莊襄王이 즉위하였으나, 그 또한 3년 만에 죽고(기원전 249년~기원전 247년까지 재위), 그 뒤에 시황이 즉위하였다.

43) 始皇 : 성은 嬴이고 이름은 政(기원전 246년에서 기원전 210년까지 재위). 기원전 221년 6국을 멸하고 스스로 始皇이 된 후, 강력한 중앙집권정책을 폈다.

44) 六世 : 孝公·惠文王·武王·昭王·孝文王·莊襄王을 가리킨다. 烈 : 功業.

45) 振 : 들어 올리다. 策 : 말채찍. 御 : 통치하다.

46) 二周 : 『사기』「周本紀」索隱에 의하면, 周 考王은 그 아우를 河南(지금의 하남성 洛陽市 서쪽)에 桓公으로 봉하였다. 그 손자인 惠公은 長子를 세워 西周公이라 하였고, 또 그 작은 아들을 鞏에 봉하였는데, 父號를 이어 東周惠公이라 하였다. 이에 동서 二周가 되었다. 『신서교주』, 9면 참조.

47) 搞朴 : 敲朴과 같은 것으로, 사람을 매질하는 형구이다. 짧은 것이 '敲', 긴 것이 '朴'이다.

48) 俛 : '俯(숙이다)'와 같다. '俛首'는 머리를 숙인다는 뜻이다. 係頸 : '繫頸'과 같다, 뒤의 『신서』「勢卑」편에는 '繫頸'으로 되어 있다. 목을 인끈으로 묶는 것으로 항복을 표시한다.

49) 委命下吏 : '委'는 맡긴다는 뜻으로, 자신의 목숨을 하급관리에게 맡긴다는 의미이다.

50) 藩籬 : 변방을 가리킨다.

51) 牧馬 : 말을 치다. 여기에서는 침범하여 어지럽힌다는 뜻이다.

52) 先王 : 본래 前代의 임금을 말하지만, 고대의 현명한 임금을 통칭하는 말로 쓰였다.

53) 黔首 : 일반 백성을 말한다. '黔'은 검은 색을 말하는데 백성들의 얼굴이 햇볕에 그을려서 검었기 때문에 黔首라고 하였다. 일설에는 당시의 백성들이 검은 두건을 썼기 때문이라고도 한다.

民. 然後踐華57)爲城, 因河58)爲池, 據億丈之高, 臨百尺之淵以爲固. 良將勁弩,59) 守要害之處, 信臣精卒, 陳利兵而誰何.60) 天下已定, 始皇之心, 自以爲關中之固, 金城千里, 子孫帝王萬世之業也.

옮김譯 효문왕(孝文王)61)과 장양왕(莊襄王)62)에 이르러서는 재위 기간이 얼마 되지 않아 국가에 별다른 일을 하지 못했다. 그러나 진시황 때에는 이전의 육대(六代) 임금이 마치지 못했던 사업을 일으키고 긴 채찍을 휘둘러 강압적으로 나라사람들을 다스렸다. 동주와 서주를 병합하고 제후를 멸망시켜서, 천자의 자리에 올라 천하를 제압하였으며, 엄한 형벌로 천하를 몰아치니 온 세상 사람들이 위엄에 떨었다. 남쪽으로 백월(百粵)63)의 땅을 취하고 계림군(桂林郡)과 상군(象郡)64)을 설치하니, 백월의 왕은 머리를 숙이고 밧줄에 목이 묶인 채 형리에게 목숨을 맡겨야했다. 이어 북쪽으로는 몽염(蒙恬)65)을 시켜 장성(長城)을 쌓게 하여 변방을 지키고, 흉노(匈奴)66)를 700여리 밖으로 내쫓았다. 호인들은 감히

---

54) 咸陽 : 秦나라의 수도로, 지금의 陝西省 咸陽市 동면.
55) 鋒鏑 : 넓게는 兵器를 가리키며 鋒은 칼날, 鏑는 鏑과 같은 것으로 화살촉을 뜻한다.
56) 金人 : 병기를 녹인 금속으로 만든 사람모형.
57) 華 : 華山. 지금의 陝西省 華陽縣 남쪽에 있다.
58) 河 : 黃河. 池 : 성을 지키기 위해 판 못.
59) 勁弩 : 단단한 활로 여기서는 튼튼한 병기를 가리킨다.
60) 誰何 : 관문을 출입하는 사람들을 검문하여 살피다.
61) 孝文王 : 昭襄王의 아들.
62) 莊襄王 : 孝文王의 차남으로 이름은 子楚(기원전 249에서 기원전 247까지 재위). 始皇의 부친이다.
63) 百粵 : 百越이라고도 한다. 고대 남방 越族의 部族이 살던 지역으로, 그 종족이 여럿이었기 때문에 百越이라고 했다.
64) 桂林象郡 : 郡의 이름으로, 지금의 廣西 壯族 自治區 일대를 가리킨다. 기원전 214년(시황 33년)에 百粵과 陸梁 땅을 취해 桂林郡과 象郡을 설치하였다.
65) 蒙恬 : 秦나라의 名將으로, 그 선조는 齊나라 사람이다.
66) 匈奴 : 秦漢代에 중국 북방 만리장성 이북에서 활동하던 유목민족의 하나로 胡라고도 한다. 당시 흉노의 침입은 한나라의 큰 근심거리였다. 기원전 214년(始皇 33년)에 蒙恬은 30만의 대군을 거느리고 흉노를 북으로 내쫓고 황하 이남의 땅을 되찾아 44縣

남하하여 나라를 어지럽히지 못했고, 병사들은 활을 당겨 원한을 갚을 생각조차 하지 못했다.

이에 그는 선왕의 법도를 폐기하고 제자백가의 서적을 불태워 백성을 어리석게 만들었다. 큰 성을 허물고 걸출한 인물들을 죽였으며, 함양에 천하의 병기를 거둬들여서 칼날과 화살촉을 녹여 열두 개의 금인(金人)을 만들어[67] 백성들의 힘을 약화시켰다. 그 후 화산(華山)에다 성을 쌓고 황하수로 못을 파서, 높이가 수 만장에 달하고 깊이가 백자나 되는 못에 의지한 견고한 요새를 만들었다. 뛰어난 장수와 튼튼한 무기로 요새를 지켰으며, 믿음직한 신하와 단련된 병사들이 시퍼렇게 날을 세운 병기를 펼쳐들고 관문에서 출입하는 사람들을 검문하였다. 천하가 안정되자 진시황은 자기 마음속으로 관중(關中)[68] 땅은 천리의 철옹성같이 견고해서, 자손대대로 제왕의 공업을 누릴 것이라고 생각하였다.

| 원문 | 始皇旣沒,[69] 餘威振於殊俗.[70] 然而[71]陳涉, 甕牖繩樞[72]之子, 氓隷[73]之人, 而遷徙之徒[74]也. 材能不及中人, 非有仲尼·墨[75]翟之賢, 陶朱[76]·猗頓之富. 躡[77]足行伍之閒, 俛起[78]阡陌 |

---

67) 『史記』「秦始皇本紀」에 의하면 "천하의 병기를 수집하여 함양에 모아놓고, 그것을 녹여서 鍾鐻와 12개의 銅人像을 만들었는데, 무게가 각각 1,000石이었다(收天下兵, 取之咸陽, 銷以爲鍾鐻, 金人十二, 重各千石]"고 한다.

68) 關中: 秦의 도읍지인 咸陽과 漢의 도읍지인 長安이 모두 函谷關 서쪽, 散關 동쪽, 武關 북쪽, 蕭關 남쪽에 위치하여 四關의 가운데 있었기 때문에 이 지역을 관중이라 불렀다.

69) 진시황은 동방을 순수하던 중 沙丘에서 병사했다. 제왕의 죽었을 때는 '崩'자를 쓰는데, 여기서는 '沒'자를 썼다.

70) 殊俗: 풍속이 다른 지방, 먼 이역 땅을 말한다.

71) 而: 『新書全譯』에는 없으나, 『新書校注』를 따라 보충하였다.

72) 甕牖繩樞: 깨진 항아리의 주둥이를 벽에 끼워 창문으로 삼고, 새끼를 꼬아서 문짝을 단다는 뜻으로, 매우 가난한 집을 비유한 말이다.

73) 氓隷: 무지한 농사꾼.

74) 遷徙之徒: 유랑하는 빈민의 무리라는 뜻으로 陳勝이 유배되어 漁陽의 수자리에 징발되었던 것을 가리킨다.

之中, 率疲弊之卒, 將數百之衆, 轉而攻秦. 斬木爲兵, 揭竿爲旗, 天下雲合響應, 贏[79]糧而景從, 山東豪傑並起而亡秦族矣.

옮김譯 진시황이 죽은 후에도 그 위세는 먼 이역 땅에 여전히 남아있었다. 그런데 진섭(陳涉)[80]은 깨진 사기조각으로 창문을 삼고 새끼를 꼬아 문짝을 달 정도로 가난한 집에서 태어난 무지한 농사꾼으로, 부역하러 다니는 무리 속에 있었다. 그의 재능은 보통 사람에도 미치지 못하였고 공자나 묵자 같이 현명하지도 않았으며, 범려(范蠡)[81]나 의돈(猗頓)[82]과 같이 재산이 많은 것도 아니었다. (그런데도 그는) 군대에 들어가서 평민출신으로 몸을 일으켜 힘들어 지친 병졸 수백 명을 모아 거느리고 거꾸로 진나라를 공격하였다. 그들이 나무를 잘라 무기를 만들고 장대를 들어 깃발을 삼자, 천하가 호응해서 구름같이 몰려와 식량을 걸머지고 그림자처럼 그를 따랐으며, 산동[83] 지방의 호걸들이 각

---

75) 墨: 墨翟(기원전 478?~기원전 392?). 戰國시대 兼愛說을 주장한 功利主義사상가로, 宋나라 사람(일설에는 魯나라 사람이라고도 한다). 墨家학설의 창시자로, 그의 언행과 사상이 『墨子』에 수록되어 있다.

76) 陶朱: 范蠡. 춘추시대 越나라 사람. 勾踐을 도와 吳나라를 멸망시켰으나, 후에 벼슬을 버리고 陶에 은거하면서 巨富가 되자 세상 사람들이 그를 陶朱公이라 불렀다.

77) 躡: 踐(밟다), 行伍: 군대의 대열.

78) 俛起: 『史記』의 「陳涉世家」에는 '俛仰'으로 되어 있고 『漢書』의 「陳勝傳」에는 '俛'이 '免'으로 되어 있다. 또 이 구절의 '阡陌'은 『史記』, 「秦始皇本紀」에 '什陌'으로 되어 있다. 阡陌: 전답 사이의 좁은 밭두둑. 여기에서는 陳勝이 평민 가운데서 일어났음을 뜻한다.

79) 贏: 등에 지다, 메다. 景: '影(그림자)'와 통한다.

80) 陳涉: 陳勝. 涉은 그의 字이다. 陽城(지금의 河南城 登封縣 동남쪽) 사람이다. 漁陽 (지금의 河北省 密雲縣 서남쪽)에서 戍자리 가던 중, 큰 비가 내려 길이 끊겨서 기한 내에 도착하기 어렵게 되었다. 그는 기한을 어기면 법률에 의해 참수당할 것을 우려하여 동행중이던 吳廣과 모의하여 900여 명을 규합해서 반란을 일으켰다. 『사기』, 「陳涉世家」 참조.

81) 范蠡: 춘추시대 越나라 사람. 앞의 '陶朱'주 참조.

82) 猗頓: 춘추시대 魯나라 사람으로, 이름난 富商이다.

83) 山東: 崤山 혹은 華山 동쪽지역 즉 函谷關의 동쪽지역을 가리킨다. 전국시대에는 魏·齊·趙·韓·楚·燕의 六國을 가리키는 말이었다.

처에서 봉기하여 진나라를 멸망시켰다.

 且夫天下非小弱也, 雍州之地, 殽函之固自若[84]也. 陳涉之位, 非尊於齊・楚・燕・趙・韓・魏・宋・衛・中山之君也; 鉏[85]耰棘矜, 不敵於鉤戟[86]長鎩也. 謫戍之衆,[87] 非抗于九國之師也; 深謀遠慮, 行軍用兵之道, 非及曩[88]時之士也. 然而成敗異變, 功業相反, 何[89]也? 試使山東之國與陳涉度長絜大,[90] 比權量力, 則不可同年而語矣. 然秦以區區之地, 致萬乘[91]之勢, 序[92]八州而朝同列, 百有餘年矣. 然後以六合爲家, 殽函爲宮. 一夫作難而七廟[93]隳, 身死人手, 爲天下笑者, 何也? 仁義不施, 而攻守之勢異也.[94]

 (진나라의) 천하는 결코 미약하지 않았고, 옹주의 땅과 효산・함곡관의 요새도 그대로 남아 있었다. 진섭의 지위가 제・초・

---

84) 自若 : 如故(예전 그대로).

85) 鉏 : 鋤(호미). 耰 : 땅을 고르는 농기구. 棘 : 戟(창)과 통한다. 矜 : 자루.

86) 鉤戟 : 앞날이 구부러진 창. 長鎩 : 길이가 긴 창.

87) 謫戍之衆 : 죄를 짓고 변방으로 끌려가는 무리.

88) 曩 : 『新書校注』에는 '鄕'으로 되어 있다.

89) 『漢書』 「陳勝傳」에는 '也'字의 앞에 '何'字가 있다.

90) 度長絜大 : 장단대소를 비교해 보는 것으로, 뒤에 나오는 '比權量力' 즉 저울눈을 비교해 보고 힘을 재어본다는 것과 같은 뜻이다.

91) 萬乘 : '乘'은 네 필의 말이 끄는 수레를 말한다. '萬乘'은 4만 마리의 말을 뜻한다. 천자라야 만승을 보유하였으므로, '萬乘'이라는 말은 천자를 칭하는 말이 되었다.

92) 序 : 차서를 정하다. 八州 : 옛날 천하는 冀州・豫州・靑州・徐州・揚州・荊州・兗州・梁州・雍州의 九州로 나뉘었는데, 秦나라의 영토인 雍州를 제외한 나머지를 八州라고 한 것이다. 同列 : 본래는 진나라와 평등했던 六國을 가리킨다.

93) 七廟 : 孝公에서부터 시황제까지의 종묘를 말한다. 周나라의 禮制에 의하면 천자의 祖廟는 七代의 조상까지를 奉祀한다고 한다. 후에 七廟는 봉건 왕조의 대명사로 쓰였다.

94) 『漢書』 「陳勝傳」에서는 '仁義'가 '仁誼'로 되어 있다. 여기에서 '仁義'는 仁政을 의미하며 '攻守'의 '攻'은 秦나라가 천하를 통일하던 시기를 뜻하고 '守'란 통일 이후 예컨대 陳勝의 봉기가 일어났을 때의 守勢를 말한다. 『賈誼集校注』, 9면 참조.

연·조·한·위·송·위·중산나라의 왕보다 높은 것도 아니었고, 괭이자루나 창자루와 같은 무기는 날카로운 갈고리 창이나 긴 창에 대적하지도 못했다. 진섭이 규합한 죄수의 무리는 아홉 나라의 군대에 맞설 만큼 많은 것도 아니었으며, 또 심오한 지략과 원대한 사려, 군대의 지휘와 용병술에 있어서도 그들은 이전 인물들에[95] 미치지 못하였다. 그러나 양자의 성패는 달라졌고 그 공업도 상반된 결과가 빚어졌으니,[96] 이는 무엇 때문인가? 시험 삼아 산동의 제후국들과 진섭의 규모와 힘을 비교해 따져보면 도저히 같은 차원에서 논할 바가 안 된다. 그러나 진나라는 협소한 지역에서 만승천자의 위세에 이르렀고, 차례로 나머지 여덟 주를 쭉 줄 세워 조회하게 만든 지 백여 년이 되었다. 그런 후에 진나라는 온 천하를 자기 집으로 만들고 효산과 함곡관을 궁궐의 담으로 삼았다.[97] (그런데) 일개 필부가 난을 일으키자 나라가 망하고, 천자 또한 다른 사람의 손에 죽어서[98] 천하의 웃음거리가 되었으니, 무엇 때문인가? 이는 인의(仁義)의 정치를 펴지 못하였고, 천하를 공격할 때와 천하를 지킬 때의 형세가 달랐기 때문이었다.

---

95) 六國이 진나라에 대항할 때의 孟嘗君·蘇秦·孫臏·廉頗 등을 가리킨다.
96) 진승은 성공하고 육국은 실패한 것을 뜻한다.
97) 지리상의 이점을 말한 것으로, 효산과 함곡관은 시령이 힘에 쉽게 침공하기 어려운 천연의 요새라는 점을 지적한 것이다.
98) 시황제의 손자 子嬰이 항우에게 죽임을 당한 것을 말한다.

▌진나라의 과오[過秦] 중▐

해제 이 편에서는 앞의 글을 이어 진나라가 중국을 통일한 이후의 형세에 대해 논하고 있다. 진이 비록 천하를 통일하였으나, 시세(時勢)와 민심에 대응하지 못하고 폭정만을 일삼아 패망에 이르렀음을 논하였다. 『사기』「진시황본기」에 전문이 수록되어 있다.

원문 秦滅周祀, 幷海內, 兼諸侯, 南面[99]稱帝, 以四海養.[100] 天下之士斐然[101]向風. 若是, 何也? 曰 : 近古之無王者久矣. 周室卑微, 五霸[102]旣滅, 令不行於天下. 是以諸侯力政,[103] 强凌弱, 衆暴寡, 兵革不休, 士民罷弊. 今秦南面而王天下, 是上有天子也. 卽元元之民[104]冀得安其性命, 莫不虛心而仰上. 當此之時, 專威定功, 安危之本, 在於此矣.

---

99) 南面 : 천자가 즉위하여 남쪽을 향해 앉아서 신하들의 알현을 받는 것을 말한다. 제왕의 자리는 남쪽으로 향하게 하였으므로, '남면하였다'는 것은 곧 제왕의 자리에 올랐음을 뜻한다. 『易』「說卦」. "성인이 남면하여 천하를 다스려서 밝음을 향하여 다스린다[聖人南面而聽天下, 向明而治]."

100) 『史記』「賈誼列傳」에는 "以養四海"로 되어 있다.

101) 斐然 : 靡然(한쪽으로 쏠리는 모양). 『史記』「儒林列傳」. "천하의 학사들이 한쪽으로만 쏠려 추앙했다[天下之學士靡然嚮風矣]." 『新書校注』, 17면 참조. 向風 : 귀의하다. '向'은 '嚮'·'鄕'과 통한다. '鄕風'은 교화를 따른다는 뜻으로, 정치상의 귀순을 가리킨다. 漢語大詞典編輯委員會, 『漢語大詞典』, 漢語大詞典出版社, 1994년, 권3 538면 및 권10 664면 참조.

102) 五霸 : 춘추시대 패권을 다투던 齊 桓公·晋 文公·楚 莊王·吳王 闔閭·越王 勾踐의 다섯 제후를 말한다. 혹은 吳王 闔閭와 越王 勾踐 대신에 秦 穆公과 宋 襄公을 넣기도 한다.

103) 政 : '征'과 통한다. 원래는 '勁'이었으나, 『사기』에 의해 고쳤다. 力政은 무력을 사용하여 정벌하는 것을 말한다. 『新書校注』, 18면 참조.

104) 元元之民 : 일반 평민을 가리킨다. 『史記』「文帝本紀」. "천하의 평민들을 온전케 하다[以全天下元元之民]."

진나라가 주나라를 멸하고 천하를 통일하여 제후들을 집어삼키
고, 남면하여 황제를 칭하며 온 천하를 다스렸다. 천하의 인물들
이 순순히 진나라에 귀의하였으니, 이 같은 일이 일어난 것은 무슨 까닭
인가? 그 무렵 천하에는 오랫동안 왕이 없었기 때문이다. 주나라 왕실은
쇠미해지고 패권을 다투던 다섯 제후도 사라져서, 천하에 황실의 정령(政
令)이 행해지지 않게 되었다. 이런 까닭에 제후가 무력으로 다른 나라를
정벌하여 강한 자가 약한 자를 능멸하고 다수가 소수를 괴롭히니, 전쟁
이 끊이지 않고 백성의 삶이 피폐해졌다. 이제 진나라가 남면하여 천하
에 왕 노릇을 하니, 이는 윗자리에 천자가 있게 된 것이다. 이로써 평범한
백성들은 그 목숨을 편안히 보전할 수 있기를 바라서, 마음을 비우고 위
를 우러르지 않는 이가 없었다. 이런 상황에서 위엄을 세우고 공적을 쌓
았으니, 위태로움을 안정시킨 근본이 여기에 달려 있었던 것이다.

秦王懷貪鄙之心, 行自奮[105]之智, 不信功臣, 不親士民, 廢
王道而立私愛. 焚文書[106]而酷刑法, 先詐力而後仁義, 以暴
虐爲天下始. 夫幷兼者高詐力, 安危者貴順權. 推此言之, 取與守不
同術也. 秦雖離戰國而王天下, 其道不易, 其政不改, 是其所以取之
也.[107] 孤獨而有之, 故其亡可立而待也. 借使秦王論上世之事, 並殷
周之跡,[108] 以制御其政, 後雖有淫驕之主, 猶未有傾危之患也。故三
王[109]之建天下, 名號顯美, 功業長久.

---

105) 自奮 : 스스로 남들보다 뛰어나다고 여기다.
106) 文書 :『詩』·『書』를 비롯한 古籍을 가리킨다.
107) 이에 관해서는 여러 설이 분분하다.『사기』에는 "이는 천하를 취할 때와 지킬 때의
    방법이 다른 것이다[是其所以取之守之者異也]"로 되어 있고, 盧本에는 "이는 천하를
    얻을 때 취하는 방법이다[是其所以取之守之者異也]"로 되어 있다. 여기서는 '異'字
    위에 '無'字가 있어야한다는 王念孫의 견해를 따라 해석하였다.『新書校注』, 19면 참조
108) 幷 : '傍'과 같다. 의지하다, 의거하다(朱駿聲曰 "幷, 假借爲傍").『新書校注』, 19면
    참조.
109) 三王 : 夏禹·殷湯·周武王. 무왕 대신에 주나라 문왕을 넣거나 주나라 무왕과 문

옮김譯 진시황은 탐욕스런 마음을 품고 자신의 지모를 뽐내면서, 공신을 믿지 않고 선비들과 백성들을 멀리하며, 참다운 왕도를 폐하고 자신이 좋아하는 대로 행동했다. 서적을 불태우고 형법을 가혹하게 했으며, 속임수와 무력을 앞세우고 인의는 뒷전에 두어 포학하게 천하를 다스리기 시작했다. 대체로 천하를 합병할 때에는 속임수와 무력을 숭상하지만, 위태로운 형세를 안정시킬 때에는 형편에 맞추는 것이 중요하다. 이를 미루어 말해 보건대 천하를 얻는 것과 지키는 것은 그 방법이 다르다. 진나라가 비록 싸우던 나라들을 흩어버리고 천하에 왕이 되었지만, 나라를 다스리는 방법을 바꾸지 않고 그 정치를 개혁하지 않았으니, 이것은 천하를 얻을 때와 지킬 때에 아무런 차이가 없는 것이었다. (그러면서) 홀로 외로이 천하를 가지고 있었으니,[110] 그가 망하는 것은 서서도 기다릴 수 있는 것이다.[111] 만일 진시황이 앞 시대의 일을 따져보고, 상나라와 주나라의 경험에 의거하여 자신의 정책을 조절했다면, 설령 뒤에 방자하고 교만한 임금이 나왔다 할지라도 나라가 기울고 위태로워지는 환난까지 생기지는 않았을 것이다. 이 때문에 하·상·주 삼대의 왕은 천하를 세워서 아름다운 이름을 드날리고, 오래도록 공적을 전할 수 있었던 것이다.[112]

원문 今秦二世立, 天下莫不引領而觀其政. 夫寒者利裋褐, 而飢者甘糟糠, 天下囂囂,[113] 新主之資也. 此言勞民之易爲仁也. 嚮使二世有庸主之行,[114] 而任忠賢, 臣主一心, 而憂海內之患, 縞素

왕을 합하여 함께 삼왕의 하나로 보기도 한다. 유가에서는 이들 삼왕을 인위의 왕도로써 천하를 다스린 모범으로 숭상한다.

110) 모든 권력이 황제 한 사람에게 집중되었음을 뜻한다.

111) 서서 기다릴 수 있다[可立而待] : 아주 짧은 시간 안에 일이 일어남을 뜻한다.

112) 이 구절은 하·상·주 삼대의 왕은 천하를 얻고 난 뒤 천하를 지키는 방법으로 통치했기 때문에 아름다운 이름과 공적을 오래도록 전할 수 있었다는 뜻이다.

113) 囂 : 들렐 효 囂囂 : 근심과 원망의 아우성을 말한다.

114) 嚮 : 전에, 예전에. 『莊子』 「山木」. "이전에는 성내지 않았으나, 지금은 성을 낸다[向

而正先帝之過; 裂地分民, 以封功臣之後, 建國立君, 以禮天下; 虛囹
圄而免刑戮, 去收孥[115]汚穢之罪, 使各反其鄕里; 發倉廩, 散財幣,
以振孤獨[116]窮困之士; 輕賦少事, 以佐百姓之急; 約法省刑, 以持其
後,[117] 使天下之人皆得自新, 更節循[118]行, 各愼其身; 塞萬民之望,
而以盛德與天下, 天下[119]息矣. 卽四海之內, 皆歡然各自安樂其處,
惟恐有變, 雖有狡害之民, 無離上之心. 則不軌之臣,[120] 無以飾其智,
而暴亂之奸弭矣.

二世不行此術, 而重以無道, 壞宗廟[121]與民, 更始作阿房之宮.[122]
繁刑嚴誅, 吏治刻深; 賞罰不當, 賦斂無度. 天下多事, 吏不能紀; 百
姓困窮, 而主不收卹. 然後奸僞並起, 而上下相遁;[123] 蒙罪者衆, 刑
僇相望於道, 而天下苦之. 自群卿以下至於衆庶, 人懷自危之心, 親
處窮苦之實, 咸不安其位, 故易動也. 是以陳涉不用湯武之賢, 不藉
公侯之尊, 奮臂[124]於大澤, 而天下響應者, 其民危也.

也不怒, 而今怒也]."

115) 收孥 : 고대 연좌법의 일종으로 한 사람이 죄를 지으면 그의 아내와 자식을 관가의
노비로 삼는 것을 말한다.

116) 孤獨 : 어려서 부모를 잃은 아이와 늙어서 자손이 없는 사람을 말한다. 혹은 홀몸으
로 의지할 곳이 없는 외로운 사람을 통칭하기도 한다.

117) 이 구절의 뜻은 뒷날 改過遷善하기를 기다린다는 말이다. 『賈誼集校注』, 14면.

118) 循 : 『사기』에는 '修'로 되어 있다. 劉師培는 『사기』에 따라야한다고 보았으나, '善'
으로 보는 견해도 있다. 『新書校注』, 20면 참조

119) 天下 : 본래는 빠져있으나, 『사기』에 의해 보충하였다. 『新書全譯』, 17면.

120) 不軌之臣 : 모반을 꾀하는 신하를 말한다.

121) 宗廟 : 고대의 제왕 혹은 제후들이 先祖에게 제사를 올리는 장소로서, 왕실과 국가
의 대명사로 쓰인다.

122) 阿房之宮 : 진나라의 궁전. 『三輔皇圖』에 의하면 惠文王 때부터 짓기 시작하였고,
기원전 212년(진시황 35년)에 다시 지어 그 규모를 더욱 확장하였다. 진이 망한 후 項
羽가 불을 질렀는데, 석 달 동안이나 탔다고 한다.

123) 遁 : 속이다(王念孫曰. "遁, 欺也"). 『新書校注』, 21면.

124) 奮臂 : 원래 없던 것을 『사기』에 의해 보충하였다. 「過秦 下」의 "奮臂大呼"라는 구
절을 볼 때, '臂'자가 빠진 것임을 알 수 있다.

옮김 譯 진나라의 이세(二世)[125]가 즉위하자 온 천하가 목을 길게 빼고[126] 그 정치를 지켜보지 않는 사람이 없었다. 추위에 떠는 사람들은 낡은 누더기 옷이라도 좋다고 여기고, 굶주린 사람들은 술 찌꺼기일망정 달게 여기나니, 천하의 애달픈 원망과 아우성은 새로 즉위한 왕에게는 밑천이 된다. 이는 지친 백성들에게는 인정을 베풀기가 쉽다는 말이다. 그때 만약 이세가 평범한 왕의 품행을 갖추고, 충성스럽고 현명한 신하를 임용하여 신하와 임금이 한 마음으로 천하의 근심거리를 걱정하고, 상복을 입은 채로 선왕의 허물을 바로잡으며,[127] 땅을 나누고 백성을 갈라서 공신의 후손들에게 식읍을 봉해주고 제후국을 세워 군주를 옹립하며, 천하의 인재들을 예로써 대우하고, 감옥을 비우고 형벌을 감면해서 죄인의 처와 딸을 노비로 삼는 더러운 연좌죄를 폐지하며, 처자를 거두어 각기 고향으로 돌려보내며, 창고와 곳간을 열어 재물을 나누어 의지할 곳 없는 외로운 사람과 곤궁한 사람들을 구휼하고, 세금을 가볍게 하고 일거리를 줄여서 백성들이 시급히 필요한 일을 돕도록 하며, 법령을 간략히 하고 형벌을 줄여서 죄인들이 개과천선하기를 기다리고 법을 어기지 않도록 하며, 천하의 사람들이 모두 스스로 새로워지고 몸가짐을 바르게 고치고 행실을 닦아 각기 자기 자신을 신중하게 하며, 만백성의 바람을 채워주고 성대한 덕을 천하 사람들에게 베풀었다면, 온 천하가 다 편안히 쉴 수 있었을 것이다. 전국의 백성들이 모두 기쁘게 각기 자신이 사는 곳을 안락하게 여겨서 변고가 있을까를 두려워하며, 비록 교활한 자가 있더라도 군주를 배반할 마음이 없게 되었을 것이다. 설혹 바르지 못한 신하가 있더라도 감히 그 간사한 꾀

---

125) 二世 : 진시황의 둘째 아들 胡亥. 진시황이 죽자 趙高는 유서를 고쳐 장자인 扶蘇를 죽이고 호해를 옹립하여 二世라 칭하였다. 호해는 즉위 후에 趙高를 재상으로 임명하고, 李斯를 죽이는 등 포악한 정치를 하다가 망이궁에서 조고에게 살해당했다.
126) 이 구절의 뜻은 큰 기대를 가지고 바라본다는 뜻이다.
127) 시황제의 탈상이전에 개혁정치를 시행한다는 말로, 서둘러 시황제 때의 잘못된 법률과 제도를 개혁함을 말한다.

를 꾸미지 못하고, 어지러운 폭동의 난도 그치게 되었을 것이다.

그러나 이세는 이 방법을 실행하지 않고 거듭 포악무도한 짓을 되풀이하여, 종묘와 백성들에게 해를 끼치면서 아방궁을 다시 짓기 시작했다. 형벌을 복잡하고 엄하게 하며 관리는 가혹하게 다스리니, 상벌은 형평이 맞지 않고 세금은 한도가 없었다. 세상에 일거리가 많아져서 관리들이 감당할 수가 없을 지경이었으며, 백성들이 곤궁에 빠졌는데도 임금은 그들을 구휼하지 않았다. 이렇게 되자 잘못된 일들이 한꺼번에 일어나고 상하가 서로 속이며, 죄를 뒤집어쓰는 자가 많아져서 형벌을 당한 이들을 길거리 곳곳에서 흔하게 볼 수 있게 되니,128) 천하의 백성들이 모두 괴롭게 여겼다. 여러 공경이하 서민에 이르기까지 모든 사람이 저절로 위태롭다고 여기게 되었고 곤궁한 지경에 처하자, 모두 다 자신의 자리에 편안하지 못해서 쉽게 동요되었다. 이 때문에 진섭은 상나라 탕왕과 주나라 무왕129) 같은 현명함이 없었고 공작이나 후작 같은 존귀한 지위에 있지도 못했지만, 대택(大澤)130)에서 팔을 걷어 부치고 떨쳐 일어서자 메아리치듯 천하가 그에게 응한 것은 백성들이 위태로운 지경에 처해있었기 때문이었다.

> **원문** 故先王者131)見終始之變, 知存亡之由. 是以牧之以道,132) 務在安之而已矣. 下雖有逆行之臣, 必無響應之助. 故曰 : "安民可與爲義, 而危民易與爲非", 此之謂也. 貴爲天子, 富有四海, 身在於戮者, 正133)之非也. 是二世之過也.

---

128) 당시의 형벌제도는 모두 體刑으로 벌 받은 흔적이 몸에 남아있기 때문에 '거리에서 서로를 볼 수 있었다'고 한 것이다.
129) 武王 : 성은 姬, 이름은 發이다. 周나라 文王의 아들로 은나라를 멸하고, 주나라를 세운 후 제후들에게 영토를 나누어주어 통치하게 했다.
130) 大澤 : 陳涉은 기원전 209년(秦二世元年) 大澤鄕에서 봉기하였다. 大澤鄕은 지금의 安徽宿縣 동남쪽 劉村集에 있다.
131) 先王者 : 은나라 湯王, 周나라 武王 등 前朝의 聖王을 가리킨다.
132) 牧之以道 : 『사기』에는 "牧民之道"로 되어 있다.

그러므로 옛 선왕께서는 일이 시작되어 마치는 변화과정을 보고 나라가 존립하고 멸망하는 이유를 알았다. 그리하여 바른 도로써 백성을 인도했으니, 오로지 백성을 편안히 하는데 힘쓸 뿐이었다. (이렇게 했다면) 비록 아래에 역모를 행하는 신하가 있다 하더라도, 그에 메아리 울리듯 호응해서 돕는 자는 없었을 것이다. 그러므로 "편안히 안정되어 있는 백성들은 함께 더불어 의로운 일을 할 수 있고, 위태로운 지경에 처한 백성들은 함께 어울려 그릇된 일을 하기 쉽다"고 하였으니, 바로 이 경우를 말한다. 귀하기로는 천자가 되었고 부유하기로는 천하를 소유하였으나, 이세 자신이 죽임을 당한 것은 정치를 그르게 했기 때문이었다. 이것이 이세의 잘못이다.

진나라의 과오[過秦] 하

해제 이 편은 진나라 말기 농민들이 봉기한 이후의 형세를 분석하고 있다. 말기의 상황은 혼란했지만 그래도 당시까지는 나라를 지킬만한 지리적 이로움은 있었는데도 불구하고, 자영(子嬰)이 즉위한 후 마지막 기회를 잃어버리게 되었다고 비판하고 있다.

원문 秦兼諸侯山東三十餘郡, 循[134]津關, 據嶮[135]塞, 繕甲兵而守之. 然陳涉率散亂之衆數百, 奮臂大呼, 不用弓戟之兵, 鉏

---

133) 正 : 程本에는 '政'으로 되어 있다. 여기서도 이를 따라 '정치'의 뜻으로 보았다.
134) 循 : 다른 판본에는 대부분 '修'로 되어 있다. '修'字가 뜻이 더 잘 통하여 이를 따랐다. 『新書校注』, 22면.
135) 嶮 : '險(험하다)'과 같다.

耰136)白梃, 望屋而食, 橫行天下. 秦人阻嶮不守, 關梁不閉, 長戟不刺, 彊弩不射. 楚師137)深入, 戰於鴻門, 曾138)無藩籬之難. 於是山東諸侯並起,139) 豪俊相立. 秦使章邯將而東征, 章邯因其三軍之衆要市140)於外, 以謀其上.141) 群臣之不相信, 可見於此矣.

옮김 譯 진나라는 산동지역 삼십 여 군의142) 제후들을 겸병하고 중요한 관문과 나루터를 정비했으며, 험준한 요새에 의거하여 잘 정비된 무기로 지켰다. 이에 비해 진섭은 제멋대로 흩어져있던 수 백 명의 무리를 데리고 팔뚝을 걷어 부치고 크게 외치며, 활이나 창 같은 병기도 사용하지 못한 채 다만 곰방메나 몽둥이 따위를 들고 민가에서 식량을 얻어먹으면서 천하를 횡행하였다. 진나라 병사들은 험준한 요새를 지키지 않았고 관문과 교량을 막지도 않았으며, 긴 창으로 찌르지도 않았고 튼튼한 활을 쏘지도 않았다. 초나라 군사가 깊숙이 쳐들어가 진나라 군대와 홍문(鴻門)143)에서 전투를 벌였으나, 뜻밖에 울타리에 막히는 것보다 힘들지 않았다. 이에 산동의 제후가 함께 봉기하고, 호걸들이

---

136) 耰 : 곰방메. 흙을 부수거나 씨앗을 덮는데 사용하던 농기구. 白梃 : 칠이나 장식을 하지 않은 나무 방망이.

137) 楚師 : 秦 二世 2년 陳涉이 장수 周章으로 하여금 군대를 이끌고 關中에 쳐들어가 秦軍과 싸우게 한 일을 가리킨다. 師 : '沛'로 되어 있으나, 『史記』에 근거해 '師'로 고쳤다. 『新書校注』, 51면.

138) 曾 : 뜻밖에, 의외로. 藩籬 : 대나무 울타리.

139) 山東諸侯幷起 : 당시 魏咎가 스스로 魏王이 되고, 田儋이 齊王이 되고 武臣이 趙王이 된 일을 가리킨다. 潭本과 『사기』에는 '山東'아래에 '大撓' 두 자가 있다. 『新書全譯』, 21면.

140) 要市 : 교역을 약속하다. 여기에서는 章邯이 항우에게 투항했을 때, 진나라를 함께 쓰러뜨리고 그 땅을 나누어 왕이 될 것을 약속한 것을 말한다.

141) 上 : 본래는 '二'로 되어 있으나, '上'과 '二'는 모양이 비슷해서 잘못 쓰인 것으로 보인다. 『史記』를 따라 고쳤다. 『新書全譯』, 21면.

142) 山東 : 『신서』「過秦 上」주 참조. 三十餘郡 : 진은 천하를 통일한 후 齊·楚·燕·趙·韓·魏 여섯 나라의 토지를 30여 개의 군으로 나누었다. 『史記』「秦始皇本紀」. "천하를 36개의 군으로 나누었다[分天下三十六郡]."

143) 鴻門 : 중국의 옛 지명으로, 지금의 陝西省 臨潼縣 동북쪽에 해당한다.

서로 일어섰다. 진나라는 장감(章邯)[144]을 보내 동쪽을 정벌하도록 했으나, 장감은 자신이 거느린 삼군의 병력을 이용하여 적과 협상하여 스스로 왕이 되기를 꾀하였다. (진나라의 임금과) 여러 신하들이 서로 믿지 못했음을 이 일에서 볼 수 있다.

원문 子嬰立, 遂不悟. 借使子嬰有庸主之材, 而僅得中佐, 山東雖亂, 三秦[145]之地可全而有, 宗廟[146]之祀宜未絶也. 秦地被山帶河以爲固, 四塞之國也. 自繆[147]公以來, 至於秦王二十餘君, 常爲諸侯雄, 此豈世賢哉? 其勢居[148]然也. 且天下嘗同心幷力攻秦矣, 然困於嶮阻而不能進者, 豈勇力智慧不足哉? 形不利, 勢不便. 秦雖小邑伐幷大城, 得阨[149]塞而守之. 諸侯起於匹夫, 以利會, 非有素王[150]之行也. 其交未親, 其民[151]未附. 名曰亡秦, 其實利之也. 彼見秦阻之難犯, 必退師. 案[152]土息民, 以待其弊, 承解誅罷[153]以令國君, 不患不得意於海內. 貴爲天子, 富有四海, 而身爲禽[154]者, 救敗非也.

---

144) 章邯 : 진나라 이세가 파견한 장수. 항우와 鉅鹿에서 싸우기도 하였으나, 재상 趙高의 미움을 받자 항우에게 항복하여, 雍王에 봉해졌다. 앞의 '要市'주 참조.

145) 三秦 : 진나라의 본래 영토로, 지금의 陝西省에 해당한다. 항우는 진나라를 멸망시키고, 진나라에서 항복한 장수 章邯을 雍王·司馬欣을 塞王·董翳를 翟王으로 삼아 진나라의 영토였던 관중의 땅을 셋으로 나누었는데, 이를 합하여 삼진이라 불렀다.

146) 宗廟 : 고대의 제왕 혹은 제후들이 先祖에게 제사를 올리는 장소. 『신서』에서는 대부분 왕실과 국가의 대명사로 쓰였다.

147) 繆 : '穆'과 같다. 穆公을 말한다. 춘추시대 秦나라 군주였던 穆公任好. 德公의 셋째 아들로 由餘·百里奚 등의 현명한 신하를 얻어 西戎에서 覇者가 되어 영토를 넓혔으며 29년 동안이나 재위하여 훌륭한 치적을 남겼다.

148) 勢居 : 處勢와 같다.

149) 阨 : 좁고 험한 요충지.

150) 素王 : 제왕의 덕을 갖추었으나 그 지위에는 오르지 못한 사람을 말한다. 『莊子』「天道」. "이렇게 아래에 처하는 것이 玄聖 素王의 도이다[以此處下, 玄聖素王之道也]."

151) 民 : 원래는 '名'으로 되어 있으나, 1505년(明 弘治 18년) 沈頡刻本(이하 沈本이라 칭한다.)에 의해 '民'으로 고쳤다. 『新書全譯』, 22면.

152) 案 : '安(안정시키다)'과 통한다.

153) '解'는 '懈(게으르다)'와 통한다. '罷'는 '疲(피로하다)'와 통한다.

옮김譯 자영(子嬰)[155]이 왕으로 옹립된 후에도 여전히 사태의 실상을 깨닫지 못하였다. 만약 자영이 보통 정도의 군주의 재질이라도 지녔고, 또 평범한 재능을 가진 신하라도 얻을 수 있었다면, 산동지역에서 반란이 일어났다 해도 삼진의 땅을 보존할 수 있었을 것이며, 종묘의 제사도 끊어지지 않았을 것이다.[156] 진나라의 땅은 산으로 둘러싸여 있고 강을 끼고 있어 견고하며, 사방이 모두 천연의 요새인 나라였다. 목공으로부터 진시황에 이르는 이십여 명의 임금은 항상 제후들의 우두머리가 되었으니, 이는 어찌 대대로 그들이 모두 현명해서였겠는가? 이는 진나라가 차지한 지세(地勢)가 그렇게 만든 것이었다. 또 천하의 제후국들이 마음을 합하고 힘을 모아 진나라를 공격할 때에, 험한 지세에 막혀 앞으로 나아가지 못했던 것이 어찌 제후국들의 용기와 역량과 지혜가 부족해서였겠는가? 그 형세와 지세가 제후국들에게 불리하고 불편했기 때문이었다. 그래서 진나라는 작은 읍에 지나지 않았으나, 제후국의 큰 성들을 공격하여 병합하고 험한 요새에 의지하여 지킬 수 있었다. 제후들은 한낱 필부에서 몸을 일으킨 자들인지라 각자의 이익에 따라 모였을 뿐, 본래 제왕의 품행을 갖추지 못했다. 그들은 친하게 사귀지도 못했고, 백성들은 아직 진심으로 그들을 따르지도 않았다. 명분은 진나라를 멸망시키기 위해서라고 하지만, 실제로는 자신의 사사로운 이익을 꾀한 것이었다. 이 때문에 그들은 진나라의 지세가 험준하여 공격하기 어렵다는 것을 알았다면, 틀림없이 군대를 퇴각시켰을 것이다. (진나라가 이를 기화로) 국가를 안정시키고 백성들을 쉬게 했다가 그들이 피로해지기를 기다려, 해이해진 틈을 타서 무찌르고 그 임금들을 정벌했으면 온 천하에 그 뜻이 이뤄지지 못함을 근심치 않았을 것이다. (자

---

154) 禽 : 擒(사로잡다)과 통한다. 진나라의 왕 자영이 劉邦의 포로가 된 것을 가리킨다.
155) 子嬰 : 진시황의 태자였던 扶蘇의 아들. 趙高는 이세를 죽이고 자영을 왕으로 옹립하였는데, 황제라는 호칭대신에 왕이라고 불렀다. 재위기간은 48일로, 유방에게 항복하였으나 뒤에 항우에게 살해되었다.
156) 이 구절은 나라가 멸망하지는 않았을 것이라는 뜻이다.

영이) 천자의 귀함과 천하를 독차지한 부를 가지고 있었으면서도, 다른 사람에게 사로잡혀 포로의 신세가 된 것은 나라의 패망을 막는 정책이 잘못되었기 때문이었다.

秦王足已而不問, 遂過而不變. 二世受之, 因而不改, 暴虐以 重禍. 子嬰孤立無親, 危弱無輔. 三主之惑, 終身不悟, 亡不 亦宜乎? 當此時也, 世非無深謀遠慮知化之士也. 然所以不敢盡忠 拂[157]過者, 秦俗多忌諱之禁也, 忠言未卒於口, 而身糜沒[158]矣. 故使 天下之士傾耳而聽, 重足而立, 闔口而不言. 是以三主失道, 而忠臣 不諫, 智士不謀也. 天下已亂, 奸臣不上聞. 豈不悲哉!

진시황은 자만에 빠져 다른 사람의 의견을 물어 보지도 않았 고, 잘못을 해도 바꾸지 않았다. 이세는 이를 이어 받아 고치지 않고 포학한 정치를 계속하여 화를 더했다. 자영은 고립되어 친한 사람 이 없었고, 위태롭고 약했으나 도와주는 사람이 없었다. 이들 세 군주는 자신들의 어리석음을 죽을 때까지 깨닫지도 못했으니, 진나라가 멸망한 것이 마땅하지 않은가? 그 당시에 깊이 생각하고 멀리 도모하여 시운의 변화를 알만한 이가 없었던 것은 아니다. 그러나 그들이 감히 충성을 다하여 왕의 잘못을 바로 잡지 못한 것은 진나라에 법령들로 금하는 것 들이 많았기 때문이니, 충언이 입에서 끝맺기도 전에 몸은 이미 죽음을 당할 수도 있었다. 그러므로 천하의 선비들은 그저 귀 기울여 듣기나 하고, 발을 포개고[159] 서서 입을 다문 채 아무 말도 하지 않았던 것이

---

157) 拂 : '弼(바로잡다)'과 통한다.
158) 糜沒 : 사망하다. 沒 : '歿(죽다)'와 같다.
159) 발을 포개다(重足) : 두 발을 한데 모으고 감히 움직이지 않는 것으로, 두려워하는 모 습을 표현한 말이다. 『鹽鐵論』 「周秦」. "백성들은 눈치를 보면서 감히 움직이지 못했 으니, 춥지도 않았는데 (몸을) 떨었다[百姓側目重足, 不寒而慄]."

다. 그리하여 세 군주가 도의를 잃어도 충신들은 간언을 하지 않았고, 지혜로운 사람들은 계책을 내지 않았다. 천하가 이미 어지러운 지경에 이르렀지만, 간신들은 이를 임금에게 알리지를 않았다. 어찌 비통하지 아니한가!

先王知壅蔽之傷國也, 故置公・卿・大夫・士, 以飾160)法設刑, 而天下治. 其强也, 禁暴誅亂而天下服. 其弱也, 五霸征161)而諸侯從, 其削也, 內守外附而社稷162)存. 故秦之盛也, 繁法嚴刑而天下震; 及其衰也, 百姓怨而海內叛矣. 故周王序得其道, 千餘載不絶; 秦本末並失, 故不能長. 由是觀之, 安危之統,163) 相去遠矣.

옛 선왕들은 신하들이 진언하는 통로를 막으면 나라에 해가 된다는 것을 알았기 때문에, 공경・대부・사의 직책을 두어 법도를 정돈하고 형벌을 마련해서 천하를 안정시켰다. 나라의 세력이 강성할 때에는 폭력을 금지하고 어지럽히는 자를 처형함으로써 천하가 복종하였다. 나라의 힘이 약할 때에는 오패(五霸)164)가 나라를 바로 잡자 제후들이 그에 따랐으며, 나라가 쇠퇴해졌을 때에는 나라 안을 굳게 지키고 밖으로 (제후에) 의지하여 사직을 보존할 수 있었다. 진나라의 왕조가 강성할 때에는 법률을 복잡하게 만들고 형벌을 엄히 하여 천하가 두려워 복종하였으나, 쇠퇴하게 되자 백성들이 원망하고 천하가 배반하였다. 그러므로 주나라 왕조는 그 도를 제대로 얻어서 천여 년165)

---

160) 飾 : '飭(정돈하다)'과 같은 뜻으로, '飾法'은 법도를 정돈한다는 뜻이다.
161) 征 : '바로잡다(正)'의 뜻으로 보았다. 『新書校注』, 24면 참조.
162) 社稷 : 토지신과 곡식신을 제사하는 곳. 『신서』에서는 대부분 사직제사를 올릴 수 있는 왕실이나 국가를 상징하는 말로 쓰였다.
163) 統 : 本(근본). 『新書校注』, 24면.
164) 五霸 : 『신서』「過秦 中」편의 각주 참조.
165) 본문에는 '천여 년(千餘載)'으로 되어 있으나, 주 왕실이 실제로 존속한 기간은 팔백여 년(기원전 1122년~기원전 256년)이다.

동안을 유지했으나, 진나라는 본말이 모두 잘못되어 오래가지 못하였다. 이를 보면 평안해지고 위태로워지는 근본은 서로 멀리 떨어져있음을 알 수 있다.

원문 鄙諺曰 : "前事之不忘, 後之師也"[166] 是以君子爲國, 觀之上古, 驗之當世, 參之人事, 察盛衰之理, 審權勢之宜, 去就有序, 變化因時. 故曠日長久, 而社稷安矣.

옮김譯 속담에 말하기를 "지난 일의 교훈을 잊지 않는 것은 앞으로의 일에 스승이 될 수 있기 때문이다"라고 하였다. 이 때문에 군자는 나라를 다스림에 있어 상고의 역사를 살펴보고, 당대의 일에 비춰보고 인사(人事)에 적용해 보며, 흥망성쇠의 이치를 고찰하고 권위와 형세가 알맞은 지를 세밀히 살피며, 정책의 취사선택에 질서가 있으며, 변화하는데 있어 시세를 따른다. 이 때문에 평안한 날이 오래 이어지고 사직이 안정되는 것이다.

▌ 천하의 우두머리[宗首] ▌

해제 이 편은 기원전 174년(문제 6년) 유장(劉長)이 모반한 사건을 언급한 것으로 보아, 기원전 173년(문제 7년)무렵에 쓴 것으로 보인다. 한나라에서는 종친을 각 지역의 제후로 봉하는 방식으로 중앙집

---

166) 『史記』「秦始皇本紀」에는 '後'字 뒤에 '事'字가 있다. 앞의 '前事'를 따라 여기서도 '事'자를 넣어 해석하였다. 『新書校注』, 25면 참조

권제도를 확립하였다. 그러나 지방의 제후가 강성해지면 중앙의 명령을 따르지 않고 오히려 반란하는 일이 생겨나므로, 그러한 폐단을 방지하기 위해 중앙집권의 체제를 하루 속히 강화해야 한다고 주장한 내용이다. 편명에서의 '수(首)'는 천자를 가리킨다.[167] 『한서』「가의전」에 일부가 수록되어 있다.

> **원문** 今或親弟謀爲東帝, 親兄之子西鄕而擊, 今吳又見告矣. 天子春秋鼎盛,[168] 行義未過, 德澤有加焉, 猶尙若此, 況莫大[169]諸侯, 權勢十此者乎!

> **옮김譯** 이제 황제의 친동생이 스스로 동제(東帝)가 되기를 꾀하고,[170] 친형의 아들이 서쪽으로 공격해 들어오기도 하며,[171] 또 현재 오왕(吳王)[172]은 모반을 꾀한다고 고발을 당하는 사태가 벌어졌습니다. 천자의 춘추가 바야흐로 한창 젊으시고 바르게 행동하여 아무런 잘못이 없으며, 은덕과 혜택이 천하에 두루 베풀어지고 있음에도 오히려 이러한 일이 일어나거늘, 하물며 막대한 힘을 가진 제후의 권세가 지금의

---

167) 『신서』「威不信」편에서 "천자는 천하의 머리(首)이다"라고 하였다.
168) 春秋鼎盛 : 나이가 어리다는 것을 완곡하게 표현한 말이다. 鼎 : 지금, 바야흐로.
169) 莫大 : 최대의 뜻이다.
170) 한 文帝의 아우인 淮南王 劉長이 문제에게 무례하게 굴면서 제멋대로 '東帝'라 칭한 일을 말한다. 회남이 한의 수도인 장안의 동쪽에 있으므로 동제라 말했다. 유장은 기원전 174년(한 문제 6년)에 閩越·匈奴와 연합하여 반란을 일으켰으나 실패하고 蜀地로 유배되었는데, 가는 도중에 굶어죽었다. 시호는 厲이다. 그의 아들 安이 이어 회남왕이 되었다. 『漢書』「淮南王傳」에 자세히 나와 있다.
171) 친형의 아들(親兄之子)은 문제의 이복형인 劉肥(齊 悼惠王)의 아들 劉興居를 말한다. 濟北王이었던 그는 기원전 177년(문제 3년)에 文帝가 흉노를 정벌하러 간 것을 기회로 반란을 일으켰으나, 실패하여 자살하였다. 『漢書』「高五王傳」에 자세히 나와 있다.
172) 吳王 濞를 가리킨다. 한 고조의 형인 仲의 아들이다. 오왕 비는 병을 핑계로 조회에 나오지 않았는데, 그가 반란을 일으킬 것이라는 고발이 틀어왔다. 그러니 문제는 오왕을 벌하지 않고 오히려 几杖을 내려 위로하였다. 그 후 오왕은 景帝 때 七國과 함께 모반을 일으켰다.

열 배가 되는 경우에 있어서는 어떠하겠습니까!

원문 然而天下少安者, 何也? 大國之王幼在懷衽, 漢所置傅[173]相, 方握其事. 數年之後, 諸侯王大抵皆冠,[174] 血氣方剛, 漢之所置傅歸休而不肯住. 漢所置相稱病而賜罷, 彼自丞尉以上偏[175]置其私人, 如此有異淮南[176]·濟北之爲耶? 此時而乃欲爲治安, 雖堯[177]舜不能. 臣故曰 : '時且過矣, 上弗早圖, 疑且歲間所不欲焉'.[178]

옮김譯 그런데도 천하가 잠시 평안한 것은 무엇 때문일까요? 그것은 큰 제후국의 왕이 아직 어려서 강보에 싸여있어, 한 나라 황실에서 임명한 태부와 승상들이 실권을 쥐고 있기 때문입니다. (그러나) 몇 년이 지나 제후국의 왕들이 대부분 성년이 되고 혈기가 왕성해지면, 한나라 황실에서 파견한 태부들을 돌려보내 다시는 자기 나라에 머물게 하지 않으며, 한나라 황실에서 위임한 재상들도 병을 핑계로 해임시키고서 승위(丞尉) 이상의 관직은 모두 자기사람으로 임용할 것이니, 이렇게 되면 (반란을 일으켰던) 회남왕이나 제북왕의 행위와 무엇이 다르겠습니까? 이러한 때에 이르러서 천하를 안정시키려 한다면 요임금이나 순임금 같은 훌륭한 임금이라 할지라도 불가능할 것입니다. 그러므

---

173) 傅 : 한대 제후국의 관직명. 한초에는 '太傅'라고도 불렀다. 제후가 나라를 다스리는 것을 보좌하는 직무로, 군수와 동급이다. 相 : 한대 제후국의 관직명. 여러 관직을 통괄하는 것으로, 원래는 '丞相'이라 불렀는데 한 景帝 때 '相'으로 고쳤다. 傅相은 모두 조정에서 파견하는 것으로, 한 景帝 이후에는 제후국의 실질적인 집정자가 되었다.
174) 冠 : 남자가 20세가 되면 관을 써서, 성인임을 나타낸다. 『禮記』 「曲禮上」. "남자가 이십 세가 되면 관례를 행하고 자를 부른다[男子二十冠而字]."
175) 偏 : 遍(두루)의 뜻으로 쓰였다.
176) 淮南 : 文帝의 아우인 淮南王 劉長을 가리킨다. 濟北 : 문제의 이복형인 劉肥의 아들 劉興居(濟北王)를 가리킨다.
177) 堯 : 고대 전설상의 제왕. 陶唐氏 혹은 伊祁氏라고도 부른다. 舜 : 五帝 중의 한 사람. 이름은 重華, 虞舜·有虞氏라고 부른다.
178) '臣故曰' 이하 19字는 盧本에는 생략했다.

로 저는 '시기를 놓치게 되니, 황상께서 빨리 조치를 취하지 않으면, 수년 내에 바라지 않는 일이 일어날 것입니다'라고 말씀드립니다.

원문 黃帝曰 : "日中必熭,[179) 操刀必割." 今令此道順, 而全安甚易, 弗肯早爲已, 乃墮骨肉之屬而抗剄之, 豈有異秦之季世乎! 且謂天何? 權不甚奇而數制人, 豈可得也![180) 夫以天子之位, 用天下之力, 乘今之時, 因天之助, 尚憚以危爲安, 以亂爲治, 假設陛下居齊桓[181)之處, 將不合諸侯匡天下乎? 至此則陛下誤甚矣. 時且失矣. 心竊踊躍, 離今春難爲已. 天傾, 時傾, 足力傾, 能孰視而弗肯理, 以傾時之失, 豈不靡哉! 可以爲良天下而稱,[182) 特以爲此籍也. 竊爲陛下痛之, 甚在上幸少留計焉!

옮김譯 황제(黃帝)[183)가 말하기를, "해가 중천에 떴을 때에는 물건을 볕에 쪼이고, 손에 칼을 쥐었을 때에는 물건을 자른다"[184)고 하였습니다. 지금 이 도리대로 따른다면 전국을 편안하게 보전하는 것은 쉽게 할 수 있지만, 만일 미리 서둘러 하지 않으면 골육들을 상하게 하고 결국 그들의 목을 치게 될 것이니, 이 어찌 진나라 말기에 여러 공자

---

179) 熭 : 햇볕에 쪼여 말리다. 『說文』「火部」. "혜는 불에 쪼인다는 뜻이다[熭, 暴于火也]" 『新書全譯』, 30면.
180) 且謂이하 16字는 潭本에는 빠져있으나, 吉府本(明 正德 10년 吉府刻本)에 의해 보충하였다. 『新書全譯』, 30면 참조
181) 桓 : 桓公. 춘추시대 제나라의 제후. 기원전 685년에서 기원전 643년까지 재위. '五霸'의 하나로, 성은 姜이고, 이름은 小白이다. 즉위 후에 管仲을 등용하여 나라를 강성하게 하여 제후들의 盟主가 되었다.
182) 稱 : 명성을 세상에 드러내다. 『漢書』「賈誼傳」. "詩書를 모두 암송하고 작문에 능통하여(河南) 郡內에 명성을 떨쳤다[以能誦詩書屬文稱于郡中]."
183) 黃帝 : 선실상의 고대제왕으로, 軒轅氏라고 부른다 성은 公孫으로, 炎帝와 싸워 이기고 蚩尤를 죽이고 제후들에 의해 천자가 되었다. 土德의 祥瑞가 있어서 黃帝라고 칭한다.
184) 이 구절은 때를 잃지 말고 할 일을 해야 함을 비유한 말이다.

들을 죽인 일185)과 다를 바가 있겠습니까! 하늘에게 무어라고 말하겠습니까? 뛰어난 방책으로 사람들을 제압하지 못한다면 어떻게 가능하겠습니까! 존귀한 천자의 자리에 앉아 온 천하의 힘을 사용하며, 현재의 (좋은) 시기를 타고 하늘의 도움을 빌리면서, 오히려 위태로움을 편안하게 만들고 어지러움을 다스리기를 꺼리니, 만일 폐하께서 제나라 환공의 입장에 서신다면 제후를 통합하고 천하를 바로잡지 않으시겠습니까? 그럼에도 이렇게 된다면186) 폐하의 잘못이 클 것입니다. 곧 때를 놓치게 됩니다. 제 마음이 두근두근 뛰어 불안한 것은 이번 봄이187) 지나면 하기 어렵기 때문입니다. 하늘이 기울고 시간도 많지 않고 다리의 힘도 다하였는데, 익히 보고서도 다스리려 하지 않으니, 때가 기울어 (지금의 시기를) 놓친다면 어찌 잘못이 아니겠습니까! 천하의 일을 잘 처리한다고 일컬어지는 것은 다만 이렇게 하기 때문인 것입니다. 소신은 폐하를 위해 이를 애석해하오니, 황상께서 조금이나마 헤아려주시기를 바랍니다!

▌나라를 편안히 하는 방책[數寧] ▌

해제 이 편은 나라의 안녕질서에 위해가 되는 사항을 열거하고 그의 시정을 촉구한 글이다. 이 편이 쓰인 시기는 앞의 「종수」와 같은 시기이거나 조금 후로 보인다. '수(數)'는 하나하나 세면서 열거한

---

185) 秦 二世가 태자인 扶蘇를 죽이고 황제에 오른 후, 여러 公子들이 반발할까 두려워 趙高와 모의하여 여러 명의 공자를 죽이고 또 자살하게 한 일을 가리킨다. 季世: 末年.
186) 이 구절은 미리 대비하지 않아서 제후들로 하여금 반란을 일으키게 하고 또 다시 이를 진압하는 지경에 이르게 된다는 뜻이다.
187) 기원전 173년(文帝 7년)의 봄을 말한다.

다는 뜻이다. 『한서』「가의전」에 일부가 수록되어 있다.

원문 臣竊惟事勢, 可痛哭[188]者一, 可爲流涕者二, 可爲長大息[189]者六. 若其他倍理而傷道者, 難遍以疏擧. 進言者皆曰 : "天下已安矣", 臣獨曰 : "未安", 或者曰 : "天下已治矣", 臣獨曰 : "未治." 恐逆意觸死罪, 雖然, 誠不安, 誠不治, 故不敢顧身, 敢不昧死[190]以聞. 夫曰天下安且治者, 非至愚無知, 固諛者耳. 皆非事實知治亂之體者也. 夫抱火措之積薪之下而寢其上, 火未及燃, 因謂之安, 偸安者也. 方今之勢, 何以異此! 夫本末舛逆, 首尾橫決, 國制搶攘,[191] 非有紀也, 胡可謂治! 陛下何不一令以數日之間, 令臣得熟數之於前, 因陳治安之策? 陛下試擇焉, 何甚傷哉!

옮김 제가 조용히 나라의 형세를 생각하니, 통곡할 만한 일이 한 가지, 눈물을 흘릴만한 일이 두 가지, 길게 한숨 쉴 만한 일이 여섯 가지가 있습니다. 그 밖에도 이치에 어긋나고 정도를 거스르는 일들은 (너무 많아서) 일일이 다 헤아려 말씀드리기 어렵습니다. 폐하께 진언하는 자들은 모두 "천하가 이미 안정되었습니다"라고 하나, 신만은 홀로 "천하가 아직 안정되지 않았습니다"고 말합니다. 어떤 사람은 "천하가 이미 잘 다스려졌습니다"라고 할 것이오나, 신만은 홀로 "천하가 아직 다스려지지 않았습니다"라고 말씀드려야겠습니다. (이렇게 말씀드

---

188) 痛哭 : 본래는 '痛惜'으로 되어 있으나, 『漢書』「賈誼傳」에 의거해 '痛哭'으로 고쳤다. 가의는 일의 경중에 따라 그 표현을 달리 하는데, 여기서는 '눈물을 흘릴만한' 일보다 더 큰 일을 가리키는 '통곡할 만하다'는 말이 더 적합하기 때문이다.

189) 大息 : 탄식하다. 『漢書』「賈誼傳」에는 '太息'으로 되어 있다.

190) 昧死 : 죽음을 무릅쓰다. 秦 · 漢 때 신하들이 帝王에게 글을 올릴 때 사용하던 말이다. 蔡邕『獨斷』. "한나라는 진나라의 법을 계승하여, 여러 신하들이 글을 올릴 때마다 모두 죽음을 무릅쓴다고 말했대漢承秦法 群臣上書 皆言昧死]"『新書全譯』, 33면.

191) 搶攘 : 어지러운 모양. 『漢語大詞典』 1권 1603면.

리는 것이) 임금님의 뜻에 거슬려 죽을죄에 걸리지 않을까 두렵습니다만, 비록 그렇다하더라도 진실로 안정되지 않았고 정말로 잘 다스려지지 않고 있기 때문에, 신은 제 몸을 돌보지 않고 감히 죽음을 무릅쓰고 말씀드립니다. "천하가 안정되었고 또 잘 다스려지고 있습니다"라고 말하는 자들은 특별히 어리석고 무지한 사람들이 아니라면 아첨하며 비위를 맞추는 자들입니다. 이들은 모두 치란(治亂)의 근본이 무엇인지를 사실대로 알지 못하는 자들입니다. 이는 불씨를 가져와 나뭇단 밑에 놓아두고 그 위에 누워 잠을 자면서, 불길이 아직 닿지 않았으니 편안하다고 말하는 격이니, 눈앞의 안일만을 꾀하는 자들입니다. 오늘날의 형세가 이와 무엇이 다르겠습니까! 본말이 어그러져 뒤바뀌고 앞뒤가 제멋대로 끊어졌으며 나라의 제도가 어지러우니, 어떻게 잘 다스려지고 있다고 할 수 있겠습니까! 폐하께서는 어찌해서 저로 하여금 며칠 동안 폐하께 저의 의견을 상세히 열거하여 나라를 태평하고 안정시킬 수 있는 방책을 말씀드리도록 하지 않으십니까? 폐하께서 한번 선택해주시옵소서, 무슨 큰 해로움이 있겠습니까?

射獵之娛, 與安危之機, 孰急也? 臣聞之 : 自禹[192]已下五百歲而湯起, 自湯已下五百餘年而武王[193]起. 故聖王之起, 大以五百爲紀. 自武王已下, 過五百歲矣, 聖王不起, 何怪矣? 及秦始皇帝似是而卒非也, 終於無狀. 及今天下集於陛下. 臣觀寬大知通, 竊曰 : 足[194]以操亂業, 握危勢. 若今之賢也,[195] 明通以足, 天紀又當,

---

192) 禹 : 성은 姒, 이름은 文命이다. 舜임금의 명을 받아 홍수를 다스린 공적으로 그의 후계자가 되었다.
193) 武王 : 성은 姬, 이름은 發이다. 周 文王의 아들로 상나라를 멸하고, 주 왕조를 세운 후 제후들에게 영토를 나누어주어 통치하게 했다.
194) 足 : 원래는 '是'로 되어 있다. 明 萬曆間 程榮刻本(이하 程本이라 칭한다)에 의해 고쳤다. '操'는 원래 '摻'로 되어 있던 것을 潭本에 의해 고쳤다. 『新書全譯』, 35면.
195) 『新書全譯』에서는 '若今之賢也'이 앞 구절에 이어지는 것으로 보았다. 여기에서는

天宜請陛下爲之矣. 然又未也者, 又將誰須也? 使爲治, 勞知慮, 苦身體, 乏馳騁鍾鼓之樂, 勿爲可也. 樂與今同耳. 因[196]加以常安, 四望無患, 因諸侯附親軌道,[197] 致忠而信上耳. 因上不疑其臣, 無族罪,[198] 兵革不動, 民長保首領[199]耳. 因德窮至遠, 近者匈奴, 遠者四荒, 苟人跡之所能及, 皆鄕[200]風慕義, 樂爲臣子耳. 因天下富足, 資財有餘, 人及十年之食耳. 因民素朴順而樂從令耳, 因官事甚約, 獄訟盜賊可令甚少有耳. 大數[201]旣得, 則天下順治, 海內之氣淸和咸理, 則萬生遂茂. 晏子曰 : "唯以政順乎神爲可以益壽"[202] 髮子曰 : "至治之極, 父無死子, 兄無死弟, 塗無襁褓之葬, 各以其順終" 穀食之法, 固百以是,[203] 則至尊之壽, 輕百年耳. 古者五帝,[204] 皆蹍百歲, 以此言信之. 因生爲明帝, 沒則爲明神, 名譽之美, 垂無窮耳. 禮[205] : 祖有功, 宗有德, 始取天下爲功, 始治天下爲德. 因顧成之廟,[206] 爲

『賈誼新書譯注』에 따라 해석하였다.

196) 因 : 『한서』 「가의전」에는 '而'로 되어 있으며, 뒤에 나오는 '因'字도 뺐다. 여기에서도 『한서』를 따랐다. 『新書校注』, 33면 참조.

197) 軌道 : 따르다, 부합하다. 『韓非子』 「五蠹」. "지역 내의 백성들이 말을 하는 것이 반드시 법에 부합될 것입니다[是境內之民, 其言談者必軌于法]."

198) 族罪 : 한 사람이 죄를 지으면, 그와 관련된 친척들을 죽이는 형벌로서, 滅族이라고도 부른다.

199) 首領 : 머리와 목덜미. 목숨을 뜻한다.

200) 鄕 : 向(향하다)과 통한다.

201) 數 : 천하를 다스리는 道術을 말한다. 『新書校注』, 34면.

202) 이 구절은 『晏子春秋』 「雜下」에 보인다. 『賈誼新書譯注』에서는 '神'을 '하늘의 뜻'으로 해석하였다. 25면 참조.

203) 是 : 盧文弨는 '足'자의 誤字라고 보았다. 『新書全譯』, 36면.

204) 五帝 : 중국 고대의 전설에 나오는 다섯 명의 帝王. 『사기』 「五帝本紀」와 『世本』의 「五帝譜」, 『大戴禮記』의 「五帝德」에서는 黃帝·顓頊·帝嚳·堯·舜을, 『帝王世紀』에서는 少昊·高陽·高辛·堯·舜을, 『周易』 「繫辭」에서는 伏羲·神農·黃帝·堯·舜을 말한다.

205) 禮 : 고대 사회능납체노와 ⊥에 상응하는 禮節儀式. 익기시는 고대 종묘제도를 가리킨다.

206) 顧成之廟 : 기원전 176년(문제 4년) 文帝가 자신을 위해 세운 묘의 이름. 그 터가 지금의 陝西省 長安縣의 동쪽에 있다. 여기서는 한 문제를 가리킨다.

天下太宗, 承太祖, 與天下漢長亡極耳. 因卑不疑[207]尊, 賤不踰貴.
尊卑貴賤, 明若白黑, 則天下之衆不疑眩耳. 因經紀[208]本於天地, 政
法倚於四時, 後世無變故, 無易常, 襲跡而長久耳.

즐거운 사냥놀이와 나라의 안위가 달려 있는 기회 중 어느 것
이 급하겠습니까? 제가 듣기로는 우임금 이후로 오백 년이 되
어 탕 임금이 일어나셨고, 탕 임금 이후로 오백 여 년 만에 무왕이 일어
나셨습니다. 그러므로 성왕(聖王)이 일어남은 대략 오백년을 한 차례로
삼습니다.[209] 무왕 이후로 오백년이 지났으나 아직 성왕이 나오지 않으
니, 얼마나 이상한 일입니까? 진시황에 이르러 처음엔 성왕이 나온 듯
했으나, 끝내는 아니어서 말로 형언할 수 없는 지경으로 끝났습니다. 이
제 천하는 폐하께 모였습니다. 제가 보건데 폐하는 관대하고 지혜롭고
통달하시니, 난세를 바로잡고 위태로운 형세를 장악할 수 있다고 신은
생각합니다. 지금 폐하께서는 충분히 현명하시고, 하늘에서 정한 주기
도 맞으니,[210] 하늘이 폐하께서 이렇게 할 것을 청하고 있습니다. 그럼
에도 불구하고 하지 않으신다면 장차 누구를 기다리겠습니까? 천하를
다스리기 위해서 지략을 짜내고 몸을 괴롭히며, 사냥과 풍악을 즐기지
못하게 된다면 하지 말아야 합니다. 천하를 다스려 얻는 즐거움은 사냥
이나 풍악에서 얻는 즐거움과 같습니다. 천하는 오래도록 안정되어 사
방을 둘러보아도 침략당할 근심이 없어질 것이며, 제후는 임금을 친하
게 따르고 법도를 준수하여 충성을 다해 임금을 믿게 될 것입니다. 임금
은 신하를 의심치 않아 일족을 멸하는 형벌을 줄 일도 없게 되며, 전쟁

---

207) 疑 : '擬(비기다)'와 통한다[『正字通』「疋部」. "疑, 又與擬通."]『新書全譯』, 36면.
208) 經紀 : 국가의 綱常秩序.『禮記』「禮運」. "예의를 가지고 기강을 삼는다[禮義以爲紀]."
209) 오백년을 주기로 성왕이 나온다는 뜻으로, 이는『맹자』「公孫丑下」의 "오백년에 반
    드시 왕자가 나오니, 그 사이에 반드시 세상에 유명한 자가 있다[五百年必有王者興
    其間必有名世者]"는 구절을 인용한 것이다.
210) 이 구절의 뜻은 앞에서 말한 성왕이 나오는 오백년의 주기가 되었다는 뜻이다.

도 일어나지 않아서 백성들은 오래도록 그들의 목숨을 지켜나갈 수 있을 것입니다. 그래서 덕망이 아주 멀리까지 미쳐서 가까운 흉노와 먼 변경의 황량한 지역까지, 적어도 사람의 자취가 미치는 곳이라면 모두가 황제의 교화를 향하며 신의를 사모하여 기꺼이 폐하의 신하가 되려 할 것입니다. 천하가 부유하게 되고 재물이 남아돌아 사람들은 십 년 동안 충분히 먹을 수 있는 식량을 가질 수 있습니다. 백성들은 소박하고 유순하여 기꺼이 명령에 따르고, 관청에서 해야 할 일은 아주 줄어들어 송사나 도적질도 적어질 것입니다. 정책이 제대로 수립되면 천하가 순조로이 다스려지고, 천하의 기풍이 맑고 화목하며 질서정연해지면 온갖 생물이 번성할 것입니다. 안자(晏子)[211]가 말하기를 "정치가 하늘의 뜻에 따르면 사람들은 더 오래 장수할 수 있다"고 하였습니다. 발자(髮子)[212]는 말하기를, "최상의 정치란 아비보다 먼저 죽는 자식이 없고, 형보다 일찍 죽는 아우가 없으며, 강보에 싸인 아이의 주검이 길바닥에 뒹구는 일없이, 제각기 화평하게 죽을 수 있게 하는 것이다"라고 하였습니다. 곡식을 제대로 먹고 살면 백 살은 충분히 사는 법이니, 지극히 존귀한 황제의 수명으로는 백 살도 적다고 하겠습니다. 옛날 오제는 모두 백 살을 넘었다고 하니, 이 말로써도 믿을 수 있습니다. 이렇게 살아서는 명철한 제왕이 되고 죽어서는 밝은 신령이 될 것이니, 아름다운 이름을 무궁토록 전할 것입니다. 종묘제도에서는 공이 있는 분을 조(祖)로 모시고, 덕이 있는 분을 종(宗)으로 모시니, 처음으로 천하를 차지한 것을 공으로 삼으며, 처음으로 천하를 다스린 것을 덕으로 삼습니다. 이에 따라 폐하께서는 천하의 태종이 되시어, 태조[213]를 이어받아 한나라는 천하와 더불어 길이 이어질 것입니다. 그리하여 지위가 낮은 자는 높은 사람에 견

---

211) 晏子 : 춘추시대 齊나라 대부였던 晏嬰(?~기원전 500). 자는 平仲이다. 그의 門人과
    제자들이 안영의 언행을 모아 편찬한 『晏子春秋』가 전해진다.
212) 髮子는 누구인지 알 수 없다.
213) 태조 : 漢 高祖를 말한다.

주지 않고, 천한 자는 귀한 사람을 넘보지 않을 것입니다. 또 존비귀천이 흰 색과 검은 색처럼 뚜렷이 구별되어 천하의 모든 사람들이 분명히 알 것입니다. 나라의 기강은 천지에 근본하고 정책과 법령은 사계절의 변화에 의거해 제정하여,214) 후세에도 별 탈 없이 영원히 질서를 지키며 앞사람의 발자취를 쫓아 오래도록 지속 될 것입니다.

원문

臣竊以爲建久安之勢, 成長治之業, 以承祖廟, 以奉六親,215) 至孝也. 以宰天下, 以治群生, 神民咸億, 社稷久饗, 至仁也. 立經陳紀, 輕重周得, 後可以爲萬世法. 以後雖有愚幼不肖之嗣, 猶得蒙業而安, 至明也. 壽並五帝, 澤施至遠, 於陛下何損哉! 以陛下之明通, 因使少知治體者得佐下風,216) 致此治非有難也. 陛下何不一爲之? 其具可素陳於前, 願幸無忽.

옮김譯

제 생각으로는 오래 안정될 수 있는 형세를 세우고 치세가 지속되는 업적을 이룸으로써, 조상을 계승하고 육친을 봉양함은 지극한 효도입니다. 천하를 주재하고 뭇 백성을 다스려 귀신과 백성을 모두 평안케 하며, 사직을 오래 보존하는 것은 지극한 인(仁)입니다. 법도를 세우고 기강을 펴서 일의 경중에 따라 제대로 맞혀야 비로소 자손 대대로 모범이 될 수 있습니다. 그렇게 된 이후 비록 어리석고 못난 후손이 제위를 잇더라도 (조상들이 세운) 업적과 덕택으로 평안을 누릴 수 있게 하는 것은 지극히 명석한 것입니다. 수명이 오제만큼 길고, 은택을 아주 멀리까지 베푼다고 해서 폐하께 무슨 손해가 있겠습니까! 폐하께

---

214) 이 구절은 나라를 다스리는 원리가 하늘의 법칙에 근본을 두고 있다는 말이다.
215) 六親: 흔히 父子, 兄弟, 夫婦를 가리킨다(『역경』「家人卦」, 王弼注 참조). 그러나 『新書』「六術」에서는 父子·兄弟·從父兄弟·從祖兄弟·曾祖兄弟·同族兄弟를 '육친'으로 설명하고 있다.
216) 下風: 아래의 낮은 자리에 있음을 비유한 말이다. 謙辭로도 쓰인다.

서는 명석하고 통달하시니, 다스림의 근본을 아는 사람으로 하여금 아래에서 돕게 하신다면, 이러한 치적을 이루는 것은 어려운 일이 아닙니다. 폐하께서는 어찌하여 한번 해 보시지 않으십니까? 그 방안을 생각하는 대로 솔직하게 말씀드렸사오니, 바라옵건대 소홀히 여기지 마옵소서.

원문 臣謹稽之天地, 驗之往古, 案之當時之務, 日夜念此至孰[217]也. 獨太息悲憤, 非特敢忽也. 雖使禹·舜[218]生而爲陛下計, 無以易此. 爲之有數, 必萬全無傷, 臣敢以寸斷.[219] 陛下幸試召大臣有識者使計之. 有能以爲不便天子, 不利天下者, 臣請死.

옮김譯 신은 삼가 천지 운행의 질서를 상고해 보고 지난 옛 일들에 증험하며, 지금 해야 될 일에 비춰보아 밤낮으로 생각한 끝에 이러한 결론에 이르게 되었습니다. 홀로 크게 탄식하고 비분강개하였으나 결코 경솔히 하지는 않았습니다. 비록 우임금과 순임금을 다시 태어나게 해서 폐하를 위한 방책을 내놓게 해도 제 생각을 바꿀 수는 없을 것입니다. 이 문제를 처리하는 데에는 방책이 있어야 반드시 손실 없이 만전을 기할 수 있다고 신은 감히 단정하옵니다. 폐하께서는 견식이 있는 대신을 불러서 그로 하여금 따져보도록 하십시오. 만일 천자께 불편한 것이 있다거나 나라에 불리한 것이 있다면 신은 기꺼이 죽음을 청하겠습니다.

---

217) 孰: '熟(익다)'과 통한다.
218) 舜: 『신서』「宗首」편 주 참조.
219) 寸斷: 자신의 뜻으로 판단하다. 『新書全譯』에서는 '신체를 한 마디 정도의 작은 토막으로 자르다'라고 보아 '粉骨碎身하는 것으로써 보증한다'고 해석했다.

제후국의 해로움[藩傷]

해제 이 편에서는 국가의 군력이 분산되고 제후가 강대해지면 국가의 위란(危亂)이 일어날 수 있으므로, 강력한 중앙집권적 체제로 나라의 안정을 꾀할 것을 주장하였다. 이 편은 기원전 173년 무렵에 쓰였다. '번상(藩傷)'은 제후국의 세력이 지나치게 강성해지면 황실의 위협이 된다는 뜻이다. 『한서』「가의전」에 일부가 수록되어 있다.

원문 夫樹國必審相疑[220]之勢, 下數被其殃, 上數爽[221]其憂. 凶饑數動, 彼必將有怪者生焉, 禍之所罹, 豈可豫知? 故甚非所以安主上, 非所以活大臣者也, 甚非所以全愛子[222]者也.

옮김譯 제후국을 세우는 데 있어서는 제후국의 세력이 황실과 견주게 되는 형세를 반드시 잘 살펴야 하니, 신하들은[223] 이 때문에 자주 재앙을 당하고, 임금께서도 이 때문에 자주 근심이 깊어집니다. 흉년과 기아가 자주 들게 되면 반드시 괴이한 일들이 생기는 법이니, 화를 당하는 경우를 어떻게 미리 알 수 있겠습니까? 그러므로 (제후국을 세우는 것은) 임금을 평안케 하는 방법이 아니고, 대신들을 살리는 방법도 아니며, 사랑스런 자손들을 보존하는 방법도 아닙니다.

---

220) 疑 : '擬(비기다)'와 통한다. 제후국의 세력이 황실과 서로 대등하게 견줄 정도로 강대함을 가리킨다.
221) 爽 : 王先謙은 沈彤의 설을 따라 '甚(심하다)'로 보았다. 『新書校注』에서는 『廣雅』「釋詁」의 "爽은 상하다[爽, 傷也]"는 뜻에 의해 '근심 때문에 손상을 입다'로 보았다. 『新書校注』, 38면. 『新書全譯』에서는 '감소하다'의 뜻으로 보았다.
222) 愛子 : 제후국의 왕을 말한다. 한대에는 同姓을 왕으로 봉했기 때문에, 제후국의 왕들은 모두 황실의 子姪들이었다. 그래서 제후국의 왕을 '애자'라고 불렀다. 『新書全譯』, 42면.
223) 여기서는 제후국의 왕을 가리킨다.

원문

旣已令之爲藩[224]臣矣, 爲人臣下矣, 而厚其力, 重其權, 使
有驕心而難服從也, 何異於善砥鏌邪而予射[225]子? 自禍必
矣. 愛之故使飽梁[226]肉之味, 玩金石[227]之聲, 臣民之衆, 土地之博,
足以奉養宿衛其身. 然而權力不足以徼幸, 勢不足以行逆, 故無驕心,
無邪行. 奉法畏令, 聽從必順, 長生安樂, 而無上下相疑之禍. 活大臣,
全愛子, 孰精於此!

옮김譯

이미 제후로 임명되어 천자의 신하가 되었는데, 이제 다시 그들
의 힘을 키워주고 권세를 강화시켜주는 것은 그들로 하여금 교
만한 마음을 먹게 하고 황실에 불복하게 하는 것이니, 막사(鏌邪)[228]의 칼
날을 잘 갈아서 악한 자에게 주는 것과 무엇이 다르겠습니까? 스스로 화
를 불러들이게 되어 있습니다. 그들을 사랑한다면 맛난 음식을 배불리 먹
게 하고 아름다운 음악을 즐기게 하며, 많은 신하와 백성들을 주고 넓은
영토에서 충분히 먹고 살면서 그들 자신을 봉양하면서 지켜 나갈 수 있게
하면 됩니다. 그러나 그들의 권력이 분수에 넘친 요행을 바랄 정도로 크
지 않고 그 세력이 반역을 일으킬 정도로 강성하지 않아야, 교만한 야심
이 없어지고 사특한 행동이 없어질 것입니다. (그렇게 되면) 법을 받들고
황실의 명령을 두려워하며 순하게 말을 듣게 될 것이니, 오래 안락하게
살면서 위와 아래가[229] 서로 의심해서 생기는 화는 없을 것입니다. 대신
들을 살리고 사랑하는 자손들을 보전하는데 무엇이 이보다 낫겠습니까!

---

224) 藩 : 제후국을 가리킨다. 藩臣 : 제후국의 왕 혹은 지방장관을 말한다. 옛날에는 제후
    들이 울타리처럼 황실을 둘러싸고 있어서 제후들을 번신이라 불렀다.
225) 射는 '邪'의 잘못이다. 『新書校注』, 38면 참조.
226) 梁 : 顔師古는 "고량은 좋은 곡식이다[梁 '米之善者']라고 했다." 『新書校注』, 38면.
227) 金石 : 고대 악기는 金·石·絲·竹·匏·土·革·木의 8가지 재료로 만들었다. 그
    중에서 金은 鐘鎛을 가리기고, 石은 磬을 가리킨다. 여기서 '金石'은 악기 전체를 뜻
    한다.
228) 莫邪 : 명검의 이름, 鏌鎁라고도 한다.
229) 한나라 황실과 제후왕을 가리킨다.

원문 且藩國與230)制, 力非獨少也. 制令其有子, 以國其子; 未有
子者,231) 建分以須之,232) 子生而立, 其身以子, 夫將何失?
於實無喪, 而葆國無患,233) 子孫世世, 與漢相須, 皆如長沙,234) 可以
久矣. 所謂生死而肉骨, 何以厚此?

옮김譯 또한 제후국이 봉지제도를 따른다고 해서, 그 역량이 미약하지
도 적지도 않습니다. 제도상으로 아들이 있으면 그 아들에게
나라를 물려주고, 아들이 없는 자는 서자를 세우고 적자를 기다렸다가
아들이 생기면 다시 봉립하게 한다면, 제후왕과 그들의 아들에게 무슨
손실이 있겠습니까? 실제로 봉지를 잃는 것도 없고 나라를 보존해 나감
에 아무런 근심도 없어서, 자손 대대로 한나라 황실과 서로 의지하면서
모두 장사왕(長沙王)처럼 오래 왕 노릇할 것입니다.235) 죽은 사람을 살려
서 뼈에 살을 붙여 준다고 한들 이보다 더할 수가 있겠습니까?236)

---

230) 與 : '따르다'의 뜻으로 해석했다. 『新書校注』, 38면 참조. 制 : 제도, 법도 여기서는
봉지제도를 가리킨다.
231) 여기서의 '子'는 嫡子를 말한다.
232) 分 : 分子 즉 庶子를 말한다. 먼저 서자를 세우고, 적자가 태어나기를 기다린다는 뜻
이다. 『新書校注』, 38면.
233) 葆 : 보존하다. '保'와 통한다.
234) 長沙 : 제후국의 이름으로, 지금의 湖南省 동쪽과 남쪽지역에 해당한다. 여기서는
장사왕을 가리킨다.
235) 기원전 206년 吳芮는 유방을 도운 공적으로 衡山王에 봉해졌다가, 기원전 202년에
장사왕으로 옮겨갔다. 제후국 중에서 세력이 가장 미약하였으나, 한 문제 당시까지 별
탈없이 五代째 그 자손들이 왕위를 이어갔다.
236) 이 구절은 죽은 자를 되살려주는 것보다도 더 큰 은덕을 베푸는 것을 비유한 말이다.

강대한 제후국[藩彊]

해제 이 편은 강대한 제후국이 모반한 사실을 들어, 세력이 강대해 지면 모반을 일으키게 됨으로 제후국의 세력을 억제하는 것이 황실과 제후국에 이롭다는 의견을 펴고 있다. 이 편은 「번상」편보다 조금 늦게 쓰였다. 『한서』「가의전」 '치안책'에 거의 전문이 수록되어 있다.

원문 竊跡前事, 大抵彊者先反. 淮陰王楚最彊, 則最先反, 韓王信 倚胡, 則又反; 貫高因趙資, 則又反. 陳豨兵精彊, 則又反; 彭 越用梁, 則又反; 黥布用淮南,237) 則又反. 盧綰國比最弱, 則最後反. 長沙238)乃纔二萬五千戶耳, 力不足以行逆, 則功少而最完, 勢疏而最 忠. 全骨肉時長沙無故者, 非獨性異人也, 其形勢然矣.

옮김譯 가만히 지난 일의 자취를 살펴보면, 대체로 세력이 강한 자가 먼저 모반하였습니다. 회음후(淮陰侯)239)가 초나라 왕이었을 때 세력이 가장 강했는데 맨 먼저 반역하였고, 한왕(韓王) 신(信)240)이 흉노 와 결탁하고 반역하였으며, 관고(貫高)241)는 조나라의 힘을 배경으로 해

---

237) 淮南 : 지금의 安徽省 淮南일대.
238) 長沙 : 長沙王 吳芮의 玄孫을 가리킨다.
239) 淮陰 : 지금의 江蘇省 淮陰시 서남면. 여기서는 淮陰侯 韓信을 가리킨다. 한신은 기 원전 202년(한 고조 5년) 楚王에 봉해졌으나, 기원전 201년 모반을 일으킬 것이라는 의심을 받고, 회음후로 낮춰졌다. 기원전 196년(한고조 11) 呂后에 의해 살해되었다.
240) 韓王信 : 戰國 韓 襄王의 후손으로, 기원전 205년(한 고조 2년) 한왕에 봉해졌다. 韓 나라 지역은 匈奴와 가까워 자주 곤경을 당하였다. 그래서 사신을 보내 화친하고자 했는데, 황실에서 이를 의심하자 한왕신이 두려워 흉노와 결탁하여 모반을 꾀하였다. 『漢書』「韓王信傳」에 자세히 나와 있다.
241) 貫高 : 趙나라의 丞相. 한 고조가 조나라 왕에게 무례한 것을 보고 분개하여 고조를 몰래 죽이려 하였으나, 실패하고 자살하였다. 『漢書』「張耳傳」에 나와 있다.

서 반역하였습니다. 진희(陳豨)[242]는 그의 군대가 강성해지자 반역하였으며, 팽월(彭越)[243]은 양(梁)나라를 이용해서 반역하였으며, 경포(黥布)[244]는 회남의 역량을 이용해서 반역하였습니다. 노관(盧綰)[245]의 나라는 (다른 나라와) 비교해볼 때 그 세력이 가장 약하였으므로 가장 늦게 반역하였습니다. 장사왕의 봉지(封地)는 겨우 이만 오천호에 지나지 않아서 그 힘이 반역하기에는 부족했으니, 공은 적었지만 가장 평안하였으며 세력은 미약했으나 가장 충성스러웠습니다. 한 고조가 동성(同姓)의 골육을 잘 보전하려고 맹세했을 당시[246] 장사에 아무런 변고가 없었던[247] 이유는 장사왕의 품성이 다른 사람과 달랐기 때문이 아니라 그 당시 형세가 그러했기 때문입니다.

曩令樊·酈·絳·灌據數十城而王,[248] 今雖以[249]殘亡可也. 令韓信·黥布·彭越之倫, 列爲徹侯而居, 雖至今存可也.

---

242) 陳豨 : 고조를 따라서 燕王을 평정하는데 공을 세워 陽夏侯로 봉해졌는데, 기원전 197년 흉노와 결탁하여 모반을 일으키고 스스로 代王이 되었다. 이에 고조가 친히 토벌에 나선 일을 말한다. 이 일은 『漢書』「韓信傳」에 나와 있다.

243) 彭越 : 기원전 202년 梁王에 봉해졌으나, 기원전 197년 반란을 일으켰다가 실패하고 三族이 몰살되었다. 『漢書』「彭越傳」에 나와 있다.

244) 鯨布 : 이름은 英布(?~기원전 195년). 얼굴에 墨刑을 받았기 때문에 경포라고 불렀다. 유방이 項羽와 싸울 때 공을 세워 기원전 203년 淮南王에 봉해졌으나, 뒤에 유방을 반대하다가 유방에 의해 토벌되었다. 『漢書』「英布傳」에 나와 있다.

245) 盧綰 : 유방의 고향친구로, 한초에 燕王에 봉해졌으나, 異姓의 왕으로 반역을 일으킬 것이라는 의심을 받자 匈奴에 투항하였다.

246) 고조 劉邦이 異姓 제후들의 반란을 진압한 뒤에 異姓王을 폐지하고, 劉氏가 아니면서 왕이 된 자는 천하가 함께 공격할 것을 맹세케 한 일을 가리킨다. 또한 同姓王을 봉해 황실의 역량을 강화하여 정권이 다른 성씨에게 넘어가지 않도록 확고히 하였다.

247) 이 구절은 장사에서 어떤 반역도 일어나지 않았다는 뜻이다.

248) 樊은 樊噲. 뒤에 舞陽侯에 봉해졌다. 酈은 酈商. 모사가인 酈食其의 동생으로, 漢初에 曲陽侯에 봉해졌다. 周는 周郭(?~기원전 178). 유방과 동향사람으로, 한초에 軍功이 뛰어나서 絳侯에 봉해졌고, 문제 때 우승상을 지냈다. 灌은 灌嬰(?~기원전 176). 한초의 大將으로, 睢陽(지금의 河南省 商丘縣 남쪽)사람이다. 본래는 비단을 파는 소상인이었는데, 유방을 따라서 軍功을 세워서 유방의 부장이 되었다. 후에 潁陰侯에 봉해졌다. 네 사람 모두 한초의 列侯들이다.

249) 以 : '已'와 통한다.

然則天下大計可知已. 欲諸王皆忠附, 則莫若令如長沙. 欲勿令葅醢,250) 則莫若令如樊·酈·絳·灌. 欲天下之治安, 天子之無憂, 莫如衆建諸侯而少其力. 力少則易使以義, 國小則無邪心. 若與臣下251) 相殘, 與骨肉相飮茹,252) 天下雖危無傷也, 則莫如循今之故而勿變. 以前觀之, 其國最大者反最先.253)

지난 날 철후(徹侯)254)였던 번쾌(樊噲)·역상(酈商)·주발(周勃)· 관영(灌嬰)255)의 네 사람으로 하여금 수십 개의 성을 점거한 제 후왕이 되게 했다면, 지금 그들은 이미 다 멸망했을 수도 있습니다. (그 반면에 반역을 일으켜 멸망한) 한신·경포·팽월과 같은 사람을 철후로 삼았다면 그들은 지금도 여전히 존립할 수 있을 것입니다. 그러한즉 천 하를 다스리는 큰 계책을 알 만합니다. 여러 제후들이 황실에 충성스럽 게 붙어 있기를 바란다면 장사왕처럼 (그들의 세력을 약하게) 하면 됩니 다. 그들에게 살을 저며 소금에 절이는 형벌을 가하지 않기를 바란다면, 번쾌·역상·주발·관영처럼 되게 하는 것이 최상의 계책입니다. 천하 가 편안히 다스려지고 천자에게 근심이 없기를 바란다면 제후를 많이 세워 그들의 힘을 약화시키는 것만큼 좋은 계책은 없습니다. 제후의 세 력이 약하면 그들을 (군신 간의) 도의로써 부리기 쉽고,256) 나라가 작으 면 제후가 배반하려는 마음을 먹기 어렵기 때문입니다. 만약 신하들끼

---

250) 葅醢 : 한대의 형벌로, 인체를 소금에 절여 肉醬으로 만드는 형벌이다.
251) 盧本에서는 '若與臣下' 이하 41자가 앞뒤의 문맥과 맞지 않고 조리가 없다고 이 부 분을 뺐다. 『新書校注』, 42면 참조.
252) 飮茹 : 먹고 마시다. 여기서는 서로 상대방을 잡아먹으려 한다는 뜻이다.
253) 『新書校注』에서는 이 뒤에 빠진 글자가 있다고 보았다.
254) 徹侯 : 爵位 이름으로 通侯라고도 한다. 20級 작위 중 가장 높은 작위였는데, 異姓 으로 큰 공을 세운 사람이 많았다. 뒤에 한 武帝의 이름(劉徹)을 피하기 위해 列侯로 바꾸었다.
255) 이들에 대해서는 『신서』「藩强」편의 본문과 각주에 자세히 소개되어 있다.
256) 이 구절의 뜻은 제후의 힘이 약하면 도의를 저버리고 반란하기 어렵다는 뜻이다.

리 서로 해치고 골육끼리 서로 잡아먹어 천하가 비록 위험해도 해로울 것이 없다고 한다면, 지금의 방식대로 따르는 것만 같지 못하니 바꾸지 마십시오. 이전의 경우를 보건데 가장 큰 나라가 제일 먼저 모반합니다.

큰 도읍[大都]

해제 이 편은 지방 제후의 권력이 강대한 반면, 황실의 힘이 약해지면 본말이 전도되어 마침내는 큰 괴로움을 당하게 됨을 역사적 예를 들어 경고한 글이다. 이 편은 「변강」편에 이어서 쓴 것으로 보인다. 「번상」·「번강」·「대도」세 편은 제후국의 세력이 강대해져 일어나는 문제에 대해 비교적 체계적으로 논의하고 있다. '대도'라는 편명은 한 도읍의 규모가 지나치게 크면 화란(禍亂)의 요인이 된다는 뜻을 함축하고 있다. 『한서』「가의전」에 일부가 수록되어 있다.

원문 昔楚靈王問范無宇曰 : "我欲大城257)陳·蔡·葉與不羹, 賦車各千乘焉, 亦足以當晉矣. 又加之以楚, 諸侯其來朝258)乎?" 范無宇曰 : "不可. 臣聞'大都疑國, 大臣疑主, 亂之媒也'. 都疑259)則交爭, 臣疑則幷令,260) 禍之深者也. 今大城陳·蔡·葉與不羹, 或不充, 不足以威晉, 若充之以資財, 實之以重祿之臣, 是輕本而重末也.

---

257) 大城 : 성을 확장하여 쌓다, 증축하다.
258) 朝 : 신하가 임금을 알현하는 것을 말한다. 제후들이 와서 朝禮를 한다는 것은 신하로서 복종한다는 것을 의미한다. 陸德明, 『釋文』에 "신하가 임금을 뵙는 것을 조라고 한다[臣見君曰朝]"라고 하였다.
259) 疑 : '擬(비기다, 견주다)'와 통한다.
260) 幷令 : 대신들도 군왕과 같이 號令을 내리는 권력을 가진다는 뜻이다.

臣聞‘尾大不掉, 末大必折’, 此豈不施威諸侯之心哉? 然終爲楚國大
患者, 必此四城也. 靈王弗聽, 果城陳·蔡·葉與不羹, 實之以兵
車,261) 充之以大臣. 是歲也, 諸侯果朝. 居數年, 陳·蔡·葉與不羹,
或奉公子棄疾內作難, 楚國雲亂, 王遂死於乾溪芋尹申亥之井. 爲計
若此, 豈不可痛也哉! 悲夫! 本細末大, 弛262)必至心. 時乎! 時乎! 可
痛惜者此也.

옛날 초나라 영왕(靈王)263)이 범무우(范無宇)264)에게 "나는 진
(陳)·채(蔡)·섭(葉)과 부갱(不羹)265)의 성을 확장하여 크게 쌓고
각기 천승의 수레를 주려하니, 그러면 역시 진(晉)나라에 대적할 만할
것이오. 거기에다 또 초나라의 위세를 덧붙인다면 제후들이 조례를 드
리러 오겠지요?"하고 물었습니다. 그러자 범무우는 대답하기를 "불가합
니다. 제가 듣기로는 ‘(제후의) 도읍이 수도에 견줄만하고 대신의 권세
가 한 나라의 군주에 견줄만하면 반란을 일으키는 계기가 된다'고 하였
습니다. 도읍의 규모가 수도에 견주게 되면 서로 (권력을) 다투게 되고,
신하의 권세가 군왕에 견주게 되면 나란히 군왕에 맞먹는 명령을 내리
게 되므로 심각한 재앙이 되는 것입니다. 이제 진·채·섭·부갱의 성
을 확장하는 데에 혹 충분치 못하면 진나라를 위협하기에 부족할 것이
고, 만약 이들 지역에 많은 물자를 채워주고 봉록을 많이 받는 대신을
파견한다면 그것은 근본을 가벼이 여기고 말단을 중시하는 것이 됩니
다.266) 제가 듣기로는 ‘꼬리가 크면 흔들지 못하며, 끝이 크면 반드시

---

261) 兵車 : 전쟁에 사용하는 수레
262) 弛 : 부러지다, 부서지다.
263) 靈王 : 춘추시대 초나라 임금으로, 共王의 아들이다. 이름은 圍. 즉위한지 2년 만에
　　내란이 일어나 자실에 죽었다.
264) 范無宇 : 초나라의 大夫의 이름.
265) 陳·蔡·葉·不羹 : 춘추시대 초나라의 城邑 이름.
266) 중앙의 권력을 덜어내어 지방의 세력을 증강시켜 준다는 뜻이다.

부러진다'고 하였으니, 그렇게 하는 것은 제후들에게 위세를 부리려는
마음이 아니겠습니까? 그러나 결국에는 초나라의 큰 근심거리는 바로
이 네 성이 될 것입니다"라고 하였습니다.

그러나 영왕은 그 말을 듣지 않고 마침내 진·채·섭·불갱의 성을
확장하여 쌓고, 수레를 더해주고 대신을 파견하였습니다. 그 해에는 과
연 제후들이 조례를 드리러 왔습니다. 그러나 몇 년이 지나 진·채·
섭·불갱에서 공자 기질(棄疾)[267]을 옹립하여 안으로 난을 꾸미자, 초나
라는 구름 흩어지듯 어지러워져 마침내 왕은 건계(乾溪)[268]에 있는 우윤
(芋尹) 신해(申亥)[269]집의 우물에 빠져 죽었습니다. 이와 같은 계책을 써
서 나라를 다스리니 어찌 통탄스러운 일이 아니겠습니까! 비통한 일입
니다! 뿌리가 약한데 줄기와 잎이 크면 나무의 중심은 반드시 무너지게
마련입니다. 때가 그런 것입니다! 때가 그런 것입니다! 통탄스럽고 안타
까운 일이 바로 이것입니다.

원문
天下之勢方病大𩩭. 一脛之大幾如要, 一指之大幾如股, 惡
病也. 平居不可屈信,[270] 一二指搐, 身固無聊[271]也. 失今弗
治, 必爲錮疾, 後雖有扁鵲, 弗能爲已. 悲夫! 枝拱苟大, 弛必至心.[272]
此所以竊爲陛下患也. 病非徒𩩭也, 又苦蹠戾. 元王[273]之子, 帝之從
弟也, 今之王者, 從弟之子也. 惠王[274]之子, 親兄之子也, 今之王者,

---

267) 公子棄疾 : 춘추시대 초나라 平王으로, 이름은 棄疾. 靈王의 아우이다. 기원전 528
　　년에 즉위하여 기원전 516년까지 재위하였다.
268) 乾溪 : 초나라의 지명, 지금의 安徽省 亳縣 동남면.
269) 芋尹 : 관직 이름. 申亥 : 사람이름, 申無字의 아들이다.
270) 信 : '伸(펴다)'와 통한다.
271) 聊 : 의지하다.
272) 盧本과 潭本에는 '悲夫! 枝拱苟大, 弛必至心'이 빠져있다. 『新書校注』, 45면 참조.
273) 元王 : 초나라 원왕 劉交, 고제의 아들이다. 문제 당시 초나라왕은 劉交의 손자 劉
　　戊이었다.
274) 惠王 : 제나라 悼惠王 劉肥. 고제의 아들이자, 文弟의 형이다. 문제 당시 제나라왕은
　　劉肥의 손자 劉則이었다.

兄子之子也. 親者[275])或無分地以安天下, 疏者[276])或專大權, 以偪天子. 臣故曰 "非徒病癙也, 又苦蹠戾." 可痛哭者, 此病是也.

천하의 형세는 바야흐로 종기가 크게 부어오른 것과 같습니다. 정강이 하나의 크기가 허리만하고, 발가락 하나가 허벅지만하니 고약한 병입니다. 평상시에도 굽혔다 폈다를 할 수 없고, 발가락 한두 개만 실룩거려도[277]) 몸뚱이는 지탱하지 못합니다. 지금의 시기를 놓치고 고치지 않으면, 반드시 고질병이 되어 나중에는 편작(扁鵲)[278])이 온다 해도 어떻게 손 쓸 방법이 없을 것입니다. 정말로 비통합니다. 나뉜 가지가 지나치게 커지면 부러져서 반드시 나무의 중심을 손상시킬 것입니다. 이것이 제가 폐하를 위하여 근심하는 것입니다. 다리만 병들어 부은 것이 아니라 발바닥이 뒤틀려 괴롭습니다. 초나라 원왕의 아들은 황제의 사촌동생이고, 지금의 왕은 사촌동생의 아들이옵니다. 제나라 혜왕의 아들은 황제의 친형아들이고, 지금의 왕은 형의 아들의 아들이옵니다. 가까운 사람들은 혹 영토를 나눠주지 않아도 (폐하를 도와) 천하를 평안하게 유지할 수 있지만, 관계가 먼 제후들은[279]) 큰 권세를 잡으면 천자를 위협할 수 있습니다. 그러기에 제가 말씀드리거니와 "다리만 병들어 부은 것이 아니라 또 발바닥이 뒤틀려 괴로운 꼴"이라고 하는 것입니다. 통곡해야 할 것은 바로 이 병이옵니다.

---

275) 親者 : 황제의 자손을 가리킨다.
276) 疏者 : 앞에 나온 원왕과 혜왕의 후손들을 말한다.
277) 제후들이 반란을 일으키는 것을 비유한 말이다.
278) 扁鵲 : 춘추시대의 名醫로, 성은 秦이고 이름은 越人이다.
279) 원왕과 혜왕의 후손들을 가리킨다.

▌천자와 제후가 동등한가[等齊] ▐

해제 이 편은 제후들이 거처하는 건물의 규모·명칭·복식 등의 제도가 천자의 법도와 같아서 군신(君臣) 간의 분별이 없어지게 되고 황실의 권위를 손상시키는 결과를 초래함을 논하였다. 이 편은 기원전 173년에 쓰였다. 편명은 군신 간의 등급에 차이가 없다는 뜻이다.

원문 諸侯王所在之宮衛, 織履[280]蹲夷, 以皇帝在所宮法論之; 郎中謁者受謁取告, 以官皇帝之法予之. 事諸侯王或不廉潔平端,[281] 以事皇帝之法罪之. 曰一用漢法, 事諸侯王乃事皇帝也. 是則諸侯王乃埒[282]至尊也, 然則, 天子之與諸侯 臣之與下, 宜撰然[283]齊等若是乎?

天子之相, 號爲丞相,[284] 黃金之印; 諸侯之相, 號爲丞相, 黃金之印, 而尊無異等, 秩[285]加二千石之上. 天子列卿秩二千石, 諸侯列卿[286]秩二千石, 則臣已同矣. 人主登臣[287]而尊, 今臣旣同, 則法惡得不齊? 天子衛御, 號爲大僕, 銀印, 秩二千石; 諸侯之御, 號曰大僕, 銀印, 秩二千石, 則御已齊矣. 御旣已齊, 則車飾具惡得不齊? 天子親號

---

280) 織履:꽃무늬로 꾸민 신발. 蹲夷:쭈그리고 앉다. 한쪽무릎은 땅에 꿇고, 한쪽은 무릎을 세워 앉는 자세.『新書全譯』, 54면 참조.

281) 平端:공정하다의 뜻으로, 행위가 신분에 합당하고 단정함을 말한다.

282) 埒:동등하다는 뜻이다. 至尊은 황제를 가리킨다.

283) 撰然:나란히 같은 모양. 劉師培는『賈誼新書斠補』에서 '撰'은 '選'이라고 하였다.

284) 丞相:한나라 초기에는 相國이라고 칭했으며 太尉·御史大夫와 함께 三公으로 합칭되었다.

285) 秩:祿俸. 한대에는 九卿郎將에서 郡守 君尉一에 이르는 녹봉이 모두 二千石이었다. 여기서는 郡守급에 해당하는 관리들을 통칭한 말로 쓰였다.

286) 列卿:한대 丞相·太衛·御使大夫에 버금가는 고급관리. 한초에 한 황실과 제후국들은 모두 列卿을 두었는데, 한 景帝 5년 제후국의 여러 관직을 폐지하였다.

287) 臣:여기서는 제후를 가리킨다. 登:높다(『晉語』九注. "登, 高也"). 『新書校注』, 49면.

云太后, 諸侯親號云太后; 天子妃號曰后, 諸侯妃號曰后. 然則諸侯
何損而天子何加焉? 妻旣已同, 則夫何以異? 天子宮門曰司馬, 闌入
者爲城旦;[288] 諸侯宮門曰司馬, 闌入者爲城旦. 殿門俱爲殿門, 闌入
之罪亦俱棄市. 宮牆門衛同名, 其嚴一等, 罪已鈞矣. 天子之言曰令,
令甲令乙是也; 諸侯之言曰令, 令儀令言是也. 天子卑號[289]皆稱陛下,
諸侯卑號皆稱陛下. 天子車曰乘輿, 諸侯車曰乘輿, 乘輿等也. 衣被
次齊貢死[290]經緯也. 苟工巧而志欲之, 唯冒上軼主次也. 然則所謂主
者安居, 臣者安在?

제후왕이 거주하는 궁궐의 호위병들이 화려한 무늬로 꾸민 신
발을 신고 쭈그리고 앉는 것은 황제가 사는 궁궐의 호위병의
법도에 의한 것이며, (제후왕의) 낭중(郎中)이나 알자(謁者)[291]들이 배알
하러 오는 사람을 접견하고 보고를 듣는 것도 황제의 법도를 따라하고
있다. 또 신하와 백성들이 제후왕을 섬길 때 (신하들이) 혹 청렴치 못하
거나 불경스런 행위를 하면 황제를 섬기는 법도[292]에 따라 처벌한다.
그러면서 말하기를 한결같이 한나라의 법을 쓰고 있다고 하니, 제후왕
을 섬기는 것이 황제를 섬기는 것과 같게 되었다. 이렇게 되면 제후왕
이 바로 황제와 마찬가지가 되니, 그렇다면 천자와 제후왕, 신하와 그
부하는 이처럼 동등한 것인가?

천자의 재상을 승상이라 부르고 황금의 인을 차는데, 제후의 재상도

---

288) 城旦 : 秦漢시기 형벌의 이름. 宮門 출입을 어긴 죄인을 변경지방에 보내 4년간 복
　　역하게 하는데. 낮에는 지방을 방위하고, 밤에는 성을 쌓게 하였다.
289) 卑號 : 尊號에 상대되는 호칭. 신하가 천자에게 말할 때, 감히 직접 말하지 못하고
　　아랫사람을 불러 고하게 하였다. 이로 인해 아랫사람의 호칭으로 尊長者의 호칭을 대
　　신하게 되었다. 『新書校注』, 50면 참조.
290) 貢死 : 장례에 사용되는 여러 가지 儀節 및 器物을 가리킨다.
291) 郎中이나 謁者는 제후의 측근에서 일을 보는 관직으로, 명을 받아 외지로 나가는
　　사신이나 외지에서 조례를 드리러 오는 사람을 안내하는 일을 담당하였다.
292) 신하들이 황제에게 불경한 행위를 했을 때 내리는 처벌규정을 사용한다는 뜻이다.

승상이라 부르고 황금의 인을 차니, 높음에 차등이 없으며 봉록도 이천 석 이상이다. 천자의 경대부들이 이천 석의 봉록을 받는데, 제후의 여러 경대부들도 이천 석의 봉록을 받고 있으니, 신하들의 신분도 이미 똑 같게 되었다. 천자는 제후보다 존엄한데, 이제 신하들의 지위가 똑같아졌으니, (천자와 제후를 대하는) 법도가 어떻게 다를 수 있겠는가? 천자의 수레를 시위하는 사람을 태복(太僕)이라 부르고 은인(銀印)에 이천 석의 봉록을 주고 있는데, 제후의 시위도 태복이라 부르고 은인에 이천 석의 봉록을 주고 있으니, (천자와 제후를 섬기는) 시위의 신분이 동등하다. 시위의 신분이 같아졌는데 수레의 장식과 용구가 어떻게 다를 수 있겠는가? 천자의 어머니를 태후(太后)라고 부르는데 제후의 어머니도 태후라고 부르며, 천자의 비를 후(后)라고 부르는데 제후의 비도 후라고 부른다. 그렇다면 제후가 덜한 것이 무엇이며, 천자라고 더한 것이 무엇인가? 제후의 부인과 천자의 부인이 이미 같아졌는데, 그 지아비들의 지위는 무엇으로 구별하겠는가? 천자의 궁문을 지키는 사람을 사마(司馬)라고 하고 허가없이 함부로 드나드는 사람은 성을 쌓는 벌을 받는데, 제후의 궁문을 지키는 사람도 사마라고 하고 함부로 드나드는 사람 역시 성을 쌓는 벌에 처한다. 궁전문이 다 같은 궁전문이고 그곳을 함부로 드나든 죄는 역시 다 같이 목을 벤다. (천자와 제후의) 궁문과 문지기 이름이 같고 그 엄중함이 한가지이며, 죄도 다 같다. 천자의 말씀은 명령(令)이라 해서 명령 제1편이니 명령 제2편이니[293] 하는데, 제후의 말도 명령(令)이라 해서 '명령의 말씀'[294]이라고 한다. 천자의 호칭은 모두 '폐하(陛下)'[295]

---

293) 令甲令乙 : 한대에는 전 황제의 명령을 보존할 때, 발포된 시간의 선후에 따라 甲乙 丙 등의 편으로 나누었다.

294) 令儀令言 : 程本에는 '令儀之言'으로 되어 있고, 吉府本에는 '儀之言是也'로 되어 있다. 정확한 뜻은 알 수 없다. 여기서는 '儀' 또한 '말(言)이라는 盧文弨의 견해를 따랐다. 자세한 내용은 『新書校注』50쪽 참조.

295) 陛下 : 섬돌 밑이라는 뜻으로 황제를 부르는 칭호이기도 하다. 秦나라에서 시작된 제도로서, 무기를 든 병사가 섬돌 근처에 서서 천자를 경호하도록 되어 있고 신하가 천자에게 아뢸 말이 있으면 경호하는 군사에게 알리고 섬돌 아래에서 아뢰도록 되어

라고 하는데, 신하가 제후를 부르는데 있어서도 폐하라고 부른다. 천자의 수레를 '승여(乘興)'라고 하는데 제후의 수레를 승여라고 하니, 승여도 대등하다. (천자와 제후가 사용하는) 의복과 이불의 등급이 같고, 장례에 쓰이는 의절이나 기물도 별다른 차이가 없다. 만약 장인의 기예가 뛰어나고 제후왕이 하고자 한다면 천자의 등급을 뛰어 넘을 것이다. 그렇게 되면 이른바 군주가 어디에 있고, 신하가 어디에 있겠는가?

원문 人之情不異, 面目狀貌同類, 貴賤之別非天根著於形容也. 所持296)以別貴賤明尊卑者, 等級・勢力・衣服・號令也. 亂且不息, 滑曼無紀.297) 天理298)則同, 人事無別, 然則, 所謂臣主者, 非有相臨299)之具・尊卑之經也, 特面形而異之耳. 近習乎形貌, 然後能識, 則疏遠無所放,300) 衆庶無以期, 則下惡能不疑其上? 君臣同倫, 異等同服, 則上惡能不眩其下?

孔子曰: "長民者衣服不貳, 從容有常, 以齊其民, 則民德一"301) 詩云: "彼都人士, 狐裘黃裳." "行歸于周, 萬民之望"302) 孔子曰: "爲上可望而知也, 爲下可類而志也, 則君不疑於其臣, 而臣不惑於其君."303) 而此之不行, 沐漬304)無界, 可爲長大息者此也.

있었다.
296) 持 : 潭本에는 '恃'로 되어 있다. 뜻은 통한다. 『新書全譯』, 58면.
297) 亂且不息, 滑曼無紀 : 陶鴻慶의 『讀諸子札記』에서는 '滑曼無紀'가 '亂且不息'의 앞에 있어야한다고 보았다. 이를 따라 해석했다. 『賈誼新書譯注』, 38면.
298) 理 : 『新書校注』에는 '性'으로 되어 있다. 47면 참조 앞의 '人之情'에 상응하는 말이므로, '천성'이라고 해석하였다.
299) 臨 : 높은 데서 내려다보다. '통치하다'와 같은 말이다.
300) 放 : 劉師倍는 '倣(모방하다 혹은 본뜬다)'는 뜻이라고 했으나, 朱駿聲은 '望'의 假借로 보았다. 『新書校注』, 52면.
301) 『예기』「緇衣」에 나온다.
302) 『시경』「小雅・魚藻之什・都人士」에 나온다.
303) 『예기』「緇衣」에서 인용한 것이나, 원전에서는 '爲下可類而志也'가 아니라 '爲下可述而志也'로 되어 있다.

옮김譯 인간의 감정은 다름이 없고 얼굴과 모양새도 비슷해서, 귀하고 천한 구별이 선천적으로 사람의 모습에 드러나 있지 않다. 귀천을 구별하고 존비를 밝혀 주는 것은 등급과 세력과 의복과 명령이다. 이것들이 제멋대로 어지러워져 기강이 없어지면 혼란이 끊이지 않을 것이다. (사람의 타고난) 천성이 같은데 사람의 일까지도[305] 구별이 없어져버린다면, 군주와 신하 간에 서로 대하는 방식이나 높고 낮은 기강이 있지 않으니, 다만 모습을 대해야 구별할 수 있을 뿐이다. 가까이 가서 그 모습을 익히고서야 알 수 있게 된다면, (군주로부터) 멀리 떨어져 있으면 볼 수 없고, 일반 백성들은 (군주를 만나지 못하므로 군주를) 알 기약이 없을 것이니, 아랫사람으로서는 윗사람이 누구인지 의심하지 않을 수 있겠는가? 임금과 신하가 함께 섞여서 등급은 다른데 복식을 똑같이 한다면, 어떻게 윗사람이 아랫사람을 혼동하지 않을 수가 있겠는가? 공자가 말씀하시길, "백성의 어른이 된 자는 복식을 일정하게 하며 행동거지에 일정한 법도가 있어서, 이로써 백성들을 가지런히 하면 백성들의 덕이 한결같아질 것이다"라고 하였다. 『시경』에는 "저기 성안의 귀인이여, 여우 가죽 상의에 노란 하의를 차려 입었네", "호경(鎬京)[306]으로 돌아가니 모든 사람이 바라보는 구나"라고 노래했다. 공자는 "윗사람이 되어서는 멀리서 바라보면 알 수 있게 할 것이요, 아랫사람이 되어서는 종류에 견주어서 그 뜻을 알리도록 해야 하니,[307] 그렇게 하면 군주가 신하로 하여금 의혹되게 하지 않을 것이며, 신하가 군주로 하여금 혼동되게 하지도 않을 것이다"라고 하였다. 그러나 이렇게 행하지 않아서 무너져 경계가 없게 되었으니, 길이 크게 탄식할 일이 바로 이것이다.

---

304) 沐瀆 : '沐'은 베어 없애다. '瀆'은 '殰'과 통하는 것으로, 무너지다의 뜻이다. 『新書全譯』, 58면.
305) 인간이 세운 여러 가지 규정을 가리킨다.
306) 鎬京 : 주나라 무왕이 처음 도읍했던 곳.
307) 이 구절은 겉으로 드러나는 의복이나 명령 등의 등급에 의거해서 알게 한다는 뜻이다.

【 복식 제도의 문란[服疑] 】

해제 이 편에서는 복식제도를 확립함으로써 등급을 세울 수 있으며, 등급이 분명해지면 천자의 권위도 굳건해져 사회의 안정을 유지할 수 있다고 주장하였다. '복(服)'은 의복뿐만 아니라 여러 의식(衣食)·기물(器物)·궁실(宮室)·거마(車馬)를 총칭한 말이다. 편명은 복식에 있어 자신의 본분을 뛰어넘어 제도를 어기는 것을 뜻한다. 이 편이 쓰인 시기는「등제」와 같은 시기이거나 조금 뒤인 것으로 보인다.

원문 衣服疑308)者, 是謂爭先; 澤309)厚疑者, 是謂爭賞. 權力疑者, 是謂爭彊; 等級無限, 是謂爭尊. 彼人者, 近則冀幸, 疑則比爭. 是以等級分明, 則下不得疑; 權力絶尤, 則臣無冀志. 故天子之於其下也, 加五等310)已往, 則以爲臣; 臣之於下也, 加五等已往, 則以爲僕. 僕亦臣禮也, 然稱僕不敢稱臣者, 尊天子避嫌疑也.

옮김譯 의복이 자기의 분수를 넘는 자는 남보다 앞서기를 다투는 것이고, 은택이 분수에 넘는 자는311) 상을 다투는 것이다. 권력이 분수에 넘는 자는 강함을 다투는 것이고, 등급에 제한을 두지 않는 사람은 존귀함을 다투는 것이다. 저런 사람은 가까이하면 총애받기를

---

308) 疑 : '擬(비기다, 견주다)'와 통한다.『周禮』「春官·都宗人」, 鄭玄注. "복은 의복과 궁실과 거마를 말한다[服謂衣服及宮室車騎]"『新書全譯』, 60면.
309) 澤 : 은혜·은택, '厚'는 우대하는 것이다.
310) 五等 : 公·侯·伯·子·男의 다섯 爵位. 천자는 公·侯·伯·子·男을 신하로 둔다.『禮記』「工制」. "왕의 제도는 녹봉과 작위, 공·후·백·자·남의 다섯 등급이다[王者之制祿爵, 公·侯·伯·子·男五等]."
311) 이 구절의 뜻은 과분한 봉록과 지위를 받는 경우를 말한다.『賈誼新書譯注』, 40면 참조.

바라고, 분수에 넘게 대하면 다투어 경쟁한다. 따라서 등급이 분명하면 아랫사람이 분수에 넘는 행동을 할 수 없고, 군주의 권력이 절대로 우세하면 신하가 과분한 생각을 하지 않게 된다. 그러므로 천자는 아랫사람에 대하여 다섯 등급의 작위를 주어서 신하로 삼고, 신하는 또 그 아랫사람에 대하여 다섯 등급의 직위를 주어 종복으로 삼는다. 종복도 신하의 예법을 따르긴 하지만,312) 그러나 종복이라 칭하되 감히 신하라고 칭하지 못하는 것은 천자를 높이고 의심받을 일을 피하기 위함이다.

원문 制服之道, 取至適至和以予民, 至美至神進之帝. 奇服文章, 以等上下而差貴賤. 是以高下異, 則名號異, 則權力異, 則事勢異, 則旗章異, 則符瑞異, 則禮寵313)異, 則秩祿異, 則冠履異, 則衣帶異, 則環佩314)異, 則車馬異, 則妻妾異, 則澤厚315)異, 則宮室異, 則床席異, 則器皿異, 則飲食異, 則祭祀異, 則死喪異. 故高則此品316)周高, 下則此品周下. 加人者品此臨之, 埤人者品此承之. 遷則品此者進, 絀則品此者損. 貴周豐, 賤周謙. 貴賤有級, 服位有等, 等級旣設, 各處其檢. 人循其度, 擅退則讓,317) 上僭則誅. 建法以習之, 設官以牧之. 是以天下見其服而知貴賤, 望其章而知其勢, 使人定其心, 各著其目.

---

312) 종복이 주인에 대해 행하는 예절이나, 신하가 천자에 대해 행하는 예절이 같다라는 뜻이다.
313) 禮寵: 군주가 신하를 접견할 때 내리는 예우와 은총.
314) 環佩: 신분을 표지하는 佩玉.
315) 澤厚: 봉록과 작위가 높은 것을 말한다.
316) 陶鴻慶은 『讀諸子雜記』에서 '此品'은 마땅히 '品此'여야 한다고 하였다. 『新書全譯』, 62면.
317) 讓: 책망하다, 꾸짖다. 『說文』「言部」. "양은 서로 꾸짖어 책망함이다[讓, 相責讓]."

복식의 규정을 제정하는 원칙은 몸에 가장 잘 맞고 어울리는 것을 취해서 백성들에게 정해주고, 지극히 아름답고 신비한 것은 제왕에게 드리는 것이다. 독특한 복장과 무늬로 상하를 등급짓고 귀천을 구별한다. 그래서 높고 낮음이 다르면 칭호가 다르고 권력이 다르며, 일의 형세가 다르고 표지가 다르며, 부절(符節)318)이 다르고 예우가 다르며, 봉록이 다르고 갓과 신발이 다르고 옷과 띠가 다르며, 패물이 다르고 수레가 다르고 처첩이 다르며, 복식과 지위가 다르고 궁실이 다르며, 자리가 다르고 그릇이 다르며, 음식이 다르고 제사가 다르며, 상례가 다르다. 그러므로 신분이 높으면 이런 품목들이 모두 높아지며, 낮으면 이런 품목들이 다 낮아진다. 남보다 직위가 높은 자는 그 품계에 따라 처리하며, 직위가 낮은 자는 그 품계에 따라 받들게 한다. 승진하면 이 품계대로 올라가고, 강등되면 이 품계대로 덜어낸다. 존귀한 사람은 전체적으로 풍성하게 하고, 비천한 자는 전체적으로 낮춘다. 귀천에 등급이 있고 복식과 지위에 차등이 있어, 등급이 정해지면 각기 분수에 맞춰 단속한다. 사람마다 법도를 따름에 있어서 제멋대로 낮추면 책망을 하고, 위를 넘보면 벌한다. 이에 관한 법령을 세워 익히게 하고 관직을 설치해서 관리한다. 이렇게 하면 천하의 사람들이 그 복장을 보고 귀천을 알게 되고, 그 표시를 보고 그 권세를 알게 되어, 사람들의 마음이 안정되고 제각기 등급별로 그 명목에 맞게 처신하게 한다.

故衆多而天下不眩, 傳遠而天下識祗. 卑尊已著, 上下已分, 則人倫法矣. 於是主之與臣, 若日之與星, 臣不幾319)可以疑主, 賤不幾可以冒貴. 下不凌等, 則上位尊, 臣不踰級, 則主位安. 謹守倫紀, 則亂無由生.

---

318) 符瑞 : 고대 조정에서 작위를 봉하거나 관리를 임명할 때 내리는 奎璧이나 印章 등의 符節.
319) 幾 : '冀(바라다, 희망하다)'와 통한다.

옮김 譯 그러므로 (복식과 품계의 구분이) 많아도 천하 사람들이 미혹되지 않고, 멀리까지 전해도 온 천하가 공경할 줄을 알게 될 것이다. 존비가 드러나고 상하가 구분되면 인륜에 법도가 있게 된다. 이에 군주와 신하의 관계가 마치 해와 별처럼 (분명하게 구분) 될 것이니, 신하는 군주에 견주려 하지 않을 것이고 천한 사람은 귀한 신분을 범하지 않으려 할 것이다. 아랫사람이 등급을 무시하지 않으면 윗사람의 자리가 존엄하게 되며, 신하가 등급을 넘지 않으면 군주의 자리가 안정되게 될 것이다. (그러므로) 조심스럽게 차례와 기강을 지켜 나가면 혼란이 생길 이유가 없다.

▌ 봉지를 늘려주는 문제[益壤] ▌

해 제 이 편은 한나라 황실과 제후들의 역량을 비교하면서, 양(梁)·회양(淮陽)과 같이 황실에 충성스런 제후국의 세력이 약하므로 이들 제후국의 역량을 키워서 모반을 꾀할 가능성이 있는 제후국의 세력을 억제할 것을 주장한 글이다. 기원전 169년(한 문제 11년)에 쓰였다. 『한서』「가의전」에 일부가 수록되어 있다.

원 문 陛下卽不爲千載之治安, 知320)今之勢, 豈過一傳再傳哉? 諸侯猶且人恣而不制, 豪橫而大强也, 至其相與, 特以縱橫之約相親耳. 漢法令不可得行矣, 猶且橐立321)而服强也.

---

320) 知: 『漢書』「賈誼傳」에는 '如'로 되어 있다. 여기에서도 이를 따라 해석했다.
321) 橐立: 直立(뻣뻣이 서다) 服彊: 負彊(강함에 의지하다) 猶且: '將'과 같다. 장차, 앞으로

今淮陽之比大諸侯, 勸過黑子之比於面耳, 豈足以爲禁御哉?322) 而
陛下所恃以爲藩捍者, 以代淮陽耳. 代北邊與彊匈奴爲鄰, 勸自完足
矣. 唯皇太子323)之所恃者, 亦以之二國耳. 今淮陽之所有, 適足以餌324)
大國耳. 方今制在陛下, 制國命子, 適足以餌大國, 豈可謂工325)哉?

만약 폐하께서 천년을 지속할 안정을 꾀해두지 않는다면, 지금
과 같은 형세로는 어떻게 천하를 한 두 번이나 전할 수 있겠습
니까? 제후들은 오히려 방자해져 제약을 받지 않고 제멋대로 횡포를 부
리며, 자기들끼리 서로 어울리며 이리저리 협상을 맺어 가까이 지낼 것
입니다. 한나라 법령은 시행될 수 없을 것이며, 그들은 뻣뻣하게 서서
자신들의 강성함만 믿을 것입니다.

지금 회양(淮陽)326)을 강대한 제후국에 비교하면 한낱 얼굴 위의 점에
지나지 않으니, 그것으로 어떻게 황실을 보위하게 할 수 있겠습니까?
폐하께서 든든한 울타리처럼 믿는 것은 대(代)327)와 회양 두 나라 뿐입
니다. 대나라는 북쪽으로 강성한 흉노와 이웃하고 있어서 겨우 자신이
나 지키면 족할 뿐입니다. 황태자께서 믿고 있는 것도 이 두 나라뿐입
니다.328) 현재 회양의 정황은 꼭 강대한 나라의 먹잇감 만할 뿐입니다.

---

322) 制 : 법제를 주재하다. 『呂氏春秋』 「禁塞」 注. "제는 주재함이다[制, 主也]" 『新書校
注』, 59면.
323) 皇太子 : 文帝의 태자 劉啓를 가리킨다.
324) 餌 : 이로움을 내세워 사람을 유혹하다.
325) 工 : 교묘하다의 뜻인데, 넓게는 高明하다의 뜻으로도 쓰인다. 『戰國策』 「魏策」. "이는
병력이 훈련되지 않았기 때문에 교묘한 계책이 아닙니다[此非兵力之精, 非計之工也]."
326) 淮陽 : 제후국의 이름. 한 고조가 세운 것으로 河南城 淮陽縣 서남쪽에 있었다.
327) 代 : 제후국의 이름. 지금의 山西 동북지역이다. 문제는 황제에 즉위하기 전에 代王
으로 있었는데, 황제에 오른 후, 代國을 둘로 나누어 아들인 劉武와 劉參을 왕으로 봉
해주었다.
328) 淮陽王과 代王은 모두 문제의 아들로서, 황태자인 劉啓와 친형제 관계이다. 그 외
에 다른 제후국들은 황실과의 혈연관계가 그다지 가깝지 않았다. 따라서 가의는 황태
자가 즉위한 후 의지할 수 있는 제후국은 오직 회양과 대국 두 나라뿐이라고 말한 것
이다.

바야흐로 모든 법도가 폐하에게 달려있는데, 제후국을 세우고 아들을 임명하는 것이329) 꼭 큰 나라의 입맛을 당기게 하는 먹잇감이 될 만할 뿐이니, 어찌 현명한 방법이라고 말할 수 있겠습니까?

원문 人主之行異布衣.330) 布衣者, 飾小行, 競小廉, 以自託於鄉黨邑里, 人主者, 天下安社稷固不耳. 故黃帝331)者, 炎帝之兄也, 炎帝無道, 黃帝伐之, 涿鹿之野, 血流漂杵.332) 誅炎帝而兼其地, 天下乃治. 高皇帝瓜分天下, 以王功臣, 反者如蝟毛而起. 高皇帝以爲不可, 剟去不義諸侯, 空其國. 擇良日, 立諸子洛陽上東門之外, 諸子畢王, 而天下乃安. 故大人者, 不忧333)小廉, 不牽小行, 故立大便334)以成大功.

옮김譯 임금의 행동은 베옷을 입은 평민들과는 다릅니다. 일반 평민들은 작은 행실을 꾸미고 소소한 청렴을 행하면서 한 마을이나 동네에 자신을 맡기면 되지만, 임금은 천하가 평안하고 사직335)이 견고한가 아니한가에만 마음을 쏟을 뿐입니다. 그러므로 황제(黃帝)는 염제(炎帝)336)의 형이었으나 염제가 도의를 따르지 않자, 이를 토벌하여 탁록(涿鹿)337)의 들판이 넘쳐흐르는 피에 방패가 떠다닐 정도였습니다. 이

---

329) 문제가 황제에 오른 후, 代國을 둘로 나누어 아들인 劉武와 劉參을 왕으로 봉해준 것을 가리킨다.
330) 布衣 : 벼슬을 하지 않는 사람들은 누추한 麻布나 葛布를 입었으므로, 평민을 가리키는 말이 되었다.
331) 黃帝 : 『신서』 「宗首」 주 참조
332) 杵 : '櫓(방패)'와 통한다.
333) 忧 : 유혹을 받다. 『管子』 「心術」. "이런 까닭에 군자는 좋아한다고 유혹을 받지도 않고 싫어한다고 핍박하지도 않는다[是以君子不忧乎好, 不迫乎惡]."
334) 大便 : 큰 뜻.
335) 社稷 : 『신서』 「過秦下」편주 참조
336) 炎帝 : 전설상의 고대 제왕으로 성은 姜이다.
337) 涿鹿 : 옛날 산 이름. 지금의 河北城 涿鹿현 동남면. 그 옛날 黃帝가 반란을 일으킨

렇게 염제를 베고 그 토지를 병합하자 천하가 비로소 다스려지게 되었습니다. 고조께서 천하를 쪼개어 공신들을 왕으로 봉하였으나, 끝내 반란하는 자들이 고슴도치의 털처럼 일어섰습니다. 고조께서는 이래서는 안 되겠다고 여겨 의롭지 못한 제후를 잘라내고 그 나라를 비워 두었습니다.338) (그런 뒤에) 길일을 택해 낙양의 상동문(上東門)339) 밖에 여러 아들을 왕으로 봉하였으니, 여러 아들들이 다 왕이 되자 천하가 비로소 평안하여졌습니다. 그러므로 대인은 작은 청렴에 유혹되지 않고 작은 행실에 끌리지도 않으며, 보다 큰 뜻을 세워 큰 공업을 이루는 것입니다.

원문 今淮南地遠者或數千里, 越兩諸侯340)而縣屬於漢, 其苦之甚矣. 其欲有卒也類良有所至,341) 逋走而歸諸侯, 殆不少矣. 此終非可久以爲奉地342)也. 陛下豈如蚤便其勢? 且令他人守郡, 豈如令子? 臣之愚計, 願陛下擧淮南之地以益淮陽, 梁卽有後,343) 割淮陽北邊二三列城與東郡以益梁, 卽無後患. 代可徙而都雎陽, 梁起新鄭以北著之河, 淮陽包344)陳以南揵之江, 則大諸侯之有異心者破膽

蚩尤를 정벌했던 곳이라 전해진다. 『史記』「五帝本紀」에 의하면, 황제는 염제와 阪泉의 들판에서 싸웠고, 蚩尤와 涿鹿에서 싸웠다고 되어 있다. 그런데 이 두 지역의 거리가 멀지 않아서 賈誼가 이를 구별하지 않고 말한 것으로 보인다. 『新書校注』, 60면 참조

338) 한 고조가 異姓 제후들의 반란을 진압한 뒤에 異姓王을 폐한 것을 말한다.

339) 上東門 : 동쪽을 향한 문중에서 가장 북쪽에 있는 문. 한 고조가 여러 아들들을 봉한 땅이 모두 關東에 있었으므로, 낙양의 상동문에서 아들을 왕으로 세웠다.

340) 兩諸侯 : 淮陽과 梁 두 나라를·말한다. 縣 : '懸(걸려있다)'과 같다. 여기에서는 멀리 있어 의지할 데가 없다는 뜻으로 쓰였다.

341) 이 구절에 대해서는 오류가 있다고 하여 여러 설이 분분하다. 『新書校注』(61면) 및 『賈誼集校注』(55면) 참조. 그런데 뒤의 「屬縣」편에 이와 비슷한 문장이 있다. "한나라에 속해 있는 것을 심히 괴로워해서 다른 제후왕을 바라는 마음이 대부분 간절하고, 도망쳐 다른 제후에게 귀화해 버리는 자들이 적지 않을 것이대[甚苦屬漢而欲王, 類至甚也, 逋遁而歸諸侯者, 類不少矣]." 회남지역의 동일한 문제점을 지적하는 것이므로, 여기에서는 위의 문장도 「屬縣」편의 구절을 따라 해석했다. 卒 : 兪樾은 '立'의 잘못으로 보았다. 類 : 대개, 대략의 뜻이다.

342) 奉地 : 潭本에는 '秦地'로 되어 있으나, 이는 잘못이다. 『新書全譯』, 69면.

343) 後 : 後嗣. 梁은 河南 商丘에 있다.

而不敢謀.

今所恃者, 代·淮陽二國耳, 皇太子亦恃之. 如臣計, 梁足以捍齊·趙, 淮陽足以禁吳·楚, 則陛下高枕而臥, 終無山東[345]之憂矣. 臣竊以爲此二世之利也. 若使淮南久縣屬漢, 特以資奸人耳. 惟陛下幸少留意, 省臣昧死以聞.

臣誼竊昧死, 願得伏前陳施, 下臣誼所以爲治安. 陛下幸以少須臾之間聽, 以驗之於事, 未有妨損也. 臣聞聖主言問其臣, 而不自造事. 故爲人臣得盡其愚忠. 惟陛下財[346]幸.

옮김譯 지금 회남(淮南)[347]지역은 먼 곳은 수 천리나 되어, 멀리 두 제후국을[348] 건너 한의 황실에 예속되어 있어서 (백성들의) 고통이 매우 심합니다. 그곳의 관리와 백성들은 한의 황실에 속해 있는 것을 매우 괴로워해서 다른 제후를 세우기를 몹시 바라고 있고, 도망쳐서 다른 제후에게 귀화해버리는 자들이 적지 않습니다. 그러니 이곳은 오래도록 봉지(奉地)[349]로 삼을 만한 곳이 아닙니다. 폐하께서는 어찌해서 빨리 이러한 형세에 조치를 취하지 않으십니까? 남을 시켜서 고을을 지키게 하는 것이 어찌 아들을 시켜 지키게 하는 것만 하겠습니까? 저의 어리석은 계책으로는 원컨대 폐하께서 회남의 땅을 가져다가 회양에 보태 주고, 만약 양나라에 후사가 있게 되면[350] 회양 북쪽지역의 두세

---

344) 包 : 길을 얻다. 揵 : 서로 이어지다. 江 : 長江을 가리킨다.
345) 山東 : 『신서』 「過秦 上」 주 참조.
346) 財 : '裁(재단하다)'와 통한다.
347) 淮南 : 제후국이었던 회남국에 속해있던 영지를 가리킨다. 기원전 196년(한 고조 10년) 劉長을 회남왕으로 봉했다. 그런데 기원전 173년(문제 6년) 유장이 모반을 일으켜 나라가 없어지자, 회남은 한나라에 속한 盧江郡이 되었다.
348) 두 제후국은 淮陽과 梁, 두 나라를 말한다.
349) 奉地 : 황실에서 사용하는 물품을 공급하기 위해 정해진 지역. 여기서는 한나라 황실이 직접 관할하는 영지를 말한다.
350) 기원전 169년(문제 11년) 梁懷王 劉揖이 죽었는데 아들이 없었다. 한의 제도에 의하

성과 동쪽 군을 잘라서 양나라에 보태주면 후환이 없을 것입니다. 대나라는 휴양(睢陽)351)으로 도읍을 옮길 만하니, 그렇게 되면 양나라는 신정(新鄭) 이북에서 북쪽으로 황하에 이르고, 회양나라는 진(陳)352)을 포함해서 이남으로 장강(長江)에까지 이어져서, 딴 마음을 품은 강성한 제후들도 간담이 서늘해져 감히 모반하지 못할 것입니다.

지금 믿고 의지할 곳은 대와 회양의 두 나라뿐이며, 태자 또한 이 두 나라를 믿고 있습니다. 신의 계획대로라면 양나라가 넉넉히 제나라와 조나라를 막아내고, 회양이 족히 오나라와 초나라를 억제할 수 있을 것이니, 폐하께서는 베개를 높이 베고 주무신다 해도 산동지역의 근심은353) 없어질 것입니다. 신은 이렇게 하는 것이 다음 대의 황제를 위해서 이로울 것이라고 생각합니다. 만일 먼 회남 땅을 계속 한나라 황실에 예속시켜 둔다면, 다만 간사한 자들을 도와주게 될 뿐입니다. 폐하께서는 아무쪼록 이점을 유의하시어, 신이 죽음을 무릅쓰고 아룀을 살피소서.

신 가의가 죽음을 무릅쓰고 폐하 앞에 엎드려 아룀은, 이런 방법으로 하면 천하가 편안히 다스려질 것이라 생각하기 때문입니다. 폐하께서는 잠깐의 적은 틈이라도 내어 들어주기를 바라오며, 사실로써 징험해 보아도 손해날 것이 없을 것입니다. 신은 듣기로 현명한 군주는 말로 신하에게 묻지 스스로 일을 하지 않는다고 했습니다. 사람의 신하된 자로서 그 어리석은 충성을 다하는 것이니, 폐하께서는 재가하여 주옵소서.

면 자식이 없으면 응당 그 나라를 없애야 하나, 가의는 후사를 세우면 양나라를 없애지 않아도 된다고 생각했다.
351) 睢陽 : 양나라의 지명, 지금의 河南 商丘縣 남쪽이다.
352) 陳 : 지명으로, 지금의 河南 淮陽.
353) 산동지역의 제후들이 모반을 일으키지 않을까 걱정하지 않아도 된다는 뜻이다.

제2권

【 제후들의 지나친 권세[權重] 】

해제 이 편에서는 제후국의 세력이 강대해지면 반드시 모반을 꾀할 것이니, 미리 대비하여 견제할 것을 주장하고 있다. 이 편은 「익양」과 같은 상소문이었는데, 후인들이 따로 떼어 한편으로 만들었다는 견해도 있다.

원문 諸侯勢足以專制, 力足以行逆, 雖令冠[1]處女, 勿謂無敢. 勢不足以專制, 力不足以行逆, 雖生夏育, 有仇讎之怨, 猶之無傷也. 然天下當今恬然者, 遇諸侯之俱少也. 後不至數歲, 諸侯偕冠,

---

1) 令冠 : 소년을 가리킨다. 處女 : 소녀를 가리킨다.

陛下且見之矣. 豈不苦哉!²⁾ 力當能爲而不爲, 畜亂宿禍, 高拱而不憂,
其紛也宜也, 甚可謂不知且不仁.

옮김譯 제후들의 세력이 독단적인 행위를 할 만하고, 그 역량이 모반
을 일으킬 정도에 이르게 되면, 비록 제후가 어린 소년 소녀라
해도 감히 반역하지 못할 것이라고 장담할 수 없습니다. 그러나 세력이
독단적인 행위를 하기에 부족하고, 그 역량이 반역을 행하기에 모자라
면, 비록 용맹한 하육(夏育)³⁾이 태어나 원수에 대한 원한을 지니고 있다
해도 오히려 아무 해될 것이 없을 것입니다. 그런데 지금 천하가 조용
한 것은 마침 제후들이 모두 어리기 때문입니다. 앞으로 몇 년이 안 되
어 제후들이 모두 성년이 되면 그때에는 폐하께서도 이런 현상들을 보
시게 될 것입니다. 어떻게 괴롭지 않겠습니까! 힘으로 당해낼 수 있으면
서 하지 않음은 어지러움을 기르고 재앙을 키우는 일이며, 두 손을 맞
잡고 예의나 차리면서 근심하지 않으면 어지러워지는 것은 당연한 법
이니, 참으로 무지하고 불인(不仁)하다고 할 것입니다.

원문 夫秦自逆, 日夜深惟, 苦心竭力, 以除六國之憂. 今陛下力制
天下, 頤指如意, 而故成六國之禍, 難以言知矣. 苟身常無意,
但爲禍未在所形也. 亂媒日長, 孰視而不定, 萬年之後,⁴⁾ 傳之老母弱
子, 使曹勃不寧制. 可謂仁乎?

---

2) 문장의 순서로 보면, '豈不苦哉'는 '畜亂宿禍'의 뒤에 있어야 한다. 가의는 語氣를
강조하기 위해 감탄구를 앞에 놓은 것으로 보인다.
3) 夏育 : 주대 衛나라의 용사. 천근 무게를 들어 올리는 힘을 지녔있다고 한다.『史記』
「范睢傳」에 보인다.
4) 황제의 죽음을 완곡하게 표현한 말이다.

옮김譯 진나라는 역경 속에서[5] 밤낮으로 깊이 생각해서 고심하고, 있는 힘을 다하여 여섯 나라[6]의 근심을 제거했습니다. 이제 폐하께서는 그 힘이 천하를 제압하고 있고 턱으로 부려도 다 뜻대로 행해지고 있는데도, 여섯 나라와 같은 화를 조성하게 된다면 지혜롭다고 하기 어렵습니다. 그저 자신은 늘 별다른 생각 없이, 아직 재앙이 드러나 있지 않았다고만 합니다. 어지러움의 요인이 날로 돋아나건만 (이런 형세를) 익히 보고서도 대책을 강구하지 않으니, 황제께서 돌아가신 뒤에 이를 늙은 어머니나 어린 아들에게 물려준다면, 설령 조참(曹參)과 주발(周勃)[7]같은 자들도 나라를 평안케 하지 못할 것입니다. 이를 어떻게 어질다고 할 수 있겠습니까?

◤ 봉지제의 다섯 가지 장점[五美] ◢

해제 이 편에서는 나라의 정치는 사람이 손발을 움직이는 것과 같아서 제도가 확립되고 그 제도에 따라 운영하면 천자는 저절로 후세에 그 공덕을 남길 수 있다고 주장하였다. 편명은 봉지제도를 확립하여 생기는 좋은 점이란 뜻에서 취하였다. 이 편은 기원전 173년에서 기원전 171년 무렵에 쓰였다. 『한서』「가의전」에 거의 전문이 수록되어 있다.

---

5) 『新書校注』에서는 '逆'을 '미리 생각하다', '미리 헤아리다'는 뜻으로 해석했다. 65면 참조.
6) 六國 : 『신서』「過秦 上」주 참조.
7) 曹勃 : 曹參과 周勃. 두 사람 모두 한 고조의 공신으로서 한나라의 기반을 다지는데 공헌하였다.

海內之勢, 如身之使臂, 臂之使指, 莫不從制. 諸侯之君敢自
殺不敢反, 心知8)必葅醢耳. 不敢有異心, 輻湊9)並進而歸命
天子. 天下10)無可以徼倖之權, 無起禍召亂之業, 雖在細民,11) 且知
其安, 故天下咸知陛下之明.

천하의 형세라는 것은 마치 몸이 팔을 부리고, 팔이 손가락을
부리는 것과 같이 상하의 체계를 따르지 않음이 없습니다. 제
후국의 군주들이 스스로 죽을망정 감히 반역하지 못하는 것은 그렇게
하면 틀림없이 죽어 소금에 저며질 것을 알기 때문입니다. 그래서 그들
은 감히 다른 마음을 품지 않고 수레바퀴살처럼 모여 들어서 천자에게
복종하는 것입니다. 만약 천하에 요행을 빌어 정권을 잡는 일이 없다면
화란을 불러일으키는 일도 없을 것이며, 비록 일반 평민이라 할지라도
천하가 안정될 것을 알게 될 것이니, 따라서 천하가 모두 폐하의 밝으
신 덕을 알게 될 것입니다.

割地定制,12) 齊爲若干國, 趙楚爲若干國, 制旣各有理矣. 於
是齊悼惠王之子孫王之, 分地盡而止. 趙幽王·楚元王之子
孫, 亦各以次受其祖之分地, 燕·吳·淮南他國皆然. 其分地衆而子
孫少者, 建以爲國, 空而置之, 須其子孫生者, 擧使君之. 諸侯之地其
削頗入漢者, 爲徙其侯國及封其子孫於彼也, 所以數償之. 故一寸之
地, 一人之衆, 天子無所利焉, 誠以定治而已, 故天下咸知陛下之廉.

---

8) 心知 : 이성과 지혜를 뜻한다. 葅醢 : 사람을 잘게 저며서 肉醬을 만드는 잔혹한 형벌.
9) 輻湊는 수레바퀴살처럼 주위의 제후국늘이 숭앙의 천사를 향해 모어듦을 비유한다.
10) 天下 : '天子'로 되어 있는 판본도 있다. 『賈誼新書譯注』, 50면 참조
11) 細民 : 평민 백성을 말한다.
12) 制 : 封地제도를 말한다.

제후국의 토지를 나누는 제도는 제나라를 몇 개의 나라로 나누고, 조나라와 초나라도 몇 개의 나라로 나누면 봉지제도가 각자 질서정연하게 정리될 것입니다. 이렇게 하여 제나라 도혜왕(悼惠王)[13]의 자손이 (그 순서에 따라 조상이 분봉 받은 땅을 나누어) 왕이 되게 하면, 그 토지가 다 나누어질 것입니다. 조나라 유왕(幽王)[14]과 초나라 원왕(元王)[15]의 자손들도 모두 차례에 따라 그들 조상의 영지를 나누어 받게 될 것이며, 연·오·회남[16]과 그 외 다른 나라들도 모두 그럴 것입니다. 그 봉지는 많은데 자손이 적은 경우에는, 그 봉지 안에 나라를 세워서 비워 두었다가 그들의 자손이 태어나기를 기다려 군주로 명하면 됩니다. 제후의 땅이 삭감되어 한나라 황실에 많이 병입된 경우에는, 그 제후국을 다른 곳으로 옮겨서 그의 자손들을 그곳에 봉하는 방법으로 보상해줍니다. 그래서 단 한 마을의 땅이나 사람 하나에 대해서도 천자는 이로움을 취하지 않고, 진심으로 천하를 안정되게 다스릴 뿐이니, (이렇게 하면) 천하 사람이 모두 폐하께서 청렴하시다는 것을 알게 될 것입니다.

地制一定, 宗室子孫莫慮不王.[17] 制定之後, 下無背叛之心, 上無誅伐之志. 上下懽親, 諸侯順附, 故天下咸知陛下之仁.

---

13) 悼惠王 : 한나라 고조의 아들, 이름은 肥. 悼惠는 시호이다. 한 文帝 때는 劉肥의 손자인 劉則이 齊王으로 있었다.

14) 幽王 : 한나라 고조의 여섯째 아들, 이름은 友. 幽는 시호이다. 처음에 淮陽王으로 봉해졌으나 呂后 때에 조왕으로 옮겨졌다. 한 文帝는 劉友의 아들인 劉遂를 趙王으로 봉했다.

15) 元王 : 한나라 고조의 아우, 이름은 交. 고조는 초왕이었던 韓信을 회음후로 강등하고, 초나라를 荊國과 楚國으로 나눠 劉交를 초왕에 봉하였다. 문제 때는 유교의 아들 劉郢客, 그 손자 劉戊相이 차례로 초왕으로 있었다.

16) 文帝 당시의 제후국들이다. 당시 연나라 왕은 燕敬王의 아들 劉嘉, 오나라 왕은 高帝의 조카인 劉濞, 회남왕은 고제의 아들인 劉長이었다.

17) 莫慮不王 : '慮莫不王'으로 되어 있으나, 『한서』 「가의전」을 따라 고쳤다.

봉지제도가 일단 확립되면 종실의 자손들은 왕으로 봉해지지 못함을 걱정하는 자가 없을 것입니다. 이 제도가 정해진 뒤에는 아래 사람들은 배반하려는 마음이 없어지고, 윗사람들은 신하를 죽이거나 정벌하려는 생각이 없어집니다. 상하가 화목하고 친밀해지며, 제후들도 순하게 (천자를) 따를 것이니, 이로 인해 온 천하 사람들은 폐하가 인자하심을 알게 될 것입니다.

地制一定, 則帝道還明而臣心還正, 法立而不犯, 令行而不逆, 貫高·利幾之謀不生, 機奇·啓章之計不萌. 細民鄕[18]善, 大臣效順, 上使然也. 故天下咸知陛下之義.

봉지제도가 한번 정해지면 황제의 도가 도로 밝아지고, 신하의 마음이 도로 공정해지고, 법제가 확립되어 어기는 사람이 없으며, 조정의 명령이 행해져 거역하는 사람이 없을 것이니, 관고(貫高)[19]나 이기(利幾)[20] 같은 자들의 음모가 생기지 않고, 기기(機奇)[21]나 계장(啓章) 같은 무리들의 계략도 싹트지 않을 것입니다. 백성들은 모두 착해지고 대신들도 모두 순종하게 될 것이니, 이는 위에서 그렇게 만든 것입니다.[22] 이와 같이 하면 천하가 모두 폐하께서 의롭다는 것을 알게 될 것입니다.

---

18) 鄕 : '向'과 통한다. 향하다의 뜻이다.
19) 貫高 : 趙나라의 승상. 劉邦을 암살하려다 실패한 뒤 자살하였다.
20) 利幾 : 본래의 項羽의 部將이었으나, 유방에게 항복한 후 穎川侯에 봉해졌다. 한 고조 5년에 모반하였다.
21) 機奇 : 『한서』에는 柴奇로 되어 있다. 棘蒲侯 柴武之의 아들이다. 啓章 : 淮南厲王 劉長의 부하. 둘 다 유장의 반란에 가담하였다.
22) 황제의 제도가 사회를 그렇게 만들었다는 뜻이다.

地制一定, 臥赤子衽席之上而天下安, 待遺腹, 朝委裘.²³⁾ 而
天下不亂, 社稷長安,²⁴⁾ 宗廟久尊, 傳之後世, 不知其所窮.
故當時大治, 後世誦聖. 一動而五美附, 陛下誰憚而久不爲此五美?

봉지제도가 한 번 확립되면, 갓 낳은 어린아이를 황제의 자리
에 눕혀 놓아도 천하가 평안할 것이며, 뱃속에 들어 있는 왕손
을 기다리고 있는 중이라도 (대신들은) 선왕이 입었던 옷에 절할 것입니
다. 그리하여 천하가 어지럽지 않고 사직이 오래 안정되며, 종묘가 길이
받들어지고 후세에 전해져 그 끝나는 곳을 알지 못할 것입니다. 그러므
로 당대에는 크게 잘 다스려지고, 후대에는 성군으로 길이 칭송될 것입
니다. (이러한 조치를) 한 번 실행하심에 다섯 가지 좋은 점이 뒤따르거
늘, 폐하께서는 무엇을 꺼려서 이렇게 오래도록 다섯 가지 좋은 점을
실행하지 않으시는지요?

▌봉지제의 불안[制不定]▌

이 편은 봉지(封地)제도가 확립되지 않아서 생기는 문제를 지적
하고, 제후국이 모반을 일으킬 형세가 이미 형성되었으므로 서
둘러 봉지제도를 개정할 것을 촉구한 글이다. 이 편은 「오미(五美)」와 같
은 시기이거나 조금 뒤에 쓰였다. 편명의 '제(制)'는 봉지제도를 가리킨
다. 『한서』 「가의전」에 일부가 수록되어 있다.

---

23) 朝委裘 : 先帝가 낳지 않은 아들이 황제가 되었을 때, 여러 신하들은 선제가 물려준
갓옷에 대해 朝拜를 행한다.
24) 長安 : 漢나라의 도성으로 지금의 陝西省 西安市 서북면.

원문 炎帝[25])者, 黃帝同父母弟也, 各有天下之半. 黃帝行道, 而炎帝不聽, 故戰涿鹿之野, 血流漂杵. 夫地制不得, 自黃帝而以困.

옮김譯 염제는 황제의 친동생으로 각각 천하의 반씩을 차지하고 있었습니다. 황제는 도를 행하였으나 염제는 이를 듣지 않았으므로 탁록의 들판에서 전쟁을 벌여 넘쳐흐르는 피에 방패가 떠다닐 정도였습니다.[26]) 이는 봉지제도가 제대로 되어 있지 않아서 황제 때부터 곤란을 겪어 왔던 것입니다.

원문 以高皇帝之明聖威武也, 旣撫天下, 卽天子之位. 而大臣爲逆者, 乃幾十發, 以帝之勢, 身勞於兵間, 紛然幾無天下者數矣. 淮陰侯·韓王信·陳豨·彭越·黥布及盧綰皆功臣也, 所嘗愛信也, 所愛化而爲仇, 所信反而爲寇, 可不怪也? 地里蚤定, 豈有此變! 陛下卽位以來, 濟北[27])一反, 淮南[28])爲逆, 今吳[29])又見告, 皆其薄[30])者也. 莫大諸侯澹然[31])而未有故者, 天下非有固安之術也, 特賴其尙幼, 偸猥[32])之數也. 且異姓負彊[33])而動者, 漢已幸而勝之矣, 又不易其所以然.[34]) 同姓襲是跡而處, 骨肉相動, 又旣有徵矣, 其勢盡又復然. 殃禍之變, 未知所移, 長此安窮? 明帝尙不能以安, 後世奈何!

---

25) 炎帝, 黃帝:『신서』「益壤」주 참조.
26) 이 이야기는『신서』「益壤」편의 본문에 이미 나와 있다.
27) 濟北: 濟北王 劉興居를 가리킨다.
28) 淮南: 淮南厲王 劉長을 가리킨다.
29) 吳: 吳王 濞를 가리킨다.
30) 薄: 力量이 작고 약한 것을 말한다.
31) 澹然: 平靜한 모양. 故: 변란, 반란을 말한다.
32) 偸猥: 偸侯와 猥侯. 偸侯는 작위의 이름으로, 列侯보다 낮은 지위로서 封號는 있으나 食邑은 없다. 猥侯는 朝侯와 侍祠侯 등 이하 가준 封侯를 말하는데 지위가 매우 낮다.
33) 負彊: 자신의 강대함을 의지하다.
34) 易其所以然: 법제를 바꾸어 그렇게 할 수 없게 하다는 뜻이다.

옮김譯 고황제는 밝은 성덕(聖德)과 위엄으로 천하를 평정하여 천자의 자리에 오르셨습니다. 그러나 대신들이 모반을 일으킨 것이 수십 번이요, 황제의 권세를 누리면서도 친히 전쟁터에서 고생하시다가 천하를 거의 잃을 뻔했던 일도 여러 차례 있었습니다. (모반을 일으켰던) 회음후·한왕신·진희·팽월·경포·노관35)은 모두 공신들로써 일찍이 한 고조의 사랑과 신임을 받았던 사람들이었으나, 사랑하던 사람들이 변하여 원수가 되고, 신임하던 사람들이 도리어 도적이 되었으니 참으로 괴이한 일이 아닙니까? (봉지제도를 실행하여) 땅을 일찍 안정시켰던들 어떻게 이러한 변란이 있었겠습니까! 폐하께서 즉위한 이래로 제북왕(濟北王) 유흥거(劉興居)가 한번 배반하자36) 회남왕 유장(劉長)이 반역했고,37) 이제 또 오왕(吳王) 유비(劉濞)가 모반을 일으킨다고 고발되었는데,38) 그들은 모두 세력이 약한 왕들입니다. 강대한 세력을 지닌 제후들이 아직까지 조용히 변고가 없는 것은 천하에 확고한 안정책이 있어서가 아니라, 그 제후국들의 왕이 아직 어리거나 지위가 낮은 제후들에 속해있었기 때문입니다. 또한 이성제후들이 저네들의 강함을 믿고 반란을 꾀하였던 자들을 한의 황실이 다행히 이겨냈지만, 반란을 일으키는 근본 원인을 바꾸지는 못했습니다. 동성제후들이 이러한 전철을 답습하고 있으니, 골육 간에 서로 동요를 일으킬 징후가 이미 보이는 터여서, 이전의 형세가39) 다하였다가 다시 살아나고 있습니다. 그리하여 재앙의 변란이 어디로 옮겨갈지 알지 못하니, 계속 이런 식으로 나간다면 언제

---

35) 淮陰侯·韓王信·陳豨·彭越·黥布·盧綰 : 이에 관해서는 『신서』 「藩强」편의 본문과 주에 자세히 나와 있다.
36) 濟北王 劉興居는 기원전 178년(문제 2년) 문제가 흉노를 정벌하러간 틈을 타고 반란을 일으켰으나 실패하고 피살되었다.
37) 淮南厲王 劉長은 기원전 174년(문제 6년) 반란을 일으켰으나 실패하고, 蜀地로 유배 가던 중에 길에서 죽었다.
38) 吳王 濞는 병을 핑계로 조회에 나오지 않았는데, 그가 반란을 일으킬 것이라는 고발이 있었다.
39) 제후국이 한나라 황실을 배반해서 반란을 꾀했던 형세를 말한다.

끝이 나겠습니까? 현명한 황제조차도 나라를 안정시키지 못하니 후세에는 어떻게 하겠습니까?

원문

屠牛坦一朝解十二牛, 而芒刃不頓者, 所排擊, 所剝割, 皆象理也. 然至髖髀40)之所, 非斤則斧矣. 仁義恩厚, 此人主之芒刃也; 權勢法制, 此人主之斤斧也. 勢已定, 權已足矣, 乃以仁義恩厚因而澤之, 故德布而天下有慕志. 今諸侯王皆衆髖髀也. 釋斤斧之制, 而欲嬰41)以芒刃, 臣以爲刃不折則缺耳. 胡不用之淮南濟北? 勢不可也.

옮김譯

소백정 탄(坦)42)이 하루에 소 열두 마리를 잡아도 칼날이 무뎌지지 않는 것은, 가르고 치고 베고 벗기는 것이 다 살갗의 결을 따랐기 때문입니다. 그러나 엉덩이뼈나 허벅지뼈 같이 커다란 뼈에서는 자귀가 아니면 도끼를 써야 합니다. 인의와 은혜는 제왕의 예리한 칼날이 되고, 권세와 법제는 제왕에게 도끼가 됩니다. 세력이 이미 확정되고 권력이 이미 충분하게 되면, 인의와 은혜를 베풀어 천하를 윤택하게 하리니, 이로 인해 은덕이 널리 퍼져 천하의 온 백성이 사모하는 마음을 품게 될 것입니다. 오늘날 제후들은 모두가 커다란 뼈와 같습니다. 자귀나 도끼로 다스리는 법을 버리고 한낱 작은 칼만을 쓰려 한다면, 그 칼날은 부러지지 않으면 이가 빠지고 말 것이라고 신은 생각합니다. 어찌하여 회남왕과 제북왕에게 은덕을 베풀 수 없는 것일까요? 그것은 형세가 그럴 수 없기 때문입니다.

---

40) 髖髀 : 엉덩이뼈나 허벅지뼈 같이 큰 뼈를 말한다.
41) 嬰 : 대다, 사용하다.
42) 屠牛坦 : 소를 잘 잡기로 이름난 백정, 이름은 坦이다. 『管子』「制分」. "도우탄은 아침에 소 아홉 마리를 잡았다[屠牛坦, 朝解九牛]" 참조.

▌ 기미를 살핌[審微] ▐

해제 이 편은 모든 일은 미리 살펴서 그 근본대책을 강구해야함을 주장한 글이다. 구체적으로는 신분등급에 따른 명분을 확립하고 예악을 존중하는 것이 국가질서를 유지하는 기본임을 밝히고 있다. 앞의 다른 편에 비해 논리의 전개가 비교적 정연하며, 고사를 많이 인용하였다. 편명은 작은 일을 미리 잘 살펴 대비해야 한다는 뜻으로 쓰였다. 「복의(服疑)」편보다 조금 뒤에 쓰였다.

원문 善不可謂小而無益, 不善不可謂小而無傷. 非以小善爲一足以利天下, 小不善爲一足以亂國家也. 當夫輕始而傲微,[43] 則其流必至於大亂也, 是故子民者[44]謹焉.

彼人也, 登高則望, 臨深則窺. 人之性非窺且望也, 勢使然也. 夫事有逐奸,[45] 勢有召禍. 老聃[46]曰 : "爲之於未有, 治之於未亂"[47] 管仲[48]曰 : "備患於未形, 上也." 語曰 : "焰焰[49]弗滅, 炎炎[50]奈何; 萌芽不伐, 且折斧柯." 智禁於微, 次也. 事之適亂, 如地形之惑人也, 機漸而往, 俄而東西易面, 人不自知也. 故墨子[51]見衢路而哭之, 悲一

---

43) 輕始而傲微 : 사정의 시작과 발단을 가벼이 여기는 상태.

44) 子民者 : 통치자를 가리킨다.

45) 逐奸 : 사악한 일을 불러일으키다.

46) 老聃 : 老子를 말한다. 춘추시대 초나라 사람으로, 도가학파의 창시자이다.

47) 이 구절은 『노자』 64장에 나온다.

48) 管仲 : 춘추시대 齊나라의 정치가이자 사상가. 이름은 夷吾, 字는 仲. 시호는 敬이다. 저서로 『管子』가 전해진다.

49) 焰焰 : 불이 처음 타오르기 시작하는 모양이다. 『상서』 「洛誥」. "불이 처음에는 타오르기 시작하나 그 타는 것이 차례로 번져서 끊을 수 없는 것과 같지 않겠습니까[無若火始焰焰, 厥攸灼敍, 弗其色]" 참조.

50) 炎炎 : 불길이 거세게 타오르는 모양이다. 『사기』 「天官書」. "마치 활활 타는 거센 불빛이 하늘을 찌르듯이 보였다[望之如火光, 炎炎沖天]" 참조.

跬而繆千里也.

옮김譯 선한 일은 (그것이 아무리) 작아도 무익하다고 해서는 안 되며,
악한 일은 (그것이 아무리) 작아도 해롭지 않다고 해서는 안
된다.[52] 작은 선행을 한번 했다고 해서 천하가 이로와지거나, 악한 행동
을 한번 저질렀다고 해서 국가가 어지러워지는 것은 아니다. 그러나 그
시초를 경솔히 하고 기미를 무시하면 그 결과는 틀림없이 큰 혼란에 이
르게 되니, 백성을 자식으로 삼고 있는 임금은 삼가야 한다.

　사람이란 높은 곳에 오르면 멀리 바라보고 깊은 곳에 다다르면 굽어
보게 된다. 이는 사람의 본성상 굽어보거나 멀리 바라보는 것이 아니고,
처한 지세(地勢)가 그렇게 만드는 것이다. 어떤 사정은 사악한 일을 불러
일으키고, 어떤 형세는 화란을 불러들일 수 있다. 노자가 말하기를 "아
직 일이 드러나기 전에 조치를 취해야하고, 아직 어지러워지기 전에 다
스려야 한다"고 하였다. 관중은 말하기를 "아직 근심거리가 드러나기
전에 그에 대비하는 것이 상책이다"라고 하였다. 사람들이 말하기를
"불길이 막 타오를 때 끄지 않으면, 활활 타오를 때에 이를 어떻게 할
것인가? 싹이 돋아날 때 자르지 않다가 (큰 나무로 자란 후 베려하면),
도끼자루가 부러진다"고 하였다. 지혜로써 일이 드러나는 기미를 보고
금하는 것은 차선책이다. 일이 어지러워지는 것은 마치 지형이 사람을
헷갈리게 만드는 것과 같으니, 처음에 그냥 나아가다보면 어느덧 동쪽
서쪽의 방향이 바뀌어져서 사람이 알지 못하게 된다. 그러기에 묵자는
네거리를 보고 통곡을 했으니, 한발을 내디딤으로 해서 천리가 어긋나
는 것을 슬퍼했기 때문이다.

---

51) 墨子 : 『신서』 「過秦 上」편 주 참고.
52) 이 구절은 『주역』 「계사하전」 5장에 "소인은 조금 착한 일은 무익하다고 해서 하지
　않고 조금 악한 일은 상관없다고 여겨 버리지 않는다(小人 以小善 爲无益而弗爲也.
　以小惡 爲无傷而弗去也)"란 문장을 응용한 것이다.

원문 昔者衛侯朝於周, 周行問其名,[53) 曰 : "衛侯辟彊." 周行還之
曰 : "啓彊·辟彊, 天子之號也, 諸侯弗得用." 衛侯更其名曰
燬, 然後受之. 故善守上下之分者, 雖空名弗使踰焉.

古者周禮, 天子葬用隧,[54) 諸侯縣下. 周襄王出逃伯鬬,[55) 晉文公
率師誅賊, 定周國之亂, 復襄王之位. 於是襄王賞以南陽之地, 文公
辭南陽, 卽死得以隧下. 襄王弗聽. 曰 : "周國雖微, 未之或代也. 天子
用隧, 伯父[56)用隧, 是二天子也. 以地爲少, 余請益之." 文公乃退.

옮김譯 옛날 위후(衛侯)[57)가 주나라 왕실에 조례를 드리러 왔는데, 주
왕실의 접대를 맡은 관리가 그의 이름을 묻자, "위후인 벽강(辟
彊)이올시다"라고 대답하였다. 관리가 돌아와서 말하기를 "계강(啓彊)이
나 벽강(辟彊)[58)은 천자만이 쓸 수 있는 명칭이므로 제후는 쓸 수 없습
니다"라고 하였다. 이에 위후가 그의 이름을 훼(燬)라고 바꾼 다음에야,
그의 조례를 받아주었다. 그러므로 상하의 분수를 잘 지키는 사람은 비
록 그것이 빈 이름에 불과할지라도 분수를 넘지 못하도록 한다.

옛날 주대의 예절에 천자를 장사지낼 때에는 지하도를 파서 무덤 속
으로 관을 운반하였고, 제후들은 (관을) 매달아 아래로 내렸다. 주나라
양왕(襄王)[59)이 백투(伯鬬)로 도망쳤는데,[60) 진나라 문공(文公)[61)이 군대

---

53) 行人 : 관직명으로 朝禮와 聘禮 등을 담당한다.

54) 隧 : 땅 밑을 파고 만든 통로이다.

55) 伯鬬에 관해서는 여러 가지 설이 분분하여 地名인지 인명인지 확실하지 않으나, 여
기에서는 지명으로 보았다. 이에 관해서는 『新書校注』, 77면 참조.

56) 伯父 : 천자가 세력이 강한 同姓諸侯을 일컫는 칭호이다. 叔父는 약한 同姓諸侯에
대한 칭호이다.

57) 衛侯 : 춘추시대 衛文公이다.

58) 啓彊·辟彊은 영토를 넓히거나 개척한다는 뜻이다. 옛날에는 천하가 다 천자의 영
토이며, 오직 천자만이 영토를 개척하는 권한이 있다고 생각했다. 그래서 啓彊·辟彊
은 천자가 사용하는 명호라고 말한 것이다.

59) 周襄王 : 이름은 鄭, 惠王의 아들이다. 양은 시호이다. 양왕의 이야기는 『國語』「周
語中」에 나와 있다.

를 끌고 와서 적들을 베고, 주나라의 난리를 평정하여 양왕의 지위를 회복시켜주었다. 이에 양왕은 그에게 남양(南陽)62)의 땅을 상으로 주었으나, 문공은 남양의 땅을 사양하고 (대신에) 자기가 죽었을 때 지하도를 파서 관을 운반할 수 있게 해달라고 청하였다. 그러나 양왕은 이를 들어주지 않았다. 그리고 "주나라가 비록 쇠락하였지만, 그러나 아직 누구도 그를 대신할 수 없소. 천자의 장례에만 지하도를 사용하는 것인데, 당신이 지하도를 사용한다면 천자가 둘이 되는 셈이오 상으로 준 땅이 적다고 한다면 땅은 더 보태주겠소"라고 하였다. 그러자 문공이 바로 물러섰다.

원문 禮, 天子之樂宮縣, 諸侯之樂軒縣, 大夫直縣, 士有琴瑟.63) 叔孫于奚者, 衛之大夫也. 曲縣64)者, 衛君之樂體也, 繁纓者, 君之駕飾也. 齊人攻衛, 叔孫于奚率師逆之, 大敗齊師. 衛於是賞以溫, 叔孫于奚辭溫, 而請曲縣・繁纓以朝, 衛君許之. 孔子聞之, 曰: "惜乎! 不如多與之邑. 夫樂者所以載國, 國者所以載君. 彼樂亡而禮從之, 禮亡而政從之, 政亡而國從之, 國亡而君從之. 惜乎! 不如多予之邑."65)

옮김 주례에 의하면 천자가 사용하는 음악은 궁현(宮縣)이고, 제후가 사용하는 음악은 헌현(軒縣)이고, 대부가 사용하는 음악은 직현(直縣)이며, 보통 선비는 금슬(琴瑟)을 쓰도록 되어 있다.66) 숙손우해(叔孫

---

60) 기원전 634년(주 양왕 8년) 狄人이 침범하여 주 양왕이 도망간 일을 말한다.
61) 晉 文公: 이름은 重耳, 獻公의 아들로 기원전 580년에서~기원전 628년까지 재위.
62) 南陽: 지금의 河南省 濟源에서 獲嘉에 이르는 일대의 지역이다.
63) 瑟: 고대의 현악기. 㪇쪽져럼 생겼으며, 보통 현이 25개이다
64) 曲縣: 軒縣의 다른 이름이다.
65) 이에 관해서는 『左傳』「成公」2년에 나와 있다.
66) 작위에 따라 사용하는 악기에 등급이 있었음을 말한다. 宮懸은 궁의 四面에 악기를

122 신서

于奚)는 위나라 대부였다. 곡현은 위나라 군주만이 쓸 수 있는 악제이고, 번영(繁纓)은 군왕만이 사용할 수 있는 마구장식이었다. 제나라가 위나라를 침공해오자, 숙손우계가 군대를 이끌고 맞아 싸워 제나라의 군대를 크게 무찔렀다. 이에 위나라 왕은 온(溫)[67] 땅을 상으로 주었으나, 숙손우계는 온 땅을 사양하고 곡현과 번영을 갖추고 조례에 나갈 수 있게 해달라고 청하였는데, 왕이 이를 허락하였다. 공자가 이를 듣고 말하기를 "안타깝도다! 땅을 많이 주니만 못한 일이다. 음악이라는 것은 나라를 유지하는 근거이고, 나라라는 것은 임금을 유지하는 근거가 된다. 음악이 망하면 예가 그에 따르고, 예가 망하면 정치가 그에 따르며, 정치가 망하면 나라가 그에 따르며, 나라가 망하면 임금이 그에 따르게 된다. 안타깝도다! 땅을 많이 주니만 못한 일이다"라고 하였다.

원문 宓子治亶父. 於是齊人攻魯, 道亶父. 始, 父老請曰: "麥已熟矣, 今迫齊寇, 民人出自艾傅郭[68]者歸, 可以益食, 且不資寇." 三請, 宓子弗聽. 俄而麥畢資乎齊寇. 季孫聞之怒, 使人讓宓子曰: "豈不可哀哉! 民乎, 寒耕熱耘, 曾弗得食也. 弗知猶可, 聞或以告, 而夫子弗聽." 宓子蹴然[69]曰: "今年無麥, 明年可樹. 令不耕者得穫, 是樂有寇也. 且一歲之麥, 於魯不加彊, 喪之不加弱. 令民有自取之心, 其創必數年不息." 季孫聞之, 慚曰: "使穴可入. 吾豈忍見宓子哉!" 故明者之感奸由也蚤, 其除亂謀也遠, 故邪不前達.

걸고 연주하는 것이고, 軒縣은 궁의 남쪽을 제외한 다른 三面에 악기를 거는 것이고, 直縣은 어느 정면에만 악기를 거는 것을 말한다.

67) 溫 : 지명으로 지금의 河南省 溫縣에 있다.

68) 傅郭 : 근교의 토지.

69) 蹴然 : 공손히 예를 갖춘 모양이다.

옮김 譯 복자(宓子)[70]가 선보[亶父][71]를 다스리고 있었다. 당시 제나라 사람이 노를 공격하느라 선보를 지나게 되었다. 처음에 마을의 어른들이 찾아와 "보리가 다 익었는데 이제 제나라의 침략군이 들이닥치니, 백성들이 나가 근교에 자란 보리를 거둬 돌아온다면 양식을 보탤 수 있으며, 침략군에게 넘겨주지도 않게 될 것입니다"라고 하며 여러 차례 청원을 하였다, 그러나 복자는 듣지 않았다. 얼마 지나지 않아 보리가 전부 제나라 침략군에게 넘어가버렸다. 계손(季孫)[72]이 이를 듣고 노여워서 사람을 보내어 복자를 책망하여 말했다. "어찌 슬프지 않은가! 백성들이여, 추운 때 밭을 갈고 더울 때 김을 매었는데도 식량을 얻지 못했다. 모르고 있었다면 그렇다고 하더라도, 누군가 일러주었는데도 그대는 듣지 않았다." 복자는 공손히 말하기를 "금년에 보리가 없으면 내년에 심을 수가 있습니다. (그러나 힘들여) 경작하지 않았던 자들로 하여금 보리를 거둬가게 한다면, 이는 백성들로 하여금 침략자가 있는 것을 좋아하도록 만드는 것입니다. 그리고 한해의 보리농사가 노나라의 국력을 강하게 하는 것도 아니고, 그것을 잃었다 해서 노나라가 약해지는 것도 아닙니다. 그러나 백성들로 하여금 힘들이지 않고 거저 차지하는 마음을 갖게 한다면, 그 상처는 반드시 몇 해가 지나도 아물지 않을 것입니다"라고 말하였다. 계손이 이 말을 듣고 부끄러워서, "쥐구멍이라도 있으면 들어가겠다. 내가 어떻게 차마 복자를 본단 말인가?"라고 하였다. 그러므로 현명한 자는 나쁜 일의 연유도 일찍 알아채고 그 혼란의 근원을 제거하는 지모도 원대하므로, 잘못된 일이 앞에 커나가지 않는다.

---

70) 宓子 : 이름은 不齊, 자는 子賤으로 공자의 제자였다.
71) 亶父는 지명으로, 지금의 산동성 亶縣이다.
72) 季孫 : 춘추시대 노나라 대부였던 季孫宿, 당시 노나라 정권을 잡고 있었다.

【 사회의 등급[階級] 】

[해제] 이 편에서는 군신 간의 등급질서가 확립되면 자연히 나라에 기강이 잡히고, 그에 상응하는 예우를 해주면 각자 맡은 일을 충실히 해서 나라가 편안해진다고 주장였다. 이 편은 기원전 176년(문제 4년)에 쓰였다. 『한서』「가의전」에 거의 전문이 수록되어 있다.

[원문] 人主之尊, 辟73)無異堂. 陛九級者, 堂高大幾六尺矣. 若堂無陛級者, 堂高殆不過尺矣. 天子如堂, 群臣如陛, 衆庶如地, 此其辟也. 故堂之上, 廉74)遠地則堂高, 近地則堂卑. 高者難攀, 卑者易陵, 理勢然也. 故古者聖王制爲列等, 內有公·卿·大夫·士, 外有公·侯·伯·子·男75). 然後有官師76)小吏, 施及庶人, 等級分明, 而天子加焉. 故其尊不可及也.

[옮김譯] 군주의 존엄함은 비유하자면 당상과 같습니다. 만약 당상 아래 섬돌이 아홉 계단에 이른다면,77) 당상의 높이는 거의 여섯 자가 됩니다. 만약 당상 아래에 섬돌이 없으면, 당의 높이는 한자를 넘지 못할 것입니다. 천자는 곧 당상과 같고 군신은 섬돌과 같으며 백성들은 섬돌 아래의 땅과 같으니, 이는 그 높고 낮음을 비유한 것입니다. 그러

---

73) 辟 : '譬(비유하다)'와 통한다. '堂'자 아래에 '陛'자가 있었으나, 『한서』「가의전」에 의거해 뺐다. 『賈誼新書譯注』, 63면 참조. 『新書校注』에는 '陛'를 뒤에 이어지는 것으로 보아 '陛陛九級者'로 끊었고, 『新書全譯』에서는 '堂陛' 그대로 두었다.

74) 廉 : 당상의 측면을 말한다.

75) '內'는 조정을 가리키고, '外'는 제후국을 가리킨다.

76) 官師 : 구체적인 사무를 관리하는 하급관리이다.

77) 뜰에서 섬돌을 밟고 올라가야 당상에 이를 수 있으니, 당상과 섬돌로 높은 자리에 있는 임금과 낮은 데에 있는 신하의 관계를 비유한 것이다.

므로 당상의 옆모서리가 땅에서 멀면 당상은 높고, 땅에서 가까우면 당상은 낮습니다. 높으면 기어오르기가 어렵고 낮으면 멸시당하기 쉬움은 당연한 이치입니다. 그러므로 옛날 성왕께서는 등급을 제정해서, 안으로 공·경·대부·사가 있고, 밖으로는 공·후·백·자·남이 있었습니다. 그 다음에 관청의 하급 관리와 아전을 두고, 이를 일반 백성들에게까지 적용해서 등급을 분명히 하며, 천자를 그 위에 두었습니다. 그러므로 그 존귀함은 미칠 수가 없었던 것입니다.

 鄙諺曰: "欲投鼠而忌器", 此善喩也. 鼠近於器, 尙憚而弗投, 恐傷器也, 況乎貴大臣之近於主上乎! 廉恥禮節以治君子, 故有賜死而無戮辱. 是以係·縛·榜·笞·髡·刖·黥·劓之罪, 不及士大夫, 以其離主上不遠也. 禮, 不敢齒君之路馬, 蹴其芻者有罪, 見君之几杖則起, 遭君之乘輿78)則下, 入正門則趨; 君之寵臣雖或有過, 刑戮不加其身, 尊君之勢也. 此則所以爲主上豫遠不敬也, 所以體貌群臣而厲其節也.

今自王·侯·三公79)之貴, 皆天子之改容而禮也, 古天子之所謂伯父·伯舅也. 今與衆庶·徒隷同黥·劓·髡·刖·笞·傌·棄市之法, 然則堂下不亡陛乎? 被戮辱者不太迫乎? 廉恥不行也, 大臣無乃握重權·大官而有徒隷無恥之心乎? 夫望夷80)之事, 二世見當以重法者, 投鼠而不忌器之習也.

옮김譯 속담에 "쥐를 잡고 싶지만 그릇이 깨질까 겁난다"는 말이 있는데, 정말 좋은 비유입니다. 그릇 가까이에 쥐가 있는 데도 때려

---

78) 乘輿: 황제가 타는 수레이다.
79) 三公: 조정에서 최고의 자리인 丞相·太尉·御使大夫를 말한다.
80) 望夷宮: 진나라의 궁전 이름으로 지금의 陝西省 涇陽縣 동남쪽에 해당한다.

잡지 못하는 것은 그릇이 깨질까 겁나기 때문이거늘, 하물며 주상의 가까이에 있는 높은 대신의 경우는 어떻겠습니까! 군자를 다스릴 때는 염치와 예절로 하기 때문에, 죽일 수는 있으나 모욕을 가하지는 않습니다.81) 그러므로 묶거나 곤장을 치거나 매질하거나, 삭발하거나, 발목을 자르거나, 얼굴에 묵형(墨刑)82)을 하거나, 코를 베는 것 같은 형벌은 사대부에게 적용되지 않으니, 그것은 주상과 멀리 있지 않기 때문입니다.83) 예에 의하면 감히 임금이 타고 다니는 말의 이빨을 세어 그 말의 나이를 헤아리지 않으며, 그 말이 먹는 풀을 밟는 자는 죄를 주며, 군주의 안석이나 지팡이를 보면 일어나고, 군주의 가마를 만나면 내려서며, 정문에 들어서면 총총걸음을 하며, 군주가 총애하는 신하가 잘못을 해도 그의 몸에 형벌을 가하지 않는 것은 군주의 권세를 존중하기 때문입니다. 이는 바로 주상을 위하여 불경스러운 일을 미리 멀리하려는 것이며, 신하들의 체모를 살려줌으로써 그들의 충절을 더욱 북돋우려는 것입니다.

지금 왕·후·삼공의 귀한 신분은 모두 천자가 정색을 하면서 예의를 차리는 사람들이며, 옛날에 천자가 백부(伯父) 또는 백구(伯舅)84)라고 일컬었던 제후들입니다. 그런데 지금은 이들을 일반 서민이나 죄인들과 마찬가지로 얼굴에 묵형을 하고 코를 베고 삭발을 시키고 발목을 자르며, 매질을 하고 욕으로 꾸짖으며, 목을 베어 거리에다가 버리는 형벌을 가하니, 이렇게 되면 당상 아래 섬돌을 없애는 격이 아닙니까? 모욕적인 형벌을 받는 이가 (임금에게) 너무 가까이 있지 않습니까? 염치가 행

---

81) 이 구절은 사약을 내려 죽게 하거나 자결하도록 함으로서 죽는 사람의 명예를 지켜준다는 뜻이다.
82) 墨刑 : 이마에 문신을 새겨서 受刑의 사실을 알게 하는 형벌.
83) 이 구절은 사대부를 다스리려다 가까이 있는 주상을 다치게 될까 두렵기 때문이라는 뜻이다.
84) 옛날 천자가 나이가 많은 제후를 존대할 때 同姓인 경우에는 백부라 불렀고, 異姓인 경우에는 백구라고 불렀다.

해지지 않으니, 대신이 막중한 권력을 가지거나 고관의 자리에 있으면서도, 오히려 죄인이나 노예들처럼 부끄러움을 모르는 마음을 지니게 된 것이 아닙니까? 망이궁의 사건에서 진나라 이세[85]가 죽음에 처해진 것은[86] 쥐를 잡는데 그릇이 깨지는 것을 두려워하지 않았던 악습 때문이었습니다.

원문 臣聞之曰: "履雖鮮弗以加枕, 冠雖弊弗以苴履." 夫嘗以在貴寵之位, 天子改容而嘗體貌之矣, 吏民嘗俯伏以敬畏之矣. 今而有過, 令廢之可也, 退之可也, 賜之死可也. 若夫束縛之, 係絏之, 輸之司空,[87] 編之徒官, 司寇·牢正·徒長·小吏罵詈而榜笞之,[88] 殆非所以令衆庶見也. 夫卑賤者習知尊貴者之事, 一旦吾亦乃可以加也. 非所以習天下也, 非尊尊貴貴之化也. 夫天子之所嘗敬, 衆庶之所嘗寵, 死而死爾, 賤人安宜得此而頓辱之哉!

옮김譯 저는 "신발이 아무리 깨끗하다 해도 베게 위에 올려놓지 않으며, 모자가 아무리 낡았다 해도 신발바닥에 깔지 않는다"고 들었습니다. 일찍이 존귀하고 총애를 받던 고관들은 천자가 정색을 하면서 예우해주고, 관리나 백성들이 부복하면서 존경하고 두려워하던 사람들이었습니다. 이제 그들이 잘못을 저질렀다면 직위를 해제할 수도 있고 물러나게 할 수도 있으며, 죽음을 내릴 수도 있습니다. 그러나 그를 잡아서 꽁꽁 묶어다가 공사판에 보내거나, 형벌을 주관하고 죄수를 다루는 옥리들에게 맡겨서 욕설을 퍼붓고 매질하게 하는 것을 일반 서민

---

85) 二世: 진시황의 둘째 아들 胡亥. 『신서』 「過秦 中」편 본문과 주에 자세히 나와 있다.
86) 진나라 이세가 망이궁에서 자살한 일을 말한다. 당시 재상이었던 趙高는 그의 사위를 시켜 이세를 자살하도록 하였다. 이에 관한 내용이 『사기』 「진시황본기」에 나온다.
87) 司空: 賦役을 담당하는 관직이다.
88) 司寇: 형벌을 주관하는 관직이다. 牢正·徒長·小吏는 모두 司寇에 딸린 옥리들이다.

들이 보게 해서는 안 됩니다. 만약 비천한 백성들이 존귀한 이들도 이 같은 대우를 받은 일을 알게 되면, 하루아침에 자신들도 (욕설과 매질을) 하려 할 것입니다. 이는 천하 사람들이 익히 알게 할 일이 아니요,[89] 이는 높은 이를 높게 귀한 이를 귀하게 여기도록 하는 교화가 아닙니다. 천자가 일찍이 존경하였고 서민들이 총애하던 사람이 (죄를 지어) 죽게 되면 죽을 뿐이지, 천민들이 어떻게 그들을 능욕할 수가 있단 말입니까!

豫讓事中行之君, 智伯伐中行滅之, 豫讓移事智伯. 及趙滅智伯, 豫讓釁面變容, 吸炭變聲, 必報襄子. 五起而弗中, 襄子一夕而五易臥.[90] 人問豫讓. 讓曰 : "中行衆人畜我, 我故衆人事之; 智伯國士遇我, 故爲之國士用." 故此一豫讓也, 反君事讎, 行若狗彘, 已而折節[91]致忠, 行出乎烈士, 人主使然也. 故人主遇其大臣如遇犬馬, 彼將犬馬自如也; 如遇官徒, 彼將官徒自爲也. 頑頓無恥, 圉苟無節. 廉恥不立, 則且不自好, 則苟若而可, 見利則趨, 見便則奪. 主上有敗, 困而攬之矣; 主上有患, 則吾苟免而已, 立而觀之耳, 有便吾身者, 則欺賣而利之耳, 人主將何便於此? 群下至衆, 而主至少也, 所託財器職業者率於群下也. 但[92]無恥, 但苟安, 則主最病.

예양(豫讓)[93]이 중항씨(中行氏)[94]를 섬기고 있었는데 지백(智伯[95])이 중항씨를 정벌하여 멸망시키자, 예양은 (지조를) 바꿔

---

89) 이 구절은 일반 사람들로 하여금 고관들이 욕설과 매질을 당하는 것을 보게 하여, 그것이 일상적인 일이라고 생각하게 해서는 안 된다는 뜻이다.

90) 이에 관한 내용이 『史記』「刺客列傳·豫讓傳」에 보인다.

91) 折節 : 자신을 굽혀 낮추다 또는 평소의 뜻과 행동을 바꾸다. 『한어대사전』 6권 382면.

92) 但 : 『한서』「가의전」에는 '俱'로 되어 있다.

93) 豫讓 : 춘추전국시대 晋 나라 사람. 처음에는 中行氏의 家臣이었는데, 智伯이 중항씨를 멸하자 지백을 섬겼다. 뒤에 趙襄子가 지백을 멸하자 용모와 목소리를 바꾸어 몰래 조양자를 죽이려고 하였으나 실패하자 자살하였다.

94) 中行氏 : 中行文子 荀寅이다.

서 지백을 섬겼습니다. (뒤에) 조양자(趙襄子)[96]가 지백을 멸하자 예양은 얼굴에 옷칠하여 모습을 바꾸고, 숯을 먹어 목소리까지 바꾸면서 반드시 조양자에게 보복하려 했습니다. 다섯 번을 시도하여 실패하였으나, 조양자는 그로 인해 하룻밤 사이에 다섯 번이나 잠자리를 바꿔야 했습니다. 어떤 사람이 예양에게 (그 까닭을) 물었습니다. 예양은 "중항씨는 나를 보통 사람으로 취급하였으므로 나도 보통 사람으로 그를 섬겼다. 지백은 나를 국사(國士)[97]로 예우하였으므로 나도 국사답게 그를 섬겼다"라고 대답했습니다. 사람은 같은 예양이로되, 임금을 배반하고 원수를 섬긴 행실은 마치 개나 돼지 같았으나, 얼마 뒤에 지백을 섬길 때에는 앞의 태도를 바꿔 충성을 다해 그 행실이 열사보다 나았으니, 이는 군주가 그렇게 만든 것입니다. 그러므로 군주가 그의 대신을 개나 말처럼 대우하면 그들도 스스로 개와 말처럼 행동하고, 죄인처럼 대우하면 그들도 저절로 죄인으로서 행동하게 됩니다. 닳고 닳아 부끄러움도 없고 지조 따위는 아예 가리지 않게 됩니다. 염치를 차리지 않게 되면 스스로 만족하지 못한 채 그저 적당히 하고 말 것이며, 이로움이 보이면 그리로 달려가고 편리한 기회가 보이면 빼앗으려 할 것입니다. 임금이 잘못한 일이 있으면 곤경을 틈타서 (권력을) 빼앗으려하고, 임금에게 우환이 있으면 자기는 어떻게든지 슬쩍 빠져서 가만히 서서 구경만 할 뿐이며, 자기에게 편리한 게 있으면 팔아넘겨 이로움을 얻으려 할 뿐이니, 임금이 어떻게 편하겠습니까? 아랫사람은 많지만 군주는 하나이니, 재물이나 직책이 모두 아랫사람들에게 맡겨집니다. (그런데 만약 신하들이) 부끄러움도 없이 편하려고만 한다면, 이는 임금의 가장 큰 근심거리가 될 것입니다.

---

95) 智伯 : 荀瑤. 춘추시대 晉나라이 대신 韓나라와 魏나라를 협박하여 趙나라를 공격하게 했다. 뒤에 한나라와 위나라가 모의하여 지백을 살해했다.

96) 襄子 : 趙襄子, 晉나라 六卿의 하나. 이름은 無血, 趙鞅의 아들이다.

97) 國士 : 국가의 동량이 될 큰 인물을 가리킨다.

원문 故古者, 禮不及庶人, 刑不至君子,[98] 所以厲寵臣之節也. 古者大臣有坐[99]不廉而廢者, 不謂曰不廉, 曰 "簠簋[100]不飾." 坐汚穢男女無別者, 不謂汚穢, 曰"帷簿不脩"; 坐罷軟不勝任者, 不謂罷軟, 曰 "下官不職." 故貴大臣定有其罪矣, 猶未斥然正以呼之也, 尙遷就而爲之諱也. 故其在大譴大訶之域者, 聞譴訶則白冠氂纓, 盤水加劍, 造淸室[101]而請其罪爾, 上弗使執縛係引而行也. 其中罪者, 聞命而自弛, 上不使人頸盭而加也. 其有大罪者, 聞命則北面再拜, 跪而自裁, 上不使人捽抑而刑也. 曰 "子大夫自有過耳, 吾遇子有禮矣." 遇之有禮, 故群臣自喜. 厲以廉恥, 故人務節行. 上設廉恥禮義以遇其臣, 而群臣不以節行而報其上者, 卽非人類也.

옮김譯 그러므로 옛날에는 서민들을 상대로 예를 따지지 않았고, 군자에게는 형벌을 적용하지 않았으니, 이는 총애를 받는 신하들의 충절을 장려하기 위함이었습니다. 옛날에는 대신이 청렴하지 못한 죄를 지어 해임될 경우에도 이를 청렴하지 못해서라고 말하지 않고 제사에 쓰는 그릇을 잘 간수하지 못했다고 돌려 말했습니다. 남녀 관계가 문란한 경우에는 행실이 음란하다고 말하지 않고 장막을 제대로 정돈하지 못했다고 돌려 말하며, 무능해서 소임을 감당하지 못한 경우에도 무능해서 파면되었다고 하지 않고 부하들이 직무에 맞지 않았다고 돌려 말했습니다. 이 때문에 높은 지위에 있는 대신이 확실한 죄가 있다고 해도, 바로 그 죄명을 불러서 나무라지 않는 것은 (다른 쪽으로 방향을)

---

98) 『예기』「曲禮 上」에 "禮不下庶人 刑不上大夫."라는 구절이 나온다. 君子: 『한서』「가의전」에는 '大夫'로 되어 있다.

99) 坐: 죄를 얻다. 『新書全譯』, 81면. 『賈誼新書譯注』, 69면에서는 '때문'으로 보았다.

100) 簠簋: 제사 때 黍稷을 담는 그릇. 簠는 동이나 나무로 만들었으며 장방형으로 네 개의 짧은 다리가 있다. 簋는 대개 동으로 만들었으며 보통 원형이다.

101) 淸室: '淸'을 '請'으로 보아, 죄를 청하는 방으로 해석하기도 한다. 『新書全譯』, 102면 참조

바꾸어서 그를 위해 가려주는 것입니다. 그러므로 (대신이 지은 죄가) 큰 문책을 받아야 하는 경우에는, 문책을 들으면 (대신은) 소꼬리로 만든 끈을 단 흰 관을 쓰고[102] 물을 담은 대야에 칼을 갖춰가지고[103] 정결한 방에 들어와서 죄를 청하게 해서, 임금이 사람을 보내 그를 잡아다 묶어서 끌고 들어오지 않도록 합니다. 보통의 죄를 지은 경우에는 임금의 명령을 들으면 스스로를 결박해, 임금이 사람을 시켜 죄인의 목을 비틀어 칼을 씌우지 않게 합니다. 중대한 죄를 지은 경우에는 임금의 명령을 들으면 북쪽을 향하여 재배한 다음 무릎을 꿇고 자결함으로써, 임금이 사람을 시켜 죄인의 머리털을 움켜잡고 처형하지 않게 합니다. 이는 "대부인 그대가 스스로 잘못을 지었으나, 나는 예의를 차려 대한다"고 하는 것입니다. 임금이 그들을 대할 때 예의를 갖추니 여러 신하들이 스스로 기뻐하고, 염치를 차릴 수 있게 해주니 사람들은 절개를 지키려고 노력합니다. 임금은 예의염치로써 그의 신하를 대하는데, 신하들이 절개로써 임금에게 보답하지 않는 자는 곧 사람이 아닙니다.

원문 故化成俗定, 則爲人臣者, 主醜忘身, 國醜忘家, 公醜忘私. 利不苟就, 害不苟去, 唯義所在, 主上之化也. 故父兄之臣[104]誠死宗廟, 法度之臣誠死社稷. 輔翼之臣誠死君上, 守衛捍敵之臣誠死城郭封境. 故曰"聖人有金城"[105]者, 比物此志也. 彼且爲我死, 故吾得與之俱生; 彼且爲我亡, 故吾得與之俱存; 夫將爲我危, 故吾得與之皆安. 顧行而忘利, 守節而服義, 故可以託不御之權, 可以

---

102) 白冠氂纓 : 흰 관을 쓰고 소 꼬리털로 관의 끈을 삼아서 죄를 청하는 방식의 하나이다. 『新書校注』, 88면 참조.
103) 盤水加劍 : 대야에 물을 가득 채우고, 대야 위에 검을 놓아서 죄를 청하는 방식. 대야의 물은 군주가 明察하고 법을 집행함이 공평함을 나타내고, 칼은 자기 스스로 죽을 준비를 하고 있음을 나타낸다.
104) 父兄之臣 : 황제의 宗親大臣을 가리킨다.
105) 金城 : 쇠로 성의 담을 에워싸듯, 견고함을 나타낸다.

託五尺之孤.106)　此厲廉恥・行禮義之所致也.　主上何喪焉!　此之不
爲, 而顧彼之行, 故曰可爲長大息者也.

그러므로 교화가 이뤄져서 습속이 정해지면, 신하된 자는 임금
이 수치스런 일을 당했을 때 목숨을 걸고 뛰어들 것이고, 나라
에 수치스런 일이 닥쳤을 때 집안 생각을 잊을 것이며, 사회에 수치스
런 일이 생겼을 때 사사로움을 잊어버리게 됩니다. 이롭다고 구차스럽
게 좇지 않고 해롭다고 구차스럽게 피하지 않으며 오직 의로움이 있는
곳을 따르니, 임금이 덕으로 교화한 결과입니다. 그러므로 임금과 같
은 성을 가진 신하들은 진심으로 종묘를 위하여 죽을 것이고, 법도를
중히 여기는 신하는 진심으로 사직을 위하여 죽을 것입니다. 옆에서 보
필하는 신하는 진심으로 군주를 위해 죽으며, 외적을 지키는 신하는 열
심히 국경의 성곽을 지키다 죽을 것입니다. 그러므로 "성인에게는 철옹
성이 있다"고 한 것은 바로 이러한 뜻을 비유한 말입니다. 그들이 나를
위해 죽고자 함으로써 나는 오히려 그들과 함께 살 것이며, 그들이 나
를 위해 희생함으로써 나는 그들과 함께 다 존립할 것이며, 그들이 나
를 위해 위험을 무릅씀으로써 나는 그들과 함께 모두 평안을 누릴 것입
니다. 그들이 품행을 차리고 이로움을 잊으며 충절을 지켜 의로움에 따
르니, 마음 놓고 권세를 맡길 수 있으며 나이 어린 임금도 의탁할 수 있
습니다. 이는 염치를 북돋고 예의를 행하여 이른 결과입니다. 주상으로
서는 무슨 손해가 있겠습니까! 그런데도 이렇게 하지 않고 저런 행동을
하고 있으니, 긴 한숨이 나온다고 하는 것입니다.

---

106) 五尺之孤 : 어린 군주를 가리킨다.

제3권

卷第三

▌ 문란해진 풍속[俗激] ▌

[해제] 이 편은 당시 시속(時俗)의 여러 폐단을 지적하고, 윤리 강상의 제도를 확립하여 폐습이 초래할 폐단을 미리 방지할 것을 촉구한 글이다. 이 편은 기원전 173년 무렵, 가의가 양회왕 태부로 있을 때 쓴 것이다. 『한서』「가의전」에 거의 전문이 수록되어 있다.

[원문] 大臣之俗, 特以牘書[1]不報, 小期會不答耳, 以爲大故不可矣. 天下之大指,[2] 擧之而激. 俗流失,[3] 世壞敗矣, 因恬弗知

---

1) 牘書 : 신하들이 지방의 정황을 보고하는 상주문 혹은 왕래하는 서신.
2) 指 : 천하 습속의 주요 경향을 말한다(『淮南子』「原道訓」注. "指, 所之也").
3) 失 : 王念孫은 '失'을 '泆(제멋대로 하다)'과 같은 것으로 보았다. 『新書校注』, 93면 참조

怪, 大故⁴⁾也. 如刀筆之吏,⁵⁾ 務在筐箱,⁶⁾ 而不知大體, 陛下又弗自憂,
故如此哉.

대신들의 습속은 그저 보고서가 오지 않는다거나 자잘한 회의
약속에 때를 맞추지 못했다는 정도를 큰일로 여기고 있으나,
그래서는 안 됩니다. 천하 시류는 온통 요동치고 있습니다. 풍속은 멋대
로 흘러가 버려 세상이 잘못되어가고 있으나, 대신들은 편안한 대로 따
를 뿐 문제 삼을 줄 모르니 큰일입니다. 마치 문서나 작성하는 아전처
럼 그저 문서상자나 지키는 데 힘쓸 뿐 다스림의 근본을 알지 못하니,
폐하께서 이를 근심하지 않았기 때문에 이렇게 된 것입니다.

夫邪俗日長, 民相然席於無廉醜, 行義⁷⁾非循也. 豈爲人子背
其父, 爲人臣因忠於君哉? 豈爲人弟欺其兄, 爲人下因信其
上哉? 陛下雖有權柄事業, 將何寄之? 管子⁸⁾曰 : “四維 : 一曰禮, 二曰
義, 三曰廉, 四曰醜.” “四維不張, 國迺滅亡”⁹⁾ 使管子愚無識人也, 則
可, 使管子而少知治體, 則是豈不可爲寒心! 今世以侈靡相競, 而上
無制度, 棄禮義, 捐廉醜, 日甚, 可謂月異而歲不同矣. 逐利乎否耳,
慮非顧行也. 今其甚者, 剄大父¹⁰⁾矣, 賊¹¹⁾大母矣, 踝嫗矣, 刺兄矣.
盜者慮探柱下之金,¹²⁾ 掇寢戶之簾, 攛兩廟¹³⁾之器, 白晝大都之中,

---

4) 大故 : 중대한 사고.
5) 刀筆之吏 : 문서의 기록을 맡은 작은 관리이다.
6) 筐箱 : 조세를 거둔다는 뜻으로 해석되기도 한다. 한대에는 조세를 거둘 때 筐箱에
동전을 담았기 때문에 筐箱은 조세사무를 가리키기도 한다. 이에 관해서는 『新書全譯』,
106면, 『新書校注』, 93면 참조.
7) 行義 : 禮義로 보는 판본도 있다.
8) 管子 : 『신서』「宗首」주 참조.
9) 인용문은 『管子』「牧民」의 四維 장에 보인다. 『관자』에 따라 '醜'를 '恥'로 해석했다.
10) 大父 : 할아버지.
11) 賊 : 살해하다. '財'로 되어 있는 판본도 있다. 『新書校注』, 84면. 大母 : 할머니.

剽吏而奪之金. 矯僞者出幾拾萬石粟, 賦六百餘萬錢, 乘傳[14]而行諸
侯, 此其無行義之尤至者已. 其餘猖蹶而趨之者, 乃豕羊驅而往. 是
類管子謂"四維不張"者與! 竊爲陛下惜之.

좋지 못한 풍속이 날로 늘어나서 백성들도 서로들 염치를 모
르는 생활을 하면서 예의를 행하지 않습니다. 사람의 자식으로
그 아비를 배반한 자가 어떻게 남의 신하가 되어 임금에게 충성할 수
있겠습니까? 사람의 동생으로 자기의 형을 속인 자가 어떻게 남의 아랫
사람이 되어 자기의 윗사람에게 신의를 지키겠습니까? 폐하께서 대업
의 권세를 잡고 있다 하지만, 장차 누구에게 맡기겠습니까? 관자가 이
르기를 "네 가지 기둥이 있으니 첫째가 예(禮)요, 둘째가 의(義)요, 셋째
가 염(廉)이며, 넷째가 치(恥)이다"라고 했으며, "네 기둥이 짱짱하게 당
겨져 있지 않으면 나라가 곧 멸망한다"고 하였습니다. 관자가 어리석고
무식한 사람이라면 그만이려니와, 관자를 조금이라도 다스림의 근본을
아는 사람으로 생각한다면 (염치를 몰라보는 이 세태가) 어찌 한심스럽
지 않겠습니까? 지금 세상에는 서로 사치를 자랑하고 있는데도 이를 단
속하지 않으니, 예의가 버려지고 염치가 없어짐이 날로 심해져 달마다
해마다 더해가고 있습니다. 잘못된 짓을 저지르며 이익만 좇느라 품행
을 돌아볼 겨를이 없습니다. 심한 경우에는 할아버지 할머니를 시해하
고 어머니를 해치며 형을 찌르기도 합니다. 도둑은 기둥 밑에 숨겨둔
금덩이를 뒤지고 침실의 주렴을 걷어가며, 사당의 제기를 훔치고 벌건
대낮의 도심에서 관원을 습격해 돈을 강탈해갑니다. 부정한 방법으로
수십 만석의 곡식을 빼내고 600만전의 세금을 더 걷으며 조정의 전용마

---

12) 柱下之金 : 방의 기둥아래 묻어놓은 금덩어리.
13) 兩廟 : 高帝廟와 惠帝廟를 말한다.
14) 傳 : 조정의 명령을 전달하기 위해 역참에 준비해 놓은 전용마차. 『賈誼新書譯注』
74면.

차를 타고 제후국에 다니니, 이것은 행실이 매우 바르지 못한 경우입니다. 그밖에도 미쳐 날뛰어 쫓아가는 자들이 돼지나 양의 떼처럼 몰려가고 있습니다. 이는 관자가 말한 대로 네 개의 기둥이 제대로 당겨있지 못해 벌어진 것 아닙니까! 저는 폐하를 위하여 안타까워합니다.

以臣之意, 吏慮不動於耳目, 以爲是時適[15]然耳. 夫移風易俗, 使天下移心而向道, 類非俗吏之所能爲也. 陛下又不自憂, 竊爲陛下惜之. 夫立君臣, 等上下, 使父子有禮, 六親[16]有紀, 此非天之所爲, 人之所設也. 夫人之所設, 弗爲不立, 不植則僵, 不循則壞. 秦滅四維不張, 故君臣乖而相攘, 上下亂僭而無差, 父子六親殃僇而失其宜, 奸人並起, 萬民離畔,[17] 凡十三歲而社稷爲墟. 今四維猶未備也, 故奸人冀幸, 而衆下疑惑矣. 豈如今定經制,[18] 令主主臣臣, 上下有差, 父子六親各得其宜, 奸人無所冀幸, 群衆信上而不疑惑哉.

此業一定, 世世常安, 而後有所持循矣. 若夫經制不定, 是猶渡江河無維楫, 中流而遇風波也, 船必覆矣. 悲夫! 備不豫具之也, 可不察乎!

신이 헤아리건대 관리들의 생각은 보고 들은 실정에 의해 움직이지 않고,[19] 이러한 시속(時俗)을 당연한 것으로 여기고 있습니다. 풍속을 바꾸어 천하가 마음을 바로잡아 올바른 도로 향하도록 하는 것은 저속한 관리들이 할 수 있는 일이 아닙니다. 폐하 또한 이를 스스로 근심하지 않고 있으니, 신은 폐하를 위하여 안타깝게 생각하니

---

15) 適 : 『한서』 「가의전」, 顔師古注. "適은 당연하다의 뜻이다. 일의 이치가 당연함을 말한다[適, 當也. 謂事理當然]."
16) 六親 : 『신서』 「數寧」편 주 참조.
17) 畔 : '叛(배반하다)'과 통한다.
18) 經制 : 국가를 다스리는 제도를 말한다.
19) 잘못된 풍속을 보고 듣고도 아무런 대응을 하지 않는다는 뜻이다.

다. 군신의 관계를 수립하고 상하의 등급을 정하며, 부자사이에 예를 갖추고 육친 간에 기강을 세우는 것은, 하늘이 하는 일이 아니라 사람이 세워 놓은 것입니다. 사람이 세운 것은 행하지 않으면 존립할 수 없고, 북돋워주지 않으면 쓰러지며, 따르지 않으면 무너져 버립니다. 진나라가 망할 때는 네 기둥[四維]이 짱짱하게 서지 못하여 군신 간의 관계가 어긋나 서로 다투고, 위아래가 분수를 모르고 어지러웠으며 육친 간에 살육을 벌여 바름을 잃어버렸으니,[20] 간악한 자들이 여기저기에서 일어나고 백성들이 모두 등을 돌려 13년 만에 사직이 폐허가 되고 말았습니다.[21] 지금 네 기둥이 아직 갖추어지지 못해서 간악한 자는 요행을 바라고 일반 백성들은 의혹에 빠져있습니다. 그런데 지금 어찌해서 기강과 제도를 정립해서 군주는 군주답게 하고 신하는 신하답게 하여 상하에 차등이 있게 하고, 부자 육친이 각각 마땅함을 얻도록 하며, 간악한 자가 다시는 요행을 바라지 못하게 하고, 신하들과 백성들이 임금을 믿어 의혹됨이 없도록 하지 않으십니까?

이 대업이 한번 정립되면 천하는 대대로 안정되고, 후세에도 지켜 따르는 기준이 될 것입니다. (그러나) 기강과 제도가 확립되지 못한다면, 이는 마치 장강(長江)과 황하(黃河)를 건너는데 배를 매는 줄이나 노 없는 배를 타고 가다가 물 한가운데서 풍랑을 만나는 격이니, 배는 반드시 뒤집히고 말 것입니다. 비통합니다! 미리 대비해서 갖추지 못했는지, 꼼꼼히 살피지 않을 수 있겠습니까!

---

20) 진 이세가 태자인 扶蘇를 죽이고 황제에 오른 후, 여러 公子들이 반발할까 두려워 趙高와 모의하여 여러 명의 공자를 죽이고 또 자살하게 한 일을 가리킨다.
21) 이 구절은 나라가 멸망했다는 뜻이다.

▌시대의 변화[時變] ▐

해제 이 편은 진나라 이후 사회기강과 도덕이 허물어진 정황을 지적하고, 이러한 시속의 병폐를 시정하지 않으면 국가의 운명이 위태로울 것임을 말하였다. 또한 당시는 힘에 의한 확장정책을 사용할 때가 아니라, 인의와 예절로서 다스릴 때라고 주장하고 있다. 이 편은 「속격(俗激)」의 뒤에 쓰였다. 『한서』 「가의전」에 일부가 수록되어 있다.

원문 秦國失理,[22) 天下大敗. 衆揜寡, 知欺愚, 勇劫懼, 壯凌衰. 攻[23)擊奪者爲賢, 善突盜者爲忻; 諸侯設詔而相飭, 設輾[24) 而相紹者爲知, 天下亂至矣! 是以大賢[25)起之, 威振海內, 德從天下. 曩之爲秦者, 今轉而爲漢矣.

옮김譯 진나라가 천하를 다스리는 도를 잃어버리자, 천하가 크게 어그러졌습니다. 다수는 소수를 억누르고 지모 있는 자는 어리석은 자를 속이며, 용감한 자가 겁내는 자를 겁탈하고 힘센 자는 약한 자를 업신여겼습니다. 교묘하게 빼앗는 자를 현명하다 하고, 마구 훔쳐 내는 자를 능력 있다고 여기며, 제후들은 달콤한 아첨으로 서로를 치켜세우고, 흉계를 꾸며 서로 속이는 자를 지혜롭다고 하니, 천하의 어지러움이 극도에 이르렀습니다! 이 때문에 고조께서 일어나셨으니, 그 위세가 천하에 떨치고 그 덕망으로 천하가 따르게 되었습니다. 그래서 이전의 진나라의 천하가 지금은 바뀌어 한나라의 천하가 되었습니다.

---

22) 理 : '道'와 같다(「玉篇」. "理, 道也").
23) 攻 : 兪樾은 '工'과 통하는 것으로 보았다. 『新書全譯』, 112면.
24) 輾 : 흉계·올가미를 비유한 것이다.
25) 大賢 : 여기에서는 한 고조 유방을 지칭한다.

140   신서

今者何如? 進取之時去矣, 幷兼之勢過矣. 胡以孝弟循順爲? 善書而爲吏耳. 胡以行義禮節爲? 家富而出官耳. 驕恥偏而 爲祭尊,26) 黥劓27)者攘臂而爲政. 行惟狗彘也, 苟家富財足, 隱机盰 視而爲天子耳. 唯告罪昆弟, 欺突伯父, 逆於父母乎, 然錢財多也, 衣 服循28)也, 車馬嚴也,29) 走犬良也. 矯誣而家美, 盜賊而財多, 何傷? 欲交, 吾擇貴寵者30)而交之; 欲勢, 擇吏權者而使之. 取婦嫁子, 非 有權勢, 吾不與婚姻; 非貴有戚, 不與兄弟; 非富大家, 不與出入. 因 何也? 今俗侈靡, 以出倫踰等出相驕, 以富過其事相競. 今世貴空爵 而賤良, 俗靡而尊奸. 富民不爲奸, 而貧爲里罵; 廉吏釋官而歸爲邑 笑. 居官敢行奸而富爲賢吏, 家處者犯法爲利爲材士. 故兄勸其弟, 父勸其子, 則俗之邪至於此矣.

지금은 어떠합니까? (열국들을) 쳐들어가 취하던 시대는 지났 고 합병해서 통일하던 형세도 지나갔습니다. 무엇 때문에 효제 (孝弟)를 지키고 있겠습니까? 글씨나 잘 써서 관리가 되면 될 뿐입니 다.31) 무엇 때문에 도의와 예절을 행하겠습니까? 부자가 되고 벼슬을 하 면 될 뿐입니다. 거들먹거리고 간사한 자가 좌주가 되고, 죄를 져서 묵 형을 당하고 코를 베인 자들이 활개를 치며 정치를 한다고 합니다. 행실 이 개·돼지일망정 집이 부유하고 재물이 풍족하기만 하면, 편안히 안

---

26) 祭尊: 盧文弨는 '祭酒'와 같다고 했다.『新書校注』, 99면.
27) 黥劓: 이마에 글자를 새기고, 코를 베는 형벌.
28) 循: 아름답고 좋은 것.『廣韻』. "循은 좋다는 뜻이다[循, 善也]" '修'로 되어 있는 판 본도 있다.
29) '車馬嚴也' 앞에 "내가 숙모와 사통하고, 아버지의 첩을 처로 맞이한다고 세간의 신 선이 되는데 무슨 방해가 되겠는가[我何妨爲世之基公. 唯愛季母·妻公之接女乎]" 라는 구절이 있다. 여기에서는 앞뒤 문맥에 맞지 않아서 번역하지 않았다.『新書校注』 (100면) 및『新書全譯』(114면) 참조.
30) 貴寵者: 지위가 높고 황제의 총애를 받는 사람.
31) 書: 한대에 관리가 되기 위해서는 글씨를 잘 써야했다.『新書全譯』, 114면 참조

석에 기대어 거만하게 노려보면서 천자처럼 지냅니다. 형제를 고발하고 큰아버지를 속이고 부모에 거역해도 돈과 재물이 많으면 의복은 멋들어지고, 거마는 으리으리하며 강아지도 좋은 놈을 달고 다니는 판입니다. 남을 속이고도 집안이 잘되고, 도둑질을 해서라도 재산이 많아지면 무슨 상관이 있겠습니까? 사람을 사귀고 싶으면 총애를 받는 귀족을 골라 사귀고, 세도를 부리고 싶으면 실권 있는 관리를 골라서 시킵니다. 며느리를 얻고 아들을 장가들일 때에는 권세 높은 집안이 아니면 혼인하지 않으며, 황실의 인척과 같은 귀족이 아니면 어울려 형제처럼 사귀지 않으며, 부잣집이나 대갓집이 아니면 서로 드나들지 않습니다. 이것이 모두 무엇 때문입니까? 오늘날 풍속은 서로 사치에 빠져서 자기분수를 넘어 서로 뽐내고, 자신의 직책을 넘는 부유함을 서로 경쟁합니다. 요즈음 세상은 허울좋은 작위(爵位)를 귀히 여기고 착한 덕을 천하게 여기니, 풍속이 쇠퇴해져서 간교한 짓들을 높이게 되었습니다. 부유하던 사람이 간교하지 못해 가난해지면 동리에서 욕을 먹고, 청렴한 관리가 벼슬을 그만두고 돌아오면 고을의 웃음거리가 됩니다. 관직에 있으면서 간교한 짓을 하여 부자가 되면 그를 현명한 관리라고 여기고, 집에 있으면서[32] 범법행위로 이득을 꾀하는 자를 능력있는 선비라고 여기게 되었습니다. 그리하여 (이런 행실을) 형은 동생에게 권하고 아버지는 아들에게 권하게 되었으니, 잘못된 풍속이 이런 지경에까지 이르렀습니다.

원문 商君[33]違禮義, 棄倫理, 幷心於進取, 行之二歲, 秦俗日敗. 秦人有子, 家富子壯則出分, 家貧子壯則出贅. 假父耰鉏杖彗耳, 慮有德色矣; 母取瓢碗箕帚, 慮立誶語. 抱哺其子, 與公併踞; 婦姑不相說, 則反脣[34]而睨. 其慈子[35]嗜利而輕簡父母也. 念罪非有

32) 이 구절은 벼슬없이 집에서 논다는 뜻이다.
33) 商君 : 商鞅. 『신서』「過秦 上」주 참조.
34) 反脣 : 입술을 삐쭉거리며 마음속으로 따르지 않음을 뜻한다.

倫理也, 其不同禽獸僅焉耳. 然猶幷心而赴時者, 曰功成而敗義耳. 蹴六國, 兼天下, 求得矣. 然不知反廉恥之節·仁義之厚, 信幷兼之法, 遂進取之業, 凡十三歲而社稷爲墟. 不知守成之數, 得之之術也, 悲夫!

옮김譯 상앙이 예의를 어기고 윤리를 저버리면서, 작정하고 (다른 나라에) 쳐들어가 빼앗은 지 2년이 지나자, 진나라 풍속은 날로 나빠졌습니다. 진나라 사람들에게 아들이 있으면 부잣집에서는 성년이 되면 분가를 하고, 가난한 집에서는 성년이 되면 데릴사위가 되었습니다. 자기 아버지에게는 김맬 호미하나 빌려 주고서 덕 있는 생색을 내고, 어머니가 표주박이나 빗자루를 가져가려면 곧바로 책망합니다. (며느리는) 제 자식을 안고 젖먹이면서 시아버지와 나란히 걸터앉고, 시어머니와 사이가 나쁘면 입술을 삐쭉거리며 눈을 흘깁니다. 제 자식만 사랑하고 이익을 탐하면서 제 부모는 무시합니다. 제 생각으로 그 잘못은 윤리가 없어졌기 때문이니, 짐승과 별반 다를 것이 없어졌습니다. 그러면서도 작정하고서 세태를 좇는 자들은 공이 이뤄지면 도의는 저버려도 된다고[36] 말합니다. 여섯 나라를 쓰러뜨리고 천하를 병합하는 일은 노력해서 할 수 있었습니다. 그러나 염치의 절개와 인의의 두터운 덕에 귀의할 줄 모르고, 오로지 병합하는 법만 믿고서 13년간 쳐들어가 빼앗는 정책만 시행하자, 결국 사직은 폐허가 되고 말았습니다. 이는 이룩한 것을 지키는 방책과 얻는 방법을 몰랐기 때문이니, 비통합니다!

---

35) 慈子: 『新書全譯』에서는 '慈'字를 '孼'字의 잘못으로 보고, 불효하는 자식이라고 설명했으나(『新書全譯』, 117면) 여기서는 그 자식을 사랑한다고 보았다.

36) 이 구절은 결과가 좋으면 되지 도덕은 중요하지 않다는 뜻이다.

상반된 두 가지 정책[瑰瑋]

해제 『한서』「식화지」에 의하면, 문제가 즉위할 당시 많은 백성들이 농사를 포기하고 훨씬 더 이득이 되는 상공업에 종사하는 현상이 생겨났다. 이에 가의는 그 대책으로 상소를 올려 근본을 중시하고 말단을 억제하는 정책을 행할 것을 건의하였는데, 이 편은 그 상소문이다. 문제는 그 건의를 받아들여 문제 2년 정월에 적전(籍田)을 시행하여 농사를 권장하였다. 편명은 본문에서 '괴정(瑰政)'과 '위술(瑋術)'이라고 부른 두 가지 정책을 비교한다는 뜻을 담고 있다. 이 편은 기원전 178년 (문제 2년) 무렵에 쓰였다.

원문 天下有瑰政於此. 予民而民愈貧, 衣民而民愈寒, 使民樂而民愈苦, 使民知而民愈不知避縣網,37) 甚可瑰也. 今有瑋術於此. 奪民而民益富也, 不衣民而民益煖, 苦民而民益樂, 使民愈愚而民愈不罹縣網. 陛下無意少聽其數乎?

옮김譯 여기에 천하를 다스리는 기괴한 정치가 있습니다. 백성들에게 나눠주는데도 백성들은 더욱 가난해지고, 백성들을 입혀주는데도 백성들은 더욱 추위에 떨고, 백성들을 즐겁게 해주는데도 백성들은 더욱 괴로워하며, 백성들에게 알려주는데도 백성들은 더욱 법을 피할 줄을 모르니,38) 정말 기괴한 일입니다. 여기에 천하를 다스리는 좋은 방책이 있습니다. 백성들에게서 앗아가도 백성들은 더욱 부유해지고 백성들을 입혀주지 않아도 백성들은 더욱 따뜻해지며, 백성들을 괴롭게

---

37) 縣網 : 걸려있는 망이라는 뜻으로, 법망을 비유하여 말한 것이다.
38) 어떻게 해야 법을 위반하지 않는 것인지를 알지 못한다는 뜻이다.

해도 백성들은 더 즐거워하며, 백성들을 어리석게 만들어도 백성들은 더욱 법에 저촉되지 않습니다. 폐하께서는 잠시 그 방책을 들어 보실 생각은 없으신지요?

원문 夫雕文刻鏤周用之物繁多, 纖微苦窳之器日變而起, 民棄完堅而務雕鏤纖巧, 以相競高. 作之宜一日, 今十日不輕能成. 用一歲, 今半歲而弊. 作之費日挾巧, 用之易弊. 不耕而多食農人之食, 是天下之所以困貧而不足也. 故以末39)予民, 民大貧; 以本40)予民, 民大富.

옮김譯 일용품마다 복잡하게 무늬를 아로새기고 정교하게 만든 기물들이 날마다 생겨나니, 백성들은 튼튼한 것을 버리고 교묘하게 장식하는 일에만 힘써 서로 경쟁하고 있습니다. 하루면 만들던 것이 지금에 와서는 열흘이 걸려도 쉽게 만들 수 없지만, 1년은 쓸 수 있던 것이 지금은 반년이면 부서지고 맙니다. 시일을 들여 정교하게 만들었어도 써보면 쉽게 망가지고 맙니다. 또 농사를 짓지 않는 많은 사람들이 농민들이 생산해낸 식량을 축내고 있으니, 이것이 바로 천하가 궁핍한 까닭입니다. 그러므로 백성들에게 말단적인 일을 하게 하면41) 백성들이 크게 빈곤해지지만, 백성들에게 근본적인 일을 하게 하면42) 백성들은 크게 부유해지는 것입니다.

---

39) 末 : 여기에서는 商工業을 가리킨다.
40) 本 : 농업을 가리킨다. 『漢書』「文帝紀」. "백성을 인도하는 길은 농업에 힘쓰게 하는 데에 있다[道民之路, 在于務本]."
41) 이 구절은 백성들로 하여금 공업이나 상업에 종사하게 한다는 뜻이다.
42) 이 구절은 백성들로 하여금 농업에 종사하게 한다는 뜻이다.

원문 黼黻文繡纂組害女工. 且夫百人作之, 不能衣一人, 方且萬里不輕能具天下之力,[43] 勢安得不寒? 世以俗侈相耀, 人慕其所不如, 悚迫於俗, 願其所未至, 以相競高, 而上非有制度也. 今雖刑餘[44]鬻妾下賤, 衣服得過諸侯·擬天子. 是使天下公得冒主[45]而夫人務侈也. 冒主務侈, 則天下寒而衣服不足矣. 故以文繡衣民而民愈寒; 以襦民, 民必煖而有餘布帛之饒矣.

아름답게 장식된 수를 짜느라 여자들이 공을 들입니다. 백 사람이 만들어도 한사람을 입힐 수가 없으며, 또 천하의 백성들이 힘을 써 봐도 필요한 물품을 갖추기가 쉽지 않으니, 이런 형세에 어떻게 백성들이 추위에 떨지 않을 수 있겠습니까? 세상은 세속적인 사치를 서로 뽐내니 사람들은 자신이 남보다 못한 것을 부러워하고 유행을 쫓으며, 자기가 아직 얻지 못한 것을 바라면서 서로 경쟁하고 있으나, 나라에서는 이에 대응하는 제도가 없습니다. 오늘날 체형을 당한 자나 몸을 파는 계집종들은 미천한 계층임에도 불구하고, 입는 옷은 오히려 제후를 능가해서 천자와 맞먹습니다. 이는 천하에 공공연하게 군주를 범하게 하는 것이며, 사람들로 하여금 사치에 힘쓰도록 시키는 결과가 됩니다. 군주를 범하고 사치에 힘쓰게 되면 천하가 추위에 떨며 옷이 모자라게 되는 것입니다. 그러므로 수놓은 옷을 백성들에 입힐수록 백성들은 더욱 추위에 떨지만, 백성들에게서 (수놓은) 옷을 못 입게 하면 백성들은 반드시 따뜻하게 입으며, 무명이나 비단을 넉넉히 쓰고도 남게 될 것입니다.

---

43) 劉師培는 '方且萬里天下之力不輕能具'로 고쳐야 한다고 보았다. 『賈誼新書譯注』, 74면 참조.
44) 刑餘 : 신체의 형벌을 받은 사람. 鬻妾 : 몸을 파는 여자 노비.
45) 冒主 : 군주를 범하다.

夫奇巧末技·商販游食之民, 形佚樂而心縣愁, 志苟得而行
淫侈, 則用不足而蓄積少矣. 卽遇凶旱, 必先困窮迫身, 則苦
飢甚焉. 今敺民而歸之農, 皆著於本, 則天下各食於力. 末技·游食
之民轉而緣南畝, 則民安性勸業而無縣愁之心, 無苟得之志, 行恭儉
蓄積而人樂其所矣. 故曰: "苦民而民益樂也."

이상한 기교나 말단적인 기술 혹은 물건 파는 장사로[46] 떠돌
아다니며 먹고 사는 백성들을 보면 육신은 편하고 즐거운 듯
하지만 방탕한 마음을 품고 있어서, 구차스런 그들의 생각대로 방탕한
사치를 하게 된다면 재화는 모자라고 비축물자는 줄어들게 될 것입니
다. 만일 흉년이나 가뭄을 당하게 되면 바로 곤궁하게 되어 심각하게
헐벗고 굶주리게 될 것입니다. 이제 이들 백성들을 농사짓는데 돌아가
도록 해서 모두 근본에[47] 발을 붙이도록 한다면, 천하의 모든 사람이
제 힘으로 먹고 살 것입니다. 말단적인 기교나 부리면서 놀고먹던 백성
들이 앞산의 밭을 일구는 데로 돌아가게 되면, 백성들이 타고난 본성대
로 편안히 살면서 열심히 일하고 방탕한 마음이 없어지고, 구차스런 생
각이 없어져서 공손하고 검약하면서 재화를 비축하게 될 것이니, 사람
들이 각자 사는 곳을 즐거워할 것입니다. 그러므로 "백성을 괴롭게 해
도 백성들은 더욱 즐거워한다"고 했던 것입니다.

世淫侈矣, 飾知巧以相詐利者爲知士, 敢犯法禁昧大奸者爲
識理. 故邪人務而日起, 奸詐繁而不可止, 罪人積下衆多而
無時已. 君臣相冒, 上下無辨, 此生於無制度也. 今去淫侈之俗, 行節
儉之術, 使車輿有度, 衣服器械各有制數. 制數已定, 故君臣絶尤, 而

---

46) 이는 실용적인 가치가 없는 말단적인 상공업 종사자들을 말한다.
47) 농업을 가리킨다.

上下分明矣. 擅退則讓,[48] 上僭者誅. 故淫侈不得生, 知巧詐謀無爲起, 奸邪盜賊自爲止, 則民離罪遠矣. 知巧詐謀不起, 所謂愚. 故曰 "使民愚而民愈不罹縣網"

옮김譯 세상이 음탕하고 사치스럽게 되어 교묘한 속임수로 이익을 얻는 자를 지혜로운 사람이라 하고, 함부로 법을 어기고 커다란 간악함을 숨기는 자를 (오히려) 이치를 깨달은 사람이라고 여기게 되었습니다. 그러므로 사악한 인간들이 날마다 생겨나고 간교한 속임수들이 불어나도 막을 수가 없으니, 죄인이 아래에 숱하게 쌓여가서 멈출 때가 없습니다. 임금과 신하가 서로 범하고 상하의 구별이 없어지는 것은 제도가 없기 때문에 생기는 것입니다. 이제 사치스런 풍속을 없애고 절약하고 검소하게 살도록 하는 정책을 써서, 타고 다니는 수레에 제한을 두며 의복이나 기물에도 제각기 규정을 정해야 합니다. 제한 규정이 정해지면 임금과 신하의 사이가 현격하게 차이나고, 상하의 구분이 확실해질 것입니다. (이 제반 규정에서) 마음대로 낮춰도 문책을 하고, 자신의 등급을 넘어도 징벌해야 합니다. 이와 같이 하면 사치가 생겨날 리 없고, 지능적인 속임수가 일어나지 않으며 간악한 도적들도 저절로 그치게 되리니, 백성들은 죄에서 멀어질 것입니다. 지능적인 속임수가 생겨나지 않는 것을 이른바 '어리석다'고 하는 것입니다. 그러므로 "백성을 어리석게 만들어도 백성들은 도리어 법망에 걸리지 않는다"고 했던 것입니다.

---

48) 讓 : 책망하다, 꾸짖다.

비첩의 자식[孽産子]

이 편은 사치풍속이 초래하는 폐해를 지적하는 한편, 이에 대한 아무런 대책이 없음을 비판하고 있다. 기원전 173년 전후로 지어졌다. 『한서』 「가의전」 '치안책'에 거의 전문이 수록되어 있다.

원문 民賣産子,[49] 得爲之繡衣·編經履·偏諸緣,[50] 入之閑中,[51] 是古者天子后之服也. 后之所以廟而不以燕也, 而衆庶得以衣孽妾. 白縠之表, 薄紈之裏, 緁以偏諸, 美者黼繡,[52] 是古者天子之服也. 今富人大賈召客者得以被牆. 古者以天下奉一帝一后而節適, 今富人大賈屋壁得爲帝服, 賈婦優倡下賤産子得爲后飾, 然而天下不屈者, 殆未有也. 且帝之身, 自衣皁綈, 而靡賈侈貴, 牆得被繡, 后以緣其領, 孽妾以緣其履. 此臣之所謂踦也.

옮김譯 백성들이 비첩을 팔 때 아름답게 수놓은 옷과 꽃신·화려하게 꾸민 깃을 입혀 노비를 사고파는 나무 우리 안에 넣어놓는데, 이는 옛날 황후들이 입던 옷입니다. 황후도 종묘제사를 드릴 때나 입었지 평상시에는 입지 않았던 옷인데, 지금 서민들은 그들의 천첩에게 입히고 있습니다. 흰 망사를 겉의 천으로 하고 엷은 비단으로 속을 대서, 가장자리에 꽃무늬를 두르고 아름답게 도끼무늬를 수놓은 의복은 옛날 천자들이 입던 옷이었습니다. 그런데 요즈음 부자나 큰 장사치들은 손

---

49) 産子: 『한서』 「가의전」에는 '僮子'로 되어 있다. 劉師培에 의하면 漢代에는 婢妾을 '僮'이라고도 불렀다고 한다. 여기서는 劉師培를 따라 비첩이라고 해석했다. 아래에서 말하는 천첩(孽妾)과도 같다. 『新書校注』, 108면 참조.
50) 偏諸緣: 옷과 신발을 장식하기 위해 가장자리에 대는 무늬 있는 테두리.
51) 閑中: 노비들을 사고파는 장소로, 사방을 난간으로 에워쌌다.
52) 黼黻: 흰 실과 검은 실로 도끼 모양의 무늬를 수놓은 옛날 예복.

님을 청하게 되면 이를 벽에 장식으로 걸어 놓습니다. 옛날에는 천하가 황제 한 사람과 황후 한 사람을 봉양하고 또 적절하게 법도를 지켰으나, 이제는 부자나 큰 장사치네 벽에 황제의 옷이 걸리고, 장사치의 부인 및 배우나 비첩들까지 황후의 복식을 하게 되었으니, 그러고도 천하의 재력이 고갈되지 않을 수는 없을 것입니다. 황제 자신은 검고 거친 비단 옷을 입으나, 사치스러운 장사치나 부자들의 벽장에는 수놓은 옷이 널리고, 황후는 다만 동정 깃에나 수실을 두르지만, 천첩들은 신발에까지 수실을 두릅니다. 이것이 (바로) 신이 '어긋났다'고 말하는 것입니다.

원문 且試觀事理. 夫百人作之, 不能衣一人也, 欲天下之無寒, 胡可得也? 一人耕之, 十人聚而食之, 欲天下之無飢, 胡可得也? 飢寒切於民之肌膚, 欲其無爲奸邪盜賊, 不可得也. 國已素屈53) 矣, 奸邪盜賊特須時爾, 歲適不爲,54) 如雲而起耳. 若夫不爲見室 滿,55) 胡可勝撫也? 夫錞此56)而有安上者, 殆未有也.

옮김譯 한번 사물의 이치를 살펴보기 바랍니다. 백 사람이 만들어도 오히려 한 사람을 입히기가 부족하니, 이러고도 천하에 추위에 떠는 사람이 없기를 바란다면 되겠습니까? 한 사람이 농사를 짓는데 열 사람이 모여들어 먹어대니, 이러고도 천하에 굶주리는 사람이 없기를 바란다면 어떻게 되겠습니까? 굶주림과 추위가 백성들의 피부에까지 닥쳐있는데, 그런 상태에서 그들이 악한 짓을 하지 않고 도둑질을 하지 않기를 바래보았자 될 수 없는 일입니다. 국력이 이미 바닥나 버렸고

---

53) 素屈 : 완전히 고갈되다.
54) 不爲 : 흉년이 들어 수확이 이뤄지지 않았다는 뜻이다.
55) 이 구절은 뜻은 명확히 통하지 않는데, 잘못이 있는 것 같다. 여기에서는 『新書全譯』 의 해석을 따랐다. 129면 참조.
56) 錞此 : 이런 정도에 이르다. 『賈誼新書譯注』, 88면.

간신과 도둑들은 때만 기다리고 있을 뿐이니, 만약 한해의 수확이 제대로 되지 않으면[57] 이들은 구름처럼 들고 일어날 것입니다. 만약 흉년이 들어 굶주리게 된다면 감옥마다 죄인들로 가득함을 보게 되리니, 장차 이를 어떻게 구휼할 수 있겠습니까? 이런 지경에 이르렀는데도 임금이 평안한 경우는 없었습니다.

<원문> 今也平居[58]則無芘施, 不敬而素寬, 有故必困. 然而獻計者類[59]曰: "無動[60]爲大"耳. 夫無動而可以振[61]天下之敗者, 何等也?[62] 曰: "爲大治, 可也; 若爲大亂, 豈若其小." 悲夫! 俗至不敬也, 至無等也,[63] 至冒其上也, 進計者猶曰 "無爲." 可爲長大息者此也.

<옮김譯> 이제 평소에 위아래가 귀천의 차등이 없고, 또 불경스런 일을 해도 본래 관대했으니, 만약 무슨 일이 생기면 반드시 곤란을 겪게 될 것입니다. 사정이 이런데도 계책을 아뢴다는 이들은 모두 "움직이지 않는 것이 상책입니다"라고 말합니다. 아무런 행동도 취하지 않고서 쇠퇴한 천하를 구한다는 것은 무슨 말입니까? (그들은 말하기를) "크게 다스려지면 괜찮겠지만 만약 크게 어지러워지면 그 어찌 작은 것만[64] 같겠습니까"라고 합니다. 비통합니다! 풍속이 불경스럽게 되었고

---

57) 이 구절은 흉년이 든다는 뜻이다.
58) 平居: 평상시. 芘施: 가지런하지 못한 모습. '無芘施'는 위아래가 귀하고 천한 차등이 없다는 뜻이다. 『新書全譯』(130면) 및 『新書校注』(110면) 참조.
59) 類: 전부, 모두.
60) 無動: 조용히 아무런 행동도 취하지 않음을 말한다.
61) 振: '救(구하다, 돕다)'의 뜻이다. 『賈誼集校注』, 107면.
62) 盧本에는 '曰: 爲大治, 可也; 若爲大亂, 豈若其小' 구절이 빠져있다. 陶鴻慶은 빠진 글자가 있다고 보았다. 『新書校注』, 110면 참조.
63) 無等: 상하 존비의 구별이 없음을 말한다.
64) '작은 것'이란 분수를 넘어 사치하고, 참람되이 등급을 넘어서 호사를 부리는 것과 같은 문제에 대해 말한 것이다.

상하 존비의 등급이 없어졌으며, 심지어는 임금을 범하기에 이르렀는데
도 계책을 아뢰는 자는 오히려 "무위(無爲)하십시요"라고 합니다. 긴 한
숨이 나오는 일이 바로 이것입니다.

【 구리 유포의 폐단[銅布] 】

해제 이 편에서는 구리가 민간에 유포되고 민간에서 동전주조가 만
연되면서 일어난 폐해를 지적하고, 이를 금지하고 국가가 주관
해야 사회경제적 이익과 국가질서의 안정을 가져올 수 있다고 주장하
였다. 기원전 175년(문제 5년)에 쓰였다. 『한서』「식화지(食貨志)」에 일부
가 수록되어 있다.

원문 銅布於下, 爲天下菑, 何以言之? 銅布於下, 則民鑄錢者, 大
抵必雜以鉛鐵焉, 黥罪日繁, 此一禍也. 銅布於下, 僞錢無止,
錢用不信, 民愈相疑, 此二禍也. 銅布於下, 采銅者棄其田疇,[65] 家鑄
者損其農事, 穀不爲則鄰於飢, 此三禍也. 故不禁鑄錢, 則錢常亂, 黥
罪日積, 是陷阱也. 且農事不爲, 有[66]疑爲菑, 故民鑄錢不可不禁. 上
禁鑄錢, 必以死罪. 鑄錢者禁, 則錢必還重; 錢重則盜鑄錢者起, 則死
罪又復積矣, 銅使之然也. 故銅布於下, 其禍博矣.

---

65) 田疇: 농경지를 말한다.
66) 有: '又(또)'와 같다.

옮김譯 구리가 민간에 유포되면 천하의 재앙이 되니, 무엇 때문에 이렇게 말하는가? 구리가 민간에 유포되면 백성들 가운데 돈을 주조하는 이들이 반드시 납과 철을 섞게 되어, 묵형(墨刑)을 당하는 이가 날로 늘어날 것이니 이것이 첫째 재앙이다. 구리가 민간에 유포되면 동전의 위조가 그치지 않아서 쓰이는 돈을 믿지 못하게 되고 백성들이 더욱 서로 의심하게 되니 이것이 둘째 재앙이다. 구리가 민간에 유포되면 구리를 채굴하는 이가 농토를 버리게 되고, 집에서 돈을 주조하는 이는 그 농사짓는 일을 덜하게 되어 곡식을 수확할 수 없어 곧 굶주리게 될 것이니, 이것이 셋째 재앙이다. 그러므로 돈을 주조하는 것을 금하지 않으면, 돈은 항상 문란해지고 묵형을 받는 사람은 날로 늘어나게 되니, 이는 결국 사람을 빠뜨리는 함정이 된다. 또 농사를 짓지 않으면 새로운 재앙이 생겨날 것이므로, 백성들이 돈을 만드는 것을 금하지 않을 수가 없다. 위에서 주전을 금하는 데에 있어서는 반드시 죽을죄로 다스려야 한다. 주전이 금지되면 돈은 다시 귀해질 것이고, 돈이 귀해지면 몰래 숨어서 돈을 주조하는 이가 생길 것이며, 그러면 죽을 자가 또 늘어날 것인데, 이는 (민간에 유포된) 구리가 만든 결과이다. 그러므로 구리가 민간에 유포되면 그 재앙이 매우 크다는 것이다.

원문 今博禍可除, 七福可致. 何謂七福? 上收銅, 勿令布下, 則民不鑄錢, 黥罪不積, 一. 銅不布下, 則僞錢不繁, 民不相疑, 二. 銅不布下, 不得采銅, 不得鑄錢, 則民反[67]耕田矣, 三. 銅不布下, 畢歸於上, 上挾銅積, 以御輕重.[68] 錢輕則以術斂[69]之, 錢重則以術散之. 則錢必治, 貨物必平矣, 四. 挾銅之積以鑄兵器, 以假貴臣, 小大多少, 各有制度, 以別貴賤, 以差[70]上下, 則等級明矣, 五. 挾銅之

---

67) 反 : 되돌아가다.
68) 輕重 : 화폐가치가 내리고 오르는 것을 말한다.
69) 斂 : 화폐를 회수하다.

積, 以臨71)萬貨, 以調盈虛, 以收畸羨,72) 則官必富而末民73)困矣, 六.
挾銅之積, 制吾棄財, 以與匈奴逐爭其民, 則敵必壞矣. 此謂之七福.

故善爲74)天下者, 因禍而爲福, 轉敗而爲功. 今顧75)退七福而行博禍,
可爲長大息者, 此其一也.

[옮김譯] 이제 커다란 화를 제거하고 일곱 가지 복을 이룰 수가 있다.
무엇을 일곱 가지 복이라 하는가? 위에서 구리를 거둬들이고
민간에 유포시키지 않으면, 백성들이 돈을 주조하지 않아 묵형을 받는
자가 적어질 것이니, 이것이 첫 번째 복이다. 구리가 민간에 유포되지
않으면 위조 동전이 많아지지 않아서 백성들이 쓰이는 돈에 대해 서로
의심하지 않으니, 이것이 두 번째 복이다. 구리가 민간에 유포되지 않으
면 구리를 채굴할 수 없고 돈을 주조할 수 없게 되어 백성들이 다시 돌
아와 밭을 갈게 되니, 이것이 세 번째 복이다. 구리가 민간에 유포되지
않으면 구리가 모두 나라에 돌아오게 되니, 나라에서 축척된 구리를 가
지고 (동전 가치의) 경중을 조절할 수 있다. 돈의 가치가 떨어지면 정책
적으로 거둬들이고, 돈의 가치가 올라가면 정책적으로 유통을 시킨다.
돈은 반드시 조절되고 재화는 반드시 평형을 찾게 될 것이니, 네 번째
복이다. 나라에 축적된 구리를 가지고 병기를 만들어 고위직 신하들에
게 주는데, 크고 적음과 많고 적음을 각각 제도로 규정하여 귀천을 구
별하고 상하의 차이를 두게 되면 등급이 분명해질 것이니, 이것이 다섯
번째 복이다. 축적된 구리를 가지고 각종 물품을 관리하고 수요 공급을
조절하여 잉여분을 거둬들이면, 관청은 반드시 풍족하게 되고 말단 계

---

70) 差 : 구별하다, 등급을 나누다.
71) 臨 : 제어하다, 관리하다(『說文』. "臨, 監也"). 『新書校注』, 112면.
72) 畸羨 : 잉여, 나머지.
73) 末民 : 상공업자 및 그 遊民을 가리킨다.
74) 爲 : 다스리다, 통치하다.
75) 顧 : 도리어, 반대로(『한서』顔師古注. "顧, 亦反也").

층의 상공업자들은 곤궁하게 될 것이니, 이것이 여섯 번째 복이다. 축적된 구리를 가지고, 방치됐던 재물을 정돈해서 흉노의 백성을 빼앗아오면 적이 반드시 무너지리니, 이것을 일러 일곱 번째 복이라고 한다.

그러므로 천하를 잘 다스리는 이는 화를 가지고 복으로 만들며, 실패를 돌이켜 성공으로 만든다. 그런데 지금은 반대로 일곱 가지 복을 물리치고 그 큰 화를 저지르고 있으니, 이는 참으로 장탄식이 나오는 일 중의 하나이다.

█ 하나로 통하게 함[壹通] ▌

해제 이 편에서는 관문을 세워 주변의 제후국을 경계하는 대립적 정책을 비판하고 있다. 대신에 각 나라의 한계를 없애고 천하를 하나로 삼아 문물의 소통을 원활히 하면서 통치자의 지위를 강화시킬 것을 주장하였다. 이 편은 「오미(五美)」·「제부정(制不定)」보다 조금 늦은 시기에 쓰였다.

원문 所謂建武關·函谷·臨晉關者, 大抵爲備山東諸侯也. 天下[76]之制在陛下, 今大諸侯[77]多其力, 因建關而備之, 若秦時之備六國[78]也. 豈若定地勢使無可備之患, 因行兼愛無私之道, 罷關一通, 示[79]天下無以區區獨有關中者? 所爲禁游宦[80]諸侯及無得

---

76) 天下 : '天子'로 되어 있으나 문맥상 '天下'로 고쳤다.
77) 大諸侯 : 봉지가 넓고 세력이 큰 제후.
78) 六國 : 『신서』 「過秦 上」 주 참조.
79) 示 : 원래 없던 것이나, 『賈子新書斠補』에 따라 보충하였다. 『賈誼新書譯注』, 93면

出馬關者, 豈不曰諸侯得衆則權益重, 其國衆車騎則力益多. 故明爲
之法, 無資81)諸侯.

於臣之計, 疏山東, 孼諸侯,82) 不令似一家者, 其83)精於此矣. 豈若
一定地制, 令諸侯之民, 人騎二馬不足以爲患, 益以萬夫不足以爲害.
今不定大理, 數起禁, 不服人心, 害兼覆84)之義, 不便.

옮김 譯 이른바 무관(武關)·함곡(函谷)·임진(臨晉)85)의 관문을 세우는
목적은 대개가 산동지역86) 제후들의 침략에 대비하기 위한 것
입니다. 천하를 제어하는 것은 폐하 한사람에게 달려 있는데, 이제 제후
국의 힘을 강성하게 해놓고서는 다시 관문을 세워 이들에 대비하려 하
니, 이는 마치 진나라가 당시 여섯 나라에 대비하던 방식과 같습니다.
(이렇게 하는 것이) 어찌 지세를 확정지어 대비해야 할 근심거리를 없애
고 사사로움없이 두루 사랑하는 도를 펼치며, 관문을 없애고 (각 지역이
막힘없이) 하나로 통하게 해서, 온 천하에 (황제가) 구차스럽게 관중(關
中)87)지역만을 차지하고 있지 않음을 보이는 것만 하겠습니까? (관중사
람들이) 외지의 제후국에 나가서 벼슬하는 것을 막고, 말이 관문 밖으로
나가지 못하게 하는 이유는 제후가 민중들을 많이 얻으면 권세가 더욱

참조.
80) 游宦 : 外地에 나가 벼슬하는 것을 말한다.
81) 資 : 돕다.
82) 孼諸侯 : 제후들로 하여금 서로 의심하게 만드는 것을 말한다.
83) 其 : '莫'의 잘못이다. 精 : 심하다. 『新書校注』, 115면 참조. 『新書全譯』에서는 潭本
   에 의거해 '積'으로 고치고, '누적된 효과가 이렇습니다'라고 해석했다. 『新書全譯』,
   137면.
84) 兼覆 : 하늘이 만물을 차별없이 두루 감싸 덮는 것을 말한다. 여기에서는 군주가 신
   하와 백성들에게 널리 은혜를 베푸는 것을 비유한다.
85) 武關 : 關 이름으로, 지금의 陝西省 丹鳳縣 동남쪽 丹江 위에 있다. 函谷 : 관 이름.
   자세한 내용은 『신서』 「過秦 上」 주 참조. 臨晉은 蒲關이라고도 하는데, 陝西省 朝邑
   縣 동쪽에 있다.
86) 山東 : 『신서』 「過秦 上」 주 참조.
87) 關中 : 『신서』 「過秦 上」 주 참조.

커지고, 그 나라의 수레와 말이 많아져 역량이 더욱 강해지기 때문입니
다. 그래서 이를 법으로 금하여 제후들을 돕지 못하게 했던 것입니다.

(그러나) 신의 생각으로는 산동의 여러 제후들을 떼어 놓고 그들로
하여금 서로 의심하게 하여 한집안처럼 (친하게) 지내지 않도록 하는 것
이 이보다 심한 것은 없습니다. 만약 제후의 지역을 엄격히 정해놓으면,
제후의 백성들이 사람마다 말 두 마리를 타고 다닌다 해서 걱정거리가
되지 못하고, 장정 만 명이 더 늘었다 해서 해가 될 것이 없을 것입니
다. 이제 이러한 큰 도리는[88] 정해 놓지 않고 자꾸 금지령만 내린다면
인심을 굴복시키지 못할 것이며, 천하를 골고루 보살펴주는 의리를 해
치는 것이니 타당하지 않습니다.

원문　天子都長安, 而以淮南東南邊爲奉地,[89] 彌道數千, 不輕致
輸. 郡或乃越諸侯而有免侯之地,[90] 於遠方調均[91]發徵, 又
且必同. 大國包小國爲境, 小國闊[92]大國而爲都, 小大駁躒,[93] 遠近
無衰. 天子諸侯封畔之無經[94]也, 至無狀也. 以藩[95]國資彊敵, 以列
侯餌簒夫,[96] 至不得也. 陛下奈何久不正此?

---

88) 여기서는 '地制'를 가리킨다.
89) 奉地 : 황실에 직속된 영지. 봉지는 황실에 세금을 내고 군사와 부역을 동원할 의무
　　가 있다.
90) 免候之地 : 나라에 封侯를 폐하고 회수한 지역을 말한다.
91) 調均은 균등하게 조절하는 것을 말한다.
92) 闊 : 이에 관해서는 여러 의견이 있다. 盧文弨은 '廓'이라 보았으나, 劉師倍는 '遠'
　　이라 보았다. 이에 관해서는 『新書校注』(116면) 및 『新書全釋』(139면) 참조
93) 駁躒 : '駁犖(얼룩소)'와 같다. 본래는 소의 털 색깔이 여러 가지인 것을 가리키나, 여
　　기서는 어지러이 섞여있어 가지런하지 않은 것을 비유한다. 『新書校注』(116면) 및 『賈
　　誼集校注』(114면) 참조.
94) 經 : 표준, 원칙.
95) 藩 : 울타리. 옛날에는 제후들이 울타리처럼 황실을 둘러싸고 있어서 제후들을 藩臣
　　이라 불렀다. 藩國은 제후국을 말한다. 『漢語大詞典』 9권 553면.
96) 簒夫 : 임금을 죽이고 나라를 찬탈하는 자.

옮김譯 천자가 장안에 도읍을 정했는데, 멀리 떨어진 회남(淮南97)의 동남쪽 지방을 황실의 영지로 삼으면 두 지역의 거리가 수 천리나 되어서 공물을 보내기가 쉽지 않습니다. 또 어떤 군은 제후국의 분수를 지나쳐서 파면된 제후국의 토지를 차지하니, 지역이 먼 곳에 있는 경우에도 물자를 징발하고 인력을 동원하는 것을 조절하여 세금과 부역의 징수를 똑같이 해야 합니다. 어떤 큰 나라는 (너무 커서) 작은 나라의 도읍을 경내에 포함하고, 어떤 작은 나라는 (너무 작아서) 큰 나라의 외곽에 도읍을 세우니, 대소가 한데 어지러이 섞여서 친소의 차례가 없습니다.98) 천자의 영토와 제후에게 봉해주는 봉지에 원칙이 없어서 모양이 엉망진창이 되었습니다. (이렇게 되면) 제후국을 강대한 적에게99) 보태어 준다거나, 여러 제후들을 정권의 찬탈자에게 먹이로 주게 되니, 이는 결코 있어서는 안 되는 일입니다. 폐하께서는 무엇 때문에 오래도록 이런 상황을 바로잡지 않으십니까?

▌ 멀리 떨어진 속현[屬遠] ▐

해제 이 편은 황실의 직할에 속한 군현들이 너무 멀리 있어서 물자를 수송하고 인력을 동원하는데 불편하여, 행정적으로 그 기능을 유지하기가 어려움을 언급했다. 그 뿐만 아니라 이는 백성들에게 지나친 부담이 되어 마침내는 황실로부터 이탈하려 한다는 것을 지적하고 이에 대한 시정을 건의하고 있다. 이 편은 가의가 양회왕 태부로 있

---

97) 淮南: 지금의 安徽城 淮南郡 일대.
98) 이 부분의 번역은 『賈誼集校注』, 114면을 참조하였다.
99) 여기서는 배반하는 제후국을 가리킨다.

던 기원전 172년~기원전 169년 사이에 쓰였다.

원문 古者天子地方千里, 中之而爲都, 輸將繇使, 其遠者不在[100] 五百里而至. 公侯[101]地百里, 中之而爲都, 輸將繇使, 遠者 不在五十里而至. 輸將者不苦其勞, 繇使者不傷其費. 故遠方人安其 居, 士民皆有驩樂其上, 此天下之所以長久也.

옮김譯 옛날 천자의 영토는 사방 천리인데 그 중심에다 도읍을 정하 였고, 공물을 수송하거나 부역을 동원하는 데에 있어 먼 경우 에도 오 백리를 벗어나지 않는 범위 내에서 이를 수 있었습니다. 제후 는 영토가 사방 백리인데 그 중심에다 도읍을 정하였고, 공물의 수송이 나 부역의 동원은 멀어도 오십 리를 벗어나지 않는 범위 내에서 닿을 수 있었습니다. 그래서 공물을 수송하는 자들도 그렇게 고생하지 않았 고, 부역에 동원된 자들도 그 비용을 허비하지 않았습니다. 그러므로 먼 곳 사람들도 자기 사는 곳에 편안했고 백성들은 모두 그 임금을 기쁘게 받들었으니, 이것이 천하가 오래 유지되어 온 까닭입니다.

원문 及秦而不然. 秦不能分尺寸之地, 欲盡自有之耳. 輸將起海 上而來, 一錢之賦耳, 十錢之費弗輕能致也. 上之所得者甚 少, 而民毒苦之甚深. 故陳勝一動而天下不振.

옮김譯 진나라에 이르자 그렇지가 않았습니다. 진나라는 한 자 한 치 의 땅도 나눠주지 않고 온통 저 혼자 차지하려 하였습니다. 공

---

100) 盧文弨는 '在'字가 '出'字의 잘못이라고 보았다. 문맥상 여기에서도 '出'의 뜻으로 해석했다. 『新書全譯』, 141면.
101) 公侯 : 봉지가 비교적 넓은 제후.

물이 바닷가 끝에서 오는데, 겨우 1전어치의 세금에 10전의 비용이 들어도 보내오기가 쉽지 않았습니다. 나라에서 얻는 것은 아주 적지만, 백성들의 괴로움은 매우 심하였습니다. 그러므로 진승이 한번 봉기하자[102] 진나라의 천하는 다시 일어설 수 없었습니다.

원문 今漢越兩諸侯[103]之中分, 而乃以廬江之爲奉地, 雖秦之遠邊, 過此不遠矣. 令此不輸將·不奉主, 非奉地義也,[104] 尙安用此而久縣其心哉? 若令此如奉地之義, 是復秦之跡也, 竊以爲不便. 夫淮南[105]窳民貧鄕也, 緣使長安者, 自悉以補. 行中道而衣·行勝[106]已羸弊矣, 彊提荷弊衣而至. 慮[107]非假貸自詣, 非有以所聞也. 履蹻不數易不足以至, 錢用之費稱此, 苦甚. 竊以所聞, 縣令丞相歸休[108]者, 慮非甚彊也, 不見得從者. 夫行數千里, 絶諸侯之地, 而縣屬漢, 其勢終不可久. 漢[109]往者, 家號泣而送之, 其來緣使者, 家號泣而遣之, 俱不相欲也. 甚苦屬漢而欲王, 類[110]至甚也; 逋逃而歸諸侯者, 類不少矣. 陛下不如蚤定, 毋以資奸人.

---

102) 陳勝이 기원전 209년 大澤鄕에서 봉기한 일을 말한다. 당시 각지의 백성들이 진나라의 관리를 죽이고 일제히 호응하였다. 『신서』「過秦 上」 본문과 주에 자세히 나와 있다.

103) 兩諸侯 : 梁과 淮陽을 말한다.

104) 奉地 : 황실에 직속된 영지. 『신서』「壹通」편 주 참조

105) 淮南 : 원래는 漢의 제후국으로, 그 封地는 지금의 安徽城 남부에 있다. 여기서는 廬江郡이 있는 지방을 가리킨다.

106) 行勝 : 盧文弨는 行縢(바지나 고의를 입을 때 정강이에 꿰어 무릎 아래에 매는 물건)의 잘못이라고 보았다. 여기에서는 盧說을 따랐으나, 『新書校注』에서는 行縢이 후대의 裹腿이므로 문맥상 맞지 않으며, 行縢의 잘못된 것으로 보인다고 하였다. 이에 관해서는 『新書全釋』(144면) 및 『新書校注』(118면) 참조

107) 慮 : 대개의 뜻이다.

108) 歸休 : 관리가 외지에 임명되었으나 부임하기 싫어서 현직을 그만두고 물러나 휴양 생활을 하는 것을 말한다. 때로는 소극적인 항명의 수단으로 쓰였다.

109) 漢 : 한의 수도인 장안을 말한다.

110) 類 : 대개, 대략의 뜻이다.

옮김譯 오늘날 한 황실은 양(梁)과 회양(淮陽) 두 제후국을 중간에 가로질러서 노강군(盧江郡)[111]을 영지로 삼고 있으니, 진나라의 먼 변경이라 해도 이 보다 멀지는 않았습니다. 만일 여기에서 공물을 보내오지 않거나 군주를 받들지 않는다면, 그것은 영지로서의 의무를 다하지 않는 것인데, 어찌 이렇게 하고서야 그 마음을 오래 묶어둘 수 있겠습니까? 만약 그곳으로 하여금 영지의 의무를 다 하라고 명한다면, 그것은 또 다시 진나라의 전철을 밟는 것이니, 저는 불편하다고 생각합니다. 회남은 주민들이 빈곤한 고장으로, 장안까지 부역에 동원되어오는 사람들은 그 비용을 모두 자기가 부담해야 합니다. 오는 도중에 의복과 행전(行纏)은 다 헤져 버리고, 낡아서 누더기가 된 옷을 억지로 걸치고 도착하게 됩니다. 다른 사람에게 비용을 빌려서 오지 않은 경우를 저는 들은 적이 없습니다. 신발도 여러 차례 갈아 신지 않고서는 도착할 수가 없고, 이에 따라 비용이 들게 되니 그 괴로움이 아주 심합니다. 제가 듣기로 현령이나 승상이 이임하고 물러나는 경우에도, 강제로 시키지 않으면 따라갈 사람이 없다고 합니다. 그 길이 수 천리나 되고 제후의 봉지를 지나야 비로소 도달할 수 있는 군현이 한 황실에 속해 있으니, 그 형세로 보아 마침내 오래갈 수가 없습니다. 한의 수도인 장안에서 노강군으로 임명되어가는 자는 가족들이 울며 그를 전송하고, 노강군에서 장안으로 부역으로 동원되어오는 자도 집안에서 울면서 보내니, 이는 모두 서로 바라지 않는 것입니다. (노강군이) 한 황실에 속해 있는 것을 심히 괴로워해서 다른 제후왕에게 귀속되기를 바라는 마음이 누구나 간절하며, 도망쳐 다른 제후에게 귀화해 버리는 자들도 적지 않습니다. 폐하께서 빨리 정책을 정하여 간악한 자들을 돕지 않도록 하느니만 못합니다.

---

111) 盧江 : 한나라 때 설치한 郡의 이름으로, 지금의 安徽省 盧江縣 서쪽에 있다.

제후들의 위험성[親疎危亂]

해제 이 편의 내용은 제후들이 그 친소(親疎)를 막론하고 세력이 커지면 반드시 배반하게 되는 형세를 분석하고, 이에 대한 각성과 대처방안을 요구하고 있다. 편명에서 '친소(親疎)'는 동성제후와 이성제후들 가리킨다. 이 편이 쓰인 시기는 정확히 알 수는 없으나, 본문 중에 '회남('淮南) 여왕(厲王)'이란 시호가 나온 것으로 보아 기원전 174년 유장(劉長)이 죽은 후, 가의가 양회왕의 태부에 재임하던 시기로 추정된다. 거의 전문이 『한서』 「가의전」에 수록되어 있다.

원문 陛下有所不爲矣, 臣將不敢不畢陳事制. 假令天下如曩也, 淮陰侯尙王楚, 黥布王淮南, 彭越王梁, 韓信王韓, 張敖王趙, 貫高爲相, 盧綰王燕, 陳豨在代, 令六七諸公皆無恙, 案其國而居. 當是時, 陛下卽天子之位, 試能自安乎哉? 臣有以[112]知陛下之不能也. 天下殽亂, 高皇帝與諸侯倂肩而起, 非有側室[113]之勢以豫席[114]之也. 諸侯率幸者乃得爲中涓, 其次僅得爲舍人. 高皇帝南面[115]稱帝, 諸公皆爲臣, 材之不逮至遠也. 高皇帝五年卽天子之位, 割膏腴之地以王有功之臣. 多者百餘城, 少者乃三四十縣, 德至渥[116]也. 然其後十年[117]之間, 反者九起, 幾無天下者五六. 陛下之與諸公也, 非親角

---

112) 有以 : 이유나 근거가 있다는 뜻이다.
113) 側室 : 卿大夫의 庶子. 여기에서는 의지할 만한 親屬을 가리킨다.
114) 席 : 의지하다.
115) 南面 : 『신서』 「過秦」中 주 참조. 高皇帝 : 항우를 물리친 후 황제에 등극한 유방을 가리킨다. 이전에 유방은 진을 멸한 후 漢王으로 봉해졌는데, 이것이 한 元年이다. 그로부터 5년 후 유방은 垓下에서 여러 제후들과 함께 항우를 멸한 후 2월 甲午일에 황제의 자리에 올랐다.
116) 渥 : 두텁게, 혹은 널리의 뜻이다.
117) 十年 : 엄밀히 말하면 七年이 맞다. 앞서 漢 5년에 천자위에 즉위하였고, 漢 12년에

材而臣之也, 又非身封王之也. 自[118]高皇帝不能以是一歲爲安, 陛下
獨安能以是自安也?

폐하께서 하시지 않는 일이 있으니, 신하로서 일이 이뤄진 연
유에 대하여 모두 말씀드리지 않을 수 없습니다. 만약 천하의
형세가 종전과 같아서, 회음후(淮陰侯) 한신(韓信)이 여전히 초나라 왕이
고, 경포(鯨布)가 회남왕이며, 팽월(彭越)이 양나라 왕이고, 한신(韓信)[119]
이 한(韓)나라 왕이며, 장오(張敖)가 조나라 왕이며, 관고(貫高)가 조나라
재상이고, 노관(盧綰)이 연나라 왕이며, 진희(陳豨)가 대나라 승상으로 있
다면,[120] 그렇게 이 예닐곱의 제후들이 아무 탈없이 모두 각자의 나라
에 살고 있다고 하십시다. 이러한 때에 폐하께서 천자의 자리에 오른다
면 폐하께서는 스스로 평안할 수 있을까 헤아려 보십시오. 신하인 저는
폐하께서 그럴 수 없다는 것을 알고 있습니다. 천하가 어지러울 때 고
조 황제께서는 이들 제후들과 나란히 봉기함에 있어, 친족의 권세가 있
어서 미리 의지했던 것은 아니었습니다. 이들 제후들 가운데 신임을 얻
은 자는 (당시에) 중연(中涓)[121]이 될 수 있었고, 그 다음으로는 다만 사
인(舍人)[122]이 될 수 있었습니다. 고황제(高皇帝)께서 등극하여 황제라 일
컫자 여러 공들은 다 신하가 되었으니, 이는 그들의 재질이 고황제에게
크게 미치지 못했기 때문입니다. 고황제는 5년 만에 천자의 자리에 앉
았고, 기름진 땅들을 분할하여 공을 세운 신하들에게 나누어 주어 왕으

죽었으므로, 그 기간은 칠년이다.

118) 自: '雖'와 같다.

119) 韓信: 戰國시기 韓 襄王의 후손인 韓王信을 가리킨다. 『신서』 「藩强」 주 참조.

120) 淮陰侯·黥布·彭越·韓信·張敖·貫高·盧綰·陳豨: 이 들은 모두 모반을 일으
켰던 자들로서, 자세한 내용은 『신서』 「藩强」편 본문과 주에 나와 있다.

121) 中涓: 황제를 가까이에서 모시는 관원, 여기에서는 황제가 의지하는 大臣을 가리킨
다. 한 고조의 공신으로 한나라의 기반을 다지는데 공헌했던 曹參도 한고조 밑에서
中涓으로 있었다.

122) 舍人: 시종에 해당하는 지위가 낮은 관원을 말한다.

로 삼았습니다. 많게는 백여 성을 주고 적게는 3, 40현을 주어 그 은덕
을 두텁게 베푸셨습니다. 그런데도 그 후 십년 사이에 배반하는 일이
아홉 번이나 일어났고, 거의 천하를 잃어버릴 뻔했던 일도 대여섯 차례
나 되었습니다. 지금 폐하와 여러 공들과의 관계는 폐하께서 몸소 그들
의 재능을 헤아려서 신하로 삼은 것도 아니고, 또 직접 그들을 왕으로
봉하여 주신 것도 아닙니다. 고황제부터도 이들로 인해서 한해도 편할
수 가 없었거늘, 어떻게 폐하만 유독 이런 상황에서 평안하실 수 있겠
습니까?

원문 然尙有可諉者, 曰疏.[123] 臣請試言其親者. 假令悼惠王王齊,
元王王楚, 中子王趙, 幽王王淮陽, 共王王梁, 靈王王燕, 厲
王王淮南, 六七貴人皆無恙, 各案[124]其國而居. 當是時, 陛下卽天子
之位, 能爲治乎? 臣又竊知陛下之不能也. 諸侯王雖名爲人臣, 實皆
有布衣昆弟[125]之心, 慮無不宰制而天子自爲者. 擅爵人,[126] 赦死罪,
甚者或戴黃屋,[127] 漢法非立, 漢令非行也. 雖離道如淮南王者, 令之
安肯聽, 召之焉可致! 幸而至, 法安可得尙![128] 動一親戚, 天下環視
而起, 天下安可得制也? 陛下之臣雖有悍如馮敬者, 乃啓其口, 匕首
已陷於胸矣. 陛下雖賢, 誰與領[129]此? 此所謂親也者.
　　故疏必危, 親必亂. 陛下之因今以爲治安, 奈何知其必且危亂也!

---

123) 疏: 관계가 疏遠하다.
124) 案: '安'과 통한다.
125) 布衣昆弟: 일반 평민이었던 시절에는 형제처럼 지낸 관계였음을 말한다. 古禮에는
　　형제간에는 長幼만을 따질 뿐 尊卑를 논하지 않았다. 그러나 여기에서는 황제와 제후
　　간의 관계에서 제일 중요한 것은 군주와 신하간의 관계이고, 兄弟長幼의 관계는 그
　　다음이라는 뜻이다.
126) 爵人: 사람들에게 封爵을 주다.
127) 黃屋: 황제가 타는 수레의 지붕을 노란 비단으로 만들므로 이렇게 일컫는다.
128) 尙: '上'과 통한다. 적용하여 시행하다의 뜻이다.
129) 領: 처리하다, 다스리다.

然且130)吟齘而堅控守之, 爲何如制, 以纚相懸!

그러나 핑계거리가 있으니, 관계가 소원하기 때문입니다.131) 그러시다면 신은 청컨대, 관계가 친밀한 동성제후의 경우를 말씀드려보겠습니다. 가령 도혜왕(悼惠王)132)이 제나라의 왕이 되고, 원왕(元王)133)이 초나라의 왕이 되고, 중자왕(中子王)134)이 조나라의 왕이 되며, 유왕(幽王)135)이 회양의 왕이 되며, 공왕(共王)이136) 양나라의 왕이 되며, 영왕(靈王)137)이 연나라의 왕이 되며, 여왕(厲王)138)이 회남의 왕이 되어 이들 예닐곱 귀인들이 모두 아무 탈없이 각기 제나라를 평안히 다스리고 있다고 하십시다. 이때에 폐하께서 천자의 자리에 오르신다면 잘 통치하실 수 있으시겠습니까? 소신의 생각으로는 역시 폐하께서 그렇게 할 수 없을 것으로 압니다. 왜냐하면 제후들은 명색은 비록 천자

---

130) '然且'이하의 구절은 뜻이 잘 통하지 않아, 誤字가 있는 것으로 보인다. 『賈誼新書譯注』(102면), 『新書全譯』(152면) 및 『新書校注』(123면) 참조. 여기에서는 『賈誼新書譯注』에 의거해 번역하였다.

131) 한신과 같은 이성제후들은 황실과의 관계가 소원하기 때문에 모반을 일으킨 것이라고 핑계될 수도 있다는 뜻이다.

132) 悼惠王 : 한 고조의 아들, 이름은 肥. 悼惠는 시호이다. 한 文帝 때는 劉肥의 손자인 劉則이 齊王으로 있었다.

133) 元王 : 한 고조의 아우, 이름은 交. 고조는 초왕이었던 韓信을 회음후로 강등하고, 초나라를 荊國과 楚國으로 나눠 劉交를 초왕에 봉하였다. 문제 때는 유교의 아들 劉郢客, 그 손자 劉戊相이 차례로 초왕으로 있었다.

134) 中子 : 劉如意, 고조의 넷째 아들이다. 한 고조의 여덟 아들 중 가운데에 있으므로 中子라고 부른 것이다. 한의 풍속에서는 長子와 季子가 아니면 대부분 中子라고 불렀다. 한 고조는 劉如意를 사랑하여, 일찍이 그를 태자로 삼으려한 적도 있었으나, 후에 呂后에 의해 독살되었다.

135) 幽王 : 한 고조의 여섯째 아들, 이름은 友. 幽는 시호이다. 처음에 淮陽王으로 봉해졌으나 呂后 때에 조왕으로 옮겨졌다. 한 文帝는 劉友의 아들인 劉遂를 趙王으로 봉했다.

136) 共王 : 趙王 劉恢. 원래는 梁王에 봉해 졌으나, 뒤에 劉友를 이어 조왕이 되었다. 呂后의 압박에 의해 자살하였다.

137) 靈王 : 한 고조의 아들 劉建.

138) 厲王 : 한 고조의 아들 劉長을 말한다. 기원전 174년(문제 6년) 반란을 일으켰으나 실패하고, 蜀地로 유배 가던 중에 길에서 죽었다.

의 신하지만, 실제로는 그들 모두 평민이었던 당시에 형제처럼 지냈던 마음을 품고 있어서 대개가 스스로 천하를 주무르는 천자가 되려는 생각을 하지 않는 이가 없습니다. 그들은 마음대로 작위를 주고 죽을 죄를 지은 죄인을 사면해주며, 심지어는 (천자만이 탈 수 있는) 황옥의 수레를 타고 다니기까지 하니, 한나라의 법령이 서지 못하고, 한나라의 명령 또한 제대로 실행되지 못하는 형편입니다. 회남왕처럼 정도에서 벗어난 사람에게 명령한들 어찌 이를 들으려 할 것이며, 부른들 오기나 하겠습니까? 다행히 온다 해도 어떻게 그에게 법을 적용할 수 있겠습니까! 한사람의 친척을 벌하는 데에도 천하의 제후들이 모두 눈을 부릅뜨고 들고 일어서니, 천하를 어떻게 다스릴 수 있겠습니까? 폐하의 신하에 비록 풍경(馮敬)[139]과 같은 용맹한 자가 있다고 하더라도, 그 입을 열자마자 자객의 비수가 이미 가슴을 찌를 것입니다. 폐하께서 비록 현명하시다하나, 또 누구와 함께 이들을 다스리시렵니까? 이것이 이른바 친밀한 동성제후의 실정입니다.

그러므로 관계가 소원한 제후는 반드시 나라를 위태롭게 하고, 관계가 친밀한 제후는 반드시 반란을 일으킵니다. 폐하께서 현 정세에 의거해 나라가 평안하게 다스려졌다고 생각하시니, 그것이 반드시 장차 나라의 화란을 초래할 것임을 어떻게 알겠습니까! 설령 애써 참으면서 가까스로 현 상태를 유지한다 해도, 현행의 정책으로서는 어찌 국가안위에 대해 마음을 놓을 수 있겠습니까!

---

139) 馮敬 : 御史大夫. 회남왕 劉長의 모반을 고발하여, 유장의 일파에 의해 죽음을 당했다.

▌ 백성을 걱정함[憂民] ▐

해제 이 편은 식량의 비축이 충분하지 못하면 나라의 안정과 정권 유지에 위협이 될 수 있음을 지적하고, 충분한 식량을 비축하여 천재지변이나 국가의 위급한 상황에 대비하여야 함을 건의한 글이다. 본문 중의 '금한흥삼십년의(今漢興三十年矣)'라는 구절로 보아, 이 편은 기원전 178년 무렵에 쓴 것으로 보인다.

원문 王者之法, 民三年耕而餘一年之食, 九年[140]而餘三年之食, 三十歲而民有十年之蓄. 故禹水九年, 湯旱七年, 甚也野無青草, 而民無飢色, 道無乞人. 歲[141]復之後, 猶禁陳耕.[142] 古之爲天下, 誠有具也. 王者之法, 國無九年之蓄, 謂之不足, 無六年之蓄謂之急, 無三年之蓄曰國非其國也.[143]

옮김譯 선왕의 법도는 백성들이 3년 농사를 지으면 1년 먹을 식량을 남기고, 9년 농사를 지으면 3년 먹을 식량을 남기며, 30년 농사를 지으면 백성들에게 10년 먹을 식량을 비축하도록 합니다. 이 때문에 우임금 때 9년 연속으로 물난리가 나고 탕임금 때 7년 동안이나 가뭄이 들어 심지어는 들판에 풀 한 포기 없었는데도, 백성들이 굶주리는 기색이 없었고 길에는 걸인이 없었습니다. 그리고 농사가 회복된 후에는[144]

---

140) 九年 : 원래는 '八年'이었으나, 뒤의 「無蓄」편에 '九年'으로 되어 있으므로, 盧文弨의 견해에 따라 9년으로 고쳤다. 『新書校注』, 125면 참조.

141) 歲 : 농사의 수확.

142) 陳耕 : 輪作을 말하는 것으로, 한번 농사지었던 땅을 休耕地로 정해 地力을 회복하게 하는 방법이다.

143) 『예기』「王制」편에 "國無九年之蓄曰不足. 無六年之蓄曰急. 無三年之蓄曰國非其國也"라는 구절이 나온다.

한번 농사지은 땅에 또 다시 농사짓는 것을 금지했습니다. 이렇게 옛날 제왕들이 천하를 다스리는 데에는 훌륭한 방책이 있었습니다. 선왕의 법도에 있어서는 나라에 9년 먹을 양식을 비축하지 못하면 부족하다 하였으며, 6년 먹을 양식을 비축하지 못하면 위급하다 하였고, 3년 먹을 양식을 비축하지 못하면 나라가 나라답지 못하다고 하였습니다.

원문 今漢興三十年矣, 而天下愈屈,[145] 食至寡也, 陛下不省[146] 邪? 未稔年, 富人不貸, 貧民且飢; 天時不收, 請賣爵鬻子, 旣或聞耳. 曩頃不雨, 令人寒心,[147] 壹雨爾, 慮若更生. 天下無蓄, 若此甚極也. 其在王法謂之何? 必須困至乃慮, 窮至乃圖, 不亦晚乎! 竊伏念之, 愈使人悲.[148]

옮김譯 이제 한나라가 일어난 지 30년이 되었는데 천하는 더욱 곤궁해지고 식량은 몹시 부족하니, 폐하께서는 이런 상황을 모르시는지요? 수확이 나쁜 해에는 부자들이 (곡식을) 빌려 주지 않아 가난한 백성들은 굶주리고, 천재로 인해 제대로 수확하지 못하면 벼슬을 팔고 자식을 팔겠다고 청하는 경우도 있다고 들었습니다. 얼마 전에도 비가 내리지 않아 사람들이 놀랐다가 비가 한차례 내리자 모두 죽었다 다시 살아난 듯 기뻐했습니다. 천하에 저축이 없으면 이와 같은 심한 지경에 이르게 되는 것입니다. 선왕의 법도에서는 이를 무엇이라 말하겠습니까? 반드시 곤경에 빠진 다음에야 계책을 생각하고 궁색해진 다음에야 일을 도모한다면, 역시 늦지 않겠습니까! 신이 가만히 엎드려 생각하니,

---

144) 농사가 잘 되어 수확이 예전 수준을 회복했다는 뜻이다.
145) 屈 : 곤궁하다, 소진되다.
146) 省 : 분명하다, 깨닫다.
147) 寒心 : 실망이나 두려움으로 인해서 놀라거나 마음 아파하다. 『辭源』, 商務印書館香港分館, 1987, 460면.
148) 盧本에는 '竊伏念之, 愈使人悲' 구절이 빠져있다.

더욱 비통해질 따름입니다.

然則, 所謂國無人者何謂也? 有天下而欲其安者, 豈不在於
陛下者哉? 上弗自憂, 將以誰偸?[149] 五歲小康,[150] 十歲一
凶, 三十歲而一大康, 蓋曰大數也. 自人人相食, 至于今若干年矣. 卽
不幸有方二三千里之旱, 天下何以相救? 卒然邊境有數十萬之衆聚,
天下將何以饋之矣? 兵旱相承, 民塡溝壑, 剽盜攻擊者興繼而起, 中
國失救, 外敵必駭. 一日而及, 此之必然. 且用事之人未必此省,[151]
爲人上弗自憂, 魄[152]然事困, 乃驚而督下曰 : "此天也, 可奈何?" 事
旣無如之何. 方今始秋, 時可善爲, 陛下少閒, 可使臣從丞相·御史
計之.

그렇다면 이른바 나라에 사람이 없다는 것은 무슨 뜻입니까?
천하를 갖고서 그것이 평안하기를 바라는 분이 바로 폐하가
아니십니까? 임금께서 스스로 걱정하지 않는다면 장차 누구에게 맡기
시겠습니까? 5년에 한번 작은 흉년이 들고, 10년 만에 한번 흉년이 들
며, 30년에 한차례 큰 흉년이 드는 것은 대개 자연의 규율입니다. 사람
이 사람을 잡아먹은 것이 이미 몇 년이 지났습니다. 만일 불행히도 이
삼천리 넓은 지역에 큰 가뭄이라도 든다면, 천하에 무엇으로 서로 구휼
케 할 것입니까? 갑자기 변경에 수십만 명의 군사를 모아야 하는 일이
발생한다면 천하에 장차 무엇으로 이들을 먹이겠습니까? 병란과 가뭄
이 잇달아 발생하고 (굶어 죽은) 백성들이 골짜기에 가득하며 도둑들의
습격이 계속 일어나는데, 나라가 이를 제지하지 못한다면 외적이 반드

---

149) 偸 : 兪樾은 '輸'으로 읽었다. 『新書校注』, 126면 참조.
150) 康 : 기근, 흉작.
151) 此省 : '省此'가 도치된 문장이다. 『新書全譯』, 156면.
152) 魄 : 곤궁해지다, 실의에 빠지다. 『辭源』, 1904면.

시 소란을 일으킬 것입니다. 하루만에도 이런 상황이 벌어지게 될 것이 틀림없습니다. 그런데도 정권을 장악한 중신들은 이를 깨닫지 못하고, 백성들의 왕이 되신 분은 스스로 이를 걱정하지 않고서 멍하니 있다가 일이 곤경에 빠진 다음에야 놀라서 아랫사람들을 책망하여 말하기를 "이것은 하늘의 뜻이니, 어떻게 하겠는가?"라고 하겠습니까? 이는 일이 이미 어쩔 수 없는 지경에 이른 것입니다. 이제 가을로 접어들어 참으로 일하기 좋은 때이니, 폐하께서는 잠깐 틈을 내어 소신으로 하여금 승상이나 어사와 함께 계책을 세우게 하십시오.

▌ 거꾸로 매달린 형세[解縣]153) ▐

해제 이 편은 흉노가 한나라 황실의 위협이 되고 있음을 지적한 것으로, 가의는 이 「해현」편을 서두로 「위불신(威不信)」·「세비(勢卑)」·「흉노(匈奴)」편에서 흉노의 문제를 체계적으로 논의하고 있다. 천자는 천하의 머리요, 흉노는 천하의 발에 해당하는데, 현재의 형세는 황실의 위엄이 서지 않으니 마치 사람 몸을 거꾸로 매단 형상이라고 비유하고, 흉노를 굴복시켜 거꾸로 매달린 백성들의 고통을 풀어줄 것을 건의하고 있다. 이 편은 기원전 174년 중항열[中行說]이 흉노에 투항한 이후, 가의가 양회왕 태부로 있을 때 쓰였고, 『한서』 「가의전」에 「치안책(治安策)」으로 일부가 수록되어 있다.

---

153) 解縣: 『맹자』 「公孫丑上」에 '거꾸로 매달린 것을 풀다(解倒懸)'라는 구절이 나온다. 『맹자』 「公孫丑上」. "지금을 당하여 만승의 나라가 인정을 행한다면 백성들이 기뻐하는 것이 거꾸로 매달린 것을 풀어준 것과 같을 것이다[當今之時 萬乘之國行仁政 民之悅之 猶解倒懸也]."

天下之勢方倒縣, 竊願陛下省之也. 凡天子者, 天下之首也,
何也? 上也. 蠻夷154)者, 天下之足也, 何也? 下也.155) 今匈奴
侮侵掠, 至不敬也, 爲天下患, 至亡已也, 而漢歲致金絮采繪以奉之.
蠻夷徵令, 是主上之操也; 天子共貢, 是臣下之禮也. 足反居上, 首顧
居下, 是倒縣之勢也. 天下倒縣, 莫之能解, 猶爲國有人乎? 非特倒縣
而已也, 又類躄, 且病痱. 夫躄者一面病, 痱者一方痛. 今西郡·北
郡,156) 雖有長爵不輕得復,157) 五尺已上158)不輕得息, 苦甚矣. 中
地159)左戍, 延行數千里, 糧食餽饟至難也. 斥候者望烽燧160)而不敢
臥,161) 將吏戍者或介冑而睡, 而匈奴欺侮侵掠, 未知息時. 於焉望
信162)威廣德難. 臣故曰:"一方病矣." 醫能治之, 而上弗肯使也. 天
下倒縣甚苦矣, 竊爲陛下惜之.

---

154) 蠻夷: 만은 남방의 소수민족을 가리키고, 이는 북방의 소수민족을 가리키나, 통칭으
로 쓰일 때에는 구별없이 사용한다.
155) 아래의 "今匈奴侮侵掠, 至不敬也, 爲天下患, 至亡已也, 而漢歲致金絮采繪以奉
之." 구절이 없는 판본도 있다. 여기서는 潭本과『한서』「가의전」을 따라 보충하였다.
『新書全譯』, 159면.
156) 중국 서부와 북부의 여러 郡을 말한다.
157) 長爵은 매우 높은 작위를 말한다. 復: 賦稅와 노역을 면제받음을 말한다.「新書全
譯』, 159면 참조.
158) 五尺: 어린 아이를 가리킨다.
159) 中地: 內地를 가리킨다. 한나라 조정이 있는 중원의 가운데. 左: 마을의 왼쪽지역으
로, 주로 곤궁한 사람들이 살았다. 진나라 때 가난한 백성들에게 부역을 면제해주고
마을의 왼쪽에서 살게 했다. 左戍는 빈민가의 사람들도 변방에 보내 수자리 살게 함
을 말한다.
160) 烽燧: 옛날 변경에는 높은 臺를 세우고 횃불을 들어 긴급사태를 알렸다. 날에는 烽
(연기)을 태워서 불과 연기를 볼 수 있게 하고, 밤에는 燧(횃불)를 올려서 불빛이 보이
게 했다. 이와는 정반대로 낮에 연기를 피우는 것이 燧이고 밤에 불을 올리는 것이 烽
이라는 설도 있다.
161) 斥候者는 정찰병을 가리킨다.
162) 信: '伸(펼치다)'과 통한다.

옮김譯 지금 천하의 형세가 바야흐로 사람이 거꾸로 매달린 꼴이니, 바라옵건대 폐하께서는 이를 굽어 살피십시오. 천자가 천하의 머리인 이유는 무엇입니까? 천자가 위에 있기 때문입니다. 오랑캐가 천하의 발인 까닭은 무엇입니까? 오랑캐는 아래에 있기 때문입니다. 지금 흉노가 무례하게 침략하고 그 불경함이 극도에 달하여, 천하의 근심거리가 멈추지 않는데도, 한 황실에서는 오히려 매년 금과 솜과 비단을 그들에게 바치고 있습니다. 오랑캐를 호령하여 부리는 것은 주상의 권한이며, 천자에게 공물을 바치는 것은 신하의 예법입니다. (그런데 오히려) 발이 위에 있고 머리가 아래에 있으니, 이는 거꾸로 매달린 형세입니다. 천하가 거꾸로 매달려 있는데도 아무도 이를 풀지 못하니 그래도 나라에 사람이 있다고 할 수 있겠습니까? 거꾸로 매달려 있을 뿐 아니라, 이는 절름발이와 비슷하고 중풍 맞은 환자와도 같습니다. 절름발이는 한쪽 다리만의 병이요, 중풍은 신체의 일부분이 아픈 것입니다. 이제 서부와 북부의 여러 군들을 보면 비록 지위가 높은 사람이라도 부역을 면할 수가 없고, 어린 아이를 제외한 사람들은 편히 쉬기가 어려우니 괴로움이 심합니다. 중원에서 차출되어온 빈민가의 백성들은 수 천리에 이르는 변방을 지키고 있으나, 식량과 보급품의 공급이 아주 어렵습니다. 척후병은 산봉우리의 봉화를 지켜보느라 감히 눕지도 못하고, 변경을 지키는 장병들은 갑옷을 입은 채 잠을 자기도 하지만, 흉노가 우리를 얕보고 침범해 들어와 약탈해가는 일이 어느 때나 멎을지 알 수 없습니다. 이와 같아서는 천자의 위엄을 떨치고 덕망을 넓혀 나가기 어렵습니다. 소신은 그러므로 이것을 "한쪽이 병들었습니다"라고 말씀드리는 것입니다. 의사가 이런 병폐를 치료할 수 있는 데도 주상께서는 쓰려 하지 않으십니다. 천하 사람들은 거꾸로 매달린 채 아주 고통스러워하고 있으니, 저는 폐하를 위하여 이를 안타깝게 생각합니다.

進諫者類以爲是困不可解也, 無具甚矣. 陛下肯幸聽臣之計,
請陛下擧中國之禍從之匈奴. 中國乘其歲而富彊,[163] 匈奴
伏其辜而殘亡, 係單于之頸而制其命, 伏中行說而笞其背, 擧匈奴之
衆, 唯上之令. 殺之乎, 生之乎, 次也. 陛下威憚大信, 德義廣遠, 據天
下而必固, 稱高號[164]誠所宜, 俛視中國, 遠望四夷,[165] 莫不如志矣.
然後退齋三日, 以報高廟,[166] 令天下無愚智男女, 皆曰 : "皇帝果大
聖也." 胡忍以陛下之明, 承天下之資, 而久爲戎人欺傲若此? 可謂國
無人矣.

간언을 드리는 자들도 대개가 이러한 곤경은 해결할 길이 없
다고들 하니, 참으로 (천하를 다스리는) 방책이 없습니다. 폐하
께서 기꺼이 저의 계책을 듣고자 하신다면, 청하옵건데 중국의 재앙을
번쩍 들어다가 흉노에게 전가시키겠습니다.[167] 중국은 그때를 이용하여
부강에 힘써 흉노로 하여금 그들의 죄 값에 따라 망하게 하고, 선우[單
于]의[168] 목을 묶어서 명령에 따르도록 하며, 중항열[中行說][169]을 잡아
다가 그의 등짝을 매질해서 모든 흉노의 무리가 오직 주상의 명령에 따
르도록 해야 합니다. 그들을 죽일 것인가 아니면 살릴 것인가는 부차적
인 문제입니다. 폐하의 위엄이 크게 뻗치고 도덕과 신의가 널리 펼쳐져

---

163) 兪樾은 『諸子平議』에서 '歲'는 '威'자의 잘못이라고 보았다. 『新書校注』(130면)과 『賈
誼新書譯注』(107면)에서는 이를 따랐으나, 여기에서는 『賈誼集校注』를 따라 '歲'를
때(時)로 해석하였다.
164) 高號 : 존귀한 호칭, 즉 제왕의 호칭을 가리킨다.
165) 四夷 : 東夷, 西戎, 南蠻, 北狄을 가리킨다.
166) 高廟 : 祖廟. 여기에서는 한고조의 寢廟를 말한다. 고대에는 황제가 즉위했을 때 祖
廟로 가서 제사와 朝拜의 예를 행했다.
167) 이 부분의 내용은 종래의 소극적인 유화정책을 지양하고, 적극적인 평정책을 써서
흉노를 정벌하자는 뜻이다.
168) 單于 : 흉노의 우두머리를 일컫는 말.
169) 中行說 : 성이 中行이고 이름은 說이다. 한 문제 때의 환관이었는데, 한나라를 배반
하고 흉노와 내통하였다.

서, 폐하께서 의지하고 계신 천하는 굳건해지고 존귀한 제왕의 칭호에 걸맞게 되리니, 그때 중국을 굽어보시고 먼 사방의 오랑캐들을 바라보심에 뜻대로 되지 않음이 없으실 것입니다. 그렇게 된 다음에 물러나서 사흘 동안 재계하신 다음 이를 한고조의 사당에 보고하면, 천하의 어리석은 자나 지혜로운 이나 남자나 여자 할 것 없이 "모두 황제께서는 과연 위대한 성인입니다"라고 칭송할 것입니다. 밝으신 폐하께서 어찌하여 천하의 물자를 다 가지고도 오랫동안 흉노들에게 업신여김을 당함이 이 지경에 이르도록 내버려두었단 말입니까? 그야말로 나라에 사람이 없다고 말하겠습니다.

【 위신을 잃은 까닭[威不信] 】

해제 이 편은 앞의 「해현(解縣)」편과 같이 한 황실의 위엄이 떨쳐지지 못하고, 천하의 질서가 거꾸로 되어 있음을 지적하였다. 이 편은 「해현(解縣)」편이 쓰인 조금 뒤인 기원전 173년에서 기원전 169년 사이에 쓰였다. 편명은 본래 천자의 위세가 널리 펼쳐지지 못한다는 뜻이다.

원문 古之正義, 東西南北, 苟舟車之所達, 人跡之所至, 莫不率服,[170] 而後云天子; 德厚焉, 澤湛焉, 而後稱帝; 又加美焉, 而後稱皇. 今稱號甚美, 而實不出長城.[171] 彼非特不服也, 又大不敬.

---

170) 率服 : 복종하다.
171) 위세가 북방의 흉노에게까지 미치지 못함을 가리킨다.

邊長[172])不寧, 中長不靜. 譬如伏虎, 見便必動, 將何時已! 昔高帝起
布衣而服九州, 今陛下杖九州[173])而不行於匈奴. 竊爲[174])陛下不足,
且事勢有甚逆者焉.[175])

옛날의 올바른 뜻으로 말씀드리자면 동서남북 사방에 배나 수
레가 닿고 사람이 발길이 이르는 곳이 모두 복종하지 않는 곳
이 없어야 비로소 천자라 칭했고, 은덕이 두텁고 은택이 깊은 뒤에라야
제(帝)라고 일컬었으며, 거기에 아름다운 업적을 더한 다음에야 비로소
황(皇)이라 일컬었습니다. 오늘날 천자란 칭호는 매우 아름다우나 실제
로 그 위세는 장성을 넘지 못하고 있습니다. 흉노들은 복종하지 않을
뿐만 아니라 매우 불경스럽습니다. 그래서 변방은 오래도록 편하지 못
하고 나라 안도 시끄러운지 오래되었습니다. 마치 호랑이가 엎드려 있
는 것 같아서 허점을 보면 반드시 움직이리니, 장차 어느 때에나 그치
겠습니까! 그 옛날 한고조께서는 평민으로 일어나 전국을 정복하였는
데, 지금 폐하는 온 나라를 거느리는데도 흉노에게는 통하지 못합니다.
저는 이것이 폐하에게 충분하지 못하며, 또 일의 형세가 심히 어그러진
상태라고 생각합니다.

天子者, 天下之首也, 何也? 上也. 蠻夷者, 天下之足也, 何
也? 下也. 蠻夷徵令, 是主上之操也; 天子共貢, 是臣下之禮
也. 足反居上, 首顧居下, 是倒植之勢也. 天下之勢倒植矣, 莫之能理,

---

172) 邊長 : 나라의 수도에서 매우 멀리 떨어진 변방을 말한다. 아래의 中張은 가까운 곳
을 말한다.

173) 九州 : 冀州 · 豫州 · 靑州 · 徐州 · 揚州 · 荊州 · 兗州 · 梁州 · 雍州의 아홉 고을로
全國을 의미한다.

174) 爲 : 여기다, 생각하다.

175) 이 구절 뒤에 '그 뜻이 더욱 중요합니다[其義尤要]'라는 구절이 있으나, 앞 문장과
뜻이 잘 이어지지 않으므로 『賈誼集校注』와 『賈誼新書全注』을 따라 생략하였다.

猶爲國有人乎? 德可遠施, 威可遠加, 舟車所至, 可使如志, 而特捫
然176)數百里, 而威令不信. 可爲流涕者此也.

옮김譯 천자가 천하의 머리가 되는 이유는 무엇일까요? 그것은 위에
있기 때문입니다. 오랑캐가 천하의 발이 되는 까닭은 무엇일까
요? 그것은 아래에 있기 때문입니다. 오랑캐를 부리고 호령하는 것은
주상으로서의 권한이며, 천자에게 공물을 바치는 것은 신하로서 응당
해야 할 예입니다. (그런데 지금은) 오히려 발이 위에 있고 머리가 아래
에 있으니, 이는 거꾸로 매달린 꼴입니다. 천하의 형세가 거꾸로 매달려
있는데 이를 다스리지 못하니, 나라에 사람이 있다고 할 수 있겠습니까?
덕이 멀리까지 베풀어지고 위엄이 멀리까지 펼쳐져서 배나 수레가 닿
는 곳이면 뜻대로 부려져야 하거늘, 겨우 수 백리 안이나 생각대로 부
릴 뿐, 그 밖에서는 위세와 명령이 행해지지 못합니다. 이것이야말로 눈
물 흘릴 일입니다.

---

176) 捫然 : 손으로 어루만질 정도의 매우 작은 모양을 뜻한다. 『新書全譯』(165면) 및 『新
書校注』(132면) 참조.

卷第四

제4권

흉노(匈奴)

해제   이 편은 흉노의 침략이 나라의 안정에 큰 해가 될 것임을 지적 하고, 흉노를 복종시키고 제압하기 위한 여러 가지 방책을 제 시한 글이다. 기원전 168년(문제 12년) 무렵 쓰였다.

원문   竊料匈奴控弦,[1] 大率六萬騎. 五口而出介卒[2]一人, 五六三 十, 此卽戶口三十萬耳, 未及漢千石大縣[3]也. 而敢歲言侵

---

1) 控弦 : 활시위를 당긴다는 뜻으로 여기에서는 활을 쏠 수 있는 사병을 일컫는다.
2) 介卒 : 갑옷 입은 병사.
3) 千石大縣 : 한나라에서는 관리의 봉록을 양식으로 계산했는데, 현령의 봉록이 천석 에서 육백 석까지이다. 천석을 받는 현은 가장 큰 현으로 萬戶이상의 큰 현이 된다. 1석 은 10말이며, 한나라에는 1587개의 현이 있었다.

盜, 屢欲亢禮,4) 妨害帝義, 甚非道也. 陛下何不使能者一試理此? 將爲陛下以耀蟬之術振之. 爲此立一官, 置一吏, 以主匈奴. 誠能此者, 雖以千石居之可也.

陛下肯聽其事, 計令中國日治, 匈奴日危; 大國5)大富, 匈奴適亡. 吒犬馬行, 理勢然也. 將必以匈奴之衆, 爲漢臣民, 制之令千家而爲一國, 列處之塞外. 自隴西延至遼東, 各有分地以衛邊, 使備月氏·灌窳之變, 皆屬之直郡.6) 然後罷戎休邊, 民7)天下之兵. 帝之威德, 內行外信, 四方悅服, 則愚臣之志快矣. 不然, 帝威不遂, 心與嘿嘿.8)

竊聞匈奴當今逐贏.9) 此其示武昧利10)之時也. 而隆義渠·東胡諸國, 又頗來降. 以臣之愚, 匈奴且動, 疑將一材而出奇, 厚贅以責,11) 漢不大興不已. 旁午12)走急, 數十萬之衆, 積於北方, 天下安得食而饋之? 臨事而重困, 則難爲工13)矣. 陛下何不蚤圖.

옮김譯 제가 가만히 생각해 보니 흉노의 병력이 대략 6만 기병입니다. 다섯 식구에 한 사람을 사병으로 내보냈다고 치면 5×6=30으로서, 이는 호구가 30만에 불과한 것으로 한나라에서 천석의 녹을 받는 큰 현만도 못합니다. 그런데도 그들은 감히 해마다 침입해 약탈하고, 자주 (한 황실과) 대등한 예로 맞서려 하면서 황제의 뜻을 거스르니 도리

---

4) 亢禮: 대등한 예. 『예기』 「燕義」. "신하는 감히 임금과 예를 대등하게 하지 않는다 [臣莫敢與君亢禮也]."
5) 大國: 한 왕조를 가리킨다.
6) 直郡: 황실에 직접 속해있는 郡을 말한다. 漢代에 군은 황실에 속해있었다. 그러나 齊나라 같은 큰 제후국들은 여러 군을 겸하기도 했다.
7) 民: 없애다(『管子』 「白心」 注. "民, 讀爲泯"). 『新書校注』, 140면. 兵: 무기.
8) 嘿嘿: '默默'과 같다. 여기서는 불쾌한 마음을 뜻한다.
9) 潭本에는 '贏北'으로 되어 있다. 『新書全譯』, 168면.
10) 昧利: 이익을 탐내다(『안시』 「匈奴傳」 注. "昧, 貪也")
11) 責: 구하다(『說文』. "責, 求也"). 贅: 예물.
12) 旁午: 縱橫으로 뒤섞여 얽힌 모양. 『新書校注』, 141면.
13) 工: '功'과 통한다. 潭本에는 '功'으로 되어 있다. 『新書校注』, 141면.

에 크게 어긋나는 일입니다. 폐하께서는 어찌하여 재능 있는 사람을 파견해서 이를 다스리도록 해 보지 않으십니까? 그는 장차 폐하를 위해 불빛으로 매미를 유인하는 방법으로[14] 그들을 뒤흔들 것입니다. 조정에서는 이를 위해 하나의 관청을 세우고, 관리 한 사람을 두어 흉노의 일을 전담케 합니다. 만약 참으로 그 일을 잘 해 나갈 수 있는 사람이라면 천석의 벼슬을 주어도 좋을 것입니다.

폐하께서 그 일의 계책을 들어 주신다면 중국은 날로 다스려지는데 반해 흉노는 나날이 위태로워질 것이며, 한나라는 크게 부강해지지만 흉노는 마침내 망하게 될 것입니다. (흉노를 호령함이) 개나 말을 부리는 것처럼 될 것은 당연한 이치입니다. 장차 흉노의 무리들을 한나라의 신민으로 삼고 다스려서 천 가구를 하나의 나라로 만들어 이를 변방의 밖에 세웁니다. 농서(隴西)[15]에서 요동(遼東)[16]까지 각자 나누어 받은 봉지로 변경을 지키게 하고, 그들로 하여금 월씨(月氏)[17]나 유혼(窳渾)[18] 등의 나라의 변란에 대비케 하며, 그들의 관할지역을 모두 황실의 직속군에 예속시킵니다. 그런 뒤에 변방의 수비를 거두어 변방의 군사들을 쉬게 하며, 천하의 무기들을 없앱니다.[19] 황제의 위엄과 은덕이 안으로 행하여지고 밖으로 뻗쳐 사방이 기꺼이 복종할 것이니, 그렇게 된다면 어리석은 소신의 마음도 시원하겠습니다. 그렇지 못하면 황제의 위엄이 서지 못할 것이니, 마음이 답답합니다.

---

14) 耀蟬之術 : 불빛을 비춰서 매미를 유인해서 잡는 방법. 여기에서는 현인을 등용해서 은덕을 베풀어 흉노를 와해시키고 항복하도록 유인하는 방법을 가리킨다. 『荀子』「致士」. "저 불을 비추어 매미 잡는 자가 힘쓸 일은 그 불을 밝혀 매미가 앉은 그 나무를 흔드는데 있을 따름이다[夫耀蟬者務在明其火]."

15) 隴西 : 군 이름. 지금의 甘肅省 동남부.

16) 遼東 : 군 이름. 지금의 遼寧省 大凌河 동면.

17) 月氏國 : '氏'는 '支'와 통한다. 지금의 甘肅省 서부와 靑海省 경계지역에 살았던 부족 이름.

18) 窳窳 : 『사기』「匈奴列傳」에는 '窳渾'으로 되어 있다. 옛 나라의 이름. 원래는 지금의 內蒙東北·吉林일대에 있었으나, 흉노에게 멸망당했다.

19) 무기를 없애 생활용구를 만든다는 뜻이다.

듣건대 흉노는 요즈음 쇠약해졌다고 합니다. 이는 바로 (우리가) 무력을 과시하는 한편 이로움으로 유인해야 할 때입니다. 또한 융의거(隆義渠)와 동호(東胡)20) 등 여러 나라가 상당수 한나라에 항복하여 오고 있습니다. 어리석은 신의 생각으로는 흉노가 군사를 움직일 때 재능있는 장수를 거느리고 기습하여 한나라에서 많은 재물을 구하게 된다면, 한나라는 (군대를) 크게 일으키지 않으면 안 될 것입니다.21) 이리저리 수십만의 병사들을 급히 달려가게 해서 북쪽 변방에 집결하게 한다면 나라에서는 어떻게 식량을 보급하겠습니까? 일이 닥치면 더욱 곤궁해져 공을 이루기가 어려울 것입니다. 폐하께서는 어찌 빨리 대비하지 않으십니까?

원문 建圖22)者曰 : "匈奴不敬, 辭言不順, 負其衆庶, 時爲寇盜, 撓邊境, 擾中國, 數行不義, 爲我狡猾, 爲此柰何?" 對曰 : "臣聞彊國戰智, 王者戰義, 帝者戰德. 故湯祝網而漢陰降, 舜舞干羽而南蠻服. 今漢帝中國也, 宜以厚德懷服四夷, 擧明義博示遠方, 則舟車之所至, 人力之所及, 莫不爲畜, 又孰敢紛然不承帝意?"

옮김譯 나라 일을 도모하여 황제에게 건의하는 사람들은 "흉노는 한 황실에 대해 불경하고 언사가 불순하며, 인구가 많은 것을 믿고 때때로 도적질하며, 변경을 어지럽히고 나라 안을 소란케 하며, 자주 불의를 행하여 우리에게 교활한 짓을 해대니 이를 어떻게 하면 좋습니까?"라고 말합니다. 이에 대답하겠습니다. "신이 듣기에 강대한 나라는 지모로 싸우고, 왕도를 행하는 사람은 도의로 싸우며, 제왕은 은덕으로

---

20) 隆義渠 · 東胡 : 당시 북방에 있던 작은 나라의 이름이다.
21) 이 구절의 뜻은 흉노가 재능있는 장수의 기습으로 한나라를 침공해서 재물을 빼앗게 되면, 그들은 수단과 방법을 가리지 않고 재물을 취하려고 달려들 것이니 그렇게 되면 한나라는 큰 군사를 일으켜 이에 대비해야 될 것이라는 말이다.
22) 圖 : 본래는 '國'이었으나, 陶鴻慶의 설에 의해 '圖'로 고쳤다. 『新書校注』, 141면 참조

싸운다 했습니다. 그러므로 탕임금이 삼면의 그물을 거두고 축원하며 (새와 짐승에게까지 은혜를 베풀자)[23] 한수(漢水) 이남지역이 항복하였고, 순임금이 간우(干羽)를 잡고 춤을 추자 남쪽 오랑캐가 복종하였습니다.[24] 지금은 한나라가 천하의 중심이 되었으니 모름지기 후한 덕으로 사방의 오랑캐를 품어서 복종케 할 것이며, 널리 먼 지역까지 밝은 의를 드러내어 보인다면 배나 수레가 닿는 곳이나 사람의 힘이 미치는 곳이면 누구나 다 (폐하가) 기르는 백성이 될 것이니, 누가 감히 함부로 황제의 뜻을 받들지 않겠습니까?"

臣爲陛下建三表,[25] 設五餌, 以此與單于爭其民, 則下匈奴猶振槁[26]也. 夫無道之人, 何宜敢捍此其久? 陛下肯幸用臣之計, 臣且以事勢諭天子之信, 使匈奴大衆之信陛下也. 爲通言耳, 必行而弗易. 夢中許人, 覺且不背其信,[27] 陛下已諾, 若日出之灼灼. 故聞君一言, 雖甚微遠,[28] 其志不疑; 仇讎之人, 其心不殆. 若此則信諭矣, 所圖莫不行矣, 一表.

臣又且以事勢諭陛下之愛, 令匈奴之自視也. 苟胡面而戎狀[29]者, 其自以爲見愛於天子也, 猶弱子之遷慈母也. 若此則愛諭矣, 一表.

臣又且諭陛下之好, 令胡人之自視也, 苟其技之所長與其所工, 一

23) 『史記』「殷本紀」에 나오는 내용으로, 『신서』「諭誠」편에 자세히 나와 있다.

24) 南蠻: 중국 남방의 소수민족인 有苗이다. 순임금 당시에 有苗가 반란을 일으켰는데, 순은 무력으로 치지 않고 덕을 널리 베풀고 兩階에서 干羽를 잡고 춤을 추자 有苗가 와서 복종하였다고 한다. 『상서』「大禹謨」에 나와 있다.

25) 表: 일정한 기준이나 준칙. 여기에서는 흉노에게 천자의 신뢰와 사랑과 嗜好를 드러내 보임으로써 흉노의 백성들을 얻는 것을 가리킨다. 『예기』「表記」. "인자함은 천하의 준칙이다[仁者, 天下之表也]", 『賈誼集校注』, 139면 참조.

26) '振槁'는 낙엽을 떨어뜨린다는 뜻이다.

27) 信: 원래는 '言'이었으나, 『讀諸子札記』에 의거해 고쳤다. 『新書全譯』, 172면.

28) 微遠: 지위가 낮고 관계가 친밀하지 않은 사람을 가리킨다.

29) 胡面而戎狀: 흉노인의 모양을 가리킨다.

可以當天子之意. 若此則好諭矣, 一表. 愛人之狀, 好人之技, 人道也;
信爲大操,30) 帝義也. 愛好有實, 已諾可期, 十死一生, 彼必將至. 此
謂三表.

옮김譯 저는 폐하를 위하여 세 가지 준칙과 다섯 가지 미끼를 세우니,
이를 사용하여 흉노의 우두머리인 선우와 백성을 다투게 하
면31) 흉노를 굴복시키기가 고목의 낙엽을 떨어뜨리는 것만큼이나 쉬울
것입니다. 무도한 선우가 어떻게 감히 오랫동안 이를 막아 낼 수 있겠습
니까? 폐하께서 기꺼이 저의 계책을 들어주신다면, 저는 장차 사리(事理)
와 위세로써 그들로 하여금 천자의 신의를 깨닫게 하여 흉노의 백성들
로 하여금 폐하를 믿고 따르도록 하겠습니다. 말을 통하기 위해서는 반
드시 하기로 한 것은 바꿔서는 안 됩니다. 가령 꿈속에서 다른 사람과
약속한 일이라 해도 깨어나서 그 신의를 어기지 않아야 하며,32) 폐하께
서 응낙하신 일은 태양이 떠오른 듯 밝게 해야 합니다. 그러므로 임금님
의 한마디를 들으면 미천한 자도 의심하지 않을 것이며, 비록 적이라 해
도 마음이 불안하지 않을 것입니다. 이렇게 되면 (폐하의) 신의를 알게
되고, 의도한 일이 모두 행해질 것이니, 이것이 하나의 준칙입니다.

신은 또 사리와 위세로써 폐하의 사랑을 타일러서 흉노 스스로 자신
을 돌아보게 할 것입니다. 오랑캐 얼굴에 오랑캐 꼴을 하고 있는 자신
들이 천자의 사랑을 받고 있다고 여기게 되면 마치 연약한 아이가 자애
로운 어머님을 만난 듯이 할 것입니다. 이렇게 되면 임금님의 사랑이
알려지게 될 것이니, 이것이 또 하나의 준칙입니다.

신은 또 폐하께서 좋아하는 것을 흉노에게 타일러주어 흉노 스스로

---

30) 大操 : 중요한 品德.
31) 흉노의 백성을 자기편으로 끌어온다는 뜻이다.
32) 주나라 文王이 꿈속에서 한 약속도 지켰다는 일을 말한다. 자세한 내용은 『新書』
　　「諭誠」편에 나온다.

자신을 돌아보아 그들의 뛰어난 장기나 재주가 한결같이 천자의 뜻에 맞음을 (알게) 할 것입니다. 이렇게 하면 폐하께서 무엇을 좋아하시는지 알게 될 것이니, 이것이 또한 하나의 준칙입니다. 다른 사람의 모습을 사랑하고, 다른 사람의 재주를 좋아함은 사람의 도리이며, 믿음을 큰 신조로 삼는 것은 제왕의 도의입니다. 사랑하고 좋아하심에 실제적인 내용이 있고, 이미 응낙하신 일을 기약대로 지켜진다면 열은 죽고 하나만 살게 된다 해도 그들은 반드시 찾아오게 될 것입니다. 이를 세 가지 준칙이라고 합니다.

凡賞於國者, 此不可以均. 賞均則國竆, 而賞薄不足以動[33]人. 故善賞者踔之, 駁犖[34]之, 從而時厚之. 令視之足見也, 誦之足語也, 乃可傾一國之心. 陛下幸聽臣之計, 則國[35]有餘財. 匈奴之來者, 家長已上固必衣繡, 家少者必衣文錦. 將爲銀車五乘, 大雕畫之, 駕四馬, 載綠蓋, 從數騎, 御驂乘,[36] 且雖單于之出入也, 不輕都此矣. 令匈奴降者, 時時得此而賜之耳. 一國聞之者見之者, 希心而相告, 人人冀幸, 以爲吾至亦可以得此. 將以壞其目, 一餌.

나라에 공을 세운 사람에게 상을 줄 때에는 균등하게 하면 안 됩니다. 상을 똑같이 많이 주면 나라의 재물이 비게 되며, 상이 적은 경우에는 사람들을 격려하기가 부족합니다. 그러므로 상을 잘 쓰는 이는 상 받는 사람을 특별하게 대우해주고, 여러 가지 종류와 등급

---

33) 動 : 격려하다. 『賈誼集校注』, 142면.
34) 駁犖 : 들쭉날쭉하게 얽혀있는 모습을 말한다. 여기에서는 여러 등급과 각종 名目의 상을 가리킨다. 『賈誼集校注』, 142면 참조.
35) 國 : '臣'으로 되어 있는 판본도 있으나, 이는 잘못이다. 沈本에 의해 고쳤다. 『新書全譯』, 175면.
36) 驂乘 : 수레에 동승해서 호위를 맡은 사람. 고대의 車制에는 수레 하나에 세 사람이 타는데, 높은 사람이 왼편에 타고 가운데는 御手이고 오른쪽이 驂乘이 탄다.

의 상을 만들어 때에 따라 후하게 상을 줍니다. 사람들로 하여금 상을 받는 모습을 충분히 볼 수 있게 하고, 그에 관해 말하고 싶은 이는 누구나 이야기할 수 있도록 하면, 온 나라 사람의 마음을 폐하게 향하도록 할 수 있습니다. 폐하께서 다행히 저의 계책을 들어 주신다면 나라에는 재물이 넉넉해질 것입니다. 흉노 가운데 귀의하여 오는 사람 중 오십가(五十家)의 수장[37]은 반드시 수놓은 비단옷을 입을 수 있게 하고, 십가(十家)의 수장은 반드시 무늬 있는 비단 옷을 입게 합니다. 그리고 은으로 꾸민 수레 다섯을 만들어 호화롭게 조각하고 네 마리 말을 매어 끌도록 하며, 녹색의 양산을 덮어 고귀한 지위를 드러내게 하며, 몇 명의 기마병으로 하여금 그 뒤를 따르게 하고 호위병을 부리게 하지만, (흉노에 있어서는) 설사 선우 자신이 (중국에) 오고 간다할지라도 이러한 호화를 함부로 누릴 수 없도록 합니다. 그리고 흉노 가운데 항복하여 온 사람에게 종종 이렇게 갖출 수 있도록 하사해줍니다. 온 나라에서 이를 듣고 이를 본 자들이 부러운 마음에 서로 알리고, 사람마다 이런 행운을 바라고서 자기가 귀화해가도 그런 예우를 받을 수 있다고 생각하게 될 것입니다. 이런 방법으로 그들의 눈을 끄는 것이 한 가지 미끼입니다.

원문 匈奴之使至者, 若大降者也, 大衆之所聚也, 上必有所召賜食焉. 飯物故四五盛, 美嗀膹炙肉具醢醢. 方數尺於前, 令一人坐此, 胡人欲觀者, 固百數在旁. 得賜者之喜也, 且笑且飯, 味皆所嗜而所未嘗得也. 令來者, 時時得此而饗之耳. 一國聞之者見之者, 垂涎而相告, 人悇憛[38]其所自, 以吾至亦將得此 將以此壞其口, 一餌.

---

37) 家長 : 흉노의 사회조직은 十家에 十家長이 있고, 五十家에 五十家長이 있다. 여기의 家長은 오십가의 상이나. 『賈誼新書譯注』, 116면
38) 悇憛 : 탐낸다는 뜻이다. 『신서』 「勸學」편에도 같은 개념이 나온다. "王公大人이라도 누구인들 탐하는 마음이 일어나 그를 한번 보고 싶지 않을 사람이 있겠는가?[雖王公大人, 孰能無悇憛養心, 而顚一視之]."

흉노의 사신이 오면 마치 귀순하여 온 큰 인물처럼 대우하여, 사람들이 많이 모인 곳에 임금이 (그를 초대하여) 음식을 내려 줍니다. 밥을 네다섯 가지로 풍성하게 차리고 맛난 탕과 고기와 산적요리에 장과 식초를 곁들입니다. 그들 앞에 몇 척이나 되는 커다란 상을 차려주고서 혼자 앉도록 하고, 이 광경을 보려는 흉노인 수백 명을 곁에 있게 합니다. 음식을 하사 받은 자는 기뻐 웃으며 먹으면서, 그들이 특히 좋아하는 것과 이제껏 먹어보지 못한 맛난 음식을 모두 먹게 합니다. 한나라에 올 때마다 항상 이렇게 풍성한 향연을 받을 수 있도록 합니다. 그러면 온 나라에서 이를 듣고 본 자들은 부러워 침을 흘리며 서로 이야기할 것이고, 사람들은 각자 탐심을 내어 내가 가도 이렇게 대접받겠지 하고 생각할 것입니다. 이런 방법으로 그들의 입을 유혹함이 또 하나의 미끼입니다.

降者之傑也, 若使者至也, 上必使人有所召客焉. 令得召其知識, 胡人之欲觀者勿禁. 令婦人傅白墨黑, 繡衣而侍其堂者二三十人, 或薄或揜, 爲其胡戲39)以相飯. 上使樂府40)幸假之但樂, 吹簫鼓鞀,41) 倒挈42)面者更進, 舞者·蹈者時作. 少閒擊鼓, 舞其偶人, 昔43)時乃爲戎樂, 攜手胥彊上客之, 後婦人先後扶侍之者固十餘人. 使降者時或得此而樂之耳. 一國聞之者見之者, 希旰44)相告, 人人佽佽, 唯恐其後來至也. 將以此壞其耳, 一餌.

---

39) 胡戲 : 북방 호족의 遊戲.
40) 樂府 : 한대 음악을 담당하던 관서.
41) 鞀 : 鼗와 같으며 손으로 흔드는 小鼓의 일종이다.
42) '倒挈'은 공중제비 雜技이며, '面者'는 가면을 쓴 연기자이다.
43) 昔 : 『新書校注』에는 '莫'으로 되어 있다. 해가 저물 무렵을 뜻한다. 戎 : 중국 서방의 소수민족. 여기에서는 흉노를 가리킨다.
44) 希旰 : 기뻐하는 모양이다.

항복한 자 중에 걸출한 인물은, 혹 흉노의 사신이 왔을 때 황상께서 반드시 사람을 보내 그를 청하여 빈객으로 대접합니다. 그로 하여금 (사신 중에서) 면식이 있는 자를 초청하게 하고, 이 광경을 보려는 오랑캐들을 막지 마십시오. (그들을 초대할 때) 또렷하게 화장하고 화려하게 수놓은 옷을 입힌 여인 이 삼십여 명으로 하여금 마루에서 시중들게 하고, 장막의 앞뒤에서 호족의 유희로 밥맛을 돋게 합니다. 주상께서 악대를 시켜서 단악(但樂)[45]을 연주하게 해서 퉁소를 불고 소고를 치며, 공중제비 돌기와 가면극을 차례로 내보내서 춤추는 자와 뛰는 자가 때때로 나오도록 합니다. 잠깐 쉬는 틈에는 북을 치고 나무인형을 춤추게 하며, 저물 무렵에는 오랑캐의 음악을 연주하게 해서 손을 맞잡고 귀빈을 이끌어 억지로라도 무대의 맨 앞에 오르게 하고, 십여 명의 여자들이 이를 앞뒤에서 부축하며 시중들도록 합니다. 한나라에 항복한 자들로 하여금 때때로 이렇게 즐길 수 있도록 합니다. 그러면 그들 나라에서 이를 듣고 본 자들이 기뻐서 서로 이야기할 것이고, 사람들마다 내가 너무 늦게 투항하는 것이 아닐까 조바심을 낼 것입니다. 이렇게 하여 그들의 귀를 끄는 것이 또한 하나의 미끼입니다.

凡降者陛下之所召幸, 若所以約致也. 陛下必時有所富, 必令此有高堂邃宇, 善廚處, 大囷京,[46] 廐有編馬, 庫有陣車, 奴婢・諸嬰兒・畜生具. 令此時大具[47]召胡客, 饗胡使, 上幸令官助之具, 假之樂. 令此其居處樂虞・囷京之畜, 皆過其故王.[48] 慮出其單于或,[49] 時時賜此而爲家耳. 匈奴一國傾心而冀, 人人怴怴唯恐其

---

45) 但樂: 고대의 악곡 이름. '但歌'라고도 한다.
46) 囷京: 곡식창고.
47) 大具: 큰 연회를 마련하다.
48) 故王: 흉노왕을 가리킨다.
49) 或: 兪樾의 의견을 따라 '域(지역)'으로 해석하였다. 『新書校注』, 147면.

後來至也. 將以此壞其腹. 一餌.

옮김譯 투항한 자를 폐하께서 불러 친근히 대해주신다면 (그들은) 마치 미리 약속해놓은 것처럼 투항해오게 될 것입니다. 폐하께서는 반드시 때에 따라 그에게 재물을 풍성하게 주시고, 그로 하여금 높은 집에 넓은 뜰과 좋은 주방과 큰 창고를 갖추고 마구간에는 말을 매어두며, 수렛간에는 여러 대의 마차를 두고 노비와 여러 아이들과 가축을 갖추어 줍니다. 만약 이때 큰 연회를 마련해서 당시에 투항한 오랑캐들을 초청하여 오랑캐의 사신을 접대하게 하면, 임금께서는 관청에 명령을 내려 그 준비를 돕게 하고 그에게 악공들을 보내줍니다. 그가 거처하는 곳을 안락하게 해주고 창고에 비축한 물자도 모두 흉노의 왕을 능가하도록 갖춰줍니다. 그리하여 선우가 다스리는 지역에서 빠져나오면 종종 이런 대접을 받고 한나라의 가족이 될 수 있을 것이라고 생각하게 하십시요. 그렇게 되면 흉노의 온 나라가 진심으로 바라고 사람마다 행여 남보다 뒤늦게 투항할세라 조바심을 낼 것입니다. 이런 방법으로 그들의 배를 끄는 것이 하나의 미끼입니다.

원문 於來降者, 上必時時而有所召幸, 拊循而後得入官.50) 夫胡大人難親也, 若上於胡嬰兒及貴人子好可愛者, 上必召幸大數十人, 爲此繡衣好閑, 且出則從, 居則更侍. 上卽饗胡人也, 大觳抵也, 客胡使也, 力士武士固近侍傍. 胡嬰兒得近侍側, 胡貴人更進得佐酒前. 上乃幸自御此薄,51) 使付酒錢,52) 時人偶53)之. 爲閒則出繡

---

50) 『新書校注』『新書全譯』에서는 '拊循'을 '而後得入官'의 뒤에 붙였다. 拊循 : 위로하다.
51) 薄 : 모임을 말한다(『廣雅』「釋詁」. "薄 聚也").
52) 錢 : '醆'과 통하며 술잔의 뜻이다.
53) 人偶 : 서로 친하다, 친밀하다는 뜻이다. 『新書校注』, 148면 참조.

衣·具帶服·賓餘,[54] 時以賜之. 上卽幸抴胡嬰兒, 擣遒之, 戲弄之,
乃授炙幸自啗之, 出好衣閑[55]且自爲贛之. 上起, 胡嬰兒或前或後.
胡貴人旣得奉酒, 出則服衣佩綬, 貴人而立於前. 令數人得此而居耳.
一國聞者·見者, 希旰而欲, 人人怴怴, 惟恐其後來至也. 將以此壞
其心. 一餌.

　故牽其耳, 牽其目·牽其口·牽其腹, 四者已牽, 又引其心, 安得不
來? 下胡抑扤也. 此謂五餌.

옮김譯 　항복하여 온 자에 대하여 임금께서는 때때로 불러 접견하시고
위로해준 다음에 관직을 줍니다. 대체로 오랑캐는 친하기 어려
우나, 만일 임금께서 오랑캐의 어린애나 귀한 집 자제 가운데 잘생기고
사랑스러운 자를 많게는 수십 명을 불러 직접 만나 보시고, 곱게 수놓
은 옷을 우아하게 입혀서 출타할 때에 뒤따르게 하고 궁중에 있을 때에
는 바꿔가며 시중을 들게 합니다. 임금께서 오랑캐를 접대하게 될 때에
는 대대적으로 씨름놀이를 베풀고, 오랑캐의 사신을 접견할 때에는 역
사(力士)나 무사가 가까이에서 모시도록 합니다. 오랑캐의 어린아이를
곁에 두어 시중들게 하며, 오랑캐의 귀족들도 번갈아 앞에 나와 술을
올리도록 합니다. 임금께서는 친히 나가서 이 모임을 주재하셔서 술잔
을 따라주시며, 때맞게 친밀히 대해줍니다. 틈틈이 수놓은 옷을 내주시
고, 관대를 갖춘 의복과 머리빗 등을 때때로 하사해줍니다. 황상께서 친
히 오랑캐의 어린아이를 어루만지실 때에는 번쩍 안아 올리시기도 하
시고 놀리기도 하며, 손수 고깃점을 입에다 넣어 주거나 고운 옷가지를
손수 내려 주시기도 하십니다. 황상께서 일어나실 때에는 오랑캐의 어
린아이들이 앞뒤로 따르게 하며, 오랑캐 귀인이 (황상을) 모시고 술 마

　54) 賓餘 : 빗(櫛)의 별칭. 辮髮할 때 사용하는 장신구로, 『사기』「흉노전」에서는 '比余'
　　　라고 했다.
　55) 閑 : '嫻'과 통하며 우아하다는 뜻이다. 『新書全譯』, 177면.

실 수 있게 하고, 외출할 때에는 하사받은 옷을 입고 인끈을 드리우며, 귀족의 신분들이 앞줄에 서도록 합니다. 몇 사람만 이렇게 살도록 하시면 됩니다. 온 나라에서 이를 듣고 본 사람은 자기도 그렇게 되기를 바라고, 사람마다 남보다 뒤질세라 조바심을 낼 것입니다. 이러한 방법으로 그들의 마음을 끄는 것이 하나의 미끼입니다.

　그러므로 그들의 귀를 끌고, 그들의 눈을 끌고, 그들의 입을 끌고, 그들의 배를 끌어 네 가지를 이미 다 끌고서 또 그들의 마음까지 끌면 어떻게 투항하지 않을 수 있겠습니까? 오랑캐를 항복시키는 것은 낙엽 떨구듯이[56] 아주 쉬운 일입니다. 이를 다섯 가지 미끼라고 합니다.

원문　若夫[57]大變之應, 大約以權決塞, 因宜而行, 不可豫形. 尊翁主,[58] 重相室,[59] 多其長吏,[60] 衆門大夫[61]皆謀士也. 必足之財, 且用吾人, 且用其尊, 觀其限,[62] 窺其謀, 中外[63]符節, 適繆拘[64]

---

56) 扢 : 잃다, 떨어지다. 여기에서는 낙엽을 떨어뜨리다는 뜻으로 보았다. 『賈誼新書譯注』, 117면 인용.

57) 若夫 : ~에 이르러서는(至於)의 뜻이다.

58) 翁主 : 漢代 諸王의 딸을 옹주라고 불렀다. 『漢語大詞典』 9권 644면. 漢初에 흉노에 대한 和親정책으로 제후왕의 여자를 흉노에게 시집보내는 경우가 있었다. 가의는 흉노에게 시집가는 옹주를 이용하여 흉노에 관해 정보를 얻고자 했다.

59) 相室 : 고대 卿大夫의 집안을 관리해주는 家臣을 말한다. 남자는 家老, 여자는 傅母라고 불렀다. 여기서는 옹주를 위하여 집안을 관리하는 家臣을 말한다.

60) 長吏 : 지위가 비교적 높은 관원. 『한서』 「白官公卿票上」, "봉록이 400석에서 200석에 이르는 관원을 장리라 한다[秩四百石至二百石, 是爲長吏]" 여기에서는 옹주를 호위하는 관원을 말한다.

61) 門大夫 : 궁문을 담당하는 관직이름. 『通典』 「職官十二」. "진나라에 太子門大夫라는 관직이 있었는데, 한나라가 이를 따랐다[秦有太子門大夫. 漢因之]" 謀 : 劉師培는 '謀(염탐하다)'로 바꿔야한다고 보았다. 여기에서는 이를 따라 해석했다. 『新書校注』, 148면 참조

62) 限 : 陶鴻慶은 '隙'의 잘못으로 보았다. 이를 따라 해석했다. 『賈誼新書譯注』, 120면.

63) 中外 : 흉노를 가리킨다. 符節 : 고대에 조정에서 명령을 전달하거나 군대를 이동시킬 때, 혹은 關門을 출입할 때 使者가 몸에 지녔던 증거물로서, 금・옥・동・대나무 등으로 만들었다. 쌍방이 반쪽씩 나누어가져서 진위를 확인하였다.

64) 繆拘 : 符合(부합하다). 『新書全譯』, 181면.

也. 夫或人[65]且安得久悍若此! 故三表已諭, 五餌既明, 則匈奴之中
乖而相疑矣. 使單于寢不聊寐, 食不甘口, 揮劍挾弓, 而蹲穹廬[66]之
隅, 左視右視, 以爲盡仇也. 彼其群臣, 雖欲毋走, 若虎在後, 衆欲無
來, 恐或軒[67]之, 此謂勢然. 其貴人之見單于, 猶迁虎狼也, 其南面而
歸漢也, 猶弱子之慕慈母也. 其衆之見將吏, 猶鼉迁仇讎也; 南鄉[68]
而欲走漢, 猶水流下也. 將使單于無臣之使, 無民之守, 夫惡得不係
頸頓顙,[69] 請歸陛下之義哉! 此謂戰德.

커다란 변란에 대응할 때에는 대략 변통책으로 막힌 상황을
풀고 시의적절하게 조치를 하는 것이지, 미리 상정할 수는 없
습니다. 흉노에게 시집가는 옹주를 높이고[70] 가신(家臣)을 존중하여 그
들을 호위하는 관원을 많이 두면, 여러 문대부들은 모두 우리의 염탐꾼
이 되는 것입니다. 그들의 재산을 풍족하게 해주고, 또 우리 쪽 사람을
이용하고 높은 신분을 활용하여, 흉노의 약점이나 침략계획을 탐지한다
면 흉노에 대해서 마치 부절을 맞추듯 정확히 알 수 있을 것입니다. 그
렇게 된다면 저 흉노가 어떻게 지금처럼 이렇게 오랫동안 사납게 굴 수
있겠습니까! 세 가지 준칙이 알려지고 다섯 가지 미끼가 분명히 시행되
면 흉노인들 사이에 틈이 생기고 틀어져 서로 의심하게 될 것입니다.
그리하여 선우는 잠을 자도 잠자리가 편치 않고 음식을 먹어도 단맛을
느끼지 못하며, 칼을 휘두르고 활을 당겨보아도 집안 구석에 쪼그려 앉

---

65) 夫或人 : 彼國人과 같은 말로서, 저 나라 사람 즉 흉노를 가리킨다. 或 : 域(나라)의
   뜻이다. 『賈誼集校注』, 148면.
66) 穹廬 : 옛날 유목민족들이 거주하는 둥근 천막형태의 집이다.
67) 軒 : '斬'의 잘못으로 본다. 『賈誼新書譯注』, 120면.
68) 鄕 : '向'과 통한다. 향하다의 뜻이다.
69) 頓顙 : 무릎을 꿇고 이마가 땅에 닿도록 절을 하는 것으로 죄를 청하거나 투항할 때
   사용한다.
70) 이 구절의 뜻은 흉노에게 시집가는 옹주의 신분을 높여준다는 의미이다.

아 좌우를 다 둘러보아도 모두가 원수라고 여기게 될 것입니다. 흉노의 여러 신하들이 비록 도망치려는 생각이 없어도 마치 호랑이나 이리가 뒤에서 쫓아오는 것 같고, 그 백성들이 투항할 생각이 없다 해도 죽임을 당할까봐 두려워하게 될 것이니, 이는 형세가 그렇게 만든 것입니다. 그들의 귀족들이 선우를 보면 마치 호랑이를 만난 듯 여기지만, 남쪽으로 내려와 한나라에 귀순하는 것은 마치 집을 잃어버린 아이가[71] 자애로운 어머니의 품을 그리워하듯 할 것입니다. 흉노족들이 그들의 장수나 관리보기를 마치 원수를 만난 듯 여길 것이지만, 남쪽으로 향하여 한나라로 도망치려는 것은 마치 물이 높은 곳에서 낮은 곳으로 흐르는 것처럼 (막을 수가 없게) 될 것입니다. 이리하여 선우로 하여금 사신으로 보낼 신하가 없고 나라를 지켜 줄 백성들이 없게 만들면, 그가 어떻게 땅에 닿도록 머리를 숙이며 폐하에게 귀순하는 의를 청하지 않을 수 있겠습니까! 이를 '은덕으로 싸운다'고 합니다.

彼匈奴見略,[72] 且引衆而遠去, 連此[73]有數. 夫關市[74]者, 固匈奴所犯滑而深求也. 願上遣使厚與之和, 以不得已許之大市. 使者反, 因於要險之所, 多爲鑿開, 衆而延之, 關吏卒使足以自守. 大每一關, 屠沽者·賣飯食者·美瞂炙腊者, 每物各一二百人, 則胡人著[75]於長城下矣. 是王將疆北之, 必攻其王矣. 以匈奴之飢, 飯羹

---

71) 『장자』「제물론」에서는 집을 잃어버린 아이를 '弱喪'이라고 했다. "삶을 좋아함이 미혹되지 않은 것인지 아닌지를 내가 어떻게 알겠는가? 죽음을 싫어함이 어렸을 적 집을 잃어 돌아갈 줄도 모르는 자인지 아닌지를 내가 어떻게 알겠는가![予惡乎知說生之非惑邪! 予惡乎知惡死之非弱喪而不知歸者邪]" 참조.
72) 略 : 인구가 감소함을 뜻한다(『荀子』「天論」注. "略, 減少也"). 『新書校注』, 150면 참조. '略'은 약탈하다의 뜻으로 많이 쓰이나, 앞의 문장은 흉노를 침략하기 보다는 흉노를 국내로 끌어들이는 방책을 말한 것이므로, 여기서는 '인구가 줄다'의 뜻으로 해석했다.
73) 此 : 潭本에는 '比'로 되어 있다. 여기서는 담본을 따라 '連比[자주, 연이어]'로 해석했다. 『新書校注』, 150면 참조.
74) 關市 : 변경에 세워진 무역시장.

啗膶炙, 嘩多飲酒, 此則亡竭可立待[76]也. 賜大而愈飢, 多財而愈困, 漢者所希心而慕也. 則匈奴貴人以其千人至者, 顯其二三; 以其萬人至者, 顯其十餘人. 夫顯榮者, 招民之機[77]也. 故遠期五歲, 近期三年之內, 匈奴亡矣. 此謂德勝.

흉노들의 인구가 줄어드는 것을 보면 선우는 그들의 무리를 이끌고 멀리 떠나갈 것이니, 이런 일들이 연이어 계속될 것입니다. 저 변경지역의 시장은 원래 흉노가 교활하게 침범해 들어와서 찾는 곳입니다. 바라옵건대 임금님께서는 사신을 보내어 많은 혜택을 주면서 강화를 맺고, 그들로 하여금 큰 시장에 올 수 있도록 허용하십시오. 사신이 돌아오면 험한 요지 곳곳에 시장을 많이 열어 흉노의 무리들을 그곳으로 끌어 들여 교역하게 하면서, 문지기와 군졸들이 스스로를 지키도록 하십시오. 대략 매 시장마다 고기와 술을 팔며, 음식을 팔고 요리를 파는 자들이 관문마다 일 이백 명씩 되게 하면, 오랑캐들은 장생(長城) 아래에 붙어살게 될 것입니다. 흉노의 왕이 억지로 그들을 북쪽으로 옮겨가게 하면, 그들은 반드시 그 왕을 공격하게 될 것입니다. 굶주렸던 흉노는 맛있는 음식을 먹고 술을 많이 마시게 될 것이니, 이렇게 되면 그들의 나라가 망하고 재정이 바닥나는 날이 서서 기다릴 수 있을 정도로 빨리 올 것입니다. (그들에게 맛난 음식을) 많이 줄수록 그들은 더욱 굶주리게 되고, 재물을 많이 쓸수록 더욱 곤궁해지게 되며, 한나라는 그들이 마음으로부터 부러워하고 그리워하는 곳이 될 것입니다. 흉노의 귀족이 그들의 부족 천명을 이끌고 귀순하면 그들 중 두세 사람은 영화를 누리며 살게 해주고, 그들의 부족 만 명을 이끌고 귀순하면 그들 중 십여 명은 영화를 누리도록 해주십시오. 영화를 누리게

---

75) 著 : 붙어있다.
76) 立待 : 서서 기다릴 수 있을 정도로 짧은 시간.
77) 機 : 기회, 관건.

하는 것은 흉노의 백성들을 불러들이는 좋은 장치가 됩니다. 이렇게 하면 길어야 5년, 짧으면 3년 안으로 흉노가 망하고 말 것 입니다. 이를 '덕으로 이긴다'고 합니다.

원문 或曰:"建三表, 明五餌, 盛資翁主, 禽敵國而后止. 費至多也, 惡得財用而足之?" 對曰:"請無敢費御府[78]銖金尺帛, 然而臣有餘資." 問曰:"何以?" 對曰:"國有二族, 方亂天下, 甚於匈奴之爲邊患也. 使上下踖逆, 天下竂貧, 盜賊罪人蓄積無已, 此二族爲祟也. 上去二族, 弗使亂國, 天下治富矣. 臣賜[79]二族, 使祟匈奴, 過足言者."

或曰:"天子下臨, 人民戀之." 曰:"苟或非天子民, 尙豈天子也? 詩曰:'普天之下, 莫非王土; 率土之濱, 莫非王臣.' 王者天子也. 苟舟車之所至, 人跡之所及, 雖蠻夷戎狄,[80] 孰非天子之所哉? 而憓渠[81]頗率天子之民, 以不聽天子, 則憓渠大罪也. 今天子自爲懷其民, 天子之理也. 豈下臨人之民哉?"

옮김譯 혹 어떤 사람은 "세 가지 기준을 세우고 다섯 가지 미끼를 분명히 시행하며, 옹주에게 성대한 재산을 주는 것은 적국이 멸망한 후에야 그칠 것입니다. 아주 큰 비용이 들어갈 것인데, 그 비용을 어디에서 가져와 충족시킬 수 있겠습니까?"라고 물을 것입니다. 저는 "감히 황실 창고에 있는 황금 한 점 비단 한척 쓰지 않고도, 남는 재물이 있습니다"라고 대답할 것입니다. "어떻게 할 수 있느냐"라고 묻는다

---

78) 御府: 황실의 창고. 銖: 고대 무게의 단위로 1냥의 24분의 1이다. 여기에서는 매우 적은 양을 뜻한다.
79) 賜: 다하다(盡). 두 부류의 재산을 다 사용한다는 말이다.
80) 蠻夷戎狄: 중국이 사방의 오랑캐를 지칭하는 말이다.
81) 憓渠: '休屠'의 異釋으로, 흉노의 우두머리를 말한다. 휴도는 흉노부족의 하나로, 甘肅 武威縣 북쪽에 있다. 『新書全譯』, 186면.

면 저는 다음과 같이 대답할 것입니다. "지금 나라 안에 두 부류82)가 있어 바야흐로 천하를 어지럽힘이 흉노가 변경에서 일으키는 근심보다 더 심합니다. 만약 나라의 상하가 어그러져 배반하게 하면, 나라는 곤궁해지고 도적이나 죄인들이 계속 쌓여갈 것이니, 바로 이 두 부류가 화근입니다. 황상께서 이 두 부류를 제거하여 나라가 어지럽지 않도록 한다면, 천하는 안정되고 부유해질 것입니다. 저는 두 부류의 돈을 몽땅 가져다가 흉노를 치는데 쓰게 한다면 충분할 것입니다."

　어떤 사람은 또 말하기를, "천자가 아래에 군림하니, 백성들이 이를 근심한다고"도 합니다. "그러나 천자의 백성들이 아니라면 어떻게 또 천자가 되겠습니까? 『시경』에 말하기를, '온 하늘아래 왕의 땅이 아닌 곳이 없고, 이 땅의 끝까지 왕의 신하가 아닌 사람이 없도다!'83)라고 하였습니다. 왕이라는 것은 천자를 말하는 것입니다. 적어도 뱃길이 닿고 수레가 통하는 곳, 사람 발자취가 닿는 곳이면 그곳이 설사 사방의 오랑캐들이 사는 곳이라 한들 어느 곳이라고 천자의 땅이 아닌 곳 있겠습니까? 그렇거늘 흉노의 우두머리가 천자의 백성을 제법 거느리면서 천자의 말씀을 듣지 않는 것은 그 우두머리의 크나큰 죄입니다. 이제 천자께서 스스로 자신의 백성들을 생각하시는 것은 천자의 당연한 도리입니다. 어찌 남의 백성에게 군림하려는 것이겠습니까?"

---

82) 二族: 吳王 濞와 鄧通을 말한다. 『한서』 「食貨志」에 의하면, 오왕 비는 鑄錢을 하여 제후로서 ㄱ 세신이 친지에 맞먹었으며, 뒤에 결국 반역을 일으켰다. 등통은 대부로서 주전을 하여 왕보다도 돈이 많았다고 한다. 『新書校注』, 151면. 『新書全譯』에서는 동전 주조업자와 상공업 종사자를 가리킨다고 보았다. 185면 참조.
83) 『시경』 「小雅」 「北山」에 있는 말이다.

█ 비굴한 자세[勢卑] █

해제 이 편은 대국인 한나라가 흉노에게 지나치게 비굴하게 대하고 있음을 지적하고, 단호하게 대응하여 흉노를 한나라의 속국으로 만들것을 제안하고 있다. 이 편은 앞의 「흉노」편보다 조금 뒤에 쓰였다. 『한서』 「가의전」에 일부가 수록되어 있다.

원문 匈奴侵甚侮甚, 遇天子至不敬也, 爲天下患, 至無已也. 以漢而歲致金絮繒綵, 是入貢職於蠻夷也, 顧[84]爲戎人諸侯也. 勢旣卑辱, 而禍且不息, 長此何窮? 陛下胡忍以帝皇之號持[85]居此?

옮김譯 흉노가 한나라를 침략하고 업신여김이 심하며, 천자를 대하는 데에 지극히 불경스러워 천하의 근심거리가 멈추지 않습니다. 거기에다 한나라는 해마다 금과 솜과 비단을 그들에게 보내고 있으니 이는 바로 오랑캐들에게 조공을 바치는 격이며, 도리어 한나라가 오랑캐의 제후국이 되어버렸습니다. 형세가 비굴하고 모욕적일 뿐 아니라, 전란이 끊이지 아니하니 이대로 계속 나가다가는 언제 끝이 나겠습니까? 폐하께서는 황제의 이름을 지닌 채 어찌 이러한 상태를 차마 지속하겠습니까?

원문 臣竊料匈奴之衆, 不過漢一千石大縣. 以天下之大, 而困於一縣之小, 甚竊爲執事[86]羞之. 陛下有意, 胡不使臣一試理

---

84) 顧: 도리어.
85) 持: 다른 판본에는 '特'으로 되어 있다. '다만[特]' 보다는, 황제의 칭호를 '지니다 [持]'가 보다 문맥에 적당하다. 『新書校注』, 154면 참조.
86) 執事: 『新書全譯』에서는 집사가 상대방에 대한 경칭으로, 여기서는 황제를 완곡하게 지칭한 말로 보았다. 그러나 역자의 소견으로는 일반적으로는 상대를 직접 지칭하는 당돌함을 피하기 위해 卑號로 집사를 대신 부르는 경우가 있지만, 『신서』에서는

此? 夫胡人於古小諸侯之所銓權[87]而服也, 奚宜敢悍若此? 以臣爲屬
國之官,[88] 以主匈奴. 因幸行臣之計, 半歲之內, 休屠[89]飯失其口矣.
少假之閒, 休屠繫頸[90]以草, 膝志快行頓顙, 請歸陛下之義. 唯上財
幸, 而後復罷屬國之官, 臣賜歸伏田廬, 不復污末廷, 則忠臣之矣. 今
不獵猛獸而獵田鼫, 不搏反寇而搏蓄菟, 所獵得毋小, 所搏得毋不急
乎? 玩細虞, 不圖大患, 非所以爲安.

제가 생각하건대 흉노의 무리는 그 규모가 한나라의 천석 정
도의 큰 현 규모에 불과합니다. 온 천하를 지배하는 한나라가
조그마한 현 하나에 불과한 작은 나라에 의해 고통받는다는 것은 일을
맡은 사람으로서 매우 부끄러운 일이 아닐 수 없습니다. 폐하께서 뜻이
있으시다면 어찌 저로 하여금 이 일을 처리하도록 하지 않으십니까? 오
랑캐는 예전에 작은 제후의 힘과 꾀에도 꼼짝 못하던 무리들이었는데,
어찌 이처럼 사납게 되었는지요? 저에게 속국을 관장하는 직책을 맡겨
흉노를 다스리게 하고, 소신의 계책을 실행하신다면 반년 안으로 흉노
의 우두머리는 밥도 제대로 삼키지 못 하게 될 것입니다. 조금 지나면
그 우두머리는 목을 인끈으로 묶고서 무릎으로 기어와 머리를 조아리
며 폐하에 귀순하는 의를 청할 것입니다. 오직 황상께서는 결재해주시
고 그 다음에는 저에게 맡기셨던 속국의 관직을 해임해서, 저로 하여금

황제를 보통 陛下라고 부르고 있는 점을 볼 때, 그리고 앞뒤의 문맥을 고려할 때 賈誼
자신을 일컬은 것으로 보는 것이 더 타당하다고 본다.
87) 銓權: 무력과 權謀를 사용하여 제어하다. 權: 孫飴讓은 『札迻』에서 "權은 당연히
穫이어야 한다[權, 當作穫]"고 하였다. 『新書校注』, 154면 참조.
88) 屬國之官: 典屬國으로, 秦漢의 관직이름이다. 변방의 소수민족의 일을 담당한다.
89) 休屠: 흉노부족의 하나로, 甘肅省 武威縣 북쪽에 있다. 여기서는 널리 匈奴의 우두
머리를 가리킨다.
90) 繫頸: 목을 끈으로 묶는 것으로 항복을 표시한다. 『한어대사전』 9권 1027면. 여기에
서는 "풀로 묶는다[繫頸以草]"고 하였으나, 『十八史略』 「秦二世」에서는 "끈으로 묶
는다[繫頸以組]"고 하였다.

전원의 움막에 돌아가 살도록 하여 다시는 조정의 말석이나마 더럽히는 일이 없도록 해주신다면 충직한 소신의 마음이 기쁘겠습니다. 지금 사나운 맹수는 잡지 아니하시고 멧돼지나 잡으며, 반역하는 무리들은 치지 아니하고 집토끼나 때려잡고 있는 꼴이니, 하찮은 것이나 잡고 급하지 않은 것이나 때려잡는 격 아닙니까? 시시한 놀이나 즐기고 큰 근심에는 대비를 하지 아니하니, 이는 천하를 평안케 하는 방법이 아닙니다.

🔻 회남의 환란[淮難] 🔻

해제 이 편은 회남왕이 오래도록 한 황실에 대해 불충한 마음을 품어오고, 또한 그 세력이 강대해졌는데도 불구하고, 이에 대한 아무런 방비책이 없어 장차 큰 환란의 불씨가 될 수 있음을 경계한 글이다. 기원전 172년(문제 8년)에 쓰였다. 『한서』「가의전」에 일부가 수록되어 있다.

원문 竊恐陛下接王淮南王子,[91] 曾不與如臣者執計之也. 淮南王悖逆亡道,[92] 陛下爲頓顙謝罪皇太后之前, 淮南王[93]曾不誚讓, 敷留[94]之罪無加身者. 舍人[95]橫制等室之門, 追而赦之, 吏曾不

---

91) 淮南王子 : 漢 高祖의 손자 劉安. 劉安은 高祖의 여섯째 아들로 회남왕으로 봉해진 劉長의 아들이며 아버지를 이어 회남왕이 되었다.
92) 淮南王悖逆亡道 : '淮南王來入赴千乘之君'으로 되어 있는 판본도 있다. 盧文弨는 『한서』에 의거해 '淮南王悖逆亡道'로 고쳤다. 여기서는 盧本을 따랐다. 『新書全譯』(192면) 및 『新書校注』(158면) 참조
93) 淮南王 : 『신서』「宗首」편 주 참조. 漢書』「淮南王傳」에 자세히 나와 있다.
94) 敷留 : 자신의 封國으로 돌아가지 않고 조정에 체류함을 뜻한다. 『賈誼集校注』, 159면.

得捕. 王人於天子國橫行, 不辜而無譴, 乃賜美人多載黃金而歸. 侯邑之在其國者, 畢徙之佗所. 陛下於淮南ㄴ王不可謂薄矣.

然而淮南王, 天子之法咫踱促而弗用也, 皇帝之令, 咫批傾而不行, 天下孰不知? 天子選功臣有識者以爲之相吏, 王僅不踏蹴而逐耳. 無不稱病而走者, 天下孰弗知? 日接持怨言, 以誹謗陛下之爲, 皇太后之餽賜, 逆拒而不受. 天子使者奉詔而弗得見, 僵臥以發詔書, 天下孰不知? 聚罪人奇狡少年, 通棧奇之徒啓章之等, 而謀爲東帝, 天下孰弗知? 淮南王罪已明, 陛下赦其死罪, 解之嚴道,96) 以爲之神, 其人自病死, 陛下何負? 天下大指孰能以王之死爲不當? 陛下無負也.

옮김譯 폐하께서 회남왕의 아들을 계속 이어서 왕으로 삼으면서, 일찍이 저와 같은 사람과 함께 이 문제를 깊이 헤아리지 않는 것이 걱정스럽습니다. 회남왕이 패역무도함에도 불구하고, 폐하께서는 이에 대하여 몸소 황태후 앞에 나아가 머리를 조아려 사죄를 드리면서 오히려 회남왕은 조금도 나무라지 않았고,97) (회남왕이 자신의 봉국으로 돌아가지 않고) 계속 서울에 머물러 있어도 벌하지 않았습니다. 그의 집 가신들은 제멋대로 황궁의 문을 드나들어도 뒤따라 용서하였고, 관리들은 이들을 체포할 수도 없었습니다. 회남왕의 밑에 있는 자들이 천자의 도성에서 제멋대로 행동해도 이를 나무라거나 벌주지 않고, 오히려 미인을 하사하고 황금을 가득 싣고 돌아가도록 해주셨습니다. 또 폐하께서는 회남에 있던 제후들의 봉읍(封邑)을 모두 다른 곳으로 옮겨주었습니다.98) 그러니 폐하께서는 회남왕에 대하여 각박하게 대했다고 말할

---

95) 舍人 : 家臣. 주위에서 가깝게 모시는 관원. 等室 : 靜室 즉 황궁을 말한다. 『賈誼新書譯注』, 126면.

96) 嚴道 : 지금의 四川省 榮縣. 神 : '化'의 같다. 『新書全譯』, 193면 참조.

97) 淮南王 劉長이 辟陽侯(審食其)를 죽였는데, 문제가 황태후인 薄后에게 그 죄를 용서할 것을 부탁하였다.

98) 한문제가 즉위한 초기에 회남지방에 있던 다른 제후들의 封邑을 다른 지역으로 옮

수 없습니다.

그럼에도 불구하고 회남왕은 천자의 법령을 짓밟고 실행하지 않으며, 황제의 명령도 뒤엎어버리고 행하지 않았으니, 황제의 명령이 뒤엎어지고 실행되지 않았다는 것을 천하에 누가 알지 못하겠습니까? 천자께서 공신 가운데 식견이 훌륭한 사람을 골라 회남왕의 재상으로 삼아 주셨으나, 회남왕은 그저 내쫓지 않을 정도로만 대했습니다. 결국 그들은 모두 병을 핑계로 떠나지 않을 수 없었으니, 천하에 누가 모르겠습니까? 날마다 원망이나 늘어놓고, 폐하께서 하시는 일에 대해 비방이나 일삼으며, 황태후가 보내 주신 물건을 거절하여 이를 받지도 않았습니다. 천자의 사신이 조서를 받들고 갔지만 회남왕을 만나볼 수도 없었고, 그 자신은 침상에 벌렁 누운 채 조서를 펼쳐봤다는 것을 천하에 누가 모르겠습니까? 한편 그가 죄인이나 교활한 애들, 또는 잔기(棧奇)나 계장(啓章)[99]의 무리들과 내통해서 동제(東帝)가 되려고 꾀한 것도[100] 천하에 누가 알지 못하겠습니까? 회남왕의 죄가 이미 명백한데도, 폐하께서는 그의 죽을죄를 용서하셨고 엄도(嚴道)[101]로 가는 길에서 그를 풀어주고 교화하려 했지만, 그는 병들어 죽었으니 폐하께서 그에게 미안한 것이 무엇입니까? 온 천하에 그가 죽은 것이 부당하다고 누가 손가락질하겠습니까? 폐하께서 그에게 미안해할 일이 없습니다.

원문 如是, 怨淮南王罪人之身也, 淮南子罪人之子也. 奉尊罪人之子, 適足以負謗於天下耳, 無解細於前事. 且世人不以肉爲心則已, 若以肉爲心, 人之心可知也. 今淮南子少壯, 聞父辱狀, 是

기게 하고, 회남왕에게는 3개의 현을 더해주었다. 이 일은 『한서』 「淮南王傳」에 나온다.
99) 棧奇 : 棘蒲侯柴武의 아들. 柴奇와 같다. 啓章 : 劉長의 부하. 이들은 회남왕 劉長의 謀士로 모반에 가담한 자들이다. 『신서』 「五美」편에서도 인용된 바 있다.
100) 회남이 한나라의 수도인 장안의 동쪽에 있기 때문에 스스로 東帝라 칭했다. 이에 대해서는 『신서』 「宗首」편 주 참조
101) 嚴道 : 지명으로, 지금의 四種城 榮經縣 안에 있다.

立屁泣沾衿, 臥屁泣交項, 腸至腰肘, 如繆維耳, 豈能須臾忘哉? 是而
不如是, 非人也. 陛下制天下之命, 而淮南王至如此極, 其子舍陛下
而更安所歸其怨爾? 特日勢未便, 事未發, 含亂而不敢言. 若誠其心,
豈能忘陛下哉! 白公勝所爲父報仇者, 報大與諸伯父叔父也. 令尹
子西司馬子綦 皆親群父也, 無不盡傷. 昔者白公之爲亂也, 非欲取國
代王也, 爲發憤快志爾. 故挾匕首以衝仇人之匈, 固爲要俱靡[102]而已
耳, 固非冀生也.

이와 같이 회남왕은 죄인의 몸이요, 회남왕의 아들은 바로 죄
인의 아들입니다. 죄인의 아들을 받들어 높인다는 것은 온 천
하의 비방을 듣기에 충분한 것이며, 아직 과거의 일에서 풀려나지 못한
것입니다.[103] 또한 세상 사람들이 마음을 감정적인 것으로[104] 보지 않
는다면 모르거니와, 만일 마음을 감정적인 것으로 본다면 사람의 마음
이란 알 만합니다. 이제 회남왕의 아들이 조금 자라서 자기 아버지의
욕된 일들에 대해 듣는다면, 서있으면 눈물이 옷깃을 적시고 누우면 눈
물이 목을 넘어가 창자에서 허리까지 온통 뒤틀릴 것이니, 어떻게 잠시
라도 잊을 수가 있겠습니까? 사실이 이러한데도 만약 이렇지 않았다면
그는 사람이 아닙니다. 폐하께서 천하의 명령을 정하고 계신데, 회남왕
이 이러한 지경에 이른 것에 대해 그 아들로서 폐하를 빼놓고서 다시
누구에게 그 원한을 돌리겠습니까? 다만 자신의 형세가 아직 편치 못한
상태라서 사태가 아직 발생하지 않았을 뿐이며, 난을 일으킬 생각을 품
고 있으면서 감히 발설하지 못하고 있을 뿐입니다. 만일 그의 진심대로

---

102) 靡: 죽음을 가리킨다.
103) 이 구절에 대해서는 두 가지 해석이 있다. 하나는 과거 부친의 일에서 자유롭지 못
    하다는 것이고『新書校注』(160면) 및『賈誼集校注』(160면)), 다른 하나는 과거의 잘못
    에 대해 정리하지 못했다는 것이다(『新書全譯』, 195면).
104) 이 구절의 해석은『新書全譯』, 196면을 따랐다.

라면 어떻게 폐하를 잊을 수 있겠습니까! 백공승(白公勝)[105]이 그의 아버지의 원수를 갚는 데 있어서, 그 대상은 그의 조부와 여러 백부 및 숙부들이었습니다. 영윤으로 있던 자서(子西)와 자기(子綦)[106]는 모두 친숙부였지만, 그들 모두 죽임을 당하였습니다. 옛날 백공이 반란을 일으킨 것도 나라를 빼앗아 자기가 대신 왕이 되고 싶어서가 아니라, 분풀이를 하려는 것이었습니다. 그러기에 비수를 품고 원수의 가슴을 찔러 다 같이 죽자는 생각뿐이요, 애당초 살기를 바란 것이 아니었습니다.

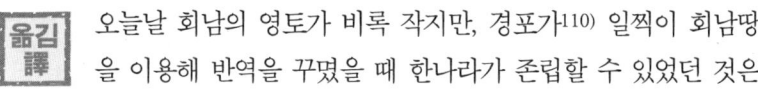

今淮南土雖小, 黥布嘗用之矣, 漢存特幸耳. 夫擅仇人足以危漢之資, 於策安便? 雖割而爲四, 四子一心也. 豫讓爲智伯報趙襄子, 五起而不取者, 無他, 資力少也. 子胥之報楚也, 有吳之衆也; 白公成亂也, 有白公之衆也. 闔閭富故, 然[107]使專諸刺吳王僚; 燕太子丹富故, 然使荊軻殺秦王政. 今陛下將尊不億[108]之人, 與之衆, 積之財. 此非有白公・子胥之報於廣都之中者, 卽疑有專諸・荊軻起兩柱之間. 其策安便哉? 此所謂假賊兵爲虎翼者, 願陛下少[109]留意計之.

오늘날 회남의 영토가 비록 작지만, 경포가[110] 일찍이 회남땅을 이용해 반역을 꾸몄을 때 한나라가 존립할 수 있었던 것은

---

105) 白公勝 : 春秋時代 楚나라 平王의 손자, 태자 建의 아들. 태자 건은 평왕과 불화하여 鄭나라로 도망갔다가 거기서 죽었다. 백공승이 아버지의 복수를 하려고 伯父인 令尹 子西와 叔父인 司馬 子綦를 죽이고 왕권을 빼앗았으나, 오래지 않아 叶公에 의해 죽었다.

106) 令尹 : 초나라의 관직이름. 국가최고의 집정관이다. 司馬 : 초나라의 관직 이름으로 군대를 담당한다.

107) 然 : 潭本에는 '能'으로 되어 있다. 아래의 '然'도 같다. 『新書全譯』, 197면.

108) 不億 : 不逞[반역의 뜻을 품다], 不得志[뜻을 얻지 못하다]. 『賈誼集校注』, 164면.

109) 少 : 부사로서 稍微(조금), 略微(약간), 少頃(이윽고), 不多時(얼마 안되어)의 뜻으로 쓰인다. 『辭源』, 483면 인용.

110) 鯨布 : 『신서』「藩强」편에 자세하게 나와있다.

정말 다행이었습니다. 원수진 사람들이 자기 마음대로 한다면 한나라를 위태롭게 할 수 있는 충분한 근거가 될 것이니, 어찌 대책을 안이하게 할 수 있겠습니까? 땅을 쪼개어 넷으로 나눈다 하여도 (유장의) 네 아들들은 한마음으로 뭉치게 마련입니다. 예양(豫讓)이 지백(智伯)을 위하여 조양자(趙襄子)[111]에게 원수를 갚으려고 다섯 번이나 거사를 하였으나,[112] 뜻을 이루지 못한 것은 다름이 아니라 그의 역량이 모자랐기 때문이었습니다. 자서(子胥)[113]가 초나라에 대하여 원수를 갚을 수 있었던 것은[114] 그에게는 오나라의 군중이 있었기 때문이었고, 백공이 반란을 일으켜 성공한 것은 그에게는 백공을 따르는 무리가 있었기 때문입니다. 합려(闔閭)[115]는 부유하였기 때문에 능히 전제(專諸)[116]를 시켜 오나라 왕인 료(僚)를 찌르게 할 수 있었으며, 연나라 태자 단(丹)[117]은 부유하였기 때문에 형가(荊軻)[118]를 시켜 진나라 왕 정(政)[119]을 죽이려고 할 수 있었던 것입니다. 이제 폐하께서는 반역할 뜻을 품은 사람을 높여주어 그에게 백성들을 넘겨주고 재물을 축적할 수 있도록 해주려고 하십니다. 이

---

111) 豫讓·智伯·趙襄子 : 『신서』「階級」주 참조.
112) 이 이야기는 『신서』「階級」편의 본문과 주에 자세하게 나와 있다.
113) 子胥 : 伍子胥. 춘추시대 楚나라 사람, 이름은 員이다. 그의 아버지와 형이 平王에게 죄없이 살해되자 吳나라로 도망쳐 吳王 闔閭를 도와 마침내 楚를 공격하여 복수를 하였다. 그 뒤 吳와 越과의 싸움에서 越의 화의 제청을 받아들이지 말라고 간하였으나 받아들여지지 않고 오히려 이간을 당하여 자살하도록 강요당했다.
114) 이 이야기는 『신서』「耳痺」편의 본문과 주에 자세하게 나와 있다.
115) 闔閭 : 춘추시대 말기 吳나라 王으로, 이름은 光이다. 기원전 514년에서 기원전 496년까지 재위하였다. 초나라에서 망명해온 伍子胥를 중용하여 霸諸侯를 이루었으나, 뒤에 월나라와의 전쟁 중에 죽었다.
116) 專諸 : 춘추시대 오나라 사람. 吳公子 光 즉 합려가 吳王 僚를 죽이고 왕위에 오르려하자, 전제는 칼을 고기 뱃속에 숨겨가지고 가서 오왕 료를 죽였다.
117) 太子丹 : 연나라왕인 喜의 태자. 성은 姬이다. 처음에 진나라에 인질이 되었으나 뒤에 연나라로 도망왔다. 이때 형가를 보내 진 시황을 살해하려고 하였으나 실패하였다. 진나라 군대가 연나라를 격파했을 때, 그도 부친을 따라서 遼東으로 피하였으나, 그의 부친에 의해 참수되어 진나라에 바쳐섰나.
118) 荊軻 : 衛나라 사람으로, 연나라를 遊歷하다가 태자 단을 도와 진시황을 죽이려고 진나라에 들어갔다가 실패하여 죽임을 당했다.
119) 진시황을 가리킨다.

는 백공이나 자서가 널따란 도성 안에서 원수를 갚게 되는 것이 아니면, 전제나 형가가 궁궐의 두 기둥사이에 올라가는 사태가[120] 되지 않을까 의심스럽습니다. 그러니 그 대책이 어찌 편안할 수 있겠습니까? 이는 바로 도적에게 무기를 빌려 주는 것이며 호랑이에게 날개를 붙여 주는 격이오니, 폐하께서는 이 점에 유의하시어 헤아려주시기 바랍니다.

█ 물자비축의 문제점[無蓄] █

해제 이 편은 곡식과 물자의 축적은 국가정책의 기본이며, 국가의 안녕과도 직결되는 문제임을 지적하고 있다. 그래서 물자의 저축이 없으면 불의의 천재지변이나 전란이 일어났을 때, 백성을 구휼하거나 군대를 지원할 수 없음을 구체적으로는 논의하고 있다. 기원전 168년(문제 12년) 무렵에 쓰인 것으로 보인다.

원문 禹有十年之蓄, 故免九年之水; 湯有十年之積, 故勝七歲之旱. 夫蓄積者, 天下之大命也. 苟粟多而財有餘, 何嚮而不濟? 以攻則取, 以守則固, 以戰則勝, 懷柔附遠, 何招而不至?
　管子[121]曰 : "倉廩實, 知禮節, 衣食足, 知榮辱"[122] 民非足也, 而可治之者, 自古及今, 未之嘗聞. 古人曰 : "一夫不耕, 或爲之飢, 一婦不

---

120) 궁궐의 당상에는 큰 기둥이 두 개가 있는데, 전제나 형가가 모두 궁궐의 당상에 올라가서 왕을 찌르려고 했던 일을 말한다.
121) 管子 : 管仲. 춘추시대 齊나라의 승상. 자세한 내용은 『신서』「宗首」 주 참조.
122) 이 부분은 글자는 조금 다르지만, 『管子』「牧民」과 『史記』「管晏傳」에 같은 내용이 나와 있다.

織, 或爲之寒." 生之有時而用之無節, 則物力必屈. 古之爲天下者至悉也, 故其蓄積足恃. 今背本而以末, 食者甚衆, 是天下之大殘也; 從生之害者甚盛, 是天下之大賊也; 汰流·淫佚·侈靡之俗日以長, 是天下之大祟也. 殘賊公行, 莫之或止, 大命泛敗,[123] 莫之振救, 何計者也, 事情安所取? 生之者甚少而靡之者甚衆, 天下之勢何以不危? 漢之爲漢幾四十歲矣,[124] 公私之積, 猶可哀痛也. 故失時不雨, 民且狼顧[125]矣, 歲惡不入, 請賣爵鬻子. 旣或聞耳矣, 安有爲天下阽危若此而上不驚者!

우임금은 십년은 견딜 수 있는 비축이 있었기 때문에 구년이나 계속 되었던 물난리를 벗어났고, 탕 임금은 십년은 견딜 수 있는 비축이 있었기 때문에 칠년이나 계속 되었던 가뭄을 이겨냈습니다. 물자를 쌓아 비축하는 것은 천하 백성들의 큰 목숨이 달린 일입니다. 곡식이 많고 재물이 남아돈다면 무엇을 한들 안 되겠습니까? (성을) 공격하면 빼앗을 수 있고 수비를 한다면 견고하게 지킬 수 있을 것이며, 전쟁을 하면 반드시 이길 것이고, 먼 지역(에 사는 사람들)을 귀순하도록 회유하면 불러서 찾아오지 않을 사람이 누가 있겠습니까?

관자가 말하기를, "창고가 차있으면 예절을 알게 되고, 입고 먹을 것이 넉넉하면 영화와 치욕을 알게 된다"고 하였습니다. 백성들의 삶이 넉넉하지 못했는데도 세상이 잘 다스려진 경우는 옛날부터 지금까지 들어 본 적이 없습니다. 옛사람의 말에도 "남자 한 명이 농사를 짓지 않으면 굶주리는 이가 있고, 여자 한 명이 베를 짜지 아니하면 추위에 떠

---

123) 泛敗: '汎敗'로도 쓰인다. 『한어대사전』 5권 930면 참조.
124) 이 글이 쓰인 것은 한 문제 2년(기원전 178년)으로, 한나라 황실이 건립된 지 28년이 되었으니, 「憂民」편의 내용에 의거해서 '四十歲'를 '三十歲'로 고쳐야 한다. 『賈誼集校注』(169면) 및 『賈誼新書譯注』(132면) 인용.
125) 狼顧: 이리는 두려우면 항상 뒤를 돌아본다고 한다. 여기서는 놀라 허둥대는 모습을 비유한 말이다.

는 사람이 있다"고 하였습니다. 생산하는 데에는 일정한 때가 있는데, 이를 무절제하게 사용하면 물자는 소진되고 맙니다. 옛날에 천하를 다스리던 분들은 아주 주도면밀해서 충분히 비축해두고 있었습니다. 지금은 근본을 배반하고 말단적인 것에 의지해서 먹고 사는 자가 매우 많으니[126] 이는 천하를 크게 해치는 현상이요, 삶을 해치는 일에 종사하는 자가 아주 많으니 이는 천하의 큰 도적이며, 사치하고 음탕하고 화려한 풍속이 날로 성해지니 이는 천하의 큰 해악입니다. 세상을 해치는 도적들이 공공연히 횡행하는데도 이를 금지하는 사람이 없고, 천하백성의 목숨이 걸린 비축물자가 흩어져 없어져도 이를 구원하는 자가 없으니, 무슨 계책이 있는 자이며 어디 취할 일이 있겠습니까? 생산하는 자는 아주 적은데 소모하는 자는 아주 많으니, 천하의 형세가 어찌 위태롭지 않겠습니까? 한 왕조가 나라를 세운지 지 거의 30년이 되어 가는데도, 국가적으로나 개인적으로나 비축된 물자를 보면 오히려 애통할 뿐입니다. 그러기에 때 맞춰 비가 오지 않으면 백성들은 놀라서 어쩔 줄 모르게 되고, 흉년이 들어 수확이 없게 되면 벼슬자리를 팔고 자식을 팔겠다고 내놓는 지경이 됩니다. 이미 이런 일을 귀로 들었다면, 천하가 이처럼 위급해졌는데 놀라지 않는 주군이 있겠습니까!

원문 世之有饑荒, 天下之常也, 禹湯被之矣. 卽不幸有方二三千里之旱, 國何以相恤? 卒[127]然邊境有急, 數十百萬之衆, 國何以餽之矣? 兵旱相乘, 天下大屈, 勇力者聚徒而橫擊, 罷夫羸老易子孫而齩其骨. 政法未畢通也, 遠方之疑[128]者並擧而爭起矣. 爲人上者, 乃試而圖之, 豈將有及乎? 可以爲富安天下, 而直以爲此廩廩[129]

---

126) 『漢書』顔師古의 주에 의하면 근본은 농업을 말하고, 말단은 공업과 상업을 말한다.
127) 卒 : '猝'과 통한다. 돌연히, 갑자기의 뜻이다.
128) 疑 : '擬(비기다)'와 같다. 참람되이 천자와 서로 견주려함을 뜻한다.
129) 廩廩 : '懍懍'과 통한다. 위태로워 두려운 모양이다.

也, 竊爲陛下惜之.

옮김
譯 세상에 흉년이 들어 굶주리게 되는 경우는 흔히 있는 일이며, 우임금과 탕임금도 겪었던 일입니다. 만일 불행히도 사방 이·삼천리나 되는 지역에 가뭄이 든다면 나라에서는 무엇으로 이들을 구휼할 것입니까? 갑자기 변경에서 급한 사태가 발생하면 수십만의 병사들을 나라에서는 무엇으로 먹여 살릴 것입니까? 병란에 가뭄이 겹쳐 천하가 크게 궁핍하게 되면, 힘깨나 쓰는 자들은 도당을 모아 제멋대로 습격을 하고, 힘없는 노약자들은 자손들을 서로 바꾸어 잡아먹게 될 것입니다. 이렇게 되면 명령과 법률이 다 통하지 못할 것이며, 먼 곳에서 천자와 한번 견주어 보려는[130] 자들이 모두 다투어 들고 일어날 것입니다. 사람의 왕이 된 자가 그제서야 수습하려한들 어떻게 되겠습니까? 천하를 부유하고 평안하게 만들어야 하건만 (도리어) 이처럼 위태로운 상태가 되고 말았으니, 폐하를 위하여 이를 안타깝게 여깁니다.

원
문 王制曰 : "國無九年之蓄, 謂之不足; 無六年之蓄, 謂之急; 無三年之蓄, 國非其國也." 其王制若此之迫也, 陛下奈何不使吏計所以爲此? 可以流涕者又是也.

옮김
譯 『예기』 「왕제」편에 이르기를 "나라에 9년 동안 (백성을 먹여 살릴만한) 비축이 없으면 부족하다고 하며, 6년간의 비축이 없으면 위급하다고 하며, 3년간의 비축이 없으면 나라꼴이 아니다"라고 하였습니다. 선왕의 법도에 의하면 (지금의 나라는) 이처럼 긴박한 상황인데도, 폐하께서는 어찌해서 관리들로 하여금 이를 위한 계책을 세우도록 하지 않으십니까? 이 또한 참으로 눈물을 흘릴만한 일입니다.

---

130) 이 구절은 천자가 되고 싶어 한다는 뜻이다.

▌ 동전 제조의 문제점[鑄錢] ▐

[해제] 이 편은 민간에서 화폐를 만드는 일을 허용함으로써 생기는 여러 가지 폐단을 지적하고 있다. 내용상 「동포(銅布)」와 연관된다. 기원전 175년(문제 5년)에 쓰였으며, 『한서』「식화지」에 일부가 수록되어 있다.

[원문] 乃者竊聞吏復[131]鑄錢者, 民人抵罪, 多者一縣百數, 少者十數. 家屬·知識[132]及吏之所疑, 繫囚·榜笞及犇走者, 類甚不少. 僕未之得驗, 然其刑必然. 抵禍罪者, 固乃始耳. 此無息時, 事甚不少, 於上大不便, 原陛下幸勿忽.[133]

[옮김譯] 근래에 주전(鑄錢)의 안건을 살핀 관리에게 듣자오니, 백성 중에 죄를 저지르는 자가 많게는 한 현에 백여 명 적게는 십여 명에 이른다고 합니다. (그에 딸린) 식솔과 친지 및 관리 중에 혐의자·수감자·곤장을 맞은 자와 도망친 자가 대략 적지 않습니다. 제가 이를 증명할 수는 없으나, 그러나 그 형세는 반드시 그러합니다. 죄에 저촉되는 것은 시작일 뿐입니다. 이 일이 그친 때는 없으며, 이 일이 아주 심각해서 황상께서도 매우 편치 못하리니, 원컨대 폐하께서는 소홀히 여기지 마시옵소서.

---

131) 復 : '覆(살피다)'와 통한다(『廣雅』「釋詁」. "覆, 審也").
132) 知識 : 잘 아는 친구.
133) 盧文弨는 후인들이 끼어 넣은 것이라 하여, 이 단락을 뺐다. 『新書全譯』, 205면.

法使天下公得顧租[134]鑄錢, 敢雜以鉛鐵爲他巧者, 其罪黥.
然鑄錢之情, 非殽鉛鐵及石雜銅也, 不可得贏. 而殽之甚微,
又易爲, 無異鹽羹之易, 其利甚厚. 張法雖公鑄銅錫,[135] 而鑄者情必
奸僞也.[136] 名曰顧租公鑄, 法也, 而實皆黥罪也. 有法若此, 上將何
賴焉?

夫事有召禍, 而法有起奸. 今令細民操造幣之勢, 各隱屏其家而鑄
作. 因欲禁其厚利微奸, 雖黥罪日報, 其勢不止, 民理然也. 夫白著法
以請[137]之, 則吏隨而掩[138]之. 爲民設阱, 孰積[139]於是? 上弗蚤圖之,
民勢且[140]盡矣. 曩禁鑄錢, 死罪積下; 今公鑄錢, 黥罪積下, 雖少異
乎, 未甚也. 民方陷溺, 上且弗救乎?

법에 의하면 천하 사람은 누구나 공개적으로 나라에 세금을
내고 구리를 캐어 돈을 주조할 수 있지만, 감히 납이나 철을
섞어 재주를 부리는 자는 묵형(墨刑)[141]에 처하고 있습니다. 그러나 돈
을 주조하는 실제사정으로는 납이나 철 및 광석을 구리에다 섞지 않고
서는 이익을 낼 수가 없습니다. 이들을 조금만 섞어도 되고 또 쉽게 할
수가 있어서, 마치 국에다 소금치는 것처럼 쉽지만 그 이익은 아주 많
습니다. 공포된 법령은 비록 공개적으로 구리와 주석으로만 돈을 주조
하게 하는데도 불구하고, 실제로 주조하는 자는 부정한 짓을 저지르고
있습니다. 명목상으로 관청에 세를 내고 공개적으로 돈을 주조하는 것

---

134) 顧租: 雇傭, 租賃으로 관청에 광산을 세내어 광물을 채굴함을 가리킨다.『賈誼集校注』, 170면.
135) 銅錫: 본래는 '金錫'이었으나,『한서』「食貨志」에 의해 고쳤다.
136) 張法雖公鑄銅錫而鑄者情必奸僞也: 盧本에는 이 구절이 빠져있다.
137) 請: 알리다(『爾雅』「釋詁」. "請, 告也").
138) 掩: 사로잡다(『史記』「司馬相如傳」索隱. "掩, 捕也").
139) 積: 많다(『한서』「食貨志」顔師古注. "積, 多也").
140) 且: 장차.
141) 墨刑: 이마에 죄명을 새기는 형벌.

은 법에 맞는 일이지만, 사실은 모두가 묵형을 받을 만한 죄인들입니다. 법이 이러하니, 주상께서는 무엇을 믿을 있겠습니까?

일을 하다보면 화를 부르는 수가 있고 법에는 농간을 부리는 경우가 있습니다. 오늘날 가난한 백성들에게 돈을 주조하게 하는 형세를 보면, 제각기 자기네 집 울타리 안에 숨어 돈을 만듭니다. 그들이 약간의 부정한 방법으로 많은 이익을 차지하는 것을 금한다고 (그들을 잡아다) 날마다 묵형에 처한다 해도, 그러한 상황은 그치지 않을 것이니 백성들이 그렇게 되는 것이 당연합니다. 명백하게 법률을 제정해 백성들에게 알려 돈을 주조하게 하면서, 관리들은 쫓아가 그들을 잡아들입니다. 이는 결국 백성들에게 함정을 놓는 것으로, 이보다 심한 경우가 어디 있겠습니까? 빨리 수습하지 않으면 백성들의 상황은 아주 나빠질 것입니다. 전에는 돈을 주조하는 것을 금지하는 법을 만들어 죽을죄를 짓는 자가 늘어나더니, 이제는 또 공개적으로 돈을 주조할 수 있도록 하는 법을 만들어 묵형을 받는 자가 많아지니, 법이 약간 다르기는 하지만 큰 차이가 없습니다. 백성들이 한참 함정에 빠져 있는데, 주상께서는 이들을 건져주지 않을 것입니까?

원문 且世民用錢, 縣異而郡不同. 或用輕錢, 百加若干, 輕小異行, 或用重錢, 平稱不受. 法錢[142]不立, 吏急而一之乎, 則大煩苟而民弗任, 且力不能而勢不可施. 縱而弗苟乎, 則郡縣異而市肆不同, 小大異用, 錢文[143]大亂. 夫苟非其術, 則何嚮而可哉?

 또한 세상의 백성들이 돈을 사용하는 것이 현마다 다르고 군마다 다릅니다. 어떤 곳에서는 가벼운 돈을 사용할 때 100전

---

142) 法錢 : 법으로 정한 표준에 맞는 돈.
143) 錢文 : 鑄錢의 표준에 관한 법률. 文 : 법률(『國語』 「周語上」 韋昭注. "文, 禮法也").

(錢)에다 약간 더 보태기도 하고,[144] 가볍고 작은 돈은 (법으로 정한 표준 돈과) 다르게 사용하며, 어떤 곳에서는 무거운 돈을 사용하여 같은 단위로 받지 아니합니다.[145] 법으로 정한 표준 동전이 없는데 관리가 성급하게 이를 통일하려 한다면, 대단히 번거로워서 백성들이 감당하지 못하고 역량이 부족하여 할 수도 없으며, 형세 또한 실행할 상황이 되지 못합니다. 그렇다고 이를 내버려둔 채로 엄하게 따지지 않는다면, 각 군현이 다르고 시중의 가게마다 (사용하는 돈이) 같지 않으며, 작고 큰 돈의 쓰임이 달라서 화폐에 관한 법조문이 크게 어지러워집니다. 만일 제대로 된 방법이 없다면 어떻게 해야 되겠습니까?

원문 夫農事不爲, 而采銅日蕃, 釋其耒耨, 冶鎔鑪炭, 奸錢日繁, 正錢日亡. 善人怵而爲奸邪, 愿民[146]陷而之刑僇, 黥罪繁積, 吏民且日鬪矣. 少益[147]于今, 將甚不祥, 柰何而忽? 國知患此, 吏議必曰: "禁之." 禁之不得其術, 其傷必大, 何以圉之? 令禁鑄錢, 錢必還重, 四錢之粟, 必還二錢耳. 重則盜鑄錢如雲而起, 則棄市[148]之罪又不足以禁矣. 奸不勝而法禁數潰,[149] 難言已, 大事也. 久亂而弗蚤振, 恐不稱陛下之明. 凡治不得, 應天地星辰有動, 非小故也. 或累王德, 陛下不可以怠. 方今始伏, 望可善圖也!

---

144) 이 구절의 뜻은 함량을 가볍게 만든 동전이므로 100매 외에 몇 매를 더해야 100錢의 중량이 된다는 말이다.
145) 이 구절의 뜻은 함량을 무겁게 만든 동전이므로 100전의 중량이 되어도 받지 않는다는 말이다. 왜냐면 무거운 동전은 표준 동전보다 무거워 100전의 중량은 되어도 매수로는 100매가 못되기 때문에 상대방이 받지를 않기 때문이다. 『新書全譯』, 207면 참조.
146) 愿民: 법규를 지키는 착실한 백성(『한서』「食貨志下」顏師古注. "愿, 謹也").
147) 益: 더욱 심해지다. 少益丁今. 盧本에는 빠져있다. 『新書全譯』, 209면 참조.
148) 棄市: 고대의 형벌로 사형을 말한다. 본래는 거리에서 형을 집행하여 그 시체를 그대로 버려두는 것을 가리켰다. 이것이 후에 사형을 뜻하게 되었다.
149) 盧本에는 '難言已'이하 구절이 빠져있다. 『新書全譯』, 209면 참조.

옮김譯 농사는 안 짓고 구리를 캐는 사람이 날로 많아지며, 쟁기와 보습을 팽개친 채 용광로의 숯불에 풀무질을 하고 있으니, 위조된 동전이 날로 많아지고 제대로 된 동전은 날로 없어집니다. 착한 사람도 마음이 흔들려 잘못된 짓을 하게 되고 착실하던 백성들도 함정에 빠져 형벌을 받으니, 낙인의 벌을 받은 죄인이 늘어만 가고 관리와 백성들은 날마다 싸우게 되었습니다. 앞으로 지금보다 점점 심해져서 아주 좋지 못한 결과가 나올 상황이니, 어떻게 소홀히 대할 수 있겠습니까? 나라에서 이런 상황을 알고 걱정하게 되면 관리들은 반드시 개인의 동전 주조를 금하라고 건의할 것입니다. 그러나 금하는 것도 그 방법을 제대로 쓰지 못하면 큰 손상을 입을 것이니, 무엇으로 이를 막을 것입니까? 명령을 내려 돈을 주조하는 것을 금하면 돈의 가치가 높아져서 4전어치의 곡식이 2전으로 되돌아갈 것입니다.[150] 그렇지만 돈의 가치가 높아지면 몰래 주조하는 돈이 구름이 일 듯 생겨나서, 거리에서 목을 베어 거리에 버리는 형벌로도 금할 수 없을 것입니다. 부정한 짓을 막지 못해서 법으로 금한 일들이 자주 무너지게 될 것이니, 말하기는 어려우나 큰일입니다. 오래된 이 폐단을 일찍 바로잡지 못한다면 (이는) 아마도 폐하의 현명함에 맞지 않을 것입니다. 제대로 다스리지 못하면 천지와 성신(星辰)에 감응되어 변란이 생길 것이니, 작은 일이 아닙니다. 왕의 덕에 누가 될 수도 있으니 폐하는 이 일을 게을리 할 수 없습니다. 이제 막 지진이 일어나기 시작했으니,[151] 잘 수습하기를 바랍니다.

---

150) 이 구절은 2전으로 가격이 하락된다는 뜻이다.

151) 『新書全譯』에서는 '始伏'에 대해 '복날에 진입했다'고 해석했으나, 이는 문맥에 맞지 않는다. 『新書校注』에서는 '지진이 일어나기 시작했다'로 보았다. 여기에서는 문맥상 정치의 잘못으로 인해 이런 재난이 생겼으니 일을 잘 처리하지 않으면 이어서 더 큰 지진이 일어난다는 뜻으로 보았다. 『新書全譯』(210면) 및 『新書校注』(171면) 참조.

스승의 직책[傅職](連語)[1]

해제 이 편은 태자를 보좌하고 교육하는 관직의 직분과 임무를 설명한 것이다. 가의가 양회왕 태부로 있을 무렵 쓰인 것으로 보이며, 내용상 「보부(保傅)」편과 관련된다.

원문 或稱春秋, 而爲之聳善而抑惡, 以革勸[2]其心, 敎之禮, 使知上下之則. 或爲之稱詩而廣道顯德, 以馴明其志. 敎之樂,[3]

---

1) 『新書』는 事勢(일의 형세)·連語(연관되는 말)·雜事(여러 가지 고사)라는 세 범주로 나누어져 있다. '連語'의 편들은 주로 禮制에 대한 견해를 표명한 것으로 傅職, 傅職, 保傅, 連語, 輔佐, 禮, 容經, 春秋, 先醒, 耳痹, 諭誠, 退讓, 君道, 官人, 勸學, 道術, 六術, 道德說의 18편이 連語로 분류되어 있다.
2) 革勸: 타이르고 깨우치다. 『賈誼集校注』, 175면.

以疏其穢, 而填其浮氣. 敎之語,4) 使明於上世, 而知先王之務明德於民也. 敎之故志,5) 使知廢興者, 而戒懼焉. 敎之任術,6) 使能紀萬官之職任, 而知治化之儀. 敎之訓典,7) 使知族類疏戚, 而隱8)比馴焉. 此所謂學9)太子以聖人之德者也.

[옮김譯] 어떤 이는 『춘추』를 일컬어서 선을 일으키고 악을 억눌러 그 마음을 타이르며, 『예』를 가르쳐 위아래의 법도를 알게 한다고 한다. 어떤 이는 『시』를 일컬어서 도를 넓히고 덕을 밝혀 그 뜻을 길들여 밝히며, 『악』을 가르쳐 그 더러운 마음을 씻어내고 들뜬 기운을 누르게 한다고 한다. 또 성현들의 좋은 말씀을 가르쳐 옛 일을 밝히고, 백성들에게 덕을 밝히려 애썼던 선왕을 알게 한다. 옛 기록을 가르쳐서, 역사의 흥폐를 알아 조심하고 두려워할 줄 알게 한다. 관직에 임하는 태도를 가르쳐 모든 관직의 직책과 임무에 대하여 관리하며, 다스리고 교화하는 법도를 알게 한다. 선왕의 교훈과 제도를 가르쳐 친족의 가깝고 먼 관계를 알아서 차례를 살피게 한다. 이것이 이른바 태자에게10) 배우게 하는 성인의 덕이다.

---

3) 樂:『樂經』을 말한다. 六藝의 하나이나, 秦이후 소실되어 전하지 않는다.

4) 語: 성현들의 좋은 말씀. 『國語』「楚語上」. "말씀을 가르친다[敎之語]", 衛昭注 "語는 나라를 다스리는 좋은 말씀이다[語, 治國之善語]."

5) 이 구절은 『國語』「楚語上」에 나오는 말이다. 故志: 고대 역사의 기록. 『國語』「楚語上」. "옛날 역사기록을 가르쳐서 흥하고 망하는 원인을 알게 하고 경계하고 두려워하도록 한다[敎之故志, 使知廢興者而戒懼焉]", 衛昭注. "故志는 앞 세대의 성패를 기록한 책을 말한다[故志, 謂所記前世成敗之書]."

6) 任術: 관직에 임하는 태도와 요령.

7) 訓典: 선왕과 성현들의 교훈적인 말씀을 적은 책. 『左傳』「文公」6년. "선왕의 교훈과 제도를 가르쳐서 사사로운 이익을 구하는 것을 방지한다[告之訓典, 敎之防利]." 杜預注. "訓典은 선왕의 책이다[訓典, 先王之書]."

8) 隱: 살피다[審度]. 比: 排列.

9) 學: 담본에는 '敎'로 되어 있다. 『新書全譯』, 212면.

10) 太子: 봉선시내 군주의 아들 중 왕위계승이 예정된 사람. 주대에는 천자 및 제후의 적장자를 태자 혹은 세자라고 불렀다. 진대에도 이를 따랐으며, 한대에는 천자를 황제라 불렀으므로, 그 적장자를 황태자라 칭했다. 명대이후 황제의 적자를 황태자라고 불렀으며, 친왕의 적자는 세자라고 불렀다. 『漢語大詞典』 2권 1463면 참조.

或明惠施以道之忠, 明長復11)以道之信. 明度量以道之義, 明等級以道之禮. 明恭儉以道之孝. 明敬12)戒以道之事. 明慈愛以道之仁, 明儞雅以道之文. 明除害以道之武, 明精直以道之罰. 明正德以道之賞, 明齋肅以道之敬, 此所謂敎太子也.

혹은 은혜를 베풀도록 마음을 밝혀 충(忠)으로 인도하고 오래 행할 바를 밝혀 신(信)으로 인도한다. 법도에 맞게 헤아림을 밝혀 의(義)로 인도하며, (존비와 상하의) 등급을 밝혀 예(禮)로 인도한다. 공손하고 검소함을 밝혀 효(孝)로 인도하며, 삼가고 조심해야 할 바를 밝혀 사(事)로13) 인도한다. 자애로움을 밝혀 인(仁)으로 인도하며, 우아함을 밝혀 문(文)으로 인도한다. 해로움을 제거하는 뜻을 밝혀 무(武)로 인도하며, 결백과 정직을 밝혀 벌(罰)로 인도한다. 바른 덕을 밝혀 상(賞)으로 인도하며, 재계하고 엄숙하게 하는 뜻을 밝혀 경(敬)으로 인도하니, 이것이 바로 태자를 가르쳐주는 내용이다.

左右前後, 莫非賢人以輔相之, 摠14)威儀以先後之, 攝體貌以左右之, 制義行以宣15)翼之, 章恭敬以監行之. 勤勞以勸之, 孝順以內之, 敦篤以固之, 忠信以發之, 德言以揚之, 此所謂順16)者也. 此傅人之道也, 非賢者不能行.

---

11) 長復 : 오래도록 잊지 않고 실천하다. 復 : 실천하다, 이행하다. 『論語』「學而」. "약속을 의리에 가깝게 하면 그 약속한 말을 실천할 수 있다[信近于義, 言可復也]." 朱熹注. "復은 말을 실천하는 것이다[復, 踐言也]."

12) 敬 : 삼가다(『廣韻』. "敬, 愼也").

13) 이 구절은 일을 할 때 잘못됨이 없게 한다는 뜻이다.

14) 摠 : 이 글자는 본래는 빠져있던 것을 盧本에 의해 보충하였다. '先後'는 앞뒤에서 도와 이끌어주는 것[相導前後曰先後]을 말한다. 『新書校注』, 177면.

15) 宣 : 두루 미치다.

16) 順 : '訓'과 통한다. 『賈誼集新校注』, 178면.

옮김譯 전후좌우에 현인이 보필하여 돕지 않음이 없으니, 위엄있는 거동을 갖추어서 앞뒤에서 이끌어주며, 체모를 반듯이 가져서 좌우로 도우며, 의로운 행동을 제정하여 두루 보좌하며, 공경스러움을 밝혀 이를 실행하도록 살핀다. 부지런히 힘씀을 권하며, 효성스럽고 순한 마음을 받아들이게 하며, 후덕한 태도를 공고히 하며, 충직과 신의로써 계발해주며, 덕 있는 말로써 격려하니, 이것이 바로 가르치는 내용이다. 이것이 스승의 도이니, 현명한 사람이 아니면 행할 수가 없다.

원문 天子不諭於先聖人之德,[17] 不知君[18]國畜民之道, 不見禮義之正, 不察應事之理, 不博古之典傳, 不偁[19]於威儀之數, 詩書禮樂無經,[20] 天子學業之不法,[21] 凡此其屬太師之任也, 古者齊太公職之.

옮김譯 천자가 옛 성인의 덕을 깨닫지 못하고, 나라를 다스리고 백성들을 기르는 도리를 알지 못하며, 바른 예의를 보지 못하고 일에 대처하는 이치를 살피지 못하며, 고대의 경전을 널리 이해하지 못하고, 행동거지를 위엄있게 하는 방법을 터득하지 못하며, 『시』·『서』·『예』·『악』의 바른 뜻을 지키지 못하고, 천자의 학업이 규정대로 하지 못하면, 이러한 일은 모두 태사의[22] 책임이다. 옛날 제나라 태공이[23] 이런 직책을 맡았었다.

---

17) 이 부분부터는 『大戴禮記』「保傅」편의 내용과 같다.
18) 君 : '다스리다, 통치하다.
19) 偁 : 익히다, 숙련되다. 『大戴禮記』「保傅」에는 '閑'으로 되어 있다.
20) 無經 : 王聘珍은 선왕의 正經을 지키지 못한다는 뜻으로 보았다. 『新書校注』, 178면.
21) 不法 : 王聘珍은 "法 常也"라고 했으나,(『新書校注』, 178면)『賈誼集校注』에서는 不法을 '일정한 규정에 의거해서 배우시 못하다'라고 빈역했디. 『賈誼集校注』, 178면
22) 太師 : 三公(太師·太傅·太保)의 하나로서, 천자의 스승이다.
23) 太公 : 太公望, 呂尙을 말한다. 보통 姜太公이라 부른다. 주 무왕 때 齊나라에 봉해졌다.

天子不恩24)於親戚, 不惠於庶民, 無禮於大臣, 不忠於刑獄,
無經於百官, 不哀於喪, 不敬於祭, 不誠於戎事, 不信於諸侯,
不誠於賞罰, 不厚於德, 不彊於行, 賜予倍於左右近臣, 各授於疏遠
卑賤. 不能懲忿忘欲, 大行·大禮·大義·大道, 不從太師之敎, 凡此
其屬太傅之任也. 古者魯周公職之.

 천자가 친척들에게 은덕을 베풀지 않고, 백성들을 은혜롭게 대
하지 않으며, 대신들에게 무례하고 형벌과 옥사를 다루는 데
진실되지 않고, 여러 관리들을 거느리는 데 기강이 없으며, 장사를 치르
면서 슬퍼하지 않고, 제사를 지내면서 공경하지 않으며, 군사에 관한 일
을 조심하지 않고 제후들에게 신의가 없으며, 상벌을 다루는 데 있어
진실하지 않으며, 후덕하지 못하고 행실에 힘쓰지 않으며, 주위의 가까
운 신하들에게는 과도하게 선물을 주고, 관계가 멀거나 신분이 낮은 사
람들에게는 인색하며, 분노를 억제하거나 욕망을 자제하지 못하며, 큰
행실과 예법과 큰 도의에 대해 태사의 가르침에 따르지 않으면, 이러한
일들은 모두 태부의25) 책임이다. 옛날 노나라의 주공26)이 이런 일들을
맡았다.

天子處位不端, 受業不敬, 敎誨諷誦詩書禮樂之不經不法不
古, 言語不序, 音聲不中律, 將學趨讓,27) 進退卽席不以禮,

---

24) 恩 : 본래는 '姻'이었으나, 뜻이 통하지 않아 후인들이 '恩'으로 고쳤다. 『大戴禮記』
「保傅」에는 '恩'으로 되어 있다.
25) 太傅 : 관직이름으로 군주가 시행하는 정책을 보좌하는 직책이다. 주나라 초기에는
三公(太師·太傅·太保)의 하나로서 한대에도 계승되었으나, 직책만 있었지 권력은
없었다.
26) 周公 : 周 文王의 아들이자, 武王의 아우로 이름은 旦이다. 주 성왕의 태부였다. 曲
阜에 봉해져 魯公이 되었으나, 임지로 가지 않고 무왕을 보좌하였다. 무왕이 죽고 어
린 成王이 왕위에 오르자 攝政했다.
27) 趨讓 : 進退와 周旋의 예의. 『漢語大詞典』 9권 1152면.

登降揖讓無容, 視瞻俯仰周旋無節, 妄咳唾數顧趨行, 色不比[28]順, 隱[29]琴肆瑟, 凡此其屬太保之任也. 古者燕召公職之.

 천자의 자리에 단정하게 천신하지 않고, 가르침을 받는 태도가 공경스럽지 못하며, 『시』·『서』·『예』·『악』을 배우고 낭독할 때 규범에 맞지 않고 법도를 지키지 못하고 고풍스럽지 못하며,[30] 말에 순서가 없고 소리와 성조가 규율에 맞지 않으며, 나아가고 물러나고 돌아설 때의 거동과 나아가고 물러나면서 자리에 앉는 절차가 예법에 맞지 않으며, 오르내리면서 읍양하는 데에 풍모가 없고, 가까이서 보거나 멀리 바라보거나 위를 우러러보고 아래를 굽어보고 돌아서는 동작에 절도가 없으며, 함부로 기침하거나 침을 뱉고 빨리 걸으면서 자주 뒤돌아보며, 얼굴빛이 온화하지를 못하고 금·슬과 같은 악기를 제멋대로 다루면, 이러한 일들은 모두 태보의[31] 책임이다. 옛날 연나라의 소공[32] 이 이러한 직책을 맡았다.

원 문 天子燕辟廢其學,[33] 左右之習[34]詭其師, 荅遠方諸侯, 遇貴大人, 不知大雅之辭,[35] 荅左右近臣, 不知已諾[36]之適, 簡問

---

28) 比 : 王聘珍은 '和'의 뜻이라고 했다. 『新書校注』, 179면.
29) 隱 : 孔廣森은 "隱은 倚이다. 고상한 악기를 함부로 대해서 그 모습이 버릇없대[隱, 倚也. 慢其雅器, 其容褻也]"라고 했다. 『新書校注』, 179면.
30) 盧文弨는 '不古'를 衍文으로 보았다. 『新書校注』, 179면.
31) 太保 : 三公(太師·太傅·太保)의 하나. 지위는 太傅보다 낮다.
32) 召公 : 周代 燕나라의 시조인 姬奭. 주 문왕의 庶子이며, 무왕을 도와 은나라를 멸한 뒤에 召땅에 봉해져 소공이라 불린다. 주공과 함께 陝西지역을 나누어 다스렸으므로 召伯이라고 불린다. 주 성왕의 태보였다.
33) '天子燕業辟反其學'으로 되어 있는 판본도 있다. 『新書校注』, 108면 참조.
34) 習 : 王聘珍은 '狎(친압하다)'이라고 해석했다. 『新書校注』, 180면.
35) 大雅之辭 : 이 말은 『大戴禮記』 「保傳」에 나오는데, 여기에서는 '文雅之辭'로 되어 있다.
36) 已諾 : 허락함과 허락하지 않음. 『荀子』 「王霸」편 楊倞注. "諾은 허락함이고 已는 허락하지 않음이다[諾, 許也. 已, 不許也]."

小誦之不博不習,37) 凡此其屬少師之任也. 古者史佚職之.

천자가 잔치하고 노느라 학업을 폐하고, 가까운 신하들과 예의 없이 함부로 대하고 스승의 가르침을 기만하며, 먼 곳에서 온 제후나 귀족을 응대하는데 고상한 말을 쓸 줄 모르고, 옆에서 모시는 가까운 신하들에게 응답할 때 적절하게 거부하고 허락할 줄 모르며, 응답할 때 사용할 좋은 싯구들을 널리 알고 많이 익히지 못하면, 이러한 일들은 모두 소사(少師)38)의 책임이다. 옛날 사일(史佚)39)이 이러한 직책을 맡았다.

天子居處出入不以禮, 衣服冠帶不以制, 御器在側不以度, 雜綵從美40)不以章, 忿怒說喜不以義, 賦與噍讓41)不以節, 小行·小禮·小義·小道, 不從少師之敎, 凡此其屬少傅之任也.

천자가 거처하고 출입할 때 예법을 지키지 않고, 의관을 차려 입고 허리띠를 매는데 있어 제도를 따르지 않으며, 가까이에 두고 사용하는 기물들이 법도에 맞지 않고, 비단무늬 장식이 정해진 격식대로 하지 않으며, 화를 내거나 기뻐함에 있어 도의에 맞지 않으며, 상을 주거나 견책하는 데에 절도가 없고, 작은 행실과 작은 예법과 작은 도의에 대해 소사의 가르침에 따르지 않는다면, 이러한 일들은 소부의42) 책임이다.

---

37) 簡問小誦 : 옛날 應對할 때 인용하던 詩歌의 단편들을 말한다.
38) 少師 : 관직 이름으로, 太保의 아래에 있다.
39) 史佚 : 武王 때의 史官, 尹氏이다. '史逸'이라고도 한다.
40) 從美 : 장식물. 正服이 아니므로 '종미'라고 불렸다. 고대에는 장식을 하는 데에도 신분등급에 따른 규정이 있어 마음대로 할 수 없었다. 『新書全譯』, 219면 참조.
41) 噍讓 : 꾸짖다, 견책하다. '噍'는 '譙(꾸짖다)'와 같다.
42) 少傅 : 관직이름으로, 少師의 아래에 있다.

天子居處燕私⁴³⁾安所易, 樂而湛, 夜漏⁴⁴⁾屛人而數, 飮酒而
醉, 食肉而飽, 飽而彊食, 飢而悈,⁴⁵⁾ 暑而喝, 寒而慄, 寢而莫
宥, 坐而莫侍, 行而莫先莫後, 帝自爲開戶, 自取玩好, 自執器皿, 亟
顧還面, 而器御之不擧不臧, 折毁喪傷, 凡此其屬少保之任也.

천자가 거처에서 한가로이 쉬면서 편한 대로 하고 즐거움에
몰두하며, 한밤중에 옆에 있는 시종들을 물리친 채로 즐기고,
술을 취하도록 마시며, 고기를 배부르게 먹고 배가 부른데도 억지로 먹
으며, 배고프면 지나치게 많이 먹고, 덥다고 더위를 타고 춥다고 떨며,
잠을 잘 때 옆에서 도와주는 사람이 없고, 앉을 때 옆에서 모시는 사람
이 없으며, 행차할 때 앞뒤에 보좌하는 사람이 없으며, 천자가 친히 문
을 열고, 손수 장식품을 집어서 보고 직접 그릇을 잡으며,⁴⁶⁾ 급하게 고
개를 돌려 돌아보고, 천자가 쓰는 여러 기물들이 제대로 갖춰지지 않거
나 잘 간수되지 못해서 깨지거나 파손된다면, 이러한 일들은 모두 소보
(少保)⁴⁷⁾의 책임이다.

干戚戈羽之舞, 管籥琴瑟之會, 號呼歌謠聲音不中律, 燕樂
雅頌逆樂序, 凡此其屬, 詔工之任也.
　不知日月之不時節, 不知先王之諱與國之大忌, 不知風雨雷電之
眚, 凡此其屬太史之任也.

---

43) 燕私 : 한가로이 거처하여 편안히 쉬는 것을 말한다.
44) 夜漏 : 한밤중. 夜漏屛人 : 한 밤에 주위 사람들을 물리치다. 數 :『新書全譯』에서는
　여러차례의 뜻으로 보았고,『新書校注』에서는 '즐기다'라는 뜻으로 보았다(『예기』「儒
　行」 鄭玄注. "數, 說也"). 『新書全譯』(220면) 및『新書校注』(181면).
45) 悈 : 남하나. 폭식을 뜻한다
46) 이 부분에 대해 孔廣森은 "춘추의 義는 존귀한 분이 사실구데힌 일들을 직접 하지
　않는다"고 했다. 『新書校注』, 182면 인용.
47) 少保 : 관직이름으로, 少傅의 아래에 있다.

[옮김譯] 방패와 도끼를 들거나 깃털을 들고 추는 정식의 춤을 추고[48] 관악기와 현악기를 모아 연주할 때 부르고 노래하는 성조와 소리가 율려에 맞지 않으며, 궁중의 음악과 정악의 음악이[49] 음악의 차례에 어긋나면, 이러한 일들은 모두 조공(詔工)[50]의 책임이다.

일월의 운행이 각 절기에 맞지 않는지를 알지 못하고, 선왕의 이름과 나라에서 금하는 큰 금기를 알지 못하며 비바람과 우뢰와 번개가 보이는 재앙을 알지 못하면, 이러한 일들은 모두 태사(太史)[51]의 책임이다.

◤ 태자를 가르치는 직책[保傅] ◢

[해제] 이 편은 상(商)나라·주(周)나라와 진(秦)나라의 태자 교육방법을 비교하여 나라의 흥망성쇠가 훗날 나라를 다스릴 태자의 교육에 달려있음을 강조하고, 태자를 보좌하고 교육하는 구체적 방법 및 이를 시행하는 직책의 내용을 상술하였다. 가의가 양회와 태부로 있던 시기(기원전 173년~기원전 168년)에 쓰였다. 『한서』「가의전」에 거의 전문이 수록되어 있다.

---

48) 戈羽 : 옛날 舞樂에 사용한 창이나 방패 또는 깃털 채. 干戚戈羽는 방패[干]와 도끼[戚]를 들고 춤을 추는 武舞와 들오리의 깃털을 들고 추는 文舞를 말한다.
49) 燕樂 : 고대 음악 이름으로, 여기에서는 궁중의 음악을 가리킨다. 雅頌 : 『시경』내용과 악곡 분류의 명칭이다. 아악은 조정의 악곡이고, 頌은 종묘제사의 악곡이다. 『한어대사전』 11권 826면.
50) 詔工 : 음악 및 연주를 담당하는 관원.
51) 太史 : 관직 이름. 西周와 春秋시대의 태사는 역사를 기록하고 문서를 작성하며, 아울러 국가의 전적과 천문역법을 담당하였다. 秦·漢에서는 太史令이라 하였으며, 한나라에서는 太常에 속하였는데, 天時와 星曆을 담당하였다.

원문 殷[52]爲天子二十餘世, 而周受之. 周[53]爲天子三十餘世, 而秦受之, 秦爲天子, 二世而亡. 人性非甚相遠也,[54] 何殷周之君有道之長, 而秦無道之暴[55]也? 其故可知也.

옮김譯 은나라에서는 이십여 세대를 천자 노릇했는데, 주나라가 그것을 이어받았습니다. 주나라에서는 삼십여 세대를 천자 노릇했고 진나라가 그것을 이어 받았는데, 진나라는 천자가 된지 두 세대 만에 멸망하고 말았습니다.[56] 사람이 타고난 본성은 서로 크게 다르지 않건마는 어찌해서 은나라와 주나라의 임금은 그처럼 오래 도를 지켜나갈 수 있었는데, 진나라는 그렇게도 빨리 도를 잃었을까요? 그 까닭을 알아야 합니다.

원문 古之王者, 太子[57]初生, 固[58]擧以禮, 使士負之, 有司齋肅端冕, 見之南郊,[59] 見于天也. 過闕[60]則下, 過廟則趨, 孝子之道也. 故自爲赤子[61]而敎固已行矣. 昔者周成王幼在襁褓之中, 召公爲太保, 周公爲太傅, 太公爲太師.[62] 保, 保其身體 ; 傅, 傅之德義 ;

---

52) 殷 : 왕조의 이름. 기원전 1766년 湯이 건국하여, 기원전 1123년에 멸망하였다. 二十 : 『대대례』 「보부」편에는 三十으로 되어 있다.

53) 周 : 왕조 이름. 기원전 1123년 주 무왕이 은나라의 紂임금을 멸하고 천자위에 오른 후, 기원전 256년 진에 의해 멸망하였다.

54) 이 구절은 공자가 『논어』 「陽貨」에서 "본성은 비슷한데 습관에 의해 서로 멀어진다 [性相近也 習相遠也]"라고 한 말을 인용한 것이다.

55) 暴 : 빨리, 급하게의 뜻이다. 『廣雅』 「釋詁」. "暴, 猝也."

56) 殷나라는 二八世로 약 650년 지속되었고, 周나라는 西周가 三世 東周가 二十世로, 도합 三十世 약 9백년 지속되었는데 秦나라는 始皇帝에서 二世까지 13年에 불과하였다.

57) 太子 : 『신서』 「傅職」편 각주 참조.

58) 固 : 반드시.

59) 南郊 : 고대 제왕이 천을 제사하던 장소.

60) 闕 : 고대 궁전 앞 양쪽 세워진 높은 누각.

61) 赤子 : 어린 아이.

師, 道之教訓, 三公之職也.

於是爲置三少, 皆上大夫[63]也, 曰少保·少傅·少師,[64] 與太子燕[65]者也.

옛날의 제왕은 태자가 처음 태어나면 반드시 예에 의해 태자를 기르고, 인품과 학식이 훌륭한 사람으로 하여금 그를 업게 하고,[66] 담당관은 목욕재계하고 의복을 단정히 입고서, 그를 수도의 남쪽 교외에 데리고 가서 하늘을 알현하게 했습니다. 대궐의 문을 지날 때에는 수레에서 내리고, 종묘를 지날 때에는 잰 걸음으로 지나서 (공경을 표하니) 이는 효자가 행해야 할 도입니다. 그러므로 갓난 아이 때부터 교육이 이미 제대로 행해졌습니다. 옛날 주나라의 성왕(成王)[67]이 강보에 싸인 어린아이였을 때, 소공이 태보가 되고, 주공이 태부가 되고, 태공이 태사가 되었습니다. '보(保)'라는 것은 태자의 신체를 보존하고, '부(傅)'라는 것은 태자의 덕의(德義)를 펴고, '사(師)'는 가르치고 훈계해서 태자를 인도하니, 이것이 삼공(三公)의 직책입니다. 이에 태자를 위해 삼소(三少)를 두었는데, 모두 상대부들로서 소보·소부·소사라고 부르며, 늘 태자와 함께 거처하는 사람들이었습니다.

故孩提有識. 三公·三少固明孝仁禮義, 以道習之, 逐去邪人, 不使見惡行. 於是皆選天下之端士, 孝悌博聞有道術者,

---

62) 召公, 太保, 周公, 太傅, 太公, 太師: 『신서』「傅職」편 각주 참조.

63) 上大夫: 고대 관리의 등급. 卿아래에 大夫가 있는데, 대부는 상중하의 세 등급으로 나뉜다.

64) 少保·少傅·少師: 三公을 보좌하는 관직 이름. 『신서』「傅職」편 참조.

65) 燕: 일상생활. 『한서』와 『대대례기』에는 '晏'으로 되어 있다.

66) 이 구절은 『新書全譯』의 해석을 따랐다. 그러나 盧辯에 의하면 선비 중에서 점을 쳐서 길한 점을 얻은 선비로 하여금 태자를 업게 했다고 한다. 『新書校注』, 187면.

67) 成王: 주나라 2대 천자. 무왕의 아들 姬誦이다.

以衛翼之, 使與太子居處出入. 故太子初生而見正事, 聞正言, 行正道,
左右前後皆正人也. 習與正人居之, 不能無正也, 猶生長於齊之不能
不齊言也. 習與不正人居之, 不能無不正也, 猶生長於楚之不能不楚
言也. 故擇其所嗜, 必先受業, 乃得嘗之; 擇其所樂, 必先有習, 乃得爲
之. 孔子曰 : "少成若天性, 習貫如自然"[68] 是殷周之所以長有道也.

옮김譯 그렇기 때문에 태자는 어렸을 때부터 식견이 생기게 됩니다.
삼공과 삼소는 반드시 효(孝)・인(仁)・예(禮)・의(義)의 덕성을
밝히고 바른 도를 익히게 하며, 간사한 사람을 쫓아 버리고 나쁜 행동
은 보지 못하게 하였습니다. 그리고는 천하의 단정한 선비와 효성스럽
고 우애가 깊으며 식견이 넓으면서 지략이 있는 사람을 선택하여, 그들
로 하여금 태자를 지키고 돕게 하며 함께 거처하고 드나들도록 하였습
니다. 그러므로 태자는 태어나면서부터 바른 일을 보고, 바른 말을 듣고
바른 길을 행하였으니, 전후좌우에 있는 사람이 모두 바른 사람들이었
습니다. 바른 사람들과 함께 사는 것이 습관이 되면 자신도 당연히 바
르지 않을 수 없으니, 이는 마치 제나라에서 태어나 자란 사람이 제나
라 말을 하지 않을 수 없는 것과 같습니다. 그러나 바르지 못한 사람들
과 함께 사는 것이 습관이 되면 바르지 못한 행실이 없을 수 없으니, 이
는 마치 초나라에서 태어나 자란 사람이 초나라 말을 하지 않을 수 없
는 것과 같습니다. 그러므로 그가 좋아하는 것을 선택할 때는 반드시
먼저 가르침을 받은 다음에라야 그것을 얻어 볼 수 있게 하고, 그가 즐
겨하는 일을 선택할 때에는 먼저 익힌 다음에 할 수 있게 했습니다. 공
자는 "어려서 형성된 행실은 타고난 천성과 같으며, 익숙해진 습관은
본래 그러했던 것과 같다"고 말하였습니다. 이것이 은나라와 주나라가
오래도록 천도를 지켜나갈 수 있었던 까닭입니다.

---

68) 이 인용문은 『孔子家語』 「弟子解」에 보이는 구절이다.

及太子少長, 知好色,[69] 則入于學. 學者, 所學之官也.『學禮』
曰 : "帝入東學, 上親而貴仁, 則親疏有序而恩相及矣. 帝入
南學, 上齒而貴信, 則長幼有差而民不誣矣. 帝入西學, 上賢而貴德,
則聖智在位而功不遺矣. 帝入北學, 上貴而尊爵, 則貴賤有等而下不
踰矣. 帝入太學, 承師問道, 退習而考於太傅. 太傅罰其不則而匡其不
及, 則德智長而治道得矣. 此五學者, 旣成於上, 則百姓[70]黎民化輯於
下矣" 學成治就, 是殷周所以長有道也.

옮김譯 태자가 점차 자라 이성을 알게 되는 시기가 되면 학교에 들어갑
니다.[71] 학교란 공부를 배우는 관사(官舍)입니다.『학례』[72]에 이
르기를, "제왕이 동학(東學)[73]에 들어가 친족을 높이고 인을 귀히 여길 줄
알게 되면, 친족관계에 가깝고 먼 질서가 있어서 서로 은택으로 만나게
된다. 제왕이 남학(南學)에 들어가 어른을 존중하고 신의를 귀히 여기게
되면, 어른과 어린이의 차별이 있게 되며 백성들이 속이지 않게 된다. 제
왕이 서학(西學)에 들어가 현인을 높이고 덕을 귀히 여기게 되면, 지혜로
운 사람이 관직에 있게 되며 공훈을 세운 사람을 빠뜨리지 않게 된다.
제왕이 북학(北學)에 들어가 신분을 높이고 작위를 존중하게 되면, 귀천
에 등급이 있게 되어 아랫사람이 넘보지 않게 된다. 제왕이 태학(太學)에
들어가 스승을 따라 도를 물으며, 물러 나와서는 배운 것을 익혀 태부에
게 시험을 받는다. 태부는 제대로 본받지 못한 점은 벌하고, 미치지 못한

---

69) 好色 : 이성에 대한 감정을 느낄 만한 나이가 된다는 뜻이다.『漢書』에서는 '妃色'이
    라 하였다.
70) 百姓 : 百官.
71) 고대에 태자는 8세가 되면 小學에 들어가고, 15세가 되면 대학에 들어갔다.
72) 『學禮』: 王聘珍은『禮古經』56편의 하나라고 보았고, 汪照는 옛날『예경』으로 지
    금은 전하지 않는다고 하였다.『新書全譯』, 227면.
73) 東學 : 동서남북 四方의 학교라 하기도 하고, 혹은 四代(夏·商·虞·周)의 학교라
    보기도 한다.『賈誼新書譯注』, 149면.

짐은 바로 잡아 주니, 이렇게 하면 덕과 지혜가 자라서 나라를 다스리는 도를 터득하게 된다. 이 다섯 가지의 배움이 제왕에게서 이루어지면 아래에 있는 백관들과 백성들은 그의 다스림으로 화목하게 교화된다"고 하였습니다. 이는 학문이 완성되어 다스림이 성취된 것이니, 이것이 은나라와 주나라가 오래도록 천도를 지켜 나갈 수 있었던 까닭입니다.

원문 及太子旣冠[74]成人, 免於保傅之嚴, 則有司直之史,[75] 有虧膳之宰. 太子[76]有過, 史必書之. 史之義, 不得書過則死. 過書[77]而宰收其膳. 宰之義, 不得收膳則死. 於是有進善之旌, 有誹謗之木,[78] 有敢諫之鼓. 瞽史[79]誦詩, 工[80]誦箴諫, 大夫進謀, 士[81]傳民語. 習與智長, 故切而不愧; 化與心成, 故中道若性. 是殷·周之所以長有道也.

옮김譯 태자가 관례를 치르고 성인이 되어 보부(保傅)들의 엄격한 단속을 받지 않게 되면, (태자의 언행을) 맡아 기록하는 사관을 두고, 음식을 담당하는 관리[宰]를 두었습니다. 태자에게 잘못이 있으면 사관은 반드시 이를 기록해야 합니다. 사관의 의무는 (태자의 잘못을 기록하는 것이니) 태자의 잘못을 기록하지 못하면 사형을 당합니다. (사관이 잘못을 기록하면) 재(宰)는 그 음식을 거둬들여야 하니, 재(宰)의 의무

---

74) 冠 : 고대에는 남자가 20세에 이르면 冠禮를 하여 성년이 되었음을 표시하였다.
75) 司直之史 : 잘못을 바로 잡기 위하여 모든 행동을 그대로 기록하는 직책을 맡은 관리.
76) 太子 : 원래는 '天子'로 되어 있으나, 『대대례기』를 따라 '태자'로 고쳤다.
77) 過書 : 원래는 없던 것이나, 『대대예기』를 참조하여 보충하였다. 宰收其膳 : 『대대례기』에는 '過書而宰撤去膳'으로 되어 있다. 태자가 잘못을 하면 천자의 膳食을 줄여서 그 벌함을 보인다는 뜻이다.
78) 誹謗木 : 전설에 의하면 堯임금 때 세워졌다고 하며, 정치에 의한 의견을 적었다고 한다. 『賈誼集校社』, 191면.
79) 瞽史 : '瞽'는 주대 음악을 담당한 관리로서, 주로 맹인이 담당하였다.
80) 工 : 樂士
81) 士 : 귀족의 가장 아래 등급에 해당한다.

는 (음식을 거둬들이는 것이니) 음식을 거둬들이지 못하면 사형을 당합니다. 이에 선을 권하는 의견을 올리는 깃발이 설치되고, 비판을 적은 나무를 세우며, 북을 두드리며 감히 나아가 간언하게 됩니다. 악사는 시를 낭송하고, 악공은 경구(警句)를 외고, 대부는 계책을 아뢰며, 사(士)는 백성들의 여론을 전달합니다. 이렇게 하는 가운데 습관과 지혜가 함께 증진되니 도에 아주 근접하게 되어 부끄럽지 않게 되고, 교화가 마음속에 이뤄지니 마치 타고난 천성처럼 도에 맞게 됩니다. 이것이 바로 은·주가 오래도록 천도를 지켜 나갈 수 있었던 까닭입니다.

원문 三代[82]之禮, 天子春朝朝日,[83] 秋暮夕月, 所以明有敬也. 春秋入學, 坐國老,[84] 執醬而親饋之, 所以明有孝也. 行以鸞和,[85] 步中采薺, 趨中肆夏, 所以明有度也. 其於禽獸也, 見其生不忍其死, 聞其聲不嘗其肉. 故遠庖廚, 所以長恩, 且明有仁也. 食以禮, 徹以樂. 失度, 則史書之, 工誦之, 三公進而讀之, 宰夫減其膳, 是天子不得爲非也.

김역 삼대(三代)의 예로는 천자는 봄날 아침에 해를 맞이하고, 가을 저녁에 달을 맞이했으니, 이는 공경할 대상이 있음을 밝힌 것입니다. 봄·가을 학관에 나아가 나라의 원로들을 모시고 손수 음식을 들어 대접했으니, 이는 효도할 대상이 있음을 밝힌 것입니다. 행차할 때에는 난화(鸞和)[86]의 방울 소리에 맞추고, 걸을 때에는 채제(采齊)[87]의 박

---

82) 三代 : 夏·殷·周 세 왕조를 말한다.
83) 春朝朝日 : 봄날 아침 처음 떠오르는 해를 맞이하는 의식. 『국어』 「周語上」. "아침에는 해를 맞이하고, 저녁에는 달을 맞이한다[朝日夕月]", 衛昭注. "예에 의하면 천자는 춘분에 해를 맞이하고, 추분 저녁에는 달을 맞이한다[禮, 天子以春分朝日, 以秋分夕月]."
84) 國老 : 늙어서 퇴직한 卿大夫를 말한다.
85) 鸞和 : 제왕의 수레를 장식하는 방울.

자에 맞추고, 잰걸음에는 사하(肆夏)[88]의 박자에 맞추었으니, 이는 법도가 있음을 밝히려는 까닭입니다. 새나 짐승에 대해서는 살아있는 것을 보고는 차마 죽이지 못하며, 그 소리를 듣고는 차마 그 고기를 먹지 못합니다. 그런 까닭에 주방을 멀리했으니, 이는 은덕을 기르고 또한 인자한 마음이 있음을 밝히려는 것입니다. 예법에 의거해 음식을 먹고, 음악에 맞춰 상을 물립니다. 법도에 어긋나면 사관이 이를 기록하고, 악공이 이를 읊으며, 삼공은 앞에 나아가 이를 읽고, 재부(宰夫)는 그 음식을 줄이게 되니, 이렇게 하여 천자는 그른 일을 할 수가 없는 것입니다.

원문 明堂之位[89]曰 : "篤仁而好學, 多聞而道順. 天子疑則問, 應而不窮者謂之道. 道者, 道天子以道者也. 常立於前, 是周公也. 誠立而敢斷, 輔善而相義者謂之輔. 輔者, 輔天子之意者也, 常立於左, 是太公也. 潔廉而切直, 匡過而諫邪者謂之拂. 拂者, 拂天子之過者[90]也. 常立於右, 是召公也. 博聞彊記, 捷給而善對者謂之承.[91] 承者, 承天子之遺忘者也. 常立於後, 是史佚也. 故成王中立聽朝, 則四聖維之. 是以慮無失計而擧無過事." 殷・周之所以長久者, 其輔翼太子有此具也.

옮김譯 「명당지위(明堂之位)」편에서 말하기를, "인자한 마음을 두터이 하고 배움을 좋아하며, 견문을 넓히고 유순함에 따른다. 천자가 의심이 나면 묻고, 이에 응답하여 막힘이 없는 사람을 '도(道)[92]'라고

---

86) 鑾和 : 제왕의 수레를 장식하는 방울.
87) 采薺 : 옛날 음악 이름. 혹은 逸詩라고도 한다.
88) 肆夏 : 옛날 음악 이름. 혹은 逸詩라고도 한다.
89) 明堂之位 : 『禮記』에 「明堂位」편이 있으나, 아래의 인용문은 없다. 아마도 『禮古經』의 篇名으로 보인다.
90) 者 : 본래는 '者'字가 없었으나, 위와 아래의 문장에 '者'字가 있어서 『대대례기』에 의거해 보충하였다.
91) 承 : 돕다(『좌전』 「哀公」18년 注. "承, 佐也").

한다. '도'는 천자를 바른 도로써 인도하는 사람이다. 항상 천자의 앞에 서니, 이렇게 했던 이가 바로 주공[93]이었다. 충성을 가지고서 과감히 결단을 내리며, 선함을 돕고 의로움으로 돕는 이를 '보(輔)'라 한다. '보'는 천자의 뜻을 보좌하는 사람이다. 언제나 왼쪽에 서니, 이렇게 했던 이가 바로 태공(太公)[94]이었다. 청렴결백하고 강직하며, 잘못을 바로잡고 그릇된 일을 간언하는 이를 '불(拂)'이라고 한다. '불'은 천자의 잘못을 털어 버리는 사람이다. 언제나 천자의 오른쪽에 서니, 이렇게 했던 이가 바로 소공(召公)[95]이었다. 아는 것이 많고 기억을 잘해서, 민첩하게 아뢰고 대답을 잘하는 이를 '승(承)'이라고 한다. '승'은 천자가 잊어버린 내용을 도와주는 사람이다. 언제나 천자의 뒤에 서니, 이렇게 했던 이가 바로 사일(史佚)[96]이었다. 그러므로 성왕(成王)[97]이 조정의 가운데에서 조회를 들을 때에는, 이들 네 명의 성인[98]이 성왕을 보좌하였다. 이런 까닭에 잘못 헤아린 생각이 없고, 잘못 거행된 일이 없었다"고 하였습니다. 은나라와 주나라가 오래도록 존립할 수 있었던 것은 그들이 태자를 보좌하는 데에 이러한 방법이 있었기 때문입니다.

원문 及秦而不然. 其俗固非貴辭讓也, 所上者告訐也; 固非貴禮義也, 所上者刑罰也. 使趙高傅胡亥而敎之獄, 所習者非斬劓[99]人, 則夷人之三族[100]也. 故今日卽位, 明日射人. 忠諫者謂之誹謗, 深爲之計者謂之妖言, 其視殺人若艾草菅然. 豈胡亥之性惡哉?

---

92) 道 : '導'의 뜻으로, 인도해준다는 의미이다.
93) 周公 : 『신서』 「傅職」 주 참조
94) 太公 : 『신서』 「傅職」 주 참조
95) 召公 : 『신서』 「傅職」 주 참조
96) 史佚 : 『신서』 「傅職」 주 참조
97) 成王 : 주 왕조 2대 천자. 무왕의 아들 姬誦으로 어려서 천자의 자리에 올랐다.
98) 四聖 : 周公·太公·召公·史佚을 가리킨다.
99) 劓 : 고대 형벌의 하나로 죄인의 코를 베는 것.
100) 三族 : 부모, 형제, 처자를 말한다.

其所以習道[101]之者, 非理故也.

옮김譯 진나라에 이르러서는 그렇지 못했습니다. 진나라의 세속은 본래부터 사양하는 덕을 귀히 여기지 않았고 남의 잘못을 고발하기를 숭상하였으며, 본래부터 예의를 귀히 여기지 않았고 형벌을 중히 여겼습니다. 조고(趙高)[102]로 하여금 호해(胡亥)[103]의 태부가 되어 그에게 벌주는 방법만을 가르쳤으니, 그가 배운 것이라고는 사람의 목을 베거나 코를 자르는 일이 아니면 사람들의 삼족을 멸하는 것밖에는 없었습니다. 그리하여 오늘 즉위하자 바로 그 다음날부터 사람을 쏘아 죽였던 것입니다.[104] 충성스럽게 간언하는 것을 비방한다고 하고, 그를 위해 원대한 계획을 세우는 것을 요망한 말이라고 하였으며, 사람 죽이는 것을 마치 풀잎 베듯 여겼습니다. 어찌 호해의 본성이 처음부터 흉악했겠습니까? 그를 가르치고 인도한 것이 바르지 못한 도리였기 때문입니다.

원문 鄙諺曰 : "不習爲吏, 而視已事." 又曰 : "前車覆而後車戒." 夫殷·周之所以長久者, 其已事可知也. 然而不能從, 是不法聖智也. 秦之亟絶者, 其軌跡可見也. 然而不避, 是後車又覆也. 夫存亡之反[105]治亂之機, 其要在是矣. 天下之命, 縣於太子. 太子之善, 在於蚤諭教與選左右.[106] 心未濫而先諭教, 則化易成也. 夫開於道

---

101) 道 : 인도하다.
102) 趙高 : 秦나라의 환관. 본래는 趙나라 사람으로, 中車府令과 行符璽令事를 지냈다. 진시황이 죽자 李斯와 짜고 유서를 위조하여 公子 扶蘇를 자살하게 한 후, 胡亥를 황제로 세우고 郎中令이 되었다. 후에 이사를 죽이고 스스로 丞相이 되었다. 그 후 다시 2세 황제를 핍박하여 죽게 만들고 子嬰을 왕으로 세웠으나, 결국 자영에게 죽임을 당하였다.
103) 胡亥 : 『신서』「過秦 中」 주 참조
104) 射人 : 진나라의 2세 황제가 된 호해기 상림인에서 매임 사냥하며 놀았는데, 상림원에 잘못 들어온 사람을 호해가 쏴 죽인 일을 말한다. 『사기』「李斯傳」에 나온다.
105) 反 : 『한서』와 『대대례기』「保傳」에는 '變'으로 되어 있다.
106) 左右 : 주변 가까이 있는 신하.

術, 知義之指, 則教之功也. 若其服習積貫, 則左右而已矣. 夫胡越[107]之人, 生而同聲, 嗜欲不異. 及其長而成俗也, 累數譯而不能相通, 行有雖死而不相爲者, 則教習然也. 臣故曰 : "選左右蚤諭教最急." 夫教得而左右正, 則太子正矣, 太子正而天下定矣. 書曰 : "一人[108]有慶, 兆民賴之" 此時務也.

옮김譯 속담에 "어떻게 관리노릇 할지 잘 모르겠거든 지난 일을 보라"고[109] 하였습니다. 또 "앞선 수레가 뒤집히면 뒤에 오는 수레가 조심한다"고 하였습니다. 은나라와 주나라가 오래 존립할 수 있었던 까닭은 과거의 일들을 보면 알 수 있습니다. 그럼에도 이를 따르지 못한 것은 성인의 지혜를 본받지 않은 것입니다. 진나라가 그렇게 빨리 멸망한 까닭은 그 지나온 자취에서 볼 수 있습니다. 그런데도 이를 피하지 않는다면 뒤에 오는 수레도 뒤집히게 됩니다. 존망의 엇갈림과 흥패의 관건은 바로 여기에 달려있습니다. 천하의 명운은 태자에게 달려있고, 태자가 훌륭하게 되는 것은 어려서부터의 교육과 좌우에서 보필하는 인재를 잘 뽑는 데 달려있습니다. 마음이 아직 어지러워지기 전에 먼저 타이르고 가르치면 교화가 쉽게 이루어집니다. 학문과 지략[110]을 개발하고 정의의 뜻을 알게 하는 것은 모두 교육의 공입니다. 계속 익혀서 습관을 들이는 것은 좌우에서 태자와 함께 거처하는 사람들의 영향입니다. 북방지역과 남방지역의 오랑캐는 원래 태어날 때부터 울음소리가 같았고, 좋아하는 바가 다르지 않았습니다. 그렇지만 그들이 자라

---

107) 胡는 당시 중국북방에 있던 소수민족을 말하고, 越은 당시 남방의 소수민족을 가리킨다.
108) 一人 : 천자를 말한다. 兆民 : 백성. 賴 : 이롭다. 이 인용문은 『尚書』 「呂刑」에 나와있다.
109) 이 구절의 해석은 『賈誼集校注』, 195면을 참조하였다.
110) 道術 : 학술, 학설. 나라를 다스리는 지략. 도덕과 학문. 『漢語大詞典』 10권 1077면 참조.

서 서로 다른 습속을 이루고 나면, 여러 번의 통역을 거치고도 의사를 소통할 수 없게 되며, 죽더라도 서로의 행동양식을 바꾸지 못하는 것은 가르치고 익혀서 그렇게 된 것입니다. 그러므로 신은 "좌우에서 보좌할 사람을 잘 선택하고, 일찍부터 깨우쳐 가르치는 것이 가장 시급합니다" 라고 말합니다. 제대로 교육하고 좌우에 있는 보좌가 올바르면 태자는 올바르게 될 것이며, 태자가 올바르면 천하가 안정되게 될 것입니다. 『서경』에서 말하기를, "한 사람이 선한 일을 하면 온 백성이 이롭다"라고 했습니다. 이것이야말로 지금 힘써야 할 일입니다.

《 연관되는 말[連語] 》

해제 이 편은 국가의 존망이 군신관계에 의해 좌우되는데, 군주가 훌륭하면 현명한 신하가 그를 돕게 되는 반면, 군주가 용렬하면 간사한 산하가 그 주변에 모여들게 됨을 역사적인 예를 들어 설명하고 있다. 주요 논지가 「보부(保傅)」편과 연관되는 점으로 보아, 비슷한 시기에 쓰인 것으로 보인다.

원문 紂, 聖天子之後也, 有天下而宜然. 苟背道棄義, 釋敬愼而行驕肆, 則天下之人, 其離之若崩, 其背之也, 不約而若期. 夫爲人主者, 誠奈何而不愼哉! 紂將與武王戰, 紂陳其卒, 左臆右臆,111) 鼓之不進, 皆還其刃, 顧以鄕紂也. 紂走還於寢廟之上, 身鬥而死, 左

---

111) 臆 : 億으로 十萬을 億이라고 하니, 많은 수를 말한다. 또 일설에 의하면 '翼'과 같은 職部에 있고 음이 비슷해서 통용되었는데, 전쟁 시의 좌익과 우익을 말한다고도 한다. 『新書全譯』, 237면.

右弗肯助也. 紂之官衛與紂之軀, 棄之玉門[112]之外, 民之觀者皆進蹴之, 蹈其腹, 蹴其腎, 踐其肺, 履其肝. 周武王乃使人帷而守之, 民之觀者攘帷而入, 提石之者猶未肯止, 可悲也! 夫執爲民主, 直與民爲仇, 殃忿若此. 夫民尙踐盤[113]其軀, 而況有其民政敎乎! 臣竊聞之曰: "善不可謂小而無益, 不善不可謂小而無傷"[114] 夫牛之爲胎也, 細若鼵鼠, 紂損天下自象箸始. 故小惡大惡一類也, 過敗雖小, 皆己之罪也. 周諺曰: "前車覆而後車戒." 今前車已覆矣, 而後車不知戒, 不可不察也.

옮김譯 주(紂)[115]는 성덕(聖德)을 지닌 천자[116]의 후예로서 천하를 차지함이 당연합니다. 그러나 끝내 도의를 저버리고 공경스런 태도를 버리고서 제멋대로 행동을 하였으니, 천하의 사람들이 집이 무너지듯 떠나버렸고, 약속한 것은 아니었지만 마치 약속이나 한 듯 배반했습니다. 그러니 사람의 군주가 된 이라면 어떻게 삼가지 않을 수 있겠습니까! 주가 무왕(武王)[117]과 싸울 때, 주는 그의 좌우로 수많은 군사를 배치하였으나, 북을 쳐도 싸우러 나가지 않고 모두가 그들의 칼끝을 되돌려 주에게 겨누었습니다. 주는 침묘[118]까지 달아나며 홀로 싸우다가 죽었으나, 좌우에서 아무도 그를 도우려 하지 않았습니다. 주의 호위병

---

112) 玉門 : 궁궐.
113) 盤 : 큰 돌. 위 문장에서 '돌을 던졌다'는 구절을 가리키는 것 같다. 『新書校注』, 200면 참조
114) 이 구절은 『주역』「계사하전」 5장의 "小人以小善 爲无益而弗爲也. 以小惡 爲无傷而弗去也."을 응용한 것이다. 자세한 내용은 『신서』「審微」편의 본분과 주 참조
115) 紂 : 은나라의 마지막 군주. 잔혹하고 포악하여 백성들의 원성을 샀으며, 나중에 주무왕에게 정벌당하고 스스로 분신자살하였다.
116) 聖天子 : 상 왕조를 세운 湯임금을 가리킨다.
117) 武王 : 『신서』「過秦 中」 주 참조.
118) 寢廟 : 종묘의 寢과 廟의 합칭으로, 침은 제왕 陵墓 위의 正殿으로 제사를 지내는 곳이며, 묘는 衣冠을 넣어두는 장소이다.

들이 주의 시체를 실어다가 궁궐 밖에다 내다 버리자 백성들 가운데 이를 본 자들이 모두 나아가 발로 차고, 그의 배를 밟고 그의 신장을 차고 그의 폐를 밟고 그의 간을 짓밟았습니다. 무왕(武王)이 마침내 사람을 시켜 포장을 둘러 이를 지키도록 하였으나, 백성들 가운데 이를 본 자들이 포장을 들추고 들어가서 돌을 던지는 자가 그치지 않았으니, 비통한 일이라 할 것입니다! 권세로는 백성들의 주군이었으나 바로 백성들과 원수가 되어 버렸으니, 재앙과 분노가 이와 같았습니다. 그 백성이 그의 시체를 짓밟고 돌을 던질 지경이었으니, 그 백성들을 다스려 교화했다고 하겠습니까! 저는 일찍이 "선은 그것이 작은 것이라 해서 무익하다고 해서는 안 되며, 악은 그것이 작은 것이라 해서 해롭지 않다고 말해서는 안 된다"고 들었습니다. 소가 처음 잉태하였을 때에는 생쥐만큼 작고, 주(紂)가 천하를 해친 것은 상아 젓가락에서부터 비롯된 것입니다.[119] 그러므로 작은 악이나 큰 악은 다 한가지인 것이며, 아무리 작은 잘못이라 할지라도 모두 자신의 죄인 것입니다. 주나라의 속담에 이르되, "앞선 수레가 뒤집히면 뒤에 가는 수레가 조심한다"고 하였습니다. 이제 앞에 간 수레가 이미 뒤집혔는데도 뒤에 가는 수레가 조심할 줄을 모르니 잘 살펴보지 않으면 안 됩니다.

원문 梁[120]嘗有疑獄, 半以爲當罪, 半以爲不當. 梁王曰 : "陶朱之曳,[121] 以布衣[122]而富侔國, 是必有奇智." 乃召朱公而問之曰 : "梁有疑獄, 吏半以爲當罪, 半以爲不當, 雖寡人[123]亦疑焉. 吾決是奈何?" 朱公曰 : "臣鄙人也, 不知當獄. 然臣家有二白璧, 其色相如

---

119) 주가 천하를 잃은 것은 일상생활의 작은 사치에서 시작되었음을 뜻한다.
120) 梁 : 戰國시대의 魏나라. 위 惠王이 기원전 362년 수도를 大梁으로 옮겼다. 그래서 魏를 梁이라고노 불겄디. 疑獄 : 증거가 불충분해서 판결할 수가 없는 송사.
121) 陶朱之曳 : 월나라의 명재상 范蠡를 말한다. 자세한 내용은 『신서』 「過秦 上」 주 참조
122) 布衣 : 『신서』 「益壤」 주 참조.
123) 寡人 : 고대에 王侯 혹은 士大夫가 자칭하였던 겸양어이다.

也, 其徑相如也, 其澤相如也. 然其價也, 一者千金, 一者五百金." 王曰 : "徑與色澤皆相如也, 一者千金, 一者五百金, 何也?" 朱公曰 : "側而視之, 其一者厚倍之. 是以千金." 王曰 : "善." 故獄疑則從去, 賞疑則從予, 梁國說. 以臣誼竊觀之, 墻薄咫亟壞, 繒薄咫亟裂, 器薄咫亟毀, 酒薄咫亟酸. 夫薄而可以曠日持久者, 殆未有也. 故有國畜民施政教者, 臣竊以爲厚之而可耳.

옮김譯 일찍이 양나라에 판정하기 곤란한 송사가 생겼는데, 신하들 중에 절반은 죄를 주어야 한다고 하고, 절반은 죄에 해당하지 않는다고 하였습니다. 양왕이 말하기를, "도주공은 한낱 평민의 신분으로 국가에 맞먹을 만큼 부자가 된 사람이니, 필시 기이한 지혜를 지녔을 것이다"하고 마침내 도주공을 불러 물었습니다. "양나라에 판단하기 곤란한 송사가 생겼는데 관리의 반은 마땅히 죄를 주어야 한다고 주장을 하고, 반은 죄에 해당하지 않는다고 주장을 하니, 나로서는 의아스럽소 어떻게 판결해야 할까요?" 도주공이 대답하였습니다. "저는 비천한 사람으로 어떻게 판결해야 할지는 모릅니다. 그러나 저의 집에 흰 구슬 두 개가 있어 그 빛깔이 비슷하고, 그 크기가 비슷하고 그 광택이 비슷합니다. 그런데 그 값은 하나는 천금이요, 하나는 오백금입니다." 왕은 "크기와 빛깔과 광택이 서로 비슷한데 하나는 천금이고 하나는 오백금인 것은 무엇 때문이오?"라고 물었습니다. 도주공은 "옆에서 보면 그중 하나가 배나 두껍습니다. 그러므로 천금이 나갑니다"라고 대답했습니다. 왕은 "좋은 말씀이요"라고 말했습니다. 그래서 양왕은 증거가 충분치 않아 판결하기 어려우면 그냥 풀어주었고, 상을 줄까 말까 의심스러우면 상을 주자 양나라 사람들이 기뻐하였습니다. 제가 생각하여 보건대 담이 얇으면 쉽게 무너지며, 비단이 얇으면 쉽게 찢어지며, 그릇이 얇으면 쉽게 깨지며, 술이 진하지 않으면 쉽게 시어집니다. 얇은 것 치고 오래 지속되는 것은 거의 없습니다. 그러니 나라를 가지고 백성들을 다스리고 교화하는 사람은 (덕을) 두텁게 해야 한다고 저는 생각합니다.

원문 抑臣又竊聞之曰 : "有上主者, 有中主者, 有下主者. 上主者, 可引而上, 不可引而下; 下主者, 可以引而下, 不可引而上; 中主者, 可引而上, 可引而下." 故上主者, 堯舜[124]是也. 夏禹·契·后稷與之爲善則行. 鯀·讙兜, 欲引而爲惡則誅. 故可與爲善, 而不可與爲惡. 下主者, 桀·紂是也. 推侈惡來, 進與爲惡則行, 比干·龍逢欲引而爲善則誅. 故可與爲惡, 而不可與爲善. 所謂中主者, 齊桓公[125]是也. 得管仲·隰朋則九合諸侯. 任豎貂·子牙則餓死胡宮, 蟲流而不得葬.

故材性乃上主也, 賢人必合, 而不肖人必離, 國家必治, 無可憂者也. 若材性下主也, 邪人必合, 賢正必遠, 坐而須亡耳, 又不可勝憂矣. 故其可憂者, 唯中主爾. 又似練絲, 染之藍則靑, 染之緇則黑, 得善佐則存, 不得善佐則亡. 此其不可不憂者耳. 詩云[126] : "芃芃棫樸, 薪之橑之, 濟濟辟王,[127] 左右趨之" 此言左右日以善趨也, 故臣竊以爲練左右急也.

옮김 제가 듣건데 '상등(上等)의 군주가 있고, 중등(中等)의 군주가 있으며, 하등(下等)의 군주가 있다고 합니다. 상등의 군주는 위로 끌어올릴 수는 있지만 아래로 끌어내릴 수는 없으며, 하등의 군주는 끌어내릴 수는 있지만 끌어올릴 수는 없으며, 중등의 군주는 끌어올릴 수

---

124) 堯舜 : 『신서』 「宗首」 주 참조.
125) 管子, 桓公 : 『신서』 「宗首」 주 참조.
126) 『詩經』 「大雅」 「棫僕」에 있는 구절로, 훌륭한 임금 곁에 그를 돕는 훌륭한 신하가 많이 있음을 표현한 내용이다.
127) 辟王 : 君主.

도 있고 끌어내릴 수도 있다고 합니다.' 상등의 군주는 요임금이나 순임금 같은 분이 이런 경우입니다. 하우(夏禹)·설(契)·후직(后稷)[128] 같은 이가 그와 더불어 선정을 행하려하자 그대로 시행했습니다. 그러나 곤(鯀)이나 환두(讙兜)[129] 같은 사람이 나쁜 곳으로 끌어들이려 하자 이들을 베어버렸습니다. 그러니 그와 더불어 좋은 일은 할 수 있었으나 나쁜 일은 할 수 없었습니다. 하등의 군주는 걸(桀)·주(紂)[130]가 이런 경우입니다. 추치(推侈)나 악래(惡來)[131] 같은 자가 나와서 악행을 행하자 그대로 시행했지만, 비간(比干)이나 용봉(龍逢)[132] 같은 사람이 그를 이끌어 선행을 행하려 하자 죽이고 말았습니다. 그러니 그와 더불어 나쁜 일은 할 수 있지만 좋은 일은 할 수 없었습니다. 이른바 중등의 군주라는 것은 제나라의 환공과 같은 사람이 이런 경우입니다. 관중이나 습붕(隰朋)[133]을 얻었을 때에는 제후들을 모두 통합할 수 있었습니다. 그러나 수초(竪貂)나 자아(子牙)[134] 같은 자를 가까이하고서는 호궁(胡宮)[135]에서 굶어 죽어 시체에서 벌레가 득실거려도 장사지내 줄 사람이 없었습니다.

그러니 원래 재질과 성품이 상등에 속하는 군주는 반드시 현명한 사람이 모여들고 못난 자들은 반드시 떠나기 마련이니, 나라는 잘 다스려

---

128) 禹 : 하나라를 세운 임금. 일찍이 舜의 신하였으나 홍수를 다스리는 공을 세워 후에 순을 이어 천자에 올랐다. 契 : 殷 왕실의 시조 帝嚳의 아들. 后稷 : 周 왕실의 시조. 古公亶父가 일찍이 큰 힘을 기울여 周原(지금의 陝西省 岐山 남부의 대평야)을 개척했으므로 국호를 주라 정했다.

129) 鯀 : 禹의 아버지. 순 임금 때 홍수를 다스렸으나, 실패하여 쫓겨났다. 讙兜 : 四凶의 하나. 순에 의해 쫓겨났다.

130) 桀 : 夏나라 마지막 임금. 紂와 함께 暴君의 대명사이다. 나중에 商나라를 세운 湯王에게 패망하여 남쪽으로 달아나다가 죽었다. 紂 : 상나라의 마지막 임금. 나중에 周나라 武王에게 패망하여 스스로 불에 타 죽었다.

131) 推侈 : 桀의 惡臣. 惡來 : 紂의 신하.

132) 比干 : 殷나라 紂왕의 庶兄. 일설에는 주의 叔父라고 한다. 微子·箕子와 함께 은나라의 三仁이라고 불린다. 龍逢 : 桀 때의 忠臣인 關龍逢. 직언을 간하였다가 피살되었다.

133) 隰朋 : 제나라 대부로, 관중을 도와 환공이 霸業을 이루게 하였다.

134) 竪貂 : 竪刁이라고도 한다. 子牙는 바로 易牙다. 모두 齊 桓公의 못된 신하였다.

135) 胡宮 : 제 환공의 寢宮.

져 걱정할 것이 없습니다. 만약 재목과 성품이 하등인 군주는 반드시 간사한 자가 꼬여들고, 현명하고 올바른 이는 멀어져서 앉아서 그 망하는 것을 기다리게 될 것이니,[136] 걱정한다고 해서 될 일이 아닙니다. 그러므로 걱정스러운 것은 중등에 속하는 군주입니다. 그것은 마치 하얗게 삶은 명주에다 쪽빛 물을 들이면 푸른색이 되고 검정 물을 들이면 검은색이 되는 것과도 같아서, 좋은 보좌진을 얻으면 존립되지만 좋은 보좌진을 얻지 못하면 패망하고 맙니다. 그러니 걱정하지 않을 수 없습니다. 『시경』에 말하기를, "두릅나무 무성하니 땔감으로 쌓였도다. 훌륭하신 임금님, 좌우의 신하들이 알뜰히도 모시도다"라고 하였습니다. 이는 좌우의 신하들이 임금을 날마다 좋은 방향으로 이끌어 나간다는 것을 말합니다. 그러므로 저는 좌우의 신하를 잘 고르는 것이 시급한 일이라고 생각합니다.

【 보좌(輔佐) 】

해제 이 편은 임금을 보좌하는 여러 관직과 그들이 담당하는 직책 내용 및 그 업무의 한계를 밝힌 글이다. 이곳의 본문에 나오는 관직의 대부분은 역사서에는 나오지 않는다. 기원전 179년에 쓰였다.

원문 大相上承大義而啓治道, 總百官之要, 以調天下之宜, 正身行, 廣敎化, 脩禮樂, 以美風俗, 兼領而和一之, 以合治安. 故天下失宜, 國家不治, 則大相之任也. 卜執正職.

---

136) 이 구절은 이내 망할 수밖에 없다는 뜻이다.

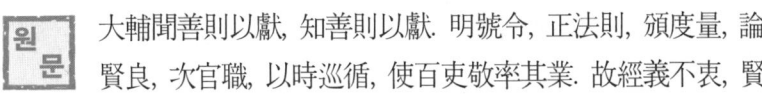

대상(大相)[137]은 위로 대의를 계승하여 국가를 다스리는 도를 열고, 모든 관리의 책임을 총괄하여 천하를 알맞게 바로 잡으며, 자신의 행실을 올바로 하고 널리 교화하며, 예악을 닦아 풍속을 아름답게 하며, 각 부분을 총괄하여 하나로 조화시켜 다스려서 안정되게 한다. 그러므로 천하가 도의를 잃고 나라가 다스려지지 않으면 그것은 대상의 책임이다. 위에서 국가의 전장제도 및 예악의 여러 일을 관장한다.[138]

원문 大拂秉義立誠, 以翼上志. 直議正辭, 以持上行, 批天下之患, 匡諸侯之過. 令或鬱而不通, 臣或懿而不義, 大拂之任也. 中執政職.

대불(大拂)[139]은 정의와 충성으로 지켜서 임금의 뜻을 보좌한다. 정직하게 논의하고 공정하게 말을 해서 임금의 행동을 도우며, 천하의 근심거리를 없애고 제후의 잘못을 바로잡는다. 명령이 막혀 전달되지 아니하거나 신하가 어긋난 행동을 하고 의롭지 못할 때에는 그것은 대불의 책임이다. 가운데에서 법령을 집행하고 전달하는 일을 담당한다.[140]

원문 大輔聞善則以獻, 知善則以獻. 明號令, 正法則, 頒度量, 論賢良, 次官職, 以時巡循, 使百吏敬率其業. 故經義不衷, 賢

---

137) 大相 : 관직이름으로, 한 왕조의 相國·丞相에 해당한다.
138) 이 구절에 대해 『新書全譯』에서는 '정확하게 천하의 직책을 인도한다'라고 해석했으나, 『賈誼新書譯注』에서는 '正職을 政職으로 보아서, 국가의 정치 典章 禮樂의 여러 일들을 관장한다'고 해석했다. 『新書全譯』(244면) 및 『賈誼新書譯注』(161~162면) 참조.
139) 大拂 : 관직이름으로, 군주를 보좌하고 군주의 과오를 바로잡는 관리이다.
140) 이 구절에 대해 『新書全譯』에서는 '천하로 하여금 正道에 돌아오게 하는 직책을 맡는다'고 해석했으나, 『賈誼新書譯注』에서는 '법령을 집행하고 전달하는 일을 맡는다'고 해석했다. 『新書全譯』(245면) 및 『賈誼新書譯注』(162면) 참조.

不肖失序, 大輔之任也. 下執事職.

옮김譯 　대보(大輔)141)는 좋은 말을 들으면 임금에게 바치고, 좋은 일을
알면 임금에게 알린다. 명령을 밝히고 법규를 바로잡으며, 도
량을 제정하여 반포하고 인물의 재능을 따지며, 관직의 차례를 매겨서
때 맞춰 순행을 돌고, 모든 관리들로 하여금 맡은 일을 공경히 수행하
도록 한다. 그러므로 옛 경전의 뜻에 맞지 않고,142) 현명한 사람과 못난
사람의 서열이 없어지게 되면 그것은 대보의 책임이다. 아래에서 나라
를 다스리고 백성을 편안히 하는 일을 담당한다.143)

원문 　道行典知變化, 以爲規是非, 明利害, 掌僕144)及輿馬之度,
羽旄旌旗145)之制, 步驟徐疾之節, 春夏秋冬用之倫色, 居車
之容, 登降之禮, 見規宜論, 見過則調. 故職不率義, 則道行之任也.

옮김譯 　도행(道行)146)은 정세의 변화를 파악해서 옳고 그름을 규정하
고 이로움과 해로움을 밝히며, 노복과 거마의 수량, 의장용 깃
발 제도, 걷고 뛰며 느리고 빠른 행진의 절도, 그리고 봄·여름·가을·
겨울 계절에 맞추어 쓰는 빛깔 등을 관장하며, 수레에 앉는 용모나 수
레에 오르고 내리는 예법에 있어 규정을 보고 알려야 하고 잘못을 보면

---

141) 大輔 : 관직 이름으로, 군주의 통치를 보좌한다.
142) 이 구절에 대해 『賈誼新書譯注』에서는 '常道와 맞지 않고'라고 해석했다. 『賈誼新
書譯注』, 163면.
143) 이 구절에 대해 『新書全譯』에서는 '행정을 실행하는 직책을 맡는다'고 해석했으나,
『賈誼新書譯注』에서는 '나라를 다스리고 백성을 편안히 하는 일을 맡는다'고 해석했
다. 『新書全譯』(245면) 및 『賈誼新書譯注』(163면) 참조.
144) 僕 : 마부를 가리킨다.
145) 羽旄旌旗 : 군주가 행차할 때 사용하는 각종 儀仗. 행차의 깃발에 새의 깃털이나 짐
승의 털을 장식하여 그것으로 신분의 높고 낮음의 정도를 나타냈다.
146) 道行 : 군주가 행차할 때 수레의 禮制를 담당하는 관직 이름.

간언한다. 그러므로 이런 직책이 올바르게 수행되지 않으면 도행의 책임이다.

원문 調諜典博聞, 以掌馴乘, 領時從,[147] 比賢能. 天子出則爲車右,[148] 坐立則爲位. 承聖帝之德, 畜民之道, 禮義之正, 應事之理, 則職以箴. 刑獄之衷, 賞罰之誠, 已諾之信, 百官之經, 喪祭之共,[149] 戎事之誠, 身行之彊, 則職以誃. 遇大臣之敬, 遇小臣之惠, 坐立之端, 言默之序, 音聲之適, 揖讓之容, 俯仰之節, 立事之色, 則職以證.[150] 出入不從禮, 衣服不從制, 御器不以度, 迎送非其章, 忿說忘其義, 取予失其節, 安易而樂湛, 則職以諫. 故善不徹, 過不聞, 侍從不諫, 則調諜之任也.

옮김譯 조수(調諜)[151]은 널리 들어보는 일을 맡는데, 큰 수레를 관리하고 시종을 거느리며 현명한 자와 능력있는 자를 비교해서 가려낸다. 천자가 출행하면 그 수레의 오른쪽에 자리하며, 앉거나 설 때는 곁에서 모신다. 옛 성왕의 덕을 잇고 백성들을 기르는 도와 올바른 예의와 사물에 대응하는 이치 등에 대하여 조언하는 것을 직책으로 삼는다. 재판의 안건을 공정하게 심판하고 상벌을 성실하게 집행하며, 약속한 일에 대하여 신의를 지키며, 모든 관리들이 지켜야 할 법도, 상례와 제례에 있어서의 공경스러운 태도, 전쟁에 있어서 조심해야 할 일, 자신의 행실에 있어 힘쓸 일 등에 대하여 간언함을 직책으로 삼는다. 대신은 공경히 대우하고 하급관리는 은혜롭게 대하며, 앉거나 서는 동작이

---

147) 時從 : 侍從.
148) 車右 : 옛날 수레에는 세 사람이 탔는데, 車右는 주인의 오른쪽에 앉아 주인을 보호하는 역할을 했다. '驂乘'이라고도 불렀다.
149) 共 : '供' 또는 '恭'의 뜻으로 본다.
150) 證 : 勸諫하다.
151) 調諜 : 자문과 간언을 책임지는 관리.

단정하고 조리있게 말하고 침묵하며, 목소리가 알맞으며, (빈객을 맞아) 예의를 차리는 모습과 우러르고 굽어보는 동작의 절도와 사무를 처리하는 태도 등에 대하여 권고하는 것으로 직책을 삼는다. 또 예법에 따르지 않은 채로 출입하고, 의복이 제도에 맞지 않고 사용하는 기물이 법도에 맞지 않으며, 규정대로 빈객을 영접하거나 전송하지 않고, 성내거나 기뻐할 때 적절함을 망각하고, 주고받음에 있어서 절도가 없으며, 안일과 향락에 빠져드는 일에 대해 간언하는 것을 직책으로 삼는다. 그러므로 선을 확실히 알게 해주지 못하고, 잘못이 있는데도 지적당하지 않으며, 시종들이 간하지 않는 것은 조수(調諄)의 책임이다.

원문 典方典容儀, 以掌諸侯・遠方之君, 諜之班爵[152)・列位・軌伍之約, 朝覲[153)・宗遇・會同・享聘・貢職之數, 辨其民人之衆寡, 政之治亂, 率意[154]道順, 僻淫犯禁之差第. 天子巡狩, 則先循于其方. 故或有功德而弗擧, 或有淫僻犯禁而不知, 典方之任也.

옮김역 전방(典方)[155)은 예의와 거동을 맡는데, 제후나 먼 곳에 있는 군왕의 일을 관장하여 이들의 작위의 순서나 위치, 직책에 대한 협약, 제후의 조회와 종족의 회합・회동・초대・향연・공물의 품목의 수를 선정하며, 그 백성의 많고 적음과 국정이 안정되었는지 어지러운지 등을 따지며, 덕에 맞고 도를 따랐는지, 잘못했거나 금하는 법령을 어겼는지를 구별한다. 천자가 순행을 할 때면 먼저 그 지방에 나가 돌

---

152) 班爵 : 작위서열. 列位 : 출입하는 차례를 정하다. 軌伍 : 職任・軌任・執任으로 되어 있는 판본도 있다. 『新書全譯』, 249면 참조.
153) 朝覲 : 제후가 제왕을 배알하는 것으로, 봄에 와서 뵙는 것을 '朝'라하고, 가을에 와서 뵙는 것을 '覲'이라 한다.
154) 意 : 劉師培는 "意는 德의 살못이나. 덕은 正文에는 愿으로 되어 있어서 意자로 잘못 쓰였다. 率道는 치우치지 않음이요, 德順은 禁法을 어기지 않음이다"라고 했다. 『新書校注』, 210면 인용.
155) 典方 : 四方의 왕래에 관한 일을 담당하는 관직 이름. 대략 한대의 典客과 유사하다.

아본다. 그러므로 공덕이 있는 이를 추천하지 못하거나, 잘못하고 금하는 법령을 어긴 이를 알지 못하는 것은 전방의 책임이다.

원문 奉常典天以掌宗廟社稷之祀, 天神・地祇・人鬼, 凡山川四望[156]國之諸祭, 吉凶妖祥占相之事, 序 禮樂喪紀, 國之禮儀, 畢居其宜, 以識宗室. 觀民風俗, 審詩商,[157] 修憲命, 禁邪言, 息淫聲, 於四時之交, 有事於南郊, 以報祈天明. 故歷天時不得, 事鬼神不序, 經禮儀人倫不正, 奉常之任也.

옮김譯 봉상(奉常)[158]은 하늘에 관한 일을 맡아 종묘・사직의 제사와 천신・지기・인귀, 그리고 모든 산천과 사방의 망제(望祭) 등의 여러 제사 및 길흉(吉凶)・요상(妖祥)・점상(占相)에 관한 일을 관장하며, 예악과 상례의 차례를 정하고 나라의 예의가 모두 합당하게 하며 종실과 친척에 대해 기록한다. 백성들의 풍속을 관찰하며, 민간에서 채집한 노래를 자세히 살피고 법령을 손질하며, 유언비어를 금하고 음탕한 음악을 막으며, 계절이 바뀔 때에 즈음하여서는 도성의 남쪽 교외에서[159] 제사를 지내 밝은 하늘에 보답하고 기원을 드린다. 그러므로 천시를 제대로 헤아리지 못하고, 귀신을 질서 있게 섬기지 못하며, 예의 인륜을 올바로 다스리지 못하는 것은 봉상의 책임이다.

---

156) 四望 : 사방의 모든 산천을 직접 가서 제사하기 어려우므로, 사방을 향해 멀리 바라 보면서 제사하는 것을 말한다. 『주례』「大宗伯」賈公彦疏 참조.

157) 商 : '章'과 통한다. 詞章과 같다.

158) 奉常 : 종묘와 종족의 의례를 맡은 관원. 한나라의 九卿의 하나로서 나중에 太常으로 개칭되었다. 황족의 일원이 맡는다.

159) 事於南郊 : 제왕이 수도의 남쪽 교외에서 천을 제사하는 것을 말한다. 고대 제왕은 남교에서 천을 제사하였다. 『예기』「郊特牲」참조.

祧160)師典春, 以掌國之衆庶, 四民之序, 以禮義倫理敎訓人民, 方春三月, 緩施生遂, 動作百物, 是時有事于皇祖皇考.161)

조사(祧師)162)는 봄제사를 맡아서 나라의 일반 백성과 사민(四民)163)의 서열을 관장하며, 예의와 윤리로 백성들을 가르친다. 춘삼월이 되어 차츰 생명이 움트고 만물이 움직이게 되면 이에 황제의 조상을 섬기는 제사를 지낸다.

◤ 효를 물음[問孝](闕)164) ◢

누락됨

---

160) 祧 : 먼 조상의 사당(『예기』 「祭法」. “遠廟曰 祧”).
161) 이 아래에 몇 구절 탈락된 문자가 있다고 한다. 『대대례기』 「千乘」편에 이 부분과 유사한 구절이 있는데, 여기에 다른 글자들이 보인다. 『賈誼集校注』, 212면 참조.
162) 祧師 : 조상의 제사를 맡은 관원.
163) 四民 : 옛날 직업에 따라 백성을 네 부류(士・農・工・商)로 나누었으므로, 그를 사민이라 불렀다.
164) 이 편은 전체의 문장이 탈락되어 전하지 않는다.

【 예(禮) 】

해제 이 편은 예치(禮治)의 중요성을 언급한 글로서, 예에 관한 정의를 내리고 그 기능을 밝히고 있다. 가의는 예제의 확립을 통해 등급이 명확한 봉건제도를 세우고, 예의 범위 내에서 자신의 직분을 행하도록 해야 함을 주장하고 있다. 기원전 179년 무렵에 쓴 것으로 보인다.

원문 昔周文王使太公望傅太子發. 太子嗜鮑魚,[1] 而太公弗與, 曰 : "禮, 鮑魚不登於俎, 豈有非禮而可以養太子哉?" 尋常[2]之

---

1) 鮑魚 : 소금에 절인 생선. 비린내가 나서 제사에는 사용하지 않았다.
2) 尋常 : 옛날 길이의 단위. 8척을 '尋'이라고 16척을 '常'이라 했는데, 尋常은 특별한 차이가 없이 평범하다는 뜻이다.

室無奧3)樀之位, 則父子不別; 六尺之輿4)無左右之義, 則君臣不明.
尋常之室六尺之輿, 處無禮卽上下踖逆, 父子悖亂, 而況其大者乎!
故道德仁義, 非禮不成. 敎訓正俗, 非禮不備; 分爭辨訟, 非禮不決.
君臣・上下・父子・兄弟, 非禮不定; 宦學5)事師, 非禮不親. 班朝治
軍・涖官行法, 非禮威嚴不行; 禱祠祭祀・供給鬼神, 非禮不誠不莊.
是以君子恭敬・撙節・退讓以明禮.

옮김譯 옛날 주나라 문왕6)이 태공망(太公望)7)으로 하여금 태자 발(發)8)
의 태부로 삼았다. 태자가 소금에 절인 어포를 좋아하였으나,
태공은 주지 않고 말하기를 "예에 따르면 어포는 제사상에 올려놓지 못
하니, 어찌 예가 아닌 것으로 태자를 봉양할 수 있겠습니까?"라고 하였
다. 평범한 방에서도 아랫목과 윗목의 위치가 정해 지지 않으면 아버지
와 아들의 구별이 없게 되고, 여섯 자 되는 가마에 누가 왼쪽에 타고 누
가 오른쪽에 타는지에 대한 의의를 모르면 임금과 신하의 신분이 확실
치 않게 된다. 평범한 방에 있을 때나 여섯 자 가마에 탈 때조차 예에

---

3) 奧: 방의 서남쪽 구석. 옛날 제사지낼 때 신주를 놓거나, 어른이 앉는 곳이다. 樀:
   방의 동남쪽 구석으로 신분이 낮은 사람이 앉는다. 『新書全譯』, 254면.
4) 六尺之輿: 길이가 여섯 자 되는 가마는 천자가 타는 가마로서, 천자와 신하가 함께
   탔을 때에는 천자는 왼쪽에 앉고 신하는 바른쪽에 앉도록 되어 있다.
5) 宦學: 『예기』 「곡례」의 孔穎達의 疏에 의하면 "宦은 仕官의 학문을 배움이요, 學
   은 六藝를 배움을 말한다[宦, 謂學仕官之事; 學, 謂學習六藝]."
6) 文王: 성은 姬, 이름은 昌. 商나라 紂王 때 西伯이었다. 그의 통치기간 중 虞나라와
   芮나라를 복종하게 하였고, 藜・邘・崇나라를 멸망시켰다. 豐邑(지금의 陝西省 西安
   市 서남쪽)에 도읍을 세웠다.
7) 太公望: 周나라 東海 사람. 본성은 姜, 字는 子牙. 그의 조상이 呂에 봉해져 呂尙
   이라 하였다. 나이 들어 숨어 낚시질로 세월을 보내고 있었는데 文王이 사냥 갔다가
   渭水의 남쪽에서 만나 "우리 太公이 당신을 기다리고 바란 지가 오래입니다"라고 말
   하여 이에 그를 太公望이라 부르게 되었다. 수레에 모시고 돌아와 태부로 삼으니 文
   王과는 가까운 친구가 되었고 武王은 그를 스승으로 섬겼다. 武王이 紂를 멸할 때 그
   의 계략에 많이 따랐다. 그가 지었다는 병법서 『六韜』 六권이 전해진다.
8) 發: 姬發. 주나라 武王의 이름.

맞게 처신하지 않으면, 곧 위아래의 관계가 어그러져 역행하고 부자간
의 관계가 어지러워지는데 하물며 이보다 큰 문제에 있어서랴! 그러므
로 도덕과 인의는 예가 아니면 완성되지 않고, 가르쳐서 풍속을 바로잡
는 것도 예가 아니면 완성되지 않으며, 다툼과 소송을 판별하는 데도
예가 아니면 결정이 나지 않는다. 군신·상하·부자·형제 간에 있어서
도 예가 아니면 (위아래가) 정해지지 않으며, 사관(仕官)의 학문이나 육
예(六藝)를 배우며 스승을 섬김에 있어서도 예가 아니면 친해지지 않는
다. 조정의 반열(班列)을 정하고 군대를 다스리며 관직에 나가 법을 행사
할 때에도 예가 아니면 위엄이 행해지지 않으며, 사당에 빌고 제사를
모시며 귀신에 제물을 올리는 데도 예가 아니면 정성스럽지 못하고 장
중하지 못하게 된다. 그러므로 군자는 공경하고 절도를 지키며, 물러나
사양함으로써 예를 밝힌다.

> **원문** 禮者, 所以固國家, 定社稷, 使君無失其民者也. 主主臣臣,
> 禮之正也; 威德在君, 禮之分[9]也; 尊卑大小彊弱有位, 禮之
> 數也. 禮, 天子愛天下, 諸侯愛境內, 大夫愛官屬, 士庶各愛其家. 失
> 愛不仁, 過愛不義, 故禮者, 所以守尊卑之經, 彊弱之稱者也. 禮, 天
> 子適諸侯之宮, 諸侯不敢自阼階,[10] 阼階者, 主之階也. 天子適諸侯,
> 諸侯不敢有宮, 不敢爲主人禮也. 君仁臣忠, 父慈子孝, 兄愛弟敬, 夫
> 和妻柔姑慈婦聽, 禮之至也. 君仁則不厲, 臣忠則不貳, 父慈則教, 子
> 孝則協, 兄愛則友, 弟敬則順, 夫和則義, 妻柔則正, 姑慈則從, 婦聽
> 則婉. 禮之質也.

---

9) 分 : 이 개념에 대해서는 여러 해석이 있다. 『新書校注』(218면)와 『賈誼集校注』(215
면)에서는 名分의 뜻으로 보았고, 『賈誼新書譯注』, 170면에서는 內容의 뜻으로 보았
으며, 『新書全譯』, 256면에서는 本分의 뜻으로 보았다.
10) 阼階 : 동쪽 계단을 말한다. 주인이 주로 사용하며, 빈객은 서쪽계단을 사용한다.

예라는 것은 나라를 튼튼히 하고 사직을 안정시켜 임금으로
하여금 그의 백성을 잃지 않게 한다. 군주가 군주 노릇을 하고
신하가 신하 노릇을 하는 것이 예의 바른 길이며, 위엄과 덕망이 임금
에게 있는 것은 예의 명분이며, 존비와 대소와 강약에 따라 제자리를
지키는 것은 예의 분수이다. 예에 의하면 천자는 천하를 사랑하며, 제후
는 자신의 지역을 사랑하며, 대부는 자신의 부하를 사랑하며 사서인(士
庶人)은 각자의 집안을 사랑한다고 하였다. 사랑을 잃으면 인자하지 못
하고 지나치게 사랑하면 의롭지 못하니, 그러므로 예라는 것은 존귀함
과 비천함의 기준을 지키고 강함과 약함에 어울리도록 지키는 것이다.
예에 의하면 천자가 제후의 궁궐에 가면 제후는 감히 스스로 동쪽계단
에 서지 못하니, 동쪽계단은 주인이 서는 자리이기 때문이다. 천자가 제
후에게 갔을 때에는 제후는 감히 자신의 궁궐에 거처하지 못하니, 이는
감히 주인으로서의 예법을 행하지 못하기 때문이다. 군주는 인자하고
신하는 충성스러우며, 아버지는 자애롭고 아들은 효성스러우며, 형은
사랑하고 아우는 공손하며, 남편은 온화하고 아내는 유순하며, 시어머
니는 자애로우며 며느리는 말을 잘 듣는 것은 예가 완전히 실천된 모습
이다. 군주가 인자하니 사납지 않고, 신하가 충성스러우니 두 마음을 품
지 아니하며, 아버지가 자애로우니 교화가 이뤄지며, 아들이 효성스러
우니 (가정이) 화목하며, 형이 사랑해주니 우애가 있으며, 아우가 공손
하니 순종하며 남편이 온화하니 올바르며, 아내가 유순하니 정직하며,
시어머니가 자애로우니 (며느리가) 따르며, 며느리가 말을 잘 들으니 온
순하다. 이것이 바로 예의 바탕이다.

禮者, 臣下所以承其上也. 故詩云: "一發五豝, 吁嗟乎騶
虞"[11] 騶者, 天子之囿也; 虞者, 囿之司獸者也. 天子佐輿十

---

11) 『詩經』「國風」「召南」「騶虞」에 보인다. 文王의 은택이 짐승에게까지 미침을 그리

乘, 以明貴也; 貳牲而食, 以優飽也. 虞人翼五豝以待一發, 所以復中也. 人臣於其所尊敬, 不敢以節待, 敬之至也. 甚尊其主, 敬愼其所掌職, 而志厚盡矣. 作此詩者, 以其事深見良臣順上之志也. 良臣順上之志者, 可謂義矣, 故其嘆之也, 長曰吁嗟乎. 雖古之善爲人臣者, 亦若此而已.

옮김譯 예라는 것은 신하가 그에 의거해서 윗사람을 이어 받드는 것이다. 그러므로 『시경』에 말하기를, "화살 하나에 수퇘지 다섯 마리를 잡는도다. 아아! 추우(騶虞)로다!"라고 했다. '추(騶)'는 천자의 동산이요, '우(虞)'는 그 동산에서 짐승을 관리하는 사람이다. 천자가 수레 열 량을 곁에 따르게 하는 것은 존귀함을 나타내는 것이요, 두 가지 가축의 고기를 먹는 것은 넉넉하게 먹으려는 것이다. 우인(虞人)은 군주가 수퇘지 다섯 마리를 몰아서 화살 한발을 쏘기를 기다렸다가 다시 쏘아 잡는다. 신하가 존귀하고 공경하는 분을 대할 때 감히 절약하지 않는 것은 지극히 공경하기 때문이다. 그래서 그 군주를 높이고 자신이 맡은 직책에 대해 공경하고 조심하면서 온 마음을 다 바치는 것이다. 이 시를 지은 자는 이 일로 충성스런 신하가 주상의 뜻에 순종하는 마음을 나타냈다. 충성스런 신하가 주상의 뜻에 순종한다는 것은 의로운 일이라 할 수 있으니, 그러므로 '아아!' 하고 길게 탄식한 것이다. 옛날에 신하 노릇을 잘한 자도 역시 이러했을 따름이다.

원문 禮者, 所以節義而沒不還. 故饗飮之禮先爵[12]於卑賤, 而后貴者始羞,[13] 殽膳下浹, 而樂人始奏. 觴不下遍, 君不嘗羞, 殽不下浹, 上不擧樂. 故禮者, 所以恤下也. 由余曰: "乾肉不腐, 則左

는 내용이다.
12) 爵: 술잔. 여기서는 '술을 마시다'라는 뜻이다.
13) 羞: 음식. 여기서는 '음식을 맛보다'라는 뜻이다.

右親. 苞苴14)時有, 筐篚15)時至, 則群臣附. 官無蔚藏, 腌陳16)時發,
則戴其上.” 詩曰 : “投我以木瓜, 報之以瓊琚, 匪報也, 永以爲好
也”17) 上少投之, 則下以軀償矣, 弗敢謂報, 願長以爲好. 古之蓄其下
者, 其施報如此.

예라는 것은 그에 의거해서 의로움을 잘 조절하여 골고루 돌
아가게 것이다. 그러므로 술자리의 예법은 신분이 낮은 사람에
게 먼저 술잔을 돌린 다음에 비로소 (지위가 높은) 귀한 사람이 음식을
맛보며, 맛난 음식은 아랫사람들이 고루 맛본 다음에 악공들이 주악을
연주하게 된다. 술잔이 아랫사람에게 고루 돌려지지 않으면 임금은 음
식을 맛보지 않으며, 맛난 음식이 아랫사람에게 고루 주어지지 않으면
임금은 음악을 연주케 하지 않는다. 그러므로 예라는 것은 (윗사람이)
그에 의거해서 아랫사람을 보살펴 주는 것이다. 유여(由余)18)가 말하기
를 “마른 고기가 썩지 않았으니,19) 좌우의 사람이 (임금을) 친히 여기고,
때때로 고기를 보내주고 때에 맞게 예물을 주면 많은 신하가 따르며,
관청에 묵혀 있는 물건이 없게 하고, 때때로 저장된 음식을 베풀어주면
그 임금을 받들어 모시게 된다”고 하였다. 『시경』에서는 “나에게 모과
를 주기에 이에 옥구슬로 보답했네. 이는 답례가 아니라, 서로 오래오래
사이좋게 지내자는 뜻이었네”라고 하였다. 윗사람이 조금만 베풀어 주

---

14) 苞苴 : 원래는 魚肉을 싼 蒲包를 말하나, 禮物을 가리키는 뜻으로도 쓰인다.
15) 筐篚 : 대나무로 만든 그릇으로, 선물을 담아 보낼 때 쓰기도 한다. 네모난 모양을
    ‘筐’이라 하고, 둥근 모양을 ‘篚’라고 한다. 예물을 가리키는 뜻으로 확대해서 쓰인다.
16) 腌陳 : 썩지 않도록 소금으로 절여서 오래 저장해 둔 음식.
17) 『詩經』「衛風」「木瓜」에 보인다. 서로 주고받으며 정답게 지내는 관계를 노래한 내
    용이다.
18) 由余 : 그의 조상은 원래 晉나라 사람이었으나, 戎지역에 도망해서 살았다. 융왕이
    여색에 빠져있는 것을 보고 여러 차례 간언했으나 듣지 않자, 秦나라로 귀순하니 진나
    라가 霸業을 이루도록 도와주었다.
19) 썩은 고기가 없다는 것은 고기를 주위 사람들에게 다 나눠주었음을 말한다.

면 아랫사람은 몸으로 은혜를 갚으려 할 것이니, 이는 감히 답례한다는 뜻이 아니라, 길이 사이좋게 지내기를 바라는 뜻이다. 옛날에 아랫사람을 기르는 이는 이렇게 베풀고 보답했다.

國無九年之蓄, 謂之不足; 無六年之蓄, 謂之急; 無三年之蓄, 國非其國也. 民三年耕, 必餘一年之食, 九年而餘三年之食. 三十歲相通, 而有十年之積, 雖有凶旱水溢, 民無饑饉.[20] 然後天子備味而食, 日擧以樂, 諸侯食珍不失, 鍾鼓之縣可使樂也.

樂也者, 上下同之. 故禮, 國有飢人, 人主不飧; 國有凍人, 人主不裘; 報囚[21]之日, 人主不擧樂. 歲凶, 穀不登, 臺扉不塗,[22] 榭[23]徹干侯, 馬不食穀, 馳道[24]不除, 食減膳, 饗祭有闕. 故禮者自行之義, 養民之道也. 受計[25]之禮, 主所親拜者二. 聞生民之數則拜之, 聞登穀則拜之. 詩曰 : "君子樂胥, 受天之祜"[26] 胥者, 相也; 祜, 大福也. 夫憂民之憂者, 民必憂其憂; 樂民之樂者, 民亦樂其樂. 與士民若此者, 受天之福矣.[27]

---

20) 『예기』「왕제」편에 이와 거의 비슷한 내용이 나온다. "나라에 9년 동안(백성을 먹여 살릴만한) 비축이 없으면 부족하다고 하고, 6년간의 비축이 없으면 위급하다고 하며, 3년간의 비축이 없으면 나라꼴이 아니라고 한다. 백성들이 3년을 농사지으면 반드시 1년 먹을 식량을 남기고, 9년이면 3년 먹을 식량이 남긴다. 30년을 이렇게 한다면 가뭄이 들고 물난리가 나도 백성들이 푸성귀를 뜯어먹는 형색은 없을 것이다[國無九年之蓄曰不足. 無六年之蓄曰急. 無三年之蓄曰國非其國也. 三年耕必有一年之食. 九年耕必有三年之食. 以三十年之通 雖有凶旱水溢 民無菜色]."

21) 報囚 : 죄수에게 판결을 내리다.

22) 臺扉不塗 : 樓臺의 출입문에 새로 칠을 않는다는 것으로 검소함을 뜻한다.

23) 榭 : 활쏘기 연습을 하는 곳을 말한다. 徹 : '撤'과 통한다. 거두다, 치우다의 뜻이다. 干侯 : 들개 가죽으로 장식한 과녁. '干'은 '犴'과 통한다.

24) 馳道 : 고대 군왕이 행차할 때 수레가 지나는 길.

25) 受計 : 漢代 황제가 郡國에서 올린 통계장부를 접수하는 것을 말한다. 그를 통해 각 지역의 재정상태를 파악했다. 『賈誼新書譯注』, 174면.

26) 『詩經』「小雅·桑扈」에 보인다.

27) 『맹자』「양혜왕 下」. "齊宣王이 孟子를 雪宮에서 뵈었는데, 王이 말씀하였다. '賢

나라에 9년 동안 (백성을 먹여 살릴만한) 비축이 없으면 부족하다고 하고, 6년간의 비축이 없으면 위급하다고 하며, 3년간의 비축이 없으면 나라꼴이 아니라고 한다. 백성들이 3년을 농사지으면 반드시 1년 먹을 식량을 남기고, 9년이면 3년 먹을 식량이 남긴다. 30년을 이렇게 한다면 10년 먹을 저축이 있게 되어서, 가뭄이 들고 물난리가 나도 백성들은 굶주리지 않게 된다. 그렇게 된 다음에야 천자는 맛난 식사를 하고 날마다 음악을 즐기며, 제후도 맛난 음식을 먹고 종과 북을 치며 음악도 즐길 수 있는 것이다.

　음악이라는 것은 상하가 함께 즐기는 것이다. 그러므로 예에 의하면 나라에 굶주린 백성이 있으면 군주는 잔치를 하지 않고, 나라에 추위에 떠는 사람이 있으면 군주는 가죽옷을 입지 않으며, 죄수에게 판결을 내리는 날에는 음악을 연주케 하지 않는다. 흉년이 들어 곡식이 여물지 않으면 대문에 칠을 하지 않으며, 활터에서 과녁을 치우며,28) 군주의 말에게 곡식을 먹이지 않고, 군주가 행차하는 길을 수리하지 않으며, 식탁에는 반찬을 줄이고 잔치나 제사를 거르기도 한다. 그러므로 예라는 것은 스스로 바르게 행하는 것이며, 백성들을 기르는 길이 된다. 각 지역에서 올린 장부를 보고 받는 예법에서 군주가 친히 배례하고 듣는 경우가 두 가지 있다. 인구의 수를 보고 받을 때 배례하며, 풍년을 보고받을 때 배례한다. 『시경』에 이르기를 "군자가 서로 즐거움을 함께 하니 하

者도 또한 이러한 즐거움이 있습니까?' 孟子께서 대답하셨다. '있습니다. 사람들은 이를 얻지 못하면 그 윗사람을 비난합니다. 樂을 얻지 못했다고 그 윗사람을 비난하는 자도 잘못이요, 백성의 윗사람이 되어 백성과 더불어 함께 즐거워하지 않는 자도 또한 잘못입니다. 백성의 樂을 즐거워하는 자는 백성들 또한 그 君主의 樂을 즐거워하고, 백성들의 근심을 근심하는 자는 백성들 또한 그 君主의 근심을 근심합니다. 즐거워하기를 온 천하로써 하며, 근심하기를 온 천하로써 하고 이렇게 하고도 왕노릇하지 못하는 자는 있지 않습니다[齊宣王見孟子於雪宮. 王曰 "賢者亦有此樂乎?" 孟子對曰 "有. 人不得 則非其上矣. 不得而非其上者 非也. 爲民上而不與民同樂者 亦非也. 樂民之樂者 民亦樂其樂 憂民之憂者 民亦憂其憂. 樂以天下 憂以天下 然而不王者 未之有也"].'"

28) 과녁을 치운다는 것은 射禮를 행하지 않는다는 뜻이다.

늘의 큰 복을 받겠네"라고 하였다. '서(胥)'는 서로 함께한다는 뜻이고, '호(祜)'는 큰 복이란 뜻이다. 나라의 임금이 백성들의 걱정을 근심하면 백성들도 반드시 임금의 근심을 걱정할 것이며, 백성들의 즐거움을 즐겁게 여기면 백성들도 또한 임금의 즐거움을 즐겁게 여길 것이다. 사민(士民)과 더불어 이렇게 하는 자는 하늘의 복을 받게 된다.

원문

禮, 聖王之於禽獸也, 見其生不忍見其死, 聞其聲不嘗其肉, 隱弗忍也. 故遠庖廚, 仁之至也. 不合圍, 不掩群, 不射宿, 不涸澤. 豺不祭獸,[29] 不田獵; 獺不祭魚, 不設網罟; 鷹隼不鷙, 眭而不逮, 不出穎羅; 草木不零落, 斧斤不入山林; 昆蟲不蟄, 不以火田. 不麛, 不卵, 不刳胎,[30] 不殀夭, 魚肉不入廟門, 鳥獸不成毫毛, 不登庖廚. 取之有時, 用之有節, 則物蕃多. 湯曰 : "昔蛛蝥作罟, 不高順,[31] 不用命者, 寧丁我網." 其憚害物也如是. 詩曰[32] : "王在靈囿,[33] 麀鹿攸伏. 麀鹿濯濯, 白鳥皜皜. 王在靈沼,[34] 於仞[35]魚躍" 言德至也. 聖主所在, 魚鱉禽獸猶得其所, 況於人民乎!

---

29) '豺不祭獸'에서 '不殀夭'까지의 구절은 『예기』 「왕제」편의 내용과 거의 비슷하다. 『예기』 「왕제」. "수달이 물고기를 제사지내는 때가 지나야 사냥꾼은 통발을 설치하며, 승냥이가 제사를 지내는 때가 지나야 사냥한다. 비둘기가 매로 변하는 때에 이르러서야 그물을 설치하며, 초목의 잎이 시들어 떨어진 후에야 산림에 들어간다. 곤충이 아직 칩거하지 않았으면 불을 질러 밭을 일구지 않고 짐승의 어린 새끼를 잡지 않으며, 알을 빼앗지 않고 새끼 밴 것을 죽이지 않으며, 금수의 어린 것을 끊어 죽이지 않는다[獺祭魚然後虞人入澤梁. 豺祭獸然後田獵. 鳩化爲鷹然後設罻羅. 草木零落然後入山林. 昆蟲未蟄 不以火田. 不麛 不卵 不殺胎 不殀夭]."
30) 不刳胎 : '태를 잘라 꺼내다'의 뜻이나, 여기에서는 『예기』 「왕제」편을 따라 '새끼 밴 것을 죽이지 않는다'라고 해석했다.
31) '不高順'의 뜻은 분명치 않다. 孫詒讓은 '高下順'의 잘못으로 보면서, 뒤 「諭誠」편에 '欲高者高 欲下者下'의 뜻과 같다고 했다. 『新書校注』, 225면 인용.
32) 인용된 시는 『詩經』 「大雅」 「靈臺」편에 나온다.
33) 靈囿 : 주나라 문왕의 정원.
34) 靈沼 : 靈臺 부근에 있는 연못.
35) 仞 : 차다, 충만하다의 뜻으로 '牣'과 통한다. 현재의 『시경』에는 '牣'으로 되어 있다.

옮김譯 예에 보면, 성왕이 짐승에 대해서 그 살아 있는 모습을 보았으면 그 죽는 것을 차마 보지 못하며, 그 울음소리를 듣고서는 차마 그 고기를 먹지 못하는 것은 측은해 차마 못하기 때문이다. 그러기에 주방을 멀리하는 것은 지극히 인자하기 때문이다. 뺑 둘러 완전히 포위하지 않으며,36) 무리를 전체로 잡지 않으며, 잠자고 있는 것을 쏘지 않으며, 연못의 물을 퍼내면서까지 고기를 몽땅 잡지 않는다. 승냥이가 짐승을 제물로 바치는 때가 아니면37) 사냥하지 않으며, 수달이 물고기를 제물로 바치는 때가 아니면38) 그물을 쳐서 잡지 않으며, 매가 다른 새를 공격하지 못하고, (나는 새를) 보고도 잡지 못할 때에는, 그물을 펴지 않는다.39) 초목이 시들지 않으면 도끼를 들고 산림에 들어가지 않으며, 곤충들이 겨울잠을 자러 숨지 않으면 논밭에 불을 지르지 않는다. 어린 새끼를 잡지 않고 알을 빼앗아 오지 않으며, 새끼 밴 것을 죽이지 않고 어린 것을 죽이지 않으며, 어린 물고기를 사당의 문안에 들이지 않고,40) 짐승의 잔 깃털이 다 자라기 전에는 부엌의 도마 위에 올리지 않는다. 때에 맞춰 잡고 절도있게 사용하니, 만물이 번식해서 불어나게 된다. 탕임금이 말하기를, "옛날 거미도 거미줄을 높은 것은 높게 낮은 것은 낮게 쳤으니, 명령에 따르지 않는 자는 내 법망에 걸릴 것이다"라고 하였으니, 사물을 해칠까 걱정하는 것이 이와 같았다. 『시경』에 이르기를, "왕이 동산에 계신데 암사슴이 엎드려 노는구나. 암사슴은 반질반

---

36) 이 구절의 뜻은 짐승을 잡을 때 완전히 포위해서 일망타진하지 않고, 한 쪽은 도망 갈 곳을 틔워준다는 말이다.

37) 승냥이는 늦가을 날씨가 점차 차가와질 무렵에 작은 짐승을 많이 잡아서 월동준비를 하는데, 이때 승냥이의 주위에 잡은 짐승을 늘어놓기를 좋아한다고 한다. 이 모양이 사람이 제사지낼 때 제수를 진열하는 것과 비슷하다고 해서 생긴 말이다. 이를 祭獸 혹은 豺祭라고 한다.

38) 수달은 봄에 물고기를 많이 잡아서 물가에 늘어놓는데, 이 모양이 제사지낼 때 제수를 진열하는 것과 비슷하나고 해서 생긴 말이다. 이를 祭魚, 혹은 獺祭라고 한다.

39) 이 구절의 뜻은 매가 크게 자라지 않았을 때는 그물로 잡지 않는다는 뜻이다. 『賈誼集校注』, 225면.

40) 이 구절의 뜻은 어린 물고기를 잡아다가 제사를 지내지 않는다는 말이다.

질 살찌고 흰 새는 새하얗도다. 왕이 연못에 계시니, 오호라! 물고기 가
득히 뛰노는 구나"라고 하였는데, 이는 그 덕이 지극함을 말함이다. 성
왕이 계시는 곳이면 물고기나 짐승들도 이렇듯 제 자리를 얻거늘, 하물
며 백성들이겠는가!

원문 故仁人行其禮, 則天下安而萬理得矣. 逮至德渥澤洽, 調和
大暢, 則天淸澈, 地富熅,[41] 物時熟, 民心不挾詐賊, 氣脈淳
化. 攫齧搏擊之獸鮮,[42] 毒蠚猛蚖之蟲密,[43] 毒山不蕃, 草木少薄[44]
矣, 鑠乎大仁之化也!

옮김譯 그러므로 어진 사람이 예를 행하면 천하가 평안하고 모든 도
리가 제대로 맞게 된다. 덕이 두텁고 은택이 고루 미치며 크게
조화가 펼쳐지면, 하늘은 맑고 땅은 풍요로워서 때에 따라 만물이 익어
가고, 민심은 속이거나 도적질을 하려하지 않으며 기풍이 순화된다. 사
납게 물고 움켜 뜯는 맹수들도 적어지고, 독으로 쏘고 사납게 무는 독
충들도 잠잠해지며, 산에는 독풀이 번성하지 않아 초목이 점점 무성지
나니, 빛나도다! 위대한 인자함의 교화여!

---

41) 富熅 : 풍요롭다, 부유하다. 熅 : '縕(풍부하다)'과 통한다.
42) 鮮 : 드물다, 적다.
43) 密 : 고요하다, 조용하다.
44) 薄 : 무성하다. 『說文』 「草部」 段玉裁注. "숲의 나무가 서로 촘촘해서 들어갈 수 없
　 는 것을 薄이라 한다[林木相迫不可入曰薄]."

【 용모의 기준[容經] 】

해제 이 편은 일상생활에서 지켜야할 예절과 행위규범을 설명한 것으로, 마음가짐·얼굴표정·언어동작 등에 관한 항목으로 나누어 그 법도를 규정하고 있다. 이 편의 대부분이 『대대예기』「보부(保傳)」편에 실려 있다. 쓰인 시기는 정확하지 않으나, 가의가 장사왕의 태부나 양회왕의 태부로 있을 때 쓴 것으로 보인다.

원문 志有四興45) : 朝廷之志, 淵然淸以嚴; 祭祀之志, 愉然思46)以和; 軍旅之志, 怫然慍然精47)以厲48) : 喪紀之志, 漻然愁然憂以湫. 四志形中, 四色發外, 維如.49)

志色之經50)

옮김 마음가짐은 네 가지로 표현되니, 조정에서의 마음가짐은 조용히 맑으면서 엄숙해야 하며, 제사에서의 마음가짐은 가만히 슬퍼하면서 온화해야 하며, 군대에서의 마음가짐은 불끈 노여운 듯 엄정하면서 매서워야 하며, 상례에서의 마음가짐은 무겁게 내려앉아 근심스

---

45) 興 : 밖으로 표현되다.

46) 思 : 哀傷의 뜻이다. 이는 『예기』「樂記」편에서의 "망한 나라의 음악은 슬프고 시름에 잠긴다[亡國之音 哀以思]"의 용법과 같다. 『新書校注』, 231면 참조

47) 精 : 『新書校注』에서는 '銳'의 뜻으로 보았고(『新書校注』, 232면), 『賈誼集校注』에서는 嚴正의 뜻으로 보았다(『賈誼集校注』, 225면).

48) '怫然'과 '慍然'은 모두 화가 난 모양이다.

49) '維如'는 판본에 따라서 빠져있으며, 이 아래에 탈락된 글자가 있는 것으로 보기도 한다. 『新書全譯』에서는 '줄로 묶은 듯하다'는 뜻으로 해석했다. 『新書校注』(232면) 및 『新書全譯』(266면) 참조.

50) 이것은 소단락의 소제목이다. 옛날 사람들은 주로 正文의 끝에 표제를 달았다. 이하 '容經'·'視經' 등도 이와 같다.

러우면서 슬퍼야 한다. 네 가지의 마음가짐이 안에서 드러나고 네 가지 표정이 밖으로 드러남이 줄로 매어놓은 것처럼 연결된다.

이는 마음가짐과 표정에 대한 기준이다.

 容有四起 : 朝廷之容, 師師然翼翼然[51]整以敬; 祭祀之容, 遂遂然粥粥然[52]敬以婉; 軍旅之容, 溫然[53]肅然固以猛; 喪紀之容, 怮然慯然若不還.[54]

容經.

 용모는 네 가지로 드러나니, 조정에서의 용모는 서로 엄숙하게 삼가면서 반듯하고 공경해야 하며, 제사에서의 용모는 서로 따르고 겸양하면서 공경하여 온순해야 하며, 군대에서의 용모는 엄숙하고 숙연하면서 견고하며 사나워야 하며, 상례에서의 용모는 근심스럽고 두려우면서 슬퍼서 망연자실하듯 해야 한다.

이는 용모에 대한 기준이다.

 視有四則 : 朝廷之視, 端流平衡; 祭祀之視, 視如有將; 軍旅之視, 固植虎張; 喪紀之視, 下流垂綱.[55]

視經.

 시선에는 네 가지의 법도가 있으니, 조정에서의 시선은 단정하고 똑바로 해야 하며, 제사에서의 시선은 물건을 받들어 바치

---

51) 師師然翼翼然 : '師師然'은 整肅한 모습이다. '翼翼然'은 공경하고 삼가는 모습이다.
52) 遂遂然粥粥然 : '遂遂然'은 서로 따르는 모양이다. '粥粥然'은 겸손하고 공손한 모습이다.
53) 溫然 : 단정하고 엄숙한 모습이다. 『康熙字典』. "溫은 정숙한 모양이다[溫, 整肅貌]."
54) 兪樾은 '미치지 못하다'의 뜻으로 보았으나(『新書校注』, 233면), 『賈誼集校注』에서는 '슬퍼 망연자실하다'는 뜻으로 보았다. 『賈誼集校注』, 226면 참조.
55) 綱 : 갓을 묶는 끈을 말한다.

듯 해야 하며, 군대에서의 시선은 똑바로 고정되어 호랑이처럼 부릅떠야 하며, 상례에서의 시선은 아래를 향해 갓끈까지 내려와야 한다.

이는 시선에 대한 기준이다.

 言有四術 : 言敬以和,[56] 朝廷之言也; 文言[57]有序, 祭祀之言也; 屛氣折聲,[58] 軍旅之言也; 言若不足, 喪紀之言也.

言經.

 말을 하는 데는 네 가지 방식이 있으니, 공경스럽되 온화하게 말하는 것은 조정에서 말하는 방식이요, 말을 아름답게 꾸미면서 질서있게 하는 것은 제사에서 말하는 방식이요, 기운을 누르면서 소리를 낮춰 말하는 것은 군대에서 말하는 방식이고, 기운이 모자란 듯 말하는 것은 상례에서 말하는 방식이다.

이는 말에 대한 기준이다.

 固頤正視, 平肩正背, 臂如抱鼓, 足間二寸, 端面攝纓, 端股整足, 體不搖肘, 曰經立. 因以微磬[59]曰共立; 因以磬折[60]曰肅立; 因以垂佩曰卑立.

立容.

 턱을 잡아당겨 똑바로 앞을 보며, 어깨는 평평하고 등은 똑바로 세우며, 팔은 북을 안은 듯하고, 발 사이는 두 촌 간격을 유

---

56) 和 : 何本과 程本에는 '固'로 되어 있다. 『新書全譯』, 268면.

57) 文言 : 화려하고 아름답게 수식한 말. 『韓非子』 「說疑」. "아름다운 말이 많으면 실제의 행동은 적은 법이다[文言多, 實行寡]."

58) 折聲 : 소리를 낮추다(『廣韻』 「釋誥」. "折, 下也"). 『新書校注』, 234면.

59) 磬 : 옛날 타악기의 하나로, 굽은 자(曲尺)의 형태이다. 共 : '恭'과 통한다.

60) 磬折 : 굽은 磬의 모양처럼 몸을 구부린 것이다.

지하고, 얼굴은 반듯이 해서 갓끈을 잘 매고, 무릎을 펴고 발을 가지런히 하고 몸체에서 팔꿈치를 움직이지 않는 것을 똑바로 선 자세라고 한다. 그리고 몸을 약간 구부린 것을 공손하게 선 자세라고 하며, 허리를 굽혀 서는 것을 정중하게 선 자세라고 하며, 허리에 찬 옥을 수직으로 내리듯[61] 깊이 구부려 선 것을 낮추어 선 자세라고 한다.

이는 서는 모습이다.

원문 坐以經立之容, 胻不差而足不跌, 視平衡曰經坐, 微俯視尊者之膝曰共坐. 俯[62]首視不出尋常[63]之內曰肅坐, 廢首低肘曰卑坐.

坐容.

옮김譯 몸을 똑바로 세운 자세로 앉아서 무릎이 틀어지지 않도록 하고, 발을 포개지 않고 눈을 바로 보는 것을 똑바로 앉은 자세라고 하며, 약간 구부려 윗사람의 무릎을 보고 앉는 것을 공손히 앉은 자세라고 한다. 고개를 숙여 시선이 몇 자 앞의 범위를 벗어나지 않게 앉는 것을 정중하게 앉은 자세라고 하며, 고개를 떨구고 팔꿈치를 낮추고 앉는 것을 낮추어 앉은 자세라고 한다.

이는 앉는 모습이다.

---

61) 垂佩:몸을 90도의 각도로 구부린 것. 옥을 차고 허리를 굽히면, 옥이 늘어뜨려져 수직이 된다. 이는 몸을 깊이 구부린 자세를 가리킨다.

62) 俯:원래는 '仰'으로 문맥에 맞지 않으나, 陶鴻慶의 『讀諸子札記』의 설에 따라 고쳤다. 『新書全譯』, 270면 참조. 『賈誼新書譯注』, 180면에서는 고개를 쳐들고 앞부분을 바라보는 '仰'의 뜻으로 해석했으나, 전후 문맥의 흐름과도 일치하지 않고 앞의 肅立의 자세와 맞지 않는다.

63) 尋常:옛날에는 8尺을 '尋'이라 하고, 16척을 '常'이라 했다. 여기서는 매우 가까운 거리를 가리킨다.

원문 行以微磬之容, 臂不搖掉, 肩不下上, 身似不則,[64] 從容[65]而任.
    行容.

옮김譯 몸을 약간 구부린 자세로 팔을 흔들지 않으며, 어깨는 위아래로 오르락내리락하지 않으며, 몸이 마치 앞으로 나아가지 않는 듯 여유 있게 맡겨둔다.
이는 걷는 모습이다.

원문 趨以微磬之容, 飄然翼然,[66] 肩狀若流, 足如射箭.
    趨容.

옮김譯 잰걸음을 걸을 때는 몸을 앞으로 약간 구부린 자세로 휠휠 나는 듯하며, 어깨 모양은 물이 흐르는 듯하고 발은 쏜살처럼 한다.
이는 잰걸음의 모습이다.

원문 旋以微磬之容, 其始動也, 穆如驚倏, 其固復[67]也, 旄如濯絲.
    跰旋之容.

옮김譯 돌 때에는 몸을 앞으로 약간 구부린 자세로, 처음에 움직일 때에는 부드러운듯하면서 재빠르게 하고 제자리로 돌아올 때에는 실을 물에 빨 듯 빙 돈다.

---

64) 則 :『賈誼新書譯注』에서는 '側'으로 보아서 '몸을 기울게 하지 않는다'고 해석했다. 이에 대해 兪樾은 기울게 한다는 뜻은 맞지 않는다고 비판하면서, '卽'으로 보아서 '몸은 앞으로 나아가지 않는 듯이 한다'로 해석했다.『賈誼新書譯注』(181면) 및『新書校注』(235면) 참조.
65) 從容 : 조용하다, 침착하다, 여유가 있다, 넉넉하다.
66) 翼然 : 새가 날개를 편 모습.
67) 固復 : 원상태로 돌아오다.

이는 도는 모습이다.

 跪以微磬之容, 揄右⁶⁸⁾而下, 進左⁶⁹⁾而起, 手有抑揚, 各
尊⁷⁰⁾其紀.
跪容.

 무릎을 꿇을 때에는 허리를 약간 구부린 자세로, 오른 발을 움
직여 아래로 꿇고, 왼 발을 내밀면서 일어나는데, 손을 내리고
올리는 동작은 각기 절도를 지킨다.
이는 무릎 꿇는 모습이다.

 拜以磬折之容, 吉事上⁷¹⁾左, 凶事上右.⁷²⁾ 隨前以擧, 項衡以
下, 寧速無遲, 背項之狀, 如屋之丘.
拜容.

 절할 때는 허리를 꺾은 모습으로 하되, 길한 일에는 왼쪽을 높
이고, 흉한 일에는 오른쪽을 높인다.⁷³⁾ 손은 앞을 따라서 들고
목은 평형으로 해서 고개를 숙이며, 신속하게 해서 지체되지 않도록 하
며, 목과 등의 모양은 지붕의 등마루처럼 되어야 한다.
이는 절하는 모습이다.

---

68) 右 : 오른 발을 가리킨다.
69) 左 : 왼 발을 가리킨다.
70) 尊 : '遵'과 통한다. 『賈誼集校注』, 231면.
71) 上 : '尙(높이다)'과 통한다. 左 : 왼 손을 가리킨다.
72) 右 : 오른 손을 가리킨다.
73) 길한 일에는 왼손을 오른손 위에 놓고 흉한 일에는 오른손을 왼손위에 놓고 절을
하는 것이 이런 예에 속한다.

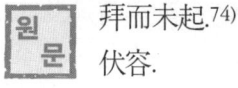

원문 拜而未起.74)
伏容.

옮김譯 절하고 아직 일어나지 않은 자세이다.
이는 엎드리는 모습이다.

원문 坐乘以經坐之容, 手撫式, 視五旅,75) 欲無顧, 顧不過轂. 小禮
動, 中禮式,76) 大禮下.
坐車之容.

옮김譯 수레에 앉을 때에는 똑바로 앉는 자세로, 손은 수레 앞턱의 가
로나무를 잡고, 앞을77) 응시하며, 뒤돌아보지 않으며, 뒤돌아
보는 경우에도 시선이 수레바퀴통을 넘지 않아야 한다. 소례(小禮)에서
는 몸을 조금 움직이며, 중례(中禮)에서는 식례(式禮78)를 하며, 대례(大禮)
에서는 수레에서 내려야 한다.79)
이는 수레에 앉는 모습이다.

원문 立乘以經立之容, 右持綏而左臂詘, 存劍之緯. 欲無顧, 顧不
過轂. 小禮據, 中禮式, 大禮下.
立車之容.

---

74) 원문에 "拜而未起"라고 서두만 있고 다음 설명이 없다. 뒤에 문장이 탈락된 것으로
보인다.
75) 五旅 : 수레바퀴가 다섯 번 도는 거리. 한 바퀴 도는 거리는 1丈9尺8寸이다. 『新書
校注』, 237면.
76) 式 : '軾(수레 앞쪽에 가로지른 나무)'과 통한다. 여기에서는 式禮를 가리킨다.
77) 五旅(수레바퀴가 다섯 번 도는 길이)의 앞이다.
78) 式禮 : 양손으로 수레 앞쪽에 가로지른 나무를 잡고 몸을 구부려 절을 하는 것을 말
한다. 軾禮라고 한다.
79) 小禮·中禮·大禮는 의식의 규모나 비중에 따라 구분한 것이다.

옮김譯 서서 수레를 탈 때는 똑바로 선 자세로, 바른 손으로는 손잡이 줄을 쥐고 왼 팔은 굽혀서 칼 끈을 잡는다. 뒤를 돌아보지 않도록 하며, 뒤돌아보는 경우에도 시선이 수레바퀴통을 넘지 않아야 한다. 소례에서는 몸을 기대도 되며, 중례에서는 식례를 해야 하며, 대례에서는 수레에서 내려야 한다.

이는 서서 수레를 타는 모습이다.

원문 禮, 介者不拜, 兵車不式,[80) 不顧, 不言, 反抑式以應武[81)容也. 兵車之容.

옮김譯 예에 의하면, 갑옷을 입은 사람은 절하지 않으며, 병거(兵車)에 탔을 때에는 식례를 하지 않으며, 뒤돌아보지 않으며, 말을 하지 않으며, 양손으로 수레 앞턱 가로나무를 엇갈려 잡고서[82) 씩씩한 모습을 보여야 한다.

이는 병거(兵車)에 타는 모습이다.

원문 若夫立而跂, 坐而踞, 體怠懈, 志驕傲, 邪視數顧, 容色不比, 動靜不以度, 妄咳唾, 疾言嗟, 氣不順, 皆禁也.

옮김譯 서서 발돋움을 하거나, 앉아서 무릎을 뒤튼다거나, 몸을 게으르게 늘어뜨리거나, 교만한 뜻을 지닌다거나, 눈을 굴려 이리저리 돌아다본다거나, 태도나 얼굴빛이 가지런하지 않고, 행동거지가 절도가 없다거나, 함부로 침을 뱉는다거나, 급하게 탄식을 하거나, 호흡이 순하지 못한 것은 모두 금하는 행위이다.

---

80) 兵車 : 전쟁에 쓰이는 수레
81) 反抑式 : 수레 앞턱의 나무를 잡을 때 양손을 엇갈려 잡는 것.
82) 이렇게 하면 양 팔꿈치가 밖으로 드러나 위엄을 나타낼 수 있다.

원문 古者年九歲入就小學, 蹍小節焉, 業小道[83]焉. 束髮就大學, 蹍大節焉, 業大道焉. 是以邪放非辟, 無因入之焉.[84] 諺曰 : "君子重襲, 小人無由入; 正人十倍, 邪辟無由來." 古之人其謹於所近乎! 詩曰 : "芃芃棫樸, 薪之槱之. 濟濟辟王, 左右趣之"[85] 此言左右日以善趨也.

옮김譯 옛날에는 아홉 살에 소학(小學)에 들어가 작은 예절을 몸에 익히고 작은 기예를 배웠다. 머리를 묶은[86] 다음에는 대학에 들어가 큰 예절을 몸에 익히고 나라를 다스리는 대도(大道)를 배웠다. 이런 까닭에 간사하고 방종하며 그릇되고 편벽된 마음이 들어올 수 없었다. 속담에 이르기를, "군자가 겹겹이 있으면 소인이 들어올 수가 없고, 올바른 사람이 많아지면 사악한 기운이 들어 올 수 없다"고 하였다. 옛날 사람들은 가까이 있는 사람들을 대할 때 있어 무척 조심했다. 『시경』에 이르기를, "두릅나무 무성하니 땔감으로 쌓였도다. 훌륭하신 임금님, 좌우의 신하들이 알뜰히도 모시도다"라고 하였는데, 이는 좌우의 신하들이 임금을 날마다 좋은 방향으로 이끌어 나간다는 것을 말한 것이다.

원문 古者聖王居有法則, 動有文章,[87] 位埶戒輔, 鳴玉以行. 鳴玉者, 佩玉[88]也, 上有雙珩,[89] 下有雙璜, 衝牙蠙珠, 以納其間,

---

83) 小道 : 禮樂 政敎이외의 여러 학문과 技藝. 『논어』 「子張」. "비록 작은 기예라도 반드시 볼 만한 것이 있다[雖小道 必有可觀者焉]."
84) 『예기』 「玉藻」에 유사한 문장이 보인다. "是以非辟之心, 無自入也[그릇되고 치우친 마음이 몸에 들어올 수 없다]."
85) 인용된 시는 『신서』 「連語」에도 나와 있다. 자세한 내용은 앞의 주 참조.
86) 束髮 : 어린아이가 나이가 들어 소년이 되면 머리를 묶어 장식한다. 여기에서는 소년의 나이에 이르렀다는 뜻이나.
87) 文章 : 예악법도를 말한다. 『논어』 「泰伯」 集註. "문장은 예악법도이다[文章, 禮樂法度也]" 『新書校注』, 239면. 혹은 儀仗을 뜻한다고도 한다. 『新書全譯』, 279면.
88) 佩玉 : 옥・상아・진주 따위로 엮어 몸에 지니는 구슬을 말한다.

琚瑀以雜之. 行以采薺, 趨以肆夏, 步中規, 折中矩. 登車, 則馬行而
鸞鳴, 鸞90)鳴而和應. 聲曰和, 和則敬. 故詩曰 : "和鸞雝雝, 萬福攸
同"91) 言動以紀度, 則萬福之所聚也. 故曰92) : 明君在位可畏, 施舍
可愛. 進退可度, 周旋可則, 容貌可觀, 作事可法, 德行可象, 聲氣可
樂, 動作有文, 言語有章. 以承其上, 以接其等, 以臨93)其下, 以畜其
民. 故爲之上者敬而信之, 等者親而重之, 下者畏而愛之, 民者肅而
樂之. 是以上下和協而士庶順壹. 故能宗揖94)其國以藩衛天子, 而行
義足法. 夫有威而可畏謂之威, 有儀而可象謂之儀.95) 富不可爲量,
多不可爲數. 故詩曰 : "威儀棣棣, 不可選也"96) 棣棣, 富也. 不可選,
衆也. 言接君臣·上下·父子·兄弟·內外·大小品事之各有容志也.

옮김譯 옛날 성왕께서는 가만히 있을 때에는 법칙이 있었고, 움직일
때에는 예악의 법도가 있어서, 가만히 있을 때는 보필하는 사
람을 좌우에 두었고, 행차할 때는 옥구슬을 울리며 나갔다. 울리는 옥구
슬은 몸에 찬 구슬로서, 위에는 한 쌍의 노리개가 있고 아래에는 한 쌍
의 서옥(瑞玉)이 있으며, 충아(衝牙)와 진주를 그 사이에 넣고 두 가지의
패옥을 섞었다. 걸어갈 때는 채제(采薺)97)의 음악소리에 맞추고, 달려갈
때는 사하(肆夏)의 음악에 맞추며, 돌아 걸을 때는 굽은 자로 맞춘 듯하

---

89) 珩 : 윗몸에 차는 橫玉.
90) '鸞'은 말 재갈에 달린 방울이고, '和'는 수레의 軾에 달린 방울이다.
91) 인용된 구절은 『詩經』「小雅」「蓼蕭」에 보인다.
92) '故曰 : 明君在位可畏'에서 '各有容志也'에 이르는 구절은 子産의 말로서, 『左傳』
　　「襄公」31년조에 그 내용이 보인다.
93) 臨 : 높은 데서 내려다보다. '통치하다'와 같은 말이다.
94) 宗揖 : 兪樾은 '安揖'의 잘못으로 보았다. 『賈誼新書譯注』, 187면.
95) 儀 : 아래의 '儀'자는 원래 '文'이었으나, 潭本에 의해 고쳤다. 앞의 '有威而可畏謂
　　之威' 구절을 볼 때, 이 구절은 '有儀而可象謂之儀'가 맞다. 『新書校注』, 241면 참조.
96) 인용된 구절은 『詩經』「邶風」「柏舟」에 보인다.
97) 采薺, 肆夏 : 둘 다 樂章의 이름이다. 『禮記』나 『周禮』에 그 이름이 보인다. 一說에
　　는 逸詩라고도 한다.

고 꺾어 걸을 때는 곱자로 잰 듯했다. 수레에 오르고 말이 걸으면 말방울이 울리는데, 말방울이 울리면 수레 방울들이 화답한다. 방울소리를 화(和)라 하는데, 방울소리는 공경을 뜻한다. 그래서 『시경』에 이르기를, "말방울 소리 댕그렁 댕그렁 만복이 다 모이도다"라고 하였다. 이는 법도에 맞게 움직이면 만복이 모인다는 것을 말한 것이다. 그러므로 밝은 임금이 자리에 있으면 (사람들로 하여금 임금을) 두려워하게 하며, 은덕을 베풀 때는 임금을 사랑하게 한다. 진퇴는 법도에 맞춰야 하며, 돌 때에는 법칙에 따라야 하며, 용모는 우러러볼 만해야 하며, 일처리는 본받을 만하게 해야 하며, 덕행은 모방할 만하게 해야 하며, 목소리는 즐거워야 하며, 동작에는 법도가 있고, 언어에는 조리가 있어야 한다. 이러한 것들로써 윗사람을 받들고 동료를 대접하며, 아랫사람을 다스리며 그 백성들을 길러야 한다. 그러므로 그 윗사람은 그를 존경하고 믿으며, 동료들은 그를 친하면서도 중시하며, 아랫사람은 그를 경외하면도 사랑하며, 백성들은 그를 두려워하면서도 좋아하게 된다. 이렇게 해서 위아래가 화합하고 선비나 서민들이 유순하게 따른다. 그러므로 그 나라를 평안하고 화목하게 하여 천자를 울타리처럼 둘러서 지키게 되고, 그 의로운 행동은 본받을 만하게 된다. 위엄이 있어서 두려워할 만함을 '위(威)'라 하며, 거동이 본받을 만한 것을 '의('儀)'라고 한다. 재물의 풍부함은 양으로 따져서는 안 되고, 백성이 많음은 수로 헤아려서는 안 된다. 그러기에 『시경』에서도 이르기를, "위엄스런 거동이 넉넉함이여 헤아릴 수가 없도다"라고 말하고 있다. 넉넉함은 풍부함이요, 헤아릴 수가 없음은 많다는 뜻이다. 이는 곧 군신·상하·부자·형제·내외와 크고 작은 여러 일들에 이르기까지 각각 대처하는 거동과 방식이 있음을 말한다.

 子贛[98]由其家來, 謁於孔子. 孔子正顏, 擧杖磬折而立, 曰 : "子之大親[99]毋乃不寧乎?" 放杖而立, 曰 : "子之兄弟亦得無

98) 子贛 : 子貢을 가리킨다.

羞乎?" 曳杖倍100)下而行, 曰 : "妻子家中得毋病乎?" 故身之倨伺, 手
之高下, 顏色聲氣, 各有宜稱, 所以明尊卑別疏戚也.

[옮김譯] 자공(子貢)101)이 그의 집으로부터 와서 공자(孔子)를 뵈었다. 공
자가 얼굴을 바로 하고 지팡이를 들고 허리를 약간 구부리고
서서, "그대의 어르신네께서 편치 않으신 데는 없는가?"라고 물었다. 또
지팡이를 놓고 서서는 "그대의 형제들도 역시 무고한가?"라고 말했다.
다시 지팡이를 끌면서 내려와 등을 보이고102) 걸으면서 말하기를, "처
자와 집안에 병은 없는가?"라고 하였다. 그러므로 경우에 따라 몸을 세
우거나 구부리고, 손을 높이거나 낮추고, 안색과 목소리 등에 각각 알맞
게 맞추는 것은 존비를 밝히고 친소를 구별하는 까닭이다.

[원문] 子路見孔子之背, 磬折擧褒, 曰 : "唯由也見." 孔子聞之曰 :
"由也, 何以遺忘也?" 故過猶不及, 有餘猶不足也.

[옮김譯] 자로(子路)103)가 공자의 등 뒤에서 뵙고서는 허리를 굽히고 옷
소매를 들고서 말하기를, "중유("仲由)가 뵙습니다"라고 하였다.
공자가 이를 듣고 말하기를, "유야! 어찌해서 (가르쳐준 예를) 잊었는
가!"라고 하였다. 그러니 지나친 것은 모자라는 것과 같고 남는 것은 모
자란 것과도 같은 것이다.104)

---

99) 大親 : 父母.
100) 倍 : '背'와 통한다. 『新書校注』, 242면 참조.
101) 子貢 : 성은 端木, 이름은 賜이다. 춘추시대 衛나라 사람으로, 공자의 十哲 제자 중
    의 하나이다.
102) 妻子에 대해 물었기 때문에 등을 돌리고 물은 것이다.
103) 子路 : 이름은 仲由, 자로는 字이다. 공자의 十哲 제자 중의 하나이다.
104) 이 문장의 뜻은 정면에서 뵙고 바르게 예를 행하면 되는 것인데, 자로가 등 뒤에서
    번거로운 예를 취한 것을 나무란 것이다. 『新書全譯』, 282면 참조.

語曰: "審乎明王, 執中履衡." 言秉中適而據乎宜. 故威勝德則淳,105) 德勝威則施. 威之與德, 交若繆纆. 且畏且懷, 君道正矣. "質勝文則野, 文勝質則史, 文質彬彬, 然後君子."

사람들이 말하기를, "현명한 왕은 면밀히 살피고 중도를 가지고서 공정하게 처리한다"고 하였다. 이는 중도에 맞아서 적합하게 됨을 말한다. 그러므로 위엄이 덕을 이기면 어지러워지고 덕이 위엄을 이기면 해이해진다. 위엄과 덕이 마치 끈을 묶듯 결합되면 두려우면서도 은혜를 품어서 임금의 도가 바로잡히게 된다. "질박함이 문채를 이기면 천박해지고, 문채가 질박함을 이기면 외형만 세련되게 된다. 문채와 질박함이 잘 배합되어야 군자라 할 수 있다"106)

龍也者, 人主之辟也. 亢龍107)往而不返, 故易曰: "有悔." 悔者, 凶也. 潛龍入而不能出, 故曰 "勿用"108) 勿用者, 不可也. 龍之神也, 其惟飛龍乎!109) 能與細細, 能與巨巨, 能與高高, 能與下下. 吾故曰: "龍變無常, 能幽能章." 故至人者, 在小不寶,110) 在大不宄, 狎而不能作, 習而不能順. 姚而不惛, 卒不妄, 饒裕不贏, 迫不自喪, 明是審非, 察中居宜, 此之謂有威儀.

용이라는 것은 군주에 비유된다. 지나친 용은 가버리고 돌아오지 않으므로, 『주역』에서 "뉘우침이 있다"고 하였다. 뉘우친다

---

105) 淳 : '惷'와 통하며, 어지럽다는 뜻이다.
106) 이 인용문은 『論語』「雍也」에 보인다.
107) 亢龍 : 지나친 상황에 있지만 뉘우칠 줄 모르는 경우를 가리킨다. 『주역』「乾卦 上」九 爻辭에 "亢龍 有悔"를 인용한 것이다.
108) 『주역』「乾卦」初九 爻辭. "潛龍 勿用"을 인용한 것이다
109) 여기에서의 '羣'는 '飛'와 통하며, 『주역』「乾卦」九五 爻辭에 나온 "飛龍在天"을 말한다.
110) 寶 : 陶鴻慶은 '塞'의 잘못으로 보았다. 『賈誼新書譯注』, 190면.

는 것은 흉한 일이다. 물속에 잠긴 용은 들어가서 나오지 못하므로 "쓰지 말라"고 했다. 쓰지 말라는 것은 불가하기 때문이다. 용의 신묘함은 오직 나는 용뿐인가 보다! 가는 것과 함께하면 가늘게, 큰 것과 함께하면 크게, 높은 것과 함께하면 높게, 낮은 것과 함께하면 낮게 할 수 있다. 나는 그래서 말하기를, "용은 변화무쌍해 숨을 수도 있고 나타날 수도 있다"고 한 것이다. 그러므로 지인은 미천한 곳에 있어도 막히지 않고 높은 지위에 있어도 제멋대로 하지 않으며, 무시해도 성나게 할 수 없고 길들이려 해도 순종하게 할 수 없다. 멀어도 어둡지 않고 급한 순간에도 함부로 움직이지 않으며, 풍요해도 나태해지지 않고 궁핍해도 스스로 낙담하지 않으며, 옳은 것을 밝히고 잘못을 가리며, 중용을 살펴서 알맞게 거처하니, 이를 위엄스런 거동이 있다고 한다.

원문 古之爲路輿¹¹¹⁾也, 蓋圜以象天, 二十八橑以象列星,¹¹²⁾ 軫方以象地, 三十輻以象月. 故仰則觀天文, 俯則察地理, 前視則睹鸞和¹¹³⁾之聲, 側聽則觀¹¹⁴⁾四時之運. 此輿教之道也.

옮김 옛날에 천자의 수레를 만들 때는 덮개는 둥글게 하여 하늘을 상징하고, 28개의 서까래는 뭇 별을 상징하였으며, 수레의 뒤턱나무는 네모지게 하여 땅을 상징하였으며, 30개의 바퀴살은 한 달의 날수를 상징하였다. 그러므로 우러러서는 천문을 보고, 굽어서는 지리를 살폈으며, 앞을 바라보고서는 방울 소리 곱게 화답하며 울리는 것을 보고, 곁으로 듣고서는 사시의 운행을 보았다. 이는 수레라는 예제가 가르쳐주는 도리이다.

---

111) 路輿 : 천자가 타는 수레.
112) 列星 : 二十八宿를 가리킨다. 고대 천문학에서 황도와 적도부근의 별들을 28개의 별자리(二十八宿)로 나누었다.
113) 鸞和 : 제왕의 수레를 장식하는 방울.
114) 側聽則觀 : 이 네 글자는 『대대례기』본에 의거해서 보충한 것이다.

人主太淺則知闇, 太博則業厭. 二者異失[115]同敗, 其傷必至. 故師傅之道, 旣美其施,[116] 又愼其齊,[117] 適疾徐, 任多少. 造而勿趣, 稍而勿苦,[118] 省其所省, 而堪其所堪. 故力不勞而身大盛, 此聖人之化也.

군주가 (아는 것이) 지나치게 천박하면 식견이 어둡고, 지나치게 넓으면 학업 때문에 교만해진다. 이 두 가지는 잘못된 곳은 서로 다르나, 실패하는 것은 똑같아서 반드시 실패하게 된다. 그러므로 스승의 도리는 그 가르치는 내용을 훌륭하게 하고, 가르침의 정도를 신중히 하고, 완급을 알맞게 조절하고, 양의 많고 적음을 조절한다. 짧은 시간에 너무 재촉하지 말고, 늦다고 해서 대충 건너뛰어서는 안 되며, 줄여줘야 할 것은 줄여주고 해내야 할 것은 맡아서 하게 한다. 그러므로 힘이 들지 않으면서도 자신이 크게 성장할 것이니, 이것이 성인의 교화이다.

【 춘추시대의 치적[春秋] 】

이 편에서는 춘추시대 여러 군주들의 고사를 통해, 어진 정치를 한 나라는 군주와 백성들이 한마음으로 맺어져 융성하였고

---

115) 失 : 본래는 없던 글자인데, 『春秋繁露』 「玉盃」편에서의 "二者異失而同敗"에 의거해 보충하였다. 『新書校注』, 245면 참조
116) 施 : 가르침(『예기』 「學記」 注. "施, 猶敎也"). 『新書校注』, 246면.
117) 齊 : 많고 적은 양, 즉 많고 적음 · 빠르고 느림의 정도를 뜻한다 『新書校注』, 246면 참조
118) 章太炎은 '造'는 짧은 순간(造次)으로 보았고 '苦'는 대충 거칠게 하다는 뜻으로, 이 구절은 완급을 적합하게 한다는 뜻이다"라고 했다. 『新書校注』, 246면 참조.

군주가 세상을 떠난 뒤에도 만백성이 추모하였으나, 그렇지 못한 나라는 이내 나라가 망하고 군주도 화를 입었음을 예증하고 있다. 가의가 양회왕 태부로 있을 무렵에 쓴 것으로 보인다.

원문 楚惠王[119]食寒菹而得蛭, 因遂吞之, 腹有疾而不能食. 令尹[120]入問曰 : "王安得此疾?" 王曰 : "我食寒菹而得蛭. 念譴之而不行其罪乎, 是法廢而威不立也, 非所聞也; 譴而行其誅, 則庖宰監食者法皆當死, 心又弗忍也. 故吾恐蛭之見也, 遂吞之." 令尹避席再拜而賀曰 : "臣聞 '皇天無親, 惟德是輔'[121] 王有仁德, 天之所奉也. 病不爲傷"[122] 是昔也, 惠王之後[123]而蛭出, 故其久病心腹之積皆愈. 故天之視聽, 不可謂不察.

옮김譯 초나라 혜왕이 생채를 먹다가 거머리를 발견하였으나 그대로 삼켜 버렸더니, 배가 아파 식사를 할 수 없었다. 영윤이 들어가서 "왕께서는 어떻게 해서 이러한 병이 생기셨습니까?"라고 물었다. 그러자 왕은 "내가 생채를 먹다가 거머리를 발견하였소. 생각해 보니 이를 꾸짖기만 하고 죄를 내리지 않으면 법령이 무너져 위엄이 서지 않겠으니, 이는 내가 듣지 못한 바요, 그렇다고 책임자를 꾸짖고 벌하자니 주방의 요리장이나 음식 감독관이 법에 따라 모두 사형을 당할 것이니, 나의 마음이 차마 그렇게 할 수 없는 일이었소. 그리하여 나는 거머리가 남에게 발견될까봐 삼켜 버리고 말았던 것이오"라고 대답하였다. 이

---

119) 惠王 : 昭王의 아들, 이름은 章. 춘추 말기 초나라의 임금이다. 기원전 495년에서 기원전 421년까지 재위.
120) 令尹 : 초나라의 관직 이름. 직위는 相國에 해당한다.
121) 『尙書』 「蔡仲之命」에서 인용했다.
122) 『史記』 「伯夷列傳」에도 "천도는 특별히 친한 이가 없으니 언제나 착한 이와 함께 한대天道無親 常與善人]"라는 구절이 보인다. 이는 『老子』 제 七九장에 있는 말이다.
123) 後 : 『新書校注』에서는 뒷간[厠]으로 보았고, 『新書全譯』에서는 항문으로 해석했다.

말을 듣고 영윤은 공손히 자리에서 일어서서[124] 두 번 절한 뒤 치하하여 말씀드리기를, "제가 듣기에 저 하늘은 누구라 특별히 친하게 대함이 없이 덕 있는 자를 돕는다 하였습니다. 왕께서는 어진 덕을 지니셨으니, 하늘이 보우해줄 것입니다. 병이 악화되어 몸을 다치지는 않을 것입니다"라고 하였다. 이날 저녁 거머리는 혜왕의 뒤로 나와 버렸고,[125] 그 바람에 오래 묵혔던 속병도 모두 나았다. 그러므로 하늘이 세세하게 살펴서 보고 듣지 않는다고 말할 수 없다.

원문 衛懿公喜鶴, 鶴有飾以文繡而乘軒[126]者. 賦斂繁多而不顧其民, 貴優而輕大臣. 群臣或諫, 則面叱之. 及翟伐衛, 寇挾城堞[127]矣, 衛君垂泣而拜其臣民曰 : "寇迫矣, 士民其勉之!" 士民曰 : "君亦使君之貴優, 將君之愛鶴, 以爲君戰矣. 我儕棄人也, 安能守戰?" 乃潰門而出走. 翟寇遂入, 衛君奔死, 遂喪其國. 故賢主者不以草木禽獸妨害人民, 進忠正而遠邪僞, 故民順附, 而臣下爲用. 今釋人民而愛鳥獸, 遠忠道而貴優笑, 反甚矣. 人主之爲人主也, 舉錯[128]而不債者, 杖賢也. 今背其所主而棄其所杖, 其債仆也, 不亦宜乎! 語曰 : "禍出者禍反, 惡人者人亦惡之." 管子[129]曰 : "不行其野, 不違其馬." 此違其馬者也.

---

124) 避席 : 무릎 꿇고 앉았다가 공경함을 표시하기 위해 일어나 몸을 바로 세우는 동작을 말한다. 『賈誼集校注』, 246면 인용.
125) 대변으로 배설되었다는 뜻이다.
126) 軒 : 고대 대부이상의 관원이 타는 수레.
127) 城堞 : 성위의 낮은 담장.
128) 錯 : '措'과 같다. 債 : 뒤집어지다, 넘어지다. 여기에서는 실패나 좌절을 비유한 말이다.
129) 管子 : 管仲(?~기원전 645년) 자세한 내용은 『신서』「俗激」 주 참조.

위나라 의공(懿公)[130]이 학을 좋아하여 화려하게 수놓은 비단으로 학을 꾸미고, 대부들이 타고 다니는 수레에다 학을 태우고 다녔다. 백성들에게는 세금을 많이 거두어들이면서 백성을 돌보지 않고, 배우는 우대하면서 대신들은 홀대하였다. 그리고 여러 신하들 가운데 간하는 사람이 있으면 면박을 주며 꾸짖곤 하였다. 적(翟)[131]나라가 위나라를 침공하여 성의 망루까지 에워싸고 쳐들어오자, 위나라 임금은 눈물을 흘리고 그의 신하와 백성들에게 절하면서 "도적이 쳐들어왔으니 사대부와 백성들은 힘써 막아 주시오"라고 사정하였다. 그러나 사민(士民)들은 "임금께서는 귀하게 여기던 배우나, 사랑하던 학으로 하여금 임금을 위해 싸우도록 하십시오. 우리들은 버림받은 사람들이니, 어떻게 성을 지키고 싸울 수 있겠습니까?"하고는 성문을 부수고 달아나 버렸다. 적나라의 침략군이 들이닥치자 위나라 임금은 도망치다가 죽었고, 마침내 그 나라도 잃고 말았다. 그러므로 현명한 군주는 초목이나 금수 때문에 백성들을 해치지 않으며, 바르고 충성스러운 사람을 등용하고 간사하고 거짓된 자들을 멀리하니, 백성들이 순종하여 따르며 신하들도 쓸모가 있는 것이다. 이제 백성들은 저버리고 새나 아끼고, 충직한 사람들은 멀리하고 희극배우를 귀히 여기니, (이는 도의에) 아주 어긋난 일이다. 백성들의 군주가 백성들의 군주 노릇을 할 때 모든 행동거지에 실패하지 않는 까닭은 현명한 신하에게 의지하기 때문이다. 이제 그 주인 노릇하는 백성들을 저버리고 그 의지하는 신하를 버렸으니, 그가 쓰러져 넘어지는 것은 당연한 일이 아니겠는가! 사람들이 말하기를 "재앙을 만들어 낸 자에게 재앙이 돌아가며,[132] 남을 미워하는 자는 남도 그를 미워한다"고 하였다. 관자는 말하기를, "들판을 가보지 않았

---

130) 衛懿公 : 춘추시대 위나라 임금. 위 惠公의 아들로서, 이름은 亦이다. 기원전 668년에서 기원전 661년까지 재위.

131) 翟 : 春秋시대의 작은 나라. 당시 북방 부족의 이름이다. 『좌전』에 의하면 기원전 660년에 翟人이 위나라를 공격하였다.

132) 재앙이 도리어 그 자신을 해친다는 뜻이다.

으면 말 가는 길을 어기지 말라"고 하였으니,[133] 이것이 바로 말이 가는 길을 어긴 경우이다.

원문 鄒穆公有令, 食鳧鴈者必以秕, 毋敢以粟. 於是倉無秕而求易於民, 二石粟而易一石[134]秕. 吏請曰：“以秕食鴈, 爲無費也. 今求秕於民, 二石粟而易一石秕, 以秕食鴈, 則費甚矣, 請以粟食之.” 公曰：“去! 非而所知也. 夫百姓煦牛[135]而耕, 曝背而耘, 苦勤而不敢惰者, 豈爲鳥獸也哉? 粟米, 人之上食也, 奈何其以養鳥也? 且汝知小計而不知大計. 周諺曰：‘囊漏貯中.’ 而獨弗聞歟? 夫君者, 民之父母也. 取倉之粟, 移之與民, 此非吾粟乎? 鳥苟食鄒之秕, 不害鄒之粟而已. 粟之在倉, 與其在民, 於吾何擇?” 鄒民聞之, 皆知其私積之與公家爲一體也.

옮김譯 추(鄒)나라의 목공(穆公)[136]은 물오리나 기러기에게 먹이를 줄 때 반드시 피를 먹일 것이며 쌀을 먹여서는 안 된다고 명하였다. 그런데 창고에 피가 떨어지자 민간에서 이를 구하여 쌀 두 섬으로 피 한 섬을 바꿔다가 먹이게 되었다. 이에 관리가 임금에게 청하여 말하기를, “기러기에게 피를 먹이라는 것은 낭비를 없애기 위함이었습니다. 그런데 이제 민간에서 피를 구할 때에 쌀 두 섬을 피 한 섬으로 바꾸어 기러기를 먹이게 되었으니 낭비가 심합니다. 청하옵건대 쌀을 먹

---

133) 『管子』「形勢」에 있는 말로서, 房玄齡의 주를 보면 “말은 길을 아는 본성을 갖고 있어서, 말이 가는 대로 두면 자연히 길을 찾게 되어 있다. 이는 일을 경험해 보지 않은 자가 경험한 자에게 물음을 비유한 말이다[馬有識道之性 不違馬而自得塗 喩未經其事 問其所經]"라고 했다.

134) 石 : 10 말(斗)

135) 煦牛 : 『新書全譯』에서는 더운 날씨에 소를 몰아서 밭을 간다는 뜻으로 보았으나, 『新書校注』에서는 소 모는 소리로 보았다. 『新書全譯』(291면) 및 『新書校注』(253면) 참조

136) 穆公 : 춘추시대 추나라 임금.

이도록 해주십시오"라고 하였다. 그러자 목공이 말했다. "그만두라. 그대가 알지 못한 것이니라. 백성들이 소리를 질러가며 소를 몰아 밭을 갈고, 뙤약볕을 등에 받으며 김을 매고, 힘들여 부지런히 일하면서 감히 게으름 피지 않은 것이 어찌 새를 먹이기 위해서였겠는가? 쌀은 사람에게 가장 귀중한 식량인데, 어떻게 그것으로 새 따위를 기를 수 있겠는가? 그대는 작은 계산을 할 줄 알았지, 커다란 계산은 모르고 있다. 주나라의 속담에 '자루가 새지만 창고 속에 다 있다'라는 말을 그대는 듣지 못하였는가? 임금은 백성의 부모이다. 궁중의 창고에 있는 쌀을 가져다가 백성들에게 옮겨준다 해도 그것은 내 쌀이 아닌가? 새가 추나라의 피를 먹는다면 추나라의 쌀을 축내는 것은 아니다. 쌀이 궁중의 창고에 있든 백성들에게 있든 나에게는 무엇이 다르단 말이냐?"라고 하였다. 추나라의 백성이 이 말을 듣고 모두들 자신이 쌓아둔 것이 바로 나라 것과 하나임을 알게 되었다.

원문 楚王欲淫鄒君, 乃遺之技樂美女四人. 穆公朝觀而夕畢以妻死事之孤.[137] 故婦人年弗稱者弗蓄, 節於身而弗衆也. 王輿不衣皮帛, 御馬不食禾菽. 無淫僻之事, 無驕熙之行, 食不衆味, 衣不雜采. 自刻以廣民, 親賢以定國, 親民如子. 鄒國之治, 路不拾遺, 臣下順從, 若手之投心.

是故以鄒子[138]之細, 魯衛不敢輕, 齊楚不能脅. 鄒穆公死, 鄒之百姓, 若失慈父, 行哭[139]三月, 四境之鄰於鄒者, 士民鄕方而道哭,[140] 抱手而憂行. 酤家[141]不讎其酒, 屠者罷列[142]而歸. 傲童不謳歌, 春築

---

137) 死事之孤: 『賈誼集校注』에서는 왕을 위해 죽은 이의 고아라고 했고, 『賈誼新書譯注』에서는 부모가 전쟁에서 죽은 고아라고 보았다. 『賈誼集校注』(250면) 및 『賈誼新書譯注』(196면) 참조.
138) 鄒子: 추 목공의 나라, 즉 추나라를 가리킨다.
139) 行哭: 걸어가면서 곡하는 것. 친척이 죽었을 때 애도하는 전통 예절의 한 방식이다.
140) 道哭: 길 위에서 곡하는 것. 먼 지역의 망자를 애도하는 방식이다.

者不相杵. 婦女抉珠瑱, 丈夫釋玦軒. 琴瑟無音, 期年而後始復. 故愛
出者愛反, 福往者福來. 易曰: "鳴鶴在陰, 其子和之"[143] 其此之謂
乎! 故曰: "天子有道, 守在四夷; 諸侯有道, 守在四鄰."

옮김譯 초나라 왕이 추나라 목공을 음탕하게 만들려고, 재주 많은 미
녀 네 사람을 보냈다. 그러나 목공은 아침에 한번 보고는 저녁
무렵 나라를 위해 싸우다 죽은 집안의 자식들에게 주어 아내로 삼도록
하였다. 부인도 자신과 어울리지 않으면 얻지 않았고, 스스로를 절제하
여 처첩을 많이 두지도 않았다. 왕의 가마는 가죽이나 비단으로 감싸지
않았고, 왕이 부리는 말에는 쌀이나 콩을 먹이지 않았다. 음탕한 일은
하지 않았고, 방자하게 떠벌이는 행동을 하지 않았으며, 식탁에는 많은
음식을 올리지 않았고, 옷도 화려한 색채로 꾸미지 않았다. 스스로에게
는 엄격하게 하면서 백성들에게는 넉넉하게 대했고, 현명한 사람을 가
까이 하여 나라를 안정시키며, 백성들을 자식처럼 친히 여겼다. 이에 추
나라가 잘 다스려져서 길에 물건이 떨어져 있어도 주워 가는 사람이 없
었고, 신하들은 순종해서 마치 손발처럼 마음대로 움직였다.

　이런 까닭에 추는 조그마한 나라에 지나지 않았지만, 노나라나 위나
라가 함부로 하지 못했고, 제나라나 초나라도 으름장을 놓지 못했다. 목
공이 죽자, 추나라 백성들은 마치 자애로운 아버지를 여읜 듯 석 달 동
안이나 곡을 하였고, 사방으로 추나라와 인접하고 있는 국경지역의 사
민(士民)들도 추나라 쪽을 향해 길 위에서 곡을 하면서 손을 마주 잡
고[144] 걱정하며 다녔다. 술집에서는 술을 팔지 않았고, 소를 잡는 백정
도 소 잡는 일을 멈추고 돌아갔다. 까불던 아이들은 노래를 부르지 않

---

141) 酤家: 술을 파는 상섬.
142) 列: 分解. 소를 잡는 것을 가리킨다.
143) 인용문은『周易』中孚卦에 보인다.
144) 이는 공경한 태도를 말한다.

았고, 방아 찧던 사람들도 서로 방아질을 멈추었다. 부녀자들은 귀걸이를 떼었고, 남자들은 활주머니의 옥 장식을 떼어 내었다. 금·슬의 음악 소리가 끊겼다가 일년이 지나서야 비로소 정상으로 회복되었다. 그러므로 사랑을 준 사람에게 사랑이 돌아오고, 복을 준 사람에게 복이 오는 법이다. 『역』에 이르기를 "학이 그늘에서 우니 그 자식이 이에 화답하도다"라고 한 것은 바로 이를 말한 것이다. 그러기에 천자에게 도가 있으면 사방의 오랑캐가 지켜주고, 제후에게 도가 있으면 사방의 이웃이 그를 지켜 준다고 하였다.

원문 宋康王[145]時, 有爵生鷃於城之陬. 使史占之曰："小而生大, 必伯於天下." 康王大喜, 於是滅滕,[146] 伐諸侯, 取淮北之城. 乃愈自信, 欲霸之亟成. 故射天笞地, 伐社稷而焚之, 曰："威服天地鬼神." 罵國老之諫者爲無頭之棺,[147] 以視有勇, 剖傴者之背, 斬朝涉之脛, 國人大駭. 齊王聞而伐之, 民散, 城不守. 王乃逃於倪侯之館, 遂得而死. 故見祥而爲不可, 祥反爲禍.

옮김譯 송나라 강왕 때에 참새가 성 모퉁이에서 매를 낳았다. 사관을 시켜 이를 점치게 하니 말하기를 "작은 것이 큰 것을 낳았으니 반드시 천하의 패자가 되실 것입니다"라고 하였다. 강왕은 크게 기뻐하였고, 이에 등나라를 멸하고 제후를 정벌하여 회북(淮北)의 성을 차지하였다. 그리고는 더욱 자신이 생겨 패업을 빨리 이루려고 욕심을 부렸다. 하늘에다 활을 쏘고[148] 땅에다 매질을 하며 사직을 부수어 태우고는,

---

145) 康王：戰國 초기 송나라의 임금. 이름은 偃. 형을 쫓아내고 스스로 왕위에 올랐다. 『戰國策』32권에 강왕의 고사가 실려 있다. 이 일은 『사기』 「宋微子世家」에 나온다.
146) 滕 : 춘추시대 작은 나라의 이름. 지금 山東省 滕縣 서남쪽에 있다.
147) 無頭之棺：『戰國策』 「宋策」에는 '無顔之棺'으로 되어 있다. 이에 대해서는 여러 해석이 있으나, 『新書校注』에서는 머리 없는 시신의 의미로 보았다. 256면 참조
148) 강왕은 가죽주머니에 피를 채우고, 그것을 높은 곳에 매달아 화살로 쏘았다. 그리고

자기의 위세가 천지와 귀신도 굴복시킬 수 있다고 큰소리를 쳤다. 그리고 이를 간하는 나라의 원로 신하들에게 머리 없는 시신이 될 것이라고 욕설을 퍼부으며 자기의 용맹을 과시했으며, 꼽추의 등을 자르고 겨울 새벽에 냇물을 건너는 사람의 정강이를 자르니[149] 나라 사람들이 크게 놀랐다. 제나라 왕이 이 소식을 듣고 그를 정벌하니, 백성들이 도망쳐 나가서 도성을 지킬 수 없었다. 이에 왕은 예후(郳侯)[150]의 집으로 도망쳤으나 마침내 붙들려 죽고 말았다. 그러므로 상서로운 징조를 보았다 해도 못된 짓을 하면 그 상서로움이 도리어 화가 되는 법이다.

원문 晉文公出畋, 前驅還白:"前有大蛇, 高若堤, 橫道而處." 文公曰:"還車而歸." 其御曰:"臣聞:'祥則迎之, 妖則凌之.' 今前有妖, 請以從吾者攻之." 文公曰:"不可. 吾聞之曰:'天子夢惡則脩道, 諸侯夢惡則脩政, 大夫夢惡則脩官, 庶人夢惡則脩身, 若是則禍不至.' 今我有失行, 而天招以妖我, 我若攻之, 是逆天命." 乃歸. 齋宿而請於廟曰:"孤實不佞, 不能尊道, 吾罪一:執政不賢, 左右不良, 吾罪二:飭政不謹, 民人不信, 吾罪三:本務[151]不脩, 以咎百姓, 吾罪四:齋肅不莊, 粢盛不潔, 吾罪五. 請興賢遂能, 而章德行善, 以導百姓, 毋復前過." 乃退而脩政. 居三月, 而夢天誅大蛇, 曰:"爾何敢當明君之路." 文公覺, 使人視之, 蛇已魚爛矣. 文公大說, 信其道而行之不解, 遂至於伯. 故曰:"見妖而迎以德, 妖反爲福也."

는 이를 일컬어 하늘을 쏘았다고 했다.
149) 商나라 紂王이 겨울 아침에 냇물을 맨발로 건너는 사람을 보고 그 사람의 정강이가 어떻게 생겼기에 그토록 추위에 잘 견디나 보자고 정강이를 잘랐다는 이야기가 있다. 『尙書』「泰誓下」에 보인다.
150) 郳侯:周代 諸侯, 즉 小邾國을 말한다. 邾 武公은 작은 아들을 郳에 봉하였다. 당시 송나라의 附庸國이었다. 후에 楚나라에 의해 멸망하였다.
151) 本務:農事.

옮김譯 진나라 문공(文公)152)이 사냥을 나갔는데, 앞에 달려가는 신하가 돌아와서 "앞에 언덕만한 큰 뱀이 길을 가로막고 있습니다"라고 아뢰었다. 그러자 문공은 "수레를 돌려서 궁으로 돌아가자"라고 말하였다. 이에 말을 몰던 신하가 아뢰기를 "제가 듣기에 '상서로운 것은 맞아들이고, 요망스러운 것은 물리쳐야 한다'고 들었습니다. 지금 앞에 요물이 있다 하니, 청하건대 제가 거느리고 있는 자들을 데리고 나가 이를 쳐버릴까 합니다"라고 하였다. 문공이 말하기를 "안 될 일이다. 내가 듣기에 '천자가 꿈이 사나우면 도를 닦고, 제후가 꿈이 사나우면 정사를 닦고, 대부가 꿈이 사나우면 자기의 직무를 닦고, 서민이 꿈이 사나우면 자신을 닦는다고 했으니, 이렇게 하면 화가 이르지 않는다'고 하였다. 이제 나에게 잘못이 있어서 하늘이 나에게 요물을 보냈는데, 만일 내가 이를 공격한다면 이는 하늘의 명을 거역하는 것이 된다"라고 하고 바로 돌아갔다. 그날 밤을 재계하고 사당에 청하여 말하였다. "이 부덕한 몸이 참으로 망령되이 행동하여 도를 따르지 못했음이 나의 첫 번째 죄요, 정치를 행할 때 현명하지 못하고 좌우가 선량하지 못했으니 나의 두 번째 죄이며, 나라를 다스림에 신중치 못해서 백성들이 믿지 못했으니 나의 세 번째 죄이며, 근본에 힘쓰지 않고 백성들만 허물하였으니 나의 네 번째 죄이며, 엄숙히 재계하지 못하고, 제수 음식이 정결하지 못했으니 나의 다섯 번째 죄입니다. 청하옵건대 현명하고 능력있는 인재를 등용해서 덕을 밝히고 선을 행하여 백성들을 이끌 것이요, 지난날의 허물은 다시 되풀이하지 않을 것입니다." 그리고는 물러나 정사에 힘썼다. 그러기를 석 달 뒤, 하늘이 큰 뱀을 베면서 "네 어찌 감히 어진 임금의 가시는 길을 막았던고?"라고 말하는 꿈을 꾸었다. 문공이 꿈에서 깨어나 사람을 시켜 살펴보았더니 뱀은 이미 썩어 문드러져 있었다. 문공은 크게 기뻐하고 도를 믿어 이를 실천하기를 게을리 하지

152) 晉文公 : 晉 獻公의 아들, 이름은 重耳로 五覇의 하나이다. 기원전 636년에서 기원전 621년까지 재위.

않았고, 마침내 제후의 패자가 되었다. 그러기에 "요물을 보았어도 이를 덕으로 맞이하면 그 요물이 도리어 복이 된다"고 말한다.

원문 楚懷王心矜好高人, 無道而欲有伯王[153)]之號. 鑄金以象諸侯人君, 令大國之王編而先馬. 梁王[154)]御, 宋王驂乘,[155)] 周·召·畢·陳·滕·薛·衛·中山之君皆象使隨而趣. 諸侯聞之, 以爲不宜, 故興師而伐之. 楚王見士民爲用之不勸也, 乃徵役萬人, 且掘國人之墓. 國人聞之, 振動, 晝旅而夜亂. 齊人襲之, 楚師乃潰. 懷王逃, 適秦, 克尹殺之西河, 爲天下笑. 此好矜不讓之罪也, 不亦羞乎!

옮김譯 초나라 회왕(懷王)[156)]이 마음씨가 교만하여 남 앞에 우쭐하기를 좋아하고, 무도하였지만 패왕의 칭호를 듣고자 바랐다. 그리하여 쇠를 녹여 부어서 여러 제후국의 임금들의 모습을 만들어 놓고는, 큰 나라의 왕들로 편대를 지어서 앞장서도록 하였다. 양나라 왕은 마부가 되고, 송나라 왕은 참승이 되며 주(周)·소필(召畢)·진(陳)·등(滕)·설(薛)·위(衛)·중산(中山) 나라의 임금을 모두 만들어 자기 행차를 뒤좇아 오도록 했다. 제후들이 이를 듣고 못마땅하게 여겨 군대를 동원하여 그를 공격하였다. 초나라 왕은 사대부나 백성들이 이를 막는 일에 힘쓰지 않는 것을 보고서, 수많은 사람들을 징발하여 나라 사람들의 무덤을 파헤치게 했다. 사람들이 이를 듣고는 놀라서, 낮에는 군대 진영을 갖추었다가도 밤에는 어지러이 도망을 쳤다. 이때에 제나라 사람이 습격하니 초나라 군대는 궤멸하여 버렸다. 회왕은 진나라로 도망쳤으나,

---

153) 伯王 : 霸王을 말한다.
154) 梁王 : 魏나라 王. 戰國시기 위나라의 수도가 大梁이었으므로, '양왕'이라고도 한다.
155) 驂乘 : 수레의 중심에 탄 수인의 오른편에서 호위하는 사람.
156) 懷王 : 戰國시기 초나라 임금. 威王의 아들로 성은 熊, 이름은 槐이다. 기원전 328년에서 기원전 299년까지 재위. 진나라의 공격을 받고 기원전 299년 講和를 위해 진나라에 갔다가 억류되어 3년 뒤 그곳에서 죽었다.

극윤(克尹)157)이 이를 서하(西河)158)에서 잡아 죽이니159) 천하의 웃음거리가 되고 말았다. 이는 교만하기만 하고 겸양할 줄 모른 죄이니, 또한 부끄럽지 아니한가!

원문

齊桓公之始伯160)也, 翟人伐燕. 桓公爲燕北伐翟, 乃至於孤竹,161) 反而使燕君復召公之職. 桓公歸, 燕君送桓公入齊地百六十六里. 桓公問於管仲曰 : "禮, 諸侯相送, 固出境乎?" 管仲曰 : "非天子不出境." 桓公曰 : "然則燕君畏而失禮也. 寡人恐後世之以寡人爲存燕而欺之也." 乃下車, 而令燕君還車. 乃割燕君所至而與之, 遂溝以爲境而後去. 諸侯聞桓公之義, 口不言而心皆服矣. 故九合諸侯, 莫不樂聽, 扶興天子, 莫不勸從. 誠退讓人, 孰弗戴也?

옮김譯

제나라 환공이 처음 제후들을 제패했을 때 적인(翟人)들이 연나라를 공격하였다.162) 환공은 연나라를 위하여 북쪽으로 적인들을 공격하여 고죽까지 이르렀다가 돌아와, 다시 연나라 임금으로 하여금 소공(召公)163)의 지위를 회복하도록 하였다. 환공이 돌아갈 때 연의 임금이 환공을 전송하려고, 제나라 땅 안으로 166리나 들어왔다. 환공이 관중에게 "예로 보아서 제후가 서로 전송할 때 자기나라 영토의

---

157) 克尹 : 사람이름. 그의 생애는 잘 알려져 있지 않다.
158) 西河 : 진나라의 지명.
159) 이 문장의 내용과 史書의 내용은 다르다. 『사기』「楚世家」에는 회왕이 피살된 것이 아니라, 秦나라에서 객사한 것으로 되어 있다.
160) 伯 : '覇'와 통한다. 桓公 : 『신서』「禮」주 참조
161) 孤竹 : 나라 이름. 지금 河北省 盧龍縣 일대에 있다. 우리나라 옛날 학자들은 伯夷叔齊의 나라인 고죽국이 황해도 海州에 있었다고 하였다. 이 때문에 해주의 옛 이름이 고죽이었다.
162) 기원전 664년 翟人이 연나라를 공격하자, 제 환공이 연나라를 구원하였다. 그런데 제 환공이 처음 패왕이 된 때는 기원전 681년이므로, 본문의 내용과 일치하지 않는다.
163) 燕召公 : 성은 姬, 이름은 奭. 여기에서는 본래 연나라 제후의 지위를 회복하게 했다는 뜻이다.

경계를 벗어날 수 있는 것이오?"라고 물었다. 이에 관중은 "천자가 아니면 영토의 경계를 넘어서지 않는 법입니다"라고 대답하였다. 환공은 이 말을 듣고 "그렇다면 연나라 임금이 두려운 나머지 예를 잃은 셈이 되었소. 후세 사람들이 내가 연나라를 구해주었다고 해서 연나라를 기만했다고 생각할까 두렵소"라고 말하고, 바로 수레에서 내려 연나라 임금으로 하여금 수레를 돌려 돌아가도록 하였다. 그리고 연나라 임금이 들어왔던 제나라 지역을 잘라서 연나라에 주고, 도랑을 파서164) 경계선으로 삼은 다음 떠나갔다. 제후들이 환공의 의로움을 듣고 입으로 말은 하지 않았으나, 모두들 마음으로 감복하였다. 그리하여 환공이 제후를 규합할 때에 즐거이 듣지 않는 사람이 없었고, 천자를 받들어 도울 때도 힘써 따르지 않는 사람이 없었다. 진정으로 물러나 겸양한다면 그 누가 받들지 아니하겠는가?

원문　二世胡亥之爲公子,165) 昆弟數人. 詔置酒饗群臣, 召諸子賜食先罷. 胡亥下陛, 視群臣陳履166)狀善者, 因行踐敗而去. 諸侯聞之, 莫不大息.. 及二世卽位, 皆知天下之棄之也.

옮김譯　진나라 이세 호해가 공자였을 때, 여러 명의 형제가 있었다. 진나라 왕이 명하여 술자리를 마련하고 여러 신하들을 초대하였는데, 진나라 왕이 여러 아들들을 불러 먼저 먹을 것을 하사하고 돌아가게 하였다. 호해가 계단을 내려서 신하들이 벗어 놓은 신발들이 가지런히 잘 놓여있는 것을 보고, 모조리 짓밟아 흩어 놓고는 떠나갔다. 제후가 이를 듣고 크게 탄식하지 않은 사람이 없었다. 이세가 황제의 자리에 오르게 되자, 모두들 온 천하가 그를 버릴 것을 알았다.

---

164) 옛날에는 나라의 경계를 나눌 때 도랑을 파는 방법을 썼다.
165) 公子 : 제후의 아들을 공자라고 불렀다.
166) 陳履 : 신발을 벗어놓다.

원문 孫叔敖之爲嬰兒也, 出遊而還, 憂而不食. 其母問其故, 泣而對曰 : "今日吾見兩頭蛇, 恐去死無日矣." 其母曰 : "今蛇安在?" 曰 : "吾聞見兩頭蛇者死, 吾恐他人又見, 吾已埋之也." 其母曰 : "無憂, 汝不死. 吾聞之 : '有陰德者, 天報以福.'" 人聞之, 皆諭其能仁也. 及爲令尹,[167] 未治而國人信之.

옮김譯 숙손오(叔孫敖)[168]가 어릴 때 밖에 나가 놀다가 돌아와 걱정에 잠겨 밥도 먹지 않았다. 그의 어머니가 그 까닭을 물으니, 그는 울면서, "오늘 제가 머리가 둘 달린 뱀은 보았으니, 아마도 제가 살날이 얼마 없는 것 같습니다"라고 대답하였다. 그의 어머니가 "지금 그 뱀이 어디 있느냐?" 하고 물으니, 대답하기를, "머리가 둘 달린 뱀을 본 사람은 죽는다기에 혹 다른 사람이 또 볼까 염려되어 제가 (죽여서) 이미 파묻어버렸습니다"라고 하였다. 그의 어머니는 "걱정할 것 없다, 너는 죽지 않을 것이다. 내가 듣기에, 남 몰래 덕을 베푼 자에게는 하늘이 복을 내려 주신다고 했다"라고 말해주었다. 사람들이 이 이야기를 듣고 모두 그가 어진 사람이 될 것이라는 것을 알게 되었다. 그가 영윤(令尹)이 되자 아직 나라를 다스리기도 전에 나라 사람들이 그를 신임하였다.

---

167) 令尹 : 『신서』 「春秋」 주 참조.
168) 孫叔敖 : 춘추시대 초나라 사람. 그는 세 차례나 令尹에 임명되었으나 전혀 기뻐하지 않았고, 세 번이나 해임되었는데도 전혀 슬퍼하지 않았다고 한다.

제7권

卷第七

【 먼저 깨달은 사람[先醒] 】

해제 이 편은 가의가 양회왕 태부로 있을 때 양회왕과 나눈 이야기로서, 고사를 통해 현인을 임용하고 간언(諫言)을 받아들이며 자신의 부족한 점을 돌아보는 수양의 중요성을 역설한 글이다. 편명은 국가의 흥망성쇠의 기미를 먼저 깨달아 대처한다는 뜻이다.

원문 懷王問於賈君曰: "人之謂知道者先生, 何也?" 賈君對曰: "此博號也. 大者在人主, 中者在卿大夫, 下者在布衣之士. 乃其正名, 非爲先生也, 爲先醒也." 彼世主[1]不學道理, 則嘿然悟於

---

1) 世主: 세속의 임금을 말한 것으로, 아래의 현명한 군주(賢主)와 비교해서 쓴 말이다.

得失, 不知治亂存亡之所由, 忳忳然猶醉也. 而賢主者學問不倦, 好道不厭, 銳2)然獨先達乎道理矣. 故未治也知所以治, 未亂也知所以亂, 未安也知所以安, 未危也知所以危, 故昭然先寤乎所以存亡矣. 故曰先醒, 辟猶俱醉而獨先醒也.3) 故世主有先醒者, 有後醒者, 有不醒者.

옮김譯　회왕(懷王)4)이 가의에게 물었다. "사람들이 도를 아는 자를 선생(先生)이라고 부르는 것은 무엇 때문이오?" 이에 가의가 대답하였다. "이는 보통 부르는 일반 명칭입니다. 큰 의미로는 군주를 그렇게 부르며, 중간 의미로는 경대부를 그렇게 부르며, 아래로는 벼슬이 없는 선비도 그렇게 부릅니다. 그러나 그 올바른 명칭은 선생(先生)이 아니고 선성(先醒)입니다. 세간의 군주가 도리를 배우지 않으면, 이해득실에 어둡고 치란(治亂)과 존망(存亡)의 연유를 알지 못해서, 마치 술에 취한 것처럼 흐리멍텅합니다. 그러나 현명한 군주는 학문을 게을리 하지 않고 도를 좋아해서 싫증내지 않으니, 빠르게 스스로 먼저 도리를 통달합니다. 그러므로 다스려지기 전에 이미 다스려지는 까닭을 알고, 어지러워지기 전에 어지러워지는 까닭을 알며, 안정되기 전에 안정되는 까닭을 알고, 위태로워지기 전에 위태로워지는 이유를 알아서, 분명하게 존망(存亡)의 원인을 먼저 깨닫습니다. 그러므로 미리 깨달은 사람[先醒]이라고 말하는 것이니, 마치 다른 사람들은 다 취해 있는데 혼자 먼저 술을 깬 것과 같습니다. 이 세상 군주 가운데에는 먼저 깨닫는 사람이 있

---

2) 銳 : 빠른 모양.
3) 楚나라 屈原이 지은『漁父辭』에 "굴원이 말하기를 온 세상이 다 혼탁한데 나만 깨끗하고, 사람들이다 취했지만 나만 깨어있으니 그래서 쫓겨났다[屈原曰, 擧世皆濁, 我濁淸, 衆人皆醉, 我濁醒, 是以見放]"라는 말이 나온다. 본편 끝에 마부가 虢君에게 그가 망한 이유를 설명한 대목은 이 말을 따서 쓴 말이다.
4) 梁 懷王으로 한 文帝의 작은 아들이다. 이름은 劉揖이다. 양나라에 봉해졌으며, 회왕은 그의 시호이다.

고, 뒤에 깨닫는 사람이 있으며, 끝내 깨닫지 못하는 사람이 있습니다."

昔楚莊王卽位, 自靜三年,[5] 以講得失, 乃退僻邪而進忠正, 能者任事而後在高位. 內領國政, 辟草[6]而施教, 百姓富, 民恆一,[7] 路不拾遺, 國無獄訟.

當是時也, 周室壞微, 天子失制, 宋鄭無道, 欺昧諸侯. 莊王圍宋伐鄭.[8] 鄭伯肉袒牽羊, 奉簪而獻國. 莊王曰 : "古之伐者, 亂則整之, 服則舍之, 非利之也." 逐弗受. 乃南與晉人戰於兩棠, 大克晉人, 會諸侯於漢陽,[9] 申天子之辟禁,[10] 而諸侯說服. 莊王歸, 過申侯之邑, 申侯進飯, 日中而王不食. 申侯請罪曰 : "臣齋而具食甚潔, 日中而不飯, 臣敢請罪."[11] 莊王喟然歎曰 : "非子之罪也. 吾聞之曰 : '其君賢君也, 而又有師者王; 其君中君也, 而有師者伯;[12] 其君下君也, 而群臣又莫若者亡.' 今我下君也, 而群臣又莫若不穀,[13] 不穀恐亡無日也. 吾聞之 : '世不絶賢.' 天下有賢, 而我獨不得, 若吾生者, 何以食爲?" 故莊王戰服大國, 義從諸侯, 戚然憂恐, 聖智在身, 而自錯不肖, 思得賢佐, 日中忘飯, 可謂明君矣. 此之謂先寤所以存亡, 此先醒也.

---

5) 自靜三年:『사기』「楚世家」에 나와 있다. 장왕은 즉위하고 나서 3년 동안 號令도 발하지 않고 밤낮으로 향락만을 즐겼으나, 대부 蘇從의 諫言을 듣고 비로소 정사를 처리하였다고 한다.

6) 辟草 : 땅을 개간하다.

7) 恆一 : 劉師培은 백성이 두 마음을 품지 않았다고 보았고,『新書全譯』에서는 오로지 농사에 전념하였다는 뜻으로 보았다.

8) 莊王圍宋伐鄭 : 이에 관한 자세한 내용은『좌전』「宣公」 11년조에서 14년조에 나와 있다.

9) 漢陽 : 漢水의 북쪽으로, 춘추시대에는 초나라의 영토였다.

10) 辟禁 : 法令과 같다(『설문』. "辟, 法也").

11) 請罪 : 이 단어에는 '1. 상대방에게 자신이 무슨 죄가 있느냐고 따지다', '2. 잘못이 있음을 스스로 인정하고 처분을 청하다', '사과하다', '3. 죄를 면해주기를 청하다'는 3가지의 뜻이 있다.『漢語大詞典』, 263면 참조. 여기에서는 2번의 뜻으로 해석했다.

12) 伯 : '覇'와 같다. 제후를 제패하는 것을 뜻한다.

13) 不穀 : 고대 군주가 스스로를 칭하는 謙辭. '穀'은 善하다는 뜻이다.

[옮김 譯] 옛날 초나라 장왕(莊王)[14]은 즉위하고 3년을 스스로 조용히 있다가 득실을 깊이 연구해 보고 나서, 간사한 자들을 물리치고 충직한 사람들을 등용하였으며, 능력있는 자는 먼저 일을 맡겨본 다음에 높은 자리에 앉게 하였습니다. 안으로는 나라의 정사를 이끌어 나가면서 황무지를 개간하고 가르침을 베푸니, 백성의 살림이 부유해지고 백성들이 변함없고 한결같아서 길에 떨어진 물건을 줍지도 않으니, 나라 안에 분쟁이 없어졌습니다.

이 무렵에 주나라 왕실은 약해져서 천자가 제후를 통제하지 못하게 되자, 송나라와 정나라는 도의를 지키지 않고 제후들을 업신여기고 속였습니다. 이에 장왕이 송나라를 포위하고 정나라를 정벌하였습니다. 정백(鄭伯)[15]은 윗저고리를 벗어 어깨를 드러내고, 염소를 끌고 와서[16] 관을 벗어 머리를 풀어헤치고서[17] 나라를 장왕에게 바쳤습니다. 이에 장왕은 '옛날 정벌을 행한 이는 혼란해지면 이를 쳐서 바로잡고, 복종을 하면 이를 용서하였으니, 이익을 위하여 한 일이 아니다'라고 하면서 끝내 이를 받지 않았습니다. 그리고 남쪽으로 진(晉)나라 사람과 양당(兩棠)[18]에서 싸워 크게 이기고, 한수(漢水)의 북쪽에서 제후들과 회동하여 천자의 법령을 펴자 제후들이 기꺼이 복종하였습니다. 장왕이 돌아오는 길에 신후(申侯)[19]의 고을을 지나게 되었는데, 신후가 음식을 내왔으나 한 낮이 될 때까지 장왕은 먹지 않았습니다. 신후가 죄송스러워

---

14) 莊王 : 춘추시대 楚나라 군주인 熊侶로, 기원전 613년에서 기원전 591년까지 재위. 춘추시대 五覇의 하나이다.

15) 鄭伯 : 鄭 襄公. 정나라는 伯爵國이었으므로, 정나라 임금을 정백이라 칭한 것이다.

16) 肉袒 牽羊 : 옛날 투항자들이 항복을 표시하는 의식이다. 『新書校注』, 265면.

17) 奉簪 : 비녀를 빼어 관을 벗고 자리에서 물러나는 것을 말한다. 『新書校注』, 265면 참조. 『新書全譯』에서는 머리를 묶었던 비녀를 빼어 승리한 상대에게 주는 것이라고 해석했다. 『新書全譯』, 306면 참조.

18) 兩棠 : 地名으로, 지금의 河南 鄭州와 滎陽 사이이다.

19) 申侯 : 초나라 申邑大夫. 申은 춘추시대의 작은 나라 이름. 지금의 河南省 南陽일대이다. 성은 姜이다. 장왕 6년에 초나라는 신나라를 멸하였다. 후에 초나라의 申邑이 되었다.

하면서 '소신이 재계하고 아주 정결하게 마련한 음식인데, 한 낮이 될 때까지 드시지를 않으니, 소신을 처벌해주십시오'라고 말했습니다. 장왕은 탄식하며 말하기를, "그대의 죄가 아니오 내가 듣기로는 그 군주가 현명하고 거기에 더해 스승까지 있으면 왕이 되고, 그 군주가 중간 정도의 수준인데 스승이 있으면 패자가 되고, 그 군주가 하등의 수준인데 신하들도 그만 못한 자는 망한다고 하였오 이제 나는 하등의 군주인데 신하들조차도 못난 본인만한 사람이 없으니, 며칠 못가서 망하게 될까 걱정이오 내가 듣기에 '천하에는 현명한 사람이 끊이지 않는다'고 하였는데, 천하에 현자가 있어도 나는 얻지 못했으니, 나 같이 사는 사람이 무엇을 했다고 밥을 먹는단 말이오?"라고 했습니다. 그러므로 장왕은 큰 나라와 싸워서 굴복시켰고, 그의 의로움은 제후들을 복종케 했지만, (오히려) 그는 근심하고 두려워했으며, 뛰어난 지혜를 지녔으면서도 스스로 자신을 부족하게 여기고, 현명한 신하를 얻고 싶은 생각에 한낮이 되도록 밥 먹는 것을 잊을 정도였으니, 밝은 임금이라 이를 수 있는 것입니다. 이것을 일러 '흥하고 망하는 도리를 먼저 깨달았다'고 말하는 것이요, 이를 일러 먼저 깨달은 사람이라고 이르는 것입니다.

원문 昔宋昭公出亡至于境, 喟然歎曰 : "嗚呼! 吾知所以亡矣. 吾被服而立, 侍御者數百人, 無不曰吾君麗者; 吾發政擧事, 朝臣千人, 無不曰吾君聖者. 吾外內不聞吾過, 吾是以至此. 吾困宜矣." 於是革心易行, 衣苴布, 食豐[20]餕, 晝學道而夕講之. 二年, 美聞於宋. 宋人車徒迎而復位, 卒爲賢君, 諡爲昭公. 旣亡矣, 而乃寤所以存, 此後醒者也.

---

20) 豐 : 정확한 음과 뜻은 알 수 없다. 盧文弨는 豆餠의 일종으로 보았다. 자세한 내용은 『新書全譯』(308면) 및 『新書校注』(267면) 참조

옮김譯 옛날 송나라 소공(昭公)[21]이 국경까지 도망쳐 나와 한숨을 쉬며 탄식하며 말하였습니다. "아! 나는 망한 까닭을 알겠다. 내가 옷을 입고 서면 옆에 시종하는 수백 사람이 '우리 임금 아름답습니다'라고 말하지 않는 자가 없었고, 내가 정사를 펴고 일을 처리하면 천여 명에 이르는 조정의 신하들이 '우리 임금은 성군입니다'라고 말하지 않는 자가 없었다. 나는 안팎으로 내 허물을 들을 수가 없었으니, 그래서 내가 이 지경에 이른 것이다. 내가 곤경에 빠진 것은 당연한 결과이다"라고 했습니다. 이에 마음을 바꿔먹고 행동을 고쳐서, 거친 삼베옷을 입고 먹다 남은 콩 찌꺼기를 먹으면서, 낮에는 도를 배우고 저녁에는 이를 연구하였습니다. 이러기를 두 해나 계속하자 아름다운 소문이 송나라에까지 퍼졌습니다. 그러자 송나라 사람이 수레와 사람들을 보내어 모셔다 다시 자리에 앉히게 되었고, 마침내 현명한 임금이 되어 시호를 소공이라 하였습니다. 망하고 나서야 어떻게 해야 존립하는지를 깨달았으니, 이는 뒤에 깨달은 경우입니다.

원문 昔者虢君驕恣自伐, 諂諛親貴, 諫臣詰逐, 政治蹉亂, 國人不服. 晉師伐之, 虢人不守. 虢君出走, 至於澤中, 曰 : "吾渴而欲飮." 其御乃進淸酒. 曰 : "吾飢而欲食." 御進腶脯·粱[22]糗. 虢君喜曰 : "何給也?" 御曰 : "儲之久矣." 曰 : "何故儲之?" 對曰 : "爲君出亡而道飢渴也." 君曰 : "知寡人亡邪?" 對曰 : "知之." 曰 : "知之, 何以不諫?" 對曰 : "君好諂諛而惡至言, 臣願諫, 恐先虢亡." 虢君作色而怒, 御謝曰 : "臣之言過也."

---

21) 昭公 : 춘추시대 송나라의 임금으로, 기원전 619년에서 기원전 611년까지 재위. 이름은 杵臼. 成公의 아들이다. 『사기』「宋微子世家」의 기록에 의하면, "소공은 無道하여 나라사람들이 따르지 않았고"라고 하며, 후에 죽임을 당하였다고 한다. 이는 위의 본문 내용과는 부합하지 않는다. 본문내용은 『韓氏外傳』에 보인다.
22) 粱 : 말린 밥. 糗 : 볶은 쌀, 미숫가루.

爲閒, 君曰 : "吾之亡者誠何也?" 其御曰 : "君弗知耶? 君之所以亡者, 以大賢也." 虢君曰 : "賢, 人之所以存也, 乃亡何也?" 對曰 : "天下之君皆不肖, 夫疾吾君之獨賢也, 故亡." 虢君喜, 據式而笑曰 : "嗟! 賢固若是苦耶?" 遂徒行而於山中居. 飢倦, 枕御膝而臥, 御以塊自易, 逃行而去. 君遂餓死, 爲禽獸食. 此已亡矣, 猶不寤所以亡, 此不醒者也.

故先醒者, 當時而伯 : 後醒者, 三年而復 : 不醒者, 枕土而死, 爲虎狼食. 嗚呼, 戒之哉!

[옮김譯] 옛날 괵(虢)[23]나라의 임금이 교만 방자하여 스스로 잘난 체하면서, 아첨하며 굽신거리는 자는 가까이하여 귀한 자리에 앉히고, 충간하는 신하는 혼내어 내쫓아서 정치가 엉망으로 어지러워지고, 나라 사람들이 복종하지 않았습니다. 진(晉)나라 군대가 쳐들어 왔으나, 괵나라 사람들이 지켜주지 않았습니다. 괵나라 임금이 도망쳐 나와 늪지대에 이르러 "내가 목이 마르니 물을 마시고 싶다"고 하니 마부가 맑은 술을 가져다주었습니다. "내가 배가 고프니 음식을 먹고 싶다"고하니 마부가 마른 고기와 미숫가루를 가져다주었습니다. 괵의 임금이 좋아하면서 "이것을 어떻게 가져왔느냐?"고 물었습니다. 마부는 "준비하여 둔 지가 오래 됩니다"라고 대답하였습니다. "무엇 때문에 준비하여 두었던고?"하니 대답하기를, "임금께서 도망갈 때, 도중에서 배고프고 목이 마르실까 해서였습니다"라고 하였습니다. 괵군이 "내가 망할 것이라는 것을 알았더냐?"하니, "알고 있었습니다"라고 하였습니다. "알고 있었으면 왜 간하지 않았더냐?"하니 대답하기를, "임금께서는 아첨하고 굽신거리는 자를 좋아하시고 지당한 말을 하는 사람을 미워하셨기 때문에, 소신이 간하고 싶었지만 괵이 망하기도 전에 제가 먼저 죽게 될까 봐서 두려웠습니다"라고 하였습니다. 괵군이 정색하며 노여워하자

---

23) 虢 : 춘추시대 작은 나라의 이름. 기원전 655년 晉에 의해 멸망당했다.

마부는 "소신의 말이 지나쳤습니다"라고 사과했습니다.

　조금 뒤에 괵군이 "내가 망하게 된 것은 정말 무엇 때문일까?"하고 물었습니다. 그의 마부는 "임금께서는 모르셨습니까? 임금께서 망하신 것은 아주 현명하셨기 때문입니다"라고 대답하였습니다. 괵군이 "현명함이란 사람이 자신을 지키는 힘인데, 이제 내가 망한 것은 어째서인가?"라고 되물었습니다. 마부는 대답하기를, "천하의 임금이 모두 못난 사람들이어서, 우리 임금께서 남달리 현명하심을 미워했기 때문에 망하신 것입니다"라고 하였습니다. 괵군은 좋아하면서 수레의 앞턱나무에 기대어 웃으며 "아! 슬픈 일이다. 현명하다는 것이 본래 이렇게 괴로운 것인가!"라고 하였습니다. 그리고는 빈손으로 걸어가다가 산속에서 머물게 되었습니다. 그는 배고프고 피로하여 마부의 무릎을 베고 누웠는데, 그가 잠이 들자 마부는 흙덩이를 가져다 바꾸어 베어 주고는 도망쳐 버렸습니다. 괵군은 마침내 굶어죽어서 짐승에게 먹히고 말았습니다. 이렇게 이미 망하고서도 망한 까닭을 몰랐으니, 이는 깨닫지 못한 경우입니다.

　그러므로 먼저 깨달은 사람은 그 당시에 패자가 되었고, 뒤에 깨달은 사람은 삼년 뒤에 다시 제자리를 회복하였으며, 깨닫지 못한 사람은 흙덩이를 벤 채 호랑이의 밥이 되었습니다. 아아! 경계해야 할 것입니다!

◤ 간언을 듣지 못하는 귀[耳痹] ◢

해제 이 편은 춘추시대 오자서(伍子胥)가 아버지의 원수를 갚은 고사를 통해, 일을 할 때는 반드시 천도를 따르고 민심에 순응해야

함을 주장한 글이다. 가의가 양회왕 태부로 있을 때 쓴 글로 보인다.

원문 竊聞之曰 : "目見正而口言枉則害, 陽[24]言吉錯之民而凶則敗, 倍道則死, 障光則晦, 誣神而逆人, 則天必敗其事."

옮김譯 내가 듣기에 "눈으로 바로 보고도 입으로는 비뚤게 말하면 해로우며, 거짓으로 길하다고 말해 놓고 백성들에게는 흉하게 시행하면 패망하며, 도를 어기면 죽게 되며, 빛을 막으면 어두워지며, 신을 속이고 백성들을 거역하면 하늘이 반드시 그 일을 실패하도록 만든다고 하였다."

원문 故昔者楚平王有臣曰伍子胥, 王殺其父而無罪. 奔走而之吳, 曰 : "父死而不死, 則非父之子也 : 死而非補, 則過計也. 與吾死而不一明, 不若擧天地以成名." 於是紆身而不口,[25] 適闔閭, 治味以求親. 闔閭見而安之, 說其謀, 果其擧, 反[26]其聽, 用而任吳國之政也. 民保命而不失, 歲時熟而不凶. 五官[27]公而不私, 上下調而無尤, 天下服而御,[28] 四境靜而無虞. 然後, 忿心發怒. 出凶言, 陰必死, 提邦以伐楚. 五戰而五勝, 伏尸數十萬, 城[29]郢之門, 執高兵,[30] 傷五

---

24) 陽 : '佯(거짓)'의 뜻이다. 『新書校注』, 271면.

25) 潭本에는 '不'자 아래에 글자가 빠진 것으로 되어 있으나, 沈本에는 '紆身而乃'로 되어 있다. 『新書全譯』, 313면 참조.

26) 反 : 보답하다. 『新書校注』에는 '聽'이 '德'으로 되어 있다.

27) 五官 : 구체적으로는 司徒·司馬·司空·司士·司寇로서, 모든 관직을 지칭한다. 『新書校注』, 272면.

28) 『新書校注』에서는 兪樾의 설에 따라 '無'자를 '御' 앞에 보충하고, 御를 悟의 뜻으로 해석했다. 『新書校注』, 272면 참조.

29) 城 : 여기에서는 성을 공격하다의 뜻이다. 郢 : 춘추전국시대 초나라의 도읍으로, 지금의 湖北省 江陵縣 동북쪽에 위치한다.

藏³¹⁾之實. 毀十龍之鍾,³²⁾ 撻平王之墓.³³⁾ 昭王³⁴⁾失國而奔, 妻生虜
而入吳. 故楚平王懷陰賊, 殺無罪, 殃旣至乎此矣.

옮김譯 옛날 초나라의 평왕(平王)³⁵⁾에게 오자서(伍子胥)³⁶⁾라는 신하가
있었는데, 왕이 그의 아버지³⁷⁾를 죄없이 죽였다. 오자서는 오
나라에 도망가서 말하기를, "아버지가 죽었는데 따라서 죽지 못했으니
아버지의 자식이 아니라하겠지만, 아무런 보탬이 되지 못한 채 죽는다
면 그것은 잘못된 계책이다. 내가 죽어서 하나도 밝히지 못할 바에는
차라리 온 천지에다가 아름다운 이름을 이루는 것만 못하다"라고 하였
다. 그리고 몸을 굽히고 합려(闔閭)³⁸⁾에게 가서, 음식 조리하는 주방장이
되어 그에게 접근하였다. 합려는 그를 보고서 위로해주었고, 그의 정책
을 훌륭하게 여겨 계획대로 실행했으며, 그의 은혜에 보답해서³⁹⁾ 등용

---

30) 劉師培는 '執'을 '爇'의 잘못이며, '兵'자 위에 '庫之' 두 글자가 빠진 것으로 보았
다. 초나라에는 高庫가 있었는데 곡식을 보관하고, 겸하여 兵器를 함께 보관하였다고
한다. 『新書校注』에서는 劉師培의 설명이 옳은 것 같다고 하면서도, '執'을 '爇'의 잘
못으로 보는 것은 틀렸다고 보았다. 왜냐하면 곡식을 불사를 수 있지만, 무기를 불사
를 필요는 없기 때문이라는 것이다. 『新書校注』, 273면 참조. 『新書全譯』에서는 '執'
을 장악하다 · 획득하다의 뜻으로, '高兵'을 날카로운 무기라고 보았다.
31) 五藏 : 다섯 창고, 즉 車庫 · 兵庫 · 祭器庫 · 樂器庫 · 宴器庫로 모두 초나라의 창고
이다.
32) 鐘 : 악기 이름. 고대 제사 때 연회 때 사용하던 악기. 나무 가로대에 걸어놓고 나무
채로 쳐서 소리를 냈다. 하나만 걸어놓은 것을 特鐘이라 하고, 크고 작은 순서대로 걸
어놓은 것을 編鐘이라 한다.
33) 오자서는 昭王을 잡으려다 뜻을 이루지 못하자, 초 평왕의 묘를 파헤쳐 그의 시신을
꺼내 300번이나 채찍질한 후에야 그만두었다고 한다. 『사기』 「오자서열전」에 보인다.
34) 昭王 : 춘추 말기 초나라의 임금으로 이름은 珍, 평왕의 아들이다.
35) 平王 : 춘추시대 초나라 임금으로, 이름은 居. 기원전 528년에서 기원전 516년까지
재위.
36) 伍子胥 : 『신서』 「淮亂」 주 참조.
37) 伍子胥의 부친인 伍奢를 말한다.
38) 闔閭 : 『신서』 「淮亂」 주 참조.
39) 公子 光(闔閭)이 吳王 僚를 죽이고 왕위에 올랐는데, 료를 죽인 사람이 바로 오자서
가 천거한 專諸였다. 그래서 전제를 천거한 오자서에게 은혜를 보답했다고 했다. 『新
書校注』, 272면 참조.

하여 오나라의 정사를 맡겼다. 백성들은 명령을 잘 지켜 실수가 없었고,[40] 농사가 잘되어 흉년이 들지 않았다. 관리들은 공정하여 사사롭게 처리하지 않았고, 위아래가 잘 조화되어 원망이 없었으며, 천하가 복종하여 잘 다스려졌고, 사방의 변경은 조용하여 근심이 없게 되었다. 그렇게 된 다음에 오자서는 쌓였던 울분을 터뜨렸다. 나쁜 말을 속으로 내뱉으며 필사의 결심을 품고 온 나라의 힘을 기울여 초나라를 정벌하였다. 다섯 번 싸워서 다섯 번 이기니, 시체가 수십만이나 쌓였고, 수도인 영(郢)의 성문을 공격해서 (초나라 창고에 있던) 날카로운 무기를 획득하고, 온 창고에 저장되어 있는 재물을 파괴했다. 열 마리 용이 새겨진 큰 종을 때려 부수고,[41] 평왕의 무덤에 매질을 가하였다. 소왕(昭王)[42]은 나라를 잃고 도망을 가 버렸고 그의 처는 생포되어 오나라로 끌려갔다. 초나라 평왕이 음험한 마음을 품고 죄 없는 사람을 죽인 결과, 그 재앙이 여기에 이르게 되었던 것이다.

원문 子胥發鬱冒忿, 輔闔閭而行大虐. 還十五年, 闔閭沒而夫差卽位. 乃與越人戰江上, 棲之會稽.[43] 越王之窮至乎吃山草, 飮腑水, 易子而食. 於是履躄[44]戴璧, 號吟告毋罪, 呼皇天. 使大夫種行成[45]於吳王. 吳王將許, 子胥曰 : "不可. 越國之俗, 勤勞而不慍, 好亂勝而無禮. 谿徼而輕絶, 俗好詛[46]而倍盟. 放[47]此類者, 鳥獸之儕

---

40) 『新書校注』, 272면에 의거해서 번역하였다.
41) 十龍之鐘 : 『淮南子』 「泰族訓」에는 합려가 초나라를 공격하여 아홉 마리 룡이 새겨진 종을 파괴하였다는 내용이 나와 있는데, 이 일을 말하는 것 같다.
42) 昭王 : 춘추시대 초나라 임금으로, 이름은 珍. 평왕의 아들이다.
43) 會稽 : 산 이름. 지금의 浙江省 紹興縣 동남쪽에 있다.
44) 躄 : 전돌을 말하며, 고대에는 堂下에서 문까지의 길 위에 전돌을 깔았다. 『新書全譯』, 316면.
45) 行成 : 화친을 구하다.
46) 詛 : 저주하다와 맹세하다는 뜻이 있다. 倍 : '背'와 통한다. 배반하다는 뜻이다.
47) 放 : 본받다, 흉내내다. '仿'과 통한다.

徒, 狐狸之醜類48)也, 生之爲患, 殺之無咎. 請無與成." 大夫種拊心
噓啼, 沫泣而言信, 割白馬而爲犧, 指九天而爲證. 請婦人爲妾, 丈夫
爲臣, 百世名寶因閒官爲積,49) 孤身爲關內諸侯, 世爲忠臣. 吳王不
忍, 縮師與成. 還, 謀而伐齊. 子胥進爭不聽, 忠言不用.

越旣得成, 稱善累德以求民心. 於是上帝降禍, 絶吳命乎直江,50)
君臣乖而不調, 置社稷而分裂, 容臺振51)而掩敗. 犬群噑而入淵, 豕
銜菹而適奧,52) 燕雀剖而㐬蛇生, 食蘆菹而見蛭, 浴淸水而遇蠆. 伍
子胥見事之不可爲也, 何53)籠而自投水. 目抉而望東門, 身鴟夷而浮
江. 懷賊行虐, 深報而殃不辜, 禍至乎身矣. 越於是果逆謀負約, 襲剉
夫差, 兼吳而拊. 事濟功成, 范蠡負室而歸五湖, 大夫種繫頷謝室,54)
渠如處車裂回泉. 自此之後, 句踐不樂, 憂悲荐至, 內崩而死.

오자서는 쌓였던 울분을 풀고 합려를 도와 아주 잔혹하게 행
동했다. 15년이 지나서 합려가 죽고 부차(夫差)55)가 즉위하였
다. 그는 월나라 사람들과 장강(長江)에서 싸워56) 월나라 왕을 회계산에
몰아넣었다. 월나라 왕은 곤궁에 빠져 산나물을 캐어 먹고, 시궁창의 썩

48) 醜類: 같은 부류(同類).
49) 閒官爲積: 보물을 모두 바치고 나서 관청을 텅 비우겠다는 뜻이다. 『新書校注』,
   275면. 『新書全譯』에서는 簡의 뜻으로 보아서, 관리의 검열을 받은 뒤에 오나라에 바
   치겠다는 뜻으로 보았다. 『新書全譯』, 319면 참조
50) 直江: 浙江.
51) 容臺振: 원래는 '客臺榭'로 되어 있으나, 『淮南子』에 의해 '容臺振'로 고쳤다.
52) 奧: 방의 서남쪽 구석으로, 옛날에는 조상의 신위를 두었다.
53) 何: 짊어지다. 『사기』 「오자서열전」에는 오자서가 오왕이 보낸 칼로 목을 찔러 죽었
   다고 나와있다.
54) 謝室: 請室이라고도 하며, 죄를 지은 관원들을 감금해두는 방이다.
55) 夫差: 춘추시대 말기의 오나라의 마지막 임금으로 합려의 아들이다. 기원전 495년
   에 왕위에 올라, 부친의 복수를 위해 越나라 병사를 크게 무찔렀지만, 후에 오히려 월
   나라에게 패하여 자살하였다.
56) 이 전쟁은 기원전 494년에 일어났다.

은 물을 마시며 자식을 바꾸어 잡아먹는 지경에까지 이르렀다. 이에 당하(堂下)에 내려서서 보옥(寶玉)을 신에게 바치며 죄없이 억울하게 당하였음을 하늘에 호소하였다. 그리고 대부 종(種)57)을 시켜 오왕에게 화의를 청하였다. 오왕이 이를 허락하려하자, 오자서가 말리면서 말하기를 "안 됩니다. 월나라 사람들은 부지런하고 성내지 않으며, 전쟁을 좋아하여 이기면 무례하기 짝이 없습니다. 또 음험하고 각박하면서58) 가볍기 그지없고 맹세하기를 좋아하면서 또 맹세를 잘 어깁니다. 이런 짓을 흉내 내는 자들은 새나 짐승과 같은 무리들이며, 여우나 너구리같은 놈들입니다. 살려 주면 근심거리가 될 것이니, 죽여야 탈이 없을 것입니다. 그들과 화의를 맺지 마십시오"라고 말했다. 그러자 대부 종은 가슴을 치고 눈물을 주룩 흘리면서 신의를 지킬 것을 다짐하고, 백마의 목을 잘라 희생으로 바치며 하늘을 두고 맹세했다. 월나라의 부인들을 첩으로 삼고 남자들을 노예로 삼을 것을 청하였고, 수백 년을 전해 오는 귀중한 보물을 몽땅 바치겠으며, 오나라의 관내제후59)가 되어 대대로 충신 노릇을 하겠다고 하였다. 오왕은 차마 어쩌지를 못하고 군사를 철수시키고 화의를 맺고 돌아와서는, 제나라를 공격하려고 도모하였다. 오자서가 나아가 간쟁을 해도 듣지 않고 충언도 받아들여지지 않았다.

월나라는 오나라의 화의가 맺어지자, 선정을 베풀고 덕망을 쌓아서 민심을 수습했다. 이에 하늘은 화를 내려 직강(直江)에서 오나라의 운명을 끊어버리니, 군신은 서로 어긋나서 화목하지 못하고, 사직은 있으나 나라는 분열되고, 높다랗게 지어진 궁궐은 모두 허물어져 버렸다. 개들이 떼 지어 짖어대며 연못으로 달려들고, 돼지는 풀을 물고 아랫목까지

---

57) 種 : 월나라의 대부 文種. 字는 少禽으로 초나라 사람이다. 范蠡와 함께 구천을 도와 월나라를 흥하게 하고 오나라를 멸망시켰다.
58) 이 구절은 『新書校注』, 274~275면에 의거해서 번역하였다.
59) 關內諸侯 : 관내제후는 제후의 이름은 있으나 封地는 없는 제후이다. 원래 제후는 천자와의 군신 관계만 있을 뿐 제후상호간에는 대등한 신분이다. 여기에서는 월나라가 초나라의 지배를 받는 제후, 즉 附庸이 된다는 뜻이다.

들어오며, 제비와 참새의 몸이 갈라지면서 독사가 생겨나고, 야채를 먹으려면 거머리가 나오며, 맑은 물에 몸을 씻는데 전갈에 찔리는 이변이 생겼다. 오자서는 일이 어떻게 해볼 수 없음을 보고는 자루를 둘러쓰고 스스로 강물에 뛰어들고 말았다. 눈이 뽑히어 동문 쪽을 바라보고,60) 몸은 말가죽주머니에 담겨 강물에 표류하는61) 신세가 되고 말았다. 나쁜 마음을 품고 어긋난 짓을 하고, 사무친 원한을 갚는다고 무고한 사람에게 재앙을 입히니, 그 화가 자신에 미친 것이다. 월나라는 이런 상황에서 정말로 역모를 꾀해서 약속을 어기고 기습하여 부차를 죽이고 오나라를 병합해 버렸다. 일이 끝나고 공을 이루자 범려(范蠡)62)는 식구를 데리고 오호(五湖)로 돌아가 버렸고, 대부 종은 감옥에서 목을 매어 죽었으며, 거여(渠如)63)는 회천(回泉)에서 몸이 찢기는 형벌을 받았다. 그 후로 구천은 마음이 즐겁지를 못하고 근심과 슬픔이 자꾸 닥쳐 속병이 터져 죽고 말았다.

故天之誅伐, 不可爲廣虛幽閒, 攸遠無人, 雖重襲石中而居, 其必知之乎! 若誅伐順理而當, 辜殺三軍而無咎. 誅殺不當, 辜殺一匹夫, 其罪聞皇天. 故曰 : "天之處高, 其聽卑, 其牧64)芒, 其視

---

60) 『사기』「伍子胥列傳」에 의하면, 오자서는 죽기 전에 그의 門客에게 "나의 묘위에 가래나무를 심어 오왕의 棺材로 삼고, 내 눈알을 도려내어 오나라 東門위에 걸어두어 월나라 군사들이 쳐들어와 오나라를 멸망시키는 것을 볼 수 있게 하라"고 말했다고 전한다. 그 뒤 9년 만에 과연 월이 오를 공격하여 멸망시켰다.

61) 鴟夷 : 가죽 주머니. 오왕은 오자서가 죽기 전에 한 말을 듣고, 화가 나서 오자서의 시체를 말가죽 자루에 넣어 강물에 던져버렸다고 한다. 위의 주 참조.

62) 范蠡 : 월나라 대부. 字는 少伯이다. 越王 句踐을 20년이나 섬겨 마침내 오나라를 멸망시키고 자기 자신은 上將軍까지 되었다. 그러나 자신은 구천과 뜻이 잘 맞지 않음을 알고 떠나가 성명을 바꾸고, 장사를 시작하여 큰 부자가 되어 스스로 도주공이라 불렸다. 이 구절은 적당한 때 몸을 빼내어 화를 면한 처신을 말하기 위하여 언급된 듯하다.

63) 渠如 : 월나라 대부 皐如. 車裂 : 고대의 형벌로, 죄인의 사지를 수레에 묶어 찢어 숙이는 형벌.

64) 牧 : 관리하다. 『賈誼新書譯注』에서는 천하를 관리함이 茫茫해서 제대로 아는 게

察." 故凡自行, 不可不謹愼也.

옮김譯 그러므로 하늘이 주는 벌이 헛되거나 느리다고 할 수 없으니,
사람이 살지 않는 먼 곳에 겹겹으로 돌집을 쌓고 그 속에 들어
앉아있어도 하늘은 반드시 안다! 만일 벌하여 죽임이 이치에 마땅한 것
이라면 삼군(三軍)을 다 죽인다 해도 탈이 없을 것이나, 부당한 이를 죽
인다면 필부(匹夫) 한 사람을 죽여도 그 죄는 하늘에까지 알려질 것이다.
그러므로 "하늘은 높은 곳에 있으되 낮은 곳의 소리를 들으며, 거느리
는 만물이 아득히 넓지만 살피는 것은 밝다"고 하는 것이다. 그러므로
스스로의 행실을 삼가지 않을 수 없다.

진심으로 가르치는 방법[諭誠]

해제 이 편은 여러 고사를 통해, 군주가 모든 일에 신의를 지키고
자애로운 마음으로 백성을 대하면 백성들도 그 은혜를 알아
보답하고 서로 신뢰하여 나라가 잘 다스려짐을 말하고 있다. 양회왕 태
부로 있을 때 쓴 것으로 보인다.

원문 湯見設網者四面張, 祝曰 : "自天下者, 自地出者, 自四方至
者, 皆罹我網." 湯曰 : "嘻! 盡之矣. 非桀[65]其孰能如此?" 令
去三面, 舍一面. 而敎之祝曰 : "蛛螯作網, 今之人循緖. 欲左者左, 欲

없는 듯하다고 해석했다. 『賈誼新書譯注』, 215면 참조.
65) 桀 : 夏나라 마지막 임금. 紂와 함께 暴君의 대명사이다. 나중에 商나라를 세운 湯
王에게 패망하여 남쪽으로 달아나다가 죽었다.

右者右, 欲高者高, 欲下者下. 吾請受其犯命者." 士民聞之曰: "湯之
德及禽獸矣, 而況我乎!" 於是下親其上.

탕 임금이 그물을 치는 자가 사방으로 그물을 펼쳐놓고서, "하
늘에서 내려오는 것, 땅에서 올라오는 것, 사방에서 오는 것,
다 내 그물에 걸려라"라고 축원하는 것을 보았다. 그는 "아! 너무하구
나! (포악한) 걸(桀)이 아니고서야 그 누가 이럴 수 있단 말인가?"라고 하
고는, 사람을 시켜 세 방향의 그물을 철거하고 한 방향만 놓아두게 했
다. 그리고는 "거미가 그물을 치는 것을 보고 지금 사람들이 그 방법을
따른다. 왼쪽으로 가고 싶으면 왼쪽으로 가고, 오른쪽으로 가고 싶으면
오른쪽으로 갈 것이며, 높이 올라가고 싶으면 높이 올라갈 것이고 낮게
가고 싶으면 낮게 가라. 나는 명령을 범한 자만을 잡을 것이다"라고 축
원하게 하였다. 사민(士民)들이 이를 듣고 말하기를, "탕 임금의 덕이 짐
승에까지 미치셨으니 하물며 우리들에게 있어서랴!"하고 아랫 백성들이
임금을 친밀하게 대하게 되었다.

楚昭王當房而立, 愀然有寒色, 曰: "寡人朝飢時, 酒二觚, 重
裘而立, 猶憯然有寒氣, 將奈我元元[66]之百姓何?" 是日也,
出府之裘以衣寒者; 出倉之粟以振[67]飢者. 居二年, 闔閭襲郢, 昭王
奔隋.[68] 諸當房之賜者, 請還致死於寇. 闔閭一夕而五徙臥, 不能賴
楚, 曳師而去. 昭王乃復, 當房之德也.

---

66) 元元: 아주 가련하다는 말이다. 『新書校注』, 282면 참조.
67) 振: '賑(구휼하다)'과 통한다.
68) 隋: 춘추시대 작은 나라의 이름. 초에 의해 멸망했다. 지금의 湖北省 隋州市 일대
이다.

옮김譯 초나라 소왕(昭王)[69]이 방을 지키고 서있는 당직자가 썰렁하게 추운 기색이 있는 것을 보고서, "내가 아침에 배가 고플 때면 술 두 잔을 마시고, 가죽옷을 겹쳐 입고 서있어도 오싹오싹 한기가 드는데, 장차 나의 이 불쌍한 백성들을 어떻게 해야 할 것인가?"라고 하였다. 그리고는 그날로 관청의 가죽옷을 꺼내어 추위에 떠는 사람에게 입히도록 하고, 창고의 식량을 방출하여 굶주리는 자를 구휼하도록 하였다. (그로부터) 2년 후 합려[70]가 수도인 영 땅을 습격하자[71] 소왕이 수(隋)나라로 도망갔다. 전에 방을 지킬 때 은혜를 받았던 자들이 왕이 돌아오기를 바라며 목숨을 바쳐 적과 싸웠다. 이에 합려는 (초나라 군사의 습격 때문에) 하룻밤 사이에 다섯 차례나 잠자리를 옮겨야하는 상황에 처하자, 초나라에서 오래 머물지 못하고 군대를 이끌고 떠나가 버렸다. 소왕이 다시 돌아올 수 있었던 것은 방을 지키던 당직자들에게 베푼 은덕 때문이었다.

원문 昔楚昭王與吳人戰. 楚軍敗, 昭王走, 屨決眥而行失之. 行三十步, 復旋取屨. 及至於隋, 左右問曰 : "王何曾惜一蹻屨乎?" 昭王曰 : "楚國雖貧, 豈愛一蹻屨哉! 思與偕反也."[72] 自是之後, 楚國之俗無相棄者.

옮김譯 옛날 초나라 소왕이 오나라와 전쟁을 했다. 초나라 군대가 패하여 소왕이 도망가는데, 신발이 찢어진 채로 도망가다가 신발이 벗겨졌다. 그러자 서른 발이나 갔다가 다시 되돌아와서 신발을 찾았

---

69) 昭王 : 춘추시대 초나라의 임금으로 이름은 珍. 平王의 아들이다.

70) 闔閭 : 『신서』 「耳痺」편 주 참조.

71) 이 부분의 자세한 내용은 바로 앞의 『新書』 「耳痺」편에 오자서의 이야기와 함께 그 경위가 설명되어 있다.

72) 思與偕反也 : 程本과 何本에는 '惡與偕出弗與偕反'로 되어 있다. 『新書全譯』, 323면.

다. 수나라에 이르러서 좌우의 사람들이 묻기를, "왕께서는 어찌 신발 한 짝을 그렇게도 아끼셨습니까?"라고 하였다. 소왕이 말하기를 "초나라가 아무리 가난하다 한들 내 어찌 신발 한 짝을 아까워했겠는가! (함께 떠나왔으니) 함께 돌아가고 싶었느니라"라고 하였다. 이로부터 초나라에는 서로 버리는 자가 없어졌다.[73]

원문 文王[74]晝臥, 夢人登城而呼己曰 : "我東北陬之槁骨也, 速以王禮葬我." 文王曰 : "諾." 覺, 召吏視之, 信有焉. 文王曰 : "速以人君禮葬之." 吏曰 : "此無主矣, 請以五大夫." 文王曰 : "吾夢中已許之矣, 奈何其倍[75]之也?" 士民聞之曰 : "我君不以夢之故而倍槁骨, 況於生人乎!" 於是下信其上.

옮김譯 문왕이 낮잠을 자다가 어떤 사람이 성에 올라와 "나는 동북쪽 모퉁이에 놓여있는 해골인데, 속히 왕의 예를 갖추어 장례지내 주시오"라고 외치는 꿈을 꾸었다. 문왕은 "그렇게 하겠노라"고 대답을 하였다. 잠에서 깨어나자 관리를 불러, 가서 살펴보게 하였더니 과연 백골이 있었다. 이에 문왕은 "속히 인군의 예를 갖추어 그를 장례지내 주어라"라고 분부하였다. 그러자 관리는 "이렇게 되면 임금이 없는 꼴이 되니, 오대부(五大夫)[76]의 예로 장사 지내십시오"[77]라고 하였다 문왕은 "내가 꿈속에서 이미 허락을 하였는데, 이제 와서 어떻게 그 약속을 어기겠는가?"라고 하였다. 사민들이 이 말을 듣고서 "우리 임금께서는 꿈

---

73) 『賈誼新書譯注』에서는 '물건을 버리는 일이 없어졌다'고 해석하였다. 『賈誼新書譯注』, 218면 참조.
74) 文王 : 『신서』「禮」주 참조.
75) 倍 : 어기다. '背(배반하다)'와 통한다
76) 五大夫 : 주 왕조 제 9등급의 작위.
77) 이 구절의 뜻은 현재 왕이 있는데 또다시 왕의 예를 갖추어 장례를 지낸다는 것은 지금 왕의 권위를 범하게 되므로, 대부의 예로 장례를 지내자고 한 것이다.

속에서 약속했다는 이유로 (함부로) 백골과의 약속을 어기지 않으니, 하물며 살아있는 사람에 대해서랴!"라고 하고, 이에 백성들이 그 임금을 믿게 되었다.

원문 豫讓事中行之君,[78] 智伯滅中行氏, 豫讓徙事智伯. 及趙襄子破智伯, 豫讓劑面而變容, 吞炭而爲啞. 乞其妻所而妻弗識, 乃伏刺襄子. 五起而弗中. 襄子患之, 食不甘味, 一夕而五易臥, 見不全身. 人謂豫讓曰 : "子不死中行而反事其讎, 何無恥之甚也! 今必碎身糜軀以爲智伯, 何其與前異也?" 豫讓曰 : "我事中行之君, 與帷而衣之, 與闥而枕之. 夫衆人畜我, 我故衆人事之. 及智伯分吾以衣服, 餡吾以鼎實, 擧被而爲禮. 大夫國士[79]遇我, 我固國士爲之報." 故曰 : "士爲知己者死, 女爲悅己者容." 非冗言也, 故在主而已.

옮김譯 예양(豫讓)이 중항씨[中行氏]를 섬기고 있었는데 지백(智伯)이 중항씨를 멸망시키자 그리로 옮겨 지백을 섬겼다. 그 뒤 조양자(趙襄子)가 지백을 격파하자 예양은 얼굴을 도려내서 모습을 바꾸고 숯을 삼켜 목소리를 쉬게 만들었다. 그의 부인 앞에 나아가 구걸을 해도 부인이 알아보지 못하자, 그는 양자를 암살하려 하였다. 그러나 다섯 번을 시도하였지만, 성공하지 못하였다. 양자는 두려워서 밥도 맛있게 먹지 못했고 잠자리도 하루 저녁에 다섯 번이나 바꿔야 했으며 자신을 온전히 지키지 못하리라 예견하게 되었다.[80] 어떤 사람이 예양에게 묻기를, "그대는 중항씨를 위해 죽지 않고 오히려 그의 원수를 섬겼으니, 어찌 그리 부끄러움을 모르는가! 그러다가 이제는 몸을 망쳐가면서까지

---

78) 豫讓, 中行氏, 智瑤, 趙襄子 : 『신서』「階級」 본문과 주에 자세히 나와 있다.
79) 國士 : 나라의 기둥이 되는 재목, 가장 우수한 인물을 말한다.
80) 『賈誼集校注』에서는 예양의 습격으로 인해 주위에서 지키는 사람들이 모두 몸을 다치게 되었다는 뜻으로 해석했다. 『賈誼集校注』, 280면 참조.

지백을 위한다고 하니 어떻게 그전과 다른가?"라고 말했다. 예양은 말하기를, "내가 중항의 임금을 섬길 때, (그는) 나에게 휘장에다 쓰는 거친 포를 주고서는 옷을 만들어 입으라 했고, 문빗장을 베고 잠을 자게 했다. (그가) 나를 보통사람으로 대우했으니, 나도 보통사람으로 그를 섬긴 것이다. 지백은 나에게 자신의 의복을 나누어 주었고, 제대로 요리한 음식을 먹도록 했으며, 옷소매를 들면서 정중하게 나를 예우했다. (그가) 나를 이렇게 대부급의 국사(國士)로 대우했으니, 나도 국사로써 그에게 보답하려는 것이다"라고 하였다. 그러므로 "선비는 자기를 알아주는 사람을 위하여 죽고, 여자는 자기를 예뻐하는 사람을 위하여 모양을 낸다"는 말은 빈말이 아니다. 그러므로 (나라의 정치는 모든 책임이) 군주에게 달려있는 것이다.

▌ 물러나 양보함[退讓] ▌

해제 이 편은 겸양과 검약의 미덕을 찬미한 글이다. 경쟁은 화란의 원인이 될 수 있으나, 물러나 양보하고 진심으로 대하면 상대방도 감복하여 화해할 수 있음을 고사를 통해 설명하고 있다. 가의가 양회왕 태부로 있을 무렵 쓴 것으로 보인다.

원문 梁81)大夫宋就者爲邊縣令, 與楚鄰界. 梁之邊亭與楚之邊亭皆種瓜, 各有數. 梁之邊亭劬力而數灌, 其瓜美, 楚窳而希灌,

---

81) 梁: 魏나라이다. 惠王이 수도를 大梁으로 옮겨 양나라로도 부른다. 이 이야기는 『新序』「雜事四」에 나와 있다.

其瓜惡. 楚令固82)以梁瓜之美, 怒其亭瓜之惡也. 楚亭惡梁瓜之賢83)
己, 因夜往, 竊搔梁亭之瓜, 皆有死焦者矣. 梁亭覺之, 因請其尉, 亦
欲竊往, 報搔楚亭之瓜. 尉以請, 宋就曰 : "惡,84) 是何言也! 是講怨分
禍85)之道也. 惡, 何稱之甚也! 若我敎子, 必誨86)莫令人往, 竊爲楚亭
夜善灌其瓜, 令勿知也." 於是梁亭乃每夜往, 竊灌楚亭之瓜. 楚亭旦
而行87)瓜, 則此已灌矣, 瓜日以美. 楚亭怪而察之, 則乃梁亭也. 楚令
聞之大悅, 具以聞. 楚王聞之, 恕88)然醜以志自惛也. 告吏曰 : "微搔
瓜, 得無他罪乎?" 說梁之陰讓也, 乃謝以重幣, 而請交於梁王. 楚王
時則稱說梁王以爲信, 故梁 · 楚之驩由宋就始. 語曰 : "轉敗而爲功,
因禍而爲福." 老子曰 : "報怨以德."89) 此之謂乎! 夫人旣不善, 胡足
效哉?

옮김譯 옛날 양나라 대부 송취(宋就)90)가 변경의 현령으로 있었는데,
초나라와 인접하고 있었다. 양나라의 변경 역참과 초나라의 변
경 역참에서는 모두 오이를 조금씩 심었다. 양나라의 변경 마을에서는
애써 자주 물을 뿌려 주어서 오이가 잘 자랐으나, 초나라 사람들은 게
을러서 물을 자주 주지 않아서 오이가 잘 자라지 못했다. 초나라 현령
은 양나라의 오이는 잘 자랐기 때문에, 자기네 마을의 오이가 못난 것
을 노여워했다. 결국 초나라 역참에서는 양나라의 오이가 자기네들 것

---

82) 固 : 항상.
83) 賢 : 낫다, 뛰어나다. 『의례』 「鄕射禮」 注. "賢, 勝也."
84) 惡 : 깊이 탄식하는 말이다.
85) 講怨分禍 : 程本에는 '構怨召禍'로 되어 있다. 『新書校注』, 285면.
86) 誨 : 『新序』 「雜事四」에는 '每'로 되어 있다.
87) 行 : 살피다(『여씨춘추』 「季夏」 注. "行, 察也").
88) 恕 : 근심하다. 醜 : 부끄러워하다. 志 : 알다. 『예기』 「緇衣」 注. "志는 知와 같다[志
   猶知也]" 惛 : 어리석다.
89) 이 인용문은 『老子』 63장에 보인다.
90) 宋就 : 戰國시대 위나라 대부. 그의 생애에 대해서는 알려져 있지 않다.

보다 나은 것을 미워해서, 밤중에 몰래 들어가 양나라 역참의 오이를 뽑아버려 오이가 모두 말라 죽게 되었다. 양나라 역참에서 이를 알고, 자기네 관원에게 소청을 넣어 자기네도 역시 몰래 초나라 역참의 오이를 뽑아서 보복하려고 했다. 이에 담당 관원이 송취에게 소청을 아뢰자, 송취는 "안 된다! 이게 무슨 말인가! 이는 원한을 맺고 재앙을 나눠주는 길이다. 안 된다! 어떻게 그리 고스란히 되갚으려하는가! 내가 자식에게 가르친다면, 반드시 밤에 사람을 보내서 몰래 초나라 역참의 오이에 물을 잘 뿌려 주되, 그들이 알지 못하게 하라고 할 것이다"라고 말하였다. 이에 양나라 마을에서는 매일 밤마다 초나라 역참의 오이에 몰래 물을 주었다. 한편 초나라 역참에서는 아침에 오이 밭에 나가 보면 이미 물이 뿌려져 있었고, 오이가 날로 잘 자라났다. 초나라 역참에서 이를 이상히 여겨 살펴보았더니, 바로 양나라 역참에서 한 일이었다. 초나라 현령은 이를 듣고 크게 기뻐하여, 그 사실을 모두 위에 보고하였다. 초나라 왕도 그 이야기를 듣고 자신들이 어리석었음을 알고서는 걱정스럽고 부끄럽게 여겼다. 그리고 관리에게 "오이를 뽑은 것 말고도 (혹시 이전에) 또 다른 죄를 짓지 않았겠는가?"하고 묻고는, 양나라에서 몰래 양보하여 준 것을 고맙게 여겨 많은 예물을 갖추어 사과를 하고, 양나라 왕에게 친교를 맺자고 청하였다. 초나라 왕은 종종 양나라 왕을 칭찬하여 그가 믿을만하다고 말하곤 했으니, 양나라와 초나라의 친선관계는 송취로부터 시작된 것이다. 옛 말에 이르기를, "실패를 돌이켜 공적으로 만들고, 화를 말미암아 복을 이룬다"고 했다. 노자도 "덕으로써 원망을 갚는다"고 했는데, 바로 이 경우를 말한 것이다! 사람이 착하지 못하면 무슨 본받을 것이 있겠는가?

원문 翟王使使至楚, 楚工欲夸之, 故饗客於章華之臺上　上者三
休, 而乃至其上. 楚王曰 : "翟國亦有此臺乎?" 使者曰 : "否.

翟簍國也, 惡見此臺也? 翟王之自爲室也, 堂高三尺, 壤陛三樏, 茆茨
弗翦, 采91)椽弗刮. 且翟王猶以作之者大苦, 居之者大佚, 翟國惡見
此臺也?" 楚王媿.

옮김 譯 적(翟)92)나라 왕이 초나라에 사신을 보냈는데, 초나라의 왕이
자랑을 하고 싶어서 빈객을 장화대(章華臺)93)로 초대하여 향연
을 베풀었다. (장화대는 매우 거대해서) 장화대에 오르려는 사람은 세
번이나 쉬고서야 비로소 오를 수 있었다. 초나라 왕이 "적나라에도 이
러한 누대가 있소?"하고 묻자 사신은 "아닙니다. 적나라는 가난한 나라
인데, 어떻게 이러한 누대를 볼 수 있겠습니까? 적나라의 왕께서는 스
스로 궁실을 지으심에 마루의 높이가 세 척에 지나지 않고, 흙으로 만
든 계단이 겨우 세단이며, 띠 풀로 이은 지붕도 다듬지 못하고, 참나무
로 만든 서까래도94) 깍지 못한 상태입니다. 그런데도 적나라 왕께서는
이를 지은 사람은 매우 힘들었는데, 여기에 사는 사람은 너무 편안하다
고 여기시니, 적나라에 어떻게 이러한 누대가 있을 수 있겠습니까?"라
고 대답하였다. (이 말을 듣고) 초나라 왕은 부끄러워하였다.

---

91) 采는 '棌(참나무)'와 같다.
92) 翟:『신서』「春秋」주 참조
93) 章華臺: 초나라의 누대 이름. 초나라 靈王이 지었다. 『좌전』「昭公」7년조에 의하면,
『춘추좌전』「소공」7년(기원전 535)에, 초 영왕이 장화대를 완공한 뒤 제후들과 함께
낙성(落成)의 제례를 올리고자 했다는 기록이 있다. 그런데 여기처럼 적나라에서 사신
을 보냈다는 기록은 없다.
94) 참나무는 그리 귀한 목재가 아니다. 따라서 참나무로 서까래를 만들었다는 것은 적
나라 왕의 검소함을 나타낸 말이다.

【 임금의 도[君道] 】

해제 이 편은 주나라 문왕이 백성을 대한 예를 들어 군왕이 기본적으로 갖추어야할 덕망과 그 작용에 대해 쓴 글이다. 양회왕 태부로 있을 때 쓴 것으로 보인다.

원문 紂作梏數千, 睨諸侯之不詔己者, 杖而梏之. 文王95)桎梏囚于羑里, 七年而後得免.96) 及武王97)克殷, 旣定, 令殷之民投撤桎梏而流之於河. 民輸梏者, 以手撒之, 弗敢墜也, 跪之入水, 弗敢投也. 曰: "昔者文王獄常擁此." 故愛思文王, 猶敬其梏, 況于其法敎乎!

옮김譯 주(紂)98)가 손을 묶는 수갑 수천 개를 만들어 자기에게 아첨하지 않는 제후들을 흘겨보면서, 매질하며 수갑을 채우곤 하였다. 문왕도 유리(羑里)99)에서 수갑에 묶인 채, 7년 동안이나 갇혀 있다가 풀려 나왔다. 무왕이 은나라를 쳐서 평정하고 나서, 은나라 백성들에게 명령을 내려 모든 형틀을 거둬다가 강물에 던져 버리도록 하였다. 그런데 수갑을 가지고 온 백성들은 이것을 손에 들고 오면서 감히 땅에 떨어뜨리지 못하고, 무릎을 꿇고 공경스럽게 강물에다 집어넣고 함부로 던지지 못했다. 그리고 하는 말이, "그 옛날 문왕께서 옥에 갇혀 계실 때에 항상 이것을 차고 계셨다"라고 하였다. 문왕을 사모하는 마음 때문에 그가 찼던 수갑까지도 공경하였으니, 하물며 그의 법령과 가르

---

95) 文王: 『신서』 「禮」 주 참조.
96) 이 구절은 『史記』 「周本記」에 보인다. 羑里는 지금의 河南省 湯陰縣 북쪽에 있는 지명이다.
97) 武王: 『신서』 「數寧」 주 참조.
98) 紂: 『신서』 「連語」 주 참조.
99) 羑里: 옛 지명으로, 은대에 큰 감옥이 여기에 있었다. 지금의 河南 湯陰縣 북쪽이다.

침에 있어서랴!

원문 詩曰 : "濟濟多士, 文王以寧."[100] 言輔翼賢正, 則身必安也.
又曰 : "弗識弗知, 順帝之則."[101] 言士民說其德義, 則效而
象之也. 文王志之所在, 意之所欲, 百姓不愛其死, 不憚其勞, 從之如
集. 詩曰 : "經始靈臺, 庶民攻之, 不日成之. 經始勿亟, 庶民子來."[102]
文王有志爲臺, 令匠規[103]之, 民聞之者裹糧而至, 問業而作之, 日日
以衆. 故弗趨而疾, 弗期而成. 命其臺曰靈臺, 命其囿曰靈囿, 謂其沼
曰靈沼, 愛敬之至也. 詩曰 : "王在靈囿, 麀鹿攸伏. 麀鹿濯濯, 白鳥皜
皜. 王在靈沼, 於牣魚躍." 文王之澤, 下被禽獸, 洽于魚鼈, 故禽獸魚
鼈攸若攸樂, 而況士民乎!

옮김譯 『시경』에 이르되, "훌륭한 인재들이 많아 문왕께서는 평안하셨
도다"라 하였는데, 이는 보필하는 사람이 현명하고 올바르면
자신도 반드시 평안함을 말한다. 또 말하기를 "모르는 사이에 저절로
임금님의 법을 따르게 되도다"라고 하였는데, 이는 백성들이 왕의 덕의
(德義)를 기뻐하여 그를 따라서 본받는다는 뜻이다. 문왕이 뜻하는 바나
하고자 하는 바가 있으면 백성들은 자신들의 목숨을 아까와 하지 않고,
그 수고로움을 꺼리지 않으며, 마치 새떼가 모여들듯 따랐다. 『시경』에
이르기를 "처음에 영대(靈臺)를 짓자 백성들이 모두 와서 지으니, 며칠
안 되어 완성하였다. 처음에 서두르지 않았는데도, 백성들이 스스로 아
들이 되어[104] 찾아왔도다"라고 하였다. 문왕이 누대를 짓고자 장인들에

---

100) 이 구절은 『詩』 「大雅」 「文王」에 보인다.
101) 이 구절은 『詩』 「大雅」 「皇矣」에 보인다.
102) 이 구절은 『詩』 「大雅」 「靈臺」에 보인다.
103) 匠規 : 원래는 '近境'이었으나, 兪樾의 『諸子平議』에 의거해 고쳤다. 담본에는 '近
規'로 되어 있다. 『新書全譯』, 334면.
104) 아들이 아버지의 일을 하는 것처럼, 부르지 않아도 왔다는 뜻이다.

게 명하여 기획하게 하니, 백성들이 듣고 모두 식량을 싸 들고 와서 (스스로) 할 일이 무엇인가 물어 가면서 집을 지었고, 날마다 사람들이 늘어났다. 그래서 재촉하지 않았는데도 일이 빨라지고, 기일을 정하지 않았는데도 (바로) 완성되었다. 그 누대를 영대(靈臺)라고 이름짓고, 그 뜰을 영유(靈囿)라고 이름지었으며, 그 연못을 영소(靈沼)라고 이름지었으니, 이는 문왕을 극진히 사랑하고 공경해서이다. 『시경』에 이르기를 "왕이 동산에 계신데 암사슴이 엎드려 노는구나. 암사슴은 반질반질 살찌고 흰 새는 새하얗도다. 왕이 연못에 계시니, 오호라! 물고기 가득히 뛰노는구나"라고 하였다. 문왕의 은택이 아래로 금수에까지 미치고 물고기 자라에게까지 흡족히 베풀어져, 모두가 이처럼 즐겁게 지내는데 하물며 백성들에게 있어서랴!

원문

詩曰 : "愷悌君子, 民之父母."105) 言聖王之德也. 易曰 : "鳴鶴在陰, 其子和之."106) 言士民之報也. 書曰 : "大道亶亶, 其去身不遠. 人皆有之, 舜獨以之."107) 夫射而不中者, 不求之鵠, 而反脩之於己. 君國子民者, 反求之己, 而君道備矣.

옮김

『시경』에 이르기를, "즐거우신 임금님은 백성들의 어버이시도다"라고 하였는데, 이는 성왕의 덕을 말한다. 『주역』에 이르기를, "학이 그늘에서 우니, 그 자식이 이에 화답하도다"라고 하였다. 이는 만백성들이 (왕의 은택에) 보답함을 말한다. 『서경』에 이르기를, "큰 길이 평탄하니 그 몸에서 멀지 않도다. 사람들은 모두 다 이 마음을 가지고 있지만, 오직 순임금만이108) 이 마음으로써 다스렸다"고 했다. 활

---

105) 이 구절은 『詩』「大雅」「泂酌」에 보인다. 13경주소본에는 '愷悌'가 '豈弟'로 되어 있다.
106) 이 구절은 『주역』「中孚卦」에 보인다.
107) 이 구절은 지금의 『상서』에는 보이지 않는다.

을 쏘아 맞추지 못한 자는 과녁에다 핑계대지 말고, 스스로를 반성하여 수양할 일이다. 나라를 다스리고 백성을 (자식처럼) 사랑하는 군주가 자기 자신부터 돌이켜보고 구하면 군주로서의 도가 갖춰질 것이다.

108) 舜:『신서』「宗首」 주 참조

제8권

卷第八

▌ 관직을 맡은 사람[官人] ▌

해제 이 편은 왕을 모시는 관원의 신분과 서열을 구분하고 그 직책에 대해 설명한 후, 여러 종류의 관원을 대하는 왕의 자세를 밝히고 있다. 가의는 여기서 신하의 등급을 사(師)·우(友)·대신(大臣)·좌우(左右)·시어(侍御)·시역(厮役)의 여섯 가지로 차등을 두어 구분하고 있다. 양회왕 태부로 있을 때 쓴 것으로 보인다.

원문 王者官人有六等: 一曰師, 二曰友, 三曰大臣, 四曰左右, 五曰侍御, 六曰厮役. 知足以爲源泉, 行足以爲表儀. 問焉則應, 求焉則得, 入人之家足以重人之家, 入人之國足以重人之國者, 謂之

師. 知足以爲礱礪, 行足以爲輔助, 仁足以訪議,[1] 明於進賢, 敢於退
不肖, 內相匡正, 外相揚美者, 謂之友. 知足以謀國事, 行足以爲民率,
仁足以合上下之驩, 國有法則退而守之, 君有難則進而死之, 職之所
守, 君不得以阿私託者, 大臣也. 脩身正行不作於鄕曲, 道語談說不
作於朝廷, 智能不困於事業, 服一介之使, 能合兩君之驩, 執戟[2]居前,
能擧君之失過, 不難以死持之者, 左右也. 不貪於財, 不淫於色, 事君
不敢有二心, 居君旁不敢泄君之謀. 君有失過, 雖不能正諫以其死持
之, 憔悴有憂色, 不勸聽從者, 侍御也. 柔色傴僂, 唯諛之行, 唯言之
聽, 以睚眦[3]之間事君者, 廝役也.

  故與師爲國者帝, 與友爲國者王, 與大臣爲國者伯. 與左右爲國者
彊, 與侍御爲國者若存若亡, 與廝役爲國者亡可立待也.

왕이 임명하는 관원에는 여섯 가지의 등급이 있다. 첫째 스승
이요, 둘째 벗이요, 셋째 대신이요, 넷째 근신(近臣)이요, 다섯째
시어(侍御)요, 여섯째 종이다. 지혜가 근본으로 삼을 만하고 행동이 본보
기가 될 만하며, 물어보면 대답해주고 찾으면 응대하며, 남의 가문에 들
어가서는 그 가문을 존중받게 만들고, 남의 나라에 들어가서는 그 나라
를 존중받게 만들 수 있는 이를 스승이라 한다. 지혜가 숫돌이 될 만하
고[4] 행실이 도움이 될 만하며, 어진 덕이 의로움에 따르고, 현명한 인재
를 천거할 때에는 명석하고 못난 자를 물리치는 데에는 과감하며, 안으
로는 서로를 바로잡아주고, 밖으로는 서로의 장점을 칭찬할 줄 아는 자

---

1) 訪議 : '訪'은 '放'과 통하고 '議'는 '義'와 통한다. 『漢語大詞典』 11권 93면.
2) 執戟 : 궁정에서 황제를 지키는 호위관원으로 황제가 외출할 때는 隨從으로 따른다.
여기에서는 관직명이 아니라 왕을 죽음으로써 지킨다는 뜻으로 해석한다.
3) 睚眦 : 盧文弨는 '睚眦'가 성나서 노려보는 것이 아니라, 임금의 눈앞을 벗어나지 않
는다고 보았고, 王耕心은 눈치를 살펴서 나아가고 물러나는 것이라고 설명했다. 『新
書校注』, 295면 참조.
4) 다른 사람의 지혜를 증진시켜 줄 수 있다는 뜻이다.

를 벗이라 한다. 지혜로는 국사를 도모할 만하고, 행실은 백성들을 이끌어 줄 만하며, 어진 덕은 위와 아래를 즐겁게 화합할 수 있으며, 나라에 법이 있으면 물러나서도 이를 지키고,[5] 임금에게 어려움이 생기면 나아가 목숨을 바치며, 맡은 직책을 수행할 때에는 임금이라 할지언정 사사롭게 부탁할 수 없는 자는 대신이다. 자기 몸을 수양하고 행실을 바르게 해서, 동네에서도 부끄러운 것이 없고 말과 담론이 조정에서도 부끄러울 게 없으며, 지혜와 능력이 사업을 무난히 성취하며, 한 나라의 사신이 되어 두 나라 임금을 화합하게 할 수 있으며, 창을 들고 임금 앞에서 지키며, 임금의 잘못을 지적할 때 목숨 걸고서 주장하기를 어렵게 여기지 않는 자는 근신(近臣)이다. 재물을 탐내지 않고 여색을 밝히지 않으며, 임금을 섬김에 있어 두 마음을 지니지 않고 임금을 곁에서 모시되 임금이 도모하는 계획을 누설하지 않는다. 임금에게 잘못이 있으면 바로 직간하여 죽음으로써 주장하지는 못할지라도, 초췌하게 근심 띠운 얼굴로 고분고분 따르는 데만 힘쓰지 않는 자는 시어이다. 얼굴빛을 부드럽게 하고 굽신거리며, 오직 아첨하기만 하며, 말하는 대로 복종하고 임금의 눈치를 살피며 섬기는 자는 종이다.

그러므로 스승에 해당되는 인재와 더불어 나라를 다스리는 자는 황제가 되고, 벗에 해당하는 인재와 더불어 나라를 다스리는 자는 왕이 되고, 대신에 해당하는 인재와 더불어 나라를 다스리는 자는 패자가 된다. 근신에 해당하는 인재와 더불어 나라를 다스리는 자는 강성해지며, 시어에 해당하는 인재와 더불어 나라를 다스리는 자는 존립할 수도 망할 수도 있고, 종에 해당하는 인자와 더불어 나라를 다스리는 자는 곧 망하고 만다.

---

5) 이 구절은 관직에서 물러나 있을 때에도 나라의 법을 지킨다는 뜻이다.

원문 取師之禮, 黜位而朝之; 取友之禮, 以身先焉; 取大臣之禮, 以皮幣6)先焉. 取左右之禮, 使使者先焉; 取侍御之禮, 以令至焉; 取廝役之禮, 以令召矣. 師至, 則淸朝而侍, 小事不進. 友至, 則淸殿而侍, 聲樂技藝之人不並見. 大臣奏事, 則俳優侏儒逃隱, 聲樂技藝之人不並奏.7) 左右在側, 聲樂不見, 侍御者在側, 子女8)不雜處.

故君樂雅樂, 則友大臣可以侍; 君樂燕樂, 則左右侍御者可以侍; 君開北房, 從薰服9)之樂, 則廝役從. 淸晨聽治, 罷朝而論議, 從容澤燕. 夕時開北房, 從薰服之樂. 是以聽治10)論議, 從容澤燕,11) 矜莊12)皆殊序, 然後帝王之業可得而行也.

옮김譯 스승을 대하는 예는 자리에서 물러나 맞이하여야 하며, 벗을 대하는 예는 몸소 먼저 나서야 하며, 대신을 대하는 예는 가죽 폐백을 먼저 보내야 한다. 근신을 대하는 예는 사자를 먼저 보내야 하며, 시어를 대하는 예는 명령을 내려서 오도록 하고, 종을 취하는 예는 명령을 내려 부른다. 스승이 이르면 조정을 청결히 하고서 모시며, 자질구레한 일은 보고하지 않는다. 벗이 이르면 궁궐을 깨끗이 치우고 모시되, 음악이나 기예를 하는 자들과 함께 만나지 않는다. 대신이 나라 일에 대하여 아뢸 때에는 배우나 어릿광대는 물러나게 하고, 음악이나 기예를 하는 자와 함께 말하지 않는다. 근신이 곁에 있으면 노래나 음악을 하는 사람을 부르지 않으며, 시어가 곁에 있으면 남녀가 자리에 섞

---

6) 皮幣 : 짐승 가죽이나 비단 등을 예물로 보내어 뜻을 전하고 초빙하는 것을 말한다.
7) 奏 : '見'으로 되어 있는 판본도 있다.
8) 子女 : 남자와 여자.
9) 薰服 : 향기나는 의복, 妓女를 가리킨다. 淸 梁章鉅 『稱謂彔』 「倡」. "훈복은 기녀를 말한다[薰服, 謂妓女也]" 薰服之樂은 저녁 무렵 후궁에서 기녀들이 연주하는 오락용 음악을 말하는 것으로 보인다. 『新書全譯』, 341면.
10) 聽治 : 聽政과 같다. 政事를 처리하다의 뜻이다.
11) 澤燕 : 편안히 쉬는 것을 말한다.
12) 矜莊 : 자세가 엄숙한 모양.

여 있지 않는다.

그러므로 임금이 아악(雅樂)13)을 즐길 때에는 벗과 대신이 곁에서 모실 수 있으며, 임금이 연악(燕樂)14)을 즐길 때에는 근신과 시어가 곁에서 모실 수 있으며, 임금이 비빈이 거처하는 북방(北房)15)을 열고서, 기녀들의 음악을 즐기고 있을 때에는 종이 시중을 들 수 있다. 맑은 아침에 나라를 다스리는 보고를 듣고, 조회를 파하고서는 정사를 논의하고 조용히 휴식한다. 저녁에는 북방을 개방하여 기녀들의 음악을 즐긴다. 이렇게 정사를 보고받고 논의하거나 조용히 휴식할 때에 엄숙하면서 의젓하게 각기 정도를 달리하니, 그런 뒤에야 제왕으로서의 일을 해 나갈 수 있다.

▌ 학문을 권함[勸學] ▐

[해제] 이 편은 사람의 타고난 본성은 다 비슷하나 개개인의 학문적 노력의 여하에 따라 달라지는 것이라고 전제한 다음, 각자에게 주어진 조건을 활용하여 학문에 정진해야 함을 권장하는 글이다. 끝머리의 "시간이란 얻기는 어려우면서 잃기는 쉽다"는 말은 후대의 「권학문」에 많이 인용되었다. 이 글은 가의가 장창(張蒼)에게 수학할 때 쓴 것이라는 의견이 있다.

---

13) 雅樂: 종묘의 제사나 조회 때 연주되는 음악으로서 공식적인 행사에 쓰이는 음악. 正樂이라고도 한다.
14) 燕樂: 손님을 모시거나 잔치를 베풀어 술을 마시는 경우 연주하는 음악으로 俗樂이라고도 한다.
15) 北房: 왕후나 비빈들이 거처하는 后宮 중에서, 북방은 후궁의 좌우에 달려있는 곁방을 말한다. 『新書全譯』(341면)

원문 謂門人16)學者, 舜17)何人也? 我何人也? 夫啓耳目, 載心意, 從立18)移徙, 與我同性. 而舜獨有賢聖之名, 明君子之實, 而我曾無鄰里之聞, 寬徇之智者, 獨何與? 然則舜儽俛19)而加志, 我僵僷而弗省耳.

옮김譯 문인과 학자들에게 이르노니 순임금은 어떤 사람이고 나는 어떤 사람인가? 귀와 눈을 달고 마음을 지니며 서고 걷는데 있어서는 나와 타고난 본성이 같다. 그러나 순임금은 홀로 성현이란의 이름을 갖고 군자의 참다운 모습을 분명히 보였으나, 나는 이웃 마을에도 이름이 알려지지 못하고 널리 통달한 지혜를 지니지 못했으니, 무엇 때문인가? 그것은 순임금은 힘써 노력하며 뜻을 쌓아나갔지만, 나는 느릿느릿 게으르면서 반성하지 않았기 때문이다.

원문 夫以西施之美而蒙不潔, 則過之者莫不睨而掩鼻. 嘗試傅白黛黑, 楡鋏陂,20) 雜芷若, 虬虱視21) 益口笑, 佳態佻志, 從容爲說焉. 則雖王公大人, 孰能無悰憚22)養心, 而巔23)一視之? 今以二三子材, 而蒙愚惑之智, 予恐過之有掩鼻之容也.

---

16) 門人 : 가의가 張蒼에게 배울 때 그 문하에서 함께 공부한 同門을 말한다. 劉師培는 『賈子新書斠補』에서 「先醒」과 「勸學」편은 장창과 함께 공부한 여러 동문이 지은 것이라고 했다. 『新書全譯』, 343면.
17) 舜 : 五帝 중의 한 사람. 『신서』 「宗首」 주 참조.
18) 從立 : 똑바로 서다.
19) 儽俛 : 힘써 노력하다.
20) 楡鋏陂 : 정확한 뜻은 알 수 없다. 여기에서는 『新書校注』를 따라 해석했다.
21) 虬虱視 : '籠蒙視(게슴츠레 바라보다)'와 같다. 『新書校注』, 299면 참조 『新書全譯』에서는 긴 속눈썹으로 몽롱하게 사람을 바라보는 여성의 눈동자를 비유한 것이라고 했다. 『新書全譯』, 343면.
22) 悰憚 : 바라다, 탐하다. 앞의 「匈奴」편에도 "침을 흘리며 서로 이야기할 것이고, 사람들은 각자 탐심을 낸다[垂涎而相告, 人悰憚其所自]"라고 나왔다. 養心 : '養'은 '癢'과 통한다. 내심으로 번민하다는 뜻으로, 억제할 수 없는 강한 願望을 나타낸다.
23) 巔 : 劉師培는 '願'의 잘못이라고 보았다. 『新書校注』, 299면.

옮김譯 아무리 서시(西施)[24]와 같은 미인이라도 지저분하게 하고 있으면, 그 옆을 지나가는 사람은 눈을 흘기고 코를 막지 않는 자가 없을 것이다. 그러나 한번 흰 분을 바르고 검게 눈썹을 그리고, 노리개를 차고 몽롱히 바라보면서 입가에 미소를 띠면, 아름다운 자태에 마음이 설레어 남몰래 기뻐하게 된다. 왕공대인(王公大人)이라도 누구인들 탐하는 마음이 일어나 그를 한번 보고 싶지 않겠는가? 이제 그대 몇몇들의 재능이 어리석고 흐리멍텅한 지혜를 둘러쓰고 있으니, 그대를 지나갈 때 코를 막고 가는 이도 있지 않을까 나는 걱정이다.

원文 昔者南榮趎醜聖道之忘乎己, 故步陟山川, 坌冒楚棘, 彌道千餘. 百舍[25]重繭, 而不敢久息. 旣遇老聃,[26] 噩[27]若慈父, 鴈行[28]避景. 虁[29]立蛇進, 而后敢問, 見敎一高言, 若飢十日而得大牢[30]焉. 是達若天地, 行生[31]後世.

---

24) 西施 : 고대의 유명한 미인. 춘추시대 월나라 사람으로, 월나라가 오나라에 패하자, 서시를 오나라왕 夫差에게 바쳤다. 부차가 서시에게 빠져 오나라의 정치가 어지럽게 되자, 그 틈을 타서 월나라는 오나라를 패망시켜서 원수를 갚았다.

25) 舍 : 三十里가 一舍이지만, 여기에서는 머무른다는 뜻이다.

26) 老聃 : 『신서』 「審微」 주 참조.

27) 噩 : 『新書全譯』에서는 '엄숙한 모양'이라고 보았고, 『新書校注』에서는 '遻'와 통하는 것으로 보아 '모시다', '맞이하다'의 뜻으로 보았다.

28) 鴈行 : 뒤 곁에서 따라 걸으면서 앞서가지 않는 것으로, 공경하는 모양을 나타낸다. 『莊子』「天道」편에 "사성기는 공손히 뒤따라가며 그림자도 밟지 않았다[士成綺鴈行避影]"라고 했다.

29) 虁 : 고대 전설상의 동물로 발이 하나라고 한다. '虁立'은 똑바로 서서 두 다리가 마치 하나처럼 보이는 상태로, 공경하게 서 있는 모습을 비유한 것이다. 蛇進 : 뱀이 구불구불 기어 나아가는 모양으로, 두려워 공경하는 모습을 비유했다. 『新書全譯』(346면) 및 『新書校注』(301면).

30) 大牢 : 큰제사에서 소, 양, 돼지를 함께 올리는 犧牲을 말한다.

31) 生 : 劉師培는 衍文으로 보았으나, 『新書校注』에서는 연문이 아니라 『주역』「觀卦」에서의 '敎化生'의 의미로 해석했다. 『新書校注』, 301면.

옛날 남영주(南榮趎)[32]가 성인의 도를 잊어버린 것을 부끄럽게 여겨, 산을 넘고 강을 건너 가시밭길을 헤치면서 천 여리를 돌아다녔다. 백리를 걸어가서야 한번 머무르는데 굳은살위에 다시 굳은살이 거듭 박혔지만, 감히 오래 쉬지도 않았다. 그러다가 노자를 만나게 되자 자애로운 아버지처럼 모셔서 뒤꼍을 따라다니면서 그림자도 밟지 않았다. 서있을 적엔 공손히 똑바로 서고, 앞으로 나아갈 적에는 조심스럽게 행동했으며, 그런 뒤에 감히 질문을 했고, 한번 높은 가르침을 들으면 마치 열흘을 굶었다가 큰잔치 상을 대하는 듯하였다. 이리하여 천지의 이치에 통달하고 그의 행실은 후세를 교화하게 되었다.

今夫子之達佚[33]乎老聃, 而諸子之材不避榮趎,[34] 而無千里之遠, 重繭之患. 親與巨賢連席而坐, 對膝相視, 從容談語, 無問不應, 是天降大命以達吾德也. 吾聞之曰 : "時難得而易失也." 學者勉之乎! 天祿不重.

이제 우리 선생님께서는[35] 도에 통달함이 노자보다 낫고, 여러 분의 재주는 남영주에 못지않으며, 천리 밖 저 멀리까지 쫓아다니느라 계속해서 굳은살이 박힐 염려도 없다. 직접 훌륭한 큰 현자와 더불어 자리를 맞대어 앉고, 무릎을 맞대고 서로 바라보며, 한가로이 이야기를 주고받는 가운데 질문하면 응답해주지 않는 게 없으니, 이는 하늘이 큰 사명을 내려 나의 덕을 통달케 하려는 것이다. 내가 듣기를 '시간은 얻기는 어렵고 잃기는 쉬운 것이라' 하였다. 배우는 사람은 힘쓸지니 하늘이 주시는 복록은 두 번 오지 않는다.

---

32) 南榮趎:『莊子』「庚桑楚」편에 보이는 도가사상을 지닌 인물로, 춘추시대 庚桑楚의 제자. 혹 趎字를 越·疇·儔·壽·㕮로 쓰기도 한다.
33) 佚 : 앞지르다, 뛰어나다는 뜻으로, '軼'과 통한다.
34) 榮趎 : 앞에 나온 南榮趎을 말한다.
35) 夫子 : 劉師培는『賈子新書斠補』에서 '夫子'가 가의에게『좌전』을 가르친 장창이라고 보았다.『新書校注』, 301면.

【 백성을 대하는 도와 술[道術] 】

[해제] 이 편에서는 먼저 도(道)와 술(術)의 개념에 대하여 정의를 내리고, 이어 군주가 나라를 다스리는 도술을 논하고 있다. 서두에서의 설명은 약간 도가적이며 현학적인 내용을 서술하고 있으나, 본론에서는 유가적인 기준에 따라 설명을 하고 있다. 양회왕 태부로 있을 때 쓴 것이다.

[원문] 曰 : “數聞道之名矣, 而未知其實也. 請問道者何謂也?” 對曰 : “道者, 所從接物也, 其本者謂之虛, 其末者謂之術. 虛者, 言其精微也, 平素而無設施也. 術也者, 所從制物也, 動靜之數36)也. 凡此皆道也.”

[옮김譯] 물었다. “도라는 말을 여러 차례 들었으나 그 내용이 어떤 것인지를 알지 못한다. 묻건대 도라는 것은 무엇을 말하는 것인가?” 대답했다. “도란 그로써 사물을 대하는 것이니, 그 근본이 되는 것을 허(虛)라 하고, 그 말단이 되는 것을 술(術)이라 한다. 허는 그 정미함을 말하니, 평범하고 소박한 모습 그대로 거기에 아무 것도 덧붙이지 않은 상태다. 술이라는 것은 그에 따라서 사물을 조절하는 것으로, 움직이고 멈추게 하는 도리이다. 이런 것이 다 도의 내용이다.

---

36) 數 : 도리·이치. 『韓非子』「孤憤」王先愼 集解. “수는 도리이다[數, 理也].”

曰 : "請問虛之接物何如?" 對曰 : "鏡儀而居, 無執不臧,[37] 美惡畢至, 各得其當. 衡虛無私, 平靜而處, 輕重畢懸, 各得其所. 明主者, 南面[38]而正, 淸虛而靜. 令名自宣, 命物自定, 如鑑之應, 如衡之稱. 有聲[39]和之, 有端隨之, 物鞠[40]其極, 而以當施之. 此虛之接物也."

물었다. "허(虛)로 사물을 대한다는 것은 어떤 것인가?" 대답하였다. "거울은 가만히 있어도 무엇이든 다 잘 비추니, 아름답건 추악하건 각각 그에 맞게 비춘다. 저울은 비어있어 사사로움이 없으며, 평온하고 조용히 있지만 가볍고 무거움이 모두 거기에 매달려서 각각 제자리를 잡게 된다. 현명한 군주는 남면한 채로 바르게 앉아서 자신을 텅 비운채로 조용히 있을 뿐이다. 그러나 아름다운 이름이 절로 펼쳐지고 만물을 스스로 안정되게 만드니, 마치 거울에 비추는 것과 같고 저울에 다는 것과 같다. 틈이 생기면 화합시키고 실마리가 있으면 따르며, 만물을 그 끝까지 길러주되 (각각의 상황에) 알맞게 베풀어주니, 이것이 허(虛)로 사물을 대하는 방식이다.

---

37) 鏡儀而居, 無執不臧 : 이 구절에 대해서는 여러 해석이 같지 않다. 兪樾은 儀를 俄의 뜻으로 보아서 '거울을 비스듬히 기울여둔다'고 보았으나, 『新書校注』에서는 儀를 平으로, 臧을 藏의 뜻으로 보아서 '거울은 평평하게 있으며, 붙잡지도 않고 갈무리해두지도 않는다'고 해석했다. 『新書校注』, 306면. 『賈誼集校注』에서는 '儀'를 空虛로 '臧'을 藏의 뜻으로 보아서 '거울은 텅 빈 채로 움직이지 않아서 무엇이든 그 속에 비추어서 들어있다'고 해석했다. 『賈誼集校注』, 300면. 『新書全譯』에서는 儀를 法의 뜻으로 보아서 '거울처럼 한 곳에 있으면서 어떤 물건도 좋다고 주장하지 않는다'고 보았다. 『新書全譯』, 350면. 『賈誼新書譯注』에서는 鏡儀를 공정한 표준이나 규칙의 뜻으로 보아서 '공정한 규칙이 있어서 어떤 것도 치우치거나 감추지 않는다'고 해석했다. 『賈誼新書譯注』, 235면 참조.
38) 南面 : 『신서』 「過秦 上」 주 참조.
39) 聲 : '聲(틈)'의 俗字이다.
40) 鞠 : 기르다.

曰:"請問術之接物何如?" 對曰:"人主仁而境內和矣, 故其
士民莫弗親也; 人主義而境內理矣, 故其士民莫弗順也. 人
主有禮而境內肅矣, 故其士民莫弗敬也; 人主有信而境內貞矣, 故其
士民莫弗信也. 人主公而境內服矣, 故其士民莫弗戴也; 人主法而境
內軌矣, 故其士民莫弗輔也. 擧賢則民化善, 使能則官職治. 英俊在
位則主尊, 羽翼勝任則民顯. 操德而固則威立, 敎順而必則令行. 周
聽則不蔽, 稽驗則不惶. 明好惡則民心化, 密事端則人主神. 術者, 接
物之隊.[41] 凡權重者必謹於事, 令行者必謹於言, 則過敗鮮矣. 此術
之接物之道也. 其爲原無屈,[42] 其應變無極, 故聖人尊之. 夫道之詳,
不可勝述也."

물었다. "術(술)로 사물을 대한다는 것은 어떤 것인가?" 대답하
였다. "군주가 어질면 나라 안이 화평하므로 그 백성들이 친하
지 않음이 없고, 군주가 의로우면 나라 안이 다스려지므로 그 백성들이
순하지 않음이 없다. 군주가 예를 갖추면 나라 안이 엄숙해지므로 그
백성들이 공경하지 않음이 없고, 군주가 믿음을 지니면 나라 안이 바르
게 되므로 그 백성들이 믿지 않음이 없다. 군주가 공정하면 나라 안이
복종하게 되니 그 백성들이 떠받들지 않음이 없고, 군주가 법도가 있으
면 나라 안이 기강이 서게 되니 그 백성들이 도와주지 않음이 없다. 현
명한 사람을 등용하면 백성들이 착하게 교화되고, 능력있는 사람을 쓰
게 되면 관직이 정돈된다. 출중한 인재들이 자리에 있으면 군주가 높아
지고, 보좌진이 맡은 바 책임을 다하면 백성들이 번창하게 된다. 덕을
굳게 지키면 위엄이 서고, 교화가 순조롭고 틀림없으면 명령이 행하여
진다. 여러 의견을 고루 들으면 폐단이 없고, 경험에 잘 비추어보면 당

---

41) 隊: 길, 도로. 陶鴻慶은 '隧'로 보았다. 『新書校注』, 308면.
42) 屈: 다하다, 그치다(『呂氏春秋』「安死」注. "屈, 盡也"). 『新書校注』, 308면.

황하지 않는다. 좋고 나쁜 것을 분명히 밝혀주면 민심이 교화되고, 일처리가 주도면밀하면 군주가 귀신같다고 한다. 술(術)이란 사물을 대하는 길이다. 권세가 큰 자는 반드시 조심해서 일을 처리하고, 명령을 추진하는 자는 반드시 말을 조심해서 해야 하니, 그렇게 하면 실패가 적다. 이 것이 술(術)로써 사물을 대하는 길이다. 그 근원은 다함이 없고, 변화에 대응하는 데에 있어서는 끝이 없나니, 이런 까닭에 성인은 술(術)을 존중하는 것이다. 도를 자세히 다 말할 수가 없다."

원문 日 : "請問品43)善之體何如?" 對曰 : "親愛利子謂之慈, 反慈爲嚚. 子愛利親謂之孝, 反孝爲孽.44) 愛利出中謂之忠, 反忠爲倍.45) 心省46)恤人謂之惠, 反惠爲困. 兄敬愛弟謂之友, 反友爲虐. 弟敬愛兄謂之悌, 反悌爲敖. 接遇愼容謂之恭, 反恭爲媟.47) 接遇肅正謂之敬, 反敬爲嫚. 言行抱一謂之貞, 反貞爲僞. 期果48)言當謂之信, 反信爲慢.49) 衷理不辟謂之端, 反端爲跛.50) 據當不傾謂之平, 反平爲險. 行善決衷謂之淸, 反淸爲濁. 辭利刻謙謂之廉, 反廉爲貪. 兼覆無私謂之公, 反公爲私. 方直不曲謂之正, 反正爲邪. 以人自觀謂之度, 反度爲妄. 以己量人謂之恕, 反恕爲荒. 惻隱憐人謂之慈, 反慈爲忍. 厚51)志隱行謂之潔, 反潔爲汰.52) 施行得理謂之德, 反德爲怨. 放53)理

---

43) 品 : 各類(여러 종류, 『說文』. "品, 衆庶也").
44) 孽 : 의붓자식처럼 어버이에 대하여 참다운 효성을 지니지 못한다는 뜻.
45) 倍 : 背(배신하다, 등지다)와 통한다.
46) 省 : 보살피다. 『禮記』「曲禮上」注. "살핀다는 것은 그 편안한 여부를 묻는 것이다 [省, 問其安否如何]."
47) 媟 : 거드름피우며 함부로 헐뜯는다는 뜻.
48) 果 : 약속을 실천하다. 當 : 합치하다. 즉 말을 실천하여, 말과 행동이 부합하는 것을 말한다(『正韻』. "當, 猶合也"). 『新書校注』, 309면.
49) 慢 : '謾(속임)'의 뜻이다. 『新書全譯』, 354면.
50) 跛 : 발목이 비틀어져서 바로 걷지 못하고 절름거리다.
51) 厚 : 高遠하다(『예기』「坊記」注. "厚, 遠也").
52) 汰 : 더럽다, 흐리다.

潔靜謂之行, 反行爲汙. 功遂自却謂之退, 反退爲伐. 厚人自薄謂之讓, 反讓爲冒.54) 心兼愛人謂之仁, 反仁爲戾. 行充55)其宜謂之義, 反義爲懵. 剛柔得適謂之和, 反和爲乖. 合得密周56)謂之調, 反調爲螫.57) 優賢不逮謂之寬, 反寬爲阨. 包衆容易58)謂之裕, 反裕爲褊. 欣熹可安謂之熅, 反熅爲鷙. 安柔不苟謂之良, 反良爲齧.59) 緣法循理謂之軌, 反軌爲易.60) 襲常緣道謂之道, 反道爲辟. 廣較自斂謂之儉, 反儉爲侈. 費弗過適謂之節, 反節爲靡. 僶勉就善謂之愼, 反愼爲怠. 思惡勿道謂之戒, 反戒爲傲. 深知禍福謂之知, 反知爲愚. 亟見窕察謂之慧, 反慧爲童.61) 動有文體謂之禮, 反禮爲濫.62) 容服有義謂之儀, 反儀爲詭. 行歸63)而過謂之順, 反順爲逆. 動靜攝64)次謂之比, 反比爲錯. 容志審道謂之僴, 反僴爲野. 辭令65)就得謂之雅, 反雅爲陋. 論物明辯謂之辯, 反辯爲訥. 纖微皆審謂之察, 反察爲旄.66) 誠動可畏謂之威, 反威爲圂. 臨制不犯謂之嚴,67) 反嚴爲輭. 仁義脩立謂之任, 反任爲欺. 伏68)義誠必謂之節, 反節爲罷.69) 持節不恐謂之勇, 反勇爲怯.

---

53) 放 : 의거하다, 근거하다(『廣雅』「釋詁」. "放, 依也").

54) 冒 : 탐욕스럽다

55) 充 : 맞다(『한서』「揚雄傳上」注. "充, 當也").

56) 密周 : 周密과 같다.

57) 螫 : '戾'의 옛글자. 程本에는 '戾'로 되어 있다. 『新書校注』, 311면.

58) 容易 : 寬容. 너그럽다.

59) 齧 : 각박하다.

60) 易 : 경솔하다. 劉師培는 '邪'라고 보았다. 『新書校注』, 312면.

61) 童 : 無知하다. 우매하다.

62) 濫 : 어긋나다(『예기』「樂記」注. "濫, 僭差也").

63) 歸 : 合. 규정에 부합됨을 가리킨다. 『賈誼集校注』, 308면. 過 : 盧文弨는 '適'의 잘못으로 보았다. 『新書校注』, 313면.

64) 攝 : 지키다. 攝次 : 순서를 따르다.

65) 辭令 : 응대하는 말. 高大民族文化硏究所 中國語大辭典編纂室 編, 『中韓大辭典』, 高麗大 民族文化硏究所, 1995, 363면.

66) 旄 : 眊(눈이 흐림)와 통한다. 『新書全譯』, 357면.

67) 臨 : 다스리다.

68) 伏 : 믿고 따르다. 의지하다.

信理遂惔70)謂之敢, 反敢爲揜.71) 志操精果謂之誠, 反誠爲殆. 克72)行
遂節謂之必, 反必爲怛.73) 凡此品也, 善之體也, 所謂道也.

옮김譯 물었다. "선을 대체적으로 분류하면 어떠한가?" 대답했다. "어
버이가 자식을 사랑하고 이롭게 돕는 것을 자애로움[慈]이라고
하며, 자애의 반대되는 것이 완악함[囂]이다. 자식이 어버이를 사랑하고
이롭게 하는 것을 효성스러움[孝]이라고 하며, 효에 반대되는 것이 비뚤
어짐[孽]이다. 사랑하고 이롭게 하려는 생각이 속마음에서 우러난 것을
충성스러움[忠]이라 하며, 충성에 반대되는 것을 배신[倍]이라고 한다.
마음으로부터 남을 보살펴주고 동정해주는 것을 은혜로움[惠]이라고 하
며, 은혜에 반대되는 것을 각박하다[困]고 한다. 형이 아우를 받들어 아
껴주는 것을 우애[友]라고 하며, 우애에 반대되는 것을 모질다[虐]고 한
다. 아우가 형을 받들어 사랑하는 것을 공경[悌]이라고 하며, 공경에 반
대되는 것을 건방지다[敖]고 한다. 사람을 만남에 있어 용모를 조심하는
것을 공손함[恭]이라 하며, 공손에 반대되는 것을 예의없다[媟]고 한다.
사람을 만남에 있어 엄숙하고 바르게 함을 경[敬]이라 하고, 경에 반대
되는 것을 업신여긴다[嫚]고 한다. 언행이 한결같으면 이를 곧음[貞]이라
하고 곧음에 반대되는 것을 거짓[僞]이라 한다. 말한 대로 약속을 실천
하면 이를 신뢰[信]라 하고, 신뢰에 반대되는 것을 기만[慢]이라 한다. 이

---

69) 罷 : '疲'와 통한다. 연약하여 무능하다의 뜻이다. 『新書校注』에서는 '罷'를 '無行'이
라 보고, 節操가 없는 것이라고 설명하였다. 『新書校注』, 315면.

70) 惔 : 盧文弨는 '錟(날카롭다, 예리하다)'의 잘못이라고 보았다. 『新書校注』에서는
'炎'과 통한다고 보고, 나아가다(進)의 뜻으로 보았다. 『新書校注』, 315면.

71) 揜 : 감추다(『廣雅』「釋詁」. "揜, 藏也"). 여기에서는 위축됨을 가리킨다. 『賈誼新書
譯注』, 238면.

72) 克 : 이루다, 완성하다(『좌전』「宣公」 8년. "克, 成也"). 遂 : 다하다(『素問』「六節藏象
論」注. "遂, 盡也"). 혹은 도달하다(達, 『예기』「緇衣」注. "克, 猶達也"). 『新書校注』,
315면.

73) 怛 : 교만하고 방자하다(『淮南子』「繆稱」, 高誘注. "怛, 驕也"). 『新書全譯』, 357면.

치에 맞으며 편벽되지 아니함을 단정함[端]이라 하고, 단정에 반대되는 것을 비틀렸다[跂]고 한다. 바름에 의거해서 편파적이지 않음을 공평함[平]이라하고, 공평에 반대되는 것을 편파[險]라고 한다. 선을 행함에 속마음에 막힘이 없음을 맑음[淸]이라 하고, 맑음에 반대되는 것을 흐리다[濁]고 한다. 이로움을 양보하고 깍듯이 겸손함을 청렴[廉]이라 하고, 청렴에 반대되는 것을 탐욕[貪]이라고 한다. 모두 덮어 감싸서 사사로움이 없음을 공정함[公]이라 하고, 공정에 반대되는 것을 사사로움[私]이라고 한다. 바르고 곧아 굽지 않음을 바름[正]이라 하고, 바름에 반대되는 것을 간사하다[邪]고 한다. 남의 입장에 서서 스스로를 보는 것을 헤아림[度]이라 하고, 헤아림에 반대되는 것을 분별없다[妄]고 한다. 자기의 입장에서 남을 헤아리는 것을 양해[恕]라고 하고, 양해에 반대되는 것을 거칠다[荒]고 한다. 측은한 마음으로 남을 불쌍히 여김을 자비[慈]라 하며, 자비에 반대되는 것을 잔인하다[忍]고 한다. 높은 뜻을 가지고 남몰래 실천함을 고결함[潔]이라 하고, 고결에 반대되는 것을 더럽다[汰]고 한다. 일을 도리에 맞도록 처리함을 덕[德]이라 하고, 덕에 반대되는 것을 원한[怨]이라 한다. 깨끗하고 조용하게 이치를 따름을 행실[行]이라 하고, 행실에 반대되는 것을 더럽다[汚]고 한다. 공을 이루고서는 스스로 물러남을 양보[退]라 하고, 양보에 반대되는 것을 자랑한다[伐]고 한다. 남에게는 후하게 대하고 자신에게는 박하게 함을 겸양[謙]이라 하고, 겸양에 반대되는 것을 무모하다[冒]고 한다. 마음으로 두루 사랑함을 어짊[仁]라 하고, 어짊에 반대되는 것을 사납다[戾]고 한다. 행동을 알맞게 함을 의로움[義]이라고 하고, 의로움에 반대되는 것을 어둡다[懷]고 한다. 강유가 알맞음을 조화[和]라고 하고, 조화에 반대되는 것을 어그러졌다[乖]고 한다. 골고루 꼭 맞음을 어울림[調]이라고 하고, 어울림에 반대되는 것을 어긋났다[盭]고 한다. 현명한 이나 부족한 이나 너그러이 받아줌을 관용[寬]이라 하고, 관용에 반대되는 것을 옹졸하다[阨]고 한다. 뭇 사람들을 너그럽게 포용함을 관대함[裕]라고 하고, 관대함에 반대되는 것을 편협하다[褊]고 한다. 기쁘고 즐거운 마음으로 편안히 해줌을 온화함[熅]이라 하고, 온화함에 반대되는 것을 사납다[鷙]고 한다. 안온하고 가혹하지 않음을 온순하다[良]고 하고, 온순함에 반대되는 것을 각박하다[齧]고 한다. 법을 지키고 도리에 따름을 반듯함[軌]이라 하고, 반듯함에 반대되는 것을 경솔하다[易]고 한다. 합당함을 좇고 도를 따름을 도[道]라 하고, 도에 반대되는 것을 잘못[辟]이라고 한다. 널리 비교해 보면 스스로를 절제함을 검약[儉]이라 하고, 검약에 반대되는 것을 사치[侈]라고 한다. 지나치게 소비하지 않는 것을 절제[節]라 하고, 절제에 반대되는 것을 낭비[靡]라고 한다. 힘써 선한 길로 나아가는 것을 삼가함[愼]이라 하고, 삼가함에 반대되는 것을 게으르다[怠]고 한다. 악한 결과를 생각해서 실행하지 않음을 조심함[戒]이라고 하고, 조심에 반대되는 것을 오만[傲]이라고 한다. 무엇이 화가 되고 복이 되는 지를 잘 앎을 지혜[知]라 하고, 지혜에 반대되는 것을 우매하다[愚]라고 한다. 재빨리 조짐을 알아챔을 슬기로움[慧]이라 하고, 슬기에 반대되는 것을 어리숙하다[童]고 한다. 행동에 우아하게 꾸민 체통이 있음을 예[禮]라 하고, 예에 반대되는 것을 어긋났다[濫]고 한다. 행동거지와 옷차림이 바름을 예의[儀]라 하고, 예의에 반대되는 것을 괴상하다[詭]라고 한다. 행동이 규정에 부합되어 적합함을 유순함[順]이라 하고, 유순함에 반대되는 것을 거스름[逆]이라고 한다. 동정(動靜)이 차례에 맞음을 가지런함[比]이라 하고, 가지런함에 반대되는 것을 비뚤어짐[錯]이라고 한다. 모습과 마음가짐이 도에 잘 맞음을 우아함[偭]이라 하고, 우아에 반대되는 것을 거칠다[野]고 한다. 임기응변으로 잘 응답하는 것을 능숙함[雅]이라 하고, 능숙함에 반대되는 것을 서툴다[陋]고 한다. 사물을 따져서 밝힘을 말 잘한다[辯]고 하고, 말 잘함에 반대되는 것을 말솜씨 없다[訥]고 한다. 아주 작은 것까지 모두 살피는 것을 세신함[察]이라 하고, 세심함에 반대되는 것을 눈이 흐리다[旄]고 한다. 행동을 진실되게 해서 두려워할 만함을 위세[威]라 하고, 위세에 반대되는 것을 더럽다[圂]고 한다. 다스려 제어

함에 범하지 못함을 위엄[嚴]이라 하고, 위엄에 반대되는 것을 나약하다
[愞]고 한다. 인의를 닦아서 세움을 신임[任]이라 하고, 신임에 반대되는
것을 속임[欺]이라고 한다. 의로움을 따라 반드시 실행함을 절개[節]라
하고, 절개에 반대되는 것을 절조가 없다[罷]고 한다. 절개를 지켜 두려
위하지 않음을 용감함[勇]이라 하고, 용감에 반대되는 것을 비겁[怯]이라
한다. 이치를 믿고 꿋꿋하게 실행해 나가는 것을 과감함[敢]이라 하고,
과감에 반대되는 것을 위축되었다[挶]고 한다. 지조가 순수하면서 과감
함을 성실[誠]이라 하고, 성실에 반대되는 것을 태만하다[殆]고 한다. 능
히 실천해서 지조를 이룸을 기필[必]이라 하고, 기필에 반대되는 것을
방자하다[怛]고 한다. 이렇게 나누는 것이 선의 대략이니, 이른바 도이다.

원문 故守道者謂之士, 樂道者謂之君子. 知道者謂之明, 行道者
謂之賢, 且明且賢, 此謂聖人.

옮김譯 그러므로 도를 지켜 나가는 사람을 선비라 하고, 도를 즐기는
사람을 군자라 한다. 도를 아는 이를 밝다[明]고 하며, 도를 행
하는 이를 현명하다[賢]고 하니, 밝음과 현명함을 겸한 사람을 성인이라
한다.

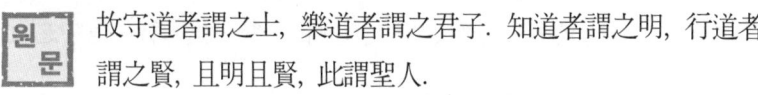

【 6을 쓰는 법[六術] 】

해제 이 편은 6이라는 숫자의 사상을 천술한 것으로, 자연 운행의
질서에서부터 인간 사회의 개개인의 수양에 이르기까지 이들

을 주재하는 덕목을 여섯 가지로 설명하고 있다. 가의는 도덕(道德)·천지음양시서(天地陰陽時序)·품행(品行)·시서육예(詩書六藝)·성률(聲律)·인륜(人倫)·도량(度量) 등은 모두 6이란 수를 원리로 하여 존재한다고 설명한다.[74] 편명은 이 여섯 가지 덕목의 내용과 작용이라는 뜻에서 붙여진 듯하다. 이 글은 가의가 장창(張蒼)에게 수학하던 기원전 180년경에 쓴 글이다.

원문 德有六[75]理, 何謂六理? 道·德·性·神·明·命, 此六者德之理也. 六理無不生也, 已外生而六理存乎所生之內. 是以陰陽·天地·人, 盡以六理爲內度,[76] 內度成業,[77] 故謂之六法. 六法藏內, 變流[78]而外遂, 外遂六術, 故謂之六行. 是以陰陽各有六月之節,[79] 而天地有六合[80]之事. 人有仁·義·禮·智·信[81]之行.

---

74) 이러한 관점은 가의의 스승이었던 張蒼의 영향을 받은 것이다. 장창은 일찍이 秦柱下史를 지냈는데, 한초에 律曆을 정하면서 진나라의 제도에 의거하여 '6'을 숭상해야 한다고 보았다(『한서』 「郊祀志」 참조). 나중에 가의는 6이 아닌 5수를 써야할 것을 주장하기도 하였다. 문제 원년 가의는 「論定制度興禮樂疏」에서 "색은 황색을 숭상하고, 수는 5를 사용해야 한다고 건의했다. 이로 볼 때 이 편은 문제 원년 이전, 가의가 장창에게 『좌전』을 배우던 기원전 180년경에 쓰인 것으로 보인다.

75) 六 : 6은 水를 상징하는 수이다. 진나라가 水德을 갖고 있다고 하여 진나라의 제도는 모두 6을 원리로 제정되었는데, 문제는 진나라에서 柱下史를 한 장창의 의견을 받아들여 진의 제도를 계승하였다. 『新書全譯』, 361면.

76) 內度 : 內在하고 있는 법도.

77) 業 : 『賈誼集校注』에서는 '고정화되어 형성된다'고 해석했다. 『賈誼集校注』, 312면. 『新書校注』에서는 『國語』 「晉語」를 인용하여 '業, 次也'라고 해서 '次序를 이룬다'고 보았다(『新書校注』, 318면). 그런데 필자의 생각으로 이는 잘못된 해석이다. 여기에서의 '업'은 基業(기반, 터전)의 뜻이며, '業次'는 서로 이어진 한 단어로서 生業의 뜻이다.

78) 流 : 변화하다(『廣雅』 「釋詁」. "流, 化也"). 遂 : 이르다. 미치다. '外遂'는 밖으로 형체를 이루다. 즉 외적인 형식으로 표현된다는 뜻이다(『集韻』 "遂, 達也"). 『新書校注』, 319면.

79) 옛날에는 12월을 12律에 내응시켜서 陽六律은 홀수 달(奇數月), 六呂律은 짝수 달(偶數月)로 나누었다. 『呂氏春秋』 「音律」, 『사기』 「律書」, 『한서』 「律曆志」 참조

80) 六合 : 위와 아래, 그리고 동서남북의 四方을 통칭한다.

81) 信 : 원래는 '聖'이었으나, 盧本에 의해 고쳤다. 『新書校注』, 320면.

行和則樂興, 樂興則六, 此之謂六行. 陰陽・天地之動也, 不失六行,[82] 故能合六法. 人謹脩六行, 則亦可以合六法矣.

덕(德)에는 육리(六理)가 있다. 무엇을 육리(六理)라고 하는가? 도(道)・덕(德)・성(性)・신(神)・명(明)・명(命), 이 여섯 가지가 덕의 리(理)이다. 이 육리(六理)로 인해 생겨나지 않는 것이 없으니, 이미 밖으로 생겨났으면 육리는 그 생겨난 것 안에 존재한다. 그러므로 음양과 천지와 사람은 모두 육리로써 내재하는 법칙을 삼으며, 내재한 법칙이 기반을 잡은 것을 육법(六法)이라고 한다. 육법이 안에 갖춰져 있다가, 변화해 나와 밖으로 드러나서, 밖에서 육술(六術)을 이루니 이를 육행(六行)이라고 한다. 그러므로 음과 양에 각각 여섯 달의 마디가 있고 하늘과 땅에 육합(六合)의 일들이 있다. 사람에게는 인・의・예・지・신의 5가지 행실이 있는데 이 행실이 조화되면 음악이 일어나고, 음악이 일어나서 6이 되는 것을 육행이라 한다. 음양과 천지가 운행함에 육률(六律)을 잃지 않으므로 육법에 맞으며, 사람도 부지런히 육행을 닦으면 또한 육법에 합치될 수 있다.

然而人雖有六行, 微細難識, 唯先王能審之. 凡人弗能自至,[83] 是故必待先王之敎, 乃知所從事. 是以先王爲天下設敎, 因人所有, 以之爲訓, 道人之情, 以之爲眞. 是故內本六法, 外體六行, 以與[84]詩・書・易・春秋・禮・樂六者之術, 以爲大義, 謂之六藝. 令人緣之以自脩, 脩成則得六行矣. 六行不正, 反合[85]六法. 藝

---

82) 行:『新書校注』에서는 '위에서 이미 六行(仁義禮智信과 樂)을 말했고, 위의 六行과 陰陽天地는 뜻이 서로 이어지지 않으므로 마땅히 律이어야 한다'는 陶鴻慶의 설에 따라 '律'로 고쳤다.『新書校注』, 320면.
83) 至:『新書校注』에는 '志'로 되어 있고, '알다(知)'의 뜻으로 보았다.『新書校注』, 320면.
84) 與:兪樾은 '興'의 잘못이라고 보았다.『賈意集校注』318면 참조.
85) 反合:위배되다, 합치되지 않다(『荀子』「法行」注. "反, 乖悖").

之所以六者, 法六法而體六行故也. 故曰六則備矣.

六者非獨爲六藝本也, 他事亦皆以六爲度.

그러나 사람에게 육행이 있다 하더라도 미약해서 식별하기 어려우니, 오직 선왕만이 이를 자세히 살펴볼 수 있다. 보통 사람은 스스로 (육행에) 이를 수 없는 까닭에 반드시 선왕의 가르침을 받은 후에야 무엇을 따라서 해야 할지를 알게 된다. 그러므로 선왕은 천하를 위해 가르침을 마련하심에 사람이 가지고 있는 것을 근거로 교훈을 삼았고, 사람의 감정을 인도하여 참되게 하였다. 그러므로 안으로 육법에 근본하고, 밖으로 육행을 실천해서『시』·『서』·『역』·『춘추』·『예』·『악』여섯 가지 학술을 일으켜서 대의로 삼으니 이를 육예(六藝)라 한다. 사람으로 하여금 이를 따라서 스스로 수양하도록 하고, 수양이 이루어지면 육행을 이룰 수 있다. 육행이 바로서지 않으면 육법에 맞지 않게 된다. 예(藝)가 여섯 가지로 되어 있는 까닭은 육법을 본받고 육행을 실천하기 때문이다. 그러므로 6이라는 수리에는 모든 것이 다 갖추어져 있다.

6이라는 개념은 육예의 근본이 될 뿐 아니라, 다른 일도 또한 모두 6을 기준으로 삼고 있다.

聲音之道以六爲首, 以陰陽之節爲度. 是故一歲十二月, 分而爲陰陽, 各六月. 是以聲音之器十二鍾.[86) 鍾當一月, 其六鍾陰聲, 六鍾陽聲. 聲之術, 律是而出, 故謂之六律.[87] 六律和五聲之調, 以發陰陽·天地·人之淸聲, 而內合六行·六法之道. 是故五聲宮·商·角·徵·羽, 唱和相應而調和, 調和而成理謂之音. 聲五也,

---

86) 十二鍾 : 十二律을 말한다.『新書校注』, 321면.

87) 六律 : 十二律 중의 陽聲에 속하는 여섯 가지 음. 黃鐘·太簇·姑洗·蕤賓·夷則·無射를 말한다.

必六而備, 故曰聲與音六. 夫律之者, 象測之也, 所測者六, 故曰六律.

[옮김譯] 소리의 도는 6으로써 근본을 삼고, 음양의 마디로써 기준을 삼는다. 그러므로 한 해가 열두 달인데, 음과 양으로 각각 여섯 달씩 나뉜다. 이 때문에 소리를 내는 악기가 열두 종(鍾)이다. 종은 한 달에 해당하며, 그 가운데 여섯 종(鍾)은 음의 소리이고, (나머지) 여섯 종(鍾)은 양의 소리가 된다. 소리의 술(術)은 이렇게 조율되어 나오게 되므로 이를 육률(六律)이라고 한다. 육률은 오성(五聲)의 음조를 조화하여 음양과 천지와 사람의 맑은 소리를 내며, 안으로는 육행과 육법의 도에 합치된다. 이런 까닭에 오성인 궁·상·각·치·우가 (서로) 부르고 화답하면서 상응하여 조화되고, 조화되어 소리의 결을 이루니 이를 음(音)이라고 한다. 성(聲)은 다섯인데 반드시 여섯이라야 완전히 갖춰지므로, 성(聲)과 음(音)이 여섯이 된다. 율(律)이란 이를 본뜬 것인데, 6을 본떴음으로 육률이라고 한다.

[원문] 人之戚屬, 以六爲法. 人有六親,[88] 六親始曰父. 父有二子, 二子爲昆弟. 昆弟又有子, 子從父而昆弟, 故爲從父昆弟. 從父昆弟又有子, 子從祖而昆弟, 故爲從祖昆弟. 從祖昆弟又有子, 子從曾祖而昆弟, 故爲從曾祖昆弟. 曾祖昆弟又有子, 子爲族兄弟. 備於六, 此之謂六親. 親之始於一人, 世世別離, 分爲六親. 親戚非六, 則失本末之度, 是故六爲制而止矣. 六親有次, 不可相踰, 相踰則宗族擾亂, 不能相親. 是故先王設爲昭穆三廟以禁其亂. 何爲三廟? 上室爲昭, 中室爲穆, 下室爲孫嗣令子. 各以其次, 上下更居, 三廟以別, 親疏有制. 喪服稱親疏以爲重輕, 親者重, 疏者輕. 故復有斬衰·齊

---

88) 六親: 흔히 父子, 兄弟, 夫婦를 가리키나(『주역』「家人卦」王弼注 참조), 여기에서는 이와 다른 친족의 범위를 6단계로 구분해서 말했다.

衰・大紅・細紅・緦麻[89]備六, 各服其所當服. 夫服則有殊, 此先王
之所以禁亂也.

옮김譯 사람의 친척도 6으로 법을 삼는다. 사람에게 육친(六親)이 있으
니, 육친의 시작은 아버지이다. 아버지에게 두 아들이 있으면,
두 아들은 형제가 된다. 형제에게 또 아들이 있으면, 그 아들은 아버지
로 말미암아서 형제관계가 형성되므로 종부형제(從父兄弟)이다. 종부형
제에 또 아들이 있으면 그 아들은 할아버지로 말미암아서 형제가 되므
로 종조형제(從祖兄弟)이다. 종조형제에 또 아들이 있으면 그 아들은 증
조할아버지로부터 형제가 되므로 종증조형제이다. 종증조형제에 또 아
들이 있으면, 그 아들은 족형제(族兄弟)가 된다. 이렇게 여섯에서 다 갖추
어지니 이를 육친이라 한다. 친척관계는 한 사람으로부터 시작되어 대
대로 갈라져서 육친으로 나눠진다. 친척 간에 육친이 아니면 근본과 말
단을 구분하는 법도를 잃게 되므로 여섯으로 제한한다. 육친에는 차례
가 있어 서로 뛰어넘을 수가 없으니, 서로 뛰어넘으면 종족간의 관계가
어지러워져 서로 가까이 할 수 없게 된다. 그러므로 선왕은 소목(昭穆)과
삼묘(三廟)[90]를 설정하여 그 관계가 어지러워지지 않도록 금했다. 무엇

---

89) 齏衰・齊衰・大紅・細紅・細麻 : 喪服의 이름. 친소관계에 따라서 사용하는 베의
종류와 그것을 마르고 바느질 하는 규격이 각기 다르다. 『賈誼集校注』(316면)에서는
齏衰 아래에 斬衰가 있어야 6가지의 상복이 갖춰진다고 보았다. 이에 따랐다. 大紅과
細紅은 大功과 小功이다. 후대에 사용한 상복은 齊衰・斬衰・大功・小功・細麻의
五服이다. 齏衰는 가장 거친 麻布로 만든 상복을 말한다. 참최는 매우 성근 生布로
만들고, 재최는 약간 성근 생포로 만든다. 대공은 약간 성근 熟布로 만들고, 소공은 약
간 가는 숙포로 만들며, 시마는 매우 가는 숙포로 만든다.
90) 昭穆三廟 : 『周禮』「小宗伯」편의 註를 보면, "아버지를 昭라 하고 아들을 穆이라
한다"고 하였다. 또 『예기』「王制」편에 보면 "천자는 七廟를 모시는데, 三昭・三穆,
그리고 太祖의 묘를 합한 것이고, 제후는 二昭・二穆에 太祖의 묘를 합하여 다섯을
모시며, 대부는 一昭・一穆에 太祖의 묘를 합하여 셋을 모신다"고 하였다. 그 배열은
시조를 가운데 두고, 二世는 왼쪽에 두는데 '昭'라 부르고, 三世는 오른쪽에 두는데
'穆'이라 부른다.

을 삼묘라 하는가? 상실(上室)에는 소(昭)의 신위를 두고, 중실(中室)에는 목(穆)의 신위를 두고, 하실(下室)에는 후대 자손의 위패를 둔다. 각각 그 차례에 따라 위아래로 교체해가며 모시고 삼묘로써 구별해서 친소관계를 정해둔다. 상복도 친소에 맞추어 경중을 정하니, 친한 자는 무겁고 소원한 자는 가볍게 입는다. 그러므로 상복에도 다시 추최(麤榱)·참최 [斬衰]·제최[齊衰]·대공(大功)·소공(小功)·시마(細麻)가 있어 여섯으로 완비되니, 각각 그 마땅히 입어야 할 규정대로 상복을 입는다. (이와 같이) 복을 다르게 입는 것은, 바로 선왕이 혼란을 금한 까닭인 것이다.

원문 數91)度之道, 以六爲法. 數加於少而度出於居,92) 數度之始, 始於微細. 有形之物, 莫細於毫, 是故立一毫以爲度始. 十毫 爲髮, 十髮爲氂, 十氂爲分, 十分爲寸, 十寸爲尺, 備於六. 故先王以 爲天下事用也.

옮김譯 수량을 세는 방법은 6으로 법칙을 삼는다. 수는 적은 데에서 보태나가고, 단위는 작은 데에서 나오니, 숫자와 단위의 시작 은 미세한 데에서부터 비롯된다. 형체가 있는 사물로서는 호(毫, 가는 터럭)보다 더 가는 것은 없으므로 한 개의 호(毫)는 단위의 시작이 된다. 10호가 발(髮)이 되고, 10발이 리(氂)가 되고, 10리가 푼[分]이 되고, 10푼이 촌(寸)이 되며, 10촌이 척(尺)이 되니, 이 여섯 가지에 다 갖추어진다. 그러므로 선왕은 이를 가지고 천하의 모든 일에 사용하였다.

원문 事之以六爲法者, 不可勝數也. 此所言六, 以效事之盡.93) 以 六爲度者謂六理, 可謂陰陽之六節, 可謂天地之六法, 可謂

---

91) 數 : 수, 수량. 度 : 계량과 長短의 단위.
92) 居 : 兪樾은 큰 수는 작은 수로부터 더해지고, 큰 단위는 작은 단위에서부터 나온다 는 뜻으로 해석하여, '居'자는 '小'자로 고쳐야한다고 보았다. 『新書校注』, 323면 참조
93) 盡 : 전부의 뜻이다.

人之六行.

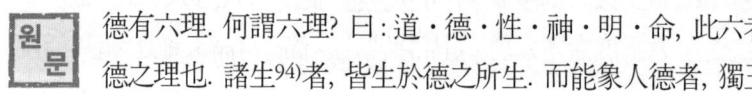 사물에 있어 6으로 법을 삼는 예는 이루 다 헤아릴 수 없다. 여기에서 말하는 6으로 모든 일을 다 처리할 수 있다. 6으로 도수를 삼는 것을 육리(六理)라고 이르니, 음양의 육절(六節)이라고도 할 수 있고, 천지(天地)의 육법(六法)이라고도 할 수 있으며, 사람에 있어서의 육행(六行)이라고도 말할 수 있다.

◀ 도와 덕을 논함[道德說] ▶

이 편은 「육술(六術)」편의 6이란 수리를 사용하여 여러 문제를 논의하고 있다. 옥(玉)을 예로 들어 사물 가운데 보편적으로 존재하는 도(道) · 덕(德) · 성(性) · 신(神) · 명(明) · 명(命)의 육리(六理)와 여기에서 파생한 육미(六美)를 설명하고, 육예(六藝)와의 상호 관계를 기술하였다. 아울러 옛날 사람들이 사물을 관찰하고 인식하는 경험적 기초위에서, 감각과 지혜가 생겨나고 변화하는 과정을 기술하였다. 육리 중 도 · 덕의 두 개념이 가장 중요하므로, 이를 편명으로 삼았다. 이 편은 「육술」과 마찬가지로, 기원전 180년 무렵에 쓴 글이다.

德有六理. 何謂六理? 曰:道 · 德 · 性 · 神 · 明 · 命, 此六者德之理也. 諸生94)者, 皆生於德之所生. 而能象人德者, 獨玉

---

94) 諸生 : 萬物을 가리킨다. 『管子』「水地」. "땅이란 만물의 본원이며, 만물의 근원이다[地者, 萬物之本原, 諸生之根源]" 참조.

也. 寫⁹⁵⁾德體六理, 盡見於玉也, 各有狀, 是故以玉效德之六理. 澤者, 鑑也, 謂之道; 腒⁹⁶⁾如竊膏謂之德. 湛而潤厚而膠謂之性; 康⁹⁷⁾若濼 流謂之神. 光輝謂之明; 礜⁹⁸⁾乎堅哉謂之命, 此之謂六理. 鑑生空竅, 而通之以道. 德生理, 通之以六德之華⁹⁹⁾離狀. 六德者, 德之有六理. 理, 離狀也. 性生氣而通之以曉. 神生變而通之以化. 明生識通之以 知. 命生形而通之以定.

옮김譯 덕에는 여섯 가지 원리가 있다. 무엇을 여섯 가지 원리라 하는 가? 그것은 도(道)·덕(德)·성(性)·신(神)·명(明)·명(命)을 말하 니, 이 여섯 가지가 덕의 원리이다. 여러 만물은 덕이 생겨나는 곳에서 생기지만 (만물 중에서) 사람의 덕을 상징할 수 있는 것은 옥뿐이다. 덕 이 여섯 가지 원리를 드러냄을 본뜬 것이 옥(의 여러 상태)에도 다 드러나 서 각기 자신의 형상을 가지니,¹⁰⁰⁾ 옥으로 덕의 여섯 원리를 비유한다. 반질반질해서 거울처럼 비추는 것을 '도'라 하고, 말린 새고기처럼¹⁰¹⁾ 연하면서 기름진 것을 '덕'이라 한다. 맑으면서 윤기가 있고 중후하면서 굳은 것을 '성(性)'이라 하고, 마치 흐르는 강물처럼 맑게 빛나는 것을

---

95) 寫 : 본뜨다(『周髀算經』上. "笠以寫天" 注. "寫, 猶象也"). 『新書校注』, 329면 참조.
96) 腒 : 말린 새고기이다. 竊 : 색이 '연한' 것을 말한다(『廣雅』 「釋言」. "竊, 淺也"). 竊 膏 : 말린 고기의 기름. 이는 연한 옥색으로 처음 형성되는 기름을 비유한 것이다 '腒 如竊膏'는 고기를 말려 포를 만드는 것을 가지고, 淸虛한 도가 응취하여 덕을 형성함 을 비유한 것이다. 『新書校注』, 329면.
97) 康 : '漮'의 뜻으로, 옥의 색이 투명하게 빛남을 비유한 것이다. 濼 : 물이 흘러가는 모습, 혹은 山東省에서 발원하여 小淸河로 흘러들어가는 강의 이름. 혹은 康若濼流 가 자유자재함을 비유한 말이라고도 한다. 『賈誼集校注』, 320면.
98) 礜 : 돌의 이름이다(『類篇』. "礜, 石名"). 『新書校注』, 330면.
99) 華 : 沈本에는 '畢'로 되어 있다. 『新書全譯』에서는 '華'로 보아 '광채'의 뜻으로 해 석했고, 『新書校注』에서는 '畢'로 보아서, 여러 가닥으로 나눠져 있으나 벼리에 연결 되어 있는 '그물'의 모양으로 설명했다.
100) 옥의 여러 상태와 덕이 여섯 가지 원리를 드러내는 것과 비슷하므로, 옥으로써 덕의 여섯 가지 원리를 비유했다는 뜻이다. 『賈誼集校注』, 319면 참조
101) 말린 고기에 기름기가 엉긴 모양을 말한다.

'신(神)'이라 한다. 빛나는 광채를 '명(明)'이라 하고, 돌처럼 단단함을 명(命)이라 하니, 이를 여섯 가지 원리라 한다. (옥의 표면에는) 거울처럼 빈 공간을 이루는데[102] '도'로써 통한다. '덕'에서 원리가 나오는데, 원리는 나뉘어져 여섯 가지 덕목이 그물 모양으로 통하고 있다. 육덕이란 덕의 여섯 가지 원리이다. 원리는 그물 모양이다. '성'은 기운을 낳는데, 깨우쳐 앎으로써 통한다. '신'은 변화를 낳는데, 변화함으로써 통한다. '명(明)'은 인식을 낳는데 지혜로써 통한다. '명(命)'은 형체를 낳는데, 일정하게 정해짐으로써 통한다.

원문 德有六美. 何謂六美? 有道・有仁・有義・有忠・有信・有密. 此六者德之美也. 道者, 德之本也; 仁者, 德之出也; 義者, 德之理也; 忠者, 德之厚也; 信者, 德之固也; 密者, 德之高也.

옮김譯 덕에는 여섯 가지 미덕이 있다. 무엇을 여섯 가지 미덕이라 하는가? 도(道)가 있고, 인(仁)이 있고, 의(義)가 있고, 충(忠)이 있고, 신(信)이 있고, 밀(密)[103]이 있다. 이 여섯 가지가 덕의 아름다움이다. 도는 덕의 근본이요, 인은 덕이 표출된 것이요, 의는 덕의 원리요, 충은 덕이 두터움이요, 신은 덕이 굳음이요, 밀은 덕이 높음이다.

원문 六理・六美, 德之所以生陰陽・天地・人與萬物也, 固爲所生者法也. 故曰: 道[104]此之謂道, 德[105]此之謂德, 行此之謂行. 所謂行此者, 德也. 是故著此竹帛謂之書. 書者, 此之著者也; 詩

---

102) 옥이 반질반질해서 사물을 비춰볼 수 있는 것을, 거울처럼 빈 곳이 있어 사물을 비출 수 있다고 표현했다.
103) 密: 밀접한 관계, 긴밀.
104) 道: '導'와 통한다.
105) 德: '得'과 통한다.

者, 此之志者也; 易者, 此之占者也. 春秋者, 此之紀者也; 禮者, 此之
體者也; 樂者, 此之樂者也. 祭祀鬼神, 爲此福者也; 博學辯議, 爲此辭
者也.

옮김譯 여섯 가지 원리와 여섯 가지 미덕은 덕이 음양과 천지와 사람
과 만물을 낳는 근거이자, 덕에서 생성된 만물이 본받는 법이
된다. 그러므로 이것을 따름을 도라 하고, 이것을 얻음을 덕이라 하며,
이것을 행함을 행실이라 한다. 이른 바 여섯 가지 원리와 미덕을 실행하
는 것이 덕이다. 이러한 까닭으로 이를 대나무와 비단에다106) 써서 드러
낸 것을『서』라 한다.『서』는 이를 드러낸 것이요,『시』는 이것의 뜻이
요,『역』은 이를 점친 것이다.『춘추』는 이를 편찬한 것이요,『예』107)는
이를 실천한 것이요,『악』108)은 이를 즐거워한 것이다. 귀신을 제사하는
것은 이 복을 (얻기) 위함이요, 널리 배우고 논변하는 것은 이를 말하기
위함이다.

원문 道者無形, 平和而神. 道有載物者, 畢以順理和適行, 故物有
淸而澤. 澤者鑑也. 鑑以道之神, 模貫物形, 通達空竅, 奉
一109)出入爲先, 故謂之鑑. 鑑者, 所以能見也. 見者, 目也. 道德施物,
精微而爲目. 是故物之始形也, 分先而爲目, 目成也形乃從. 是以人
及有因之在氣, 莫精於目. 目淸而潤澤若濡, 無毛穢雜焉, 故能見也.
由此觀之, 目足以明道德之潤澤矣. 故曰: "澤者鑑也", "生空竅, 通
之以道."

---

106) 옛날에는 종이가 없어서 竹簡과 비단을 사용했다.
107)『禮』:『儀禮』를 가리킨다.
108)『樂』:『樂經』이라고 하나, 지금은 전하지 않는다.
109) 一: 道를 말한다.『新書校注』, 333면 참조.

도는 형체가 없고 평화로우면서 신묘하다. 도는 사물을 실어주
는 것으로, 모두 다 사리에 맞고 조화롭게 운행하므로 사물들
은 맑고 윤택하게 된다. 반질반질하게 윤택한 것은 거울이다. (즉 사물을
비춰 볼 수 있다.) 거울은 신묘한 도로써 비추어서 사물의 형상을 그대
로 본떠 반영하고, 빈 공간을 통해서 도110)를 받드는 것을 첫째 임무로
삼는다. 거울은 볼 수 있게 해주는 도구요, 보는 것은 눈이다. 도덕이 사
물에 베풀어준 것 중에서 가장 정미한 부분이 눈이 다. 이런 까닭에 사
물이 형체를 이루기 시작할 때 눈이 먼저 분화되고, 눈이 완성되고 나서
형체가 따라 생긴다. 그래서 사람이 말미암아 타고난 기운 중에 눈보다
더 깨끗한 부분은 없다. 눈이 맑고 젖어 있듯 윤택하며, 거칠고 더러운
것이 섞이지 않았으므로 볼 수 있는 것이다. 이로써 볼 때 눈은 도덕의
윤택함을 증명해준다. 그러므로 "반질반질하게 윤택한 것을 거울이라
한다", "빈 공간을 생겨나게 해서 도로써 통하게 된다"고 말한다.

德者, 離無而之有. 故潤則胹111)然濁而始形矣, 故六理發焉.
六理所以爲變而生也, 所生有理. 然則物得潤以生, 故謂潤
德. 德者變及物理之所出也. 未112)變者, 道之頌也. 道冰113)而爲德,
神載於德. 德者, 道之澤也. 道雖神, 必載於德, 而頌乃有所因,114) 以
發動變化而爲變. 變及諸生之理, 皆道之化也, 各有條理以載於德.
德受道之化, 而發之各不同狀. 德潤, 故曰 : "如膏, 謂之德", "德生理,
通之以六德之華離狀."

---

110) 신묘한 도로써 사물의 형상을 그대로 본떠서 비추는 것을 말한다.
111) 胹 : 潭本에는 '倨'로 되어 있다. 굽은 모양을 말하는 것으로, 뜻은 통한다. 『新書全
    譯』, 374면.
112) 未 : '夫'로 되어 있는 판본도 있다. 頌 : 容貌의 뜻이다. 『新書校注』, 334면.
113) 冰 : 응결하다, '凝(엉기다)'와 같다.
114) 因 : 의거하다, 의탁하다.

옮김譯 덕이라는 것은 무(無)에서 출발하여 유(有)로 변해간다.[115] 젖어 들면 기름기가 엉기듯 탁해져서 형체를 형성하기 시작하므로, 여섯 가지 원리가 발동된다. 여섯 가지 원리는 (무에서 유에 이르는) 변화에서 생겨난 것으로, 생겨난 사물에는 여섯 가지 원리가 갖춰져 있다. 그러니 만물은 윤택해져서 생성되므로 윤덕(潤德)이라 이른다. 덕은 사물의 원리에서 변화되어 나온 것이다. 아직 변화하지 않은 상태는 도의 모습이다. 도가 엉겨 덕이 되고, 신은 덕에 실려 있다. 덕은 도가 윤택해진 것이다. 도가 비록 신묘한 것이지만, 반드시 덕에 실려야 하니,[116] 그래야만 (도의) 모습이 의탁하는 바가 있게 되며, 그럼으로써 변화를 움직여서 변화하게 된다. 만물을 변화시키는 원리는 모두 도의 변화인데,[117] 각자 조리가 있어 덕에 실려 있다. 덕은 도의 변화를 받아 각기 다른 형상의 사물을 표현한다. 덕은 윤택하니, 그래서, "기름처럼 반질반질한 것을 덕이라고 한다", "덕이 이치를 낳는데, 여섯 가지 덕목이 그물 모양으로써 통한다"고 말한다.

원문 性者, 道德造物. 物有形, 而道德之神專而爲一氣, 明其潤益厚矣. 濁而膠[118]相連, 在物之中, 爲物莫生, 氣皆集焉, 故謂之性. 性, 神氣之所會也. 性立, 則神氣曉曉然發而通行於外矣, 與外物之感相應. 故曰: "潤厚而膠謂之性", "性生氣, 通之以曉."

옮김譯 성(性)이란 도와 덕이 만든 존재이다. 만물은 각기 형체가 있는데, 성은 도와 덕의 신묘함이 하나의 기운으로 모인 것이니, 더욱 윤택함을 알 수 있다. 탁하면서 단단히 서로 연결되어 사물 가운데

---

115) 무형의 상태에서 유형의 상태로 변화해간다는 뜻이다.
116) 도는 반드시 유형의 덕에 존재해야 한다는 뜻이다.
117) 만물의 변화는 도가 변화한 결과라는 뜻이다.
118) 膠: 견고하다, 단단하다(『爾雅』「釋詁上」. "膠, 固也").

있는데, 사물은 생겨나지 않았으나 기운이 모두 모여들어 있는 상태를 성이라 한다. 성이란 신기(神氣)가 모인 것이다. 성이 수립되면 신기가 환하게 펼쳐져서 밖으로 통하게 되며, 바깥의 사물과 서로 감응한다. 그래서 "아주 윤택하면서 단단히 붙어있는 것을 성이라고 한다", "성은 기운을 낳으며 밝게 통한다"고 말한다.

神者, 道 · 德 · 神 · 氣發於性也, 康若濼流不可物效也. 變化無所不爲, 物理及諸變之起, 皆神之所化也. 故曰 : "康若濼流謂之神", "神生變, 通之以化."

신(神)은 도와 덕과 신과 기운이 성에서 표출된 것으로, 흐르는 물처럼 자유자재함은 다른 어떤 사물도 모방할 수 없다. 하지 못하는 변화가 없고, 사물의 이치와 여러 변화가 일어남은 모두 신에서 변화해 나온 것이다. 그러므로 "마치 흐르는 물처럼 자유자재한 것을 신이라 한다", "신은 변화를 낳는데, 변화함으로써 통한다"고 말한다.

明者, 神氣在內則無光而爲知, 明則有輝於外矣. 外內通一, 則爲得失. 事理是非, 皆職於知, 故曰 : "光輝謂之明", "明生識, 通之以知."

명(明)은 신과 기가 안에 있는데, 빛이 없으면 지혜가 되고, 밝으면 환하게 밖으로 드러난다. 밖과 안이 통하여 하나가 되면 득실이 드러나게 된다. 사리(事理)와 시비(是非)는 다 지혜가 주관하니,119) 그러므로 "빛나는 광채를 명이라 한다", "명은 인식을 낳는데, 지혜로써 통한다"고 말한다.

---

119) 여기에서 사리와 시비는 지혜(知)에 의지해서 식별하고 판정할 수 있음을 가리킨다.

원
문 命者, 物皆得道德之施以生, 則澤潤, 性・氣・神・明及形
體之位分・數度, 各有極量指奏[120]矣. 此皆所受其道德, 非
以嗜欲取捨然也. 其受此[121]具也, 礨然有定矣, 不可得辭也, 故曰命.
命者, 不得毋生, 生則有形, 形而道・德・性・神・明因載於物形. 故
曰: "礨堅謂之命." "命生形, 通之以定."

옮김
譯 명(命)은 사물이 모두 도와 덕이 베풀어 준 것을 받아서 생겨나
니 윤택하며, 성(性)・기(氣)・신(神)・명(明) 및 형체의 분수와 정
도가 각각의 한도와 법도가 있다. 이는 모두 그의 도・덕에서 받은 것
이지, 자신의 취향대로 선택해서 그렇게 된 것은 아니다. 도와 덕을 받
아 갖춤에 단단히 정해진 바가 있어서 받아들이지 않을 수가 없으므로
명이라고 한다. 생기지 않을 수가 없는 것이 명이며, 생겨나면 형체가
있게 되고, 형체가 있게 되면 도・덕・성・신・명이 따라서 사물의 형
체에 실리게 된다. 그러므로 "단단히 굳은 것을 명이라 이른다", "명은
형체를 낳는데, 일정하게 정해짐으로써 통한다"고 말한다.

원
문 物所道[122]始謂之道, 所得以生謂之德. 德之有也, 以道爲本.
故曰: "道者, 德之本也." 德生物 又養物, 則物安利矣. 安利
物者, 仁行也, 仁行出於德, 故曰: "仁者, 德之出也." 德生理, 理立則
有宜, 適之謂義. 義者, 理也, 故曰: "義者德之理也." 德生物, 又養長
之而弗離也, 得以安利. 德之遇物也忠厚, 故曰: "忠者, 德之厚也."
德之忠厚也, 信固而不易, 此德之常也, 故曰: "信者, 德之固也." 德
生於道而有理, 守理則合於道, 與道理密而弗離也, 故能畜物養物.
物莫不仰恃德, 此德之高, 故曰: "密者, 德之高也." 道而勿失, 則有

---

120) 指奏: 행동의 법도, 적합한 행동. 『賈誼新書譯注』, 251면.
121) 此: 道와 德을 가리킨다.
122) 道: '導'와 통한다.

道矣; 得而守之, 則有德矣; 行有無休, 則行成矣. 故曰: "道此之謂道, 德此之謂德, 行此之謂行." 諸此言者, 盡德變; 變也[123]者, 理也.[124]

옮김譯 사물을 이끌어 시작하게 하는 것을 도라 하며,[125] 사물이 얻어서 생겨난 것을 덕이라 한다. 덕이 있는 것은 도를 근본으로 삼기 때문이다. 그러므로 "도는 덕의 근본이다"라고 한다. 덕이 사물을 생성하고 또 사물을 기르니, 사물은 편안하고 이롭다. 사물을 편안하고 이롭게 하는 것은 인자한 행동인데, 인자한 행동은 덕에서 나오므로, "인(仁)은 덕의 표현이다"라고 한다. 덕이 이치를 낳는데, 이치가 수립되면 알맞게 되니, 의(義)는 적절한 상태를 말한다. 의라는 것은 이치이다. 그러므로 "의는 덕의 이치이다"라고 한다. 덕은 사물을 낳고, 또 길러주기를 멈추지 않으며, 사물을 편안하고 이롭게 한다. 덕이 충실하고 후덕하게 사물을 대하므로, "충(忠)은 덕이 두터움이다"라고 한다. 충실하고 후한 덕은 미덥고 견고해 바뀌지 않으니, 이는 덕의 일정한 모습이다. 그러므로 "신(信)은 덕이 견고함이다"라고 한다. 덕은 도에서 생겨나서 이치가 있는데, 이치를 지키면 도에 합치되 도·리와 가까이해서 떨어지지 않으므로 사물을 길러주고 양육할 수 있다. 사물은 덕을 우러러 의지하지 않음이 없으니, 이는 높은 덕이므로 "친밀함은 덕이 높음이다"라고 한다. 도를 따르고 잃지 않으면 도가 있게 되고, 도를 얻어 지키면 덕이 있게 되며, 쉬지 않고 실천하면 행실이 이뤄진다. 그러므로 "도를 따름을 도라 하고, 도를 얻음을 덕이라 하며, 도와 덕을 실천하는 것을 행실이라고 한다"라고 하였다. 이러한 말은 다 덕의 변화로, 변하는 것이 이치이다.

---

123) 也: '世'로 되어 있던 것을 陶鴻慶의 『讀諸子札記』에 의해 고쳤다. 『新書全譯』, 380면.

124) 여기에서 도덕의 원리가 실제로 어떻게 변해서 나타나는가에 대하여는 다음의 六藝의 내용을 가지고 설명하고 있다.

125) 사물이 생성될 때 가장 먼저 따르는 것이 도라는 뜻이다. 『賈誼集校注』, 327면 참조.

원문

書者, 著德之理於竹帛而陳之令人觀焉, 以著所從事. 故曰: "書者, 此之著者也." 詩者, 志德之理而明其指, 令人緣之以自成也. 故曰: "詩者, 此之志者也." 易者, 察人之精德[126]之理與弗循而占其吉凶. 故曰 "易者, 此之占者也." 春秋者, 守往事之合德之理與不合而紀其成敗, 以爲來事師法. 故曰 "春秋者, 此之紀者也." 禮者, 體德理而爲之節文,[127] 成人事. 故曰 "禮者, 此之體者也." 樂者, 書·詩·易·春秋·禮五者之道備, 則合於德矣, 合則驩然大樂矣. 故曰 "樂者, 此之樂者也."

人能脩德之理, 則安利之謂福. 莫不慕福, 弗能必得. 而人心以爲鬼神能與於利害, 是故具犧牲[128]·俎豆·粢盛, 齋戒而祭鬼神, 欲以佐成福. 故曰: "祭祀鬼神, 爲此福者也." 德之理盡施於人, 其在人也, 內而難見. 是以先王擧德之頌而爲辭語, 以明其理; 陳之天下, 令人觀焉. 垂之後世, 辯議以審察之, 以轉相告. 是故弟子隨師而問, 博學以達其知, 而明其辭以立其誠. 故曰博學辯議, 爲此辭者也.

옮김譯

『서』는 덕의 이치를 죽백(竹帛)에다 적어 놓아서 사람들에게 보인 것으로, 일한 내용을 드러낸다. 그러므로 "『서』는 덕을 드러낸 것이다"라고 했다. 『시』는 덕의 이치를 기록해서 그 취지를 밝히고, 사람들로 하여금 이를 따라서 자신의 품성을 완성토록 한다. 그러므로 "『시』는 덕의 뜻이다"라고 한다. 『역』은 사람이 덕의 이치를 따르는

---

126) 精德：何本에는 '精'이 '循'으로 되어 있다. 俞樾의 『諸子平議』에서도 '循'이 맞다고 하였다. 『新書全譯』, 380면.

127) 『論語』「子罕」朱熹注. "도가 드러난 것을 문이라 하니, 예악제도를 말한다[道之顯者 謂之文, 蓋禮樂制度之謂]."

128) 犧牲：제사에 사용되는 소·돼지·양등의 가축. 俎豆：제기. 俎는 동이나 나무로 만들었으며, 희생제물을 담는데 썼다. 豆는 나무로 만들었으며 높은 다리가 달린 쟁반처럼 생겼고, 조리한 제물을 담았다. 粢盛：제사에 쓰이는 기장으로, 祭需의 뜻으로 쓰인다.

가 안따르는가를 살펴서 그 길흉을 점친다. 그러므로 "『역』은 이를 점치는 것이다"라고 한다. 『춘추』는 지난 일이 덕의 이치에 맞는지 안맞는지를 갖고, 그 성패를 정리해 두어서 앞으로의 일에 대한 귀감으로 삼는다. 그러므로 "『춘추』는 이를 편찬한 것이다"라고 한다. 『예』는 덕의 이치를 체현해서 제도화한 것으로 사람으로서의 일을 완성하게 한다. 그러므로 "『예』라는 것은 이를 실천하는 것이다"라고 한다. 『서』·『시』·『역』·『춘추』·『예』의 다섯 가지의 도가 갖춰지면 덕에 합치되고, 합치되면 큰 즐거움이 생긴다. 그러므로 "『악』은 이를 즐거워한 것이다"라고 한다.

사람이 덕의 이치를 닦으면 편안하고 이롭게 되니, 이를 복이라 한다. 복을 바라지 않는 사람은 없으나 누구나 이를 얻을 수는 없다. 그래서 사람들은 귀신이 이로움을 줄 수도 해로움을 줄 수도 있다고 생각해서, 희생과 제기와 제수를 갖추고 목욕재계하여 귀신에게 제사해서 복을 이루어 주기를 바란다. 그러므로 "귀신을 제사지내는 것은 이 복을 얻기 위함이다"라고 한다. 덕의 이치가 사람에게 다 베풀어져 있지만, 사람의 속 모습까지 보기가 어렵다. 그래서 선왕은 덕의 모습을 들어서 말씀하시고 그 이치를 밝혀서 이를 천하에 펼쳐놓아서 사람들로 하여금 보도록 하셨다. 또 이를 후세에 전해서 잘 따져 살피고 서로 알리도록 하였다. 이런 까닭에 제자들은 스승을 따라서 묻고 널리 배워 그 지식에 통달하며, 정성스럽게 그 말의 뜻을 밝히는 것이다. 그러므로 "널리 배우고 논변하는 것은 이를 말하기 위함이다"라고 했다.

 德畢施物, 物雖有之, 微細難識. 夫玉者, 眞德象也. 六理在玉, 明而易見也. 是以擧玉以諭, 物之所受於德者, 與玉一體也.

옮김
譯 덕이 고루 사물에 다 베풀어져 사물이 비록 덕을 갖고는 있지
만, 작고 미묘해서 알기가 어렵다. 옥이란 것은 참다운 덕의 상
징이다. 덕의 여섯 가지 원리가 옥에서는 명확하고 쉽게 볼 수 있다. 그
러므로 옥을 예로 들어서 사물이 덕으로부터 받은 것이 옥과 한가지임
을 비유한 것이다.

【 큰 정치[大政] 상 】

[해제] 이 편은 백성이 정치의 근본이자 나라의 근본이며, 관리의 근본으로서 백성이 중요함을 주장하고 있다. 국가의 운명은 하늘에 있는 것이 아니라, 통치자가 어떻게 백성을 대하는 가에 달려있으므로, 통치자는 반드시 인정(仁政)을 베풀고 정도(正道)로 백성을 이끌 것을 역설하고 있다. 이 편에는 가의의 민본사상이 가장 잘 나타나있다. 내용상으로 볼 때, 이 글은 가의가 양회왕의 태부로 있을 때 쓴 것으로 보인다.

[원문] 聞之於政也, 民無不爲本也. 國以爲本, 君以爲本, 吏以爲本. 故國以民爲安危, 君以民爲威侮, 吏以民爲貴賤. 此之謂民

無不爲本也. 聞之於政也, 民無不爲命也. 國以爲命, 君以爲命, 吏以
爲命. 故國以民爲存亡, 君以民爲盲明, 吏以民爲賢不肖. 此之謂民
無不爲命也. 聞之於政也, 民無不爲功也. 故國以爲功, 君以爲功, 吏
以爲功. 國以民爲興壞, 君以民爲彊弱, 吏以民爲能不能. 此之謂民
無不爲功也. 聞之於政也, 民無不爲力也. 故國以爲力, 君以爲力, 吏
以爲力. 故夫戰之勝也, 民欲勝也; 攻之得也, 民欲得也; 守之存也,
民欲存也. 故率民而守, 而民不欲存, 則莫能以存矣. 故率民而攻, 民
不欲得, 則莫能以得矣, 故率民而戰, 民不欲勝, 則莫能以勝矣. 故其
民之爲其上也, 接敵而喜, 進而不能止, 敵人必駭, 戰由此勝也. 夫民
之於其上也, 接而懼, 必走去, 戰由此敗也. 故夫菑與福也, 非粹在天
也, 必在士民也. 嗚呼, 戒之戒之! 夫士民之志, 不可不要¹⁾也. 嗚呼,
戒之戒之!

옮김譯 나는 정치에 있어서 백성이 근본이 되지 않음이 없다고 들었
다. 나라도 백성을 근본으로 삼고 군주도 이를 근본으로 삼으
며, 관리도 이를 근본으로 삼는다. 그러므로 나라는 백성들에 의하여 안
위가 결정되며, 군주는 백성들에 의하여 영욕이 결정되며, 관리는 백성
에 의해 귀천이 정해진다. 이를 일러 백성이 근본이 되지 않음이 없다
고 하는 것이다. 나는 정치에 있어서 백성이 바로 천명이라고 들었다.
나라도 이를 천명으로 삼으며, 군주도 이를 천명으로 삼으며, 관리도 이
를 천명으로 삼는다. 그러므로 나라는 백성들에 의하여 존망(存亡)이 결
정되며, 군주는 백성들에 의하여 현우(賢愚)가 결정되며, 관리는 백성들
에 의하여 우열이 결정된다. 그러므로 이를 일러 백성이 천명이 되지
않음이 없다고 하는 것이다. 나는 정치에 있어서 백성이 공(功)이 되지

---

1) 要: 求取(구하다) 혹은 察(살피다)의 뜻이다. 『新書全譯』(385면) 및 『新書校注』(343
면) 참조.

않음이 없다고 들었다. 그러므로 나라도 이를 공으로 삼으며, 군주도 이를 공으로 삼으며, 관리도 이를 공으로 삼는다. 나라는 백성들에 의하여 성쇠가 결정되며, 군주는 백성들에 의하여 강약이 결정되며, 관리는 백성들에 의하여 능력이 있고 없고가 결정된다. 이를 일러 백성이 공이 되지 않음이 없다고 하는 것이다. 나는 정치에 있어 백성이 힘이 되지 않음이 없다고 들었다. 그러므로 나라도 이를 힘으로 삼으며, 군주도 이를 힘으로 삼으며, 관리도 이를 힘으로 삼는다. 그러므로 싸움에서 승리하는 것은 백성들이 이기려고 했기 때문이며, 공격해서 빼앗은 것도 백성들이 얻고자 했기 때문이며, 외부의 침략을 지켜낸 것도 백성들이 지키려고 했기 때문이다. 그러므로 백성들을 거느리고서 지키려 해도 백성들이 존립을 바라지 않으면 존립할 수가 없으며, 백성들을 거느리고서 공격하려 해도 백성들이 얻고자 하지 않으면 얻을 수가 없으며, 백성들을 거느리고서 싸우려 해도 백성들이 이기기를 바라지 않으면 이길 수가 없다. 그러므로 백성들이 그들의 임금을 위해서 적과 맞서기를 기뻐하여 기꺼이 진격하고자 한다면, 반드시 적을 당황케 할 것이며 전쟁에서 이기게 된다. 백성들이 그들의 임금을 대함에 있어 적과 맞서기를 겁내면 반드시 달아날 것이니, 전쟁에서 질 수 밖에 없다. 그러므로 재앙과 복이라는 것은 하늘에만 매여 있는 것이 아니고 사민(士民)에게 달려 있는 것이다. 아! 조심하고 또 조심할 것이다! 사민들의 뜻을 잘 살피지 않으면 안 된다. 아! 조심하고 또 조심할 것이다!

원문 行之善也, 粹[2]以爲福己矣. 行之惡也, 粹以爲蘽己矣. 故受天之福者, 天不功焉; 被天之蘽, 則亦無怨天矣, 行自爲取之也. 知善而弗行, 謂之不明; 知惡而弗改, 必受天殃. 天有常福, 必與有德 : 天有常蘽, 必與[3]奪民時. 故夫民者, 至賤而不可簡[4]也, 至愚

---

2) 粹 : '萃(모이다)'와 통한다.

而不可欺也. 故自古至於今, 與民爲讎者, 有遲有速, 而民必勝之. 知善而弗行謂之狂, 知惡而不改謂之惑,[5] 故夫狂與惑者, 聖王之戒也, 而君子之愧也. 嗚呼, 戒之戒之! 豈其以狂與惑自爲之?[6] 明君而君子乎, 聞善而行之如爭, 聞惡而改之如讎. 然後禍菑可離, 然後保福也. 戒之戒之!

옮김譯 　선을 행한 것이 모이면 자신에게 복이 된다. 악을 행한 것이 쌓이면 자신에게 재앙이 된다. 그러므로 하늘이 내리는 복을 받은 사람은 하늘이 공을 준 것이 아니며, 하늘이 내린 재앙을 받은 사람은 하늘을 원망할 것이 없으니, 자신의 행실로 스스로 취한 것이다. 선을 알고서도 행하지 않으면 현명하지 못하다고 하고, 악을 알면서도 고치지 않으면 반드시 하늘로부터 재앙을 받게 된다. 하늘은 언제나 복을 가지고 있지만 반드시 덕이 있는 자에게 주며, 하늘은 언제나 재앙을 지니고 있지만 반드시 백성들의 농사철을 빼앗는 자에게 준다. 그러므로 백성이란 지극히 천하지만 함부로 대해서는 안 되며, 지극히 어리석지만 속여서는 안 된다. 그러므로 예부터 오늘날에 이르기까지 백성들과 원수가 된 군주는 늦든 빠르든 간에 백성들이 반드시 그를 이기고 말았다. 선을 알고서도 행하지 않는 것을 정신 나갔다고 하며, 악을 알면서도 고치지 않는 것을 우매하다고 말하니, 이렇게 정신 나가고 우매함은 성왕이 조심했고 군자가 부끄러워했던 것이다. 아! 조심하고 조심할 것이다! 어찌 정신 나가고 우매한 짓을 스스로 행하겠는가? 현명한

---

3) 與 : 주다. 民時 : 농사짓는 시기를 말한다.
4) 簡 : 업신여기다.
5) 이 구절은 『鶡子』 「曲阜魯周公政」甲에 "선을 알면서도 행하지 않는 것을 정신 나갔다고, 악을 알면서도 고치지 않는 것을 우매하다고 한다[知善而不行者謂之狂, 知惡而不改者謂之惑]"고 되어 있다. 鶡子는 周師를 지낸 인물인데, 현존하는 『鶡子』는 후인들의 위작이다.
6) 之 : '分'으로 되어 있는 판본도 있다.

군주나 군자라면 선을 들으면 다투듯이 실천해야 할 것이요, 악을 듣고서는 마치 원수 대하듯이 고쳐나가야 할 것이다. 그렇게 한 다음에라야 재앙에서 벗어날 수 있고, 그렇게 한 다음에라야 복을 간직해 나갈 수 있다. 조심하고 조심할 것이다!

원문

誅賞之愼焉. 故與其殺不辜也, 寧失於有罪也. 故夫罪也者, 疑則附之去已; 夫功也者, 疑則附之與已. 則此毋有無罪而見誅, 毋有有功而無賞者矣. 戒之哉, 戒之哉! 誅賞之愼焉. 故古之立刑也, 以禁不肖, 以起怠惰之民也. 是以一罪疑則弗遂誅也, 故不肖得改也; 故一功疑則必弗倍7)也, 故愚民可勸也. 是以上有仁譽而下有治名. 疑罪從去, 仁也; 疑功從予, 信也. 戒之哉, 戒之哉! 愼其下, 故誅而不忌,8) 賞而不曲.9) 不反民之罪而重之, 不滅民之功而棄之. 故上爲非, 則諫而止之, 以道弼10)之; 下爲非, 則矜而恕之, 道而赦之, 柔而假11)之. 故雖有不肖民, 化而則12)之. 故雖昔者之帝王, 其所貴其臣者, 如此而已矣.

옮김譯

상벌을 줄 때는 신중해야 한다. 그러므로 죄 없는 사람을 죽이게 될 바엔 차라리 죄 있는 자를 놓치는 편이 낫다. 그러므로 죄를 판단할 때는 (죄가 성립되는지의 여부가) 명확하지 않으면 그냥 내보내도록 처리하고, 공(功)을 따질 때는 (공이 있는지 없는지) 의심스러우면 상을 주도록 처리한다. 이렇게 한다면 죄없이 형벌을 당하는 일이

---

7) 倍 : 어그러지다. 배반하다.
8) 忌 : 원망하다.
9) 曲 : 불공정하다.
10) 弼 : 본의는 틈이 가거나 뒤틀린 활을 바로 잡는 기구로서, 교정하다·바로잡다의 뜻으로도 쓰인다. 『新書校注』에는 '紀'로 되어 있다.
11) 假 : 관용의 뜻이다(『후한서』 「安帝紀」 注. "假貸 猶寬容也").
12) 則 : 법을 지키다, 준수하다.

없을 것이고, 공이 있음에도 불구하고 상을 받지 못하는 자가 없게 된다. 조심하고 조심할 것이다! 상벌을 줄 대에는 신중해야 한다. 그러므로 옛날에 형벌을 세운 목적은 못된 자를 막고 게으른 백성들을 (부지런히 노력하도록) 일으켜 세우려는 것이었다. 그래서 죄 하나라도 의심스러우면 죽이지 않았으므로 못된 자가 자기의 잘못을 고쳐 나갈 수 있었고, 하나의 공이 의심스러워도 등 돌리지 않았으니, 어리석은 백성들에게도 (공을 세우라고) 권장할 수 있었다. 그래서 위로는 어질다는 명예를 지니게 되었고 아래로는 잘 다스린다는 명성이 있게 된 것이다. 의심스러운 죄는 없는 것으로 처리함이 바로 인자함이며, 의심스러운 공은 상주는 것으로 처리함이 바로 미더움이다. 조심하고 또 조심할 것이다! 그 아랫사람에 대해서는 신중하게 대해야하므로 벌주되 원망하지 않게 해야 하고, 상을 주되 불공정하지 않게 해야 한다. 백성들의 죄를 다시 끄집어내서 무겁게 벌하지 않고, 백성들의 공을 없는 것으로 만들어 버리지 않는다. 그러므로 위에서 잘못을 하면 간언해서 멈추게 하고 도로써 바로 잡아주며, 아랫사람이 잘못을 하면 가련히 여겨 이해해주고 잘 인도하여 용서해주며 부드럽게 받아준다. 그러므로 비록 못된 백성이 있다 할지라도 교화되어 (법도를) 지키게 된다. 그러기에 옛날의 제왕이라 할지라도 그 신하를 귀하게 여기는 것이 이와 같았다.

원문 人臣之道, 思善則獻之於上, 聞善則獻之於上, 知善則獻之於上. 夫民者, 唯君者有之; 爲人臣者, 助君理之. 故夫爲人臣者, 以富樂民爲功, 以貧苦民爲罪. 故君以知賢爲明, 吏以愛民爲忠. 故臣忠則君明, 此之謂聖王. 故官有假而德無假,[13] 位有卑而義無卑. 故位下而義高者, 雖卑, 貴也, 位高而義下者, 雖貴, 必窮. 嗚呼, 戒之哉, 戒之哉! 行道不能, 窮困及之.

---

13) 假 : 하사하다. 수여하다(『漢書』「輯固傳」 顔師古注. "假, 給與也").

옮김譯 사람의 신하된 도리로서 좋은 생각이 있으면 이것을 임금에게 바치고, 좋은 말을 들었으면 이것을 임금에게 바치며, 좋은 계책을 알았으면 이것을 임금에게 바쳐야 한다. 임금만이 백성을 소유하는 것이며, 신하가 된 자는 임금을 도와 백성을 다스리게 된다. 그러므로 신하된 자는 백성들을 부유하게 하고 즐겁게 하는 것으로 공을 삼으며, 백성들을 가난하게 하고 괴롭게 하는 것으로 죄를 삼는다. 그래서 임금은 현명한 사람을 아는 것으로써 명석함으로 삼으며, 관리는 백성을 사랑하는 것으로 충성으로 삼는다. 그러므로 신하가 충성스러우면 임금이 명석하게 되니, 이를 성왕이라 일컫는다. 관직은 하사할 수 있으나 덕은 하사할 수 없고, 직위에는 비천함이 있을 수 있으나 의기(義氣)에는 비천함이 없다. 직위는 낮지만 의기가 고상한 자는 신분은 비천하지만 귀한 사람이며, 직위는 높지만 의기가 낮은 신분은 존귀하지만 반드시 궁하게 된다. 아! 조심하고 조심할 것이다! 도의를 실행하지 못하면 곤궁하게 되는 법이다.

원문 夫一出而不可反者, 言也; 一見而不可得揜者, 行也. 故夫言與行者, 知愚之表也, 賢不肖之別也. 是以智者愼言愼行, 以爲身福; 愚者易言易行, 以爲身菑. 故君子言必可行也, 然後言之, 行必可言也, 然後行之. 嗚呼, 戒之哉, 戒之哉! 行之者在身, 命之者在人, 此福菑之本也. 道者, 福之本; 祥者, 福之榮14)也. 無道者必失福之本, 不祥者必失福之榮. 故行而不緣道者, 其言必不顧義矣. 故紂自謂天王15)也, 桀自謂天子也, 已滅之後, 民以相罵也. 以此觀之, 則位不足以爲尊, 而號不足以爲榮矣. 故君子之貴也, 士民貴之, 故謂之貴也, 故君子之富也, 士民樂之, 故謂之富也. 故君子之貴也, 與民

---

14) 榮 : 꽃의 뜻으로, 결과를 비유한 말이다.
15) 天王 : 天子를 말한다. 『사기』「孝文紀」. "이른 바 천왕이란 천자이다[所謂天王者, 乃天子]."

以福, 故士民貴之, 故君子之富也, 與民以財, 故士民樂之. 故君子富
貴也, 至於子孫而衰, 則士民皆曰 : "何君子之道衰也數16)也!" 不肖
暴者, 禍及其身, 則士民皆曰 : "何天誅之遲也!"

옮김譯 한번 나가면 돌아올 수 없는 것이 말이고, 한번 드러나면 덮어
버릴 수 없는 것이 행동이다. 그러므로 언행에서 지혜로움과
어리석음이 드러나며, 현명함과 미련함이 구별된다. 이런 까닭에 지혜로
운 자는 말을 삼가고 행실을 삼가해서 자신의 복을 만들지만, 어리석
은 사람은 경솔하게 말하고 경솔하게 행동해서 자신의 재앙을 만든다.
그러므로 군자는 실천할 수 있는 말이라야 말하며, 말로 설명할 수 있는
행동이라야 행동한다. 아! 조심하고 조심할 것이다! 행동하는 것은 몸이
지만 그렇게 명령하는 주체는 사람이니, 이것이 복과 재앙의 근본이다.
도는 복의 뿌리요, 상서로움은 복의 꽃이다. 무도한 자는 반드시 복의
뿌리를 잃고, 상서롭지 못한 자는 반드시 복의 꽃을 잃게 된다. 그러므
로 도에 따라 행동하지 않는 자는 말할 때도 무엇이 의로운 것인지 생각
하지 않는다. 그러기에 주(紂)17)는 스스로 천왕이라 일컬었고 걸(桀)18)은
스스로 천자라 일컬었지만, 그들이 멸망한 뒤에는 백성들이 서로 욕을
퍼부었던 것이다. 이로써 보건대 지위만 차지했다고 존귀한 것이 아니
고, 호칭만 가지고 영화로운 것이 아니다. 그러므로 군자가 귀한 이유는
사민(士民)이 귀하게 여기므로 그를 귀하다고 하는 것이고, 군자가 부유
한 이유는 사민이 좋아하므로 그를 부유하다고 하는 것이다. 군자가 귀
하게 되면 백성들에게 복을 나누어 주니 사민이 그를 귀하게 여기는 것
이며, 군자가 부유하게 되면 백성들에게 재물을 나누어 주니 사민이 그
를 좋아하는 것이다. 그러므로 군자가 부귀했다가 그의 자손들에 이르

---

16) 數 : 빠르다.
17) 紂 : 『신서』 「君道」 주 참조.
18) 桀 : 『신서』 「諭誠」 주 참조.

러 쇠퇴해지면 사민들이 모두 말하기를, "군자의 도가 어떻게 이리도 빨리 쇠퇴하는가!"라고 한탄하지만, 못된 자나 포악한 자에게 재앙이 닥치면 사민들은 모두 말하기를, "하늘이 어떻게 이리도 늦게 벌을 준단 말인가!"라고 말한다.

원문

夫民者, 萬世之本也, 不可欺. 凡居於上位者, 簡士苦民者是謂愚, 敬士愛民者是謂智. 夫愚智者, 士民命[19]之也. 故夫民者, 大族[20]也, 民不可不畏也. 故夫民者, 多力而不可適[21]也. 嗚呼, 戒之哉, 戒之哉! 與民爲敵者, 民必勝之. 君能爲善, 則吏必能爲善矣; 吏能爲善, 則民必能爲善矣. 故民之不善也, 吏之罪也; 吏之不善也, 君之過也. 嗚呼, 戒之, 戒之! 故夫士民者, 率之以道, 然後士民道也; 率之以義, 然後士民義也; 率之以忠, 然後士民忠也; 率之以信, 然後士民信也. 故爲人君者, 其出令也, 其如聲; 士民學之, 其如響; 曲折而從君, 其如景[22]矣. 嗚呼, 戒之哉, 戒之哉! 君鄕[23]善於此, 則佚佚[24]然協, 民皆鄕善於彼矣, 猶景之象形也. 君爲惡於此, 則哼哼然協, 民皆爲惡於彼矣, 猶響之應聲也. 是以聖王而君子乎, 執事而臨民者日戒愼一日, 則士民亦日戒愼一日矣. 以道先[25]民也.

옮김

백성이란 만세의 근본이니 속여서는 안 된다. 윗자리에 있으면서 선비를 업신여기고 백성들을 괴롭히는 자는 어리석다고 일컬으며, 선비를 존경하고 백성들을 사랑하는 자는 지혜롭다고 일컫는

---

19) 命 : '名'과 같다.
20) 族 : 무리.
21) 適 : '敵'과 통한다.
22) 景 : '影(그림자)'과 같다.
23) 鄕 : 향하다.
24) 佚 : 빠르다.
25) 先 : 이끌다, 인도하다.

다. 그러니 어리석고 지혜롭다고 명명하는 주체는 사민들이다. 그러므로 백성은 (수가 많은) 큰 무리이기 때문에 백성을 두려워하지 않으면 안 된다. 백성은 힘이 강하므로 적대시해서는 안 된다. 아아! 조심하고 조심할 것이다! 백성들을 적으로 대하는 자는 백성들이 반드시 그를 패망시킨다. 임금이 선을 행하면 관리도 선을 행하게 되며, 관리가 선을 행하면 백성도 선을 행하게 마련이다. 그러므로 백성이 선하지 못한 것은 관리의 죄며, 관리가 선하지 못한 것은 임금의 허물이다. 아아! 조심하고 조심할 것이다! 백성을 도로 이끌어야 백성이 도에 따르게 되고, 의로움으로 이끌어야 백성도 의롭게 되고, 충성으로 이끌어야 그들도 충성스럽게 되며, 신의로 이끌어야 그들도 신의를 지키게 된다. 그러므로 임금이 소리쳐 명령을 내리면 백성들이 메아리치듯 따라 배우니, 구석구석 임금을 따름이 마치 그림자와 같다. 아아! 조심하고 조심할 것이다! 임금이 이쪽에서 선을 추구하면, 재빠르게 이에 어우러져서 백성들이 모두 저쪽에서도 선을 추구하게 되니, 마치 그림자가 본래의 모습을 반영하는 것과 같다. 임금이 이 편에서 악을 행하면 서서히 이에 어우러져서 백성들이 모두 저편에서 악을 저지르게 되니, 마치 메아리가 소리에 응답하는 것과 같다. 이런 까닭에 성왕이나 군자는 일을 처리하고 백성들을 대하는 데에 있어 하루하루를 조심하고 날마다 삼가니, 백성들 또한 하루하루를 조심하고 날마다 삼가게 된다. 이는 도로써 백성들을 인도하기 때문이다.

원문 道者, 聖王之行也; 文26)者, 聖王之辭也; 恭敬者, 聖王之容也; 忠信者, 聖王之教也. 夫聖人也者, 賢智之師; 仁義者, 明君之性也. 故堯・舜27)・禹・湯之治天下也, 所謂明君也, 士民樂

---

26) 文: 禮樂制度를 말한다. 『신서』「도덕설」주 참조.
27) 堯・舜: 『신서』「宗首」주 참조. 禹・湯: 『신서』「數寧」주 참조.

之. 皆卽位百年然後崩, 士民猶以爲大[28]數也. 桀·紂, 所謂暴亂之
君也, 士民苦之. 皆卽位數十年而滅, 士民猶以爲大久也. 故夫諸侯
者, 士民皆愛之, 則其國必興矣; 士民皆苦之, 則國必亡矣. 故夫士民
者, 國家之所樹[29]而諸侯之本也, 不可輕也. 嗚呼! 輕本不祥, 實爲身
殃, 戒之哉, 戒之哉!

옮김譯 　도는 성왕의 행위요, 글은 성왕의 말씀이며, 공경은 성왕의 모
습이며, 충신은 성왕의 가르침이다. 성인은 현명하고 지혜로운
스승이며, 인의는 현명한 군주의 성품이다. 그러므로 요·순·우·탕이
천하를 다스리자, 이들은 이른 바 현명한 군주로서 백성들이 좋아하였
다. 모두 즉위한 지 백년이나 지난 뒤에 세상을 떠났건만, 백성들은 너
무 빠르다고 여겼다. 걸과 주는 이른바 난폭한 임금으로 백성이 괴로워
하였다. 모두 즉위한 지 수 십년 만에 멸망했지만, 백성들은 그래도 너
무 길다고 여겼다. 그러므로 제후는 모든 백성들이 그를 사랑하면 그
나라는 반드시 흥하게 되고, 백성이 모두 괴로워하면 그 나라는 반드시
망하게 된다. 그러므로 백성은 국가가 설 수 있는 바탕이자 제후의 근
본이니, 가볍게 여겨서는 안 된다. 아! 근본을 가볍게 여기면 상서롭지
못하게 되어 실제로 자신에게 재앙이 되니, 조심하고 조심할 것이다!

---

28) 大: '太(크다, 지나치다)'와 통한다. 數: '促(급하다, 빠르다)'과 통한다.
29) 樹: 근본, 바탕(『廣雅』 「釋詁」. "樹, 本也").

【 큰 정치[大政] 하 】

[해제] 이 편은 인재를 선발하여 관리로 임명하는 방법 및 군주가 어떻게 인재의 능력을 활용할 것인가와 같은 인재에 관한 문제를 논하고 있다. 구체적인 논지는 공경과 충신으로 정치의 기강을 확립하고, 사민(士民)과 더불어 한결같은 마음으로 나라를 다스려 나가야 한다는 것이다. 아울러 사민은 국가 재정의 기본인 바, 존경과 사랑으로 대하지 않으면 융화가 되지 않는다는 견해를 피력하고 있다. 이 편은 「대정 상」편과 같거나 조금 늦은 시기에 쓴 글이다.

[원문] 易使喜, 難使怒者, 宜爲君. 識人之功而忘人之罪者, 宜爲貴. 故曰刑罰不可以慈30)民, 簡泄不可以得士. 故欲以刑罰慈民, 辟31)其猶以鞭狎狗也, 雖久弗親矣. 故欲以簡泄得士, 辟其猶以弧怵鳥也, 雖久弗得矣. 故夫士者, 弗敬則弗至; 故夫民者, 弗愛則弗附. 故欲求士必至, 民必附, 惟恭與敬·忠與信, 古今毋易矣. 渚澤有枯水, 而國無枯士矣. 故有不能求士之君, 而無不可得之士; 故有不能治民之吏, 而無不可治之民. 故君明而吏賢矣, 吏賢而民治矣. 故見其民而知其吏, 見其吏而知其君矣. 故君功見於選吏, 吏功見於治民. 故觀32)之其上者由其下, 而上睹矣, 此道之謂也. 故治國家者, 行道之謂, 國家必寧, 信33)道而不爲, 國家必空. 故政不可不愼也, 而吏不可不選也, 而道不可離也. 嗚呼, 戒之哉! 離道而災至矣.

---

30) 慈 : 아끼다, 사랑하다.
31) 辟 : '譬(비유하나)'와 통힌디.
32) 觀 : 원래는 '勸'이었으나, 劉師培의 설을 따라 고쳤다. 『新書校注』, 352년 참조.
33) 信 : 兪樾의 설에 따라 '倍(위배되다)'로 보아야 뜻이 통한다. 『新書全譯』, 398면 참조.

옮김譯 기쁘게 하기는 쉽지만 화내게 하기 어려운 사람은 임금으로 적합하다. 다른 사람의 공은 기억해주지만 다른 사람의 죄는 잊어버리는 사람은 귀한 신분에 적합하다. 그러므로 형벌로는 백성들에게 자비를 베풀 수 없으며, 경솔하고 업신여기는 태도로는 인재를 얻을 수 없다고 하는 것이다. 형벌을 가지고 백성들에게 자비를 베푼다는 것은 비유하자면 채찍을 가지고 개를 길들이려는 격이니, 아무리 오랫동안 노력해도 친해질 수 없다. 경솔하고 업신여기는 태도로 인재를 얻고자 한다는 것은 비유하면 활을 들고서 새를 유인하려는 격이니, 오랫동안 노력해도 따라오지 않는다. 그러므로 인재는 공경으로 대하지 않으면 찾아오지 않고, 백성은 사랑하지 않으면 따르지 않는다. 구하는 인재를 찾아오게 하고 백성으로 하여금 (나를) 따르게 만들려면 오로지 공경과 충신의 태도로 대해야 하니, 이것은 옛날이나 지금이나 변함없는 도리이다. 연못에 물이 마르는 경우는 있어도, 나라에 인재가 고갈되는 경우는 없다. 그러므로 인재를 구하지 못하는 임금은 있어도 얻을 수 없는 인재란 없는 법이며, 백성을 다스리지 못하는 관리는 있어도 다스릴 수 없는 백성은 없다. 그러므로 임금이 현명하면 관리가 현명하며, 관리가 현명하면 백성들은 다스려지기 마련이다. 그러므로 그 백성들을 보면 그 관리를 알 수 있고, 그 관리를 보면 그 임금을 알 수 있다. 임금의 업적은 관리를 선발하는 데에 나타나고, 관리의 업적은 백성들을 다스리는 데에 나타난다. 그러므로 윗사람을 보려거든 그 아래를 보면 위도 알 수 있다는 것은 이 도를 말함이다. 나라를 다스리는 자가 도를 행하면 나라는 반드시 평안해지고, 도를 배반하고 행하지 않으면 그 나라는 반드시 텅 비게 된다. 그러므로 정치는 조심하지 않으면 안 되고, 관리는 잘 선발하지 않으면 안 되며, 도는 벗어나서는 안 되는 것이다. 아아, 조심할 것이다! 도를 벗어나면 재앙이 이르는 법이다.

원문
無世而無聖, 或不得知也; 無國而無士, 或弗能得也. 故世未
嘗無聖也, 而聖不得聖王則弗起也; 國未嘗無士也, 不得君
子則弗助也. 聖明則士闇飾³⁴⁾矣. 故聖王在上位, 則士百里而有一人,
則猶無有也. 故王者衰, 則士沒矣. 故暴亂在位, 則士千里而有一人,
則猶比肩³⁵⁾也. 故國者有不幸, 而無明君; 君明也, 則國無不幸而無
賢士矣. 故自古而至於今, 澤有無水, 國無無士. 故士易得而難求也,
易致而難留也. 故求士而不以道, 周遍境內不能得一人焉; 故求士而
以道, 則國中多有之. 此之謂士易得而難求也. 故待士而以敬, 則士
必居矣; 待士而不以道, 則士必去矣. 此之謂士易致而難留也.

옮김譯
성현이 없는 시대가 없지만 그를 알아보지 못하기도 하고, 인
재가 없는 나라가 없지만 그를 얻지 못하기도 한다. 그러므로
세상에 성현이 없었던 적이 없었지만 성현은 성왕을 만나지 않으면 나
서지 않았고, 나라에 인재가 없었던 적이 없었지만 군자를 만나지 않으
면 돕지를 않았던 것이다. 성왕이 나오면 인재는 남몰래 덕행을 닦는다.
그러므로 성왕이 윗자리에 있으면 선비가 백리에 한 사람이 나온다 해
도 없는 것이나 마찬가지다.³⁶⁾ 왕도가 쇠퇴하면 인재가 숨는다. 그러므
로 난폭한 임금이 윗자리에 있으면 인재가 천리에 한 사람이 나온다 해
도 아주 많은 셈이다.³⁷⁾ 나라가 불행하려니 현명한 임금이 없는 것이지,
임금이 현명하면 나라에 인재가 없는 불행은 없다. 그러므로 옛날부터
지금까지 연못에 물이 없는 경우는 있었어도 나라에 인재가 없었던 경
우는 없었다. 그러니 인재란 얻기 쉬우면서도 구하기 어렵고, 오게 하기

---

34) 闇飾 : 벼슬에 나아가기 전에 스스로 덕행을 닦는 것을 말한다.
35) 比肩 : 어깨를 나란히 하다. 인구가 매우 많다는 것을 비유한 말이다.
36) 이 구절의 뜻은 백리에 한 명뿐이 아니라, 인재가 셀 수 없을 정도로 많이 나오게
된다는 말이다.
37) 성왕 밑에는 인재가 많이 나오게 되지만, 폭군 밑에는 인재가 없다는 뜻이다.

는 쉬우나 머무르게 하기는 어렵다. 도로써 인재를 구하지 않으면 온 나라 안을 다녀도 한 사람도 얻을 수 없으나, 바른 도로써 인재를 구하면 나라 안에 숱하게 있게 된다. 이를 일러 인재란 얻기 쉬우면서도 구하기 어렵다고 말하는 것이다. 인재를 공경스럽게 대하면 인재는 머물러 있지만, 인재를 바른 도로써 대하지 않으면 인재는 반드시 떠날 것이다. 이를 일러 인재는 오게 하기는 쉬우나 머무르게 하기는 어렵다고 말하는 것이다.

원문 王者有易政而無易國, 有易吏而無易民. 故因是[38]國也而爲安, 因是民也而爲治. 故湯以桀之亂氓爲治, 武王[39]以紂之北卒爲彊. 故民之治亂在於吏, 國之安危在於政. 故是以明君之於政也愼之, 於吏也選之, 然後國興也. 故君能爲善, 則吏必能爲善矣. 吏能爲善, 則民必能爲善矣. 故民之不善也, 失之者吏也; 故民之善者, 吏之功也. 故吏之不善也, 失之者君也; 故吏之善者, 君之功也. 是故君明而吏賢, 吏賢而民治矣. 故苟上好之, 其下必化之, 此道之政[40]也.

옮김譯 임금은 정책을 바꾸는 경우는 있으나 나라를 바꾸지는 않으며, 관리를 바꾸는 경우는 있으나 백성을 바꾸지는 않는다. 그러므로 임금은 나라에 의지해서 편안해지며, 백성들에 의지해서 정치를 실행한다. 그러므로 탕임금은 걸(桀) 밑에서 떠돌아다니던 백성들을 데리고서 좋은 정치를 하였고, 무왕은 주(紂) 아래에서 도망쳤던 병졸들을 데리고서 강성해질 수 있었다. 그러므로 백성들이 잘 다스려지는지 어지러워지는지의 여부는 관리에게 달려 있고, 나라가 평안한지 위태로운

---

38) 是 : '此'의 뜻이다.
39) 武王 : 주나라 왕 姬發. 상나라를 멸하고 주나라를 세웠다. 北 : 敗(패배하다)..
40) 政 : 兪樾은 '문장의 뜻이 통하지 않으니, '謂'로 써야 한다'고 했고, 劉師培는 '功' 字의 잘못이라고 보았다. 여기서는 兪樾의 설을 따랐다. 『賈誼集校注』, 346면 참조.

지의 여부는 정치에 달려 있다. 그러므로 현명한 임금은 조심해서 정치를 하고 관리를 선발하니, 그런 뒤에 나라가 흥하게 된다. 임금이 선해지면 관리도 선해지며, 관리가 선해지면 백성도 반드시 선해진다. 그러므로 백성이 선하지 못한 것은 관리의 잘못이며, 백성이 선한 것은 관리의 공이다. 관리가 선하지 못한 것은 임금의 잘못이며, 관리가 선한 것은 임금의 공이다. 이런 까닭에 임금이 현명하면 관리가 현명하고, 관리가 현명하면 백성들이 잘 다스려진다. 윗사람이 참으로 이를 좋아하면 그 아랫사람도 반드시 이에 감화되는 법이니, 이 도를 말한 것이다.

원문 夫民之爲言也, 暝也; 萌41)之爲言也, 盲也. 故惟上之所扶而以42)之, 民無不化也, 故曰民萌. 民萌哉, 直言其意而爲之名也. 夫民者賢不肖之材43)也, 賢不肖皆具焉. 故賢人得焉, 不肖者伏焉; 技能輸焉, 忠信飾44)焉. 故民者積45)愚也. 故夫民者雖愚也, 明上選吏焉, 必使民與焉. 故士民譽之, 則明上察之, 見歸而擧之. 故士民苦之, 則明上察之, 見非46)而去之. 故王者取吏不妄, 必使民唱, 然後和之. 故夫民者, 吏之程47)也. 察吏於民, 然後隨之. 夫民至卑也, 使之取吏焉, 必取其愛焉. 故十人愛之有歸, 則十人之吏也; 百人愛之有歸, 則百人之吏也; 千人愛之有歸, 則千人之吏也; 萬人愛之有歸, 則萬人之吏也. 故萬人之吏, 選卿相48)焉.

---

41) 萌 : '氓'과 통한다(『說文』. "民, 衆萌也").
42) 以 : 따르다.
43) 材 : 程本에는 '杖'으로 되어 있다. 『賈誼新書譯注』, 270면에서는 이를 따라 "백성은 현자와 불초자가 의지하는 대상이다"라고 해석했다.
44) 飾 : 다스리다.
45) 積 : 많다. 『賈誼集校注』, 347면.
46) 非 : 비난하다, 책망하다.
47) 程 : 법식 혹은 기준을 말한다. 『순자』 「致士」. "桯은 사물의 기준이다[程者, 物之准也]."
48) 卿相 : 丞相・御史大夫・太尉와 九卿을 합한 고위관리의 총칭이다.

'민(民)'이란 개념은 어리석다는 뜻이요, '맹(氓)'이란 개념은 무지하다는 뜻이다. 그러므로 백성은 윗사람이 도와주는 대로 따라서 교화되게 되어 있다. 그러므로 어리석은 백성(民氓)이라고 이르니, 민맹(民氓)이란 그 뜻을 직접 언급해서 지은 이름이다. 백성은 현명함과 어리석음의 재질을 갖고 있어서, 현명한 이도 어리석은 이도 다 있다. 그러므로 현인이 득세하면 불초자는 숨고, 재간꾼이 등장하면 충직한 이가 가려진다. 백성들이란 어리석은 자들이다. 백성들이 비록 어리석지만, 현명한 임금은 관리를 선발할 때에 반드시 백성들로 하여금 참여하게 한다. 백성들이 그를 칭찬하면 현명한 임금은 이를 잘 살펴 백성들이 그에게 의지함을 보고 그를 등용한다. 백성들이 그를 괴롭게 여기면, 현명한 임금은 이를 잘 살펴 백성들이 비난함을 보고서 그를 파면한다. 그러므로 왕이 된 자는 경망스럽게 관리를 임용하지 않고, 반드시 백성들로 하여금 먼저 의견을 말하게 한 다음에 그에 따라 대응한다. 백성들은 관리 선발의 기준이 된다. 백성들에게서 관리 임용에 대한 여론을 살핀 다음에 이에 따른다. 백성들은 아주 비천한 존재지만 그들로 하여금 관리를 선택하게 해서 그들이 좋아하는 자를 임용한다. 그러므로 열 사람이 그를 좋아하여 따르면 (그는) 열 사람을 통솔하는 관리가 되고, 백 사람이 그를 좋아하여 따르면 백 사람의 관리가 되고, 천 사람이 그를 좋아하여 그를 따르면 천 사람의 관리가 되며, 만 사람이 그를 좋아하여 그를 따르면 만 사람의 관리가 되는 것이다. 만 사람의 관리란 재상을 뽑는 것에 해당된다.

夫民者, 諸侯之本也. 敎者, 政之本也; 道者, 敎之本也. 有道, 然後敎也; 有敎, 然後政治也. 政治, 然後民勸之; 民勸之, 然後國豊富也, 故國豊且富, 然後君樂也. 忠, 臣之功[49]也; 臣之

---

49) 功: 일을 뜻한다.

忠者, 君之明也. 臣忠君明, 此之謂政之綱50)也. 故國也者行之綱, 然
後國臧也. 故君之信在於所信, 所信不信, 雖欲論51)信也, 終身不信
矣. 故所信不可不愼也. 事君之道, 不過於事父,52) 故不肖者之事父
也, 不可以事君. 事長之道, 不過於事兄, 故不肖者之事兄也, 不可以
事長. 使下之道, 不過於使弟, 故不肖者之使弟也, 不可以使下. 交接
之道, 不過於爲身, 故不肖者之爲身也, 不可以接友. 慈民之道, 不過
於愛其子, 故不肖者之愛其子, 不可以慈民. 居官之道, 不過於居
家,53) 故不肖者之於家也, 不可以居官. 夫道者, 行於父, 則行之於
君矣; 行之於兄, 則行之於長矣; 行之於弟, 則行之於下矣. 行之於身,
則行之於友矣; 行之於子, 則行之於民矣; 行之於家, 則行之於官矣.
故士則未仕而能以試矣, 聖王選擧也, 以爲表54)也. 問之, 然後知其
言; 謀焉, 然後知其極;55) 任之以事, 然後知其信. 故古聖王君子不
素56)距人, 以此爲明察也.

백성은 제후의 근본이다. 가르침은 정사의 근본이고, 도는 가
르침의 근본이다. 도를 갖춘 뒤에 가르치며, 가르친 뒤에 정사
를 다스린다. 정사를 다스린 뒤에 백성들이 서로 권장하게 되며, 백성들

---

50) 綱은 그물의 여러 눈을 통합하는 가운데 줄. 여기서는 정치의 기강이 잡혔다는 뜻으
   로 쓰였다.
51) 論 : 講明한다는 뜻이 있다. 『尙書』 「周官」 蔡傳. "論이란 강론해서 밝힘을 말한다
   [論者, 講明之謂]."
52) 임금을 섬기는 것이나 아버지를 섬기는 것이 그 방법이나 태도에 있어 다를 것이
   없다는 뜻이다.
53) 居家 : 집안을 다스리다. 『孝經』. "집안을 다스렸으므로 관직을 맡아 다스릴 수 있다
   [居家理, 故治可移于官]." 『新書全譯』, 405면.
54) 表 : 표준(『순자』 「大略」 注. "表, 標志也").
55) 極 : 수준, 한도의 뜻이다.
56) 素 : 『新書校注』에서는 '아무런 까닭없이 사람 쓰는 것을 서부하다'의 뜻으로 보았
   다. 여기에서는 그 사람의 능력과 됨됨이를 살펴보지 않고, 미리부터 거부하는 뜻으로
   해석했다(『國語』 「吳語」 韋昭注. "素, 預也"). 距 : '拒(거부하다)'와 통한다.

이 서로 권장한 뒤에 나라가 풍요로워지며, 나라가 풍요해진 뒤에야 임금은 즐거워한다. 충성하는 것은 신하로서 해야 할 일인데, 신하가 충성스러운 것은 임금이 현명하기 때문이다. 신하가 충성스럽고 임금이 현명한 것을 나라를 다스리는 기강이라고 한다. 그러므로 나라에 이 기강이 행해진 뒤에야 나라가 잘 되어가는 것이다. 임금의 믿음이라는 것은 믿을만한 신하에 달려 있으니, 믿을 만한 신하를 믿지 않으면 아무리 믿음을 논해 보아도 종신토록 믿지 못하게 된다. 그러므로 믿는 신하를 신중하게 대하지 않으면 안 된다. 임금을 섬기는 도리는 아버지를 섬기는 도리에서 벗어나지 않으니, 불초자가 아버지를 섬기는 도리로 임금을 섬겨서는 안 된다. 윗사람을 섬기는 도리는 형을 섬기는 도리에서 벗어나지 않으니, 불초자가 형을 섬기는 도리로 윗사람을 섬겨서는 안 된다. 아랫사람을 부리는 도리는 아우를 부리는 도리에서 벗어나지 않으니, 불초자가 아우를 부리는 도리로 아랫사람을 부려서는 안 된다. 벗과 교제하는 도리는 자기를 대하는 도리에서 벗어나지 않으니, 불초자가 자기를 대하는 도리로 벗과 교제해서는 안 된다. 백성을 사랑하는 도리는 자기 자식을 사랑하는 도리에서 벗어나지 않으니, 불초자가 자기 자식을 사랑하는 도리로 백성을 사랑해서는 안 된다. 벼슬을 하는 도리는 집을 다스리는 도리에서 벗어나지 않으니, 불초자가 집을 다스리는 태도로 벼슬해서는 안 된다. 아버지에게 도를 행하면 임금에게도 행할 수 있고, 형에게 행하면 윗사람에게도 행할 수 있으며, 아우에게 행하면 아랫사람에게도 행할 수 있다. 자신에게 행하면 벗에게도 행할 수 있으며, 자식에게 행하면 백성에게도 행할 수 있으며, 집에서 행하면 관청에서도 행할 수 있는 것이다. 그러므로 선비가 아직 벼슬하기 전에도 (이렇게 자신을) 시험해볼 수 있으며, 성왕이 인재를 뽑을 때에도 임용하는 기준이 된다.[57] 질문을 한 본 뒤에 그의 말솜씨를 알게 되고, 일

---

57) 벼슬하기 전에 시험해본 내용을 기준으로 삼아 관리를 임용한다는 뜻이다.

을 꾀하게 한 뒤에 그의 수준을 알게 되며, 일을 맡겨 본 뒤에 그를 신임할 만한지를 알게 된다. 그러므로 옛날 성왕이나 군자는 (그 사람의 능력과 됨됨이를 살펴보지도 않고) 애초부터 사람을 거부하지 않고 이와 같은 방식으로 분명하게 살펴보았던 것이다.

원문
國之治政, 在諸侯 · 大夫 · 士, 察之理, 在其與徒. 君必擇其臣, 而臣必擇其所與. 故察明者賢[58]乎人之辭, 不出於室, 而無不見也. 察明者乘人, 不出其官,[59] 而無所不入也. 故王者居於中國,[60] 不出其國, 而明於天下之政. 何也? 則賢人之辭也. 不離其位, 而境內親之者, 謂之人爲之行之也.[61] 故愛人之道, 言之者謂之其府,[62] 故愛人之道, 行之者謂之其禮. 故忠諸侯者, 無以易敬士也; 忠君子者, 無以易愛民也. 諸侯不得士, 則不能興矣; 故君子不得民, 則不能稱矣. 故士能言道而弗能行者謂之器, 能行道而弗能言者謂之用, 能言之 · 能行之者謂之實. 故君子訊其器, 任其用, 乘[63]其實, 而治安興矣. 嗚呼, 人耳人耳!

김역
나라의 정사가 잘 다스려지느냐의 여부는 제후와 대부와 선비에게 달려있고, 그들을 살피는 이치는 그들과 함께하는 데에 있다. 임금은 그의 신하를 선택해야 하고, 신하는 그와 함께 일할 사람

---

58) 賢 : 중시하다, 숭상하다. 『예기』 「禮運」. "지혜롭고 용감한 사람을 존숭한다[以賢知勇]" 孔穎達疏. "賢, 猶崇重也." 陶鴻慶은 "察明者, 賢乎人之辭"을 "明者, 察乎賢人之辭"로 바꿔야한다고 했다. 『新書校注』, 356면 참조.

59) 官 : 官舍를 가리킨다. 『예기』 「玉藻」 鄭玄注. "관은 조정에서 정사를 다스리는 곳이다[官, 謂朝廷治事處]."

60) 中國 : 京城을 가리킨다. 『시경』 「大雅」 「民勞」, 毛傳. "중국은 서울을 말한다[中國, 京師也]."

61) 『新書校注』에서는 '賢人爲之行也'로 보아야 한다고 하였다. 『新書校注』, 356면.

62) 府 : 마음, 衷心. '腑'와 통한다.

63) 乘 : 의지하다(『論語』 「學而」 集注. "乘, 依也").

들을 선택해야 한다. 그러므로 밝게 살피는 사람은 사람들의 말을 중시해서 들으니, 궁실을 나가지 않고서도 보지 못하는 것이 없다. 밝게 살필 줄 아는 사람은 사람을 이용해서, 자신의 관사를 벗어나지 않고도 들어가지 못하는 곳이 없다. 그러므로 왕이 되는 사람은 도성 안에 머물면서 그 도성을 나가지 않고서도 천하의 정사를 환히 안다. 왜냐하면 다른 사람의 말을 중시해서 듣기 때문이다. 그 자리를 떠나지 않고도 나라 안의 백성들이 임금을 친하게 따르니, 이는 현명한 사람이 그를 위해 행동하기 때문이다. 그러므로 사람을 사랑하는 도리에 대해 말로 하는 자는 그것이 본심에서부터 나왔다고 말해주며, 사람을 사랑하는 도리에 대해 행동으로 실천하는 자는 그것이 예라고 말해주는 것이다. 충성스런 제후는 변함없이 인재를 공경하고, 충직한 군자는 변함없이 백성을 사랑한다. 제후가 인재를 얻지 못하면 흥할 수가 없으며, 군자가 백성을 얻지 못하면 칭송될 수가 없다. 선비로서 도를 말할 수는 있으면서 이를 실행하지 못하는 자는 기(器)[64]라 하고, 도를 실행할 수 있으나 말로 하지 못하는 자는 용(用)[65]이라 하며, 말할 수도 있고 실행할 수도 있는 자를 실(實)[66]이라 한다. 그러므로 군자는 기(器)에게 자문하고, 용(用)에게 일을 맡기며, 실(實)에게 의지하니 평안히 다스려지게 된다. 아! 사람이 문제로다, 사람이 문제로다![67]

 諸侯卽位享國, 社稷血食,[68] 而政[69]有命, 國無君也. 官有政長而民有所屬, 而政有命, 國無吏也. 官駕百乘而食食千人,

---

64) 器는 어느 한 가지 방면에 국한된 재주를 말한다. 『新書校注』, 357면 참조.
65) 用은 실행해서 쓸 수 있다는 뜻이다.
66) 實은 名과 實이 일치한다는 뜻이다. 『新書校注』, 357면 참조.
67) 나라를 다스리는 데에는 인재가 가장 중요하다는 뜻이다.
68) 血食 : 희생을 죽여 그 피를 취해 제사에 사용하는 것을 말한다. 『주례』 「大宗伯」편에 "피로써 사직을 제사한다[以血祭社稷]"는 구절이 있다. 『한서』 「高帝紀 下」 顔師古注. "제사에는 피와 날고기를 숭상한다. 그러므로 혈식이라 부른다[祭者尙血腥, 故曰血食也]." 참조.
69) 政 : 政令. 命 : 名. 『新書校注』, 357~358면 참조.

政有命, 國無人也. 何也? 君之爲言也, 道也. 故君也者, 道之所出也. 賢人不擧, 而不肖人不去, 此君無道也, 故政⁷⁰⁾謂此國無君也. 吏之爲言, 理也. 故吏也者, 理之所出也. 上爲非而不敢諫, 下爲善而不知勸, 此吏無理也, 故政謂此國無吏也. 官駕百乘而食食千人, 近側者不足以問諫, 而由朝假⁷¹⁾不足以考度, 故政謂此國無人也. 嗚呼, 悲哉! 君者, 群也, 無人誰據? 無據必蹶, 政謂此國素亡也.

제후가 왕위에 올라 나라를 차지하고 사직에 대대로 제사하건만, 나라의 정령(政令)이 이름만 있다면⁷²⁾ 나라에 임금이 없는 것과 같다. 관직에 관원이 있고 백성들이 다 소속되어 통솔되지만, 정령이 이름만 있다면 나라에 관리가 없는 것과 같다. 관청의 수레가 백승이나 되고 봉록을 받는 이가 천여 명이 있건만, 정령이 이름만 있다면 나라에 사람이 없는 것이다. 이는 무엇 때문인가? 임금이란 말의 뜻은 도(道)이다.⁷³⁾ 그러므로 임금은 도의 출발점이다. 현명한 사람이 등용되지 않고 못난 자가 제거되지 않는 것은 임금이 무도하기 때문이니, 바로 나라에 임금이 없다고 말하는 것이다. 이(吏)라는 말은 이(理)의 뜻이다.⁷⁴⁾ 그러므로 관리에게서 이치가 나온다. 윗사람이 잘못을 저질렀는데도 감히 간하지 못하고, 아랫사람이 선을 행하였는데도 표창할 줄 모르는 것은 관리에게 이치가 없기 때문이니, 바로 나라에 관리가 없다고 말하는 것이다. 관청의 수레가 백승이나 되고 식록을 받는 이가 천여 명이 있더라도 자문을 구하거나 간언해주는 측근이 없고, 조회를 하거

---

70) 政 : '正'과 같다.
71) 朝假 : 『新書校注』에서는 '朝請'(조정의 일)의 뜻으로 보았고, 『新書全譯』에서는 '조정에서 고용하다'는 뜻으로 해석했다. 『新書全譯』(410면) 및 『新書校注』(358면) 참조. 여기에서는 '朝會와 餘暇'의 뜻으로 해석했다.
72) 이는 이름은 있으나, 그 실제적인 내용은 없다는 뜻이다.
73) 도로써 인도하는 사람이라는 뜻이다.
74) '관리'란 말은 이치를 실행하는 사람이라는 뜻이다.

나 여가 시간에 정사를 살펴서 따져보는 자들이 없으니, 바로 나라에 사람이 없다고 말하는 것이다. 아! 비통하도다. 군주[君]는 '군(群)'의 뜻인데,[75] 사람이 없으니 누구에게 기댈 것인가? 기댈 곳이 없으면 반드시 쓰러지게 마련이니, 바로 이런 나라는 본래 망할 나라라고 한다.

▌정치의 교훈[脩政語] 상▐

해제 이 편은 정사에 관해서 역대 성왕들이 남긴 좋은 말들을 가려 모으고 해설한 것이다. 상편은 황제에서 탕임금까지의 말을 모아 놓았다. 이 편은 가의가 양회왕의 태부로 있을 때 쓴 것으로 보이며, 그중에는 가의가 옛 사람의 말을 빌려 자신의 생각을 표현한 부분도 적지 않다. 일부는 『육자[鬻子]』 및 유향(劉向)의 『설원(說苑)』「군도(君道)」의 내용과 같다.

원문 黃帝[76]曰 : "道若川谷之水, 其出無已, 其行無止" 故服人而不爲仇. 分人而不諓[77]者, 其惟道矣, 故播之於天下而不忘[78]者, 其惟道矣. 是以道高比於天, 道明比於日, 道安比於山. 故言之者見[79]謂智, 學之者見謂賢. 守之者見謂信, 樂之者見謂仁, 行之者見謂聖人. 故惟道不可竊也, 不可以爲虛也. 故黃帝職[80]道義, 經

---

75) 『순자』「書道」. "군주란 무엇인가? 말하기를 '모여 살 수 있게 자다'라고 한다[君者何也? 曰 : 能群也].” 참조.
76) 黃帝 : 『신서』「宗數」 주 참조.
77) 諓 : 줄어들다.
78) 忘 : 없어지다(亡).
79) 見 : 被(당하다)의 뜻이다.

天地, 紀人倫, 序萬物, 以信與仁爲天下先. 然後濟東海, 入江81)內,
取綠圖,82) 西濟積石, 涉流沙, 登於崑崙, 於是還歸中國,83) 以平天下.
天下太平, 唯躬道84)而已.

옮김譯 황제께서는 "도라는 것은 골짜기에 흐르는 물과 같아서 그침
없이 흘러나오고, 쉼없이 흘러간다"고 하셨다. 그러므로 사람
을 복종하게 하되 원수를 맺지는 않는다. 사람들에게 나누어 주어도 줄
어들지 않는 것은 오직 도뿐이며, 천하에 흩어져 있어도 없어지지 않는
것은 오직 도뿐이다. 그렇기 때문에 도는 하늘처럼 높고 태양처럼 밝으
며, 산처럼 편안하다. 그러므로 도를 논하는 사람은 지혜롭다고 하며,
도를 배우는 사람은 현명하다고 한다. 도를 지키는 사람이 보고는 믿음
직하다고 하고, 도를 좋아하는 사람이 보고는 어질다고 하며, 도를 행하
는 사람이 보고는 성인이라고 한다. 도라는 것은 훔쳐갈 수도 없고 거
짓으로 행할 수도 없다. 그러므로 황제께서는 도의를 맡아 천하를 다스
리고 인륜을 바로세우며, 만물을 질서지우고, 신의와 인덕을 천하에 앞
세웠다. 그러한 후에 동해를 건너 위수(潙水)85) 안으로 들어와 도록을
얻어가지고, 서쪽으로 적석산(積石山)86)을 건너고 유사(流沙)87)를 건너

---

80) 職 : 지키다. 맡다(『주례』「夏官」「掌固」注. "職, 守也").
81) 江 : 潙川 즉 潙水를 가리킨다.
82) 綠圖 : 성인이 다스리는 시대에는 강에서 정치의 지침이 되는 책이 나온다는 전설이
있는데, 河圖가 이런 예에 해당한다. 『淮南子』「俶眞」. "하수에서 도록이 나왔다[河出
綠圖]."
83) 中國 : 옛날 사람들은 華夏族이 사는 黃河 유역을 천하의 중심이라고 생각하여 중
국이라 불렀다.
84) 躬道 : 몸소 도를 행하다.
85) 潙水 : 潙川이라고도 하며, 湖南 寧鄕縣에서 발원하여 湘江으로 들어간다.
86) 積石 : 積石山으로, 지금의 淸海省 境內에 있는 阿尼瑪山이다.
87) 流沙 : 넓게는 사막을 가리키나, 앞 뒤의 문장이 모두 지명이므로, 여기서도 일반적
인 사막이 아닌 고유지명으로 보았다. 居延縣 서북지역으로, 居延澤이라고도 부른다.
『新書校注』, 364면 참조.

곤륜(崑崙)[88]에 올랐다가, 다시 중국에 돌아와서 천하를 태평하게 만들었다. 천하가 태평스러워진 것은 오로지 도를 몸소 행하였기 때문이다.

원문 帝顓頊曰 : "至道不可過也, 至義不可易也." 是故以後者復跡也. 故上緣黃帝之道而行之, 學黃帝之道而賞[89]之, 加[90]而弗損, 天下亦平也.

옮김譯 전욱(顓頊)[91]은 "완전한 도는 넘을 수 없으며, 완전한 의는 바꿀 수 없다"고 말했다. 이런 까닭에 뒤에 오는 사람은 (앞사람의) 발자취를 되풀이 한다. 그러므로 위로 황제의 도를 따라 행하고, 황제의 도를 배워서 항상 지켜서 더하지도 않고 덜지도 않게 하며, 천하가 또한 태평할 것이다.

원문 顓頊曰 : "功莫美於去惡而爲善, 罪莫大於去善而爲惡. 故非吾善善[92]而已也, 善緣善也, 非惡惡而已也, 惡緣惡也. 吾日愼一日, 其此已也."

옮김譯 전욱(顓頊)이 "악을 제거하고 선을 행하는 것보다 훌륭한 공이 없고, 선을 버리고 악을 행하는 것보다 중대한 죄는 없다"라고 하였다. 그러므로 나 자신이 선을 좋아하는 데 그친 것이 아니라 선을

---

88) 崑崙 : 崑崙山으로 지금의 新疆과 西藏 사이에 있다. 『莊子』「天地」편에 "黃帝가 赤水의 북녘에 노닐다가 곤륜의 산에 올라 남쪽을 바라보았다[皇帝遊乎赤水之北, 登乎崑崙之丘而南望]"는 구절이 있다.

89) 賞 : 『鷃子』에는 '常'으로 되어 있다. 이를 따라 해석했다. 『新書全譯』, 413면.

90) 加 : 陶鴻慶은 "지극한 도는 넘을 수 없으며, 지극한 義는 바꿀 수 없다는 윗 문장을 참조해볼 때, '加'字 앞에 '弗'字가 있어야 한다"고 보았다. 『新書校注』, 364면 참조

91) 顓頊 : 전설상의 五帝 중의 하나, 高陽氏라고 부른다.

92) 善善 : 앞의 '善'자는 '좋아하다'는 동사이다.

따르기를 좋아했고, 악을 싫어하는 것에 그친 것이 아니라 악을 따르는 것을 싫어했다. 우리가 매일 매일 삼가야 할 것은 이것뿐이다.

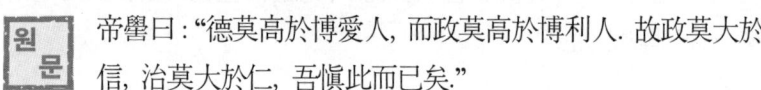 帝嚳曰: "緣道者之辭而與93)爲道已, 緣巧者之事而學爲巧已, 行仁者之操而與爲仁已." 故節仁之器94)以脩其躬, 而身專其美矣. 故上95)緣黃帝之道而明之, 學帝顓頊之道而行之, 而天下亦平矣.

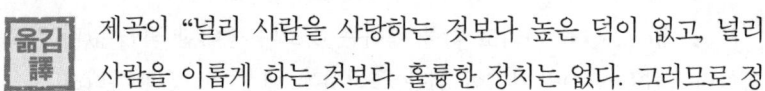 제곡(帝嚳)96)이 "도를 지닌 사람의 말을 따라 하면 도를 행하는 데에 참여하는 것이고, 재주부리는 사람의 일을 따라 배우면 재주부리는 짓을 배우는 것이며, 인(仁)을 행하는 사람의 몸가짐대로 행하게 되면 인을 행하는데 참여하는 것이다"라고 하였다. 그러므로 인이라는 훌륭한 법도를 표준으로 삼아 자신을 닦으면 그 미덕이 고스란히 내 것이 된다. 그러므로 위에서 (임금이) 황제(黃帝)의 도를 따라 이를 밝히고, 제곡의 도를 배워 이를 실행하면 천하는 태평하게 된다.

帝嚳曰: "德莫高於博愛人, 而政莫高於博利人. 故政莫大於信, 治莫大於仁, 吾愼此而已矣."

제곡이 "널리 사람을 사랑하는 것보다 높은 덕이 없고, 널리 사람을 이롭게 하는 것보다 훌륭한 정치는 없다. 그러므로 정

---

93) 與 : 陳本에는 '與'字가 '學'으로 되어 있다. 아래 문장의 '與爲仁已'의 '與'도 '學'으로 되어 있다. 王引之는 '與'는 '以'와 같다고 보았다. 여기서는 王引之의 설을 따랐다. 『新書校注』, 365면 참조.
94) 器 : 『주역』 「계사하전」 孔穎達 疏에서는 '善道'의 뜻으로 해석했다. 節 : 법도, 표준. 『新書全譯』에서는 '微驗하다'로 보았다. 『荀子』 「性惡」, "과거를 잘 말하는 이는 반드시 현재에서 징험해야 한다[善言古者, 必有節于今]."
95) 上 : 원래는 '士'로 되어 있으나, 何本에 의거해 고쳤다. 『新書校注』, 365면.
96) 帝嚳 : 전설상의 오제 중의 하나. 高辛氏라고 부른다.

사는 믿음이 가장 중요하고, 다스림은 인자함이 가장 중요하니, 나는 이를 조심할 따름이다"라고 하였다.

원문 帝堯曰 : "吾存心於先古,[97] 加志於窮民, 痛萬姓之罹罪, 憂衆生之不遂[98]也. 故一民或飢, 曰 此我飢之也; 一民或寒, 曰此我寒之也; 一民有罪, 曰此我陷之也." 仁行而義立, 德博而化富.[99] 故不賞而民勸, 不罰而民治, 先恕而後行,[100] 是以德音遠也. 是故堯敎化及雕題蜀·越, 撫交趾. 身涉流沙, 地封獨山, 西見王母. 訓及大夏·渠叟, 北中幽都, 及狗國, 與人身而鳥面, 及焦僥. 好賢而隱不逮, 彊於行而蒞[101]於志, 率以仁而恕, 至此而已矣.

옮김譯 요(堯)[102]임금이 "나는 고대의 선왕에게 마음을 두고 곤궁한 백성에게 뜻을 두어, 만백성들이 형벌에 걸리는 것을 가슴아파하며 중생이 성장하지 못하는 것을 걱정한다. 그래서 백성 한 사람이 굶주리면 내가 그를 굶주리게 한 것이라고 생각하고, 백성 한 사람이 추위에 떨면 내가 그를 떨게 한 것이라고 생각하며, 백성 한 사람이 벌을 받게 되면 내가 그를 형벌에 빠뜨린 것이라고 생각한다"라고 하였다. (이와 같이) 인정을 베푸니 도의가 세워지고, 은덕을 널리 펴니 널리 교화되었다. 그래서 상을 주지 않아도 백성들은 서로 노력했고, 벌을 주지 않아도 백성들은 다스려졌으며, 먼저 용서한 뒤에 가르쳐주니, 이런 까닭에 멀리까지 칭송이 자자해졌다. 요임금의 교화는 조제(雕題)·촉(蜀)·월(越)[103]의 땅에 까지 미쳤고, 교지(交趾)[104] 땅에 까지도 어루만져 주었다.

---

97) 先古 : 『說苑』「君道」편에는 '天下'로 되어 있다.
98) 遂 : 성장하다(『國語』「齊語」韋昭注. "遂, 長也").
99) 富 : 『說苑』「君道」에는 '廣'으로 되어 있다. 이에 따라 해석했다.
100) 行 : 『설원』「군도」에는 '敎'로 되어 있다. 이에 따라 해석했다.
101) 蒞 : 세우다, 수립하다.
102) 堯 : 고대 전설상의 제왕. 陶唐氏 혹은 伊祁氏라고도 칭해졌다.

몸소 유사(流沙)를 넘어 독산(獨山)[105]지역까지 제후를 봉하였고 서쪽으로는 서왕모(西王母)[106]를 만났다. 그의 가르침은 대하(大夏)와 거수(渠叟)[107]에게까지 이르렀고, 북쪽으로는 유도(幽都)[108]와 구국(狗國)[109]과 사람 몸매에 새 얼굴을[110] 하고 있다는 반인반수(半人半獸)의 나라와 초요(焦僥)[111]나라에까지 미쳤었다. 현명한 사람을 좋아하고 능력이 모자란 사람은 물리쳤으며, 실천에 힘쓰고 큰 뜻을 세워서 인자함과 관대함으로 통솔하였으므로 이러한 경지에 이른 것이다.

帝舜[112]曰: "吾盡吾敬而以事吾上, 故見謂忠焉; 吾盡吾敬以接吾敵,[113] 故見謂信焉; 吾盡吾敬以使吾下, 故見謂仁焉.

---

103) 雕題: 이마에 꽃무늬를 새기는 것으로, 고대 남방의 소수민족의 습속이다. 이는 그 풍속을 들어서 그 민족을 말한 것이다. 『예기』「王制」. "남방의 오랑캐를 만이라고 한다. 그들은 이마에 먹물을 넣어 무늬를 새긴다[南方曰蠻, 雕題交趾]." 蜀: 옛 나라의 이름으로, 지금의 四川省 서쪽에 있다. 越: 옛날 부족의 이름, 지금의 長江 중하류 이남에 펴져있다. 百越이라고도 한다.

104) 交趾: 누울 때 머리를 바깥을 향하게 하고, 다리는 안에 놓고 꼬는 풍속을 말하는데, 雕題와 같이 그들의 풍속을 들어 그 민족을 지칭한 것이다. 옛날에는 嶺南지방을 가리켰는데, 지금의 월남에 속한다.

105) 獨山: 산 이름. 『山海經』「東山經」. "남쪽 삼백리를 독산이라 부른다. 그 위에는 금과 옥이 많고 그 아래에는 아름다운 돌이 많다[南三百里, 曰獨山, 其上多金玉, 其下多美石]."

106) 王母: 옛날 곤륜산에 살았다는 선인 西王母. 周나라 穆王과 漢의 武帝가 西王母를 만났다는 전설이 있다.

107) 大夏: 옛 나라 이름으로, 지금의 阿富汗 북부 일대이다. 渠叟: 옛 나라 이름으로, 지금의 中亞 북부이다.

108) 幽都: 북방을 가리킨다. 『회남자』「修務」 高誘注. "음기가 모이는 곳이므로, 유도라 부른다. 지금 應門 이북지역이다[陰氣所聚, 故曰幽都, 今應門以北是]."

109) 『逸周書』에 "狗國의 사람들은 사람의 몸에 개의 머리를 하고 있으며 긴 털이 나서 옷을 입지 않는다고 했다." 또 『산해경』에 "環狗땅의 사람들은 짐승의 머리에 사람의 몸을 하고 있다"고 했다. 『新書校注』, 366면 참조.

110) 『神異經』에 "東荒山에는 크기는 한 길 정도로 사람의 모습인데, 새의 얼굴에 호랑이 꼬리를 하고 있다"고 했다. 『新書校注』, 366면 참조.

111) 焦僥: 서남쪽 矮人들이 산다는 전설상의 나라.

112) 舜: 『신서』「宗首」 주 참조.

113) 敵: 지위가 같은 사람(『廣雅』「釋詁」. "敵 輩也").

是以見愛親於天下之人, 而見歸樂於天下之民, 而見貴信於天下之
君. 故吾取之以敬也, 吾得之以敬也." 故欲明道而諭敎, 唯以敬者爲
忠, 必服之.

 순임금은 "내가 공경을 다하여 윗사람을 섬기면 충성스럽다고
일컬어지고, 공경을 다하여 동료를 대하면 믿음직하다고 일컬
어지며, 공경을 다하여 아랫사람을 부리면 인자하다고 일컬어진다. 이
리하여 천하의 사람들로부터 사랑을 받으며, 천하의 사람들이 즐겨 따
라오며, 천하의 임금으로부터 귀한 대접과 신임을 받는 사람이 된다. 그
러므로 나는 공경으로 이를 취했고, 공경으로 이것을 얻었다"고 하였다.
그러므로 도를 밝히고 사람들을 가르쳐주고 싶으면, 오직 공경스러운
태도로 충심을 다해야만 사람들이 복종하게 된다.

大禹[114]之治天下也, 諸侯萬人而禹一皆知其國;[115] 其士萬
人而禹一皆知其體. 故[116]大禹豈能一見而知之也? 豈能一
聞而識之也? 諸侯朝會而禹親報之, 故是以禹一皆知其國也; 其士月
朝而禹親見之, 故是以禹一皆知其體也. 然且大禹其猶大恐, 諸侯會,
則問於諸侯曰: "諸侯以寡人爲驕乎?" 朔日士朝, 則問於士曰: "諸大
夫以寡人爲汰乎? 其聞寡人之驕之汰耶, 而不以語寡人者, 此敎寡人
之殘道也, 滅天下之敎也. 故寡人之所怨於人者, 莫大於此也."

대우(大禹)가 천하를 다스림에 있어 제후가 만 명이나 되었지
만, 우는 한결같이 그들의 나라를 모두 파악하고 있었고, 그 사

---

114) 禹: 『신서』 「連語」 주 참조.
115) 國: 원래는 '體'로 되어 있고, '其士萬人而禹一皆知其體'의 부분이 없었으나, 盧文
弨의 설을 따라 보충하였다. 『新書校注』, 367면 참조.
116) 故: '夫'와 같다. 『新書校注』, 368면 참조.

대부들이 만 명이나 되었지만 우는 한결같이 그들의 모습을 모두 알고 있었다. 대우가 어떻게 한번 보고 이를 알 수 있었겠으며 어떻게 한번 듣고 이를 알 수 있었겠는가? 제후들이 조회하러 오면 대우는 몸소 이들로부터 보고받았으므로, 대우는 하나같이 그들의 나라를 모두 알았던 것이며, 사대부가 매월 조회에 참례할 때 대우는 몸소 이들을 만나 보았으므로, 대우는 하나같이 그들의 모습을 모두 알았던 것이다. 그렇게 하고서도 대우는 아주 두려워하면서 제후들이 모이면 제후들에게 "제후들은 나를 교만하다고 생각하는가?"하고 물었고, 초하룻날에 사대부가 조회하러 오면 사대부들에게 "여러 대부들은 나를 사치스럽다고 생각하는가?"하고 물었다. 또 "내가 교만하고 사치스럽다는 이야기를 듣고서도 나에게 말해주지 않는 것은 바로 나로 하여금 도를 어그러뜨리게 만드는 것이며, 이는 천하의 교화를 망치는 일이다. (만일 이런 일이 일어난다면) 나는 그대들에게 이 일을 가장 원망스럽게 생각할 것이다"라고 하였다.

원문 大禹曰 : "民無食也, 則我弗能使也; 功成而不利於民, 我弗能勸也." 故鬢[117]河而道之九牧, 鑿江而道之九路, 灑五湖而定東海. 民勞矣而弗苦者, 功成而利於民也. 禹嘗晝不暇食, 夜不暇寢矣. 方是時也, 憂務故也. 故禹與士民同務, 故不自言其信, 而信諭矣. 故治天下, 以信爲之也.

옮김 대우는 "백성들이 먹을 것이 없으면 나는 이들을 부릴 수가 없으며, (내가) 성공을 이루었지만 백성들에게 이롭지 않다면 나는 (백성들에게 나를 따르라고 더 이상) 권장할 수 없다"라고 하였다. 그래서 구불구불한 황하를 구주(九州)로 끌어내고, 강을 뚫어 아홉 갈래

117) 鬢 : '環(고리, 둥글다)'과 같다. 河 : 황하. 道 : '導(이끌다, 인도하다)'와 같다. 九牧 : 九州를 말한다.

로 유도하였으며, 오호(五湖)[118]의 물을 나누어 동해지역을 안정시켰다. (이 일을) 백성들이 힘들면서도 고통스러워하지 않았던 것은 이 일이 성공하면 백성들에게 이롭기 때문이었다. 우는 낮에는 밥 먹을 겨를이 없었고, 밤에는 잠잘 틈도 없었다. 그때그때에 해야 할 일이 걱정스러웠기 때문이었다. 우는 사민(士民)들과 더불어 같이 노력했기 때문에, 스스로 자기를 믿어 달라고 말하지 않았어도 (백성들이 저절로) 믿을 줄 알게 되었다. 그러므로 천하를 다스림은 믿음으로 해 나가는 것이다.

원문 湯曰: "學聖王之道者, 譬其如日; 靜思而獨居, 譬其若火. 夫舍學聖之道而靜居獨思, 譬其若去日之明於庭, 而就火之光於室也, 然可以小見, 而不可以大知." 是故明君而君子, 貴尙學道而賤下獨思也. 故諸君子得賢而擧之. 得賢而與之, 譬其若登山乎; 得不肖而擧之, 得不肖而與之, 譬其若下淵乎. 故登山而望, 其何不臨而何不見? 陵遲[119]而入淵, 其孰不陷溺? 是以明君愼其擧, 而君子愼其與, 然後, 福可必歸, 菑可必去也.

옮김譯 탕임금은 "성왕의 도를 배우는 것이 마치 햇빛과 같다면, 조용히 혼자 생각하는 것은 마치 호롱불 빛과 같다. 성왕의 도를 배우지 않고서 조용히 혼자 생각하는 것은 마치 마당에 밝게 비치는 햇빛을 버리고서 방안에 켜 놓은 호롱불을 찾아가는 것과 같아서, 작게 볼 수 있으나 크게 (전체를) 알 수는 없다"라고 하였다. 그러므로 현명한 군주와 군자는 도를 배우는 것을 중시하고, 혼자 생각하는 것을 가볍게 여긴다. 그러므로 여러 군자들은 현명한 인재들을 얻어 이를 등용하는 것이다. 현명한 사람을 얻어 함께 일하는 것은 마치 산에 오르는

---

118) 五湖: 지금의 江南 太湖 일대의 5개의 큰 호수.
119) 陵遲: 점점 아래로 내려가다.

것과 같지만, 못된 자를 얻어 이를 등용하고 못된 자를 얻어 이들과 어울리는 것은 마치 점점 연못 속으로 빠져드는 것과도 같다. 높은 산에 올라서 바라보면, 그 무엇인들 아래로 굽어보지 못할 것이 있겠는가? 점점 깊은 연못 속으로 들어가면, 그 누가 다 빠져버리지 않겠는가? 이런 까닭에 현명한 임금은 조심해서 사람을 등용하고, 군자는 함께할 사람을 조심하니, 그렇게 한 다음에라야 반드시 복이 돌아오고 재앙이 사라진다.

원문

湯曰: "藥食嘗於卑, 然後至於貴; 藥言獻於貴, 然後聞於卑." 故藥食嘗於卑, 然後至於貴, 教也, 藥言獻於貴, 然後聞於卑, 道[120]也. 故使人味食, 然後食者, 其得味也多; 若使人味言, 然後聞言者, 其得言也少. 故以是明上之於言也, 必自也聽之, 必自也擇之, 必自也聚之, 必自也藏之, 必自也行之. 故道以數[121]取之爲明, 以數行之爲章, 以數施之萬姓爲藏.[122] 是故求道者不以目而以心; 取道者不以手而以耳. 致道者以言, 入道者以忠, 積道者以信, 樹道者以人.[123] 故人主有欲治安之心而無治安之故者, 雖欲治安[124]顯榮也, 弗得矣. 故治安不可以虛成也, 顯榮不可以虛得也. 故明君敬士察吏 · 愛民以參[125]其極, 非此者, 則四美不附矣.

---

120) 道 : '導'와 같다.
121) 數 : '速(빠르다)'의 뜻이다. 『賈誼集校注』, 364면. 자주. 혹은 '術'로 보는 견해도 있다(『廣雅』「釋言」. "數, 術也"). 『新書校注』, 369면. 여기서는 '빠르다'의 뜻으로 해석했다.
122) 藏 : 王耕心은 '臧(선하다)'과 통하는 것으로 보아, '천하를 선하게 하다'라고 해석했다. 『新書校注』, 369면 참조.
123) 人 : '仁'과 통한다. 『新書全譯』, 423면 참조.
124) 安 : 원래는 빠져있으나, 盧本에 의해 보충하였다. 『新書校注』, 369면.
125) 參 : 이르다. 『杜甫』「古柏行」. "검푸른 잎새는 하늘로 이천 척이나 이르는구나[黛色參天二千尺]." 참조. 『新書校注』, 369면.

옮김 譯 탕은 "약이 되는 음식은 지위가 낮은 사람에게 맛을 보게 한 후에 귀한 사람에게 바치고, 약이 되는 말씀은 귀한 사람에게 바친 뒤에 지위가 낮은 사람들에게 들려준다"라고 하였다. 약이 되는 음식을 지위가 낮은 사람에게 보게 한 후에 귀한 사람에게 바치는 것은 가르쳐주는 것이요, 약이 되는 말씀을 귀한 사람에게 바친 후에 지위가 낮은 사람들에게 들려주는 것은 인도해주는 것이다. 다른 사람으로 하여금 음식의 맛을 보게 한 다음 그 음식을 먹게 하면 더욱 맛이 나지만, 다른 사람으로 하여금 진언(進言)을 품평하게 한 뒤에 그 말을 듣게 되면 듣는 말이 줄어든다. 그러므로 현명한 임금은 진언에 대해 반드시 자신이 직접 들으며, 반드시 자신이 직접 선택하고 반드시 자신이 직접 취합하며, 반드시 자신이 직접 간수하고 반드시 자신이 직접 실행한다. 그러므로 도를 빨리 얻는 사람을 명석하다하고 도를 빨리 실행하는 사람을 빼어나다고 하며, 도를 빨리 백성에게 베푸는 사람을 훌륭하다고 한다. 그러므로 도를 구하는 사람은 눈으로 구하지 않고 마음으로 구하며, 도를 취하는 사람은 손으로 취하지 않고 귀로 취한다. 말로써 도를 전하고 충직함으로 도에 들어가며, 믿음으로 도를 쌓고 인자함으로써 도를 세운다. 그러므로 임금이 나라가 잘 다스려지기를 바라나 잘 다스려질 만한 연고가 없으면, 비록 잘 다스려서 번영하게 하고 싶어도 할 수가 없다. 나라가 잘 다스려지는 것은 허투로 이뤄지지 않으며, 번영하게 하는 것도 허투로 얻을 수 없다. 그러므로 현명한 임금은 선비를 공경하고 관리를 잘 살피며 백성을 사랑하는 것으로써 그 (다스림의) 극치에 이르니, 이것이 아니고서는 임금에게 네 가지 아름다움[126]이 따르지 않을 것이다.

---

126) 四美 : 治・安・顯・榮을 말한다.

정치의 교훈[脩政語] 하

해제 이 편은 정사에 관해서 역대 성왕들이 남긴 좋은 말들을 가려
모으고 해설한 것으로, 앞 편에 이어 주나라 문왕·무왕·성왕
과 육자(鬻子)의 문답내용을 모아 놓았다. 가의는 이러한 고대 제왕의 경
험을 빌어서 나라를 다스리는 정책, 군주와 백성과의 관계, 인재를 알아
보는 방법 등을 밝히고 있다. 상편보다 조금 뒤에 쓰였다.

원문 周文王問於鬻子曰 : "敢問君子將入其職, 則其於民也何如?"
鬻子對曰 : "唯,127) 疑. 請以上世之政128)詔於君王. 政曰 : 君
子將入其職, 則其於民也, 旭旭然如日之始出也." 周文王曰 : "受命
矣." 曰 : "君子旣入其職, 則其於民也, 何若?" 對曰 : "君子旣入其職,
則其於民也, 暽暽129)然如日之正中." 周文王曰 : "受命矣." 曰 : "君子
旣去其職, 則其於民也, 何若?" 對曰 : "君子旣去其職, 則其於民也,
暗暗然如日之已入也. 故君子將入而旭旭者, 義先聞也 ; 旣入而暽暽
者, 民保其福也 ; 旣去而暗暗者, 民失其敎也. 周文王曰 : "受命矣."

옮김 주나라 문왕이 육자130)에게 물었다. "군자가 앞으로 자기 직책
을 맡으려 함에 있어 백성들에게 어떻게 대해야 하는지요?" 육
자가 대답하였다. "네, 글쎄요. 옛날의 정령을 가지고 임금님께 말씀드
리겠습니다. 정령에서 말하기를, '군자가 장차 그 직책을 맡을 때는 백

---

127) 唯 : 응답하는 말로 의성어이다. 疑 : 분명치 않다는 뜻이다.
128) 政 : 선대 제왕의 政令. 詔 : 고하다(告).
129) 暽暽 : 정오의 태양을 묘사한 것이므로, '暵'의 뜻으로 해석하였다. 『新書校注』, 3/4
면 참조.
130) 鬻子 : 鬻子로 周師를 지냈다. 이름은 態. 『한서』 「예문지」 著錄에 『鬻子』 22편이
있다. 현존하는 『鬻子』는 후인들의 위작이다.

성들에 대하기를 마치 하늘에 해가 막 솟아오르는 것같이 하라'하였습니다." 문왕이 말했다. "알아듣겠습니다." "그러면 군자가 이미 그 직책을 맡고 있을 때에 백성을 대함은 어떠해야 하는지요?" 대답하였다. "군자가 이미 그 직책을 맡고 있을 때 백성을 대함은 마치 한낮의 태양이 환하게 빛나듯[131] 하라고 했습니다." 문왕이 말했다. "알아듣겠습니다. 그러면 군자가 이미 그 직책을 떠났을 때 백성을 대함은 어떠해야 하는지요?" 대답하였다. "군자가 이미 그 직책을 떠났을 때 백성을 대함은 깜깜하게 마치 해가 이미 져버린 듯해야 합니다. 군자가 앞으로 직책을 맡으려 할 때에 밝아야 한다는 것은 의로움이 먼저 백성들에게 알려져야 한다는 것이고, 이미 직책을 맡았을 때에 환하게 빛나야 한다는 것은 백성들이 군자가 준 복을 누리도록 해야 한다는 것이며, 직책을 이미 떠났을 때에 깜깜하게 한다는 것은 백성들이 그의 가르침을 잃게 되었다는 뜻입니다." 문왕이 답했다. "알아듣겠습니다."

원문 周武王問於粥子曰: "寡人願守而必存, 攻而必得, 戰而必勝, 則吾爲此奈何?" 粥子曰: "唯, 攻守而戰[132]乎同器,[133] 而和與嚴其備也. 故曰: 和可以守而嚴可以守, 而嚴不若和之固也. 和可以攻而嚴可以攻, 而嚴不若和之得也. 和可以戰而嚴可以戰, 而嚴不若和之勝也, 則唯由和而可也. 故諸侯發政施令, 政平於人者, 謂之文[134]政矣; 諸侯接士而使吏, 禮恭於人者, 謂之文禮矣. 諸侯聽

---

131) 태양이 온 대지를 환하게 비추듯 하라는 뜻이다.
132) 戰 : 원래는 '勝'으로 되어 있었으나, 兪樾은 위의 문장에서 무왕이 守·攻·戰에 대해 물었으므로, 그 대답도 守·攻·戰 모두에 대해 말한 것으로서 戰이 옳다고 보았다. 『賈誼新書譯注』, 287면 참조
133) 器 : 이에 대해서는 해석이 분분하다. 『賈誼集校注』에서는 '전쟁이라는 구체적 사물'의 뜻으로 보았고, 『賈誼新書譯注』에서는 '用具, 方法'의 뜻으로, 『新書全譯』에서는 '조건'의 뜻이라고 하였다. 『賈誼集校注』, 268면, 『賈誼新書譯注』(287면) 및 『新書全譯』(427면) 참조. 그러나 역자의 견해로는 器物의 뜻으로 전쟁에 사용하는 兵器와 物資를 지칭하는 개념으로 보면 자연스럽게 해석된다.

獄斷刑, 仁於治, 陳於行.[135] 其由此守而不存, 攻而不得, 戰而不勝
者, 自古而至于, 今自天地之辟也, 未之嘗聞也. 今也君王欲守而必存,
攻而必得, 戰而必勝, 則唯由此也爲可也." 周武王曰 : "受命矣."

옮김譯 주나라 무왕이 육자에게 물었다. "나는 수비를 하면 반드시 지
켜내고, 공격하면 반드시 얻고, 싸우면 반드시 이기기를 원하
는데, 이렇게 하려면 어떻게 해야 합니까?" 육자가 대답하였다. "네, 공
격하고 수비하고 싸우는 것은 같은 무기를 쓰지만, 온화함과 위엄을 갖
춰야 합니다. 온화함으로도 수비할 수 있고 위엄으로도 수비할 수 있다
고 말을 하나, 위엄은 온화함만큼 견고하지 못합니다. 온화함으로도 싸
울 수 있고 위엄으로도 싸울 수 있으나, 위엄은 온화함만큼 전과를 획
득하지 못합니다. 온화함으로도 전쟁할 수 있고 위엄으로도 전쟁할 수
있지만, 위엄은 온화함만큼 이기지를 못하니, 그렇다면 오직 온화하게
해야 할 따름입니다. 그러므로 제후가 정사를 펴고 명령을 시행함에 있
어 사람들을 공평하게 다스리는 것을 훌륭한 정치라고 하고, 제후가 선
비를 접대하고 관리로 임용함에 있어 사람들에게 공손한 예의를 갖추
는 것을 훌륭한 예의라고 합니다. 제후는 송사를 심의해서 판결을 내려
야 할 때에는 어질게 다스려서 형벌을 펍니다. 이런 방식으로 수비를
했는데 지켜내지 못하였고, 공격했는데 얻지 못하였고, 싸웠는데 이기
지 못한 경우를 예부터 지금까지 천지가 개벽된 이래로 들어 본 적이
없습니다. 이제 임금님께서 수비하면 지켜내고 공격하면 얻으며 싸우면
이기기를 바라신다면, 다만 이렇게 하시기만 하면 됩니다." 무왕이 답했
다. "알아듣겠습니다."

---

134) 文 :『예기』「樂記」鄭玄注. "文, 猶美也, 善也." 참조.
135) 行 : 刑(형벌)과 통한다.『新書校注』, 375면 참조.

周武王問於王子旦曰: "敢問治有必成而戰有必勝乎? 攻有
必得而守有必存乎?" 王子旦對曰: "有. 政曰: 諸侯政平於
內, 而威於外矣. 君子行脩於身, 而信於輿人136)矣, 治民民治, 而榮
於名矣. 故諸侯凡有治心者, 必脩之以道, 而與之以敬, 然後能以成
也. 凡有戰心者, 必脩之以政, 而興之以義, 然後能以勝也. 凡有攻心
者, 必結之以約, 而諭之以信, 然後能以得也. 凡有守心者, 必固之以
和, 而諭之以愛, 然後能有存也." 周武王曰: "受命矣."

師尙父曰: "吾聞之於政也, 曰: 天下壤壤,137) 一人有之; 萬民蓁
蓁,138) 一人理之. 故天下者, 非一家之有也, 有道者之有也. 故夫天
下者, 唯有道者理之, 唯有道者紀之, 唯有道者使之, 唯有道者宜處
而久之. 故夫天下者, 難得而易失也, 難常而易亡也. 故守天下者, 非
以道則弗得而長也. 故夫道者, 萬世之寶也." 周武王曰: "受命矣."

주나라 무왕이 왕자 단(旦)139)에게 말했다. "다스리면 반드시
성공하고 싸우면 반드시 이길 수 있습니까? 공격하면 반드시
얻으며 수비하면 반드시 지켜낼 수 있습니까?" 왕자 단이 대답하였다.
"있습니다. 선왕의 정령(政令)에 의하면, 제후가 안으로 정치를 고르게
하면 위세가 밖으로 떨쳐지게 마련입니다. 군자가 자기 몸을 닦으면 여
러 사람들에게 신임을 받게 되고, 백성들을 다스려서 나라가 잘 다스려
지면 이름이 영예로워집니다. 제후로서 나라를 잘 다스리려는 마음이
있는 이는 반드시 도로써 자신을 잘 닦고, 공경한 태도로 함께 일한 뒤
에 성공할 수 있습니다. 싸우려고 마음먹은 이는 반드시 정치를 잘 닦
고 의분을 불러일으킨 뒤에 이길 수 있습니다. 공격하려고 마음먹은 이

---

136) 興人: 여러 사람을 말한다(『集韻』. "興人, 衆也"). 『新書校注』, 375면.
137) 壤壤: 광대한 모양을 말한다.
138) 蓁蓁: 무리지어 많은 모양.
139) 旦: 周公의 이름. 주 문왕의 아들로 무왕에게는 아우가 된다.

는 서약을 맺고 믿음직함을 알게 한 뒤에 얻을 수 있습니다. 수비하려고 마음먹은 이는 온화함으로 견고하게 하고 사랑함을 알게 한 뒤에 지켜낼 수 있습니다." 무왕이 대답하였다. "알아듣겠습니다."

스승 상보(尚父)140)가 말하였다. "저는 정치에 대하여 이렇게 들었습니다. '넓고 넓은 천하를 한 사람이 소유하고, 많고 많은 백성을 한 사람이 다스린다'고 하였습니다. 그러므로 천하는 한 집안의 소유가 아니고 도가 있는 자의 소유입니다. 그래서 천하는 도가 있는 자만이 다스리며, 도가 있는 자만이 기강을 세우며, 도가 있는 자만이 부리며, 도가 있는 자만이 오랫동안 머무를 수 있습니다. 천하는 얻기는 어렵지만 잃기는 쉬우며, 오래가기는 어렵지만 망하기는 쉬운 것입니다. 그러므로 천하를 도로써 지키지 않으면 오래 갈 수가 없는 법입니다. 그러므로 도라는 것은 만세의 보물입니다." 무왕이 대답하였다. "알아듣겠습니다."

원문 周成王年二十歲, 卽位享國, 親以其身見於粥子之家而問焉. 曰 : "昔者先王與帝141)脩道而道脩. 寡人之望也, 亦願以敎. 敢問興國之道奈何?" 粥子對曰 : "唯, 疑. 請以上世之政詔於君王. 政曰 : 興國之道, 君思善則行之, 君聞善則行之, 君知善則行之. 位142)敬而常之, 行信而長之, 則興國之道也." 周成王曰 : "受命矣."

---

140) 尚父 : 周 成王의 스승 呂尙의 호. 文王의 조부인 古公亶父는 항상 "주나라는 장차 훌륭한 인재를 얻어 흥성하게 될 것이라"고 말하면서 인재의 출현을 기다렸다. 그 뒤 西伯이 사냥 나갔다가 渭水의 남쪽에서 여상을 만나 자기 조부가 그토록 기다리던 사람이라 하여 太公望이라 호를 붙이고 모셔왔다. 무왕은 그를 아버지처럼 숭상하고 모셨으므로 상부라는 칭호가 생겼다.
141) 帝 : 何孟春의 설을 따라 '子'로 해석했다. 『新書校注』, 376면 참조.
142) 位 : '立'과 통한다.

옮김譯 주나라 성왕(成王)[143]은 나이 스물에 즉위하여 나라를 다스리게 되자 몸소 육자의 집으로 찾아가 물었다. "지난날 선왕께서는 그대와 함께 도를 닦아 도가 잘 닦여졌습니다. 나의 소망도 그러하니 가르쳐 주시기를 바랍니다. 나라를 흥하게 하는 방법은 어떤 것인지요?" 육자가 대답하였다. "네, 글쎄요. 옛날의 정령(政令)을 가지고 임금님께 말씀드리기로 하지요. 정령에 '나라를 흥하게 하는 방법이란 임금께서 선을 생각하면 이를 행하고, 임금께서 선을 들으면 이를 행하며, 임금께서 선을 아시면 이를 행하는 것이다'라고 하였습니다. 공경한 태도를 늘 유지하고 신의를 오래 지켜나가는 것이 나라를 흥하게 하는 방법입니다." 주 성왕이 답했다. "알아듣겠습니다."

원문 周成王曰 : "敢問於道之要奈何?" 鬻子對曰 : "唯, 疑, 請以上世之政詔於君王. 政曰 : 爲人下者敬而肅, 爲人上者恭而仁, 爲人君者敬士愛民, 以終其身. 此道之要也." 周成王曰 : "受命矣."

옮김譯 성왕이 물었다. "도의 요체는 어떠한 것인지요?" 육자가 대답하였다. "네, 글쎄요. 옛날의 정령(政令)을 가지고 임금님께 말씀드리기로 하지요. 정령에 말하기를, '아랫사람이 된 자는 공경스럽고 정숙할 것이며, 윗사람이 된 자는 공손하며 인자할 것이며, 임금이 된 분은 평생토록 선비를 공경하고 백성들을 사랑해야 한다'고 하였습니다. 이것이 바로 도의 요체입니다." 성왕이 대답했다. "알아듣겠습니다."

---

143) 成王 : 무왕의 아들인 姬誦. 武王이 세상을 떠나자, 三년의 服을 입고 즉위하였을 때의 나이는 열두 살이었고, 숙부인 周公이 정치의 대권을 성왕에게 돌려 준 것이 스물두 살 때이다. 본문에서의 '二十歲'는 十二歲의 잘못인지, 스물두 살을 대충 잘라 말한 것인지 분명치 않다. 무왕이 죽었을 때 성왕의 나이가 정확히 몇 살이었는지는, 1살·2살·7살·8살·13살이었다는 등의 여러 설이 분분하다. 『新書校注』, 376면 참조.

周成王曰 : "敢問于治國之道若何?" 粥子曰 : "唯, 疑. 請以
上世之政詔於君王. 政曰 : 治國之道, 上忠於主, 而中敬其
士, 而下愛其民. 故上忠其主者, 非以道義則無以入忠也; 而中敬其
士, 不以禮節無以諭敬也; 下愛其民, 非以忠信則無以諭愛也. 故忠
信行於民, 禮節諭於士, 道義入於上, 則治國之道也. 雖治天下者, 由
此而已." 周成王曰 : "受命矣."

성왕이 물었다. "나라를 다스리는 도는 어떤 것인지요?" 육자
가 대답하였다. "네, 글쎄요. 옛날의 정령을 가지고 임금님께
말씀드리기로 하지요. 정령에 말하기를 '나라를 다스리는 도란 위로는
군주에게 충성하고, 가운데로는 선비를 존경하며, 아래로는 백성들을
사랑하는 것'이라 하였습니다. 위로 군주에게 충성함에 있어서 도의가
아니고서는 충성을 할 수 없으며, 가운데로 선비를 존중함에 있어서 예
의가 아니고서는 존중함을 알게 할 수 없으며, 아래로 백성을 사랑함에
있어 믿음이 아니고서는 사랑을 알게 할 수 없습니다. 그러므로 믿음이
백성에게 행해지고, 예의가 선비에게 알려지며, 도의가 임금에게 받아
들여지는 것이 바로 나라를 다스리는 도입니다. 천하를 다스림에 있어
서도 이 방법에 따를 뿐입니다."

周成王曰 : "寡人聞之, 有上人者, 有下人者, 有賢人者, 有不
肖人者, 有智人者, 有愚人者. 敢問上下之人, 何以爲異?" 粥
子對曰 : "唯, 疑, 請以上世之政詔於君王. 政曰 : 凡人者, 若賤若貴,
若幼若老, 聞道志而藏之, 知道善而行之, 上人矣. 聞道而弗取藏也,
知道而弗取行也, 則謂之下人也. 故夫行者善, 則謂之賢人矣; 行者
惡則謂之不肖矣. 故大言者善則謂之智矣; 言者不善則謂之愚矣. 故
智愚之人有其辭矣, 賢不肖之人別其行矣, 上下之人等其志矣." 周成

王曰 : "受命矣."

옮김
譯 성왕이 물었다. "내가 듣기에 상등급의 사람이 있고 하등급의
사람이 있으며, 현명한 사람이 있고 못난 사람이 있으며, 지혜
로운 사람이 있고 어리석은 사람이 있다고 했습니다. 상등급과 하등급
의 사람은 무엇이 다른가요?" 육자가 대답하였다. "네, 글쎄요. 옛날의
정령을 가지고 임금님께 말씀드리기로 하지요. 정령에 말하기를, 사람
이란 천한 이도 있고 귀한 이도 있으며, 어린이도 있고 늙은이도 있지
만, 도를 들으면 새겨서 이를 간직하고, 도를 알면 좋게 여겨서 이를 실
행하는 사람이 상등급입니다. 도를 듣고도 취하여 간직하지 않고, 도를
알고도 취하여 실행하지 않는 사람을 하등급이라 합니다. 선을 행하는
자를 현명한 사람이라 하고, 악을 행하는 자를 못난 사람이라 합니다.
선을 말하는 이를 지혜롭다고 하고, 좋지 못한 말을 하는 이를 어리석
다고 합니다. 그러므로 지혜로운 사람과 어리석은 사람은 각자 쓰는 말
이 있고, 현명한 사람과 못난 사람은 그 하는 행동이 다르며, 상등과 하
등은 그 뜻에 차등이 있습니다." 성왕이 대답했다. "알아듣겠습니다."

원
문 周成王曰 : "寡人聞之, 聖王在上位, 使民富且壽云. 若夫富
則可爲也, 若夫壽則不在天乎?" 粥子曰 : "唯, 疑. 請以上世
之政詔於君王. 政曰 : 聖王在上位, 則天下不死軍兵之事. 故諸侯不
私相攻, 而民不私相鬪鬩, 不私相煞[144]也. 故聖王在上位, 則民免於
一死, 而得一生矣. 聖王在上, 則君積[145]於道, 而吏積於德, 而民積
於用力. 故婦爲其所衣, 丈夫爲其所食, 則民無凍餒矣. 聖王在上, 則
民免於二死而得二生矣. 聖王在上, 則君積於仁, 而吏積於愛, 而民

---

144) 煞 : '殺'과 통한다.
145) 積 : 힘을 다하다. 『新書校注』, 377면.

積於順, 則刑罰廢矣, 而民無夭遏之誅. 故聖王在上, 則民免於三死
而得三生矣. 聖王在上, 則使民有時,[146] 而用之有節, 則民無厲疾.
故聖王在上, 則民免於四死而得四生矣. 故聖王在上, 則使盈境[147]內
興賢良, 以禁邪惡. 故賢人必用, 而不肖人不作, 則已[148]得其命矣.
故夫富且壽者, 聖王之功也."周成王曰 : "受命矣."

성왕이 물었다. "내가 듣기로는 성왕이 위에 계시면 백성들을
부유하게 오래 살도록 한다고 했습니다. 부유하게 한다는 것은
가능한 일이겠으나 수명은 하늘에 달려 있는 것이 아니겠습니까?" 육자
가 대답하였다. "네, 글쎄요. 옛날의 정령을 가지고 임금님께 말씀드리
지요. 정령에 말하기를, '성왕이 윗자리에 있으면, 천하 사람들이 전쟁
때문에 죽지 않는다'고 하였습니다. 그러므로 제후가 사사로이 서로 공
격하지 않고, 백성들이 사사로이 서로 다투지 않아서 사사로이 서로 죽
이지 않습니다. 그러므로 성왕이 윗자리에 계시면 백성들은 한 번 죽을
것을 면하여 한 번 더 살 기회를 얻게 됩니다. 성왕이 윗자리에 계시면
임금은 도에 힘쓰고, 관리는 덕을 쌓는데 힘쓰고 백성들은 일하는데 힘
씁니다. 여자는 입을 옷을 만들고 남자는 먹을 양식을 생산하니, 백성들
은 헐벗거나 굶주림이 없게 됩니다. 그러므로 성왕이 윗자리에 계시면
백성은 두 번 죽을 것을 면하여 두 번 더 살 기회를 얻게 됩니다. 성왕
이 윗자리에 계시면 임금은 인정에 힘쓰고, 관리는 백성을 사랑하는데
힘쓰며, 백성들은 순종하는 데 힘쓰니, 형벌이 폐지되어 백성들이 형벌
로 일찍 죽는 일이 없게 됩니다. 그러므로 성왕이 윗자리에 계시면 백
성들은 세 번 죽을 것을 면하여 세 번 더 살 기회를 얻게 됩니다. 성왕

---

146) 時 : 농사짓는 시기를 말한다.
147) 盈境 : 전 지역, 전국을 말한다.
148) 已 : 『群書治要』에는 '民'으로 인용되어 있다. 여기서도 이를 따라 '백성'으로 해석
    하였다. 『新書校注』 377참조.

이 윗자리에 계시면 때를 가려서 백성들을 동원하고 재물을 절도있게 쓰니, 백성들은 역병에 걸릴 일이 없어집니다. 그러므로 성왕이 윗자리에 계시면 백성들은 네 번 죽을 것을 면하여 네 번 더 살 기회를 얻게 되는 것입니다. 성왕이 윗자리에 계시면 온 나라 안에 어진 선행을 일으켜서 잘못된 악을 막습니다. 그러므로 현명한 사람은 반드시 등용되고 못난 자가 나서지 않게 되니, 백성들은 자신의 수명을 다 누릴 수 있는 것입니다. 그러므로 부유하고 오래 살게 되는 것은 성왕의 공입니다." 주나라 성왕이 답했다. "알아듣겠습니다."

제10권

卷第十

❰ 예법에 맞는 용모와 언행[禮容語] 상1) ❱

❰ 예법에 맞는 용모와 언행[禮容語] 하(雜事)2) ❱

해제 이 편은 구체적인 역사적 사례를 들어서 예제(禮制)에 부합되는 용모와 언행의 중요성을 강조하고 있다. 본래는 상·하 두 편이었으나, 상편은 전해지지 않으며, 예로 든 고사는 『좌전』과 『국어(國

<hr>

1) 「禮容語 上」은 제목만 남아있을 뿐 그 내용이 전하지 않는다.
2) 『新書』는 事勢(일의 형세)·連語(연관되는 말)·雜事(여러 가지 고사)라는 세 범주로 나누어져 있다. '雜事'의 편들은 역사에 얽힌 고사들을 모아놓은 것으로 禮容語 下, 胎敎, 立後義 3편이 雜事로 분류되어 있다.

語)』에서 취한 내용이 많다.

원문 魯叔孫昭聘于宋. 宋元公與之燕, 飮酒, 樂. 昭子右坐, 歌終
而語, 因相泣也. 樂祁曰 : "過哉, 君! 非哀所也." 已而告人曰
: "今茲,[3] 君與叔孫其皆死乎! 吾聞之, 哀樂而樂哀, 皆喪心也. 心之
精爽[4]是謂魂魄, 魂魄已失, 何以能久? 且吾聞之, 主民者不可以婾,[5]
婾必死. 今君與叔孫其語皆婾, 死日不遠矣." 居六月, 宋元公薨, 閒
一月, 叔孫婼卒.

옮김譯 노나라의 숙손소자(叔孫昭子)[6]가 송나라를 방문하러 갔다. 송나
라 원공(元公)[7]이 그와 함께 연회를 벌이고 술을 마시며 즐겼
다. 소자가 송 원공의 오른쪽에 앉아있었는데, 노래가 끝나고 말을 하다
가 서로 울기 시작하였다. 악기(樂祁)[8]가 말하기를, "잘못하셨도다, 우리
임금이시여! 슬퍼할 자리가 아니로다" 하고는 이윽고 사람들에게 말했
다. "올해에 우리 임금과 숙손은 모두 죽게 되려나 보다! 나는 즐거워할
때 슬퍼하고 슬퍼할 때 즐거워하는 것은 모두 본마음을 잃어버린 것이
라고 들었다. 마음의 정수를 혼백이라 하는데, 혼백을 이미 상실하였으
니 어떻게 오래갈 수 있겠는가? 또한 내가 듣건데, 백성을 주재하는 사
람은 경박하게 행동해서는 안되며, 경박한 짓을 하면 반드시 죽게 된다

---

3) 今茲 : 今年을 말한다.
4) 精爽 : 정신을 말한다. 『左傳』 「昭公」 7년. "사람이 바로 죽게 되면 이를 魄이라 하
고, 백이 된 뒤 움직이는 양기를 魂이라고 한다. 살아 있을 때 쓴 물건이 정미하고 많
으면 혼백의 기운이 매우 강해진다. 이에 정신이 있게 되고 神明에 이르게 된다[人生
始化曰魄 旣生魄 陽曰魂. 用物精多 則魂魄强 是以有精爽至於神明]." 참조.
5) 婾 : 경박하다.
6) 叔孫昭子 : 노나라의 대부 叔孫으로, 이름은 婼. 昭子는 시호이다. 『좌전』 「昭公」
25年條에 이 일이 나와 있다.
7) 宋元公 : 춘추시대 宋나라의 임금으로, 이름은 佐. 기원전 531년에서 기원전 517년
까지 재위.
8) 樂祁 : 송나라 사람 司城子梁.

고 하였다. 이제 우리 임금과 숙손이 한 말들이 모두 경박한 것을 보니 죽을 날이 멀지 않았구나"라고 하였다. 그 뒤 여섯 달 만에 송나라 원공이 세상을 떠나고, 한 달 사이에 숙손도 죽었다.

원문 晉叔向聘于周, 發幣大夫, 及單靖公. 靖公享之, 儉而敬. 賓禮贈賄同, 是禮[9]而從. 享燕無私, 送不過郊, 語說[10]昊天有成命.

옮김譯 진나라 숙향(叔向)[11]이 주나라를 방문하여 대부들에게 예물을 선사하고 단정공(單靖公)[12]에게도 예물을 주었다. 단정공이 연회를 베풀어 숙향을 접대하였는데, 검소하면서 공경하였다. 손님을 접대하는 예의나 선물을 주고받는데 있어서 똑같이 검소하고 공경하였으며, 예법을 살펴서 따랐다. 연회를 베푸는 데 있어서 사사로움이 없었고, 전송을 나갈 때도 교외를 벗어나지 않았으며, 대화하면서 『시경』의 「호천유성명(昊天有成命)」장을 칭송하곤 하였다.

원문 旣而叔向告人曰 : "吾聞之曰, 一姓不再興, 今周有單子以爲臣, 周其復興乎? 昔史佚有言曰, 動莫若敬, 居莫若儉, 德莫若讓, 事莫若資,[13] 今單子皆有焉. 夫宮室不崇, 器無蟲鏤,[14] 儉也; 身恭除潔, 外內肅給, 敬也; 燕好享賜, 雖歡不踰等, 讓也; 賓之禮事,

---

9) 賓禮 : 손님을 접대하는 예로서, 五禮(吉禮 · 凶禮 · 嘉禮 · 軍禮 · 賓禮)의 하나이다. 是 : '視(보다, 살피다)'와 통한다.
10) 說 : 감상하다, 즐기다.
11) 叔向 : 춘추시대 晉나라 大夫. 이름은 羊舌肸. 叔向은 그의 字이다.
12) 單靖公 : 周나라의 卿大夫, 單伯이라고도 부른다.
13) 資 : '자문하다, 주도면밀하게 고려하다' 『賈誼新書譯注』(300면) 및 『新書全譯』(441면) 참조
14) 蟲鏤 : 아주 정교하게 무늬를 새겨놓은 것을 말한다.

稱上而差, 資也. 若是而加之以無私, 重之以不偷, 能辟怨矣. 居儉動
敬, 德讓事資, 而能辟怨, 以爲卿佐, 其有不興乎?"

옮김譯 뒤에 숙향이 다른 사람에게 말했다. "내가 듣기에 '한 성씨의 왕조가 쇠락하면 다시 흥하지 않는다'고 하였지만, 오늘날 주나라에 단정공과 같은 분이 신하로 있으니, 주나라는 다시 흥하지 않겠는가? 옛날 사일(史佚)[15]이 거동은 공경스럽게 해야 하고, 거처함은 검소하게 해야 하고, 덕성은 겸양만한 것이 없으며 일은 주도면밀하게 해야 한다고 말하였는데, 지금 보니 단정공은 이러한 미덕을 다 갖추고 있다. 궁실을 높다랗게 짓지 아니하고, 사용하는 기구들은 화려하게 장식하지 않았으니 검소함이요, 몸가짐을 공손히 하고 품행을 깨끗이 하여 밖에서나 안에서나 엄숙하게 이바지하니 공경스러움이며, 잔치를 베풀어 즐기고 선물을 주고받음에 있어서 아무리 즐겁더라도 분수를 넘지 않으니 겸양함이며, 손님을 접대하는 예법에 있어 임금의 뜻에 맞게 하되 차별을 두니, 이는 주도면밀함이다. 이렇게 하고서도 거기에다 사사로움이 없고 또 사치스럽지 않으니 원망을 듣지 않을 것이다. (혼자서) 거처할 때에는 검소하고 (일이 있어서) 움직일 때는 공경스러우며, 품덕은 겸양하고 일처리는 주도면밀해서 원망을 듣지 않게 보좌하니, 그 나라가 흥성하지 않겠는가?"

원문 夫昊天有成命, 頌之盛德也. 其詩曰: "昊天有成命, 二后受之. 成王不敢康, 夙夜基命宥謐."[16] 謐者, 寧也, 億也; 命者, 制令也; 基者, 經也, 勢也;[17] 夙, 早也; 康, 安也. 后, 王也; 二后, 文

---

15) 史佚: 周 武王 때의 太史 벼슬로 있던 尹佚을 말한다.
16) 周頌의 「昊天有成命」편으로 成王의 덕을 칭송한 내용이다.
17) 兪樾은 '基'에 '勢'의 뜻이 없다고 해서 '勢'를 연문으로 보았으나, 『新書校注』에서는 '勢'는 '始'와 음이 같아서 通假해서 쓰인다고 보았다. 『新書校注』, 384면 참조.

王・武王. 成王者, 武王之子, 文王之孫也. 文王有大德而功未就, 武
王有大功而治未成. 及成王承嗣, 仁以臨民, 故稱昊天焉. 不敢怠安,
夙興夜寐, 以繼文王之業. 布文[18]陳紀, 經制度, 設犧牲, 使四海之內,
懿然葆德, 各遵其道. 故曰有成. 承順武王之功, 奉揚文王之德, 九
州[19]之民, 四荒之國, 歌謠文武之烈,[20] 絫九譯而請朝,[21] 致貢職以
供祀. 故曰二后受之. 方是時也, 天地調和, 神民順億,[22] 鬼不厲祟,
民不謗怨, 故曰宥謐. 成王質仁聖哲,[23] 能明其先, 能承其親, 不敢惰
懈, 以安天下, 以敬民人. 今單子美說其志也, 以佐周室, 吾故曰周其
復興乎?” 故周平王旣崩以後, 周室稍稍衰弱不墜, 當單子之佐政也.
天子加尊, 周室加興.

『시경』의 「호천유성명」장은 성대한 덕을 노래한 것이다. 그 시
에서 말하기를, “높푸른 하늘에 명을 이룸이 있으시니 두 임금
께서 이를 받으셨도다. 성왕(成王)께서는 감히 편히 지내지 못하고 이른
아침부터 밤늦게 까지 명령을 시행해서 넉넉히 평안케 했도다”라고 하
였다. 『시경』에서 말하는 ‘밀(謐)’은 안녕하고 평안케 한다는 뜻이고, ‘명
(命)’은 명령의 뜻이고, ‘기(基)’는 경영하고 시작한다는 뜻이고, ‘숙(夙)’자
는 이르다는 뜻이고, ‘강(康)’은 평안하다는 뜻이다. ‘후(后)’는 왕이라는
뜻으로서, ‘이후(二后)’는 문왕과 무왕을 가리킨다. 성왕은 무왕의 아들
이며, 문왕의 손자다. 문왕이 큰 덕을 지녔으나 큰 공을 이루지는 못하

---

18) 文 : 예악제도를 말한다.

19) 九州 : 『신서』 「威不信」 주 참조.

20) 烈 : 공적.

21) 九譯而請朝 : 여러 번 통역을 거쳐 중국을 찾아와 조공을 바쳤다는 뜻이다. 여기서
'九'는 '여러 번, 많이'의 뜻이다.

22) 億 : '安'의 뜻이다.

23) 聖哲 : 초인적인 도덕 才智, 혹은 그러한 도덕적 재질을 갖춘 사람을 가리킨다. 혹은
제왕을 일컫기도 한다. 『漢語大詞典』 8권 670면.

였고, 무왕은 큰 공을 완성하였으나 다스림을 완성하지는 못하였다. 성왕이 왕위를 계승하게 되자 인자하게 백성을 다스렸으므로 '높푸른 하늘'이라 일컬은 것이다. 성왕이 감히 게으름을 피며 편히 지내지 못하고, 일찍 일어나고 늦게 잠자리에 들면서 문왕의 일을 계승하였다. 예악제도를 펴고 기강을 세우며, 제도를 경영하고 희생(犧牲)을 진설하여24) 온 천하로 하여금 아름답게 덕을 가꾸게 하였으며, 각자 바른 길을 따르도록 하였다. 그러므로 '이룸이 있도다'라고 말했다. (성왕은) 무왕의 공을 이어받고, 문왕의 덕을 받들어 드날리니 온 나라의 백성과 사방의 변방지역 나라들이 문왕과 무왕의 공적을 노래하였고, 변방의 외국이 아홉 차례의 통역을 거치면서까지25) 천자를 조회하기를 청하고 공물을 보내 제사에 바치고자 하였다. 그러므로 '두 임금께서 받으셨도다'라고 말했다. 이러한 때에 하늘과 땅이 화합하고, 귀신과 백성이 화순해서, 귀신이 재앙을 일으키지 않고, 백성들이 원망하지 않았으므로 '넉넉히 평안케 했도다'라고 했다. 성왕의 인품이 어질고 명철하여 그의 선조를 빛나게 하고 부친의 뜻을 계승하여 부지런히 천하를 안정시키고 백성들을 공경스럽게 대하였다. 이제 단정공이 그 시에서 말한 뜻을 좋아하여 그와 같이 주 왕실을 보좌하려고 하니, 내가 '주나라가 다시 흥하지 않겠는가?'라고 말했다. 그러므로 주 평왕(平王)26)이 세상을 떠나고 난 뒤 주 왕실이 점차 쇠퇴하긴 하였으나 멸망해 버리지 않은 것은 단정공이 정치를 보좌했기 때문이었다. (그 덕분에) 천자는 더욱 존엄해졌고 주 왕실은 더욱 흥성하였다.

---

24) 제사를 잘 지냄을 뜻한다.
25) 변방의 외국은 중국과 언어가 직접 통하지 않으므로, 인접한 나라 간에 연속적으로 통역을 통해서 중국과의 교류를 꾀했다는 말이다.
26) 平王 : 주나라의 임금으로 이름은 宜臼. 기원전 770년에서 기원전 720년까지 재위.

晉之三卿郤錡·郤犫·郤至, 從晉厲公會諸侯于柯陵, 周單襄公在會. 晉厲公視遠步高. 郤錡見單子, 其語犯; 郤犫見, 其語訐; 郤至見, 其語伐. 齊國佐見, 其語盡.²⁷⁾

진(晉)나라의 삼경(三卿)인 극기(郤錡)·극주(郤犫)·극지(郤至)²⁸⁾ 세 사람이 진나라 여공(厲公)²⁹⁾을 따라 가릉(柯陵)³⁰⁾에서 제후들과 만났는데, 주나라의 단양공(單襄公)³¹⁾도 그 회합에 참석하였다. 진나라 여공은 먼 곳을 바라보면서 활보를 했다. 극기는 단양공을 만나자 말을 함부로 했고, 극주가 단양공을 만나자 말이 허풍스러웠으며, 극지가 단양공을 만나자 말에 뽐내는 기색이 있었다. 또 제나라 국무자(國武子)³²⁾가 단양공을 만나자 말을 거리낌 없이 다 말해버렸다.

單襄公告魯成公曰: "晉將有亂. 其君與三郤其當之乎!" 魯侯曰: "寡人固晉而彊其君, 今君曰'將有亂', 敢問天道乎? 意³³⁾人故也?"

단양공이 노나라 성공(成公)³⁴⁾에게 말하였다. "진나라는 장차 어지러워질 것 같습니다. 그 임금과 세 극씨가 난을 만날 것

---

27) 盡 : 숨기거나 거리낌없이 아무 말이나 다했다는 뜻이다.
28) 郤錡 : 郤克의 아들 駒伯을 가리킨다. 郤犫 : 郤錡의 族父인 步揚의 아들인 苦成叔이다. 郤至 : 郤犫의 동생인 溫季昭子이다.
29) 厲公 : 춘추시대 晉나라의 임금, 기원전 580년에서 기원전 573년까지 재위. 사치하고 잔혹하였으며, 대신인 장려의 집에 구금되었다가 죽었다.
30) 柯陵 : 鄭나라 서쪽에 있는 지명, 지금의 산동성 東阿縣 서남쪽에 있다. 鄭나라를 정벌하기 위하여 제후들이 가릉에서 회합했다는 기록이 『좌전』 「成公」 一七년 조에 보인다.
31) 單襄公 : 주나라 卿士 單子朝.
32) 國佐 : 國武子. 제나라 卿士로, 國貴父의 아들이다.
33) 意 : '抑'과 통한다. '혹은', '아니면'의 뜻이다.
34) 成公 : 춘추시대 노나라의 임금, 기원전 590년에서 기원전 573년까지 재위.

같습니다." 성공이 말하였다. "나는 진나라가 튼튼하고 그 임금도 강한 사람인 것으로 알고 있었는데, 이제 그대가 장차 어지러워질 것이라 하니, 그것은 천도가 그런 때문이요? 아니면 사람 때문이요?"

원문 對曰 : "吾非諸史[35])也, 焉知天道? 吾見晉君之容, 而聽三郤之語矣, 殆必有禍矣. 君子目以正體, 足以從之, 是以觀容而知其心. 今晉侯視遠而足高, 目不在體, 而足不步目, 其心必異矣. 體目不相從, 何以能久? 夫合諸侯, 國之大事也, 於是, 觀存亡之徵焉. 故國將有福, 其君步言視聽, 必皆得適順善, 則可以知德矣. 視遠曰絶其義, 足高曰棄其德, 言爽[36])曰反其信, 聽淫曰離其名.[37]) 夫目以處義, 足以踐德, 口以庇信, 耳以聽名者也, 故不可不愼也. 偏亡者有咎, 旣亡則國從之. 今晉侯無一可焉, 吾是以云.

옮김譯 단양공이 대답하였다. "제가 사관이 아니니 어떻게 천도를 알겠습니까? 다만 제가 진나라 임금의 모습을 보고 또 세 사람 극씨의 말을 들어 보니 반드시 재앙이 있을 것 같습니다. 군자는 눈으로써 몸을 바르게 가누고 발로 좇아가므로, 그 모습을 보고서 그 마음을 알 수 있습니다. 이제 진나라 임금을 보니 눈은 먼 곳을 바라보면서 활보를 해서, 눈이 몸에 있지 못하고, 발은 눈길대로 걷지 않으니 반드시 딴마음이 있습니다. 몸과 눈이 서로 따르지 아니하니 어떻게 오래 갈 수 있겠습니까? 제후들과의 회합은 나라의 큰 행사이므로 이 자리에서 존망의 징조를 관찰했던 것입니다. 나라에 복이 있으려면 그 임금의 걸음걸이와 말투, 보고 듣는 태도가 적절하고 순한 법이니 그것으로 덕

---

35) 諸史 : 『國語』 「周語」에는 '瞽史'로 되어 있다. 周나라의 관식녕으로서, 瞽는 음악을 관장하였고, 史는 大史 · 小史로 나누어 陰陽 · 天文 · 禮法에 관한 일을 관장하였다.
36) 爽 : 어긋나다(『爾雅』 「釋言」. "爽, 差也, 忒也").
37) 名 : 『新書校注』에서는 '明'의 뜻으로 보았다. 『新書校注』, 378면 참조.

성을 알 수 있는 것입니다. 멀리 본다는 것은 그 의(義)를 끊는 것이요, 활보를 한다는 것은 그 덕을 저버리는 것이며, 말이 어그러진 것은 그 믿음을 어기는 것이며, 듣는 것이 어지러우면 명석함을 잃게 됩니다. 눈으로는 의로운 것을 보고 발로는 덕행을 실천하며, 입으로는 신의를 지키고 귀로는 밝게 들어야 하니, (이런 행동들을) 신중히 하지 않으면 안 됩니다. 그중 일부라도 없어지면 허물이 되고, 모두 잃으면 온 나라가 이를 따르게 됩니다. 이제 진나라 임금을 보니 하나도 제대로인 것이 없으니, 그래서 이렇게 말한 것입니다.

원문 夫郤氏, 晉之寵人也, 是族在晉, 有三卿五大夫, 貴矣, 亦可以戒懼矣. 今郤伯之語犯, 郤叔訐, 郤季伐. 犯則凌人, 訐則誣人, 伐則揜人. 有是寵也, 而益之以三怨, 其誰能忍之?

齊國武子亦將有禍. 齊, 亂國也. 立於淫亂之朝, 而好盡言以暴人過, 怨之本也. 惟善人能受盡言. 今齊旣亂, 其能善乎?"

옮김譯 극씨는 진나라에서 임금의 총애를 받는 사람들로서 그 가문은 진나라에 있어서는 삼경오대부(三卿五大夫)로 행세하는 귀족이니, (스스로들) 조심하고 두려워해야 할 사람들입니다. 그런데 이제 맨 위 극씨의 말투가 함부로 하고, 그 다음 극씨의 말투가 허풍스러우며, 맨 아래 극씨의 말투에는 뽐내는 기색이 있었습니다. 함부로 하면 사람을 깔보게 되며, 허풍스러우면 속이게 되며, 뽐내면 남을 억누르게 됩니다. 그처럼 임금으로부터 총애를 받는 몸으로 세 가지 원망을 사고 있으니 그 누가 참을 수 있겠습니까?

제나라의 국무자도 장차 재앙이 있을 것입니다. 제나라는 어지러운 나라입니다. 어지러운 조정에 참여하여 숨김없이 다 말하기를 좋아해서 남의 허물을 폭로해버리니 원망을 사게 되는 근본입니다. 선한 사람만이 숨김없이 털어놓는 말을 받아들일 수 있는 법입니다. 오늘날 제나라가 이미 혼란한 상태에 빠져 있으니 선한 이가 있겠습니까?"

居二年, 晉殺三卿, 明年, 厲公弑於東門. 是歲也, 齊人果殺國武子.38) 詩曰: "敬之敬之, 天惟顯39)思, 命不易哉! 毋曰高高在上, 陟降厥士, 日監在茲. 維予小子, 不聰敬止, 日就月將, 學有緝熙于光明. 佛40)時仔肩, 視41)我顯德行." 故弗順弗敬, 天下不定, 忘敬而怠, 人必乘之. 嗚呼, 戒之哉!

그 뒤로 2년이 지나자 진에서는 삼경(三卿)을 처형했고, 그 다음 해에는 여공(厲公)이 동문(東門)에서 시해되었다.42) 바로 이해에 제나라 사람들도 정말로 국무자를 살해하고 말았다. 『시경』에 말하기를, "공경하고 공경할지어다, 하늘이 밝게 비치고 있도다, 천명이란 보존하기가 쉽지 않으니! 높고 높은 저 위에 있다고 말하지 말라. 그 일마다 오르내리시며 날로 보살피고 계시니라. 나 소자(小子)43)는 총명하지도 공경하지 못하나, 날로 나아가며 달로 나아가 계속 배우고 밝혀서 광명에 이르려 하나니. 이 맡은 짐을 도와서 나에게 뛰어난 덕행을 보여줄지어다"라고 했다. 그러므로 순종하지 않고 공경하지 않으면 천하는 안정되지 않으며, 공경하기를 잊고 게으르면 남이 반드시 그 틈을 이용하려 할 것이다. 아! 조심할 것이다!

---

38) 성공 18년 제나라 임금이 사람을 보내 국무자를 살해했다.
39) 顯: 밝게 비추다. 思: 語助辭로 뜻이 없다.
40) 佛: 돕다. 보필하다. 時: '是'와 통한다.
41) 視: '示'와 통한다. 『시경』에는 '示'로 되어 있다. 이상은 『詩經』「周頌」「敬之」에 나오는 것으로, 왕이 제사 지낼 때 스스로를 다짐하는 내용이다.
42) 三卿: 세 명의 郤氏를 말한다. 이 일은『좌전』「成公」17년 조에 나와있다. 성공 17년 진나라 임금(厲公)이 세 극씨를 죽였고, 성공 18년 欒書·中行偃 등은 여공이 자신들을 죽일까봐 두려워 대부 程滑을 시켜 여공을 죽이고 翼의 동문 밖에 안장했다.
43) 小子: 주나라 성왕 자신을 일컫은 말이다.

【 태교의 중요성[胎教] 】

[해제] 이 편은 제왕에 대한 교육의 중요성을 말하고 있다. 전반부는 출산 전과 출산 후에 왕후가 왕태자에게 미치는 영향과 교육에 대해 썼다. 그래서 편명을 태교라고 했다. 후반부는 태자 주위에 있는 사람들이 태자에게 미치는 영향에 대해 언급하면서, 인재를 임용하는 것이 중요하다고 강조하고 있다. 이 편은 가의가 양회왕 태부로 있을 때 쓴 것으로, 그 내용은 『대대예기』 「보부」편에 보인다.

[원문] 易曰: "正其本而萬物理, 失之毫釐, 差以千里" 故君子愼始.[44] 春秋之元,[45] 詩之關雎,[46] 禮之冠婚,[47] 易之乾坤,[48] 皆愼始敬終云爾.

[옮김譯] 『역』에 말하기를, "그 근본을 바로잡으면 만물이 다스려지지만, 털끝만큼이라도 어긋나면 천리의 차이가 생기게 된다"고 하였다. 그러므로 군자는 처음을 조심하는 것이다. 『춘추』의 원년(元年), 『시』의 「관저(關雎)」, 『예』의 「관(冠)」·「혼(婚)」, 『역』의 「건(乾)」괘와 「곤(坤)」괘 등은 모두 처음을 조심해서 공경히 마친다는 뜻을 말한 것이다.

[원문] 素成, 謹爲子孫婚妻嫁女, 必擇孝悌世世有行[49]義者. 如是, 則其子孫慈孝, 不敢淫暴, 黨無不善, 三族[50]輔之. 故鳳凰生

---

44) 현재 통행되는 『주역』에는 이런 말이 보이지 않고, 『易緯』 「通卦驗」에 보인다.
45) 春秋之元: 『춘추』의 첫 구절이 '元年春 公卽位'임을 말한다.
46) 「關雎」는 『시경』의 첫째 편이다.
47) 『의례』의 첫 번째 편은 「士冠禮」이고, 둘째 편이 「士婚禮」이다.
48) 건괘와 곤괘는 『주역』의 첫 번째와 둘째 괘이다.
49) 行: 『新書校注』에서는 '仁'의 잘못이라고 보았다. 이에 따랐다.

而有仁義之意, 虎狼生而有貪戾之心. 兩者不等, 各以[51]其母. 嗚呼,
戒之哉! 無養乳虎, 將傷天下. 故曰素成, 胎教之道, 書之玉版,[52] 藏
之金櫃,[53] 置之宗廟,[54] 以爲後世戒.

 타고난 대로 이뤄지니[55] 자손을 위하여 신중하게 아내를 맞이
하고, 딸을 시집보냄에 반드시 효성스럽고 우애 있으며 대대로
도의를 행한 집안을 선택한다. 이렇게 하면 그 자손들도 또한 자애롭고
효성스러우며 감히 방탕하거나 포악하지 않으며, 그 친족들 모두 선하
지 않은 사람이 없을 것이며, 여러 친척들이 도울 것이다. 그러므로 봉
황은 태어나면서 인의의 마음을 갖게 되고, 호랑이는 태어나면서 잔혹
한 마음을 지니게 된다. 이 두 가지 동물이 같지 않은 것은 각기 그 어
미가 다르기 때문이다. 아, 조심할 것이다! 호랑이 새끼를 기르지 말라,
천하를 해칠 것이다. 그러므로 타고난 바탕대로 이뤄진다고 했으니, 태
교의 도는 옥판위에 적어서 금궤 안에 넣고 종묘에 보관하여 후세의 계
율로 삼을 것이다.

靑史氏[56]之記曰 : "古者胎教之道, 王后有身, 七月而就蔞
室,[57] 太師持銅而御戶左, 太宰持斗而御戶右, 太卜[58]持蓍

---

50) 三族 : 親家, 外家, 妻家의 친척들을 말한다. 혹은 父母, 兄弟, 妻子를 지칭하기도
한다.『漢語大詞典』1권 231면.
51) 以 : '由(말미암다)'와 같다.
52) 版 : 옛날에 나라의 중요한 일은 판에다 기록했다.
53) 金櫃 : 국가의 중요한 문서를 보관하던 곳이다.
54) 宗廟 :『신서』「過秦 中」편 주 참조
55) 素成 :『대대례기』「保傅」에는 "素誠繁成"으로 되어 있다.『賈誼新書譯注』, 306면
참조.
56) 靑史氏 : 고내의 史官. 옛날에는 대나무쪽이 푸른 기름을 빼고서(이를 殺青이라고
한다) 그 위에다 글을 썼다. 그래서 靑史는 옛날 문헌 기록이라는 뜻으로 쓰인다.『한
서』「예문지」"청사자 57권은 옛날 사관들이 일을 기록한 것이다[靑史子五十七卷. 古
史官記事也]." 참조.

龜而御堂下, 諸官皆以其職御於門內. 比⁵⁹⁾三月者, 王后所求聲音非禮樂,⁶⁰⁾ 則太師撫樂而稱不習. 所求滋味者非正味, 則太宰荷⁶¹⁾斗而不敢煎調, 而曰: "不敢以侍王太子." 太子生而泣, 太師吹銅曰聲中某律, 太宰曰滋味上某,⁶²⁾ 太卜曰命云某.

然後, 爲王太子懸弧之禮義. 東方之弧以梧. 梧者, 東方之草, 春木也. 其牲以雞. 雞者, 東方之牲也. 南方之弧以柳, 柳者, 南方之草, 夏木也. 其牲以狗. 狗者, 南方之牲也. 中央之弧以桑. 桑者, 中央之木也. 其牲以牛. 牛者, 中央之牲也. 西方之弧以棘. 棘者, 西方之草也, 秋木也. 其牲以羊. 羊者, 西方之牲也. 北方之弧以棗. 棗者, 北方之草, 冬木也. 其牲以彘. 彘者, 北方之牲也. 五弧五分矢. 東方射東方, 南方射南方, 中央高射, 西方射西方, 北方射北方. 皆三射, 其四弧具其餘各二分矢, 懸諸國四通門之左. 中央之弧亦具, 餘二分矢, 懸諸社稷⁶³⁾門之左.

然後, 卜王太子名, 上毋取於天, 下毋取於地, 毋取於名山通谷, 毋悖於鄕俗. 是故君子名難知而易諱也, 此所以養恩之道也.

옮김譯 옛 역사의 기록에 말하기를, 옛날 태교하는 방법은 왕후가 임신한 지 일곱 달이 되면 (분만 전에 거처하는) 곁방으로 간다. 태사(太師)⁶⁴⁾가 율관(律管)을 들고 방문 밖 왼쪽에서 모시고 섰고, 태재(太

---

57) 蔞室: 『大戴禮』「保傳」篇에는 '宴室'로 되어 있는데, 正室 옆에 있는 작은 방으로 側室이라고도 한다. 왕후가 분만 전에 거처하는 궁실이다.

58) 太卜: 관직이름으로, 卜筮를 담당하였다.

59) 比: 『廣雅』「釋詁」, '比는 가깝다는 뜻이다(比 近也).' 『新書校注』, 397면.

60) 禮樂: 雅樂, 正樂을 말한다.

61) 荷: 『대대례기』에는 '倚'로 되어 있다.

62) 『주례』「食醫」편에 "봄에는 신맛이 많고, 여름에는 쓴 맛이 많으며, 가을에는 매운 맛이 많고, 겨울에는 짠 맛이 많다[春多酸夏多苦秋多辛冬多鹹]"는 구절이 있다.

63) 社稷: 『신서』「過秦 中」편 주 참조.

64) 太師: 관직이름으로, 음악을 담당하였다. 銅: 律管으로, 옛날에는 銅으로 율관을 만

宰)65)는 소반을 들고 방문 밖 오른쪽에 모시고 선다. 태복(太卜)66)은 시초(蓍草)와 구갑(龜甲)67)을 들고 당 아래에서 모시며, 여러 관원들은 각기 맡은 직책에 따라 문안에서 모신다. (곁방에 머무는) 석 달 동안에는 왕후가 듣기 원하는 음악이 예악에 맞지 않으면 태사는 악기를 만지작거리며, '익히지 않았습니다'라고 아뢴다. 왕후가 먹고 싶어하는 음식이 올바른 맛이 아니면 태재는 소반을 받쳐 들고서 조리하지 않으면서, '감히 (이런 음식으로 장차 태어나실) 태자를 모실 수 없습니다'라고 말을 한다. 태자가 탄생하여 울음소리가 들리면, 태사는 율관(律管)을 불어 '울음소리의 성음이 어떤 음률에 맞습니다'68)라고 아뢰며, 태재는 '어떤 맛에 맞겠습니다'라고 아뢰며, 태복은 '(점을 친 결과) 어떠어떠하다는 이름이 나왔습니다'라고 아뢴다:

그런 다음에 태자를 위하여 문의 왼쪽에 활을 걸어두는[懸弧]69) 의식을 행한다. 동쪽의 활은 오동나무로 만든 것을 쓴다. 오동나무는 동쪽에 해당하는 식물이고, 봄의 나무이다. 이때의 희생은 닭을 쓰는데, 닭은 동쪽을 상징하는 희생이다. 남쪽의 활은 버드나무를 쓴다. 버드나무는 남쪽에 해당하는 식물이고, 여름의 나무이다. 이때의 희생은 개를 쓰는데, 개는 남쪽을 상징하는 희생이다. 중앙의 활은 뽕나무를 쓰는데, 뽕나무는 중앙에 해당하는 나무이다. 이때의 희생은 소를 사용하는데, 소는 중앙을 상징하는 희생이다. 서쪽의 활은 가시나무를 쓴다. 가시나무는 서쪽에 해당하는 식물이고, 가을의 나무이다. 이때의 희생은 양을 사

들어 음계를 정했다.
65) 太宰 : 관직이름으로, 음식을 관장하였다. 斗 : 곡식의 양을 재는 말. 『新書校注』에서는 '豆'와 음이 비슷해서 잘못 쓰인 것으로, 조미료 그릇을 올려두는 소반이라고 보았다. 右 : 음식은 陰에 속하므로, 오른 쪽에 둔다고 한다. 『新書校注』, 397면 참조.
66) 太卜 : 관직이름으로, 卜筮를 담당하였다.
67) 蓍草와 龜甲은 모두 옛날 점을 치는 도구이다.
68) 이는 울음소리의 剛柔와 淸濁을 韻律로 구별함으로써 그 성품을 파악하는 것이다.
69) 懸弧 : 고대 풍속에 남자아이가 출생하면 집 문의 왼쪽에 활을 걸어두던 풍속을 말한다. 『예기』「內則」 참조.

용하는데, 양은 서쪽을 상징하는 희생이다. 북쪽의 활은 대추나무를 쓴다. 대추나무는 북쪽에 해당하는 식물이고, 겨울의 나무이다. 이때의 희생은 돼지를 쓰는데, 돼지는 북쪽을 상징하는 희생이다. 다섯 개의 활에 화살을 다섯 개씩 나눈다. 동쪽의 활로는 동쪽을 향해 쏘고, 남쪽의 활로는 남쪽을 향해 쏘며, 중앙의 활로는 높이 위로 쏘며, 서쪽의 활로는 서쪽을 향해 쏘고, 북쪽의 활로는 북쪽을 향해 쏜다. 모두 세 번씩 쏘는데, 동서남북 네 개의 활을 다 쏘면, 각기 남은 두개의 화살과 함께 수도의 사방 성문의 왼쪽에 걸어 둔다. 중앙의 활도 다 쏘면, 남은 두개의 화살과 함께 사직문의 왼쪽에 걸어 둔다.

그런 다음에 점을 쳐서 태자의 이름을 짓는데, (이름에 사용하는) 글자는 위로는 하늘에서 취하지 않고, 아래로는 땅에서 취하지 않으며, 명산대천에서 취하지 않으며, 민속에서 꺼리는 것에 어긋나지 않도록 한다.[70] 그런 까닭에 군자의 이름은 알기는 어려우나 피휘하기는 쉬우니, 이것이 은덕을 기르는 도이기 때문이다.[71]

원문

正之禮者, 王太子無羞[72]臣, 領臣之子也, 故謂領臣之子也. 身朝王者, 妻朝后, 之子朝王太子, 是謂臣之子也. 此正禮, 胎教也. 周妃后妊成王於身, 立而不跛, 坐而不差, 笑而不諠. 獨處不倨,[73] 雖怒不罵, 胎教之謂也. 成王生, 仁者養之, 孝者繈之, 四賢傍之. 成王有知, 而選太公爲師, 周公爲傅, 前有與計而後有與慮也. 是以封於泰山而禪於梁父,[74] 朝諸侯, 一天下. 由此觀之, 主左右不可

---

70) 이는 고대에 이름을 지을 때, 나라이름이나 日月星辰의 이름이나 山川의 이름 혹은 남에게 말 못할 사정(隱疾) 등 세속에서 꺼리는 것은 쓰지 않는 예법을 말한다. 『예기』 「曲禮」 참조.

71) 養恩 : 고대에는 임금의 이름을 부르는 것을 꺼려서 이를 어기면 벌을 받았다. 이 구절의 뜻은 백성들이 쉽게 피휘에 저촉되는 죄를 짓지 않도록 해주기 때문에 은혜를 기르는 도리라고 한 것이다. 『新書校注』에는 '恩'이 '隱'으로 되어 있다.

72) 羞 : 孫詒讓은 '養'의 뜻으로 보았다. 『新書校注』, 400면.

73) 倨 : 蹲坐(쭈그려 앉다).

不練[75]也.

　바른 예법에 따르면 태자는 사사로이 신하를 둘 수 없고, 여러
신하의 아들들을 거느릴 뿐이므로, 신하의 아들을 거느린다고
말한다. 신하가 왕을 뵈러 오면 그 아내는 왕후를 뵈며, 그 아들은 태자
를 뵈니, 이를 신하의 아들이라고 한다. 이것이 바른 예법에서 규정하는
태교이다. 주나라 무왕의 후비(后妃)가 성왕을 임신하였을 때, 설 때도
한쪽 다리로 비스듬히 서지 않았고, 앉을 때도 (두 다리가) 어긋나게 앉
지 않았으며, 웃을 때도 떠들썩하게 웃어대지 않았다. 혼자 있는 경우에
도 쭈그려 앉지 않았으며,[76] 노여워도 욕하지 않았으니, 이는 태교를 했
음을 말한 것이다. 성왕이 탄생하자 어진 사람이 기르게 하고, 효성스러
운 사람이 포대기에 업게 했으며, 네 명의 현명한 사람이 그를 곁에서
모셨다. 성왕이 자라 지혜가 열리게 되자 태공(太公) 여망(呂望)[77]을 태부
로 삼고 주공(周公)[78]을 사부로 삼아, 앞에는 함께 계획할 사람이 있고
뒤에는 그와 함께 상의할 사람이 있게 하였다. 이런 까닭에 성왕은 태
산에 올라 봉제(封祭)를 지내고, 양부산(梁父山)에 내려와 선제(禪祭)를 지
내며, 제후들의 조회를 받았으며, 천하를 통일했다. 이를 볼 때, 좌우에
서 임금을 모시는 사람을 잘 고르지 않을 수 없다.

원문　昔禹以夏王, 而桀以夏亡. 湯以殷王, 而紂以殷亡. 闔閭以吳
戰勝無敵, 而夫差以之見禽[79]於越. 文公以晉伯, 而厲公以

---

74) 封禪 : '封'은 고대 제왕이 하늘을 제사하던 의식으로 주 왕조이후 泰山에서 많이
　　거행했으며, '禪'은 땅을 제사하는 의식이다. 태산 옆의 梁父山에서 지냈다.
75) 練 : 가리다, 고르다.
76) 옛날에는 일반적으로 跪坐(무릎을 꿇고 앉는 자세)로 앉았기 때문에 쭈그려 앉는 것
　　을 법도에 어긋난다고 생각했였나. 『新書全譯』, 456면.
77) 太公望 : 『신서』 「修政語 下」편 尙父주 참조.
78) 周公 : 武王의 아우인 姬旦. 주나라의 개국공신으로 주나라의 예법과 문물제도를 확
　　립한 성인으로 추앙받는다.

見殺於匠麗之宮. 威王以齊彊於天下, 而簡公以殺於檀臺.80) 穆公以
秦顯名尊號, 而二世以劫於望夷之宮. 其所以君王同, 而功跡不等者,
所任異也.

옮김譯 옛날 우는 하나라를 세워 왕이 되었는데, 걸은 하나라를 멸망
시켰다. 탕은 은나라를 세워 왕이 되었는데, 주(紂)는 은나라를
멸망시켰다. 합려(闔閭)81)는 오나라를 전쟁에 이겨 천하에 대적할 나라
가 없었으나, 부차(夫差)82)는 포로로 잡혔다. 문공(文公)83)은 진(晉)나라를
가지고 제후의 우두머리가 되었는데, 여공(厲公)84)은 장려(匠麗)의 집에
서 살해되었다. 위왕(威王)85)은 제나라를 천하의 강자로 만들었는데, 간
공(簡公)86)은 단대(檀臺)에서 살해되었다. 목공(穆公)87)은 진(秦)나라의 명
성을 날리고 존경을 받게 했는데, 이세(二世)88)는 망이궁(望夷宮)89)에서
죽고 말았다. 그러므로 똑 같이 임금 노릇을 했으면서도 결과가 다른

---

79) 禽 : '擒(사로잡다)'과 통한다.
80) 檀臺 : 지금의 山東省 淄博에 해당한다.
81) 闔閭 : 춘추 말기 오나라의 임금으로, 이름은 光. 자세한 내용은 『신서』「淮亂」주
참조.
82) 夫差 : 춘추시대 말기의 오나라의 마지막 임금으로 합려의 아들. 자세한 내용은 『신
서』耳痺
83) 文公 : 晉 문공 重耳. 五霸의 한사람으로 기원전 636년에서 기원전 628년까지 재위.
伯 : '霸'와 통한다.
84) 厲公 : 춘추시대 晉나라 임금. 자세한 내용은 『신서』「禮容語 下」주 참조.
85) 威王 : 전국시대 제나라 임금인 田大齊. 기원전 378년에서 기원전 343년까지 재위.
정치를 개혁하고 국력이 강해지자 처음으로 왕이라 칭하였다. 일찍이 臨菑 稷下에 학
관을 설치하여 사방에서 학자를 불러 학문을 장려하여 당시 여러 학파들이 모이는 학
문의 중심이 되었다.
86) 簡公 : 춘추시대 말기의 제나라 임금. 권세를 누리던 田常의 세력을 축소시키려 하
다가 도리어 죽임을 당하고 말았다.
87) 穆公 : 춘추시대 秦나라의 임금. 오패의 한사람으로, 진나라를 강한 나라로 만들었
다. 기원전 659년에서 기원전 621년까지 재위.
88) 二世 : 진시황의 둘째 아들 胡亥. 자세한 내용은 『신서』「過秦 中」주 참조
89) 望夷宮 : 진나라의 궁전 이름, 『신서』「階級」주 참조

것은 그들이 임용한 사람이 달랐기 때문이다.

故成王處襁褓之中朝諸侯, 周公用事也; 武靈王五十而弑於沙丘, 任李兌也. 齊桓公得管仲, 九合諸侯, 一匡天下, 稱爲義主; 失管仲, 任竪刀, 而身死不葬, 爲天下笑. 一人之身, 榮辱具施焉者, 在所任也. 故魏有公子無忌而削地復; 趙任藺相如而秦兵不敢出, 安陵任周瞻而國獨立. 楚有申包胥而昭王復反, 齊有陳單襄王得其國. 由此觀之, 無賢佐俊士, 能成功立名·安危繼絶者, 未之有也. 是以國不務大而務得民心, 佐不務多而務得賢者. 得民心而民往之, 得賢者而賢者歸之.

그러므로 성왕이 아직 강보에 싸여 있으면서 제후들을 조회할 수 있었던 것은 주공이 정사를 돌보았기 때문이며, 무영왕(武靈王)[90]이 50세가 되어 사구(沙丘)[91]에서 죽게 된 것은 이태(李兌)[92]를 임용했기 때문이다. 제나라 환공[93]은 관중을 얻고서는 제후를 통합하고 천하를 하나로 바로잡아 의로운 군주라 일컬어지더니, 관중을 잃고 수도(竪刀)[94]를 임용하고 나서는 죽어서도 장례조차 치러지지 못해서[95] 천하의 웃음거리가 되었다. 동일한 사람이 명예를 얻기도 하고 또 치욕을 겪는 원인은 그 임용한 사람에 달려 있다. 그러므로 위나라는 공자(公子)

---

90) 武靈王 : 趙나라 군주. 기원전 325년에서 기원전 299년까지 재위. 군사개혁을 시행하여 中山과 林胡 등을 연달아 멸망시키고 국위를 떨쳤다. 후에 내분이 일어나 沙丘宮에서 굶어죽었다.

91) 沙丘 : 趙나라 지명.

92) 李兌 : 조나라의 신하, 후에 태자의 난이 일어나자 沙丘를 포위하여, 결국 武靈王이 사구궁에서 굶어죽게 하였다.

93) 桓公 : 춘추시대 제나라의 임금. 자세한 내용은 『신서』「宗首」주 참조.

94) 竪刀 : 제 환공의 신하로, 竪貂라고도 부른다.

95) 제나라 환공이 죽은 후 여러 아들들이 정권을 다투어, 환공의 시신이 67일 동안 장례를 치르지 못했던 일을 말한다.

무기(無忌)[96]가 있어서 빼앗겼던 땅을 회복할 수 있었으며, 조나라가 인상여(藺相如)[97]를 임용하자 진(秦)나라 군사가 감히 넘어오지 못하였고, 안릉군(安陵君)[98]은 주첨(周瞻)을 임용하여[99] 나라의 독립을 유지할 수가 있었다. 초나라는 신포서(申包胥)[100]가 있어서 소왕(昭王)[101]이 다시 돌아올 수가 있었으며, 제나라는 진단(陳單)[102]이 있었기 때문에 양왕(襄王)[103]이 그 나라를 얻을 수가 있었다. 이로 볼 때 현명한 신하나 뛰어난 인재없이 공적을 쌓고 이름을 세우며 위급한 상황을 안정시키고 멸망할 나라를 유지케 했던 사람은 없었다. 그러므로 나라를 키우기만을 힘쓰지 말고 백성들의 마음을 얻는 데 힘써야 할 것이며, 보좌하는 사람을 많이 두려 하지 말고 현명한 사람을 얻는 데 힘써야 한다. 백성들의 마음을 얻으면 백성들은 그에게 찾아가며, 현명한 사람을 얻으면 현명한 사람들이 그에게 돌아올 것이다.

---

96) 公子 無忌 : 信陵君 魏無忌로 魏나라 安釐王의 이복동생이다. 信陵에 봉해져 신릉 군이라고 칭한다.

97) 藺相如 : 전국시대 조나라 대신. 秦王에 맞서 조나라의 보물인 和氏璧을 지켰고, 대신들의 단결을 도모하여 진나라가 감히 조나라를 침범하지 못하도록 했다.

98) 安陵 : 전국시대의 작은 나라. 원래 위나라의 附庸이었으나, 진나라가 위나라를 멸망시키자 安陵君은 唐睢를 사신으로 보내 진왕을 설득하게 하여 나라를 지켰다.

99) 周瞻 : 사람이름. 자세한 내용은 알 수 없다.

100) 申包胥 : 公孫包胥. 초나라의 대부로 봉지가 申이었다. 초나라의 昭王이 오나라왕 합려의 공격을 받아 도망가자 秦나라에 가서 구원을 요청하였으나, 진왕은 선뜻 도와주려 하지 않았다. 이에 申包胥는 7일 동안 통곡을 하여 진왕의 구원군을 얻어냈다. 그 결과 오나라의 군대를 몰아내고, 소왕은 다시 돌아올 수 있었다.

101) 昭王 : 춘추 말기 초나라의 임금으로 이름은 珍, 평왕의 아들이다.

102) 陳單 : 제나라 襄王의 장군인 田單이다.

103) 襄王 : 田法章. 齊 湣王의 아들. 기원전 283년에서 기원전 265년까지 재위. 민왕이 피살된 후 이름을 고치고 남의 집에서 숨어 고용살이를 하다가 뒤에 莒邑사람들에 의해서 옹립되었다. 뒤에 田單이 燕나라 군대를 무찌르고 제나라를 회복하자, 그를 맞이하여 복위시켰다.

文王請除炮烙[104]之刑而殷民從, 湯去張網者之三面, 而二
垂[105]至, 越王[106]不頹舊塚而吳人服, 以其所爲順於人也. 故
同聲則處異而相應, 意合則未見而相親. 賢者立於本朝, 而天下之士
相率而趨之. 何以知其然也? 管仲者, 桓公之讎也, 鮑叔[107]以爲賢於
己而進之桓公. 七十言說 乃聽, 遂使桓公除仇讎之心, 而委之國政
焉. 桓公垂拱無事而朝諸侯, 鮑叔之力也. 管仲之所以趨桓公而無自
危之心者, 同聲於鮑叔也.

문왕이 사람을 태워 죽이는 잔혹한 형벌을 없애기를 청하자
은나라 백성들이 그를 따랐고, 탕임금이 사냥꾼이 친 그물의
세 면을 걷어주자 서쪽 북쪽의 오랑캐들도 찾아왔으며,[108] 월나라 왕
구천이 오나라 조상들의 무덤을 훼손하지 않자[109] 오나라 사람들이 그
에게 복종하였으니, 이는 백성들을 따라서 행동했기 때문이다. 그러므
로 소리가 같으면 다른 곳에 있어도 서로 응하며, 뜻이 합치되면 만나
보지 않아도 서로 친해지게 마련이다. 현인이 우리 조정에 있으면 천하
의 인재가 서로를 끌고서 찾아오게 된다. 어떻게 그런 줄을 알 수 있는
가? 관중[110]은 원래 환공의 원수지만, 포숙은 관중이 자기보다 현명하
다고 여겨 환공에게 그를 천거하였다. 70여 차례나 설득한 다음에야 그

---

104) 炮烙 : 불 위에 구리를 놓고 사람으로 하여금 그 위를 걸어가게 하여 불속에 떨어져
　　　타죽게 하는 형벌. 문왕은 炮烙의 형벌을 없애는 조건으로 紂王에게 洛西의 땅을 주
　　　었다.
105) 二垂 : 서쪽과 북쪽의 오랑캐를 가리킨다.
106) 越王 : 勾踐을 말한다. 『신서』「耳痺」편 본문과 주 참조.
107) 鮑叔 : 鮑叔牙. 제 환공의 신하로서, 환공으로 하여금 公子糾를 이기고 제나라 왕위
　　　를 얻는데 공훈을 세웠다.
108) 이 이야기는 『신서』「諭誠」편에 나온다.
109) 이 부분의 번역은 『新書全譯』(462면) 및 『賈誼新書譯注』(314면)을 참조했다.
110) 管仲 : 관중은 원래 제나라 왕자 公子糾를 섬겼으며, 환공에게 활을 쏘아 허리띠의
　　　갈고리(鉤)를 맞춘 일이 있다.

말을 들어서 마침내 환공으로 하여금 원수로 여겼던 마음을 버리고 관중에게 나라의 정사를 맡기도록 하였다. 그리하여 환공은 아무 일없이 팔짱을 끼고 있어도 제후들로 하여금 조회하러 오게 할 수 있었던 것은 포숙의 힘이었다. 관중이 환공에게 가면서도 자신이 위험하다고 느끼지 않았던 것은 소리가 포숙과 같았기[111] 때문이었다.

원문 衛靈公之時, 蘧伯玉賢而不用, 彌子瑕不肖而任事. 史鰌患之, 數言蘧伯玉賢, 而不聽. 病且死, 謂其子曰 : "我卽死, 治喪於北堂.[112] 吾生不能進蘧伯玉而退彌子瑕, 是不能正君也. 生不能正君者, 死不當成禮. 死而置屍於北堂, 於我足矣." 靈公往弔, 問其故, 其子以父言聞. 靈公戚然易容而寤曰 : "吾失矣." 立召蘧伯玉而進之, 召彌子瑕而退之. 徙喪於堂, 成禮而後去. 衛國以治, 史鰌之力也. 夫生進賢而退不肖, 死且未止, 又以屍諫, 可謂忠不衰矣.

옮김譯 위나라 영공(靈公)[113] 때에 거백옥(蘧伯玉)[114]은 현명하였지만 중용되지 못하였고, 미자하(彌子瑕)[115]는 못났지만 정사를 맡았다. 사추(史鰌)[116]가 이를 걱정하여 여러 차례 거백옥이 현명한 사람이라고 말했으나, 영공은 듣지 않았다. 그러다가 사추가 병이 들어 장차 죽게 되자, 그 아들에게 말하기를 "내가 죽거든 북당(北堂)[117]에서 장례

---

111) 포숙과 같은 마음으로 서로 응했다는 뜻이다.
112) 北堂 : 방(室)을 말하는 것으로, 正堂과 상대해서 말한 것이다.
113) 靈公 : 춘추시대 위나라 임금인 姬元. 기원전 534년에서 기원전 493년까지 재위.
114) 蘧伯玉 : 衛나라의 大夫. 이름은 瑗.
115) 彌子瑕 : 위영공이 총애하던 신하.
116) 史鰌 : 위나라 대부, 字는 史魚.
117) 고대의 상례에는 방에서 돌아가면 문 안에서 小殮을 한 다음 시신을 堂上에 모셔둔다. 북당에서 장례를 치르는 것은 스스로를 폄하는 뜻이니, 주검으로써 영공에게 최후의 간언을 하려는 것이다. 『賈誼新書譯注』, 315면 참조.

를 치르도록 해라. 내가 살아 있는 동안 거백옥을 천거하지 못했고 또 미자하를 물리치도록 하지 못했으니, 이는 임금을 바로 모시지 못한 것이다. 살아서 임금을 바로 모시지 못한 사람은 죽어서도 예법을 다 갖출 수 없다. 내가 죽으면 그 시신을 북당에 놓는 것이 나에게는 당연하다"라고 했다. 영공이 조문을 와서 시신이 북당에 있는 까닭을 묻자, 아들은 아버지의 유언을 말씀드렸다. 영공은 잘못을 깨닫고는 슬퍼 얼굴빛을 바꾸며, "내가 잘못했구나!"라고 말하고서 즉시 거백옥을 불러 등용하고 미자하를 물러나도록 하였다. 그리고 사추의 시신을 정당(正堂)으로 옮겨 예법을 갖추게 한 다음에야 떠났다. 이렇게 해서 위나라가 다스려졌으니, 이는 사추의 힘이었다. 살아서는 현명한 사람을 천거하고 못된 자를 물리쳤으며, 죽어서도 그만두지 않고 주검으로써 임금에게 간하였으니, (죽어서도) 충성심이 시들지 않았다고 할 것이다.

 紂殺王子比干, 而箕子被髮而佯狂; 陳靈公殺泄冶, 而鄧元去陳以族徙. 自是之後, 殷幷於周, 陳亡於楚, 以其殺比干與泄冶, 而失箕子與鄧元也. 燕昭王得郭隗, 而鄒衍·樂毅自齊·魏至. 於是擧兵而攻齊, 棲閔王於莒.118) 燕度地計衆, 不與齊均也, 然而, 所以能信119)意至於此者, 由得士故也. 故無常安之國, 無宜治之民. 得賢者顯昌, 失賢者危亡, 自古及今, 未有不然者也.

주(紂)가 왕자 비간(比干)120)을 죽이자, 기자(箕子)121)는 머리를 풀어헤치고 거짓으로 미치광이 노릇을 하였고, 진(陳)나라 영공

118) 莒 : 제나라의 城邑, 지금의 山東省 莒縣이다.
119) 信 : '伸(펴다)'와 통한다. 『대대례기』 「保傅」에는 '申'으로 되어 있다.
120) 比干 : 殷나라 紂왕의 庶兄. 일설에는 주왕이 叔父라고 한다. 微子·箕子와 함께 은의 三仁이라고 불렸는데, 주왕에게 간언을 하다가 죽임을 당하였다.
121) 箕子 : 殷나라 대신이며 子姓으로 紂王의 叔父이다. 太師를 지냈고 箕(지금의 산동성 太谷 동북쪽)에 봉해졌다.

(靈公)122)이 설야(泄冶)123)를 죽이자, 등원(鄧元)124)이 온 가족을 데리고 진나라를 떠나가 버렸다. 이런 뒤로 은나라는 주나라에 병합되어 버렸고, 진나라는 초나라에게 멸망당했으니, 비간과 설야를 죽이고 기자와 등원을 잃었기 때문이었다. 연나라 소왕(昭王)125)이 곽외(郭隗)를 얻자, 추연(鄒衍)과 악의(樂毅)126)가 제나라와 위나라를 떠나 연나라에 찾아왔다. 이에 군사를 일으켜 제나라를 공격하였고, 마침내 민왕(閔王)127)을 거성(莒城)에서 포위하였다.128) 연나라는 영지나 백성의 규모로 보아서는 제나라와 비교가 안 되었으나, 이처럼 뜻을 펼쳐 나갈 수 있었던 것은 인재를 얻었기 때문이었다. 그러므로 언제나 평안한 나라는 없으며, 다스려지게 되어 있는 백성들은 없는 법이다. 현명한 사람을 얻으면 번성하게 되고, 현명한 사람을 잃으면 위태로워지는 것이니, 예로부터 지금까지 그렇지 않은 경우가 없었다.

---

122) 靈公 : 춘추시대 陳나라의 임금. 기원전 613년에서 기원전 599년까지 재위.

123) 泄冶 : 진나라의 신하. 진영공은 진나라의 卿인 孔寧과 같이 夏姬(정목공의 딸로 진나라 대부 夏御叔에게 출가했음)와 사통했다. 泄冶가 진영공에게 '공경이 모두 음탕한 모습을 보이면 백성이 본받을 것이 없습니다'라고 간하자 진영공이 이 사실을 공녕에게 말했다. 그러자 공녕과 진영공이 설야를 죽이고 말았다. 『좌전』 「宣公」 9년조 참조.

124) 鄧元 : 진나라의 신하인 듯하나, 자세한 내용은 알 수 없다.

125) 燕昭王 : 전국시대 연나라의 임금인 姬平. 일설에는 姬職이라고도 한다(기원전 311년에서 기원전 279년까지 재위). 왕위에 오른 초기에 제나라의 공격을 받자, 정치를 개혁하고 인재를 불러 모아 연나라를 부강하게 하였다. 왕위에 오른 소왕이 인재를 구하자, 당시 대신이었던 郭隗가 "임금께서 현사를 초빙할 생각이라면 저를 먼저 불러주십시오. 그러면 저보다 현명한 사람들이 어떻게 천리 먼 길을 마다하겠습니까?"라고 말했다. 이에 소왕은 곽외를 스승으로 모셨는데, 그 이후로 여러 인재들이 앞 다투어 연나라로 모여들었다고 한다. 『사기』 「燕召公世家」 참조.

126) 鄒衍 : 전국시대 陰陽五行家의 대표적인 인물로서, 齊나라 稷下(지금의 山東省 淄博市) 태생이다. 樂毅 : 전국시대 유명한 군사 전문가. 中山國 靈壽(지금의 河北省 平山縣 동북쪽) 태생이다.

127) 閔王 : 戰國시대 제나라의 임금, 기원전 300년에서 기원전 284년까지 재위.

128) 이 부분의 해석은 『新書全譯』, 465면 참조. 『賈誼新書譯注』, 316면에서는 '거성에 도망쳐가게 했다'고 해석했다.

明鑑所以照形也, 往古所以知今也. 夫知惡古之所以危亡,
不務襲跡於其所安存, 則未有異於卻走而求及前人也. 太公
知之, 故國[129]微子之後, 而封比干之墓. 夫聖人之於聖者之死, 尙如
此其厚也, 況當世存者乎! 其弗失可知矣.

밝은 거울은 형체를 비춰보기 위한 것이고, 과거를 돌이켜보는
것은 현재를 알고자 함이다. 과거에 위태로워지고 멸망하게 된
까닭을 미워할 줄 알고 안전하게 존립할 수 있었던 자취를 따르도록 노
력하지 않는다면, 그것은 바로 뒷걸음질 치면서 앞서가는 사람을 따라
가려는 것과 다르지 않다. 태공(太公)[130]은 이 점을 알았기 때문에 미자
(微子)[131]의 후손을 제후국으로 봉하였고, 비간의 묘에 분봉(墳封)을 해주
었던 것이다. 성인은 이미 죽은 성인에 대해서도 이토록 후하게 대우했
거늘 하물며 당대에 살아있는 사람에 대해서이겠는가! 실패하지 않았을
것임을 알 수 있다.

▌ 태자를 세우는 뜻[立後義] ▌

이 편은 고대 제왕이 태자를 책립(冊立)하는 의식의 절차와 그
의의에 대해 기술하고 있다. 여기서 가의는 황제의 마음대로
태자를 선택하는 방법은 형제간에 불화를 조성하므로 폐지하고, 적장자
(嫡長子)를 태자로 세울 것을 주장하고 있다. 이 편은 문제에게 올린 상

---

129) 國 : 나라를 세우다.
130) 太公 : 姜尙, 呂尙이라고도 한다. 자세한 내용은 『신서』 「修政語 下」편 尙父주 참조.
131) 微子 : 商 紂王의 庶兄으로, 周代 宋나라의 시조

소의 하나로서, 가의가 양회왕 태부로 있을 때 썼다.

원문
古之聖帝將立世子,[132] 則帝自朝服昇自阼階上, 西鄕[133]於妃.
妃抱世子自房出, 東鄕. 太史奉書西上堂, 當兩階之間, 北面
立, 曰世子名曰某者參. 帝執禮稱辭, 命世子曰, 度[134]太祖・太宗與
社稷於子者參. 其命也, 妃曰不敢者再; 於三命, 曰謹受命, 拜而退.
太史以告太祝, 太祝以告太祖・太宗與社稷. 太史出, 以告太宰, 太
宰以告州伯, 州伯命藏之州府. 凡諸貴已下, 至於百姓, 男女無敢與
世子同名者, 以此防民百姓猶有爭爲君者.

옮김譯
옛날 성왕이 장차 태자를 책립하고자 할 때에는, 제왕 자신이
조복을 입고 동쪽 계단으로부터 올라가 서쪽으로 왕비를 향해
선다. 왕비는 태자를 안고 방에서 나와 동쪽을 향하여 선다. 태사가 조
서를 받들고 서쪽으로 당(堂)에 올라가 동쪽과 서쪽의 양쪽 계단 사이에
서 북쪽을 향하여 서서, 태자 이름을 세 번 말한다. 제왕이 예법에 따라
치사를 하고 태자에게 명하여 "태조와 태종과 사직[135]을 아들에게 전하
노라!"고 세 번 말한다. 제왕의 이러한 명령에 대해 왕비[136]는 (태자를
대신하여) "감히 명을 받들지 못 하겠나이다"라고 두 번을 아뢰고, 세
번째 명령이 내리면 "삼가 명을 받들겠습니다"라고 말한 뒤 배례하고
물러간다. 태사가 태축에게 알리고, 태축은 이를 태조와 태종 그리고 사

---

132) 世子 : 太子, 제왕과 제후의 嫡長子. 『漢語大詞典』 1권 494면 참조. 태자는 봉건시
   대 군주의 아들 중 왕위계승이 예정된 사람이다. 주대에는 천자 및 제후의 적장자를
   태자 혹은 세자라고 불렀다. 진대에도 이를 따랐으며, 한대에는 천자를 황제라 불렀으
   므로, 그 적장자를 황태자라 칭했다. 『漢語大詞典』 2권 1463면 참조.
133) 鄕 : '向(향하다)'와 통한다.
134) 度 : '渡'와 통한다. 주다, 전하다의 뜻.
135) 社稷 : 『신서』 「過秦 下」 주 참조.
136) 태자의 어머니를 가리킨다.

직에 고한다. 태사가 밖으로 나가 이를 태재에게 고하고, 태재는 이를 주백(州伯)[137]에게 고하며, 주백은 이 일을 전하는 문서를 주(州)의 창고에 보관하도록 한다. 그리고 귀족으로부터 백성들에 이르기까지 남자건 여자건 감히 태자와 이름을 같이 쓰는 자가 없도록 했으니, 이렇게 해서 백성들이 임금이 되려는 분과 분쟁이 되지 않도록 막았다.

원문 夫勢明則民定而出於一道. 故人皆爭爲宰相而不奸[138]爲世子. 非宰相尊而世子卑也, 不可以智求, 不可以力爭也. 今以爲知子莫如父, 故疾死置後者, 恣父之所以. 此使親戚不相親, 兄弟不相愛, 亂天下之紀, 使天下之俗失, 所尊敬而不讓, 其道莫經[139]於此. 疾死置後以嫡長子, 如此則親戚相愛而兄弟不爭, 此天下之至義也. 民之不爭, 亦惟學王宮國君室也.[140]

옮김 (태자로서의) 위세가 명확해지면 백성들이 안정되고 (정령이) 한 곳에서 나오게 된다. 그러므로 사람들은 모두 다투어 재상이 되고자 하지 태자가 되려고 하지는 않는다. 이는 재상의 자리가 존귀하고 태자의 자리가 비천하기 때문이 아니라, 태자의 자리는 지모(智謀)로 구할 수 있는 자리가 아니며, 힘으로 다투어 얻을 수 있는 자리가 아니기 때문이다. 그런데 지금 아버지만큼 아들을 잘 아는 사람은 없다고들 생각해서, 부왕(父王)이 병들어 죽을 때 후계자를 세우는 것은 부왕의

---

137) 州伯: 한 州를 통괄하는 諸侯로 州長이라고도 한다. 州府: 州의 문서와 簿籍 등을 보관하는 창고. 『漢語大詞典』 1권 718면 참조.

138) 奸: 朱駿聲은 '干'의 假借로 보았다. '干'은 구하다(求)의 뜻이다. 『新書校注』, 411면 참조.

139) 經: '俓(빠르다)'과 통한다. 『賈誼新書譯注』, 319면 참조. 『新書校注』, 411면에서는 '간사하다'의 뜻으로 보았다.

140) 『尙書』 「大誥」에 "백성들이 안정하지 못함이 또한 한 왕궁과 임금의 집안에 있다 [民不靜, 亦唯在王宮邦君室]"라는 구절이 있다.

마음대로 하게 한다. 그러나 이것은 친척들로 하여금 서로 친하지 못하게 하고 형제가 서로 사랑하지 않게 하며, 천하의 기강을 어지럽혀 천하의 풍속이 존경해야할 바를 잃고 양보하지 않게 만드는 것이니, 그렇게 되는 길로는 이보다 더 빠른 것이 없다. 부왕이 병들어 죽은 후에 (왕위 계승자가) 적장자가 되니, 이와 같이 하면 친척이 서로 사랑하고 형제가 다투지 않을 것이니, 이것이 천하에 가장 올바른 방법이다. 백성들은 왕궁의 주군 집안을 따라 배우기 때문에, 백성들도 다투지 않게 된다.

원문

殷湯放桀, 武王弑紂,[141] 此天下之所同聞也. 爲人臣而放其君, 爲人下而弑其上, 天下之至逆也. 而所以有天下者, 以爲天下開利除害, 以義繼之也. 故聲名稱於天下而傳於後世, 隱其惡而揚其德美, 立其功烈而傳之於久遠. 故天下皆稱聖帝至治. 其道之下, 當天下之散亂, 以彊凌弱, 衆暴寡, 智欺愚. 士卒罷[142]弊, 死於甲兵, 老弱騷動, 不得治産業, 以天下之無天子也.

옮김譯

은나라 탕왕이 걸(桀)을 쫓아내고 무왕이 주(紂)를 죽인 것은 온 천하 사람이 똑같이 들어서 안다. 신하된 사람으로 그의 임금을 쫓아내고, 아랫사람이 윗사람을 시해하는 것은 천하에서 가장 반역적인 행위이다. 그럼에도 불구하고 탕왕과 무왕이 천하를 소유하게 된 까닭은 그 행위가 천하를 위하여 이로움을 펴고 해로움을 제거하며 의로움으로써 계승하였기 때문이다. 그러므로 이름이 천하에 떨쳐 후세에까지 전해졌고, (도리를 거슬렸다는) 악명은 가려지고 그들의 훌륭한 덕망이 선양되었으며, 수립된 업적이 오래도록 전해졌다. 그러므로 천하의 모든 사람들이 성왕이라 일컫고 최상의 통치였다고 칭송했던 것이

---

141) 武王, 紂:『신서』「君道」 주 참조
142) 罷:'疲(피로하다)'와 통한다.

다. 그러한 도가 쇠퇴해 버리고 천하가 크게 어지러워지자, 힘센 자가 약한 자를 능멸하고 큰 나라가 작은 나라에 포악하게 굴고, 지혜 있는 자가 어리석은 자를 속이게 되었다. 병사들은 지친 채 전쟁하다 죽어 갔으며, 노약자는 이리저리 유랑하다가 생업에 종사할 수가 없게 되었으니, 이는 천하에 천자가 없었기 때문이다.

원문

高皇帝起於布衣[143]而兼有天下, 臣萬方諸侯, 爲天下辟,[144] 興利除害, 寢[145]天下之兵, 天下之至德也. 而天下莫能明高皇帝之德美, 定功烈而施之於後世也. 故天下猶行弊世德與其功烈風俗也. 夫帝王者莫不相時而立儀, 度務而制事, 以馴其時也. 欲變古易常者, 不死必亡, 此聖人之所制也. 惡民更之, 故拘爲書使結之也, 所以聞於後世也.

옮김

고조께서는 평민의 신분으로부터 일어나 천하를 차지하고, 만 방의 제후를 신하로 삼아 천하의 임금이 되어서, 이로움을 일으키고 해로움을 제거하여 천하의 전쟁을 그치게 했으니, 이는 천하의 지극한 공덕이다. 그럼에도 불구하고 천하에 아무도 고황제의 훌륭한 덕을 밝히고, 그의 공적을 확립해서 후세에 전해주는 사람이 없었다. 그래서 천하는 아직까지도 쇠퇴했던 (이전) 시대의 악덕과 사업과 풍속들이 여전히 행해지고 있는 것이다. 제왕이란 그때그때 형세를 살펴 법도를 세우고, 힘써야 할 일을 헤아려서 정함으로써 그 시대에 맞게 다스려야 한다. 고대의 영원한 법도를 바꾸려는 자는 죽지 않으면 멸망케 될 것이니, 이는 성인이 제정한 바이기 때문이다. 사람들이 이를 바꿀까 두려워서, 이를 가져다가 글로 써놓았으니, 후세에 알리려는 까닭이다.

---

143) 布衣:『신서』「益壤」주 참조. 高皇帝 : 漢 왕조를 세운 고조 劉邦을 말한다.
144) 辟 : 임금.
145) 寢 : 그치다, 쉬게 하다.

부록

수록되지 않은 글[未收文]

◀ 예를 살핌[禮察]1) ▶

[해제] 이 글은 『신서』의 원문에는 포함되어 있지 않으나, 앞의 「문효」나 「예용어 하」편처럼 없어진 편중의 하나였던 것으로 추정된다. 현재 『한서』 「가의전」의 「치안책」에 실려있고, 또 『대대례기』 「예찰(禮察)」편에도 같은 내용이 보인다.

[원문] 凡人之智, 能見已然, 不能見將然. 夫禮者禁于將然之前, 而法者禁于已然之後. 是故法之用易見, 而禮之所爲生難知也. 若夫慶賞以勸善, 刑罰以懲惡, 先王執此之政, 堅如金石, 行此之令,

---

1) 이 편은 『新書校注』, 413~417면에 실려있는 내용이다.

信如四時. 據此之公, 無私如天地耳, 豈顧[2]不用哉? 然而曰禮云禮云
者, 貴絶惡於未萌, 而起敎於微眇,[3] 使民日遷善遠罪而不自知也. 孔
子曰 : "聽訟, 吾猶人也, 必也使無訟乎!"[4]

옮김譯 사람의 지혜는 이미 일어난 일은 알 수 있지만 앞으로 일어날
일은 알 수 없습니다. 예는 앞으로 그렇게 되기 이전에 금하는
것이고, 법은 이미 그렇게 된 뒤에 금하는 것입니다. 이런 까닭에 법의
작용은 쉽게 볼 수 있으나, 예가 하는 기능은 알기 어렵습니다. 상을 내
려 선을 권장하고 벌을 주어 악을 징계하는 것인데, 선왕께서는 금석처
럼 단호하게 이런 정치를 집행했고, 사계절처럼 틀림없이 이런 명령을
실행했습니다. 이런 공정한 원칙에 의거해서 천지와 같이 사사로움이
없었으니, 어떻게 도리어 선왕이 (상과 벌을) 쓰지 않았다고 하겠습니
까? 그러나 예를 자꾸 일컫는 것은 아직 싹트기 전에 악을 잘라내고 처
음의 미약한 상태에서 교화를 일으켜서, 백성으로 하여금 스스로 깨닫
지 못하면서도 날마다 선해지고 죄에서 멀어지게 만드는 것을 귀하게
여기기 때문입니다. 공자는 "송사를 판단하는 것은 내가 남과 같으나,
(나는) 반드시 송사 자체를 없애려 한다"고 했습니다.

원문 爲人主計者, 莫如先審取舍. 取舍之極[5]定於內, 而安危之萌
應於外矣. 安者非一日而安也, 危者非一日而危也. 皆以積
漸然, 不可不察也. 人主之所積, 在其取舍. 以禮義治之者, 積禮義;
以刑罰治之者, 積刑罰. 刑罰積而民怨背, 禮義積而民和親. 故世主
欲民之善同, 而所以使民之善者或異. 或導之以德敎, 或歐之以法令.

---

2) 顧 : 도리어(反)의 뜻이다.
3) 眇 : 가늘고 작다는 뜻이다(顔師古注. "眇, 細小也").
4) 이 구절은 『논어』 「顔淵」편에 나온다.
5) 極 : 中 또는 中正. 準則을 말한다.

導之以德教者, 德教洽而民氣樂; 歐之以法令者, 法令極而民哀. 哀樂之感, 禍福之應也.

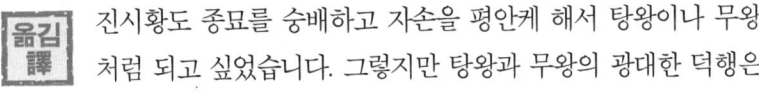 임금을 위한 계책으로는 먼저 어느 것을 취하고 어느 것을 버릴지 잘 심사숙고하는 것이 가장 중요합니다. 취하고 버리는 표준이 마음속에서 정해지면 안정됨과 위태로움의 싹이 밖에서 응해옵니다.6) 안정됨은 하루아침에 안정되는 것이 아니요, 위태로움은 하루아침에 위태로워지는 것이 아닙니다. 모두 조금씩 점점 쌓여서 그렇게 되는 것이니, 살피지 않으면 안 됩니다. 무엇을 취하고 무엇을 버리는가에 임금이 치적을 쌓는 내용이 달여 있습니다. 예의로서 다스리는 자는 예의를 쌓고, 형벌로서 다스리는 자는 형벌을 쌓습니다. 형벌이 쌓이면 백성이 원망하며 등을 돌리고, 예의가 쌓이면 백성이 화목하고 가까이합니다. 그러므로 세상의 군주는 백성이 다 착해지기를 바라지만, 백성을 착하게 만드는 방법은 다를 수 있습니다. 어떤 이는 도덕과 교화로써 인도하고 어떤 이는 법률로써 몰고 갑니다. 도덕과 교화로써 인도하면 덕과 교화가 넉넉히 퍼져서 백성의 기풍이 즐거워지고, 법률로써 몰아가면 법률이 각박해져서 백성이 애통하게 됩니다. 애통함과 즐거움은 (각각) 재앙과 복록에 감응하게 됩니다.

원문 秦王7)之欲尊宗廟而安子孫, 與湯武同. 然而湯武廣大其德行, 六七百歲而弗失, 秦王治天下, 十餘歲則大敗. 此亡它故矣, 湯武之定取舍審, 而秦王之定取舍不審矣.

옮김譯 진시황도 종묘를 숭배하고 자손을 평안케 해서 탕왕이나 무왕처럼 되고 싶었습니다. 그렇지만 탕왕과 무왕의 광대한 덕행은

---

6) 安危의 결과가 밖으로 표현되어 나온다는 뜻이다.
7) 秦王 : 진시황을 가리킨다.

육칠 백년이 지나도 없어지지 않았으나, 진나라 왕은 천하를 다스린 지 십여 년 만에 크게 실패하고 말았습니다. 이는 다른 연고가 있어서가 아니라, 탕왕과 무왕은 어느 것을 취하고 어느 것을 버릴지를 결정할 때 심사숙고했지만, 진시황은 취할 것과 버릴 것을 결정할 때 심사숙고 하지 않았기 때문입니다.

원문 夫天下, 大器也. 今人之置器, 置諸安處則安, 置諸危處則危. 天下之情, 與器無以異, 在天子之所置之. 湯武置天下於仁 義禮樂, 而德澤洽禽獸草木廣裕, 德被蠻貊四夷, 累子孫數十餘世, 此天下之所共聞也. 秦王置天下於法令刑罰, 德澤亡一有, 而怨毒盈 於世. 下憎惡之如仇讎, 禍幾及身, 子孫誅絶, 此天下之所共見也. 是 非其明效大驗邪! 人之言曰:"聽言之道, 必以其事觀之, 則言者莫敢 妄言." 今或言禮誼之不如法令, 敎化之不如刑罰, 人主胡不引殷周秦 事以觀之也?

옮김譯 천하는 큰 그릇입니다. 이제 이 그릇을 놓을 때 안정된 곳에 놓아두면 안정되고, 위태로운 곳에 놓아두면 위태롭게 됩니다. 천하의 정세가 그릇과 다를 것이 없으니, 천자가 놓아두는 곳에 달려있 습니다. 탕왕과 무왕은 천하를 인의예악의 위에 놓아두어서 덕의 혜택 이 널리 금수와 초목에까지 흡족히 스며들었고, 덕이 사방의 오랑캐에 까지 미치고 십여 세의 자손에까지 쌓였었으니, 이는 천하가 다 같이 아는 바입니다. 진시황은 천하를 법률과 형벌의 위에 놓아두었으니, 덕 의 은택이란 하나도 없었고 원망이 세상에 가득 찼었습니다. 아랫사람 들이 (위를) 원수처럼 미워해서 재앙이 자신에게까지 미쳤고, 자손은 죽 임을 당해 끊어져 버렸으니[8] 이는 천하가 다 같이 목도한 비입니다. 이

---

8) 진시황이 죽자 趙高는 유서를 고쳐 장자인 扶蘇를 죽이고 둘째 아들인 胡亥를 옹

것이 바로 그 분명한 증거가 아니겠습니까? 사람들은 "말을 듣고 판단하는 방법은 (그 말에 해당하는) 일로써 관찰해 보아야 하는 것이니, 그렇게 되면 말하는 자가 함부로 말하지 못한다"고 말합니다. 이제 어떤 이는 예의가 법률만 못하다거나 교화가 형벌만 못하다고 말하니, 사람의 군주가 된 이로서 어떻게 은나라와 주나라와 진나라의 지난 일을 가져다가 살펴보지 않을 수 있겠습니까?

▌가의 전기의 서문[賈生才子傳序]▐

교진(喬縉)[9]

 君子觀人, 當取其言之驗, 不當責其功之成. 言之驗者其常也, 不驗者其變也, 其變其常, 而功之成否系焉.

賈生, 洛陽人, 名誼 年十八能誦書屬文. 文帝召爲博士, 超遷大中大夫. 素有志於制度禮樂. 時欲任以公卿之位, 絳[10] · 灌 · 馮敬沮之, 出爲長沙王太傅, 尋傅梁懷王. 帝數問政治得失, 誼遂陳治安策. 靦縷[11]萬有餘言, 援古證今, 左譬右喩, 擧前代之已然, 明當代之必然, 斷斷[12]乎欲措漢室, 上躋唐虞之治. 不翅燭照數計,[13] 著筮龜卜, 直

림하여 二世라 칭하였다. 호해는 즉위 후에 趙高를 재상으로 임명하고, 李斯를 죽이는 등 포악한 정치를 하다가 망이궁에서 조고에게 죽임을 당했다.

9) 喬縉: 字는 廷儀이고 洛陽사람으로 명 헌종 때의 학자. 저서로는 『性理解惑』이 있다. 『河南通志』 권59 참조.

10) 絳은 周勃(?~기원전 178). 灌은 灌嬰(?~기원전 176). 周勃 · 灌嬰 · 馮敬의 자세한 내용은 『신서』 「藩彊」 주 참조

11) 靦縷: 굽이굽이 詳述하다. 『漢語大詞典』 10권 357면 참조.

言激切, 冀以感悟人主之聽.

 군자가 사람을 관찰할 때에는 그의 말이 실제에 맞았는지를 보아야지, 그 공적의 성패로 따져서는 안 된다. 말이 실제에 맞음은 불변이요 말이 실제에 맞지 않음은 변화이니, 변화인가 불변인가에 공적의 성패가 달려있다.

가의는 낙양사람으로 이름은 의(誼)이며, 나이 18세에 『시』·『서』를 외우고 글을 잘한다고 명성이 났다.[14] 문제가 불러서 박사를 삼았고 대중대부로 특진시켰다. 본래 가의는 국가의 예악제도에 뜻이 있었다. 그때 문제가 가의를 공경(公卿)의 지위에 임명하려하자, 주발과 관영과 풍경이 이를 저지해서 장사왕의 태부로 내보냈고, 이어서 양회왕의 태부가 되었다. 문제가 자주 정치의 득실을 질문했고 가의는 「치안책」을 진술하게 되었다. 그는 1만 여자의 말로 곡진하게 과거의 역사를 원용해서 현재의 일을 증명하고, 이리저리 비유를 들면서 이전 시대에 이미 지난 일을 들어 당시 앞으로 될 일을 밝혀서, 정성을 다해 한나라 황실을 상고의 요순의 치세와 같게 만들려고 했다. 그는 미리 꼼꼼히 따져보기도 하고 이리저리 점쳐 묻기도 하면서, 강력하게 직언을 해서 임금이 듣고 깨닫게 하려고 했다.

원문 惜乎! 年逾三十, 而天奪之速, 徒使誼之言驗於身後, 而莫能成功於當日也. 維時[15]仲舒匡衡倪寬之徒所陳之策, 非無可

---

12) 斷斷 : 오로지 정성스럽고 한결같다.『書』「秦誓」. "만일 한 신하가 다른 재주가 없으나 정성스럽고 한결같다[如有一介臣, 斷斷無他伎]."
13) 燭照數計 : 반딧불로 비춰보면서 수를 계산함. 어떤 일의 사정을 미리 정확하게 헤아림을 비유한 말.
14) 이 부분은 원래『사기』「가생열전」의 내용을 인용한 것인네, 원문은 "18세 되던 해에 시를 암송하고 글을 잘한다고 군내에 명성이 알려졌다[年十八, 以能誦詩屬書聞於郡中]"이다.『사기』의 원문에 따라 뜻을 보충해서 문맥이 잘 통하도록 했다.
15) 維時 : 이때에 혹은 당시에.

觀, 然彼皆老於事情, 精於筆札者. 而誼年方弱冠, 乃能激頹風以繼
三五,[16] 鼓芳風以扇幽塵. 使天假之以年, 其進未已, 漢將不止於漢,
而誼儔皐・夔・稷・契矣. 嘗著書五十八篇, 司馬遷・班固取其有切
於世者作傳, 書今傳世所可考.

　縉與誼爲鄉人, 恨生也晚, 不得追逐後塵, 企慕高風於千載之上.
公餘因取二家之傳, 并誼平時所爲論賦, 略加檃括,[17] 纂而爲一日,
曰賈長沙集, 庶發潛德之幽光. 復捐貲繡梓以廣其傳, 用僭一言序諸
首. 嗚呼! 縉何人斯, 而敢序先正之傳耶! 亦寓夫高山仰止, 景行行止
之意云爾[18] 後之欲知誼者, 宜於此考焉.

　成化癸卯七月朔旦吉,[19] 賜進士承德郎・工部主事・洛陽喬縉謹序.
　　　　　　　　　　　　　　　　　　　　　　　　　—『賈長沙集』

　　　아깝다! 그의 나이가 서른을 넘어서자 하늘이 급히 데려가 버
　　　림으로써, 가의의 말이 죽은 뒤에나 증명이 되었으니, 살아서
는 공을 이룰 수가 없었다. 당시에 동중서(董仲舒)・광형(匡衡)・예관(倪
寬)[20] 등이 진술한 대책에 불만한 것이 없지 않았으나, 그들은 모두 일
에 노련하고 문서작성에 정통한 사람들이었다. 가의는 겨우 약관의 나
이에 퇴폐해진 기풍을 보고 격분해서 삼황오제의 도를 계승하고, 아름

---

16) 三五 : 三皇五帝. 이에 대해서는 『신서』「數寧」편 주 참조.

17) 檃括 : 나무나 대나무를 바로잡는 도구. 도지개. 원래의 글을 편집하거나 고쳐 씀. 『漢
　語大詞典』 참조.

18) 이 구절은 『詩』「小雅」「車舝」에 나온다.

19) 吉은 초하루를 말한다.

20) 董仲舒(기원전 179년~기원전 104년) : 西漢의 경학가. 廣川(지금의 河北 景縣) 사람
　으로 景帝 때 박사가 되었다. 武帝 때 賢良對策을 올려 인정을 받았고, 서한의 문교
　정책에 참여했다. 五經博士를 두고 국가 문교의 중심이 儒家에 통일된 것은 그의 영
　향이 크다. 저서로는 『春秋繁露』가 전해진다. 匡衡 : 西漢의 경학가. 자는 稚圭. 가난
　한 농민집안에서 태어났으나 학문을 좋아하였다. 后蒼에게서 『齊詩』를 배웠고, 문학
　에 능했다. 倪寬 : 兒寬(?~기원전103년)을 말한다. 歐陽生에게서 『尙書』를 전수받았고,
　뒤에 孔安國의 제자가 되었다.

다운 기풍을 고무시켜서 사회의 폐단을 털어버릴 수 있었다. 만일 하늘이 수명을 빌려주어서 계속 활약하게 했더라면, 한나라는 한나라에 그치지 않았을 것이고 가의는 고요(皐陶)나 기(夔)나 직(稷)이나 설(契)21)에 짝이 될 수 있었을 것이다. 일찍이 58편의 글을 지었는데, 사마천과 반고가 그중 세상에 절실하게 필요한 것을 취해서 전기를 지음으로써, 그의 글이 현재 세상에 전해져서 볼 수 있다.

나 교진은 가의와 같은 고향 사람으로, 늦게 태어나서 그의 뒤를 따를 수는 없고, 천 년 이전의 높은 풍격을 우러러 그리워만 하는 것이 한스럽다. 나는 공무의 여가에 두 분이 쓴 전기를 취하고,22) 아울러 가의가 평시에 지었던 논(論)과 부(賦)를 합해서 약간의 편집교정을 부쳐서 한 눈에 볼 수 있도록 편찬하고, 『가장사집(賈長沙集)』이라고 해서 숨어 있던 그분의 덕의 빛이 피어나도록 했다. 그리고 다시 재물을 희사하여 목판을 새겨서 널리 전하도록 하고, 참람되이 책머리에 한마디 서문을 쓴다. 오호라! 교진은 어떤 사람이 길래 감히 선현의 전기에 서문을 쓴단 말인가! 높은 산은 우러르고 아름다운 행실은 실행한다는 말에 의탁해 말해볼 뿐이니, 뒷날 가의를 알고 싶어 하는 이는 이 책을 살펴보시라.

성화 계묘년(1483년) 7월 초하루

사진사 승덕랑 공부주사 낙양 교진은 삼가 서하노라.

---

21) 皐夔稷契 : 皐는 皐陶로 舜임금의 刑官이었고, 夔는 舜임금의 樂官이었다. 稷은 순임금의 出止官으로 이름은 棄이고 성은 姬氏이다. 邰나라에 봉해졌다. 契는 商나라의 전설적인 조상으로 帝嚳의 아들. 舜임금 때 禹를 도와 치수사업에 공을 이루자 司徒에 임명하고 商에 봉했다. 『書』「舜典」 및 『史記』「殷本紀」 참조

22) 두 분의 전이란 사마천과 반고의 「가의열전」을 지칭한다.

양절(楊節)23)

원문

太傅此書始刻於有宋程給事, 再刻於我朝陸郡守, 三百年餘止得此二公者, 都憲24)黃公所謂寥寥知賞之難, 誠是也. 竊以爲知賞之難者, 正坐以傳之不廣焉耳. 何者? 以都憲公該博之學, 且生長於太傅所嘗居之地, 必至登第拜官後始得此書而讀之, 況他人乎? 況生長於他方者又豈得而易見之乎? 審如是, 則四方之學者不獨不之見, 而亦恐未之聞也.

我賢王殿下於講讀祖訓之餘, 取是書而觀之, 知其有益於天下國家, 而慮其傳布之未廣, 乃命工重刻, 樂與四方共之. 其嘉惠後學之心, 不其至也夫!

時正德乙亥秋八月之吉, 賜進士出身, 奉議大夫·吉府右長史·前山東按察僉事·刑部署郎中古燕楊節謹跋.

—『賈太傅新書』

옮김 譯

가의태부의 이 책은 처음 송나라 정급사가 간행했고, 다음으로는 우리 명나라 육군수가 간행했다. 3백여 년에 겨우 두 분이 있었을 뿐이니, 황도헌 공이 이른바 '쓸쓸하도다, 사람들에게 인정받기가 어렵구나'란 말이 참으로 옳다. 나는 인정받기 어려웠던 이유가 바로 널리 전하지 못했기 때문이라고 생각한다. 왜인가? 해박한 학식을 지닌 도헌공도 가의가 일찍이 살았던 지역에서 생장했건만, 과거에 급제해서 벼슬을 제수 받고 난 뒤에야 비로소 이 책을 얻어 읽어볼 수 있

---

23) 楊節:明 浙江 餘姚 사람. 자는 居儉. 文章에 능했고, 書畫를 잘했다.
24) 都憲:明 都察院 혹은 都御史의 별칭.

었으니, 하물며 다른 사람들이나 다른 지방에서 생장한 이가 어떻게 쉽게 볼 수 있었겠는가? 이런 사정을 살펴보면 사방의 학자들이 보지 못했을 뿐 아니라, 아마 들어보지도 못했을 것이다.

우리 현명하신 전하께서 선조의 가르침을 강독하던 여가에 이 책을 가지고 보시고는 천하 국가에 유익함을 아시고, 아직 널리 유포되지 못한 것을 염려하여 공인(工人)에게 다시 간행할 것을 명하였으니, 기꺼이 사방에서 함께 하도록 제공하셨다. 후학에게 아름다운 은혜를 베푸는 마음이 지극하지 않은가!

때는 정덕(1515년) 을해년 가을 8월초하루에

사진사 출신 봉의대부 길부우장사 전 산동안찰첨사 형부서낭 중 고연 양절은 삼가 발문을 쓴다.

【흠정 사고전서 자부『신서』유가류 제요】

[欽定四庫全書 子部─新書 儒家類提要]

원문 臣等謹案新書十卷, 漢賈誼撰, 漢書藝文志儒家有賈誼五十八篇, 崇文總目云本七十二篇, 劉向[25])刪定爲五十八篇, 隋·唐志皆九卷別本或爲十卷. 考今隋·唐志皆作十卷, 無九卷之說. 盖校刊隋書·唐書者未見崇文總目, 反據今本追改之. 明人傳刻古書, 往往如是, 不足怪也.

---

25) 劉向(기원전 70?~기원전 8?) : 자는 子政. 처음 이름은 更生이다. 한나라 高祖의 이복 동생인 劉交(楚元王)의 4세손. 젊었을 때부터 재능을 인정받아 宣帝에게 기용되어 諫大夫가 되었으며, 수십 편의 부송(賦頌)을 지었다. 그 외 저서로는『說苑』·『新序』·『烈女傳』·『戰國策』등이 있으며,『한서』에 그의 전기가 수록되어 있다.

신등이 삼가 『신서』 10권 한나라 가의의 찬을 살펴보니, 『한서』 「예문지」 유가류에는 『가의』 58편이 있다고 했고, 『숭문총목』 에는 본래는 72편이었는데 유향이 58편으로 편집했다고 했으며, 수·당 지에는 모두 9권인데 별본으로 10권으로 되어 있는 것도 있다고 했다. 현재 수·당지를 살펴보면 모두 10권으로 되어 있고 9권이라는 설이 없 다. 아마도 『수서(隋書)』·『당서(唐書)』를 교정해서 간행한 이들은 『숭문 총목』을 보지 못하고, 도리어 당시의 판본에 의거해 거꾸로 고쳤던 것 으로 보인다. 명대 사람들이 고서를 간행해서 전할 때는 종종 이렇게 했으니 이상 할 것이 없다.

然今本僅五十六篇, 又問孝一篇有錄無書, 實五十五篇, 已 非北宋本之舊. 又陳振孫[26]書錄解題稱, 首載過秦論, 末爲 弔湘賦, 且略節誼本傳於第十一卷中. 今本雖首載過秦論, 而末無弔 湘賦, 亦無附錄之第十一卷, 且倂非南宋時本矣. 其書多取誼本傳所 載之文, 割裂其章段, 顚倒其次序而加以標題, 殊督亂無條理.

朱子語錄曰, 賈誼新書, 除了漢書中所載, 餘亦難得粹者, 看來只 是賈誼一雜記藁耳. 中間事事有些個, 陳振孫亦謂其非漢書所有者, 輒淺駁不足觀, 決非誼本書. 今考漢書誼本傳贊稱, 凡所著述五十八 篇, 掇其切於世事者, 著於傳, 應劭漢書註亦於過秦論下註曰, 賈誼 書第一篇名也, 則本傳所載皆五十八篇所有, 足爲顯證. 贊又稱三表 五餌, 以係單于, 顏師古註所引賈誼書與今本同. 又文帝本紀註引, 賈誼書衛侯朝於周行人問其名, 亦與今本同, 則今本卽唐人所見, 亦 足爲顯證.

---

26) 陳振孫(?~1261년) : 宋 湖州安吉 사람으로 자는 伯玉, 호는 直齋이다. 藏書 오만일 천여권이 있었고, 晁公武의 『郡齋讀書志』를 모방하여 『直齋書錄解題』를 지었다.

그러나 현행본에는 56편만이 있고, 또 「문효 1」편은 제목만 적혀있고 내용이 없으니 실지로는 55편이므로, 이미 북송본의 옛것이 아니다. 또 진진손의 『서록』 해제에서는 처음에 「과진론」이 있고 끝에 「조상부」가 실려 있으며, 또 제11권 중에 가의 본전이 축약되어 있다고 했다. 그런데 현행본 첫머리에 비록 「과진론」이 실려 있으나 끝에는 「조상부」가 없고 또한 부록으로 된 11권이 없으니, 현행본은 절대로 남송 때의 판본이 아니다. 그 내용은 가의 본전에 실린 글을 많이 취했고 그 단락을 잘라서 순서를 뒤바꾸어 제목을 붙여두어서 아주 무질서하게 어지러워졌다.

주자의 어록에서는 "가의의 『신서』에는 『한서』에 실려 있는 것을 제외한 나머지에는 순수한 것은 드무니, 가의가 잡다한 것을 기록한 초고일 뿐이라고 본다"라고 했다. 중간에 약간의 내용들은 진진손도 『한서』 속에 들어있지 않은 것이라고 했는데, 대부분 천박해서 볼만한 것이 없으니 절대로 가의가 쓴 글은 아니다. 이제 『한서』 가의 전기의 「찬(贊)」에서는 '지은 저술이 58편인데, 그중에서 세상의 일에 절실한 내용들을 뽑아서 전에 붙여두었다'라고 했고, 응소(應劭)의 『한서』주석에서 『신서』「과진론 하」편의 주에 '가의 글의 첫 번째 편명이다'라고 한 것을 고찰해 볼 때, 본전에 실린 것이 모두 58편이 있다는 것이 충분히 분명한 증거가 된다. 「찬」에서 또 세 가지 준칙과 다섯 가지 미끼로써 선우를 꼼짝 못하게 했다고 칭찬했는데, 안사고의 주석에 인용된 가의의 글이 현행본과 같다. 또 「문제본기(文帝本紀)」의 주석에서 가의서를 인용해서 위후가 주나라에 조회하는데 행인이 그 이름을 물었다고 한 것도 또한 현행본과 동일하니, 현행본이 바로 당나라 사람이 보았던 판본이란 것의 분명한 증거가 되기에 충분하다.

然決無摘錄一段立一篇名之理, 亦決無連綴十數篇合爲奏疏一篇, 上之朝廷之理. 疑誼過秦論治安策等本, 皆爲五十八

篇之一, 復原本散佚, 好事者因取本傳所有諸篇, 離析其文, 各爲標
目, 以足五十八篇之數. 故餖飣[27]至此, 其書不全眞, 亦不全僞. 朱子
以爲雜記之藁, 固未核其實. 陳氏以爲決非誼書, 尤非篤論[28]也. 且
其中爲漢書所不載者, 雖往往類『說苑』·『新序』·『韓詩外傳』. 然如
靑史氏[29]之記, 具載胎敎之古禮, 修政語上下兩篇, 多帝王之遺訓,
保傅篇容經篇, 並敷陳古典, 具有源本. 其解詩之騶虞, 易之潛龍亢
龍, 亦深得經義. 又安可盡以淺駁不粹目之哉? 雖殘闕失次, 要不能
以斷爛[30]棄之矣.

乾隆四十六年十月恭校上

總纂官 臣紀昀 臣陸錫熊 臣孫士毅

總校官 臣陸費墀

그러나 절대로 한 단락을 따서 한 편의 이름을 지었을 리가 없
고, 또한 십여 편을 연결하여 주소(奏疏) 1편으로 합해서 조정에
올렸을 리도 없다. 아마도 가의의 「과진론」과 「치안책」 등은 모두 58편
의 하나일 것인데, 다시 원본이 흩어져버리자 호사가들이 본전에 있던
여러 편들에 근거하여 그 글을 갈라서 각기 제목을 달아서 58편의 수를
채웠을 것이다. 그러므로 글을 뒤죽박죽으로 만들어놓은 것이 이 지경에
이르렀으니, 그 글은 완전히 진본도 아니고 그렇다고 해서 완전히 위작
도 아니다. 주자는 잡기장으로 여겼지만, 그 참모습을 분명히 밝힌 것은
아니다. 또 진진손이 절대로 가의의 글이 아니라고 한 것도 더욱 확실한
논평은 아니다. 그리고 그 가운데 『한서』에 실려 있지 않은 것들은 종종

---

27) 餖飣: 음식물을 죽 진설하다. 여기에서는 글을 뒤섞어 나열해서 쌓아놓은 것을 비
유한 것이다.
28) 篤論: 확론, 확실한 평론.
29) 靑史氏: 『신서』 「胎敎」주 참조
30) 斷爛: 깨지고 손상되어 완전하지 못함.

『설원(說苑)』·『신서(新序)』·『한시외전(韓詩外傳)』과 비슷하다. 그러나 사관의 기록에 모두 「태교」의 옛 예법이 실려 있고, 「수정어(修政語) 상」·하 두 편은 대부분 제왕의 유훈(遺訓)이며, 「보부(保傅)」·「용경(容經)」편에는 고전의 내용이 나열되어 있는데 모두 근원이 있다. 『시경』의 '추우(騶虞)'나 『주역』의 '잠룡(潛龍)' '항룡(亢龍)'을 해석한 것에는 경전의 뜻을 깊이 터득했으니, 어떻게 천박하고 순수하지 못하다고 지목할 수 있겠는가? 비록 누락되거나 순서가 섞인 것이 있다고 하더라도 깨져서 못 쓰는 글이라고 버릴 수는 없다.

건륭 46년 10월 삼가 교열하여 올리다.

총찬관 신 기균 신 육석웅 신 손사의

총교관 신 육비지

▌『가태부신서』총론(賈太傅新書總論) ▐

주도룽 편집(朱圖隆31) 輯)

범례(凡例)

원문 新書十篇, 乃賈誼傅長沙時作也. 余考其所著過秦論·所陳治安策, 與見之前漢書者, 其間繁簡不同. 固史氏之鬿削, 而新書則賈太傅全文也.

誼自長沙召對宣室,32) 文帝前席. 自遜爲不如. 已乃數上奏疏論政

---

31) 朱圖隆 : 『賈誼太傅新書』의 편찬자로서 송대의 인물인 듯하나, 자세한 내력에 대해서는 찾을 수 없다.
32) 宣室 : 한대 未央宮 앞 正室을 말한다.

事, 遠引三代, 近鑒先秦. 至論衆建諸侯, 益廣梁地, 敎太子・憂大
臣・餌匈奴, 危言[33]讜論, 尤切時事. 誼之謀謨論建, 誠所謂通遠[34]
國體,[35] 伊・管[36]未能過者, 則又非獨爲西漢一代作手[37]也. 讀新書
者當作如是觀.

賈太傅新書, 西漢文章推爲第一, 歷來名公多批評, 余尤廣搜諸家
秘寶, 遴擇其精切者而梓之, 與世共珍, 非敢從吾所好.

옮김 譯 『신서』10편은 가의가 장사에서 사부를 지낼 때에 지은 저술
이다. 나는 그가 지은 「과진론」과 그가 진술한 「치안책」을 『전
한서』와 함께 살펴보니, 그 사이에는 문장의 다과(多寡)가 같지 않았다.
이는 『전한서』의 작가가 축약했기 때문인데, 『신서』에 실려있는 글이
가의가 지은 전체 문장이다.

가의가 장사에서 황실에 불려오자 문제는 자리를 당겨 앉으며 묻고
나서는, 스스로 가의만 못하다고 겸양했었다.[38] 이미 여러 차례 상소를
올려 정사를 논하면서 멀리는 하은주 삼대를 인용하고, 가까이는 이전
왕조인 진나라의 예에 비춰 설명하였다. 제후를 세우는 문제와, 양나라
의 봉지를 넓혀주는 문제, 태자를 교육하고 대신을 우대하는 문제, 흉노
를 꾀는 계책 등에 대한 탁견을 내놓았고, 당시의 현안들에 대해 아주
절실하게 직언을 아끼지 않았다. 그래서 가의의 계책과 건의는 참으로
'나라를 다스리는 법도에 통달하여 이윤이나 관중도 이보다 나을 수는

---

33) 危言 : 直言. 『漢書』 「賈捐之傳」 顔師古注. "위언은 직언을 말한다. 직언을 하면 몸
　　이 위태로워지므로 위언이라고 한다[危言, 直言也. 言出而身危, 故曰危言]." 讜論 :
　　직언.
34) 遠 : '達'의 잘못이다.
35) 國體 : 국가의 典章制度나 나라를 다스리는 법. 혹은 대신이 군주를 보좌하는 것이
　　마치 사람의 팔다리가 있는 것과 같으므로 국체라고 부른다.
36) 伊 : 伊尹. 管 : 管仲. 자세한 내용은 해제주 참조.
37) 作手 : 기술이나 솜씨가 뛰어난 사람. 작자.
38) 이 이야기는 뒤에 있는 『史記』 「賈生列傳」에 나와 있다.

없다'고 일컬어지니, 서한이란 시대에만 국한된 뛰어난 인재가 아니다. 『신서』를 읽는 이는 마땅히 이렇게 보아야 할 것이다.

가의의 『신서』는 서한의 문장 중에서 첫째로 꼽히는 글로, 역대의 유명 인사들의 비평이 아주 많다. 내가 여러 분들이 비장해온 글들을 널리 수집하고 그중에 뛰어난 것들을 가려 실어서 세상 사람들과 함께 그 가치를 나누고자 하니, 감히 나 혼자서나 좋아하려는 것이 아니다.

총론(總論)

원문 白居易[39]曰：漢興四十載, 萬方大理, 四海大和, 而賈誼非不見之. 所以過言者, 以爲詞不切, 志不激, 則不能迴君聽, 感君心, 而發憤於至理也. 是以雖盛時也, 賈誼過言而無愧; 雖過言也, 文帝容之而不非. 故臣不失忠, 君不失聖, 書之史策, 以爲美談.

옮김譯 백거이(766년~826년)가 말했다. 한나라가 일어난 지 40년 만에 온 나라가 잘 다스려지고 천하가 평화로워졌다. 가의가 이를 보지 못한 것은 아니나 과격한 말을 한 것은 말이 절박하고 뜻이 격하지 않으면 임금이 들어주지 않고 임금의 마음을 감동시킬 수가 없다고 생각해서 진리를 격하게 표현했던 것이다. 그래서 비록 홍성하던 시절이었지만 가의는 스스럼없이 과격하게 말했고, 비록 과격한 말이었으나 문제는 이를 수용해서 틀렸다고 하지 않았다. 그러므로 신하가 충심을 잃지 않고 군주가 총명함을 잃지 않았으니, 역사에 기록되어 아름다운

---

39) 白居易：唐代의 시인. 자는 樂天, 호는 향산거사, 시호는 文. 河南省 新鄭縣 사람.

이야기가 되었다.

柳宗元40)曰 : 漢當文帝時, 賈生明儒術. 武帝雅好焉, 而公孫弘·董仲舒·司馬遷·相如之徒作,41) 風雅益盛, 敷德天下, 自天子至公卿大夫士庶人咸通焉. 於是宣於詔策, 達於奏議, 諷於辭賦, 傳於歌謠.42) 由文帝迄於哀平王莽之時, 四方之文章, 蓋爛然矣. 史臣班孟堅43)修其書, 拔其尤者, 克44)於簡冊, 則二百三十年間, 列辟之大範, 賢能之志業, 黔黎之風美列焉.

유종원(773년~819년)이 말했다. 한나라 문제 때에 가의는 유학의 법술에 밝았다. 무제는 평소에 유학을 애호했었는데, 공손홍·동중서·사마천·사마상여의 무리가 일어나 우아한 기풍이 더욱 성해졌고, 천하에 덕이 펼쳐져서 천자로부터 공경대부 및 사서인(士庶人)에 이르기까지 모두에게 미쳤다. 이에 이런 사실들이 조책(詔策)에 보이고 상소문에 표현되고 문장으로 풍자되고 가요(歌謠)에 전해졌다. 문제에서 애제·평제를 거쳐 왕망의 때에 이르러서는 사방에 문장이 화려하게

---

40) 柳宗元 : 중국 당대의 문학자·철학자. 자는 子厚. 河東 解縣(현 山西 運城) 사람. 일찍이 劉禹錫 등과 함께 王叔文의 혁신단체에 참가했으나, 실패하여 永州司馬로 좌천되었다. 후에 柳州刺史를 지내 柳柳州라고도 한다. 韓愈와 함께 古文運動을 제창하여 거의 1,000년 동안 귀족 출신의 문인들에게 애용된 騈儷文에서 작가들을 해방시키고자 했다. 당송 8대가의 한사람이다.

41) 公孫弘(기원전 200년~기원전 121년) : 西漢 때의 宰相. 자는 季. 山東省 滕縣 薛 사람. 기원전 140년 賢良에 추천되어 博士에 올랐다가 관직에서 물러났다. 기원전 130년에 다시 현량으로 추천되고, 문학시험에 장원하여 박사에 임관되었다. 內史·御史大夫를 역임하여, 기원전 124년 丞相이 되고 平津侯에 봉해졌다. 최초의 丞相封侯였다. 董仲舒 : 『賈生才子傳序』 주 참조. 司馬相如(기원전 179년~기원전 117년) : 西漢의 유명한 賦 작가. 자는 長卿. 四川省 成都 사람. 29편을 부를 지었다고 하며, 그중 『子虛賦』과 『喩巴蜀檄』 일부가 전해진다.

42) 歌謠 : 民歌·民謠·童謠의 총칭.

43) 班孟堅 : 班固를 말한다. 孟堅은 그의 字이다.

44) 克 : '刻'과 통한다. 銘記, 雕刻.

꽃피었다. 사관인 반고는 역사서를 썼는데, 뛰어난 것은 뽑아서 책에 기록했으니, 230년간 여러 임금의 모범적 정치와 현명한 신하들의 뜻과 업적과 백성들의 미풍양속이 열거되어 있다.

楊時[45]曰 : 賈誼以少年英銳之資, 抱負其器, 頗見識拔, 慨然邃以身任天下. 而絳[46]灌之徒, 出於織簿販繒之武夫, 先王之典章文物, 彼烏足與議哉? 高帝所與平天下, 定法令, 又皆其身親見之也. 誼以疎邃晩進之人, 欲一日悉更奏之, 彼其心豈能恝然耶? 此讒釁之所由起也.

古之君子自重其身, 常若不得已而後進, 非固要君[47]也. 蓋天下重器, 不可易爲之; 王業之大, 必遲久而後成, 故人君非有至誠不倦之心, 則不足與有爲也. 其尊德樂義, 一有不至, 則引而去之, 萬鍾於我何加焉? 非忘天下, 道固然也.

양시(1053년~1135년)가 말하였다. 가의는 젊은 나이에 영특한 재주를 지닌 그릇으로 뛰어난 식견을 지녔으며, 강개한 마음으로 자신이 천하를 짊어지려고 했다. 그런데 주발과 관영의 무리는 장부를 정리하고 비단을 팔던 장정들이니, 선왕이 남긴 전장제도와 문물들에 대해 어떻게 함께 의논할 수 있었겠는가? (이들은) 고제께서 함께 천하를 평정하고 법령을 정하였던 사람들로 모두 친견했던 사람들이었다.

---

45) 楊時 : 중국 북송의 학자. 자는 中立, 호는 龜山先生. 南劍州 將樂(지금의 福建省)사람이다. 1076년(熙寧 9년)에 진사가 되었다. 程顥·程頤에게 학문을 배웠으며, 游酢·呂大臨·謝良佐와 더불어 '程門 4제자'로 불렸다. 저작으로 『二程粹言』·『龜山集』 등이 있다.
46) 絳 : 周郭. 灌 : 灌嬰. 『신서』 「藩彊」 주 참조.
47) 要君 : 임금을 협박하다. 이 말은 『논어』 「헌문」편에 나온다. "장무중이 방읍을 가지고 노나라에게 후계자를 세워줄 것을 요구하였으니, 비록 임금을 협박하지 않았다고 말하더라도 나는 믿지 않는다[臧武仲 以防求爲後於魯 雖曰不要君 吾不信也]."

가의는 (이들에 비해 황제와의) 거리도 멀고 시기적으로도 늦게 나온 사람인데, 하루아침에 다 바꾸자고 주청을 했으니 어찌 그들이 당황하지 않을 수가 있었겠는가? 이것이 참소가 일어난 이유가 되었다.

옛날의 군자는 스스로 자중하여 항상 부득이한 상황이 되어서야 임금에게 진언을 드렸지만, 임금을 협박한 것은 아니었다. 천하는 중대한 물건이라 쉽게 건드려서는 안 되고, 왕업은 큰일이라 반드시 오래 지나서야 완성된다. 그러므로 인군에게 지극한 정성과 나태하지 않은 마음이 있지 않다면 (군자와) 함께 정치하기에 부족하다. 그 임금이 덕을 존중하고 의리를 즐거워함에 조금이라도 미치지 못하는 점이 있으면, 곧 몸을 빼내서 떠나는 법이니, 만종의 큰 봉록이 나에게 무슨 도움이 있겠는가? 천하를 잊은 것이 아니라, 도리가 본래 그런 것이다.

원문 誼之草具儀法, 與夫三表五餌, 其術固疎矣, 當是時, 人君方且謙讓未遑也. 誼身非宰輔, 乃汲汲然自進其說, 蓋亦不自重矣. 在我者不重, 故人聽之也輕. 及夫以才見忌, 不容于朝, 出爲王傳, 其論國事, 猶曰陛下曾不與如臣者議之. 則是欲嬰撫在庭之臣而出其上也, 豈不召禍與? 孔子曰爲國以禮[48] 其言不讓, 於誼有之矣.

又曰: 漢之儒者, 若賈誼用力亦勤矣, 其文宏妙, 殆非後儒能造其域, 然稽其道學淵源, 論篤者終莫之與也. 故程子[49]曰: "誼之言曰'非有孔子·墨翟之賢',[50] 孔與墨之一言, 其識末矣, 其亦不善學矣."

---

48) 이 구절은 『논어』 「里仁」편에 나온다. "공자께서 말씀하셨다. 능히 예와 겸양으로써 한다면 나라를 다스림에 무슨 어려움이 있으며, 예와 겸양으로써 나라를 다스리지 못한다면 예를 어떻게 하겠는가![子曰 能以禮讓 爲國何有 不能以禮讓爲國 如禮何]."

49) 程子: 程頤를 말한다. 北宋 중기의 유학자로, 자는 正叔, 호는 伊川, 시호는 正公이다. 河南省 洛陽 출생이다. 형 程顥와 함께 주돈이에게 배웠고, 형과 아울러 '二程子'라 불리며 程朱學의 창시자로 알려졌다. '理氣二元論'의 철학을 수립하여 큰 업적을 남겼다.

50) 이 구절은 앞의 『신서』 「過秦 上」편에 '非有仲尼·墨翟之賢'으로 나온다. 이는 진나라 말기 반란을 일으킨 陳涉의 재능이 보통 사람에도 미치지 못하였음을 지적한 말

[옮김譯] 가의가 대충 법제와 '삼표(三表)' 및 '오이(五餌)'51)를 제안했으나 그 술책은 참으로 엉성했고, 그때에 문제는 즉위 초라서 겨를이 없다고 미루었다.52) 가의는 재상이 아닌데도 스스로 진언하는 데에 급급했으니, 아마도 스스로 신중하지 못했던 점도 있었을 것이다. 자신에 있어서 신중치 못했으니, 남들이 들을 때 경솔했다. 그의 재주가 시기를 당해서 조정에서 받아들여지지 못하고 장사왕의 태부로 보내졌는데도, 그는 국사를 논하면서 오히려 '폐하께서 일찍이 신과 같은 사람과 의논하지 못하셨습니다'라고 말했다.53) 이는 조정에 있는 신하들을 애들처럼 취급하며 그 위로 올라탄 것이니, 어떻게 화를 부르지 않겠는가? 공자는 '나라를 예로써 다스려야 한다'고 했는데, 바로 가의에게는 겸허하지 못한 점이 있었다.

또 말하였다. 한대의 유학자들은 가의와 같이 부지런히 노력했다면, 그의 글이 웅장하고도 묘해서 후세의 유학자들이 그 영역을 넘보기가 어려웠을 것이다. 그러나 엄격하게 따지는 사람들은 끝내 그를 도학의 연원으로 인정하지 않았다. 그러므로 정이(1033년~1107년)는 "가의의 말 중에 '공자나 묵적과 같은 현명함이 없다'고 했는데, 공자와 묵적이란 말 한마디는 그의 견식이 부족함을 보여주니, 그것 또한 제대로 공부하지 못한 것이다"54)라고 했다.

이다.
51) 三表 및 五餌는 가의가 흉노를 다스리는 방책으로 제안한 것으로 『신서』 「匈奴」편에 나온다.
52) 한 문제의 즉위 초를 말하며 이 부분은 본서의 『사기』 「가생열전」에 나온다.
53) 『신서』 「淮亂」편에 '曾不與如臣者執計之也'라는 구절이 나온다.
54) 이 구절은 「과진 上」에서 인용한 것으로, 그 뜻은 공자를 묵적과 같이 비유한 것에 대해 가의의 견식이 부족하고 공부가 덜 된 것이라고 비판한 것이다.

胡寅[55]曰, 賈誼論秦曰 : "忠諫者謂之誹謗, 深計者謂之妖言."[56] 夫忠臣爲上盡忠深計, 必剴[57]切君身, 探未然之事, 陳危亡之幾. 自小人觀之, 曰是揚君過以賣直, 未然之事, 危亡之形, 汝安得知之? 殆誹謗妖言耳. 旣以忠諫深計爲誹謗妖言, 則指鹿爲馬,[58] 指野鳥爲鸞, 指菌爲芝, 指氛祲爲慶雲, 指雹爲非災. 凡賢否是非, 治亂得失, 一切反理詭道, 倒言而逆說之, 欺惑世主, 使淪於危亡, 其罪豈特誹謗之比? 其爲妖也, 不亦大乎! 噫! 文帝納此, 令其享國長世, 宜哉!

호인(1098년~1156년)이 말했다. 가의가 진나라를 논하면서 "충성스럽게 간언하는 것을 비방한다고 하고, 그를 위해 원대한 계획을 세우는 것을 요망한 말이라고 했다." 충신이 주상을 위해서 충성을 다해 원대한 계획을 세운다면, 임금이 해침을 당하는 일이 생기기 전에 미리 탐색해서 위태롭게 되는 기미를 보여주어야 한다. 소인의 관점에서 보자면 '이는 임금의 허물을 들춰내서 정직하다는 명성을 사지만, 일이 발생되기 이전이나 위태롭게 되는 형세에 대해서는 그대가 어떻게 알겠는가? 거의 비방하거나 요망스런 말일 뿐이다'라고 말할 것이다. 충성스런 간언과 원대한 계획을 비방이나 요망스런 말로 보는 것은, 사슴을 말이라고 우기고 들새를 난새라고 우기며, 곰팡이를 영지버섯이라 우기고 요상스런 기운을 상서로운 구름이라고 우기는 짓이다. 이는 현명함과 어리석음 옳음과 그름 치란과 득실의 일체가 도리에 어그러지고,

---

55) 胡寅 : 자는 明仲, 학자들은 致堂先生이라 불렀다. 徽宗 宣和 3년에 진사가 되었고, 欽宗 靖康초에 校書郎이 되어 祭酒 楊時로부터 학문을 전수받았다. 『論語詳說』・『讀史管見』・『斐然集』 등의 저작이 있다.
56) 이 구절은 앞의 『신서』 「保傅」편에 나온다.
57) 原註 : '剴'는 '剴'의 오자이다.
58) 指鹿爲馬 : 진의 趙高가 二世 胡亥를 농락한 고사를 말한다. 『史記』 「秦始皇本紀」에 나온다.

뒤집어진 말로 임금을 속여서 위태로움에 빠지게 만드니 그 죄가 어떻게 비방하는 것에 견줄 것인가? 더 요망하지 않은가! 아! 문제가 그의 충언을 받아들였다면 오랫동안 나라를 잘 다스렸음이 당연했을 것이다!

 張栻59)曰, 賈生, 英俊之才, 所陳治安之策, 可謂通達當世之務, 然未免乎有激發暴露之氣, 其才則然也.

장식(1133년~1180년)이 말했다. 가의의 영특한 재주로 나라를 편안히 다스릴 방책을 진술한 것은 정말로 당시의 시무(時務)에 통달했다고 할만하다. 그러나 격분하는 기색을 감추지 못으니, 그의 재질이 그러했기 때문이다.

陳傅良60)曰, 人皆咎文帝棄賈誼, 以愚觀之, 帝非眞棄生也, 盖將老其才使爲後圖也. 長沙之謫, 鵬鳥之賦, 誼有以大過人者. 宣室一見, 自謂不及, 孰謂帝不知誼乎? 嗚呼! 帝誠知誼矣. 且將大用之. 而誼不及見用者, 天也, 非人也, 而歸咎者, 卒莫之赦. 然則世之人主, 於其所疏外之臣, 苟有所可用, 宜亟還之. 毋使至於賈生之不及, 以自取萬世棄賢之名也哉.

진부량(1137년~1203년)이 말했다. 사람들은 문제가 가의를 버렸다고 비판했지만, 내가 보기에는 문제가 정말로 가의를 버린

59) 張栻 : 송대 도학자로 漢州 綿竹사람. 字는 敬夫・欽夫, 호는 南軒이다. 胡宏의 학문을 이어받아 성리학에 관한 지식이 깊고, 敬 문제에 관해서는 주자와 자주 논쟁을 벌여 그 학문에 영향을 많이 주었다. 吏部侍郞・侍講 등을 지냈으며, 저서로는 『易說』・『論語解』・『孟子說』・『南軒集』 등이 있다.

60) 陳傅良 : 宋 溫州瑞安사람. 字는 君擧이고 호는 止齋이다. 鄭伯態・薛季宣에게 배웠으며, 張栻・呂祖謙과 교우하였다. 孝宗 乾道 8년에 진사가 되었으며, 中書舍人・侍讀 등을 지냈다. 저서로는 『詩解詁』・『周禮說』・『春秋後傳』・『止齋集』 등이 있다.

것이 아니라, 아마도 그 재주를 묵혔다가 다음 기회에 쓰려고 했었을 것이다. 가의가 장사로 귀양가서 복조부(鵩鳥賦)를 지었는데, 가의는 남들보다 매우 뛰어난 점이 있었다. 문제가 황실에서 한번 만나보고는 자신이 가의보다 못하다고 했으니, 어떻게 문제가 가의를 알아보지 못했다고 하겠는가? 아! 문제는 제대로 가의를 알아보았고, 장차 크게 기용하려고 했다. 가의가 기용되지 못했던 것은 하늘의 탓이지 사람의 탓이 아니나, (문제에게) 허물을 돌린 것은 끝내 문제를 용서하지 못한 것이다. 그러니 세상의 임금은 밖에 내보낸 신하에게 정말로 쓸 만한 점이 있으면 빨리 귀환하도록 해야 할 것이다. 그리하여 가생이 돌아오지 못했던 경우에서처럼, 두고두고 현명한 신하를 버렸다는 오명을 스스로 얻지 않도록 해야 할 것이다.

원문 丁奉曰, 賈誼之所以盛名終身者有三, 曰遇賢君也, 雖遇賢君, 不獲行其術也; 雖欲終行其術, 又不獲以壽待也. 玆三者, 人皆以爲誼惜, 而余獨爲誼幸, 何也? 其年少, 其文敏, 其進取銳, 皆與柳宗元同. 宗元與許孟容[61]書則自擬之曰, 賈生斥逐, 復召宣室, 蓋取其態相似也. 使誼不遇文帝之賢, 而遇叔文[62]之黨以煽之, 則彼之挾其少, 矜其敏而乘其銳, 能不如柳州乎?

其欲廢耆舊, 更法度 與王安石[63]同. 安石作懷王墜馬, 賈傅死悲之詩, 蓋憐其術相契也. 向使誼果斥絳灌而得行焉, 則紛紛多事, 能不如荊公乎? 其欲削諸侯·震兵威, 在當時則適與晁錯[64]同. 錯之說天

---

61) 許孟容(743~818): 京兆長安사람. 당나라의 대신으로 詩 3수가 전해진다.
62) 叔文: 王叔文(753~806). 唐 越州 山陰(지금의 浙江省 紹興) 사람. 德宗 때 태자 李誦의 侍讀이 되어 능력을 인정받았다. 한때 劉禹錫·柳宗元 등과 연합하여 조정 혁신에 진력했으나, 정권을 잡은 지 146일 만에 환관과 일부 조정관료 및 藩鎭 세력들의 반대에 부딪혔다. 805년 渝州司戶로 좌천되었다가 다음해에 살해되었다.
63) 王安石(?~1086): 중국 北宋의 시인·문필가. 자는 介甫, 호는 半山. 1069~76년에 新法이라는 혁신정책을 단행한 것으로 유명하다.

子者, 蓋卽其髕髀斧斤之遺意也. 向使誼不死, 則此術雖見抑於文帝, 而必求試於景帝, 七國之變,65) 其爲錯耶? 嗚呼! 如柳與王則名不全 如錯則身不全 故爲誼幸也.

或曰通達國體, 劉向比諸伊管, 子何以料其未形之過? 曰, 始以痛 哭自薦, 終以哭泣自亡, 觀其氣象, 必非動心忍性者. 不能動心忍性, 則必不能當大任也, 而伊管豈若是班乎? 雖然, 據其言, 則誠一忠臣 也(『賈誼太傅新書』).

옮김譯 정봉이 말했다. 가의가 평생 이름을 날리게 된 데에는 세 가지 이유가 있다. 첫째는 현군을 만났기 때문이요, 둘째는 현군을 만났으나 그 책략을 실행에 옮기지 못했기 때문이며, 셋째는 그 지략을 옮기려고 했는데 수명이 기다려주지 못했기 때문이다. 이 세 가지는 모든 사람들이 가의를 위해 애석하게 여기는 것이나, 나만은 가의를 위해 다행이라고 생각한다. 왜인가? 그의 나이가 젊고 그의 문장이 뛰어났으며 그의 출세가 빨랐으니, 모두 유종원의 경우와 같았다. 유종원이 허맹용에게 보낸 글에서 스스로를 '가의가 쫓겨났다가 다시 왕궁에 부름을 받은 것'에 견준 것은 상황이 서로 비슷했기 때문이다. 가의가 문제 같은 현군을 만나지 못하고 왕숙문(王叔文)같은 무리들이 부추겼더라면,

---

64) 晁錯(기원전 200년~기원전 154년): 西漢 潁川 사람. 申不害・商鞅 刑名之術을 공부했다. 文帝 때 문학으로 太常掌故가 되었고, 伏生에게 今文尙書를 전수받았다. 일찍이 상소를 올려서 흉노의 침략에 대비하고, 제후들의 권한을 줄이고 황실을 견고하게 할 것을 주장하였다. 경제가 즉위 후 그 의견을 받아들여 법령을 바꾸고 제후의 枝郡을 줄였는데, 경제 3년에 吳・楚 등의 일곱 나라가 조착을 죽이고 임금의 주위를 깨끗이 한다는 명분으로 난을 일으켰다. 이때 조착은 袁盎의 참소를 받아 斬刑을 받았다.

65) 칠국의 변란은 경제 때 일어났는데, 이에 대해서는 『한서』 「가의전」에 나온다. "景帝가 즉위한지 3년에 기나라 吳와 楚와 趙와 濟南・菑川・膠東・膠西의 왕들이 함께 군사를 일으켜 서쪽에서 서울을 향해 진격했으나 양왕이 이를 막아서 7국 연합군을 깨뜨려버렸다[景帝立, 三年而吳・楚・趙與四齊王合從擧兵, 西鄕京師, 梁王扞之, 卒破七國]."

그의 젊음을 믿고 그의 뛰어남을 자랑하며 그의 빠른 출세에 힘입어서 유주자사(柳州刺史)꼴이 되지 않았겠는가?66)

그가 조정의 원로대신들을 몰아내고 법도를 개혁하려했던 것은 왕안석과 같았다. 왕안석이 '양회왕이 낙마하자 가의태부는 비통에 빠져 죽었도다'라는 시를 지은 것은 그 지략이 서로 같음을 애석해한 것이다. 만일 가의가 번쾌와 관영의 원로대신들을 쫓아내고 그 개혁을 실행했더라면, 복잡하게 얽혔던 여러 일처리들이 왕안석의 경우보다 못했겠는가? 그가 제후의 세력을 축소시키고 군사의 위력을 떨치려고 했었는데, 이는 당시에서는 조착과 같았다.67) 조착이 천자에게 유세한 것은 대략 '커다란 뼈는 도끼를 써야한다'68)는 (가의가) 남긴 뜻이었다. 만일 가의가 죽지 않았더라면 그의 지략이 문제에게는 경시되었더라도 경제에게는 반드시 쓰였을 것이니, 7개국의 변란이 일어난 것이 조착 때문이었겠는가?69) 아아! 유종원과 왕안석의 경우에는 이름이 온전치 못하게 되었고, 조착의 경우에는 몸이 온전치 못하게 되었으니, 가의에게는 (일찍 죽어 기용되지 않은 것이) 다행한 일인 것이다.

어떤 이가 말했다. 나라를 다스리는 법에 통달하여 유향은 그를 이윤이나 관중에 비유했는데, 그대는 어찌해서 드러나지도 않은 허물을 따지는가? 대답했다. 처음에는 통곡하면서 스스로를 천거했고 마침내는 통곡하다가 스스로 죽었으니, 그 기상을 보건대는 틀림없이 외부의 방해에 꿋꿋이 견뎌내는 자가70) 아니다. 꿋꿋이 견뎌내지 못하면 반드시

---

66) 유종원이 배척을 당해 유주자사로 좌천되었기 때문에 유종원을 柳州라고 불리게 되었음을 말한다.

67) 晁錯도 흉노의 침략에 대비하고 제후의 세력을 약화시켜야 한다는 상소를 올렸는데, 이는 가의의 주장과도 일치한다.

68) 髖髀 : 엉덩이뼈와 허벅지뼈로, 강대한 제후왕을 비유한다. 가의는 제후들에게 강력한 제재책을 써서 그 세력을 축소시켜야 한다고 주장했다. 자세한 내용은 『신서』 「制不定」 본문과 주 참조.

69) 이 구절은 가의가 경제에게 임용되었더라면 가의를 빌미로 변란이 일어났을 것이라는 뜻이다.

큰일을 맡을 수가 없으니, 이윤이나 관중이 이런 수준이었겠는가? 그렇
지만 그가 한 말에 근거해볼 때, 가의는 참으로 충성스런 신하였음은
틀림없다.

—『가태부신서』

▌가의 전기▐
『사기』「가생열전」(『史記』卷八十四,「屈原賈生列傳」第二十四)

원문 賈生名誼, 雒陽人也. 年十八, 以能誦詩屬書聞於郡中. 吳廷
尉爲河南守, 聞其秀才, 召置門下, 甚幸愛. 孝文皇帝初立,
聞河南守吳公治平爲天下第一, 故與李斯同邑而嘗學事焉, 乃徵爲
廷尉. 廷尉乃言賈生年少, 頗通諸子百家之書. 文帝召以爲博士.
　是時賈生年二十餘, 最爲少. 每詔令議下, 諸老先生不能言, 賈生
盡爲之對, 人人各如其意所欲出. 諸生於是乃以爲能, 不及也. 孝文
帝說[71]之, 超遷, 一歲中至太中大夫.

옮김譯 가생(賈生)의 이름은 의(誼)이며 낙양 사람이다. 18세 되던 해에
시를 암송하고 글을 잘한다고 군내에 명성이 알려졌다. 오정위
(吳廷尉)가 하남의 태수로 있을 때, 가의가 수재라는 말을 듣고 문하에

---

70) 動心忍性 : 마음을 분발시키고 성질을 참게 하다.『孟子』「告子 下」. "이것은 마음
을 분발시키고 성질을 참게 하여, 그 능하지 못한 바를 더해주고자 해서이다[所以動
心忍性, 曾益其所不能]"에서 인용한 구절로, 후에는 외부의 방해에도 불구하고 꿋꿋
이 견뎌냄을 뜻한다.

71) 說 :『漢書』「賈誼傳」顏師古注에는 '悅'로 읽는다고 했다.

불러들여 (그를) 매우 아꼈다. 문제가 처음 즉위해서 하남의 오정위가 정사를 펴는 능력이 천하에서 제일이라는 말과, 또 이사(李斯)[72]와 같은 고향출신으로 그에게 배웠다는 말을 듣고는 불러서 정위를 삼았다. 그러자 정위는 가의가 비록 나이는 젊지만 제자백가의 글에 정통하다고 아뢰었다. 문제는 가의를 불러 박사로 삼았다.

이때에 가생의 나이 20여 세로, 박사 중에서 가장 어렸다. 매번 조령(詔令)을 의논할 때마다 여러 나이든 선생들이 미처 말하지 못하고 있는 사이에 가의는 모두 대답하였는데, 사람들이 말하고 싶었던 뜻과 같았다. 그래서 여러 선생들은 가의가 재능이 있으며 자신들은 그에 미치지 못함을 인정하였다. 문제가 그에 대해 흡족해하고, 특진시켜서 일년 만에 벼슬이 태중대부에까지 오르게 되었다.

원문 賈生以爲漢興至孝文二十餘年, 天下和洽, 而固當改正朔, 易服色, 法[73]制度, 定官名, 興禮樂. 乃悉草具其事儀法. 色尚黃, 數用五, 爲官名, 悉更秦之法, 孝文帝初卽位, 謙讓未遑也. 諸律令所更定, 及列侯就國, 其說皆自賈生發之. 於是天子議以爲賈生任公卿之位. 絳·灌·東陽侯·馮敬之屬盡害之, 乃毁誼曰: "雒陽之人, 年少初學, 專欲擅權, 紛亂諸事." 於是天子後亦疏之, 不用其議, 乃以賈生爲長沙王太傅.

옮김譯 가의는 한나라가 일어나 효문제에 이르는 20여 년에 천하가 화평해졌으니, 마땅히 역법(曆法)을 개정하고 복색을 바꾸며 제도를 바로잡고 관직의 이름을 정하고 예악을 일으켜야 한다고 생각했다. 이에 의례와 법식에 대한 자세한 초안을 마련했다. 그는 색은 황색을 숭

---

72) 李斯: 앞의 「해제」 주 참조.
73) 法: 王先謙은 후인들이 '法'자의 뜻을 잘 몰라서 빼버린 경우가 있다고 하면서, 여기에서의 法자는 '正'의 뜻이라고 하였다. 『新書校注』, 477면 참조.

상하고 수는 5를 기준으로 사용하며,74) 관직을 마련하여 진나라의 법제
를 다 바꾸려 했으나, 효문제는 즉위 초라서 아직 겨를이 없다고 미루었
다. 그러나 여러 법령을 고치고, (장안에 거주하고 있던) 제후들을 그들
의 봉국(封國)으로 돌아가게 해야 한다는 것은 모두 가의에게서 나온 견
해였다. 이에 천자는 가의를 공경의 지위에 임명하려고 상의하였다. 그
러자 강후(絳侯)·관영(灌嬰)·동양후(東陽侯)·풍경(馮敬) 등이75) 무리는
모두 가의를 해꼬지하는 말로, "낙양 사람이 아직 나이도 어리고 학문도
얕은데, 권력을 독점해서 여러 일을 어지럽히려고 합니다"라고 가의를
비방했다. 이리하여 천자도 나중에는 그를 멀리하였고 그의 주장을 받
아들이지 않았으며, 마침내 가의를 장사왕의 태부로 임명하였다.

 賈生旣辭往行, 聞長沙卑溼, 自以壽不得長, 又以適76)去, 意
不自得. 及渡湘水, 爲賦以弔屈原. 其辭曰:

 가의가 사직하고 길을 떠났는데, 장사란 곳이 저습한 곳이라는
말을 듣고 스스로 오래살 수 없으리라고 여겼고, 또 유배가는
입장이라 마음이 편치 않았다. 그러다가 상수(湘水)를 건너게 되자 부를
지어 굴원(屈原)을 조문하였다. 그 내용은 다음과 같다.

 共承嘉惠兮,
俟罪77)長沙.
側聞屈原兮,

---

74) 황색과 5는 음양오행 중 土에 해당하는 것으로, 가의의 생각에 한 왕조는 土德을
받은 국가로서 이에 맞게 제도를 조정해야 한다고 본 것이다.
75) 이들에 대해서는 『新書』「藩彊」 주 참조.
76) 『漢書』「가의전」顔師古의 注에는 '適'은 '謫'으로 읽는다고 했다.
77) 俟罪: 신하가 겸손히 말하는 것으로, 어떤 직위에 있으면서 그 역량이 미치지 못해
죄를 짓고 있음을 나타낸다.

自沈汨羅.

造託湘流兮,

敬弔先生.

遭世罔極[78]兮,

乃隕厥身.

嗚呼哀哉,

逢時不祥!

鸞鳳伏竄兮,

鴟梟翶翔.

闒茸尊顯兮,

讒諛得志.

賢聖逆曳兮,

方正倒植.

世謂伯夷貪兮,

謂盜跖廉.

莫邪爲頓兮,

鉛刀爲銛.

于嗟嚜嚜兮,

生之無故!

斡弃周鼎兮

寶康瓠.[79]

騰駕罷牛兮

驂蹇驢.

---

78) 罔極:『한서』「董仲舒傳」顔師古注. "罔은 無의 뜻이요, 極은 中의 뜻이다[罔亦無也. 極, 盡也]"라고 했다.

79) 康瓠:깨진 호로박. 용렬한 인재를 비유하는 말이다.

驥垂兩耳兮
服鹽車.
章甫薦屨兮,
漸不可久.
嗟苦先生兮,
獨離此咎!

訊曰 : 80)
已矣,
國其莫我知,
獨堙鬱兮其誰語?
鳳漂漂其高遰兮,
夫固自引而遠去.
襲九淵之神龍兮,
汋深潛以自珍.
彌融爚以隱處兮,
夫豈從蝦與蛭蟎?
所貴聖人之神德兮,
遠濁世而自藏.
使騏驥可得係羈兮,
豈云異夫犬羊!
般紛紛其離此尤兮,
亦夫子之辜也!
瞝九州而相君兮,

何必懷此都也?
鳳皇翔于千仞之上兮,
覽悳輝而下之.
見細德[81]之險徵兮,
搖增翮逝而去之.
彼尋常之汙瀆兮,
豈能容吞舟之魚!
橫江湖之鱣鱏兮,
固將制於蟻螻.

옮김譯 공손히 임금의 은혜를 받음이여
장사에서 죄를 기다리도다.
듣자니 굴원은
멱라수에 스스로 몸을 던졌다하네.
흐르는 상수에 의지하여
삼가 선생을 애도하도다.
바른 도가 없는 세상을 만나
그 몸을 물에 던지셨으니.
아! 애통함이여
만난 때가 좋지 못하였도다.
난새와 봉황이 숨어버림이여
올빼미만 높이 날아오르도다.
재주없는 이들이 존중받고
아첨꾼이 뜻을 얻도나.
어진 이들은 뒤로 끌려가고

---

81) 細德 : 無德(덕이 없다)의 뜻이다. 『新書校注』, 424면 참조.

올바른 사람은 거꾸러지도다.

세상에서는 백이(伯夷)82)를 탐욕스럽다하고

도척(盜跖)83)을 청렴하다고 하며,

막사(莫邪)84)의 날은 무디다 하고

납으로 만든 칼을 날카롭다고 하도다.

아, 할 말이 없어라

선생의 무고함이여.

귀중한 주나라 솥은 내다 버리고85)

깨진 호로박을 보배로 삼도다.

지친 소에 멍에를 씌우고

절름거리 당나귀로 곁말을 삼도다.

천리마는 두 귀를 축 늘어뜨리고

소금 수레를 끌고 있도다.

머리에 쓰는 관을 신발로 신고 있으니

점점 오래가지 못하리로다.

아! 가련한 선생이여

홀로 이런 재앙을 만나셨도다!

그만 두어라,

온 나라가 나를 알아주지 않음이여

홀로 답답함을 누구에게 말하리오?

---

82) 伯夷 : 은나라 孤竹君의 아들. 武王이 은나라를 치자, 주나라의 곡식을 먹기를 부끄
러워하여 동생 叔齊와 함께 수양산에 들어가 고사리를 먹고살다가 굶어 죽었다.
83) 盜跖 : 춘추시대의 유명한 도적.
84) 莫邪 : 춘추시대 오나라 명검의 이름, 鏌鎁라고도 한다.
85) 周鼎 : 鼎은 원래 음식물을 담는 기물이었으나, 후에는 禮器로 사용되었다. 夏禹가
아홉 개의 정을 주조하여 九州를 상징하였는데, 후에 이것은 국가정권을 상징하는 寶
器가 되었다. 秦 昭王 때에 주나라에서 빼앗아서 함양으로 옮길 적에 정 한 개를 泗
水에 빠뜨렸다고 한다.

봉황이 훨훨 높이 날음이여
혼자서 멀리 가버리도다.
깊은 연못에 든 신령한 용을 본받아
깊숙이 숨어서 스스로를 지키도다.
밝은 빛을 피해서 숨어 있은들
어떻게 개미나 지렁이를 따르리오?
귀하도다, 성인의 신령스런 덕이여
혼탁한 세상을 멀리 떠나 스스로 숨도다.
천리마를 묶어서 굴레를 씌움이여
개나 염소와 무엇이 다르리오!
어지러이 이런 허물을 만남이여
또한 선생의 탓이다!
천하를 돌아보며 임금을 보좌할 수도 있는데
왜 하필 이 나라를 사랑했던고?
천 길을 날아오른 봉황이여
덕의 광채를 보고 내려왔다가,
덕 없는 험한 징조를 보고서는
멀리 날개짓하며 떠나가도다.
저 자잘한 물웅덩이여
어떻게 배를 삼키는 고래를 담으리요!
강호를 누비던 고래여
땅강아지와 개미들에게 시달리는구나.

원문 賈生爲長沙王太傅三年, 有鵩飛入賈生舍, 止于坐隅. 楚人命鵩曰'服'. 賈生旣以謫居長沙, 長沙卑溼, 自以爲壽不得長, 傷悼之, 乃爲賦以自廣.[86] 其辭曰

가의가 장사왕의 태부가 된지 3년이 되던 해에, 부엉이가 가의의 숙소에 날아들어와 좌석의 모퉁이에 앉았다. 초나라 사람들은 부엉이를 '복(服)'이라 불렀다. 가의가 이미 장사에 유배와서 살았는데, 장사는 저습하기 때문에 스스로 오래살 수 없다고 여겨 슬퍼하다가, 이 일을 계기로 부를 지어 스스로를 위로했다. 그 내용은 다음과 같다.

원문

單閼之歲兮,
四月孟夏.
庚子日施兮,
服集予舍.
止于坐隅,
貌甚閒暇.
異物來集兮,
私怪其故,
發書占之兮,
策言其度.
曰'野鳥入處兮,
主人將去'.
請問于服兮,
予去何之?
吉乎告我,
凶言其菑.[87]
淹數之度兮,
語予其期.'

---

86) 廣: '寬(관대하다)'의 뜻이다.
87) 菑:『한서』「가의전」에는 '災'로 되어 있다. 재앙의 뜻으로 해석했다.

정묘년 4월 초여름
경자일 저녁 무렵
부엉이가 나의 숙소로 들어왔도다.
좌석의 가장자리에 내려앉으니
그 모양이 무척 한가롭구나.
기이한 새가 날아듦이여,
그 까닭이 괴이하구나.
책을 펼치고 점을 쳐보니
비결이 그 도수를 말해주도다.
'들새가 방으로 들어오니,
주인은 장차 떠나리라'고
묻노라, 부엉이여
나는 어디로 가야하는가?
길하면 내게 알려주고
흉하면 어떤 재앙인지 말해다오
빠를지 늦을지
그 시기를 말해다오

服乃歎息,
擧首奮翼.
口不能言,
請對以意.

萬物變化兮,
固無休息.
斡流而遷兮,

或推而還.

形氣轉續兮,

變化而嬗.

沕穆無窮兮,

胡可勝言!

禍兮福所倚,

福兮禍所伏.88)

憂喜聚門兮,

吉凶同域.

彼吳彊大兮,

夫差以敗.

越棲會稽兮,

句踐霸世.

斯游遂成兮,

卒被五刑.89)

傅說胥靡兮,

乃相武丁.

夫禍之與福兮,

何異糾纏.

命不可說兮,

---

88) 禍兮福之所倚, 福兮禍之所伏 : 『노자』 58장에 나온다. "모르는 척 묵묵히 다스리면 그 백성은 순박해지고, 가혹하게 따지며 다스리면 백성은 교활해진다. 복은 화에 의지하며, 화는 복 속에 엎드려 있나니, 누가 그 끝을 알겠는가[其政悶悶, 其民淳淳; 其政察察, 其民缺缺. 禍兮福之所倚, 福兮禍之所伏. 孰知其極?]" 임채우 옮김, 『왕필의 노자주』, 한길사, 2005년, 201면 참조.

89) 五刑 : 다섯 가지 형벌로 보통 墨刑(이마에 문신을 새겨서 受刑의 사실을 알게 하는 형벌), 劓刑(코를 자르는 형벌), 剕刑(발뒤꿈치를 잘라내는 형벌), 宮刑(생식기를 자르는 형벌), 大辟(사형)을 말한다.

孰知其極?
水激則旱兮,
矢激則遠.
萬物回薄兮,
振蕩相轉.
雲蒸雨降兮,
錯繆相紛.
大鈞[90]播物兮,
块軋無垠.
天不可與慮兮,
道不可與謀.
遲數有命兮,
惡識其時?

 부엉이가 이에 탄식하며
고개를 치켜들고 날개를 펼치도다.
입으로는 말을 못하니,
마음으로써 대답하노이다.[91]
만물이 변화함이여,
참으로 쉼이 없어라.
빙 돌아 흘러갔다가
더러는 밀려 돌아오노라.
형기(形氣)가 계속 바뀜이여

---

90) 大鈞: 天 또는 自然, 혹은 옛 악곡의 이름. 『漢語大詞典』 2권 1377면.
91) 부엉이는 인간의 말을 할 수가 없으니, 마음속의 뜻으로 그 대답을 대신 하겠다는
    뜻이다.

매미가 허물벗듯 변화하노라.
끝없이 아득함이여
어떻게 말로 다하리오!
화에는 복이 기대어있고,
복에는 화가 엎드려있네.
걱정과 즐거움은 같은 문으로 들어오고
길흉은 한 곳에 있다네.
저 오나라는 강대하였거늘
부차(夫差)92)는 패망하고 말았도다.
월나라는 회계산에 포위되었지만
구천(勾踐)은 세상을 제패했다네.
이사(李斯)는 유세해서 성공했다가
결국 오형(五刑)을 당했고,
부열(傅說)은 죄수였다가
무정(武丁)의 재상이 되었다네.93)
화와 복이 함께함이여
얽혀진 노끈과 다를 게 없나니,
운명을 말할 수 없음이여
누가 그 끝을 알리요?
물결은 치면 빨라지고
화살은 쏘면 멀리날도다.
만물은 회전하며 부딪치고
요동치며 서로 구르는 도다.
구름이 피어올라 비를 내리니

---

92) 夫差, 勾踐:『신서』「耳痺」편 본문과 주에 자세히 나와있다.
93) 傅說은 傅巖에서 노역하던 중, 은나라 高宗에 의해 武丁의 재상으로 발탁되었다고
전한다.

만물이 이리저리 일어나도다.
하늘이 만물의 씨를 뿌림이여
넓어서 끝이 없도다.
하늘은 함께 생각할 수 없고
도는 더불어 꾀할 수가 없도다.
늦고 빠름은 운명에 있음이여
그 때를 어떻게 알리오?

 且夫天地爲鑪兮,
造化爲工.
陰陽爲炭兮,
萬物爲銅.
合散消息兮,
安有常則?
千變萬化兮,
未始有極.
忽然爲人兮,
何足控搏.
化爲異物兮,
又何足患!
小知自私兮,
賤彼貴我.
通人大觀兮,
物無不可.
貪夫徇財兮,
烈士徇名.

夸者死權兮,
品庶馮生.
怵迫94)之徒兮,
或趨西東.
大人不曲兮,
億變齊同.
拘士繫俗兮,
攌如囚拘.
至人遺物兮,
獨與道俱.
衆人或或兮,
好惡積意.
眞人恬漠兮,
獨與道息.
釋知遺形兮,
超然自喪.
寥廓忽荒兮,
與道翱翔.
乘流則逝兮,
得坻則止.
縱軀委命兮,
不私與己.
其生若浮兮,
其死若休.

---

94) 怵迫 : 李善의 注에 의하면 '怵은 이로움에 유혹을 당함이고 迫은 빈천에 쫓김'의 뜻이다. 『漢語大詞典』 7권 473면.

澹乎若深淵之靜,
氾乎若不繫之舟.
不以生故自寶兮,
養空而浮.
德人無累兮,
知命不憂.
細故蔕芥,
何足以疑!

 천지가 용광로라면
조물주는 대장장이요,
음양이 숯이라면
만물은 구리가 되도다.
모이고 흩어지고 줄고 불어남에
무슨 정해진 법칙이 있겠는가?
천변만화함이여
애초에 끝이 없도다.
홀연히 인간이 되었을 뿐이니
어떻게 삶에 연연해하며,
죽어 다른 사물로 변화한데도
무엇을 걱정하리오!
제 것만 챙기는 얄팍한 지혜여
남을 천시하고 자기만 귀하다하도다.
통달한 대인이 크게 봄이여
모든 사물에 걸림이 없도다.
탐욕스런 자는 재물에 죽고

지조 높은 열사(烈士)는 이름에 죽으며,
으스대기 좋아하는 자는 권세에 죽고
사람들은 삶에 집착하도다.
이로움을 좇고 빈천에 쫓기는 자들은
동서로 뛰어다니나
대인은 굽히지 않나니
억만 가지 변화를 한가지로 보도다
어리석은 이는 세속에 얽매어
죄수인양 묶여있지만
지인(至人)95)은 현실에서 초연하여
홀로 도와 함께하도다.
미혹에 빠진 뭇사람들은
애증의 감정만 가득하건만
진인(眞人)96)은 담담해서
홀로 도와 함께 쉬도다.
지혜도 버리고 형체도 벗어남이여
나조차도 잊어버리고,
휑하니 텅 빈 채로
도와 더불어 비상하도다.
물결 따라 흘러감이여
물가에 닿으면 멈추리라.
내 몸을 천명에 맡김이여
사사로이 내 것으로 삼지 않도다.
삶은 떠있는 듯
죽음은 쉬는 듯

---

95) 至人 : 도가에서 도를 얻은 사람을 일컫는 말.
96) 眞人 : 도를 얻은 사람을 일컫는 말. 至人과 같다.

깊은 못처럼 잠잠하고
매이지 않은 돛단배같이 자유롭도다.
삶만을 애지중지 하지 않나니
텅 빈 채 자유로이 떠있을 뿐이다.
덕 있는 이는 매임이 없고
천명을 알아서 근심하지 않도다.
지푸라기 같이 자잘한 일들이여[97]
무엇을 의심하리오!

원문 後歲餘, 賈生徵見. 孝文帝方受釐,[98] 坐宣室.[99] 上因感鬼神事, 而問鬼神之本. 賈生因具道所以然之狀. 至夜半, 文帝前席,[100] 旣罷, 曰: '吾久不見賈生, 自以爲過之, 今不及也.' 居頃之, 拜賈生爲梁懷王太傅. 梁懷王, 文帝之少子, 愛, 而好書, 故令賈生傅之.

옮김譯 그 뒤 1년여 만에[101] 가의는 부름을 받아 문제를 알현하였다. 효문제는 막 제사 음식을 받고서 황실에 앉아있었다. 황제는 귀신을 제사지냈던 일로 느낀 바가 있어 귀신의 본질에 대해 물었다. 이에 가의는 귀신에 관한 이치에 대해 자세하게 말했다. 밤이 깊도록 문제는 자리를 당겨 다가앉아 (이야기를 들었고), 이야기가 끝나자 '내가 오랫동안 가의를 만나지 못해서 내가 그보다는 낫다고 여겼었는데, 이제 보니 내가 가의에게 미치지 못하는 구나'라고 했다. 황제는 얼마

---

97) 가의의 숙소에 불길한 새라고 꺼리는 부엉이가 날아들어 온 일을 가리킬 수도 있으나, 크게 보면 가의가 근심하는 세상일을 전체적으로 비유한 것이라 할 수 있다.
98) 釐 : 제사지내고 남은 고기를 말한다.
99) 宣室 : 未央殿의 앞 正室을 말한다.
100) 前席 : 가까이 다가가기 위해 자리를 앞으로 옮기다. 상대방의 이야기에 주의를 기울임을 뜻한다.
101) 기원전 173년(문제 7년)을 말한다.

지나서 가의를 양회왕의 태부로 삼았다. 양회왕은 문제의 작은 아들로 문제의 사랑을 받았고, 책을 좋아했으므로 가의로 하여금 그의 스승을 삼도록 했던 것이다.

원문 文帝復封淮南厲王子四人皆爲列侯. 賈生諫, 以爲患之興自 此起矣. 賈生數上疏, 言諸侯或連數郡, 非古之制, 可稍削之, 文帝不聽.

옮김역 문제는 다시 회남 여왕(厲王)[102]의 네 아들을 모두 열후에 봉하 였다. 가의는 이로 인해서 걱정거리가 생겨날 것이라고 간언했 다. 또 가의가 여러 차례 상소를 해서 제후들이 여러 군현들을 병합하 고 있는데, 이는 옛날의 제도에 어긋나므로 점차 이를 삭감해야 한다고 주장했으나, 문제는 듣지 않았다.

원문 居數年, 懷王騎, 墮馬而死, 無後. 賈生自傷爲傅無狀,[103] 哭 泣歲餘, 亦死. 賈生之死時年三十三矣. 及孝文崩, 孝武皇帝 立, 擧賈生之孫二人至郡守, 而賈嘉最好學, 世其家, 與余通書. 至孝 昭時, 列爲九卿.

옮김역 몇 년이 지나 회왕이 말을 타다가 떨어져서 죽었으나, 그를 이 을 후사가 없었다. 가의는 태부로서의 직분을 지키지 못했음을 자책해서 1년여를 애통히 울다가 또한 죽었다. 그가 죽을 때의 나이는 33세였다. 효문제가 죽자 효무제가 즉위하여 가의의 손자 2명을 등용해

---

102) 厲王: 한 고조의 아들 劉長을 말한다. 기원전 174년(문제 6년) 반란을 일으켰으나 실패하고, 蜀地로 유배가던 중에 길에서 죽었다.
103) 無狀: 顔師古의 주에는 無狀을 '無善狀'으로 직책을 잃었다는 뜻으로 보았다. 『新 書校注』, 482면.

서 군수에 임명했는데, 그중 가가(賈嘉)는 가장 학문을 좋아해서 그의 가업을 이었다. 그는 나와[104] 서신을 주고받았는데, 효소제 때에는 구경(九卿)[105]의 대열에 들었다.

[원문] 太史公曰 : 余讀「離騷」·「天問」·「招魂」·「哀郢」, 悲其志. 適長沙, 觀屈原所自沈淵, 未嘗不垂涕, 想見其爲人. 及見賈生弔之, 又怪屈原以彼其材, 游諸侯, 何國不容, 而自令若是. 讀「服鳥賦」, 同死生, 輕去就, 又爽然自失矣.

[옮김譯] 태사공이 말했다. 내가 「이소(離騷)」·「천문(天問)」·「초혼(招魂)」· 「애영(哀郢)」을 읽고서는 굴원의 심정을 슬퍼했었다. (뒤에) 장사에 가서 굴원이 스스로 빠져죽었던 깊은 물을 바라보며 눈물을 흘리며 그를 그리지 않을 수 없었다. 가의가 그를 애도한 글을 보고서는 굴원의 재능으로써 다른 제후들에게 유세했더라면, 어느 나라인들 그를 받아들이지 않았을 리가 없을 텐데, 왜 스스로 그 지경에 이해하지 못했다. 그러다가 「복조부」를 읽으니, 삶과 죽음을 같게 보고 잃고 얻음에 개의치 않는 뜻을 읽고서는 이전에 가졌던 나의 생각을 흔쾌히 버리게 되었다.

---

104) 『사기』의 작자인 司馬遷을 말한다.
105) 九卿 : 한대의 太常, 光祿, 衛尉, 太業, 廷尉, 太鴻臚, 宗正, 大司農, 少府 등 중앙 아홉 개의 중요행정기관의 首長을 총칭한 말이다.

원문

賈誼, 雒陽人也. 年十八, 以能誦詩書屬文稱於郡中. 河南守
吳公聞其秀材, 召置門下, 甚幸愛. 文帝初立, 聞河南守吳公
治平爲天下第一, 故與李斯同邑, 而嘗學事焉, 徵以爲廷尉. 廷尉乃
言誼年少, 頗通諸家之書. 文帝召以爲博士.

是時, 誼年二十餘, 最爲少. 每詔令議下, 諸老先生未能言, 誼盡爲
之對, 人人各如其意所出. 諸生於是以爲能. 文帝說之, 超遷, 歲中至
太中大夫.

誼以爲漢興二十餘年, 天下和洽, 宜當改正朔, 易服色制度, 定官
名, 興禮樂. 乃草具其儀法. 色上黃, 數用五, 爲官名悉更, 奏之, 文帝
謙讓未皇也. 然諸法令所更定, 及列侯就國, 其說皆誼發之. 於是天
子議以誼任公卿之位. 絳、灌、東陽侯、馮敬之屬盡害之, 乃毁誼曰
: "雒陽之人年少初學, 專欲擅權, 紛亂諸事." 於是天子後亦疏之, 不
用其議, 以誼爲長沙王太傅.

옮김譯

가의(賈誼)는 낙양 사람이다. 18세 되던 해에 시를 암송하고 글
을 잘한다고 군내에 명성이 알려졌다. 오정위(吳廷尉)가 하남의
태수로 있을 때, 가의가 수재라는 말을 듣고 문하에 불러들여 매우 아
꼈다. 효문황제가 처음 즉위해서 하남의 오정위가 정사는 펴는 능력이
천하에서 제일이라는 말과, 또 이사(李斯)와 같은 고향출신으로 그에게
배웠다는 말을 듣고는 불러서 정위를 삼았다. 그러자 정위는 가의가 비
록 나이는 젊지만 제자백가의 글에 정통하다고 아뢰었다. 문제는 가의

---

106) 이하에서 앞의 『사기』「가생열전」과 중복되는 부분에 대해서는 따로 주를 달지 않
았다.

를 불러 박사로 삼았다.

이때에 가생의 나이 20여 세로, 박사 중에서 가장 어렸다. 매번 조령(詔令)을 의논할 때마다 여러 나이든 선생들이 미처 말하지 못하고 있는 사이에 가의는 모두 대답하였는데, 사람들이 말하고 싶었던 뜻과 같았다. 그래서 여러 선생들은 가의가 재능이 있음을 인정하였다. 문제가 그에 대해 흡족해하고, 특진시켜서 일년 만에 벼슬이 태중대부에까지 오르게 되었다.

가의는 한나라가 일어나서 (문제에 이르는) 20여 년 동안 천하가 화평해졌으니, 마땅히 역법(曆法)을 개정하고, 복색과 제도를 바꾸며, 관직의 이름을 정하고 예악을 일으켜야 한다고 생각했다. 이에 의례와 법식에 대한 초안을 마련했다. 그는 색은 황색을 숭상하고, 수는 5를 기준으로 사용하며, 관직의 이름을 모두 바꿔야한다고 아뢰었으나, 효문제는 겨를이 없다고 사양했다. 그러나 여러 법령을 고치고, (장안에 거주하고 있던) 제후들을 그들의 봉국(封國)으로 돌아가게 해야 한다는 것은 모두 가의에게서 나온 견해였다. 이에 천자는 가의를 공경의 지위에 임명하려고 상의하였다. 그러자 강후(絳侯)·관영(灌嬰)·동양후(東陽侯)·풍경(馮敬) 등은 모두 가의를 해꼬지하는 말로 "낙양 사람이 나이도 어리고 학문도 얕은데, 권력을 독점해서 여러 일을 어지럽히려고 합니다"라고 가의를 비방했다. 이리하여 천자도 나중에는 그를 멀리하였고 그의 주장을 받아들이지 않았으며, 마침내 가의를 장사왕의 태부로 임명하였다.

원문 誼旣以適去, 意不自得, 及度湘水, 爲賦以弔屈原. 屈原, 楚賢臣也, 被讒放逐, 作「離騷賦」. 其終篇曰: "已矣! 國亡人, 莫我知也." 遂自投江而死. 誼追傷之, 因以自諭. 其辭曰:

가의가 이미 유배가는 입장이라, 마음이 편치 않았는데, 상수(湘水)를 건너게 되자, 부를 지어 굴원을 조문하였다. 굴원은 초나라의 현명한 신하였으나, 참소를 당해 쫓겨난 후 「이소부(離騷賦)」[107]를 지었다. 그 부의 말미에서 말하기를, "그만 두자! 온 나라에 나를 이해하는 사람이 없도다"라고 하였다. 그리고는 마침내 멱라강에 몸을 던져 빠져 죽었다. 가의가 이를 애도하여 그를 자신에 빗대어 부를 지었다. 그 내용은 다음과 같다.

恭承嘉惠兮,

竢[108]罪長沙.

仄[109]聞屈原兮,

自湛[110]汨羅.

造託湘流兮,

敬弔先生.

遭世罔極兮,

迺[111]隕厥身.

烏虖[112]哀哉兮,

逢時不祥!

鸞鳳伏竄兮,

鴟鴞翶翔.

闒茸尊顯兮,

---

107) 「離騷賦」: 굴원이 자신의 억울한 일생을 읊은 장편의 서사시.
108) 竢:『사기』「가생열전」에는 '俟'로 되어 있다.
109) 仄:『사기』「가생열전」에는 '側'으로 되어 있다.
110) 湛:『사기』「가생열전」에는 '沈'으로 되어 있다.
111) 迺:『사기』「가생열전」에는 '乃'로 되어 있다.
112) 虖:『사기』「가생열전」에는 '呼'로 되어 있다.

讒諛得志.
賢聖逆曳兮,
方正倒植.
謂隨夷溷¹¹³⁾兮,
謂跖・蹻¹¹⁴⁾廉.
莫邪爲鈍兮,
鉛刀爲銛.
于嗟默默,
生之亡故兮!
斡棄周鼎,
寶康瓠兮.
騰駕罷牛,
驂蹇驢兮.
驥垂兩耳,
服鹽車兮.
章父薦屨,
漸不可久兮
嗟苦先生,
獨離此咎兮!

 공손히 임금의 은혜를 받음이여
장사에서 죄를 기다리도다.
들자니 굴원은
멱라수에 스스로 몸을 던졌다하네.

---

113) 謂隨夷溷:『사기』「가생열전」에는 '世謂伯夷貪'으로 되어 있다.
114) 跖・蹻:『사기』「가생열전」에는 '盜跖'으로 되어 있다

흐르는 상수에 의지하여
삼가 선생을 애도하도다.
바른 도가 없는 세상을 만나
그 몸을 물에 던지셨으니.
아! 애통함이여
만난 때가 좋지 못하였도다.
난새와 봉황이 숨어버림이여
올빼미만 높이 날아오르도다.
재주없는 이들이 존중받고
아첨꾼이 뜻을 얻도다.
어진 이들은 뒤로 끌려가고
올바른 사람은 거꾸러지도다.
세상에서는 백이(伯夷)를 탐욕스럽다하고
척(跖)과 장교(莊蹻)115)를 청렴하다고 하며,
막사(莫邪)의 날은 무디다 하고
납으로 만든 칼을 날카롭다고 하도다.
아, 할 말이 없어라
선생의 무고함이여.
귀중한 주나라 솥은 내다 버리고
깨진 호로박을 보배로 삼도다.
지친 소에 멍에를 씌우고
절름거리 당나귀로 곁말을 삼도다.
천리마는 두 귀를 축 늘어뜨리고
소금 수레를 끌고 있도다.
머리에 쓰는 관을 신발로 신고 있으니

---

115) '跖'은 진나라의 도적이고, 莊蹻는 초나라의 도적이다.

점점 오래가지 못하리로다.

아! 가련한 선생이여

홀로 이런 재앙을 만나셨도다!

 誶曰 : 已矣! 國其莫吾知兮,

子獨壹[116]鬱其誰語?

鳳縹縹[117]其高逝兮,

夫固自引而遠去.

襲九淵之神龍兮,

沕淵潛以自珍.

偭蟂獺[118]以隱處兮,

夫豈從蝦與蛭蟥?

所貴聖之神德兮,

遠濁世而自臧.

使麒麟可係而羈兮,

豈云異夫犬羊?

般紛紛其離此郵兮,

亦夫子之故也!

歷[119]九州而相其君兮,

何必懷此都也?

鳳皇翔于千仞兮,[120]

覽德輝而下之.

116) 子獨壹 : 『사기』 「가생열전」에는 '獨堙'으로 되어 있다.
117) 縹縹 : 『사기』 「가생열전」에는 '漂漂'로 되어 있다.
118) 偭蟂獺 : 『사기』 「가생열전」에는 '彌融爐'로 되어 있다.
119) 歷 : 『사기』 「가생열전」에는 '瞝'로 되어 있다.
120) 『사기』 「가생열전」에는 '仞' 뒤에 '之上'이 있다.

見細德之險徵兮,
遙[121]增擊而去之.
彼尋常之汙瀆兮,
豈容吞舟之魚!
橫江湖之鱣鯨兮,
固將制於螻蟻.

譯 그만 두어라,
온 나라가 나를 알아주지 않음이여
홀로 답답함을 누구에게 말하리오?
봉황이 훨훨 높이 날음이여
혼자서 멀리 가버리도다.
깊은 연못에 든 신령한 용을 본받아
깊숙이 숨어서 스스로를 지키도다.
밝은 빛을 피해서 숨어 있은들
어떻게 개미나 지렁이를 따르리오?
귀하도다, 성인의 신령스런 덕이여
혼탁한 세상을 멀리 떠나 스스로 숨도다.
천리마를 묶어서 굴레를 씌움이여
개나 염소와 무엇이 다르리오!
어지러이 이런 허물을 만남이여
또한 선생의 탓이다!
천하를 돌아보며 임금을 보좌할 수도 있는데
왜 하필 이 나라를 사랑했던고?
천 길을 날아오른 봉황이여

---

121) 遙:『사기』「가생열전」에는 '搖'로 되어 있다.

덕의 광채를 보고 내려왔다가,
덕 없는 험한 징조를 보고서는
멀리 날개짓하며 떠나가도다.
저 자잘한 물웅덩이여
어떻게 배를 삼키는 고래를 담으리오!
강호를 누비던 고래여
땅강아지와 개미들에게 시달리는구나.

 誼爲長沙傅三年, 有服飛入誼舍, 止於坐隅. 服似鴞, 不祥鳥
也. 誼旣以適居長沙, 長沙卑濕, 誼自傷悼, 以爲壽不得長,
乃爲賦以自廣. 其辭曰:

 가의가 장사왕의 태부가 된지 3년이 되던 해에 부엉이가 가의
의 숙소에 날아 들어와 좌석의 모퉁이에 앉았다. 부엉이는 올
빼미와 비슷한데, 상서롭지 못한 새라고 여겨졌다. 가의가 이미 장사에
와서 살았는데 장사는 지대가 저습하기 때문에 가의 스스로 상심하여
오래살 수 없다고 여겨 슬퍼하다가, 이 일을 계기로 부를 지어 스스로
를 위로했다. 그 내용은 다음과 같다.

 單閼之歲,
四月孟夏,
庚子日斜,
服集余舍,
止于坐隅,
貌甚閒暇.
異物來崪,122)

私怪其故,
發書占之,
識[123]言其度.
曰"野鳥入室,
主人將去."
問于子服:
"余去何之?
吉虖告我,
凶言其災.
淹速之度,
語余其期."

정묘년 4월 초여름
경자일 저녁 무렵
부엉이가 나의 숙소로 들어왔도다.
좌석의 가장자리에 내려앉으니
그 모양이 무척 한가롭구나.
기이한 새가 날아들음이여,
그 까닭이 괴이하구나.
책을 펼치고 점을 쳐보니
비결이 그 도수를 말해주도다.
'들새가 방으로 들어오니,
주인은 장차 떠나리라'고.
묻노라, 부엉이여

---

122) 崪:『사기』「가생열전」에는 '集'으로 되어 있다.
123) 識:『사기』「가생열전」에는 '策'으로 되어 있다.

나는 어디로 가야하는가?
길하면 내게 알려주고
흉하면 어떤 재앙인지 말해다오.
빠를지 늦을지
그 시기를 말해다오

 服乃太息,
擧首奮翼,
口不能言,
請對以意.
萬物變化,
固亡[124]休息.
斡流而遷,
或推而還.
形氣轉續,
變化而嬗.
沕穆亡間,
胡可勝言!
禍兮福所倚,
福兮禍所伏.
憂喜聚門,
吉凶同域.
彼吳彊大,
夫差以敗.

---

124) 亡:『사기』「가생열전」에는 '無'로 되어 있다.

粤棲會稽,
句踐伯[125]世.
斯遊逐成,
卒被五刑.
傅說胥靡,
乃相武丁.
夫禍之與福,
何異糾纆!
命不可說,
孰知其極?
水激則旱,
矢激則遠.
萬物回薄,
震蕩相轉.
雲烝雨降,
糾錯相紛.
大鈞播物,
坱圠無垠.
天不可與慮,
道不可與謀.
遲速[126]有命,
烏識其時?

---

125) 伯:『사기』「가생열전」에는 '霸'로 되어 있다.
126) 速:『사기』「가생열전」에는 '數'로 되어 있다.

부엉이가 이에 탄식하며
고개를 치켜들고 날개를 펼치도다.
입으로는 말을 못하니,
마음으로써 대답하노이다.
만물이 변화함이여,
참으로 쉼이 없어라.
빙 돌아 흘러갔다가
더러는 밀려 돌아오노라.
형기(形氣)가 계속 바뀜이여
매미가 허물 벗듯 변화하노라.
끝없이 아득함이여
어떻게 말로 다하리오!
화에는 복이 기대어있고,
복에는 화가 엎드려있네.
걱정과 즐거움은 같은 문으로 들어오고
길흉은 한 곳에 있다네.
저 오나라는 강대하였거늘
부차(夫差)는 패망하고 말았도다.
월나라는 회계산에 포위되었지만
구천(勾踐)은 세상을 제패했다네.
이사(李斯)는 유세해서 성공했다가
결국 오형(五刑)을 당했고,
부열(傅說)은 죄수였다가
무정(武丁)의 재상이 되었다네.
화와 복이 함께함이여
얽혀진 노끈과 다를 게 없나니,
운명을 말할 수 없음이여

누가 그 끝을 알리요?
물결은 치면 빨라지고
화살은 쏘면 멀리날도다.
만물은 회전하며 부딪치고
요동치며 서로 구르는 도다.
구름이 피어올라 비를 내리니
만물이 이리저리 일어나도다.
하늘이 만물의 씨를 뿌림이여
넓어서 끝이 없도다.
하늘은 함께 생각할 수 없고
도는 더불어 꾀할 수가 없도다.
늦고 빠름은 운명에 있음이여
그 때를 어떻게 알리오?

 且夫天地爲鑪,
造化爲工.
陰陽爲炭,
萬物爲銅,
合散消息,
安有常則?
千變萬化,
未始有極.
忽然爲人,
何足控摶.
化爲異物,
又何足患!

小智自私,

賤彼貴我.

達¹²⁷⁾人大觀,

物亡不可.

貪夫徇財,

列士徇名.

夸者死權,

品庶每¹²⁸⁾生.

怵迫之徒,

或趨西東.

大人不曲,

意¹²⁹⁾變齊同.

愚¹³⁰⁾士繫俗,

僤若囚拘.

至人遺物,

獨與道俱.

衆人惑惑,

好惡積意.

眞人恬漠,

獨與道息.

釋智遺形,

超然自喪.

---

127) 達:『사기』「가생열전」에는 '通'으로 되어 있다.
128) 每:『사기』「가생열전」에는 '憑'으로 되어 있다.
129) 意:『사기』「가생열전」에는 '億'으로 되어 있어, 그에 따랐다.
130) 愚:『사기』「가생열전」에는 '拘'로 되어 있다.

寥廓忽荒,
與道翱翔.
乘流則逝,
得坎則止.
縱軀委命,
不私與己.
其生兮若浮,
其死兮若休.
澹虖若深淵之靚,
氾虖若不繫之舟.
不以生故自保,
養空而浮.
德人無累,
知命不憂.
細故蔕芥,
何足以疑!

 천지가 용광로라면
조물주는 대장장이요,
음양이 숯이라면
만물은 구리가 되도다.
모이고 흩어지고 줄고 불어남에
무슨 정해진 법칙이 있겠는가?
천변만화함이여
애초에 끝이 없도다.
홀연히 인간이 되었을 뿐이니

어떻게 삶에 연연해하며,
죽어 다른 사물로 변화한데도
무엇을 걱정하리오!
제 것만 챙기는 얄팍한 지혜여
남을 천시하고 자기만 귀하다하도다.
통달한 대인이 크게 봄이여
모든 사물에 걸림이 없도다.
탐욕스런 자는 재물에 죽고
지조 높은 열사(烈士)는 이름에 죽으며,
으스대기 좋아하는 자는 권세에 죽고
사람들은 삶에 집착하도다.
이로움을 좇고 빈천에 쫓기는 자들은
동서로 뛰어다니나
대인은 굽히지 않나니
억만 가지 변화를 한가지로 보도다.
어리석은 이는 세속에 얽매어
죄수인양 묶여있지만
지인(至人)은 현실에서 초연하여
홀로 도와 함께하도다.
미혹에 빠진 뭇사람들은
애증의 감정만 가득하건만
진인(眞人)은 담담해서
홀로 도와 함께 쉬도다.
지혜도 버리고 형체도 벗어남이여
나조차도 잊어버리고,
휑하니 텅 빈 채로
도와 더불어 비상하도다.

물결따라 흘러감이여
물가에 닿으면 멈추리라.
내 몸을 천명에 맡김이여
사사로이 내 것으로 삼지 않도다.
삶은 떠있는 듯
죽음은 쉬는 듯
깊은 못처럼 잠잠하고
매이지 않은 돛단배같이 자유롭도다.
삶만을 애지중지 하지 않나니
텅 빈 채 자유로이 떠있을 뿐이다.
덕 있는 이는 매임이 없고
천명을 알아서 근심하지 않도다.
지푸라기 같이 자잘한 일들이여
무엇을 의심하리오!

원문 後歲餘, 文帝思誼, 徵之. 至, 入見, 上方受釐, 坐宣室. 上因感鬼神事, 而問鬼神之本. 誼具道所以然之故. 至夜半, 文帝前席, 旣罷, 曰 : "吾久不見賈生, 自以爲過之, 今不及也." 乃拜誼爲梁懷王太傅. 懷王, 上少子, 愛, 而好書, 故令誼傅之, 數問以得失.

옮김譯 그 뒤 1년여 만에 문제는 가의가 생각해서 그를 불렀다. 가의가 (장안에) 이르러 문제를 알현하러 들어갔는데, 문제는 막 제사 음식을 받고서 황실에 앉아있었다. 문제는 귀신을 제사지냈던 일로 느낀 바가 있어 귀신의 본질에 대해 물었다. 가의는 그 까닭과 근거의 실상을 자세하게 말했다. 밤이 깊도록 문제는 자리를 당겨 다가앉았고, 이야기가 끝나자 '내가 오랫동안 가의를 만나지 못해서 내가 그보다는

낫다고 여겼었는데, 이제 보니 내가 가의에게 미치지 못하는 구나'라고
했다. 얼마 지나서 가의를 양회왕의 태부로 삼았다. 양회왕은 문제의 작
은 아들로 사랑을 받았고 책을 좋아했으므로, 가의로 하여금 그의 스승
을 삼아 득실을 자주 묻도록 했던 것이다.

원문 是時, 匈奴彊, 侵邊. 天下初定, 制度疏闊. 諸侯王僭儗,[131]
地過古制, 淮南・濟北王皆爲逆誅. 誼數上疏陳政事, 多所
欲匡建, 其大略曰:

옮김譯 이때에 흉노가 강성해져서 변방을 침범해 들어왔다. 천하가 막
평정되어 제도가 아직 정립되지 못하였다. 제후들은 참람되게
천자에 견주려고 했고, 봉지(封地)가 이전에 정한 제도를 초과하였으며,
회남과 제북의 왕은 반역을 꾀하다가 죽임을 당했다. 가의는 여러 차례
상소해서 정사를 진술해서 바로잡아 세우려고 많은 노력을 하였으니,
그 대략은 다음과 같다.[132]

원문 臣竊惟事勢, 可爲痛哭者一, 可爲流涕者二, 可爲長太息者
六. 若其它背理而傷道者, 難徧以疏擧. 進言者皆曰天下已
安已治矣, 臣獨以爲未也. 曰安且治者, 非愚則諛. 皆非事實知治亂之
體者也. 夫抱火厝之積薪之下而寢其上, 火未及燃, 因謂之安, 方今之
勢, 何以異此! 本末舛逆, 首尾衡決, 國制搶攘, 非甚有紀,[133] 胡可謂
治! 陛下何不壹令臣得孰數之於前, 因陳治安之策? 試詳擇焉![134]

---

131) 儗 : 顔師古의 주에 '儗 比也, 上比於天子'라고 했다. 『新書校注』, 480면.
132) 이 이하에서 『신서』본문에 이미 나온 부분에 대해서는 같은 내용의 주를 달지 않았
다. 『신서』 각 편의 주 참조.
133) 『신서』「數寧」편에는 甚字가 빠져있다.
134) 위 내용은 『신서』「數寧」편 첫째 단락에 나온다.

제가 조용히 나라의 형세를 생각하니, 통곡할 만한 일이 한 가지, 눈물을 흘릴만한 일이 두 가지, 길게 한숨 쉴 만한 일이 여섯 가지가 있습니다. 그 밖에도 이치에 어긋나고 정도를 거스르는 일들은 (너무 많아서) 일일이 다 헤아려 말씀드리기 어렵습니다. 폐하에게 진언하는 자들은 모두 "천하가 이미 안정되었습니다"라고 하나, 신만은 홀로 "천하가 아직 안정되지 않았습니다"고 말합니다. '천하가 안정되었고 또 잘 다스려지고 있습니다'라고 말하는 자들은 특별히 어리석고 무지한 사람들이 아니라면 아첨하며 비위를 맞추는 자들입니다. 이들은 모두 치란(治亂)의 근본이 무엇인지를 사실대로 알지 못하는 자들입니다. 이는 불씨를 가져와 나뭇단 밑에 놓아두고 그 위에 누워 잠을 자면서, 불길이 아직 닿지 않았으니 편안하다고 말하는 격이니, 오늘날의 형세가 이와 무엇이 다르겠습니까! 본말이 어그러져 뒤바뀌고 앞뒤가 제멋대로 끊어졌으며, 나라의 제도가 어지럽고 기강이 없어졌으니, 어떻게 잘 다스려지고 있다고 할 수 있겠습니까! 폐하께서는 어찌해서 저로 하여금 며칠 동안 폐하께 저의 의견을 상세히 열거하여 나라를 태평하고 안정시킬 수 있는 방책을 말씀드리도록 하지 않으십니까? 폐하께서 한번 선택해주시옵소서?

夫射獵之娛, 與安危之機孰急? 使爲治, 勞智慮, 苦身體, 乏鍾鼓之樂, 勿爲可也. 樂與今同. 而加之諸侯軌道, 兵革不動, 民保首領, 匈奴賓服, 四荒鄕風, 百姓素朴, 獄訟衰息. 大數旣得, 則天下順治, 海內之氣淸和咸理, 生爲明帝, 沒爲明神, 名譽之美, 垂於無窮. 禮, 祖有功而宗有德, 使顧成之廟稱爲太宗, 上配太祖, 與漢亡極. 建久安之勢, 成長治之業, 以承祖廟, 以奉六親, 至孝也. 以幸天卜, 以育羣生, 至仁也. 立經陳紀, 輕重同得, 後可以爲萬世法程. 雖有愚幼不肖之嗣, 猶得蒙業而安, 至明也. 以陛下之明達, 因使少知

治體者得佐下風, 致此非難也. 其具可素陳於前, 願幸無忽. 臣謹稽
之天地, 驗之往古, 按之當今之務, 日夜念此至孰也. 雖使禹舜復生,
爲陛下計, 亡以易此.[135]

옮김譯 즐거운 사냥놀이와 나라의 안위가 달려 있는 기회 중 어느 것
이 급하겠습니까? 천하를 다스리기 위해서 지략을 짜내고 몸
을 괴롭히며, 사냥과 풍악을 즐기지 못하게 된다면 하지 말아야 합니다.
천하를 다스려 얻는 즐거움은 사냥이나 풍악에서 얻는 즐거움과 같습
니다. 그로 인해 제후는 임금을 친하게 따르고 충성을 바칠 것이며, 전
쟁도 일어나지 않아서 백성들은 오래도록 그들의 목숨을 지켜나갈 수
있을 것이며, 흉노는 사신을 보내 복종할 것이며, 먼 변경의 황량한 지
역까지 모두가 황제의 교화를 향하며, 백성들은 소박하고 송사도 적어
질 것입니다. 정책이 제대로 수립되면 천하가 순조로이 다스려지고, 천
하의 기풍이 맑고 화목하며 질서정연해질 것이니, 살아서는 명철한 제
왕이 되고 죽어서는 밝은 신령이 되어 아름다운 이름을 무궁토록 전할
것입니다. 종묘제도에서는 공이 있는 분을 조(祖)로 모시고, 덕이 있는
분을 종(宗)으로 모시니, 폐하께서는 태종이 되시어 태조를 이어받아 한
나라는 천하와 더불어 길이 이어질 것입니다. 오래 안정될 수 있는 형
세를 세우고 치세가 지속되는 업적을 이룸으로써, 조상을 계승하고 육
친을 봉양함은 지극한 효도입니다. 천하를 주재하고 뭇 백성을 기르는
것은 지극한 인(仁)입니다. 법도를 세우고 기강을 펴서 일의 경중에 따
라 제대로 맞혀야 비로소 자손 대대로 모범이 될 수 있습니다. 그렇게
된 이후 비록 어리석고 못난 후손이 제위를 잇더라도 (조상들이 세운)
업적과 덕택으로 평안을 누릴 수 있게 하는 것은 지극히 명석한 것입니
다. 폐하께서는 명석하고 통달하시니, 다스림의 근본을 아는 사람으로

---

135) 위 내용은 『신서』 「數寧」편 둘째 단락에 나온다.

하여금 아래에서 돕게 하신다면, 이러한 치적을 이루는 것은 어려운 일이 아닙니다. 그 방안을 생각하는 대로 솔직하게 말씀드렸사오니, 바라옵건대 소홀히 여기지 마옵소서. 신은 삼가 천지 운행의 질서를 상고해보고 지난 옛 일들에 증험하며, 지금 해야 될 일에 비춰보아 밤낮으로 생각한 끝에 이러한 결론에 이르게 되었습니다. 비록 우임금과 순임금을 다시 태어나게 해서 폐하를 위한 방책을 내놓게 해도 제 생각을 바꿀 수는 없을 것입니다.

원문

夫樹國固必相疑之勢. 下數被其殃, 上數爽其憂, 甚非所以安上而全下也. 今或親弟謀爲東帝, 親兄之子西鄕而擊, 今吳又見告矣. 天子春秋鼎盛, 行義未過, 德澤有加焉, 猶尙如是, 況莫大諸侯, 權力且十此者虖!136)

옮김

제후국을 세우는 데 있어서는 제후국의 세력이 황실과 견주게 되는 형세를 반드시 잘 살펴야합니다. 신하들은 이 때문에 자주 재앙을 당하고, 임금께서도 이 때문에 자주 근심이 깊어지니, 이는 임금을 평안케 하는 방법이 아니고 신하들을 보전하는 방법도 아닙니다. 이제 황제의 친동생이 스스로 동제(東帝)가 되기를 꾀하고, 친형의 아들이 서쪽으로 공격해 들어오기도 하며, 또 현재 오왕(吳王)은 모반을 꾀한다고 고발을 당하는 사태가 벌어졌습니다. 천자의 춘추가 바야흐로 한창 젊으시고 바르게 행동하여 아무런 잘못이 없으며, 은덕과 혜택이 천하에 두루 베풀어지고 있음에도 오히려 이러한 일이 일어나거늘, 하물며 막대한 힘을 가진 제후의 권세가 지금의 열 배가 되는 경우에 있어서는 어떠하겠습니까!

---

136) 위 내용은 『신서』 「宗首」편 첫째 단락에 나온다.

원문 然而天下少安, 何也? 大國之王幼弱未壯, 漢之所置傅相方握其事. 數年之後, 諸侯之王大抵皆冠, 血氣方剛, 漢之傅相稱病而賜罷, 彼自丞尉以上偏置私人, 如此, 有異淮南·濟北之爲邪! 此時而欲爲治安, 雖堯舜不治.[137]

옮김譯 그런데도 천하가 잠시 평안한 것은 무엇 때문일까요? 그것은 큰 제후국의 왕이 어려서 유약하고 장성하지 못해, 한나라의 조정에서 임명한 태부와 승상들이 실권을 손에 쥐고 있기 때문입니다. (그러나) 몇 년이 지나 제후국의 왕들이 대부분 성년이 되고 혈기가 왕성해지면 한 조정에서 임명한 태부와 재상들도 병을 핑계로 해임을 시키고서 승위(丞尉) 이상의 관직은 모두 자기사람으로 임용할 것이니, 이렇게 되면 그들의 하는 행위가 회남왕이나 제북왕과 무엇이 다를 바가 있겠습니까? 이러한 때에 이르러서 천하를 안정시키려 한다면 요임금이나 순임금 같은 명군이라 할지라도 불가능할 것입니다.

원문 黃帝曰: "日中必熭, 操刀必割." 今令此道順而全安, 甚易, 不肯早爲, 已乃墮骨肉之屬而抗剄之, 豈有異秦之季世虖! 夫以天子之位, 乘今之時, 因天之助, 尙憚以危爲安, 以亂爲治, 假設陛下居齊桓之處, 將不合諸侯而匡天下乎?[138]

옮김譯 황제가 말하기를, "해가 중천에 떴을 때에는 물건을 볕에 쪼이고, 손에 칼을 쥐었을 때에는 물건을 자른다"고 하였습니다. 지금 이 도리대로 따른다면 전국을 편안하게 보전하는 것은 쉽게 할 수 있지만, 만일 미리 서둘러 하지 않으면 골육들을 상하게 하고 결국 그

---

137) 위 내용은 『신서』「宗首」편 둘째 단락에 나온다.
138) 위 내용은 『신서』「宗首」편 셋째 단락에 나온다.

들의 목을 치게 될 것이니, 이 어찌 진나라 말기에 여러 공자들을 죽인 일[139]과 다를 바가 있겠습니까! 존귀한 천자의 자리에 앉아 현재의 (좋은) 시기를 타고 하늘의 도움을 빌리면서, 오히려 위태로움을 편안하게 만들고 어지러움을 다스리기를 꺼리시니, 만일 폐하께서 제나라 환공의 입장에 서신다면 제후를 통합하고 천하를 바로잡지 않으시겠습니까?

원문 臣又以知陛下有所必不能矣. 假設天下如曩時, 淮陰侯尙王楚, 黥布王淮南, 彭越王梁, 韓信王韓, 張敖王趙, 貫高爲相, 盧綰王燕, 陳豨在代, 令此六七公者皆亡恙. 當是時而陛下卽天子位, 能自安乎? 臣有以知陛下之不能也. 天下殽亂, 高皇帝與諸公倂起, 非有仄室之勢以豫席之也. 諸公幸者, 乃爲中涓, 其次廑得舍人, 材之不逮至遠也. 高皇帝以明聖威武卽天子位, 割膏腴之地以王諸公. 多者百餘城, 少者乃三四十縣, 德至渥也. 然其後十年之間, 反者九起. 陛下之與諸公, 非親角材而臣之也, 又非身封王之也. 自高皇帝不能以是一歲爲安, 故臣知陛下之不能也.[140]

옮김譯 신하인 저는 폐하께서 할 수 없는 이유를 알고 있습니다. 만약 천하의 형세가 종전과 같아서, 회음후(淮陰侯) 한신(韓信)이 여전히 초나라 왕이고, 경포(黥布)가 회남왕이며, 팽월(彭越)이 양나라 왕이고, 한신(韓信)이 한(韓)나라 왕이며, 장오(張敖)가 조나라 왕이며, 관고(貫高)가 조나라 재상이고, 노관(盧綰)이 연나라 왕이며, 진희(陳豨)가 대나라 승상으로 있다면, 그렇게 이 예닐곱의 제후들이 아무 탈없이 모두 각자의 나라에 살고 있다고 하십시다. 이러한 때에 폐하께서 천자의 자리에 오른다면 폐하께서는 스스로 평안할 수 있겠습니까? 신하인 저는 폐하께

---

139) 秦 二世가 태자인 扶蘇를 죽이고 황제에 오른 후, 여러 公子들이 반발할까 두려워 趙高와 모의하여 여러 명의 공자를 죽이고 또 자살하게 한 일을 가리킨다. 季世: 末年.
140) 위 내용은 『신서』 「親疎危亂」편 첫째 단락에 나온다.

서 그럴 수 없다는 것을 알고 있습니다. 천하가 어지러울 때 고조 황제께서는 이들 제후들과 나란히 봉기함에 있어, 친족의 권세가 있어서 미리 의지했던 것은 아니었습니다. 이들 제후들 가운데 신임을 얻은 자는 (당시에) 중연(中涓)이 될 수 있었고, 그 다음으로는 다만 사인(舍人)이 될 수 있었으니, 이는 그들의 재질이 고황제에게 크게 미치지 못했기 때문입니다. 고황제는 밝은 지혜와 위엄으로 천자의 자리에 앉았고, 기름진 땅들을 분할하여 공을 세운 신하들에게 나누어 주어 왕으로 삼았습니다. 많게는 백여 성을 주고 적게는 3, 40현을 주어 그 은덕을 두텁게 베푸셨습니다. 그런데도 그 후 십년 사이에 배반하는 일이 아홉 번이나 일어났습니다. 지금 폐하와 여러 공들과의 관계는 폐하께서 몸소 그들의 재능을 헤아려서 신하로 삼은 것도 아니고, 또 직접 그들을 왕으로 봉하여 주신 것도 아닙니다. 고황제부터도 이들로 인해서 한해도 편할 수 없었으니, 저는 폐하께서 할 수 없음을 아는 것입니다.

원문 然尙有可諉者, 曰疏. 臣請試言其親者. 假令悼惠王王齊, 元王王楚, 中子王趙, 幽王王淮陽, 共王王梁, 靈王王燕, 厲王王淮南, 六七貴人皆亡恙. 當是時陛下卽位, 能爲治乎? 臣又知陛下之不能也. 若此諸王, 雖名爲臣, 實皆有布衣昆弟之心, 慮亡不帝制而天子自爲者. 擅爵人, 赦死罪, 甚者或戴黃屋, 漢法令非行也. 雖行不軌如厲王[141]者, 令之不肯聽, 召之安可致乎! 幸而來至, 法安可得加! 動一親戚, 天下圜視而起, 陛下之臣雖有悍如馮敬者, 適啓其口, 匕首已陷其匈矣. 陛下雖賢. 誰與領此? 故疏者必危, 親者必亂, 已然之效也.[142]

---

141) 厲王 : 『신서』「親疎危亂」편에는 淮南王으로 되어 있다.
142) 위 내용은 『신서』「親疎危亂」편 둘째 단락에 나온다.

그러나 핑계거리가 있으니, 관계가 소원하기 때문입니다. 그러
시다면 신은 청컨대, 관계가 친밀한 동성제후의 경우를 말씀드
려보겠습니다. 가령 도혜왕(悼惠王)이 제나라의 왕이 되고, 원왕(元王)이
초나라의 왕이 되고, 중자왕(中子王)이 조나라의 왕이 되며, 유왕(幽王)이
회양의 왕이 되며, 공왕(共王)이 양나라의 왕이 되며, 영왕(靈王)이 연나
라의 왕이 되며, 려왕(厲王)이 회남의 왕이 되어 이들 예닐곱 귀인들이
모두 아무 탈없이 각기 제나라를 평안히 다스리고 있다고 하십시다. 이
때에 폐하께서 천자의 자리에 오르신다면 잘 통치하실 수 있으시겠습
니까? 소신의 생각으로는 역시 폐하께서 그렇게 할 수 없을 것으로 압
니다. 왜냐하면 제후들은 명색은 비록 천자의 신하지만, 실제로는 그들
모두 평민이었던 당시에 형제처럼 지냈던 마음을 품고 있어서 대개가
스스로 천하를 주무르는 천자가 되려는 생각을 하지 않는 이가 없습니
다. 그들은 마음대로 작위를 주고 죽을죄를 지은 죄인을 사면해주며, 심
지어는 (천자만이 탈 수 있는) 황옥의 수레를 타고 다니기까지 하니, 한
나라의 법령이 제대로 실행되지 못하는 형편입니다. 여왕처럼 정도에서
벗어난 행동을 하는 사람에게 명령한들 어찌 이를 들으려 할 것이며,
부른들 오기나 하겠습니까! 다행히 온다 해도 어떻게 그에게 법을 적용
할 수 있겠습니까! 한사람의 친척을 벌하는 데에도 천하의 제후들이 모
두 눈을 부릅뜨고 들고 일어서니, 폐하의 신하에 비록 풍경(馮敬)과 같은
용맹한 자가 있다고 하더라도, 그 입을 열자마자 자객의 비수가 이미
가슴을 찌를 것입니다. 폐하께서 비록 현명하시다하나, 또 누구와 함께
이들을 다스리시렵니까? 그러므로 관계가 소원한 제후는 반드시 나라
를 위태롭게 하고, 관계가 친밀한 제후는 반드시 반란을 일으키니, 이미
그러한 조짐이 있습니다.

원문 其異姓負彊而動者, 漢已幸勝之矣, 又不易其所以然. 同姓襲是跡而動, 既有徵矣, 其勢盡又復然. 殃禍之變, 未知所移. 明帝處之尙不能以安, 後世將如之何![143]

옮김譯 이성제후들이 저네들의 강함을 믿고 반란을 꾀하였던 자들을 한의 황실이 다행히 이겨냈지만, 반란을 일으키는 근본 원인을 바꾸지는 못했습니다. 동성제후들이 이러한 전철을 답습하고 있으니, 골육 간에 서로 동요를 일으킬 징후가 이미 보이는 터여서, 이전의 형세가 다하였다가 다시 살아나고 있습니다. 그리하여 재앙의 변란이 어디로 옮겨갈지 알지 못합니다. 현명한 황제조차도 나라를 안정시키지 못하니 후세에는 어떻게 하겠습니까?

원문 屠牛坦一朝解十二牛, 而芒刃不頓者, 所排擊剝割, 皆衆理解也. 至於髖髀之所, 非斤則斧. 夫仁義恩厚, 人主之芒刃也, 權勢法制, 人主之斤斧也. 今諸侯王皆衆髖髀也. 釋斤斧之用, 而欲嬰以芒刃, 臣以爲不缺則折. 胡不用之淮南·濟北, 勢不可也.[144]

옮김譯 소백정 탄(坦)이 하루에 소 열두 마리를 잡아도 칼날이 무뎌지지 않는 것은, 가르고 치고 베고 벗기는 것이 다 살갗의 결을 따랐기 때문입니다. 그러나 엉덩이뼈나 허벅지뼈 같이 커다란 뼈에서는 자귀가 아니면 도끼를 써야 합니다. 인의와 은혜는 제왕의 예리한 칼날이 되고, 권세와 법제는 제왕의 도끼가 됩니다. 오늘날 제후들은 모두가 커다란 뼈와 같습니다. 자귀나 도끼로 다스리는 법을 버리고 한낱 작은 칼만을 쓰려 한다면, 그 칼날은 부러지지 않으면 이가 빠지고 말 것이

---

143) 위 내용은 『신서』 「制不定」편 둘째 단락에 나온다.
144) 위 내용은 『신서』 「制不定」편 셋째 단락에 나온다.

라고 신은 생각합니다. 어찌하여 회남왕과 제북왕에게 은덕을 베풀 수 없는 것일까요? 그것은 형세가 그럴 수 없기 때문입니다.

臣竊跡前事, 大抵彊者先反. 淮陰王楚最彊, 則最先反; 韓信倚胡, 則又反 : 貫高因趙資, 則又反; 陳豨兵精, 則又反; 彭越用梁, 則又反; 黥布用淮南, 則又反. 盧綰最弱, 最後反. 長沙乃在二萬五千戶耳, 功少而最完, 勢疏而最忠. 非獨性異人也, 亦形勢然也.[145]

曩令樊·酈·絳·灌據數十城而王, 今雖以殘亡可也. 令信·越之倫列爲徹侯而居, 雖至今存可也. 然則天下之大計可知已. 欲諸王之皆忠附, 則莫若令如長沙王. 欲臣子之勿菹醢, 則莫若令如樊·酈等. 欲天下之治安, 莫若衆建諸侯而少其力. 力少則易使以義, 國小則亡邪心.[146]

가만히 지난 일의 자취를 살펴보면, 대체로 세력이 강한 자가 먼저 모반하였습니다. 회음후(淮陰侯)가 초나라 왕이었을 때 세력이 가장 강했는데 맨 먼저 반역하였고, 한왕(韓王) 신(信)이 흉노와 결탁하고 반역하였으며, 관고(貫高)는 조나라의 힘을 배경으로 해서 반역하였습니다. 진희(陳豨)는 그의 군대가 강성해지자 반역하였으며, 팽월(彭越)은 양(梁)나라를 이용해서 반역하였으며, 경포(黥布)는 회남의 역량을 이용해서 반역하였습니다. 노관(盧綰)의 나라는 (다른 나라와) 비교해 볼 때 그 세력이 가장 약하였으므로 가장 늦게 반역하였습니다. 장사왕의 봉지(封地)는 겨우 이만 오천호에 지나지 않아서 공은 적었지만 가장 평안하였으며, 세력은 미약했으나 가장 충성스러웠습니다. 이는 장사왕의 품성이 다른 사람과 달랐기 때문이 아니라, 그 당시 형세가 그러했

---

145) 위 내용은 『신서』 「藩彊」편 첫째 단락에 나온다.
146) 위 내용은 『신서』 「藩彊」편 둘째 단락에 나온다.

기 때문입니다.

지난 날 철후(徹侯)였던 번쾌(樊噲)·역상(酈商)·주발(周勃)·관영(灌嬰)의 네 사람으로 하여금 수십 개의 성을 점거한 제후왕이 되게 했다면, 지금 그들은 이미 다 멸망했을 수도 있습니다. (그 반면에 반역을 일으켜 멸망한) 한신·경포·팽월과 같은 사람을 철후로 삼았다면 그들은 지금도 여전히 존립할 수 있을 것입니다. 그러한즉 천하를 다스리는 큰 계책을 알 만합니다. 여러 제후들이 황실에 충성스럽게 붙어 있기를 바란다면 장사왕처럼 (그들의 세력을 약하게) 하면 됩니다. 그들에게 살을 저며 소금에 절이는 형벌을 가하지 않기를 바란다면, 번쾌·역상·주발·관영처럼 되게 하는 것이 최상의 계책입니다. 천하가 편안히 다스려지기를 바란다면 제후를 많이 세워 그들의 힘을 약화시키는 것만큼 좋은 계책은 없습니다. 제후의 세력이 약하면 그들을 (군신 간의) 도의로써 부리기 쉽고, 나라가 작으면 제후가 배반하려는 마음을 먹기 어렵기 때문입니다.

원문 令海內之勢如身之使臂, 臂之使指, 莫不制從. 諸侯之君不敢有異心, 輻湊並進而歸命天子, 雖在細民, 且知其安, 故天下咸知陛下之明.[147]

割地定制, 令齊·趙·楚各爲若干國, 使悼惠王·幽王·元王之子孫畢以次各受祖之分地, 地盡而止. 及燕·梁它國皆然. 其分地衆而子孫少者, 建以爲國, 空而置之, 須其子孫生者, 擧使君之. 諸侯之地其削頗入漢者, 爲徙其侯國及封其子孫也, 所以數償之. 一寸之地, 一人之衆, 天子亡所利焉, 誠以定治而已, 故天下咸知陛下之廉.[148]

地制壹定, 宗室子孫莫慮不王. 下無倍畔之心, 上無誅伐之志, 故天

---

147) 위 내용은 『신서』「五美」편 첫째 단락에 나온다.
148) 위 내용은 『신서』「五美」편 둘째 단락에 나온다.

下咸知陛下之仁. 法立而不犯, 令行而不逆, 貫高·利幾之謀不生, 柴奇·開章之計不萌. 細民鄕善, 大臣致順, 故天下咸知陛下之義.[149]

臥赤子天下之上而安, 植遺腹, 朝委裘. 而天下不亂, 當時大治, 後世誦聖. 壹動而五業附, 陛下誰憚而久不爲此?[150]

옮김譯 천하의 형세라는 것은 마치 몸이 팔을 부리고, 팔이 손가락을 부리는 것과 같이 상하의 체계를 따르지 않음이 없습니다. 제후국의 군주들이 감히 다른 마음을 품지 않고 수레바퀴살처럼 모여 들어서 천자에게 복종하며, 일반 평민이라 할지라도 천하가 안정될 것을 알게 될 것이니, 따라서 천하가 모두 폐하의 밝으신 덕을 알게 될 것입니다.

제후국의 토지를 나누는 제도는 제나라와 조나라와 초나라를 몇 개의 나라로 나누어 유왕(幽王)과 원왕(元王)의 자손들로 하여금 모두 차례에 따라 그들 조상의 영지를 나누어 받게 하고, 땅이 다 나눠지면 그칩니다. 연나라와 양나라와 그 외 다른 나라들도 모두 그럴 것입니다. 그 봉지는 많은데 자손이 적은 경우에는, 그 봉지 안에 나라를 세워서 비워 두었다가 그들의 자손이 태어나기를 기다려 군주로 명하면 됩니다. 제후의 땅이 삭감되어 한나라 황실에 많이 병입된 경우에는, 그 제후국을 다른 곳으로 옮겨서 그의 자손들을 그곳에 봉하는 방법으로 보상해 줍니다. 그래서 단 한 마을의 땅이나 사람 하나에 대해서도 천자는 이로움을 취하지 않고, 진심으로 천하를 안정되게 다스릴 뿐이니, (이렇게 하면) 천하 사람이 모두 폐하께서 청렴하시다는 것을 알게 될 것입니다.

봉지제가 일단 확립되면 종실의 자손들은 왕으로 봉해지지 못함을 걱정하는 자가 없을 것입니다. 아래 사람들은 배반하려는 마음이 없어지고, 윗사람들은 신하를 죽이거나 정벌하려는 생각이 없어져서 온 천

---

149) 위 내용은 『신서』「五美」편 셋째 단락과 넷째 단락에 나온다.
150) 위 내용은 『신서』「五美」편 다섯째 단락에 나온다.

하 사람들은 폐하가 인자하심을 알게 될 것입니다. 법제가 확립되어 어기는 사람이 없으며, 조정의 명령이 행해져 거역하는 사람이 없을 것이니, 관고(貫高)나 이기(利幾) 같은 자들의 음모가 생기지 않고, 기기(機奇)나 계장(啓章) 같은 무리들의 계략도 싹트지 않을 것입니다. 백성들은 모두 착해지고 대신들도 모두 순종하게 될 것이니, 천하가 모두 폐하께서 의롭다는 것을 알게 될 것입니다.

갓 낳은 어린아이를 황제의 자리에 눕혀놓아도 천하가 평안할 것이며, 뱃속에 들어 있는 왕손을 기다리고 있는 중이라도 (대신들은) 선왕이 입었던 옷에 절할 것입니다. 그리하여 천하가 어지럽지 않아 당대에는 크게 잘 다스려지고, 후대에는 성군으로 길이 칭송될 것입니다. (이러한 조치를) 한번 실행하심에 다섯 가지 좋은 점이 뒤따르거늘, 폐하께서는 무엇을 꺼려서 이렇게 오래도록 다섯 가지 좋은 점을 실행하지 않으시는지요?

원문 天下之勢方病大瘇. 一脛之大幾如要, 一指之大幾如股. 平居不可屈信, 一二指搐, 身慮亡聊. 失今不治, 必爲錮疾, 後雖有扁鵲, 不能爲已. 病非徒瘇也, 又苦蹠盭. 元王之子, 帝之從弟也; 今之王者, 從弟之子也. 惠王, 親兄子也; 今之王者, 兄子之子也. 親者或亡分地以安天下, 疏者或制大權以偪天子. 臣故曰非徒病瘇也, 又苦蹠盭. 可痛哭者, 此病是也.[151]

옮김 천하의 형세는 바야흐로 종기가 크게 부어오른 것과 같습니다. 정강이 하나의 크기가 허리만하고, 발가락 하나가 허벅지만하니 고약한 병입니다. 평상시에도 굽혔다 폈다를 할 수 없고, 발가락 한두 개만 실룩거려도 몸뚱이는 지탱하지 못합니다. 지금의 시기를 놓치

---

151) 위 단락은 『신서』 「大都」편 둘째 단락에 나온다.

고 고치지 않으면, 반드시 고질병이 되어 나중에는 편작(扁鵲)이 온다 해도 어떻게 손 쓸 방법이 없을 것입니다. 다리만 병들어 부은 것이 아니라 발바닥이 뒤틀려 괴롭습니다. 초나라 원왕의 아들은 황제의 사촌동생이고, 지금의 왕은 사촌동생의 아들이옵니다. 제나라 혜왕의 아들은 황제의 친형아들이고, 지금의 왕은 형의 아들의 아들이옵니다. 가까운 사람들은 혹 영토를 나눠주지 않아도 (폐하를 도와) 천하를 평안하게 유지할 수 있지만, 관계가 먼 제후들은 큰 권세를 잡으면 천자를 위협할 수 있습니다. 그러기에 제가 말씀드리거니와 "다리만 병들어 부은 것이 아니라 또 발바닥이 뒤틀려 괴로운 꼴"이라고 하는 것입니다. 통곡해야 할 것은 바로 이 병이옵니다.

원문 天下之勢方倒縣. 凡天子者, 天下之首, 何也? 上也. 蠻夷者, 天之足, 何也? 下也. 今匈奴嫚姆侵掠, 至不敬也, 爲天下患, 至亡已也, 而漢歲致金絮采繪以奉之. 夷狄徵令, 是主上之操也; 天子共貢, 是臣下之禮也. 足反居上, 首顧居下, 倒縣如此. 莫之能解, 猶爲國有人乎? 非直倒縣而已, 又類辟, 且病痱. 夫辟者一面病, 痱者一方痛. 今西邊北邊之郡, 雖有長爵不輕得復, 五尺以上不輕得息, 斥候望烽燧不得臥, 將吏被介胄而睡. 臣故曰一方病矣. 醫能治之, 而上不使, 可爲流涕者此也.[152]

옮김譯 천하의 형세가 바야흐로 사람이 거꾸로 매달린 꼴입니다. 천자가 천하의 머리인 이유는 무엇입니까? 천자가 위에 있기 때문입니다. 오랑캐가 천하의 발인 까닭은 무엇입니까? 오랑캐는 아래에 있기 때문입니다. 지금 흉노가 무례하게 침략하고 그 불경함이 극도에 달하여, 천하의 근심거리가 멈추지 않는데도, 한 황실에서는 오히려 매년

---

152) 위 내용은 앞의 『신서』 「解縣」 첫째 단락에 나온다.

금과 솜과 비단을 그들에게 바치고 있습니다. 오랑캐를 호령하여 부리는 것은 주상의 권한이며, 천자에게 공물을 바치는 것은 신하의 예법입니다. (그런데 오히려) 발이 위에 있고 머리가 아래에 있으니, 이는 거꾸로 매달린 형세입니다. 그런데도 아무도 이를 풀지 못하니, 나라에 사람이 있다고 할 수 있겠습니까? 거꾸로 매달려 있을 뿐 아니라, 이는 절름발이와 비슷하고 중풍 맞은 환자와도 같습니다. 절름발이는 한쪽 다리만의 병이요, 중풍은 신체의 일부분이 아픈 것입니다. 이제 서부와 북부의 여러 군들을 보면 비록 지위가 높은 사람이라도 부역을 면할 수가 없고, 어린 아이를 제외한 사람들은 편히 쉬기가 어려우며, 척후병은 산봉우리의 봉화를 지켜보느라 감히 눕지도 못하고, 변경을 지키는 장병들은 갑옷을 입은 채 잠을 잡니다. 소신은 그러므로 이것을 "한쪽이 병들었습니다"라고 말씀드리는 것입니다. 제가 이런 병폐를 치료할 수 있는 데도 주상께서는 쓰려 하지 않으시니, 눈물을 흘려야 할 일이 바로 이것입니다.

원문 陛下何忍以帝皇之號爲戎人諸侯? 勢旣卑辱, 而禍不息, 長此安窮! 進謀者率以爲是, 固不可解也, 亡具甚矣. 臣竊料匈奴之衆不過漢一大縣. 以天子之大困於一縣之衆, 甚爲執事者羞之. 陛下何不試以臣爲屬國之官以主匈奴?[153]

옮김譯 폐하께서는 황제의 이름을 지닌 채 오랑캐의 제후가 되는 상태를 어찌 차마 지속하겠습니까? 형세가 비굴하고 모욕적일 뿐 아니라, 전란이 끊이지 아니하니 이대로 계속 나가다가는 언제 끝이 나겠습니까! 나라 일을 도모하여 간언을 드리는 자들도 대개가 이러한 곤경은 해결할 길이 없다고들 하니, 참으로 (천하를 다스리는) 방책이

---

153) 위 단락은 『신서』 「勢卑」편 첫째 단락과 둘째 단락에 나온다.

없습니다. 제가 생각하건대 흉노의 무리는 그 규모가 한나라의 천석 정도의 큰 현 규모에 불과합니다. 천하를 지배하는 천자가 조그마한 현 하나에 불과한 작은 나라에 의해 고통받는다는 것은 일을 맡은 사람으로서 매우 부끄러운 일입니다. 폐하께서 어찌하여 시험삼아 저로 하여금 속국을 관장하는 직책을 맡아 흉노를 다스리게 하지 않으십니까?

원문 行臣之計, 請必係單于之頸而制其命, 伏中行說而笞其背, 擧匈奴之衆唯上之令.154) 今不獵猛敵而獵田彘, 不搏反寇而搏畜菟, 翫細娛而不圖大患, 非所以爲安也.155) 德可遠施, 威可遠加, 而直數百里外威令不信. 可爲流涕者此也.156)

옮김譯 폐하께서 저의 계책을 행하신다면, 청하옵건데 반드시 선우(單于)의 목을 묶어서 명령에 따르도록 하며, 중항열(中行說)을 잡아다가 그의 등짝을 매질해서 모든 흉노의 무리가 오직 주상의 명령에 따르도록 해야 합니다. 그런데 지금은 사나운 맹수는 잡지 아니하시고 산돼지나 잡으며, 반역하는 무리들은 치지 아니하고 집토끼나 때려잡으며, 시시한 놀이나 즐기고 큰 근심에는 대비를 하지 아니하니, 이는 천하를 평안케 하는 방법이 아닙니다. 덕이 멀리까지 베풀어지고 위엄이 멀리까지 펼쳐져야 하거늘, 수 백리 밖에서는 그 위세와 명령이 행해지지 못합니다. 이것이야말로 눈물 흘릴 일입니다.

원문 今民賣僮者,157) 爲之繡衣絲履偏諸緣, 內之閑中, 是古天子后服. 所以廟而不宴者也, 而庶人得以衣婢妾. 白穀之表, 薄

---

154) 위 내용은 『신서』 「解縣」편 둘째 단락에 나온다.
155) 위 내용은 『신서』 「勢卑」편 둘째 단락에 나온다.
156) 위 내용은 『신서』 「威不信」편 둘째 단락에 나온다.
157) 民賣僮者 : 『신서』 「孽産子」에는 '民賣産子'로 되어 있다.

紈之裏, 緁以偏諸, 美者黼繡, 是古天子之服. 今富人大賈嘉會召客
者以被牆. 古者以奉一帝一后而節適, 今庶人屋壁得爲帝服, 倡優下
賤得爲后飾, 然而天下不屈者, 殆未有也. 且帝之身自衣皁綈, 而富
民牆屋被文繡; 天子之后以緣其領, 庶人孽妾緣其履. 此臣所謂舛
也.[158] 夫百人作之不能衣一人, 欲天下亡寒, 胡可得也? 一人耕之,
十人聚而食之, 欲天下亡飢, 不可得也. 飢寒切於民之肌膚, 欲其亡
爲奸邪, 不可得也. 國已屈矣, 盜賊直須時耳.[159] 然而獻計者曰 "毋
動 爲大耳." 夫俗至大不敬也, 至亡等也, 至冒上也, 進計者猶曰 "毋
爲", 可爲長太息者此也.[160]

옮김譯 백성들이 비첩을 팔 때 아름답게 수놓은 옷과 꽃신·화려하게
꾸민 깃을 입혀 노비를 사고파는 나무 우리 안에 넣어놓는데,
이는 옛날 황후들이 입던 옷입니다. 황후도 종묘제사를 드릴 때나 입었
지 평상시에는 입지 않았던 옷인데, 지금 서민들은 그들의 천첩에게 입
히고 있습니다. 흰 망사를 겉의 천으로 하고 엷은 비단으로 속을 대서,
가장자리에 꽃무늬를 두르고 아름답게 도끼무늬를 수놓은 의복은 옛날
천자들이 입던 옷이었습니다. 그런데 요즈음 부자나 큰 장사치들은 손
님을 청하게 되면 이를 벽에 장식으로 걸어 놓습니다. 옛날에는 천하가
황제 한 사람과 황후 한 사람을 봉양하고 또 적절하게 법도를 지켰으나,
이제는 부자나 큰 장사치네 벽에 황제의 옷이 걸리고, 장사치의 부인
및 배우나 비첩들까지 황후의 복식을 하게 되었으니, 그러고도 천하의
재력이 고갈되지 않을 수는 없을 것입니다. 황제 자신은 검고 거친 비
단 옷을 입으나, 사치스러운 장사치나 부자들의 벽장에는 수놓은 옷이
널리고, 황후는 다만 동정 깃에나 수실을 두르지만, 천첩들은 신발에까

---

158) 위 내용은 『신서』 「孼產子」편 첫째 단락에 나온다.
159) 위 내용은 『신서』 「孼產子」편 둘째 단락에 나온다.
160) 위 내용은 『신서』 「孼產子」편 셋째 단락에 나온다.

지 수실을 두릅니다. 이것이 신이 '어긋났다'고 말하는 것입니다. 백 사람이 만들어도 오히려 한 사람을 입히기가 부족하니, 이러고도 천하에 추위에 떠는 사람이 없기를 바란다면 되겠습니까? 한 사람이 농사를 짓는데 열 사람이 모여들어 먹어대니, (이러고도) 천하에 굶주리는 사람이 없기를 바래보았자 될 수 없는 일입니다. 굶주림과 추위가 백성들의 피부에까지 닥쳐있는데, 그런 상태에서 그들이 악한 짓을 하지 않고 도둑질을 하지 않기를 바래보았자 될 수 없는 일입니다. 국력이 이미 바닥나 버렸고 간신과 도둑들은 때만 기다리고 있을 뿐입니다. 사정이 이런데도 계책을 아뢴다는 이들은 모두 "움직이지 않는 것이 상책입니다"라고 말합니다. 풍속이 불경스럽게 되었고 상하 존비의 등급이 없어졌으며, 심지어는 임금을 범하기에 이르렀는데도 계책을 아뢰는 자는 오히려 "무위(無爲)하십시요"라고 합니다. 긴 한숨이 나오는 일이 바로 이것입니다.

원문 商君遺禮義, 棄仁恩, 幷心於進取, 行之二歲, 秦俗日敗. 故秦人家富子壯則出分, 家貧子壯則出贅. 借父耰鉏, 慮有德色; 母取箕篲, 立而誶語. 抱哺其子, 與公幷倨; 婦姑不相說, 則反脣而相稽. 其慈子耆利, 不同禽獸者亡幾耳. 然幷心而赴時, 猶曰蹶六國, 兼天下. 功成求得矣,[161] 終不知反廉愧之節, 仁義之厚, 信幷兼之法, 遂進取之業,[162] 天下大敗. 衆掩寡, 智欺愚, 勇威怯, 壯陵衰, 其亂至矣. 是以大賢起之, 威震海內, 德從天下, 曩之爲秦者, 今轉而爲漢矣.[163] 然其遺風餘俗, 猶尙未改. 今世以侈靡相競, 而上亡制度, 棄禮誼, 捐廉恥, 日甚, 可謂月異而歲不同矣. 逐利不耳, 慮非顧行也,

---

161) 猶曰蹶六國, 兼天下. 功成求得矣: 『신서』 「時變」편에는 "曰功成而敗義耳. 蹶六國, 兼天下, 求得矣."로 되어 있다. 해석은 『신서』 「時變」편을 따랐다.
162) 위 내용은 『신서』 「時變」편 셋째 단락에 나온다.
163) 위 내용은 『신서』 「時變」편 첫째 단락에 나온다.

今其甚者殺父兄矣. 盜者剟寢戶之簾, 搴兩廟之器, 白晝大都之中剽
吏而奪之金. 矯偽者出幾十萬石粟, 賦六百餘萬錢, 乘傳而行郡國,
此其亡行義之至者也.[164]

상앙이 예의를 어기고 윤리를 저버리면서, 작정하고 (다른 나라에) 쳐들어가 빼앗은 지 2년이 지나자, 진나라 풍속은 날로 나빠졌습니다. 진나라 사람들에게 아들이 있으면 부잣집에서는 성년이 되면 분가를 하고, 가난한 집에서는 성년이 되면 데릴사위가 되었습니다. 자기 아버지에게는 김맬 호미하나 빌려 주고서 덕 있는 생색을 내고, 어머니가 표주박이나 빗자루를 가져가려면 곧바로 책망합니다. (며느리는) 제 자식을 안고 젖먹이면서 시아버지와 나란히 걸터앉고, 시어머니와 사이가 나쁘면 입술을 삐쭉거리며 눈을 흘깁니다. 제 자식만 사랑하고 이익을 탐하니, 짐승과 별반 다를 것이 없어졌습니다. 그러면서도 작정하고서 세태를 좇는 자들은 공이 이뤄지면 도의는 저버려도 된다고 말합니다. 6국을 쓰러뜨리고 천하를 겸병하였으나 끝내 염치의 절개와 인의의 두터운 덕에 귀의할 줄 모르고, 오로지 겸병하는 법만 믿고서 쳐들어가 빼앗기만 하자 천하가 크게 어그러졌습니다. 다수는 소수를 덮어 누르고, 아는 자는 어리석은 자를 속이고, 용감한 자가 겁내는 자를 겁탈하니, 천하의 어지러움이 극점에 이르렀습니다. 이 때문에 큰 현인이 일어나 천하에 위세를 떨치고 덕망으로 천하를 따르게 하였으니, 이전의 진나라의 천하가 지금은 바뀌어 한나라의 천하가 되었습니다. 그러나 그 유풍과 풍속은 여전하여 바뀌지 않았습니다. 지금 세상에는 서로 사치를 자랑하고 있는데도 이를 제어하지 않아서 예의가 버려지고 염치가 없어짐이 날로 심해짐이 달마다 해마다 더해가고 있습니다. 이익만 좇느라 품행을 돌아볼 겨를이 없으니, 심한 경우에는 아버지와 형을 죽이기까지

---

164) 위 내용은 『신서』 「俗激」편 둘째 단락에 나온다.

합니다. 도둑은 침실의 주렴을 걷어가고 사당의 제기를 훔치며 벌건 대낮의 도심에서 관원을 습격해 돈을 강탈해갑니다. 부정으로 수십 만석의 곡식을 빼내고 600만전의 세금을 더 걷으며 조정의 전용마차를 타고 제후국에 다니니, 이것이 행실이 매우 바르지 못한 경우입니다.

원문 而大臣特以簿書不報, 期會之間, 以爲大故. 至於俗流失, 世壞敗, 因恬而不知怪.[165] 慮不動於耳目, 以爲是適然耳. 夫移風易俗, 使天下回心而鄕道, 類非俗吏之所能爲也. 俗吏之所務, 在於刀筆筐篋, 而不知大體. 陛下又不自憂, 竊爲陛下惜之.[166]

옮김譯 대신들의 습속은 그저 보고서가 오지 않는다거나 자잘한 회의 약속에 때를 맞추지 못했다는 정도를 큰일로 여기고 있습니다. 풍속은 멋대로 흘러가 버려 세상이 잘못되어가고 있으나, 대신들은 편안한 대로 따를 뿐 문제 삼을 줄 모르니 큰일입니다. 관리들의 생각은 보고 들은 실정에 의해 움직이지 않고, 이러한 시속(時俗)을 당연한 것으로 여기고 있습니다. 풍속을 바꾸어 천하가 마음을 바로잡아 올바른 도로 향하도록 하는 것은 저속한 관리들이 할 수 있는 일이 아닙니다. 저속한 관리들이 힘쓰는 것은 그저 문서상자나 지킬 뿐 다스림의 근본을 알지 못합니다. 폐하 또한 이를 스스로 근심하지 않고 있으니, 신은 폐하를 위하여 안타깝게 생각합니다.

원문 夫立君臣, 等上下, 使父子有禮, 六親有紀, 此非天之所爲, 人之所設也. 夫人之所設, 不爲不立, 不植則僵, 不修則壞. 筦[167]子曰: "禮義廉恥, 是謂四維 : 四維不張, 國乃滅亡." 使筦子愚

---

165) 위 내용은 『신서』 「俗激」편 첫째 단락에 나온다.
166) 위 내용은 『신서』 「俗激」편 셋째 단락에 나온다.
167) 筦 : '管'과 같다.

人也則可, 筴子而少知治體, 則是豈可不爲寒心哉! 秦滅四維而不張,
故君臣乖亂, 六親殊戮, 奸人並起, 萬民離叛, 凡十三歲, [而]社稷爲
虛. 今四維猶未備也, 故奸人幾幸, 而衆心疑惑. 豈如今定經制, 令君
君臣臣, 上下有差, 父子六親各得其宜, 奸人亡所幾幸, 而羣臣衆信
上不疑惑! 此業壹定, 世世常安, 而後有所持循矣. 若夫經制不定, 是
猶度江河亡維楫, 中流而遇風波, 船必覆矣. 可爲長太息者此也.168)

군신의 관계를 수립하고 상하의 등급을 정하며, 부자사이에 예
를 갖추고 육친(六親) 간에 기강을 세우는 것은 하늘이 하는 일
이 아니라 사람이 세워 놓은 것입니다. 사람이 세운 것은 행하지 않으
면 존립할 수 없고, 북돋워주지 않으면 쓰러지며, 따르지 않으면 무너져
버립니다. 관자는 "예의염치(禮義廉恥)가 네 가지 기둥이다"라고 했으며,
"네 기둥이 짱짱하게 당겨져 있지 않으면 나라가 이내 멸망한다"고 하
였습니다. 관자가 어리석고 무식한 사람이라면 그만이려니와, 관자를
조금이라도 다스림의 근본을 아는 사람으로 생각한다면 (염치를 몰라보
는 이 세태가) 어찌 한심스럽지 않겠습니까! 진나라가 망할 때는 이 네
기둥이 짱짱하게 서지 못하여, 군신 간의 관계가 어긋나고 육친 간에
살육을 벌이며, 간악한 자들이 여기저기에서 일어나고 모든 백성들이
등을 돌려 13년 만에 사직이 폐허가 되고 말았습니다. 지금 네 기둥이
아직 갖추어지지 못해서 간악한 자는 요행을 바라고 일반 백성들은 의
혹에 빠져있습니다. 그런데 어찌해서 지금 기강과 제도를 정립해서 군
주는 군주답게 하고 신하는 신하답게 하여 상하에 차등이 있게 하고,
부자 육친이 각각 마땅함을 얻도록 하며, 간악한 자가 다시는 요행을
바라지 못하게 하고 신하들과 백성들이 임금을 믿어 의혹됨이 없도록
하지 않으십니까! 이 대업이 한번 정립되면 천하는 대대로 안정되고, 후

---

168) 위 단락은 『신서』「俗激」편에 나온다.

세에도 지켜 따르는 기준이 될 것입니다. 기강과 제도가 확립되지 못한다면 이는 마치 장강(長江)과 황하(黃河)를 건너는데 배를 매는 줄이나 노 없는 배를 타고 가다가 물 한가운데서 풍랑을 만나는 것과 같으니, 배는 반드시 뒤집히고 말 것입니다. 긴 탄식이 나오는 일은 바로 이것입니다.

원문 夏爲天子,[169] 十有餘世, 而殷受之. 殷爲天子, 二十餘世, 而周受之. 周爲天子, 三十餘世, 而秦受之, 秦爲天子, 二世而亡. 人性不甚相遠也, 何三代之君有道之長, 而秦無道之暴也? 其故可知也.[170]

옮김譯 하나라에서는 십여 세대를 천자노릇 했고, 은나라가 이어받았습니다. 은나라에서는 이십여 세대를 천자 노릇했는데, 주나라가 그것을 이어받았습니다. 주나라에서는 삼십여 세대를 천자 노릇했고 진나라가 그것을 이어 받았는데, 진나라는 천자가 된지 두 세대 만에 멸망하고 말았습니다.[171] 사람이 타고난 본성은 서로 크게 다르지 않건마는 어찌해서 은나라와 주나라의 임금은 그처럼 오래 도를 지켜나갈 수 있었는데, 진나라는 그렇게도 빨리 도를 잃었을까요? 그 까닭을 알아야 합니다.

원문 古之王者, 太子乃生, 固擧以禮, 使士負之, 有司齊肅端冕, 見之南郊, 見于天也. 過闕則下, 過廟則趨, 孝子之道也. 故

---

169) 『신서』「保傅」편에 이 구절은 빠져있다.
170) 위 내용은 『신서』「保傅」편 첫째 단락에 나온다.
171) 殷나라는 二八世로 약 650년 지속되었고, 周나라는 西周가 三世 東周가 二十世로, 도합 三十世 약 9백년 지속되었는데 秦나라는 始皇帝에서 二世까지 13年에 불과하였다.

自爲赤子而敎固已行矣. 昔者成王幼在繦抱之中, 召公爲太保, 周公爲太傅, 太公爲太師. 保, 保其身體 ; 傅, 傅之德意義 ; 師, 道之敎訓. 此三公之職也. 於是爲置三少, 皆上大夫也, 曰少保·少傅·少師, 是與太子宴者也.[172) 故乃孩提有識. 三公·三少固明孝仁禮義以道習之, 逐去邪人, 不使見惡行. 於是皆選天下之端士孝悌博聞有道術者以衛翼之, 使與太子居處出入. 故太子乃生而見正事, 聞正言, 行正道, 左右前後皆正人也. 夫習與正人居之, 不能毋正, 猶生長於齊不能不齊言也. 習與不正人居之, 不能毋不正, 猶生長於楚之地不能不楚言也. 故擇其所耆, 必先受業, 乃得嘗之 ; 擇其所樂, 必先有習, 乃得爲之. 孔子曰 : "少成若天性, 習貫如自然."[173)

옮김譯 옛날의 제왕은 태자가 처음 태어나면 반드시 예에 의해 태자를 기르고, 인품과 학식이 훌륭한 사람으로 하여금 그를 업게 하고, 담당관은 목욕재계하고 의복을 단정히 입고서, 그를 수도의 남쪽 교외에 데리고 가서 하늘을 알현하게 했습니다. 대궐의 문을 지날 때에는 수레에서 내리고, 종묘를 지날 때에는 잰 걸음으로 지나서 공경을 표하니, 이는 효자가 행해야 할 도입니다. 그러므로 갓난 아이 때부터 교육이 이미 제대로 행해졌습니다. 옛날 주나라의 성왕(成王)이 강보에 싸인 어린아이였을 때, 소공이 태보가 되고, 주공이 태부가 되고, 태공이 태사가 되었습니다. '보(保)'라는 것은 태자의 신체를 보존하고, '부(傅)'라는 것은 태자의 덕의(德義)를 펴고, '사(師)'는 가르치고 훈계해서 태자를 인도하니, 이것이 삼공(三公)의 직책입니다. 이에 태자를 위해 삼소(三少)를 두었는데, 모두 상대부들로서 소보·소부·소사라고 부르며, 늘 태자와 함께 거처하는 사람들이었습니다. 그렇기 때문에 태자는 어렸을 때부터

---

172) 위 내용은 『신서』 「保傅」편 둘째 단락에 나온다.
173) 위 내용은 『신서』 「保傅」편 셋째 단락에 나온다.

식견이 생기게 됩니다. 삼공과 삼소는 반드시 효(孝)·인(仁)·예(禮)·의(義)의 덕성을 밝히고 바른 도를 익히게 하며, 간사한 사람을 쫓아 버리고 나쁜 행동은 보지 못하게 하였습니다. 그리고는 천하의 단정한 선비와 효성스럽고 우애가 깊으며 식견이 넓으면서 지략이 있는 사람을 선택하여, 그들로 하여금 태자를 지키고 돕게 하며 함께 거처하고 드나들도록 하였습니다. 그러므로 태자는 태어나면서부터 바른 일을 보고, 바른 말을 듣고 바른 길을 행하였으니, 전후좌우에 있는 사람이 모두 바른 사람들이었습니다. 바른 사람들과 함께 사는 것이 습관이 되면 자신도 당연히 바르지 않을 수 없으니, 이는 마치 제나라에서 태어나 자란 사람이 제나라 말을 하지 않을 수 없는 것과 같습니다. 그러나 바르지 못한 사람들과 함께 사는 것이 습관이 되면 바르지 못한 행실이 없을 수 없으니, 이는 마치 초나라에서 태어나 자란 사람이 초나라 말을 하지 않을 수 없는 것과 같습니다. 그러므로 그가 좋아하는 것을 선택할 때는 반드시 먼저 가르침을 받은 다음에라야 그것을 얻어 볼 수 있게 하고, 그가 즐겨하는 일을 선택할 때에는 먼저 익힌 다음에 할 수 있게 했습니다. 공자는 "어려서 형성된 행실은 타고난 천성과 같으며, 익숙해진 습관은 본래 그러했던 것과 같다"고 말하였습니다.

원문

及太子少長, 知妃色, 則入于學. 學者, 所學之官也. 學禮曰 : "帝入東學, 上親而貴仁, 則親疏有序而恩相及矣. 帝入南學, 上齒而貴信, 則長幼有差而民不誣矣. 帝入西學, 上賢而貴德, 則聖智在位而功不遺矣. 帝入北學, 上貴而尊爵, 則貴賤有等而下不隃矣. 帝入太學, 承師問道, 退習而考於太傅. 太傅罰其不則而匡其不及, 則德智長而治道得矣. 此五學者旣成於上, 則百姓黎民化輯於下矣."[174]
　　及太子旣冠成人, 免於保傅之嚴, 則有記過之史, 徹膳之宰, 進善

---

174) 위 내용은 『신서』 「保傅」편 넷째 단락에 나온다.

之旄, 誹謗之木, 敢諫之鼓. 瞽史誦詩, 工誦箴諫, 大夫進謀, 士傳民語. 習與智長, 故切而不媿; 化與心成, 故中道若性.[175]

![옮김譯] 태자가 점차 자라 이성을 알게 되는 시기가 되면 학교에 들어갑니다. 학교란 공부를 배우는 관사(官舍)입니다. 『학례』에 이르기를, "제왕이 동학(東學)에 들어가 친족을 높이고 인을 귀히 여길 줄 알게 되면, 친족관계에 가깝고 먼 질서가 있어서 서로 은택으로 만나게 된다. 제왕이 남학(南學)에 들어가 어른을 존중하고 신의를 귀히 여기게 되면, 어른과 어린이의 차별이 있게 되며 백성들이 속이지 않게 된다. 제왕이 서학(西學)에 들어가 현인을 높이고 덕을 귀히 여기게 되면, 지혜로운 사람이 관직에 있게 되며 공훈을 세운 사람을 빠뜨리지 않게 된다. 제왕이 북학(北學)에 들어가 신분을 높이고 작위를 존중하게 되면, 귀천에 등급이 있게 되어 아랫사람이 넘보지 않게 된다. 제왕이 太學에 들어가 스승을 따라 도를 물으며, 물러 나와서는 배운 것을 익혀 태부에게 시험을 받는다. 태부는 제대로 본받지 못한 점은 벌하고, 미치지 못한 점은 바로 잡아 주니, 이렇게 하면 덕과 지혜가 자라서 나라를 다스리는 도를 터득하게 된다. 이 다섯 가지의 배움이 제왕에게서 이루어지면 아래에 있는 백관들과 백성들은 그의 다스림으로 화목하게 교화된다"고 하였습니다.

태자가 관례를 치르고 성인이 되어 보부(保傅)들의 엄격한 단속을 받지 않게 되면, 태자의 잘못을 기록하는 사관을 두고, 음식을 거둬들이는 재(宰)를 두며, 선을 권하는 의견을 올리는 깃발이 설치하고, 비판을 적은 나무를 세우며, 북을 두드리며 감히 나아가 간언하게 됩니다. 악사는 시를 낭송하고, 악공은 경구(警句)를 외고, 대부는 계책을 아뢰며, 사(士)는 백성들의 여론을 전달합니다. 이렇게 하는 가운데 습관과 지혜가 함

---

175) 위 내용은 『신서』 「保傅」편에 다섯째 단락에 나온다.

께 증진되니 도에 아주 근접하게 되어 부끄럽지 않게 되고, 교화가 마음속에 이뤄지니 마치 타고난 천성처럼 도에 맞게 됩니다.

원문

三代之禮 : 春朝朝日, 秋暮夕月, 所以明有敬也. 春秋入學, 坐國老, 執醬而親餽之, 所以明有孝也. 行以鸞和, 步中采齊, 趣中肆夏, 所以明有度也. 其於禽獸, 見其生不食其死, 聞其聲不食其肉. 故遠庖廚, 所以長恩, 且明有仁也.176)

옮김譯

삼대(三代)의 예로는 천자는 봄날 아침에 해를 맞이하고, 가을 저녁에 달을 맞이했으니, 이는 공경할 대상이 있음을 밝힌 것입니다. 봄·가을 학관에 나아가 나라의 원로들을 모시고 손수 음식을 대접했으니, 이는 효도할 대상이 있음을 밝힌 것입니다. 행차할 때에는 난화(鸞和)177)의 방울 소리에 맞추고, 걸을 때에는 채제(采齊)178)의 박자에 맞추고, 잰걸음에는 사하(肆夏)179)의 박자에 맞추었으니, 이는 법도가 있음을 밝히려는 까닭입니다. 새나 짐승에 대해서는 살아있는 것을 보고는 차마 죽이지 못하며, 그 소리를 듣고는 차마 그 고기를 먹지 못합니다. 그런 까닭에 주방을 멀리했으니, 이는 은덕을 기르고 또한 인자한 마음이 있음을 밝히려는 것입니다.

원문

夫三代之所以長久者, 以其輔翼太子有此具也.180) 及秦而不然. 其俗固非貴辭讓也, 所上者告訐也; 固非貴禮義也, 所上者刑罰也. 使趙高傅胡亥而教之獄, 所習者非斬劓人, 則夷人之三

---

176) 위 내용은 『신서』 「保傅」편에 여섯째 단락에 나온다.
177) 鸞和 : 제왕의 수레를 장식하는 방울.
178) 采齊 : 옛날 음악 이름. 혹은 逸詩라고도 한다.
179) 肆夏 : 옛날 음악 이름. 혹은 逸詩라고도 한다.
180) 위 내용은 『신서』 「保傅」편에 일곱째 단락에 나온다.

族也. 故胡亥今日卽位而明日射人. 忠諫者謂之誹謗, 深計者謂之妖言, 其視殺人若艾草菅然. 豈惟胡亥之性惡哉? 彼其所以道之者非其理故也.[181]

삼대가 오래도록 존립할 수 있었던 것은 그들이 태자를 보좌하는 데에 이러한 방법이 있었기 때문입니다. 진나라에 이르러서는 그렇지 못했습니다. 진나라의 세속은 본래부터 사양하는 덕을 귀히 여기지 않았고 남의 잘못을 고발하기를 숭상하였으며, 본래부터 예의를 귀히 여기지 않았고 형벌을 중히 여겼습니다. 조고(趙高)로 하여금 호해(胡亥)의 태부가 되어 그에게 벌주는 방법만을 가르쳤으니, 그가 배운 것이라고는 사람의 목을 베거나 코를 자르는 일이 아니면 사람들의 삼족을 멸하는 것밖에는 없었습니다. 그리하여 오늘 즉위하자 바로 그 다음날부터 사람을 쏘아 죽였던 것입니다. 충성스럽게 간언하는 것을 비방한다고 하고, 그를 위해 원대한 계획을 세우는 것을 요망한 말이라고 하였으며, 사람 죽이는 것을 마치 풀잎 베듯 여겼습니다. 어찌 호해의 본성이 처음부터 흉악했겠습니까? 그를 가르치고 인도한 것이 바르지 못한 도리였기 때문입니다.

鄙諺曰 : "不習爲吏, 視已成事." 又曰 : "前車覆, 後車誡." 夫三代之所以長久者, 其已事可知也. 然而不能從者, 是不法聖智也. 秦世之所以亟絶者, 其轍跡可見也. 然而不避, 是後車又將覆也. 夫存亡之變, 治亂之機. 其要在是矣. 天下之命, 縣於太子, 太子之善, 在於早諭教與選左右. 夫心未濫而先諭教, 則化易成也. 開於道術智誼之指, 則敎之力也, 若其服習積貫, 則左右而已. 夫胡·粤之人, 生而同聲, 耆欲不異. 及其長而成俗, 累數譯而不能相通, 行

---

181) 위 내용은 『신서』「保傅」편에 여덟째 단락에 나온다.

者雖死而不相爲者, 則敎習然也. 臣故曰選左右早諭敎最急. 夫敎得
而左右正, 則太子正矣, 太子正而天下定矣. 書曰: "一人有慶, 兆民
賴之." 此時務也.[182]

속담에 "어떻게 관리노릇 할지 잘 모르겠거든 지난 일을 보라"
고 하였습니다. 또 "앞선 수레가 뒤집히면 뒤에 오는 수레가
조심한다"고 하였습니다. 삼대가 오래 존립할 수 있었던 까닭은 과거의
일들을 보면 알 수 있습니다. 그럼에도 이를 따르지 못한 것은 성인의
지혜를 본받지 않은 것입니다. 진나라가 그렇게 빨리 멸망한 까닭은 그
지나온 자취에서 볼 수 있습니다. 그런데도 이를 피하지 않는다면 뒤에
오는 수레도 뒤집히게 됩니다. 존망의 엇갈림과 흥패의 관건은 바로 여
기에 달려있습니다. 천하의 명운은 태자에게 달려 있고, 태자가 훌륭하
게 되는 것은 어려서부터의 교육과 좌우에서 보필하는 인재를 잘 뽑는
데 달려있습니다. 마음이 아직 어지러워지기 전에 먼저 타이르고 가르
치면 교화가 쉽게 이루어집니다. 학문과 지략을 개발하고 정의의 뜻을
알게 하는 것은 모두 교육의 공이며, 계속 익혀서 습관을 들이는 것은
좌우에서 태자와 함께 거처하는 사람들의 영향입니다. 북방지역과 남방
지역의 오랑캐는 원래 태어날 때부터 울음소리가 같았고, 좋아하는 바
가 다르지 않았습니다. 그렇지만 그들이 자라서 서로 다른 습속을 이루
고 나면, 여러 번의 통역을 거치고도 의사를 소통할 수 없게 되며, 죽더
라도 서로의 행동양식을 바꾸지 못하는 것은 가르치고 익혀서 그렇게
된 것입니다. 그러므로 신은 "좌우에서 보좌할 사람을 잘 선택하고, 일
찍부터 깨우쳐 가르치는 것이 가장 시급합니다"라고 말합니다. 제대로
교육하고 좌우에 있는 보자가 올바르면 내자는 올바르게 될 것이며, 태
자가 올바르면 천하가 안정되게 될 것입니다. 『서경』에서 말하기를, "한

---
182) 위 내용은 『신서』 「保傳」편 아홉째 단락에 나온다.

사람이 선한 일을 하면 온 백성이 이롭다"라고 했습니다. 이것이야말로 지금 힘써야 할 일입니다.

원문 凡人之智, 能見已然, 不能見將然. 夫禮者禁於將然之前, 而法者禁於已然之後. 是故法之所用易見, 而禮之所爲生難知也. 若夫慶賞以勸善, 刑罰以懲惡, 先王執此之政, 堅如金石, 行此之令, 信如四時. 據此之公, 無私如天地耳, 豈顧不用哉? 然而日禮云禮云者, 貴絶惡於未萌, 而起敎於微眇, 使民日遷善遠罪而不自知也. 孔子曰 : "聽訟, 吾猶人也, 必也使毋訟乎!"183)

옮김譯 사람의 지혜는 이미 일어난 일은 알 수 있지만 앞으로 일어날 일은 알 수 없습니다. 예는 앞으로 그렇게 되기 이전에 금하는 것이고, 법은 이미 그렇게 된 뒤에 금하는 것입니다. 이런 까닭에 법의 작용은 쉽게 볼 수 있으나, 예가 하는 기능은 알기 어렵습니다. 상을 내려 선을 권장하고 벌을 주어 악을 징계하는 것인데, 선왕께서는 금석처럼 단호하게 이런 정치를 집행했고, 사계절처럼 틀림없이 이런 명령을 실행했습니다. 이런 공정한 원칙에 의거해서 천지와 같이 사사로움이 없었으니, 어떻게 도리어 선왕이 (상과 벌을) 쓰지 않았다고 하겠습니까? 그러나 예를 자꾸 일컫는 것은 아직 싹트기 전에 악을 잘라내고 처음의 미약한 상태에서 교화를 일으켜서, 백성으로 하여금 스스로 깨닫지 못하면서도 날마다 선해지고 죄에서 멀어지게 만드는 것을 귀하게 여기기 때문입니다. 공자는 "송사를 판단하는 것은 내가 남과 같으나, (나는) 반드시 송사 자체를 없애려 한다"고 했습니다.

---

183) 위 내용은 앞의 부록 「禮察」편 첫째 단락에 나온다.

爲人主計者, 莫如先審取舍. 取舍之極定於內, 而安危之萌
應於外矣. 安者非一日而安也, 危者非一日而危也. 皆以積
漸然, 不可不察也. 人主之所積, 在其取舍. 以禮義治之者, 積禮義;
以刑罰治之者, 積刑罰. 刑罰積而民怨背, 禮義積而民和親. 故世主
欲民之善同, 而所以使民善者或異. 或道之以德敎, 或敺之以法令.
道之以德敎者, 德敎洽而民氣樂; 敺之以法令者, 法令極而民風哀.
哀樂之感, 禍福之應也.[184]

임금을 위한 계책으로는 먼저 어느 것을 취하고 어느 것을 버
릴지 잘 심사숙고하는 것이 가장 중요합니다. 취하고 버리는
표준이 마음속에서 정해지면 안정됨과 위태로움의 싹이 밖에서 응해옵
니다.[185] 안정됨은 하루아침에 안정되는 것이 아니요, 위태로움은 하루
아침에 위태로워지는 것이 아닙니다. 모두 조금씩 점점 쌓여서 그렇게
되는 것이니, 살피지 않으면 안 됩니다. 무엇을 취하고 무엇을 버리는가
에 임금이 치적을 쌓는 내용이 달려 있습니다. 예의로서 다스리는 자는
예의를 쌓고, 형벌로서 다스리는 자는 형벌을 쌓습니다. 형벌이 쌓이면
백성이 원망하며 등을 돌리고, 예의가 쌓이면 백성이 화목하고 가까이
합니다. 그러므로 세상의 군주는 백성이 다 착해지기를 바라지만, 백성
을 착하게 만드는 방법은 다를 수 있습니다. 어떤 이는 도덕과 교화로
써 인도하고 어떤 이는 법률로써 몰고 갑니다. 도덕과 교화로써 인도하
면 덕과 교화가 넉넉히 퍼져서 백성의 기풍이 즐거워지고, 법률로써 몰
아가면 법률이 각박해져서 백성이 애통하게 됩니다. 애통함과 즐거움은
(각각) 재앙과 복록에 감응하게 됩니다.

---

184) 위 내용은 앞의 부록 「禮察」편 둘째 단락에 나온다.
185) 安危의 결과가 밖으로 표현되어 나온다는 뜻이다.

秦王之欲尊宗廟而安子孫, 與湯武同. 然而湯武廣大其德行, 六七百歲而弗失, 秦王治天下, 十餘歲則大敗. 此亡它故矣, 湯武之定取舍審而秦王之定取舍不審矣.[186] 夫天下, 大器也. 今人之置器, 置諸安處則安, 置諸危處則危. 天下之情與器亡以異, 在天子之所置之. 湯武置天下於仁義禮樂, 而德澤洽, 禽獸草木廣裕, 德被蠻貊四夷, 累子孫數十世, 此天下所共聞也. 秦王置天下於法令刑罰, 德澤亡一有, 而怨毒盈於世. 下憎惡之如仇讎, 禍幾及身, 子孫誅絶, 此天下之所共見也. 是非其明效大驗邪! 人之言曰 : "聽言之道, 必以其事觀之, 則言者莫敢妄言." 今或言禮誼之不如法令, 敎化之不如刑罰, 人主胡不引殷・周・秦事以觀之也?[187]

진시황도 종묘를 숭배하고 자손을 평안케 해서 탕왕이나 무왕처럼 되고 싶었습니다. 그렇지만 탕왕과 무왕의 광대한 덕행은 육칠 백년이 지나도 없어지지 않았으나, 진나라 왕은 천하를 다스린 지 십여 년 만에 크게 실패하고 말았습니다. 이는 다른 연고가 있어서가 아니라, 탕왕과 무왕은 어느 것을 취하고 어느 것을 버릴지를 결정할 때 심사숙고했지만, 진시황은 취할 것과 버릴 것을 결정할 때 심사숙고하지 않았기 때문입니다. 천하는 큰 그릇입니다. 이제 이 그릇을 놓을 때 안정된 곳에 놓아두면 안정되고, 위태로운 곳에 놓아두면 위태롭게 됩니다. 천하의 정세가 그릇과 다를 것이 없으니, 천자가 놓아두는 곳에 달려있습니다. 탕왕과 무왕은 천하를 인의예악의 위에 놓아두어서 덕의 혜택이 널리 금수와 초목에까지 흡족히 스며들었고, 덕이 사방의 오랑캐에까지 미치고 십여 세의 자손에까지 쌓였었으니, 이는 천하가 다 같이 아는 바입니다. 진시황은 천하를 법률과 형벌의 위에 놓아두었으니,

---

186) 위 내용은 앞의 부록 「禮察」편 셋째 단락에 나온다.
187) 위 내용은 앞의 부록 「禮察」편 넷째 단락에 나온다.

덕의 은택이란 하나도 없었고 원망이 세상에 가득 찼었습니다. 아랫사람들이 (위를) 원수처럼 미워해서 재앙이 자신에게까지 미쳤고, 자손은 죽임을 당해 끊어져버렸으니 이는 천하가 다 같이 목도한 바입니다. 이것이 바로 그 분명한 증거가 아니겠습니까! 사람들은 "말을 듣고 판단하는 방법은 (그 말에 해당하는) 일로써 관찰해 보아야 하는 것이니, 그렇게 되면 말하는 자가 함부로 말하지 못한다"고 말합니다. 이제 어떤 이는 예의가 법률만 못하다거나 교화가 형벌만 못하다고 말하니, 사람의 군주가 된 이로서 어떻게 은나라와 주나라와 진나라의 지난 일을 가져다가 살펴보지 않을 수 있겠습니까?

원문 人主之尊譬如堂. 羣臣如陛, 衆庶如地. 故陛九級上, 廉遠地, 則堂高. 陛亡級, 廉近地, 則堂卑. 高者難攀, 卑者易陵, 理勢然也. 故古者聖王制爲等列, 內有公卿大夫士, 外有公侯伯子男. 然後有官師小吏, 延及庶人, 等級分明, 而天子加焉. 故其尊不可及也.[188]

옮김 군주의 존엄함은 비유하자면 당상과 같습니다. 신하들은 섬돌과 같으며 백성들은 섬돌 아래의 땅과 같습니다. 만약 당상 아래 섬돌이 아홉 계단에 이른다면 당상의 옆모서리가 땅에서 멀어지니 당상은 높아집니다. 만약 당상 아래에 섬돌이 없으면 당의 높이는 땅에 가까워지니 당상은 낮아집니다. 높으면 기어오르기가 어렵고 낮으면 멸시당하기 쉬움은 당연한 이치입니다. 그러므로 옛날 성왕께서는 등급을 제정해서, 안으로 공·경·대부·사가 있고, 밖으로는 공·후·백·자·남이 있었습니다. 그 다음에 관청의 하급 관리와 아전을 두고, 이를 일반 백성들에게까지 적용해서 등급을 분명히 하며, 천사를 그 위에 두었습니다. 그러므로 그 존귀함은 미칠 수가 없었던 것입니다.

---

188) 위 내용은 『신서』「階級」편 첫째 단락에 나온다.

원문

里諺[189]曰 : "欲投鼠而忌器." 此善諭也. 鼠近於器, 尙憚不投, 恐傷其器, 況於貴臣之近主乎! 廉恥節禮以治君子, 故有賜死而亡戮辱. 是以黥劓之罪不及大夫, 以其離主上不遠也. 禮不敢齒君之路馬, 蹴其芻者有罰; 見君之几杖則起, 遭君之乘車則下, 入正門則趨; 君之寵臣雖或有過, 刑戮之罪不加其身者, 尊君之故也. 此所以爲主上豫遠不敬也, 所以體貌大臣而厲其節也.

今自王侯三公之貴, 皆天子之所改容而禮之也, 古天子之所謂伯父 · 伯舅也. 而令與衆庶同黥劓髠刖笞僇棄市之法, 然則堂不亡陛虖? 被戮辱者不泰迫虖? 廉恥不行, 大臣無乃握重權, 大官而有徒隸亡恥之心虖? 夫望夷之事, 二世見當以重法者, 投鼠而不忌器之習也.[190]

옮김譯

속담에 "쥐를 잡고 싶지만 그릇이 깨질까 겁난다"는 말이 있는데, 정말 좋은 비유입니다. 그릇 가까이에 쥐가 있는 데도 때려 잡지 못하는 것은 그릇이 깨질까 겁나기 때문이거늘, 하물며 주상의 가까이에 있는 높은 대신의 경우는 어떻겠습니까! 군자를 다스릴 때는 염치와 예절로 하기 때문에, 죽일 수는 있으나 모욕을 가하지는 않습니다. 그러므로 얼굴에 묵형(墨刑)을 하거나, 코를 베는 것 같은 형벌은 사대부에게 적용되지 않으니, 그것은 주상과 멀리 있지 않기 때문입니다. 예에 의하면 감히 임금이 타고 다니는 말의 이빨을 세어 그 말의 나이를 헤아리지 않으며, 그 말이 먹는 풀을 밟는 자는 죄를 주며, 군주의 안석이나 지팡이를 보면 일어나고, 군주의 가마를 만나면 내려서며, 정문에 들어서면 총총걸음을 하며, 군주가 총애하는 신하가 잘못을 해도 그의 몸에 형벌을 가하지 않는 것은 군주의 권세를 존중하기 때문입니다. 이는 바로 주상을 위하여 불경스러운 일을 미리 멀리하려는 것이며, 신하들

---

189) 里諺: 『新書』「階級」에는 鄙諺으로 되어 있다.
190) 위 내용은 『신서』「階級」편 둘째 단락에 나온다.

의 체모를 살려줌으로써 그들의 충절을 더욱 북돋우려는 것입니다.

지금 왕·후·삼공의 귀한 신분은 모두 천자가 정색을 하면서 예의를 차리는 사람들이며, 옛날에 천자가 백부(伯父) 또는 백구(伯舅)라고 일컬었던 제후들입니다. 그런데 지금은 이들을 일반 서민이나 죄인들과 마찬가지로 얼굴에 묵형을 하고 코를 베고 삭발을 시키고 발목을 자르며, 매질을 하고 욕으로 꾸짖으며, 목을 베어 거리에다가 버리는 형벌을 가하니, 이렇게 되면 당상 아래 섬돌을 없애는 격이 아닙니까? 모욕적인 형벌을 받는 이가 (임금에게) 너무 가까이 있지 않습니까? 염치가 행해지지 않으니, 대신이 막중한 권력을 가지거나 고관의 자리에 있으면서도, 오히려 죄인이나 노예들처럼 부끄러움을 모르는 마음을 지니게 된 것이 아닙니까? 망이궁의 사건에서 진나라 이세가 죽음에 처해진 것은 쥐를 잡는데 그릇이 깨지는 것을 두려워하지 않았던 악습 때문이었습니다.

원문

臣聞之, 履雖鮮不加於枕, 冠雖敝不以苴履. 夫嘗已在貴寵之位, 天子改容而體貌之矣, 吏民嘗俯伏以敬畏之矣. 今而有過, 帝令廢之可也, 退之可也, 賜之死可也. 若夫束縛之, 係緤之, 輸之司寇, 編之徒官, 司寇小吏詈罵而榜笞之, 殆非所以令衆庶見也. 夫卑賤者習知尊貴者之一旦吾亦乃可以加此也, 非所以習天下也, 非尊尊貴貴之化也. 夫天子之所嘗敬, 衆庶之所嘗寵, 死而死耳, 賤人安宜得如此而頓辱之哉![191]

옮김譯 저는 "신발이 아무리 깨끗하다 해도 베게 위에 올려놓지 않으며, 모자가 아무리 낡았다 해도 신발비단에 끼지 않는다"고 들었습니다. 일찍이 존귀하고 총애를 받던 고관들은 천자가 정색을 하면

---

191) 위 내용은 『신서』 「階級」편 셋째 단락에 나온다.

서 예우해주고, 관리나 백성들이 부복하면서 존경하고 두려워하던 사람들이었습니다. 이제 그들이 잘못을 저질렀다면 직위를 해제할 수도 있고 물러나게 할 수도 있으며, 죽음을 내릴 수도 있습니다. 그러나 그를 잡아서 꽁꽁 묶어다가 공사판에 보내거나, 죄수를 다루는 옥리에게 맡겨서 욕설을 퍼붓고 매질하게 하는 것을 일반 서민들이 보게 해서는 안 됩니다. 만약 비천한 백성들이 존귀한 이들도 이 같은 대우를 받은 일을 알게 되면, 하루아침에 자신들도 (욕설과 매질을) 하려 할 것이니, 이는 천하 사람들이 익히 알게 할 일이 아니요, 이는 높은 이를 높게 귀한 이를 귀하게 여기도록 하는 교화가 아닙니다. 천자가 일찍이 존경하였고 서민들이 총애하던 사람이 (죄를 지어) 죽게 되면 죽을 뿐이지, 천민들이 어떻게 이와 같이 그들을 능욕할 수가 있단 말입니까!

 豫讓事中行之君, 智伯伐而滅之, 移事智伯. 及趙滅智伯, 豫讓斅面吞炭, 必報襄子. 五起而不中. 人問豫子, 豫子曰 : "中行衆人畜我, 我故衆人事之. 智伯國士遇我, 我故國士報之." 故此一豫讓也, 反君事讐, 行若狗彘, 已而抗節致忠, 行出厚列士, 人主使然也. 故主上遇其大臣如遇犬馬, 彼將犬馬自爲也; 如遇官徒, 彼將官徒自爲也. 頑頓亡恥, 奰苟亡節. 廉恥不立, 且不自好, 苟若而可, 故見利則逝, 見便則奪. 主上有敗, 則因而挺之矣, 主上有患, 則吾苟免而已, 立而觀之耳; 有便吾身者, 則欺賣而利之耳, 人主將何便於此? 羣下至衆, 而主上至少也, 所託財器職業者, 粹於羣下也. 俱亡恥, 俱苟妄, 則主上最病.[192]

예양(豫讓)이 중항씨(中行氏)를 섬기고 있었는데 지백(智伯)이 중항씨를 정벌하여 멸망시키자, 예양은 (지조를) 바꿔서 지백을

---

192) 위 내용은 『신서』 「階級」편 넷째 단락에 나온다.

섰습니다. (뒤에) 조양자(趙襄子)가 지백을 멸하자 예양은 얼굴에 옻칠하여 모습을 바꾸고, 숯을 먹어 목소리까지 바꾸면서 반드시 조양자에게 보복을 하겠다고 결심했습니다. 다섯 번을 시도하여 실패하였습니다. 어떤 사람이 예양에게 (그 까닭을) 물었습니다. 예양은 "중항씨는 나를 보통 사람으로 취급하였으므로 나도 보통 사람으로 그를 섬겼다. 지백은 나를 국사(國士)로 예우하였으므로 나도 국사답게 그를 섬겼다"라고 대답했습니다. 사람은 같은 예양이로되, 임금을 배반하고 원수를 섬긴 행실은 마치 개나 돼지 같았으나, 얼마 뒤에 지백을 섬길 때에는 앞의 태도를 바꿔 충성을 다해 그 행실이 열사보다 나았으니, 이는 군주가 그렇게 만든 것입니다. 그러므로 군주가 그의 대신을 개나 말처럼 대우하면 그들도 스스로 개와 말처럼 행동하고, 죄인처럼 대우하면 그들도 저절로 죄인으로서 행동하게 됩니다. 닳고 닳아 부끄러움도 없고 지조 따위는 아예 가리지 않게 됩니다. 염치를 차리지 않게 되면 스스로 만족하지 못한 채 그저 적당히 하고 말 것이며, 이로움이 보이면 그리로 달려가고 편리한 기회가 보이면 빼앗으려 할 것입니다. 임금이 잘못한 일이 있으면 곤경을 틈타서 (권력을) 빼앗으려하고, 임금에게 우환이 있으면 자기는 어떻게든지 슬쩍 빠져서 가만히 서서 구경만 할 뿐이며, 자기에게 편리한 게 있으면 팔아넘겨 이로움을 얻으려 할 뿐이니, 임금이 어떻게 편하겠습니까? 아랫사람은 많지만 군주는 하나이니, 재물이나 직책이 모두 아랫사람들에게 맡겨집니다. (그런데 만약 신하들이) 부끄러움도 없이 편하려고만 한다면, 이는 임금의 가장 큰 근심거리가 될 것입니다.

원문 故古者禮不及庶人, 刑不至大夫, 所以厲寵臣之節也. 古者大臣有坐不廉而廢者, 不謂不廉, 曰 "簠簋不飾." 坐汙穢淫亂男女亡別者, 不曰汙穢, 曰 "帷薄不修"; 坐罷軟不勝任者, 不謂罷

軟, 曰 "下官不職." 故貴大臣定有其罪矣, 猶未斥然正以譴之也, 尙
遷就而爲之諱也. 故其在大譴大何之域者, 聞譴何則白冠氂纓,
盤水加劍, 造請室而請罪耳, 上不執縛係引而行也. 其有中罪者, 聞命而
自弛, 上不使人頸黻而加也. 其有大罪者, 聞命則北面再拜, 跪而自
裁, 上不使捽抑而刑之也, 曰:"子大夫自有過耳! 吾遇子有禮矣." 遇
之有禮, 故羣臣自熹; 嬰以廉恥, 故人矜節行. 上設廉恥禮義以遇其
臣, 而臣不以節行報其上者, 則非人類也.193)

그러므로 옛날에는 서민들을 상대로 예를 따지지 않았고, 대부
에게는 형벌을 적용하지 않았으니, 이는 총애를 받는 신하들의
충절을 장려하기 위함이었습니다. 옛날에는 대신이 청렴하지 못한 죄를
지어 해임될 경우에도 이를 청렴하지 못해서라고 말하지 않고 제사에
쓰는 그릇을 잘 간수하지 못했다고 돌려 말했습니다. 남녀 관계가 문란
한 경우에는 행실이 음란하다고 말하지 않고 장막을 제대로 정돈하지
못했다고 돌려 말하며, 무능해서 소임을 감당하지 못한 경우에도 무능
해서 파면되었다고 하지 않고 부하들이 직무에 맞지 않았다고 돌려 말
했습니다. 이 때문에 높은 지위에 있는 대신이 확실한 죄가 있다고 해
도, 바로 그 죄명을 불러서 나무라지 않는 것은 (다른 쪽으로 방향을)
바꾸어서 그를 위해 가려주는 것입니다. 그러므로 (대신이 지은 죄가)
큰 문책을 받아야하는 경우에는, 문책을 들으면 (대신은) 소꼬리로 만든
끈을 단 흰 관을 쓰고 물을 담은 대야에 칼을 갖춰가지고 정결한 방에
들어와서 죄를 청하게 해서, 임금이 사람을 보내 그를 잡아다 묶어서
끌고 들어오지 않도록 합니다. 보통의 죄를 지은 경우에는 임금의 명령
을 들으면 스스로를 결박해, 임금이 사람을 시켜 죄인의 목을 비틀어
칼을 씌우지 않게 합니다. 중대한 죄를 지은 경우에는 임금의 명령을

---

193) 위 내용은 『신서』「階級」편 다섯째 단락에 나온다.

들으면 북쪽을 향하여 재배한 다음 무릎을 꿇고 자결함으로써, 임금이 사람을 시켜 죄인의 머리털을 움켜잡고 처형하지 않게 합니다. 이는 "대부인 그대가 스스로 잘못을 지었으나, 나는 예의를 차려 대한다"고 하는 것입니다. 임금이 그들을 대할 때 예의를 갖추니 여러 신하들이 스스로 기뻐하고, 염치를 차릴 수 있게 해주니 사람들은 절개를 지키려고 노력합니다. 임금은 예의염치로써 그의 신하를 대하는데, 신하들이 절개로써 임금에게 보답하지 않는 자는 곧 사람이 아닙니다.

원문 故化成俗定, 則爲人臣者主耳忘身, 國耳忘家, 公耳忘私. 利不苟就, 害不苟去, 唯義所在, 上之化也. 故父兄之臣誠死宗廟, 法度之臣誠死社稷. 輔翼之臣誠死君上, 守圉扞敵之臣誠死城郭封疆. 故曰聖人有金城者, 比物此志也. 彼且爲我死, 故吾得與之俱生; 彼且爲我亡, 故吾得與之俱存; 夫將爲我危, 故吾得與之皆安. 顧行而忘利, 守節而仗義, 故可以託不御之權, 可以寄六尺之孤. 此厲廉恥行禮誼之所致也. 主上何喪焉! 此之不爲, 而顧彼之久行, 故曰可爲長太息者此也.194)

옮김譯 그러므로 교화가 이뤄져서 습속이 정해지면, 신하된 자는 임금이 수치스런 일을 당했을 때 목숨을 걸고 뛰어들 것이고, 나라에 수치스런 일이 닥쳤을 때 집안 생각을 잊을 것이며, 사회에 수치스런 일이 생겼을 때 사사로움을 잊어버리게 됩니다. 이롭다고 구차스럽게 좇지 않고 해롭다고 구차스럽게 피하지 않으며 오직 의로움이 있는 곳을 따르니, 임금이 덕으로 교화한 결과입니다. 그러므로 임금과 같은 성을 가진 신하들은 진심으로 종묘를 위하여 죽을 것이고, 법도를 중히 여기는 신하는 진심으로 사직을 위하여 죽을 것입니다. 옆에서 보

---

194) 위 내용은 『신서』 「階級」편 여섯째 단락에 나온다.

필하는 신하는 진심으로 군주를 위해 죽으며, 외적을 지키는 신하는 열심히 국경의 성곽을 지키다 죽을 것입니다. 그러므로 "성인에게는 철옹성이 있다"고 한 것은 바로 이러한 뜻을 비유한 말입니다. 그들이 나를 위해 죽고자 함으로써 나는 오히려 그들과 함께 살 것이며, 그들이 나를 위해 희생함으로써 나는 그들과 함께 다 존립할 것이며, 그들이 나를 위해 위험을 무릅씀으로써 나는 그들과 함께 모두 평안을 누릴 것입니다. 그들이 품행을 차리고 이로움을 잊으며 충절을 지켜 의로움에 따르니, 마음 놓고 권세를 맡길 수 있으며, 나이 어린 임금도 의탁할 수 있습니다. 이는 염치를 북돋고 예의를 행하여 이른 결과입니다. 주상으로서는 무슨 손해가 있겠습니까! 그런데도 이렇게 하지 않고 저런 행동을 하고 있으니, 긴 한숨이 나온다고 하는 것입니다.

원문 是時丞相絳侯周勃免就國, 人有告勃謀反. 逮繫長安獄治, 卒亡事, 復爵邑. 故賈誼以此譏上, 上深納其言, 養臣下有節. 是後大臣有罪, 皆自殺, 不受刑. 至武帝時, 稍復入獄, 自甯成始.

옮김譯 이때 승상이었던 강후(絳侯) 주발(周勃)[195]이 면직되어 자신의 봉국에 돌아가게 되자, 주발이 모반하려한다고 고발하였다. 주발을 체포해서 장안의 감옥에 가둬놓고 죄를 다스렸으나, 마침내는 별일이 없어서 작위와 봉지를 회복해주었다. 가의는 이 일로 황제에게 충간을 하였고, 황제는 그의 말을 깊이 받아들여서 예절을 갖추어 신하를 대하였다. 이 후에 대신이 죄를 지으면 모두 자살하도록 하고 형벌을 당하는 치욕을 받지 않았다. 무제(武帝) 때에는 대신도 감옥에 들어가는 경우가 점차로 다시 생겨났는데, 이는 영성(甯成)[196]으로부터 시작되었다.

---

195) 周는 周勃(?~기원전 178). 자세한 내용은 『신서』「藩彊」편 주 참조

196) 甯成: 한 景帝 때 황제의 宗室들이 법을 어기는 경우가 많아지자, 甯成을 中尉로 삼아 종실을 다스리게 했다. 뒤에 무제가 즉위하자 외척들이 들고 일어나 甯成의 잘

원문

初, 文帝以代王入卽位. 後分代爲兩國, 立皇子武爲代王, 參
爲太原王, 小子勝則梁王矣. 後又徙代王武爲淮陽王, 而太
原王參爲代王, 盡得故地. 居數年, 梁王勝死, 亡子. 誼復上疏曰:

옮김譯

처음에 문제는 대(代)나라의 왕(王)으로서 궁중에 들어와 황제
로 즉위했다. 뒤에 대나라가 두 나라로 나뉘자 황태자 무(武)를
대왕으로 삼고 삼(參)을 태원왕으로 삼았으며 작은 아들 승(勝)을 양왕으
로 삼았다. 뒤에 대왕 무를 회양왕으로 옮기고 태원왕 참을 대왕으로
삼아서 모두 이전의 땅을 얻게 했다.197) 몇 년이 지나 양왕 승이 죽었는
데 아들이 없었다. 가의가 다시 상소해서 말했다.

원문

陛下卽不定制, 如今之勢, 不過一傳再傳. 諸侯猶且人恣而
不制, 豪植而大强, 漢法不得行矣. 陛下所以爲蕃扞及皇太
子之所恃者, 唯淮陽・代二國耳. 代北邊匈奴, 與强敵爲鄰, 能自完
則足矣. 而淮陽之比大諸侯, 廑如黑子之著面, 適足以餌大國耳, 不
足以有所禁禦. 方今制在陛下, 制國而令子, 適足以爲餌, 豈可謂工
哉!198)

옮김譯

만약 폐하께서 봉지제를 정해두지 않는다면, 지금과 같은 형세
로는 천하를 한 두 번 전하는데 불과할 것입니다. 제후들은 오
히려 방자해져 제약을 받지 않고, 제멋대로 횡포를 부릴 정도로 강성해
져서 한나라 법령은 시행될 수 없을 것입니다. 폐하께서 든든한 울타리
처럼 의지하고 황태자께서 믿는 것은 대(代)와 회양 두 나라 뿐입니다.
대나라는 북쪽으로 강성한 흉노와 이웃하고 있어서 거우 자신이나 시

못을 비방해서 감옥에 가두었다가 극형에 처해졌다. 『한서』 「酷吏傳」에 실려 있다.
197) 태원을 대나라에 편입하도록 했다는 말이다.
198) 위 내용은 『신서』 「益壤」편 첫째 단락에 나온다.

키면 족할 뿐입니다. 현재 회양을 강성한 제후국에 비교하면 얼굴 위의 점에 지나지 않으니, 꼭 강대한 나라의 먹잇감 만할 뿐이니, 강대한 나라를 견제하기에 부족합니다. 바야흐로 모든 법도가 폐하에게 달려있는데, 제후국을 세우고 아들을 임명하는 것이 꼭 큰 나라의 입맛을 당기게 하는 먹잇감이 될 만할 뿐이니, 어찌 현명한 방법이라고 말할 수 있겠습니까?

원문 人主之行異布矣. 布衣者, 飾小行, 競小廉, 以自託於鄕黨, 人主唯天下安社稷固不耳. 高皇帝瓜分天下以王功臣, 反者如蝟毛而起. 以爲不可, 故薪去不義諸侯而虛其國. 擇良日, 立諸子雒陽上東門之外, 畢以爲王, 而天下安. 故大人者, 不牽小行, 以成大功.[199]

옮김譯 임금의 행동은 베옷을 입은 평민들과는 다릅니다. 일반 평민들은 작은 행실을 꾸미고 소소한 청렴을 행하면서 한 마을이나 동네에 자신을 맡기면 되지만, 임금은 천하가 평안하고 사직이 견고한가 아니한가에만 마음을 쏟을 뿐입니다. 고조께서 천하를 쪼개어 공신들을 왕으로 봉하였으나, 끝내 반란하는 자들이 고슴도치의 털처럼 일어섰습니다. 고조께서는 이래서는 안 되겠다고 여겨 의롭지 못한 제후를 잘라내고 그 나라를 비워 두었습니다. (그런 뒤에) 길일을 택해 낙양의 상동문(上東門) 밖에 여러 아들을 왕으로 봉하였으니, 여러 아들들이 다 왕이 되자 천하가 비로소 평안하여졌습니다. 그러므로 대인은 작은 청렴에 유혹되지 않고 작은 행실에 끌리지도 않으며, 보다 큰 뜻을 세워 큰 공업을 이루는 것입니다.

---

199) 위 내용은 『신서』 「益壤」편 둘째 단락에 나온다.

今淮南地遠者或數千里, 越兩諸侯, 而縣屬於漢. 其吏民絲
役往來長安者, 自悉而補. 中道衣敝, 錢用諸費稱此. 其苦屬
漢而欲得王至甚, 逋逃而歸諸侯者已不少矣. 其勢不可久. 臣之愚計,
願擧淮南地以益淮陽. 而爲梁王立後, 割淮陽北邊二三列城與東郡
以益梁. 不可者, 可徙代王而都睢陽. 梁起於新郪200)以北著之河, 淮
陽包陳以南揵之江, 則大諸侯之有異心者, 破膽而不敢謀.

梁足以扞齊·趙, 淮陽足以禁吳·楚, 陛下高枕, 終亡山東之憂矣,
此二世之利也.201)

지금 회남(淮南)지역은 먼 곳은 수 천리나 되어, 멀리 두 제후국
을 건너 한의 황실에 예속되어 있습니다. 관리와 백성들이 장
안까지 부역에 동원되어 올 때는 그 비용을 모두 자기가 부담해야 합니
다. 오는 도중에 의복은 다 헤져 버리고, 이에 따라 비용이 들게 됩니다.
(그곳의 관리와 백성들은) 한의 황실에 속해 있는 것을 매우 괴로워해서
다른 제후를 세우기를 몹시 바라고 있고, 도망쳐서 다른 제후에게 귀화
해버리는 자들이 적지 않습니다. 이런 형세로는 오래 유지하기가 어렵
습니다. 저의 어리석은 계책으로는 원컨대 폐하께서 회남의 땅을 가져
다가 회양에 보태 주고, 양나라에 후사를 세우게 되면 회양 북쪽지역의
두세 성과 동쪽 군을 잘라서 양나라에 보태줍니다. 만약 불가하다면 대
나라 왕을 양왕으로, 휴양(睢陽)으로 도읍을 옮길 만하니, 그렇게 되면
양나라는 신정(新鄭) 이북에서 북쪽으로 황하에 이르고, 회양나라는 진
(陳)을 포함해서 이남으로 장강(長江)에까지 이어져서, 딴 마음을 품은 강
성한 제후들도 간담이 서늘해져 감히 모반하지 못할 것입니다.

양나라가 넉넉히 제나라와 조나라를 막아내고, 회양이 족히 오나라

---

200) 新郪:「益壤」편에는 '新鄭'으로 되어 있다.
201) 위 내용은『신서』「益壤」편 셋째 단락에 나온다.

와 초나라를 억제할 수 있을 것이니, 폐하께서는 베개를 높이 베고 주무신다 해도 산동지역의 근심은 없어질 것이며, 다음 대의 황제를 위해서 이로울 것이라고 생각합니다.

원문 當今恬然, 適遇諸侯之皆少. 數歲之後, 陛下且見之矣. 夫秦日夜苦心勞力以除六國之禍. 今陛下力制天下, 頤指如意, 高拱以成六國之禍, 難以言智. 苟身亡事,[202] 畜亂宿禍, 孰視而不定. 萬年之後, 傳之老母弱子, 將使不寧, 不可謂仁.[203] 臣聞聖主言問其臣而不自造事, 故使人臣得畢其愚忠. 唯陛下財幸![204]

옮김譯 지금 천하가 조용한 것은 마침 제후들이 모두 어리기 때문입니다. 앞으로 몇 년 뒤에는 폐하께서도 이런 현상들을 보시게 될 것입니다. 진나라는 역경 속에서 밤낮으로 깊이 생각해서 고심하고, 있는 힘을 다하여 여섯 나라의 근심을 제거했습니다. 이제 폐하께서는 그 힘이 천하를 제압하고 있고 턱으로 부려도 다 뜻대로 행해지고 있는데도, 여섯 나라와 같은 화를 조성하게 된다면 지혜롭다고 하기 어렵습니다. 그저 자신은 별다른 일없이 어지러움을 기르고 재앙을 키우며, (이런 형세를) 보고서도 누구도 대책을 강구하지 않습니다. 황제께서 돌아가신 뒤에 이를 늙은 어머니나 어린 아들에게 물려준다면, 장차 누구라도 나라를 평안케 하지 못할 것이니, 이를 어질다고 할 수 없을 것입니다. 신은 듣기로 현명한 군주는 말로 신하에게 묻지 스스로 일을 하지 않는다고 했습니다. 사람의 신하된 자로서 어리석은 충성을 다하는 것이니, 폐하께서는 재가하여 주옵소서.

---

202) 위 단락은 『신서』 「權重」에는 '苟身常無意'로 되어 있다.
203) 위 내용은 『신서』 「權重」편 첫째 단락과 둘째 단락에 나온다.
204) 위 내용은 『신서』 「益壤」편 넷째 단락에 나온다.

文帝於是從誼計, 乃徙淮陽王武爲梁王. 北界泰山, 西至高陽, 得大縣四十餘城. 徙城陽王喜爲淮南王, 撫其民.

時又封淮南厲王四子皆爲列侯. 誼知上必將復王之也, 上疏諫曰:

문제가 이에 가의의 계책을 따라서 회양왕 무(武)를 양왕으로 옮기도록 했다. 그래서 북쪽으로는 태산을 경계로 하고 서쪽으로는 고양까지 큰 현을 40여 성을 얻게 되었다. 그리고 성양왕 희(喜)를 회남왕으로 옮겨서 그 백성들을 위로하게 했다.

이때에 회남 여왕(厲王)의 네 아들을 열후로 삼았다. 가의는 황제가 이들을 다시 왕으로 삼을 것을 알고서는 상소를 올려서 간언했다.

"竊恐陛下按王淮南諸子, 曾不與如臣者孰計之也. 淮南王之悖逆亡道, 天下孰不知其罪? 陛下幸而赦遷之, 自疾而死, 天下孰以王死之不當? 今奉尊罪人之子, 適足以負謗於天下耳. 此人少壯, 豈能忘其父哉? 白公勝所爲父報仇者, 大父與伯父、叔父也. 白公爲亂, 非欲取國代主也, 發憤快志. 剡手以衝仇人之匈, 固爲俱靡而已. 淮南雖小, 黥布嘗用之矣. 漢存特幸耳. 夫擅仇人足以危漢之資, 於策不便? 雖割而爲四, 四子一心也. 予之衆, 積之財, 此非有子胥、白公報於廣都之中, 卽疑有剌諸、荊軻起於兩柱之間. 所謂假賊兵爲虎翼者也, 願陛下少留計!"[205]

폐하께서 회남왕의 아들을 계속 이어서 왕으로 삼으면서, 일찍이 저와 같은 사람과 함께 이 문제를 깊이 헤아리지 않는 것이 걱정스럽습니다. 회남왕이 패여무도함을 누가 모르셨습니까? 폐하께서 은혜를 베풀어 그를 풀어주고 교화하려 했지만, 그는 병들어 죽었으니,

---

205) 위 단락은 『신서』 「淮難」편에 나온다.

천하에 누가 회남왕이 죽은 것이 부당하다고 하겠습니까? 죄인의 아들을 받들어 높인다는 것은 온 천하의 비방을 듣기에 충분한 일입니다. 이제 회남왕의 아들은 젊은 나이인데 어찌 그 아비 일을 잊을 수 있겠습니까? 백공승(白公勝)이 그의 아버지의 원수를 갚는 데 있어서, 그 대상은 그의 조부와 여러 백부 및 숙부들이었습니다. 백공이 반란을 일으킨 것도 나라를 빼앗아 자기가 대신 왕이 되고 싶어서가 아니라, 분풀이를 하려는 것이었습니다. 그러기에 비수를 품고 원수의 가슴을 찔러 다 같이 죽자는 생각뿐이었습니다. 오늘날 회남의 영토가 비록 작지만, 경포가 일찍이 회남땅을 이용해 반역을 꾸몄을 때 한나라가 존립할 수 있었던 것은 정말 다행이었습니다. 원수진 사람들이 자기 마음대로 한다면 한나라를 위태롭게 할 수 있는 충분한 근거가 될 것이니, 어찌 대책을 안이하게 할 수 있겠습니까? 땅을 쪼개어 넷으로 나눈다 하여도 (유장의) 네 아들들은 한마음으로 뭉치게 마련입니다. (폐하께서) 그들에게 백성들을 넘겨주고 재물을 축적할 수 있도록 해주려고 하시니, 이는 자서나 백공이 널따란 도성 안에서 원수를 갚게 되는 것이 아니면, 전제나 형가가 궁궐의 두 기둥사이에 올라가는 사태가 되지 않을까 의심스럽습니다. 이는 바로 도적에게 무기를 빌려 주는 것이며 호랑이에게 날개를 붙여 주는 격이오니, 폐하께서는 이 점에 유의하시어 헤아려주시기 바랍니다.

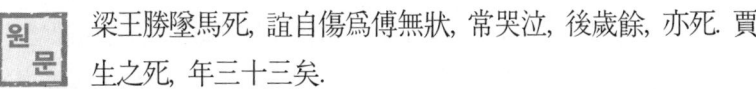 梁王勝墜馬死, 誼自傷爲傅無狀, 常哭泣, 後歲餘, 亦死. 賈生之死, 年三十三矣.

後四歲, 齊文王薨, 亡子. 文帝思賈生之言, 乃分齊爲六國, 盡立悼惠王子六人爲王. 又遷淮南王喜於城陽, 而分淮南爲三國, 盡立厲王三子以王之. 後十年, 文帝崩, 景帝立. 三年而吳、楚、趙與四齊王合從擧兵, 西鄉京師, 梁王扞之, 卒破七國. 至武帝時, 淮南厲王子爲

王者兩國亦反誅.

孝武初立, 擧賈生之孫二人至郡守. 賈嘉最好學, 世其家.

옮김譯 (몇 년이 지나) 양왕 승이 말을 타다가 떨어져서 죽자, 가의는 태부로서의 직분을 지키지 못했음을 자책해서 계속 1년여를 애통히 울다가 그 또한 죽었다. 가의가 죽었을 때의 나이는 33세였다.

4년이 지난 뒤 제(齊)나라 문왕(文王)이 죽었는데 아들이 없었다. 문제는 가의의 말을 생각해서 제나라를 여섯 나라로 나누어 모두 도혜왕의 아들 여섯 명을 왕으로 세워주었다. 또 회남왕 희(喜)를 성양땅으로 옮기고 회남을 세 나라로 나누어 여왕(厲王)의 세 아들을 모두 세워서 왕으로 삼았다. 10년이 지나 문제가 죽고 경제(景帝)가 즉위하였다. 3년 후 오(吳)와 초(楚)와 조(趙)와 제남(濟南)·치천(菑川)·교동(膠東)·교서(膠西)의 왕들이 함께 군사를 일으켜 서쪽에서 서울을 향해 진격했으나 양왕이 이를 막아서 7국 연합군을 깨뜨려버렸다. 무제 때에는 회남 여왕(厲王)의 아들로 왕을 삼은 두 나라도 반란을 일으켰다가 죽임을 당했다.

효무제가 처음 즉위하여 가의의 손자 2명을 등용해서 군수에 임명했다. 그중 가가(賈嘉)는 가장 학문을 좋아해서 그의 가업을 이었다.

원문 贊曰 : 劉向稱 "賈誼言三代與秦治亂之意, 其論甚美, 通達國體, 雖古之伊、管未能遠過也. 使時見用, 功化必盛, 爲庸臣所害, 甚可悼痛." 追觀孝文玄默[206]躬行以移風俗, 誼之所陳略施行矣. 及欲改定制度, 以漢爲土德, 色上黃, 數用五, 及欲試屬國, 施五餌三表以係單于, 其術固以疏矣. 誼亦天年早終, 雖不至公卿, 未爲不遇也. 凡所著述五十八篇, 掇其切於世事者著于傳云.

---

206) 玄默 : 沈靜(차분하다)의 뜻이다. 『新書校注』, 483면.

옮김譯 찬(贊)에서 말했다. 유향은 "가의가 하은주 삼대와 진나라의 치란의 뜻을 언급한 것은 그 논의가 아주 훌륭해서 나라를 다스리는 법에 통달하였으니, 비록 옛날의 이윤이나 관중 같은 이라도 그를 뛰어넘을 수 없을 것이다. 그가 당시에 등용되었더라면 그 결과가 틀림없이 뛰어났을 용렬한 신하들에 의해 모함을 당했으니 심히 애통하도다"라고 일컬었다. 그러나 효문제가 묵묵히 몸소 실행하여 풍속을 바로잡았음을 회고해볼 때, 가의가 진술한 지략도 조금은 시행되었을 것이다. 그리고 제도를 개정해서 한나라를 토덕(土德)으로 삼고 색은 황색을 숭상하고 수는 5를 쓰며, 또한 속국 관원으로 흉노를 관리하려한 것과, 다섯 가지 미끼와 세 가지 준칙을[207] 시행해서 선우를 붙잡아두려 한 꾀는 원래 상소로서 올렸던 가의의 지략이었다. 가의의 타고난 생애가 일찍 끝나서 공경의 지위에 이르지는 못했으나 불우한 것은 아니었다. 저술한 글이 58편이 되는데, 세상의 일에 절실히 필요한 것들을 모아 전기에 기록해두었다.

---

207) 이에 대해서는 『신서』「匈奴」편에 나온다.

가의 연보

기원전 200년(高祖 7년) 가의 출생.

기원전 183년(高后 5년) 가의 18세. 詩書를 암송하고 글을 잘 짓기로 군에서 소문이
나다. 李斯의 제자였던 河南郡守 吳公에게서 배우다.

기원전 179년(文帝 원년) 22세. 하남 군수 吳公의 천거로 한 문제에게 불려져 博士가
되고, 1년 사이에 太中大夫에 이르다. 正朔을 개정하고 服色을 바꾸고 官名
을 정하며 禮樂을 일으켜서 한나라의 제도를 확립하고 진나라의 법을 고쳐
야 한다는 상소를 올리다. 이 무렵에 荀子의 제자였던 張蒼에게서 『左氏傳』
을 배우다.

기원전 178년(문제 2년) 23세. 여러 제후와 重農 정책에 대한 일을 상소하다. 문제는
가의를 公卿의 지위로 임명하려고 의논했으나 周勃·灌嬰 등이 모두 모함하
였다. 이 뒤로 문제도 가의를 멀리하다.
이 해에 「憂民」·「無蓄」편을 지었다. 「大都」편을 지은 해는 이 해 이후가 된다.

기원전 177년(문제 3년) 24세. 長沙王의 太傅로 임명되다. 「弔屈原賦」를 짓다.

기원전 176년(문제 4년) 25세. 「階級」편을 짓다. 「數寧」편을 지은 해는 이 해 이후가
된다.

기원전 175년(문제 5년) 26세. 「諫鑄錢疏」를 올리다. 「銅布」와 「鑄錢」을 짓다.

기원전 174년(문제 6년) 27세. 장사왕의 태부가 되다. 이 무렵에 「鵩鳥賦」를 짓다.

기원전 173년(문제 7년) 28세. 문제가 가의를 불러, 귀신의 근본을 묻다. 가의가 그
문제에 대해 답하자, 문제가 자리를 당겨 앉으며 밤늦게까지 경청하다. 이 무
렵에 「宗首」·「藩傷」편을 짓다.

기원전 172년(문제 8년) 29세. 「淮難」편을 짓다.

기원전 171년(문제 9년) 30세. 이 무렵에 「旱雲賦」를 짓다.

기원전 169년(문제 11년) 32세. 「益壤」·「權重」편을 짓다. 梁懷王이 낙마사고로 죽다.

기원전 168년(문제 12년) 33세. 이 무렵에 「壹通」을 짓다. 양회왕의 죽음을 애통해하
다가 죽다.

참고문헌

〈원전 및 연구서〉

加藤常賢, 『中國古代倫理學の發達』, 東京 : 二松學舍大 出版部, 昭和 58.

嘉興地區法家著作注釋小組編, 『賈誼鼂錯文選』, 北京 : 中華書局, 1976.

顧詰剛, 小倉芳彦 外 3人譯, 『中國古代の學術と政治』, 東京, 1978.

堀池信夫, 『漢魏思想史研究』, 東京 : 明治書院, 1988.

金春峰, 『漢代思想史』, 北京 : 中國社會科學出版社, 1987.

金谷治, 『秦漢思想史研究』, 京都 : 平樂寺書店, 1960.

唐雄山, 『賈誼禮治思想研究』, 廣州 : 中山大出版社, 2005.

藤川正數, 『漢代における禮學の研究』, 東京 : 風間書房, 昭和 43.

鈴木憲久, 『古代漢民族思想史』, 東京 : 泉文堂, 1952.

劉殿爵編輯, 『賈誼新書逐字索引』, 香港 : 商務印書館, 1994.

方向東集解, 『賈誼集匯校集解』, 南京 : 河海大出版社, 2000.

徐復觀. 『兩漢思想史』 卷1~3, 台北 : 學生書局, 民國 74.

楊鶴考, 『賈誼的法律思想』, 北京 : 群衆出版社, 1985.

楊鶴皐, 『賈誼的法律思想』, 北京 : 群衆出版社, 1985.

閻振益 외, 『新書校注』, 中華書局, 2000.

吳 雲 외, 『賈誼集校注』, 中州古籍出版社, 1989.

汪耀明, 『賈誼和西漢文學』, 上海 : 復旦大出版社, 2003.

王友三 主編, 『中國無神論史』 上, 北京 : 中國社會科學出版社, 1992.

王利器, 『史記注譯』, 三秦出版社, 1997.

王洲明 외, 『賈誼集校注』, 人民文出版社, 1996.

王興國, 『賈誼評傳』, 南京大出版社, 1992.

饒東原 외, 『新譯新書讀本』, 臺北 : 三民書局, 1998.

于智榮, 『賈誼新書譯注』, 黑龍江人民出版社, 2003.

劉華淸 외, 『漢書全譯』, 貴州人民出版社, 1995.

이병한 외, 『新書』, 세계의 대사상 29, 휘문출판사, 1976.

李爾鋼, 『新書全譯』, 貴州人民出版社, 1998.

日原利國, 『漢代思想の研究』, 京都 : 硏文出版, 1986.

任繼愈, 『中國哲學發展史』 秦漢 : 人民出版社, 1985.

정범진 외, 『사기 본기』, 『사기 열전』, 까치, 1994.

蔡延吉, 賈誼研究, 臺北 : 文史哲出版社, 1984.

戶川芳郎・蜂屋邦夫・溝國雄三, 『儒教史』, 東京 : 山川出版社, 1987.

『賈誼集』, 上海人民出版社, 1976.

『中國古代著名哲學家評傳 續編』 1, 齊魯書社, 1982. 공덕

『中國哲學通史』제2권, 中國人民大出版社, 1988.

〈사전류〉
『辭源』, 商務印書館香港分館, 1987.
『中國歷代人名大辭典』, 上海古籍出版社, 1999.
『中韓大辭典』, 高麗大 民族文化研究所, 1995.
『漢語大詞典』, 漢語大詞典出版社, 1994.

〈연구논문〉
金谷治, 「賈誼と賈山と經典學者たち－漢初儒生の活動(2)」, 『東洋文化社會』 제6집, 1957.
_____, 「賈誼の賦について」, 『中國文學報』 8, 京都大 中國文學會, 1958.
김한규, 「賈誼의 정치사상－한제국 질서 확립의 사상사적 일과정」, 『역사학보』 제63집, 1974.
戴君仁, 「論賈誼的學術幷及其前後的學者」, 『秦漢中古史研究論集』, 1970.
백승석, 「가의 賦 연구」, 『중국어문학』 제15집, 1988.
徐復觀, 「賈誼思想的再發現」, 『秦漢中古史研究論集』, 1970.
徐朔方, 「關于賈誼的新書」, 『史漢論稿』.
孫欽善, 「賈誼過秦論分篇考」, 『文史』 제3집.
施之勉, 「賈誼思想的再發現」, 『秦漢中古史研究論集』, 1970.
楊善群, 「賈誼的政治主張和哲學思想」, 『哲學史論叢』.
余嘉錫, 「四庫提要辨正－新書」, 『古史辨』 4집, 1970.
윤상규, 「가의 연구」, 명지대 석사논문, 1990.
張國光, 「賈誼過秦論上新評」, 『文史研究論文選』 上.
張一中, 「論賈誼的政治思想」, 『秦漢史論叢』 2집.
정일동, 「가의의 치안책 일고」, 『한국학논집』, 1982.
趙淡元, 「略論賈誼的政治思想」, 『中國歷史文獻研究集刊』 3집.
重澤俊郎, 「賈誼新書の思想」, 『東洋史研究』 10~14, 1949.
蔡尙志, 「賈誼研究」, 國立政治大 碩士學位論文, 1977.
祝端開, 「賈誼思想新論」, 『中國古代史論叢』, 1983.
賀凌虛, 「賈誼的政治思想和政策」, 『中國歷代政治理論』.

몇 년째 필자의 책상 위에는 가의의 책들이 어지럽게 널려 있었다.

『신서』를 번역하면서, 가의의 진심에 문득문득 가슴이 저리곤 했었다. 시대는 늘 어지럽고 삶은 항상 고달픈 것인가? 시대의 불합리와 부조리에 맞서 온몸으로 부딪쳤던 가의의 외침이 2천여 년 전의 옛이야기로만 들리지 않았다.

원고를 끝내면서 이제 낡아 헤져버린 책들을 정리해서 책장에 다시 꽂고 나니 이런저런 아쉬움이 밀려든다.

더욱 걱정스런 것은 가의의 충심을 전하기에는 역자의 역량이 충분치 못하다는 점이다. 독자 여러분의 양해와 더불어 많은 질정을 바란다.

『신서』는 이미 30년 전에 이병한에 의해 처음으로 번역 소개되었다. 당시 열악했던 우리 학계의 상황이나 국내외를 막론하고 연구서가 전혀 없었던 상황을 감안해볼 때 초역자의 고통이 얼마나 심했을지 충분히 짐작할 만하다. 지금까지도 국내 학계에서의 연구 상황은 미미한 형편이다. 70년대 중반에 처음 연구논문이 나온 이래 지금까지 사학 및 문학 방면에서 서너 편의 연구논문이 나와 있는 정도이다. 이는 『신서』라는 책 자체가 2천 년 전의 난해한 고대 한어로서 이루어진 점과도 무관하지 않은 것으로 보인다. 역자 나름대로 시간과 정성을 들여 번역한 이 작은 책자를 통해, 가의의 사상을 좀 더 가까이 이해할 수 있는 기회가 되기를 바라는 마음뿐이다.

이 책이 이만큼이라도 번역·발간될 수 있었던 것은 오직 한국학술진흥재단의 지원이 있었기 때문이다. 이 자리를 빌어 『신서』의 가치를 인정해주고 어지러운 원고를 자세하게 심사해주신 관계자 여러분들과 선배 교수님들께 감사의 뜻을 전한다. 그리고 책이 나올 수 있도록 꼼꼼하게 편집해준 소명출판 가족의 공덕에도 고마움을 표한다.

정해년 대서절
박미라 씀